평범하게 위대한 우리 책 100선

시민이 선정하고 전문가 62인의 서평을 담은

평범하게 위대한 우리 책 100선

초판 인쇄 2019년 12월 10일
초판 발행 2019년 12월 15일

엮은이 경기문화재단
펴낸이 천정한
선정위원 한기호, 김종락, 장은수, 강양구, 김세나
편집 오현미
디자인 Design IF

펴낸곳 도서출판 정한책방
출판등록 2014년 11월 6일 제2015 - 000105호
주소 서울시 은평구 은평터널로66, 115- 511
전화 070 - 7724 - 4005
팩스 02 - 6971 - 8784
블로그 http://blog.naver.com/junghanbooks
이메일 junghanbooks@naver.com

ISBN 979-11-87685-39-5 03800

이 도서의 국립중앙도서관 출판예정도서목록(CIP)은 서지정보유통지원시스템 홈페이지(http://seoji.nl.go.kr)와
국가자료종합목록 구축시스템(http://kolis-net.nl.go.kr)에서 이용하실 수 있습니다.
(CIP제어번호 : CIP2019047376)

시민이 선정하고
전문가 62인의
서평을 담은
평범하게 위대한
우리 책 100선
경기문화재단 엮음
정한책방

일러두기

- 책의 분야는 가나다 순으로 나열했습니다.
- 단, 문학 분야만 고전·현대로 세분화했습니다.
- 서평을 쓴 글쓴이 소개는 책의 뒷부분에 가나다 순으로 정리했습니다.
- 서지 정보는 최신판으로 정리했습니다.
- 단행본과 단행본 시리즈, 필사본에는 겹낫표(『』), 단편소설, 논문, 소제목, 영화, TV 시리즈, 연극, 미술, 음악 제목은 홑낫표(「」), 간행물에는 〈 〉를 사용했습니다.
- 각 서평 내용 중 해당 책에서 직접 발췌한 인용문에는 출처를 밝히지 않았습니다. 단, 문학 부분에서 시와 소설의 내용이 일부만 발췌되었을 경우 제목을 밝혔습니다. 각 서평 내용 중 해당 책 이외에서 발췌한 인용문에는 최소한의 출처만 밝혔습니다.

차　　례

경기그레이트북스 100선 목록

※분야별 책 제목의 가나다 순서로 정리했습니다.

경제.경영

과학

문학·고전·산문

문학·고전·운문

문학·현대·산문

문학.현대.운문

문화

사회

아동

인문

서　문

삶을 흔들고 지진을 일으키시라

김종락_대안연구공동체 대표

책을 읽기로 하고 독서 계획을 세우며 흔히 만나는 것이 있습니다. 서울대 선정 동서고전 200선(서울대 100선), 연세대 필독도서 200선(연세대 200선) 같은 도서 목록입니다. 필독도서나 권장도서는 이미 여러 가지 이름으로 선정돼 있습니다. 서울대, 카이스트, 연세대 등을 필두로 웬만한 대학이면 대학생을 위한 고전 100종, 200종을 선정합니다. 국내외 언론사나 유명 연구소도 고전이나 권장도서를 선정하고 학자, 출판평론가, 유명 독서가도 고전을 골라 발표합니다.

도서의 선정과 이를 읽는 것은 전혀 다른 문제입니다. 고전 도서 목록에는 『논어』『맹자』『주역』『시경』『일리아스』『오디세이아』, 플라톤 『국가』, 아리스토텔레스 『니코마코스 윤리학』 등 잘 알려진 책들이 거의 예외 없이 포함돼 있습니다. 수천 년 동안 온축된 인류의 지혜를 담고 긴 세월의 마모를 견디며 가치를 인정받은 책이니 당연한 일입니다. 그러나 이들 책을 읽기란 쉽지 않습니다. 물론 공부를 많이 한 이들이나 독서가들이면 『논어』나 『맹자』 정도는 읽었겠지요. 하지만 『주역』이나 『시경』에 이르면 웬만한 독서가도 완독한 사람이 드뭅니다.

이런 사정은 서양 고전에서도 마찬가지입니다. 『일리아스』나 『오디세이아』를 읽은 사람은 더러 있겠지만 『국가』나 『니코마코스 윤리학』은 전공자의 영역에 가깝습니다.

더욱이 '서울대 200선'에 포함된 하이데거의 『존재와 시간』이나 비트겐슈타인 『철학적 탐구』 같은 책들은 철학도도 강의를 들으며 공부해야 하는 책입니다. 동서 냉전이 해체되면서 마르크스의 『자본론』도 단골로 꼽히는 필독서지만 이를 제대로 읽고 권위 있게 설명할 수 있는 학자는 국내 학계를 통틀어도 많지 않습니다. 뉴턴의 『프린키피아』처럼 과학도가 아니면 엄두조차 내기 어려운 책이 있는가 하면 『종의 기원』처럼 생물학도조차 비몽사몽 하며 읽었다는 책도 있습니다. 양자역학자로 노벨 물리학상을 받은 하이젠베르크가 아인슈타인, 막스 플랑크, 닐스 보어, 페르미, 슈뢰딩거 등 당대의 수학, 과학 천재들과 나눈 대화를 담은 『부분과 전체』는 수학과 과학뿐 아니라 플라톤, 아리스토텔레스, 칸트, 헤겔, 노자 등의 주제를 무시로 드나듭니다. 자연과학뿐 아니라 인문과학에 대한 소양이 없으면 제대로 이해하기 어렵습니다. 온전한 이해를 목표로 책을 읽을 경우 '서울대 200선'을 읽는 것에만 10년, 20년이 걸릴지도 모릅니다. '고전이란 누구나 이름을 아는 책이지만 누구도 읽지 않는 책'이라는 정의가 나온 것도 이 때문입니다.

고전만 외면당하는 게 아닙니다. 2017년 문화체육관광부의 국민독서 실태조사에 따르면 우리나라 성인 중 1년에 1권 이상의 책을 읽은 사람은 59.9퍼센트에 그쳤습니다. 성인 10명 중 4명이 종류와 관계없이, 연간 단 한 권의 책도 읽지 않는다는 겁니다. 이는 1994년 이 조사가 이루어진 이래 가장 낮은 수치로, 이전 조사인 2015년의 65.3퍼센트보다는 5.4퍼센트, 2013년의 71.4퍼센트보다는 11.5퍼센트 감소한 것입니다. 책을 읽은 이들의 연간 독서량도 평균 8.3권으로 2015년에 비해 0.8권이 감소했습니다. 독서량이 급감한 것에는 여러 이유가 있을 겁니다. 모바일을 비롯한 각종 영상, 정보통신 매체의 발달과 이로 인한 탈(脫) 독서 경향은 가장 많이 꼽히는 원인입니다. 갈수록 치열해지는 생존 경쟁과 가중되는 피로는 예나 지금이나 독서를 막는 최대 장애 요인이겠지요.

그럼에도 대학은 물론, 언론사들도 권장도서 100선이나 200선을 끊임없이 발표합니다. 책을 읽어야 하기 때문입니다. 먹고 살기에도 바쁜 세상에서 왜 독서를 해야 할까요? 눈만 뜨면 온갖 정보가 쏟아지는 디지털 시대인데, 우리는 여전히 책을 읽어야 할까요? 이런 이야기를 다룬 책이나 글들은 차고 넘칩니다. 여기서는 필자가 소속된 인문학 공동체에서 책 읽기에 빠진 몇몇 분들의 이야기를 들어보기로 합니다.

늦깎이 공부에 빠진 두 명의 60대가 있습니다. 한 사람은 엔지니어와 사업가로 일하다 은퇴했고, 또 한 사람은 건설회사 중역으로 은퇴했습니다. 늘 책으로 가득한 배낭을 메고 다니는 이들의 독서열은 뜨겁습니다. 공장이나 아파트 공사장, 중동의 사막에서 일하며 부대끼느라 책과 담을 쌓고 살던 이들이 책읽기를 재개한 건 3년 전, 은퇴한 뒤였습니다. 휴식과 치유를 위해 가벼운 에세이나 소설, 심리학, 종교 관련 도서를 읽다 오래 잊고 지냈던 책 읽기의 마력에 빠져들었다는 것이지요. 이들이 앞서거니 뒤서거니 인문학 공동체를 찾은 것도 책 읽기를 본령으로 하는 공부의 깊이를 더하기 위해서였습니다.

이들의 사례는 특별한 것이라 치지요. 연령대를 낮추면 늦깎이 공부에 빠진 사람은 훨씬 더 많아집니다. 서울 평창동에서 공방을 연 40대 후반의 목수와 서울 서교동에서 갓 개업한 30대 초반의 치과 의사가 그렇습니다. 충남 홍성으로 귀농한 50대 농부도 있고, 전북 완주의 40

대 목사도 있고 초등학생 아이를 둔 30대 주부도 있습니다. 이들이 책 읽기에 빠져든 이유는 다양합니다. 역시 가장 많은 부류는 실용성을 추구하는 이들일 겁니다.

10년 전 회사원에서 목수로 전업한 뒤 이제 막 공방의 기반을 잡았다는 목수가 인문학을 공부하는 목적은 더 좋은 가구를 만들기 위해서입니다. 인간의 결에 대해 제대로 알아야 인간을 위한 가구를 만들 수 있다는 겁니다. 그가 인문학의 실용성과 관련해 가장 많이 드는 사례는 스티브 잡스입니다. 세계를 바꾼 스마트 폰을 비롯해 예술의 경지에 이른 애플의 여러 제품이 스티브 잡스의 인문학 공부에서 비롯됐다는 식입니다. 생전의 스티브 잡스는 생각이 막힐 때마다 일본의 하이쿠를 읽었다니 이것이 전혀 근거 없는 말은 아닐 겁니다.

전북 완주의 목사가 매주 두 차례씩 먼 길을 달려와 인문학 공동체의 책 읽기 모임에 참여하는 것은 융과 니체를 만나고 나서였습니다. 그는 말했습니다. "개신교 목사로 니체를 만난 뒤 니체의 혹독한 기독교 비판, 성직자 비판을 넘어서야 했습니다. 기독교를 더욱 깊이 있게 이해하기 위해서라도 니체를 공부해야 했는데, 혼자서는 역부족이었습니다. 목표는 니체의 극복을 넘어 니체를 창조적으로 수용하는 것입니다." "만약 니체를 극복하거나 수용하지 못한다면?" 하고 묻자 그는 웃으며 대답했습니다. "직업을 바꿔야지요."

문화예술을 수준 높게 즐기고 안목을 높이기 위해, 혹은 난해한 철학이나 문학을 깊이 이해하고 응용하기 위해 책 읽기 모임에 참여하는 이들도 있습니다. 어떤 방식으로든 책 읽기를 써 먹자는 것입니다. 이런 실용성과 애써 거리를 두는 사람도 있습니다. 모든 것이 화폐로 교환되는 자본주의 체제에서 책 읽기로 더 많은 돈을 버는 것도 가능하지만 현실과 삶에 대한 본질적인 질문이 더 중요하다는 겁니다. 왜, 어떻게 살 것인가 하는 개인 차원의 질문에서 사회와 국가 차원에 이르기까지 이들의 질문은 다양합니다.

사회나 국가 차원 질문의 쉬운 사례로 인간복제나 인공지능, 원자력에 대한 것이 있습니다. 인공지능을 만들고 인공복제를 하는 것은 전문가의 영역임에 분명합니다. 하지만 이를 만들지 말지, 만들면 어느 수준까지 가능할지는 시민의 집단지성으로 결정해야 합니다. 실제로 이에 대한 시민의 비판적인 성찰 없이 전문가들이 기술만 발전시킬 경우 그 결과는 끔찍할 수 있습니다. 비판적인 성찰의 힘은 책 읽기와 토론에서 나옵니다. 주부나 회사원, 자영업자를 포함한 평범한 시민들이 인문학은 물론이고 자연과학, 사회과학에 대한 책도 읽고 토론해야 하는 이유입니다.

여기, 경기문화재단이 '평범하게 위대한 우리책 100선'이라는 이름으로 100권의 책을 내놓습니다. 이 책을 기획한 직접적인 계기는 2018년 맞이한 경기 정명(定名) 천년입니다. 경기라는 이름을 처음 쓴 지 1000년이 되는 만큼 그동안 축적된 경기도의 역사, 문화유산, 지역, 예술, 사회과학 등의 콘텐츠를 재발견해 도민들의 인문 지식 향유 기회를 확대하는 사업의 일환이었습니다. 이 사업에 경기도민이 직접 참여해 도민들의 소속감을 높이고 경기천년에 대한 관심과 인식을 확대하는 것도 중요한 목적이었습니다. 경기문화재단의 주도로 '경기 100선'을 위한 선정위원단이 위촉돼 위원회가 구성되고 지난 2018년 6월 25일 제1차 회의가 열렸습니다. 첫 회의인 만큼 100선의 명확한 기준 및 방향성 설정 그리고 절차가 주로 논의되었습니다.

회의의 첫 주제는 '경기 100선'의 지향점이었습니다. '경기천년의 빛나는 정신문화, 경기그레이트북스'라는 긴 수식어가 달린 사업이 풍기는 뉘앙스는 다분히 구시대적, 권위적이기도 했습니다. 요즘 시쳇말로 '아재'스러운 느낌이 없지 않았지요. 지난 천년의 빛나는 정신문화, 위대한 책들도 중요하지만 현재와 미래 그리고 평범함의 가치도 팽개칠 순 없습니다. 천년을 자화자찬하며 나르시시즘에 빠지는 것이 아니라 천년의 기억을 바탕으로 현재를 성찰하며 미래의 비전을 제시할 필요가 있었습니다. 앞으로 경기도가 추구하는 가치가 있다면 무엇이어야 할까? 인간애를 바탕으로 한 공정, 정의 같은 가치도 담아야 했고 지방분권, 민주주의, 인문정신과 과학정신도 포함해야 했습니다. 기왕에 경기도가 정명 천년의 핵심 가치로 꼽았다는 미래, 사람, 통일, 공간, 문화, 유산도 참고할 필요가 있었습니다.

'경기' 그레이트북스인 만큼 지역 관련성도 빼놓을 수 없었습니다. 적어도 경기도민이라면 알아야 할 경기도만의 콘텐츠나 인물이 있어야 했습니다. 수원 화성이나 광주 남한산성, 혹은 남양주에서 나고 자란 다산 정약용은 경기도가 자랑할 만한 문화유산이자 인물입니다. 할 수 있다면 이와 관련된 콘텐츠도 포함할 필요가 있었습니다. 그러나 이를 지나치게 의식할 경우 '경기 100선'의 범위가 한정될 우려가 없지 않았습니다. 경기그레이트북스는 경기도민을 위한 책이지만 경기도 밖, 한국뿐 아니라 세계의 누가 읽어도 동의할 수 있는 콘텐츠를 담아낼 수 있어야 했습니다.

책의 지역 관련성에 이어 논의한 주제는 해외 저작물의 포함 여부였습니다. '서울대 200선'의 경우 국내 저작물은 문학이 전체의 4분의 1, 사상은 8분의 1 안팎에 지나지 않습니다. '경기 100선'도 이렇게 할 경우 경기 지역과 관련이 있는 책이 선정될 여지가 없었습니다. 경기 지역과 관련된 콘텐츠로, 세계적인 고전과 어깨를 겨룰만한 책은 극소수에 지나지 않는 탓입니다. 그럼에도 해외 저작물을 제외하고, 국내 저작물로 한정하기로 의견을 모으는 것은 어렵지 않았습니다. 해외의 고전까지 포함시킬 경우 여타 기관에서 선정한 권장도서나 필독서와 차별성을 지니기 어려웠으니까요. 세계 고전을 포함한 권장도서 100선이나 필독도서 200선은 대학이나 연구소, 국내외 언론사가 선정한 것만으로도 충분합니다. 이젠 우리의 역량도 축적되어 국내 필자가 쓴 책만으로도 좋은 책 100권 정도는 어렵잖게 고를 수 있다는 자신도 없지 않았습니다.

2차, 3차, 4차… 회의를 이어가며 점차 선정 기준을 구체화하고 책을 골랐습니다. '경기 100선'의 핵심 독자를 누구로 할 것인가, 책의 수준을 어떻게 할까, 어떤 분야를 포함하고 어떤 분야를 제외할 것인가, 문학과 비문학, 인문학, 사회과학, 자연과학, 문화예술의 분야별 안배는, 종교 서적의 종교별 안배는 어떻게 할까? 문학과 사상, 역사로 대표되는 전통 인문학, 정치 경제 경영 법률 등을 포함한 사회과학, 자연과학, 문화 예술, 어린이 등에서 200선이 1차 선정되었습니다. 이 책을 놓고 경기도민을 대상으로 여론 조사를 했습니다. 조사에서 드러난 경기도민의 책 선호 성향이 선정위원단과 비슷한 것을 보고 놀랐습니다. 이 조사를 토대로 확정한 '경기 100선'은 결국 경기도민이 선정한 책이 되었습니다.

겉보기에 '경기 100선'이 '서울대 200선'이나 '연세대 200선' 등의 목록과 비교해 무게가 떨어지는 것으로 여겨지기도 합니다. 해외 저작물을 제외하는 바람에 묵직한 세계 고전이 포함되지 못했으니까요. 그러나 대학이나 국내외 언론사, 혹은 연구소의 고전 목록과 비교해 이 목록이 가지는 장점도 많습니다.

우선 '경기 100선'의 대부분은 독서 초보자를 포함한 누구나 읽기에 좋은 책들로 구성되어 있습니다. 서두에 적었다시피 대학이나 연구소에서 선정하는 권장도서의 주류는 고전입니다. 이는 수천 년 인류의 지혜를 간직한 보고이기도 했지만 누구나 제목은 알지만 누구도 읽지 않는 책들의 목록이기도 했습니다. '경기 100선'은 다릅니다. 전공자조차도 읽기를 기피하는 뉴턴의 『프린키피아』나 다윈의 『종의 기원』이 빠진 대신 고등학생이면 재미있게 읽을 수 있는 정재승의 『과학 콘서트』나 최재천의 『개미제국의 발견』 같은 책이 포함되었습니다. 하이데거의 『존재와 시간』이나 비트겐슈타인의 『논리철학 논고』는 철학 전공이 아닌 이상 언론사 학술 담당 기자도 온전히 이해하기 어려운 책입니다. 하지만 이진경의 『철학과 굴뚝청소부』는 철학에 조금만 관심이 있는 사람이면 누구나 읽으며 철학의 숲을 볼 수 있습니다.

쉽다고 해서 가볍거나 허접한 책은 아닙니다. 책을 선정하며 콘텐츠의 질 못지않게 의식한 점은 자연스럽게 보다 넓고 깊은 독서로 연결될 수 있도록 하는 것이었습니다. 독서를 거듭할수록 생각 덩어리를 만들고 사유의 체계를 세워가도록 말입니다. 이정우의 『세계 철학사』를 읽다 보면 소크라테스 이전의 고대 그리스 철학과 플라톤, 아리스토텔레스 철학, 헬레니즘 철학을 공부하고 싶어집니다. 김재인의 『인공 지능 시대의 인간을 다시 묻다』는 인공 지능이 개발되어 온 역사와 프로그램되는 방식뿐 아니라 인간의 '생각' '지능' '마음'이 무엇인지를 다루고 있습니다. 철학과 과학을 넘나드는 책을 읽다보면 튜링에서 현재에 이르는 인공지능에 대한 책뿐만 아니라 플라톤과 데카르트, 니체로 대표되는 철학 독서로 이어질 수 있습니다. 유시민의 『부자의 경제학 빈민의 경제학』을 읽으며 자본주의 경제체제의 명암을 살피고 마르크스의 『자본론』을 비롯한 보다 깊은 독서로 연결하는 것도 그렇습니다. 특히 '경기 100선'의 책마다 붙인 리뷰의 말미에는 '함께 읽으면 좋은 책'

몇 권을 소개하여 보다 넓고 깊은 독서로 가는 징검돌로 삼을 수 있도록 했습니다.

인문학은 말할 것도 없고 자연과학과 사회과학, 문화예술 분야 책 대부분이 최신 콘텐츠를 담고 있다는 것도 '경기 100선'의 장점입니다. 따라서 자연과학과 사회과학의 최신 동향을 알기 위해서는 '경기 100선'이 대학이나 연구소가 선정한 고전보다 훨씬 유용합니다. 예컨대 현대 물리학을 알기 위해서는 『프린키피아』보다 이종필의 『물리학 클래식』을 읽는 것이 더 낫습니다. 이는 애덤 스미스의 『국부론』보다 장하준의 『그들이 말하지 않은 23가지』를 읽는 것이 현대 경제의 이해에 도움이 되는 것과 같습니다. 물론 이 책을 읽은 뒤, 경제학과 경제사 책을 찬찬히 읽어가며 애덤 스미스까지 거슬러 올라가는 것도 좋습니다. 이는 문화예술에서도 마찬가지입니다. 현대의 미학을 이해하기 위해 바움가르텐의 『미학』이나 칸트의 『판단력 비판』을 읽기보다 진중권의 『미학 오디세이』가 더 큰 도움이 됩니다.

'경기 100선'의 또 다른 특징은 현재 우리가 발 딛고 선 현실을 외면하지 않는다는 것입니다. 우리가 책을 읽고 공부하는 중요한 목적 중 하나는 우리의 삶과 삶터를 보다 나은 것으로 만들기 위함입니다. 이를 위해 필요한 것은 독서와 사유, 그리고 토론을 하며 가다듬은 개념과 이론으로 현실을 해석, 진단하고 비판하며 성찰하는 것입니다. 외국계 대형 마트에서 벌어지는 부당해고를 다룬 최규석의 『송곳』이나 빚쟁이가 되어버린 수많은 청년의 삶을 밀착 취재해 써 내려간 천주희의 『우리는 왜 공부할수록 가난해지는가』는 현실을 진단하고 비판하는 책이자 고발서이기도 합니다. 이러한 노력은 자연과학과 문화예술 책의 선정에서도 견지되었습니다. 민주주의 없는 과학 만능에 대한 우려를 담은 강양구의 『세 바퀴로 담은 과학 자전거』가 그렇습니다. 세상이야 어찌 되든 눈을 감은 채 고고하게 앉아 책을 읽는 것은 나를 위해서도, 세상을 위해서도 바람직하지 않습니다.

'경기 100선'을 수식하는 말은 '그레이트북스'입니다. 그러나 선정된 책은 그레이트북스라기보다 평범한 책에 가깝습니다. 그렇습니다. 위대한 책, 위대한 인간보다 중요한 것은 평범한 책, 평범한 인간입니다. 진정한 위대함은 지극한 평범함에서 나옵니다. 평범한 책으로 '경기 100선'을 선정한 우리는 가능하면 많은 분이 이 책을 읽으며 멋진 경기도민이 되고, 이들 한 사람 한 사람이 아름다운 경기도를 만들 수 있기를 소망합니다. 그리하여 이름이 다소 거창하게 느껴질 수 있는 그레이트북스가 경기도를 위대하게 만드는 밑거름이 되기를 원합니다.

글을 마무리하며 조심스럽게 다시 묻습니다. "우리는 왜 읽는가? 먹고 살아가기도 바쁜데 『삼국유사』 『광장』 『난장이가 쏘아올린 작은 공』 『임꺽정』을 읽으며 새삼스럽게 우리를 돌아볼 필요가 있는가? 급변하는 세상에 적응하기도 급급한데 『대화』 『불편해도 괜찮아』 『우리는 왜 공부할수록 가난해지는가』 같은 책을 읽으며 자신을 불편하게 만들 이유가 있는가?"

앞으로는 권력이나 돈에 의한 계급사회가 아니라 독서 습관이 있는 사람과 독서 습관이 없는 사람으로 양분되는 계층사회가 도래할 것이라는 일각의 예측이 있습니다. 디지털 시대, 홍수처럼 쏟아지는 정보를 선별하고 편집하기 위해서는 글을 정확하게 읽고 해독할 수 있는 문해력이 필수인데 읽기 능력이 없으면 이 흐름에 따라갈 수 없다는 겁니다. 실제로 우리나라 사람들의 문자 해독률은 세계 최고 수준이지만 문해력은 경제협력개발기구(OECD) 최하 수준이라는 조사도 있습니다. 스웨덴, 덴마크, 노르웨이, 핀란드 등 경제적, 문화적으로 앞서 있고 사회복지와 국민 행복도가 높은 북유럽 여러 나라 사람들의 독서율, 독서력이 세계 최상위권인 점은 시사하는 바가 큽니다.

물론 이런 실용성은 책 읽는 이유의 일부에 지나지 않습니다. 앞서 적었다시피 유용성과 효용성이 아니라도 우리가 책을 읽어야 하는 이유는 많습니다. 휴식이나 치유를 위해서도 읽고 호기심을 충족시키기 위해서도 읽습니다. 지적 사치나 허영심을 위해서도 읽고 잘난 사람이 되기 위해서도 읽습니다. 성인인 우리들 대다수가, 불편함에도 불구하고 책을 읽는 또 다른 이유가 있습니다. 삶을 건드리며 울림을 주기 위해서입니다. 현재의 삶을 안정되게 강화하는 것이 아니라, 삶을 뒤흔들며 지진을 일으키기 위해서입니다. 우리의 게으른 평온을 뿌리째 흔들며 틈과 구멍을 내고 삶을 다시 만들기 위해서입니다.

공동체의 일원으로 책 읽기가 지니는 의미도 큽니다. 우리 대다수는 평범한 시민이지만 공동체에서 우리의 존재와 행위는 가볍지 않습니다. 이런 우리를 성찰하고 우리의 존재와 행위가 공동체에 지니는 의미를 성찰하는 것은 우리의 권리이자 의무입니다. 제대로 된 권리를 행사하고 의무를 이행하며 보다 나은 삶터, 일터를 만들기 위해 읽고 토론해야 합니다. 책 읽기는 나뿐 아니라 공동체의 운명을 좌우합니다. 우리는 왜 책을 읽는가? 정답은 알 수 없습니다만 떠오르는 글이 있습니다. 김구 선생의 「나의 소원」입니다. 그는 아름다운 나라가 되기를 소원하며 문화의 힘을 경제력보다 윗자리에 놓습니다. 문화의 힘을 만드는 가장 큰 동력은 책 읽기입니다. 「나의 소원」 중 일부를 읽으며 글을 마칩니다.

"나는 우리나라가 세계에서 가장 아름다운 나라가 되기를 원한다. 가장 부강한 나라가 되기를 원하는 것은 아니다. 내가 남의 침략에 가슴이 아팠으니 내 나라가 남을 침략하는 것을 원치 아니한다. 우리의 부력(富力)은 우리의 생활을 풍족히 할 만하고 우리의 강력(强力)은 남의 침략을 막을 만하면 족하다. 오직 한없이 가지고 싶은 것은 높은 문화의 힘이다. 문화의 힘은 우리 자신을 행복하게 하고 나아가서 남에게 행복을 주기 때문이다. 지금 인류에게 부족한 것은 무력도 아니요, 경제력도 아니다. 자연 과학의 힘은 아무리 많아도 좋으나 인류 전체로 보면 현재의 자연 과학만 가지고도 편안히 살아가기에 넉넉하다. 인류가 현재의 불행한 근본 이유는 인의가 부족하고 자비가 부족하고 사랑이 부족한 때문이다. 이 마음만 발달이 되면 현재의 물질력으로 20억이 다 편안히 살아갈 수 있을 것이다. 인류의 이 정신을 배양하는 것은 오직 문화이다. 나는 우리나라가 남의 것을 모방하는 나라가 되지 말고 이러한 높고 새로운 문화의 근원이 되고 목표가 되고 모범이 되기를 원한다. 그래서 진정한 세계의 평화가 우리나라에서, 우리나라로 말미암아서 세계에 실현되기를 원한다."

경기그레이트북스 100선 목록

※분야별 책 제목의 가나다 순서로 정리했습니다.

분야	번호	책제목	지은이	출판사
경제·경영	1	그들이 말하지 않는 23가지	장하준(김희정, 안세민 옮김)	부키
	2	딱딱한 심리학	김민식	현암사
	3	부자의 경제학 빈민의 경제학	유시민	푸른나무
	4	이준구 교수의 인간의 경제학	이준구	알에이치코리아
	5	쿨하게 생존하라	김호	모멘텀
	6	한국 자본주의	장하성	헤이북스
과학	7	개미제국의 발견	최재천	사이언스북스
	8	다윈의 식탁	장대익	바다출판사
	9	로봇 시대, 인간의 일	구본권	어크로스
	10	모든 사람을 위한 빅뱅 우주론 강의	이석영	사이언스북스
	11	물리학 클래식	이종필	사이언스북스
	12	세 바퀴로 가는 과학 자전거	강양구	뿌리와이파리
	13	세상물정의 물리학	김범준	동아시아
	14	인공지능의 시대, 인간을 다시 묻다	김재인	동아시아
	15	인류의 기원	이상희, 윤신영	사이언스북스
	16	정재승의 과학 콘서트	정재승	어크로스
문학·고전·산문	17	구운몽	김만중(송성욱 옮김)	민음사
	18	금오신화	김시습(이지하 옮김)	민음사
	19	삼국유사	일연(김원중 옮김)	민음사
	20	심청전	작자 미상(정출헌 엮음, 배종숙 그림)	휴머니스트
	21	열하일기	박지원(김혈조 옮김)	돌베개
	22	유배지에서 보낸 편지	정약용(박석무 엮음)	창비
	23	춘향전	작자 미상(송성욱 엮음, 백범영 그림)	민음사
	24	한중록	혜경궁 홍씨(정병설 옮김)	문학동네
	25	홍길동전	허균(김탁환 옮김, 백범영 그림)	민음사
문학·고전·운문	26	송강가사	정철(김갑기 옮김)	지식을만드는지식
	27	윤선도 시조집	윤선도(김용찬 옮김)	지식을만드는지식
	28	허난설헌 시집	허난설헌(허경진 엮음)	평민사
문학·현대·산문	29	감옥으로부터의 사색	신영복	돌베개
	30	광장	최인훈	문학과지성사
	31	그 많던 싱아는 누가 다 먹었을까	박완서	웅진지식하우스
	32	난장이가 쏘아올린 작은 공	조세희	이성과힘
	33	님의 침묵	한용운(김재홍 엮음)	미래사
	34	당신들의 천국	이청준	문학과지성사
	35	동백꽃	김유정(유인순 엮음)	문학과지성사
	36	삼대	염상섭(정호웅 해제)	문학과지성사
	37	이상 소설 전집	이상(권영민 엮음)	민음사
	38	임꺽정	홍명희(박재동 그림)	사계절
	39	토지	박경리	마로니에북스
	40	한국단편문학선	김동인 외(이남호 엮음)	민음사
	41	황제를 위하여	이문열	민음사
	42	흙 속에 저 바람 속에	이어령	문학사상사
문학·현대·운문	43	김수영 전집 1 – 시	김수영(이영준 엮음)	민음사
	44	꽃속에 피가 흐른다	김남주(염무웅 엮음)	창비
	45	누가 하늘을 보았다 하는가	신동엽	미디어창비
	46	미당 서정주 전집 1 – 시	서정주	은행나무
	47	시를 잊은 그대에게	정재찬	휴머니스트

분야	번호	도서명	저자	출판사
	48	정본 백석 시집	백석(고형진 엮음)	문학동네
	49	정본 윤동주 전집	윤동주(홍장학 엮음)	문학과지성사
	50	정지용 전집 1 – 시	정지용(권영민 엮음)	민음사
	51	진달래꽃	김소월	미래사
	52	청록집	박두진, 박목월, 조지훈	을유문화사
문화	53	건축이 우리에게 가르쳐주는 것들	김광현	뜨인돌
	54	대중문화의 겉과 속	강준만	인물과사상사
	55	도시는 무엇으로 사는가	유현준	을유문화사
	56	여행자를 위한 나의 문화유산답사기 1	유홍준	창비
	57	오래된 것들은 다 아름답다	승효상	컬처그라퍼
	58	오주석의 한국의 美 특강	오주석	푸른역사
	59	우리문화의 수수께끼	주강현	서해문집
	60	진중권의 미학 오디세이	진중권	휴머니스트
	61	한국생활사박물관	한국생활사박물관 편찬위	사계절
	62	홍남부두의 금순이는 어디로 갔을까	이영미	황금가지
사회	63	개념의료	박재영	청년의사
	64	기업은 누구의 것인가	김상봉	꾸리에
	65	내가 먹는 것이 바로 나	허남혁(김종엽 그림)	책세상
	66	대리사회	김민섭	와이즈베리
	67	대화	리영희, 임헌영	한길사
	68	모멸감	김찬호	문학과지성사
	69	미생	윤태호	위즈덤하우스
	70	불편해도 괜찮아	김두식	창비
	71	송곳	최규석	창비
	72	우리는 왜 공부할수록 가난해지는가	천주희	사이행성
	73	이것은 왜 청춘이 아니란 말인가	엄기호	푸른숲
	74	인간의 조건	한승태	시대의창
	75	전태일 평전	조영래	전태일기념사업회
	76	지금 다시, 헌법	차병직, 윤재왕, 윤지영	로고폴리스
	77	페미니즘의 도전	정희진	교양인
	78	피로사회	한병철(김태환 옮김)	문학과지성사
	79	한국의 정체성	탁석산	책세상
아동	80	강냉이	권정생(김환영 그림)	사계절
	81	꽃할머니	권윤덕	사계절
	82	만년샤쓰	방정환(김세현 그림)	길벗어린이
	83	몽실언니	권정생(이철수 그림)	창비
	84	백두산 이야기	류재수	보림
	85	완득이	김려령	창비
인문	86	동양철학 에세이	김교빈, 이현구(이부록 그림)	동녘
	87	뜻으로 본 한국역사	함석헌	한길사
	88	박시백의 조선왕조실록	박시백	휴머니스트
	89	백범일지	김구(도진순 주해)	돌베개
	90	병자호란	한명기	푸른역사
	91	사진과 그림으로 보는 한국 현대사	서중석	웅진지식하우스
	92	세계 철학사	이정우	길
	93	역사와 해석	안병무	한국신학연구소
	94	우리 글 바로 쓰기	이오덕	한길사
	95	정조의 화성행차	한영우	효형출판
	96	조선의 힘	오항녕	역사비평사
	97	책벌레들 조선을 만들다	강명관	푸른역사
	98	철학과 굴뚝청소부	이진경	그린비
	99	한국 철학사	전호근	메멘토
	100	혜초의 왕오천축국전	혜초(정수일 옮김)	학고재

※경기그레이트북스 100선 선정위원 : 한기호, 김종락, 장은수, 강양구, 김세나

001 ——— 그들이 말하지 않는 23가지
002 ——— 딱딱한 심리학
003 ——— 부자의 경제학 빈민의 경제학
004 ——— 이준구 교수의 인간의 경제학
005 ——— 쿨하게 생존하라
006 ——— 한국자본주의

경제 · 경영

001

더 나은 자본주의를 촉구한다

박일호_이야기경영연구소 연수사업단장

그들이 말하지 않는 23가지
장하준 지음, 김희정 · 안세민 옮김, 부키, 2010

어느 책에서 읽은 대목이다. 스탈린이 루스벨트에게 미국 근로자의 월 평균 임금이 얼마냐고 물었다. "300달러쯤 될 겁니다." "그럼 생활비는 얼마나 필요합니까?" "대충 200달러쯤 들겠지요." "그럼 남는 100달러는 어디에 사용합니까?" "그건 그가 알아서 할 일이지 내가 알 바가 아닙니다." 이번엔 루스벨트가 러시아 근로자의 월 평균 임금이 얼마인지 물었다. "대략 800루블입니다." "그럼 생활비로 나가는 돈은 얼마가 됩니까?" "1000루블입니다." "그럼 200루블이 더 있어야 살아가겠군요. 그 돈은 어떻게 마련합니까?" "그건 그가 알아서 할 일이지 내가 알 바가 아닙니다."

『그들이 말하지 않는 23가지』에도 비슷한 유머가 등장한다. 1980년대에는 공산주의 체제가 무너져 갔고, 사회주의 국가 전체에 약속을 제대로 이행하지 못하는 중앙 계획 시스템에 대한 냉소주의가 퍼져 있었다. "우리는 일을 하는 척하고 그들은 보수를 주는 척한다"라는 우스개가 공산주의 국가들 사이에서 유행할 정도였다. 이 우스갯소리는 사회주의에 대한 자본주의의 승리를 상징하는 이야기로 자주 오르내린다.

그런데 자본주의 성공 신화가 대공황과 금융위기를 겪으며 깨지기 시작했다. 세계 경제는 만신창이가 되었고 여기저기서 자본주의가 삐걱거리는 소리가 들린다. 1929년 대공황에 이어 역사상 두 번째 경제 위기라 할 수 있는 2008년 금융위기로 자칫 세계 경제가 완전한 붕괴로 이어질 뻔했다. 이 재앙의 원인을 정확히 따지고 보면 자본주의 시스템 자체의 문제는 아니다. 지난 30여 년간 자본주의 세계를 지배하고 신자유주의로 통칭해온 자유시장 자본주의와 그 이데올로기에 원인이 있다. 자본주의는 사회주의에 대해 승리한 것이지 그 자체가 완전한 체제가 아니라는 사실이 증명된 셈이다.

이 책은 23가지 키워드로 자유시장주의자들이 말하지 않는 자본주의에 관한 여러 가지 중요한 진실들을 이야기한다. 자유시장 자본주의를 비판하며 자본주의가 실제로 어떻게 돌아가고, 어떻게 하면 더 잘 작동할 수 있을지 쉽게 이해할 수 있도록 썼다.

저자인 장하준 영국 케임브리지대 교수는 서울대 경제학과를 졸업하고 케임브리지 대학에서 경제학 석사와 박사 학위를 받았다. 그는 박사 학위를 받기 전인 1990년, 27세 나이에 한국인 최초의 케임브리지대 교수가 돼 화제가 되기도 했다. 2003년에는 신고전학파 경제학에 대한 대안을 제시한 경제학자에게 주는 뮈르달상을, 2005년에는 경제학의 지평을 넓힌 경제학자에게 주는 레온티예프상을 최연소로 수상함으로써 세계적인 경제학자로 명성을 얻었다.

그는 기존의 좌파 혹은 우파 이념에 교조적으로 얽매이지 않는다. 그 탓에 좌파와 우파 양쪽으로부터 골고루 지지를 받으면서도 다른 한편으로는 어느 쪽에서도 환영 받지 못하는 경우도 많다. 그동안 자유시장 자본주의를 뒷받침하는 주류 경제학의 통설을 여지없이 깨뜨리는 도발적인 문제 제기로 내는 책마다 국내외의 주목을 받아왔다. 영국의 일간지 〈가디언〉에서 "노동당은 장하준 교수에게 배워야 한다"라고 할 정도로 이 책 역시 영국 언론에서 먼저 화제가 됐다. 〈가디언〉이 전통적으로 좌파 경향을 띤다는 점을 고려하더라도 주류 경제학의 진원지인 영국에서 비주류 경제학파 교수에게 큰 관심을 보인 것은 주목할 만한 일이다.

저자는 『사다리 걷어차기』 『나쁜 사마리아인들』 등 이전 책에서 신자유주의를 집요하게 비판해왔다. 이 책에서도 "자유시장이라는 것은 없다"며 신자유주의에 대해 신랄하게 비판한다. "자유시장 정책으로 부자가 된 나라는 거의 없다" "부자를 더 부자로 만든다고 우리 모두 부자가 되는 것은 아니다"라고 주장하며, 다양한 주제마다 '그들은 이렇게 말한다'와 '이런 말은 하지 않는다'라는 항목을 대비시키며 미국식 신자유주의 경제 정책을 조목조목 반박하고 있다.

그의 주장은 '다른 자본주의' '더 나은 세상'의 가능성을 설파하기 위한 것으로 '시장 자유주의가 최선'이라는 경제학의 오랜 믿음에 감춰진 이면을 여지없이 드러낸다. 또 "인터넷보다 세탁기가 세상을 더 많이 바꿨다" "우리는 탈산업화 시대에 사는 것이 아니다" "금융 시장은 보다 덜 효율적일 필요가 있다" 등 흥미로운 주장을 하며 지금까지 많은 사람이 친숙하게 품고 있던 통념과 상식을 깨뜨린다.

저자는 이 책 말고 다른 지면에서도 제조업을 버리고 금융업 쪽으로 가서 쉽게 돈 벌려는 생각이 제일 걱정된다며 제조업을 소홀히 하지 말라고 충고한다. 인터넷으로 대표되는 정보통신이나 금융 쪽에만 마음이 팔려 이제 '구닥다리' 제조업은 필요 없다는 생각을 하는 정책 당국자가 있다면 귀담아들어야 할 고언이다. 실제로 지난 금융위기 직전에 리먼 브라더스가 봉 잡으려는 생각으로 망하는 회사를 한국에 팔려고 했다. 그때 만약 산업은행이 그 회사를 샀으면 나라가 거덜 났을지도 모를 일이다.

이런 얘기들은 그의 전작을 읽어온 독자에겐 그리 낯설지 않다. 그렇다고 동어반복은 아니다. 주장은 더 단호해졌고 논리는 한층 정교해졌다. 게다가 다양하고 풍부한 비유와 사례로 설득력을 높였으며, 친절하게도 이 책을 읽는 7가지 방법도 알려준다. 그러나 이 책은 '초보자를 위한 경제학 입문서'는 아니다. 오히려 저자의 생소한 논리에 불편함을 느낄지도 모른다. 그러나 세계 경제를 재앙의 구렁텅이로 내몰았던 기존의 정책들을 포기하지 않는다면, 우리는 다시 예전과 비슷한 대참사를 반복할지도 모른다. 이제 불편해질 때가 왔다. 이 책을 읽으면 마치 의사로부터 중병에 걸렸다는 사실을 통보받는 느낌이다. 그러나 당혹스러움도 잠시, 그 병을 치료할 유능한 의사가 앞에 있다는 생각이 들어 일말의 안도감이 느껴지기도 했다.

〈가디언〉의 일요판 〈더 옵서버〉에서는 2018년 7월 '2010년대 최고의 브레이니북스(Best Brainy Books of this Decade)'를 선정하는 특집기사가 실렸다. 여기에서 2010년에 초판이 나온 이 책을 참고할 중요한 도서로 꼽았다.

함께 읽으면 좋은 책

『나쁜 사마리아인들』 장하준 지음, 이순희 옮김, 부키, 2018

『장하준의 경제학 강의』 장하준 지음, 김희정 옮김, 부키, 2014

『한국 자본주의』 장하성 지음, 헤이북스, 2014

002

달콤한 사이비에 맞서는 진짜 심리학

강양구_지식 큐레이터

딱딱한 심리학
김민식 지음, 현암사, 2016

끔찍한 살인 사건이 있었다고 치자. 그러면 꼭 TV, 신문 같은 언론에 등장해서 한두 마디씩 논평을 보태는 이들이 있다. 가만히 들어보면 그 내용은 대동소이하다. "엽기적이다" "폭력 행위가 점점 가혹해지고 있다" "정상 상태에서는 저지를 수 없는 끔찍한 범죄다" "경쟁 사회에서 소외된 청년 세대 일탈이 문제다" 등. 이런 분석에 과연 세상의 진실이 있을까? 『딱딱한 심리학』의 까칠한 심리학자 김민식의 설명을 들어보자.

"연구실에 있다 보면 기자로부터 가끔 전화가 온다. 며칠 전에도 한 기자가 전화를 해서 '요즘 난폭 운전, 보복 운전이 문제 되고 있는데, 왜 사람들은 보복 운전을 하나요? 보복 운전을 하는 심리는 뭐죠?'라고 물었다. (중략) 사실 보복 운전과 관련하여 체계적인 연구를 한 적도 없고 알고 있는 지식도 미천하여 '잘 모르겠습니다'라고 얘기하고 전화를 끊었다.

모든 운전자가 난폭 운전, 보복 운전을 하는 것은 아니다. 그리고 그런 운전을 어떤 사람이 했다고 해서 늘 그렇게 운전하지도 않을 것이다. 우리나라 전체 운전자 가운데 난폭 운전을 한 경험이 있는 사람이 얼마나 되고, 그런 경험이 있다면 어느 정도의 빈도로 난폭 운전을 하는지, 어떤 상황에서 난폭 운전을 하는지, 난폭 운전을 하는 사람의 성향이나 그 당시 상황은 무엇인지 면밀히 조사해봐야 한다. 간단한 문제가 아니다.

더욱이 '왜?'라는 질문은 인과 관계를 설명해야 하는 매우 어려운 질문이다. 어제 낮 12시에 A라는 사람이 서울 종로에서 보복성 난폭 운전을 했다고 하자. 그리고 그것이 뉴스거리가 되어 기자가 나에게 그 이유를 묻는다면? 심리학 교수가 무슨 점쟁이라도 되는가? 그 A라는 사람이 아침에 직장 상사에게 야단을 맞았는지, 조금 전 애인과 전화로 말다툼을 했는지, 자동차에 에어컨이 고장나서 짜증이 났는지, 오늘 신은 신발이 불편했는지, 혹은 상대 차가 A라는 사람이 싫어하는 종류의 차종이었는지 등등 무슨 이유였는지 그걸 어떻게 알겠는가?"

이런 이야기를 읽고 나면 『딱딱한 심리학』이 서점이나 도서관에 널리고 널린 말랑말랑한 달콤한 심리학책과 어떻게 다른지 감이 올 것이다. 저자는 이 책에서 심리학이 마치 상대방의 마음을 읽는 기술이나 고통을 치유하는 상담 수단으로 오해받는 세태에 반기를 든다. 그가 지향하는 심리학은 "인간의 마음과 행동을 연구하는 과학"이기 때문이다.

그의 이야기를 좀 더 들어보자. 요즘 많은 사람이 심리학에 눈길을 주는 이유는 그것이 나의 '힐링'이나 '행복'에 도움을 주는 자기 계발 수단으로 인식되기 때문이다. 그러나 정작 진지한 심리학 연구는 그런 것과 거리가 멀다. 왜냐하면, 진지한 심리학은 오히려 그런 '힐링'이나 '행복'과 같은 마음 상태가 도대체 어떤 자기기만에서 비롯한 것인지 따져 묻기 때문이다.

"최근 들어서 '과학'이라는 가면을 쓰고 인간의 마음이나 영성 등에 대해 자기계발적인 책들과 말들을 쏟아내는 사람들이 많이 보인다. (중략) 새로운 과학적 실험이나 연구 없이 자신의 통찰(?)을 지지해 주는 사례들만 가지고 새로운 진리를 발견한 것처럼 사람들에게 '이렇게 하면 행복해진다' '이것을 깨달으면 건강해진다'고 떠들어 대고 있다."

"아무리 명문 대학 박사 학위를 받고, 현재 교수거나 의사면 뭐하겠는가? 수십 권의 자기 계발 책을 출판하고, 대중 매체가 세계적인 아이콘이라 떠들어 대고, 많은 대중이 몰려다니는 유명 강연자면 뭐하겠는가? 주장하는 바는 전혀 과학적 엄밀성과 객관성이 결여된 부흥 강사나 사이비 교주와 같은 말들만 쏟아 낸다. 여러분은 그 사람의 타이틀이나 대중 인기를 믿고 그 권위에 따라 지식을 얻겠는가 말이다. 그런 책을 보고 그런 강연을 들으면서 헛된 지식을 얻고 잘못된 신념을 갖느니 차라리 재미있는 만화책을 읽으며 낄낄거리는 것이 낫다."

어떤가? 저자의 이야기를 가만히 듣고 있노라면 저절로 머릿속에 베스트셀러 책 제목이 몇 개 떠오른다. 이미 많은 이들이 직접 읽어보고 환멸을 느꼈겠지만 그렇게 사이비 교주처럼 상처를 치유하고, 절망에서 벗어나게 해준다고 약속하는 책치고 제값을 하는 경우는 거의 없다. 책을 읽을 때 잠시 달콤한 기분이 들지 모르지만 책만 덮으면 현실은 시궁창이다.

그렇다면, 어떻게 해야 할까? 『딱딱한 심리학』은 크게 세 부분으로 나뉘어 있다. 지금까지 소개한 내용이 1부다. 즉, 말랑말랑하고 달콤한 심리학, 사이비 종교 같은 심리학에 속아 넘어가지 말라는 것이다. 김민식은 2~3부에서 진짜 딱딱한 심리학이 인간의 마음을 놓고서 가르쳐주는 지식을 차근차근 전달한다.

저자를 비롯한 진지한 심리학자가 강조하는 핵심은 딱 한 가지다. 인간의 마음을 투명하게 파악하는 일은 불가능하다. 심지어 자신이 '내 마음'이나 '내 선택'이라고 믿고 있는 것조차도 사실은 진실과 거리가 있다. 인간은 다양한 수단으로 자신을 감쪽같이 속이는 재주가 있다.

이렇게 나의 마음조차 믿을 게 못 된다면, 그동안 막연히 세상의 진실이라고 믿어왔던 것은 얼마나 그 기초가 엉성할까? 수많은 사이비가 목소리 높였던 모든 것이 마음먹기에 따라 달렸다는 달콤한 속삭임은 얼마나 무책임한가? 『딱딱한 심리학』은 사이비의 달콤한 심리학이 넘쳐나는 시대의 죽비 같은 책이다.

더구나 이 책을 천천히 읽다 보면, 그동안 진지한 심리학자가 만들어 놓은 인간의 마음과 행동을 이해할 수 있는 개념의 도구도 머릿속에 장착하게 된다. 심지어 핵심적인 내용이 빠짐없이 들어 있는데도 책이 얇아 읽기에도 부담이 없다. 진짜 심리학에 입문하기에 최고의 책이다. 국내의 진짜 심리학자가 너도나도 이 책을 권하는 이유다.

함께 읽으면 좋은 책

『행복에 걸려 비틀거리다』 대니얼 길버트 지음, 최인철 외 옮김, 김영사, 2006

『마인드웨어』 리처드 니스벳 지음, 이창신 옮김, 김영사, 2016

『인코그니토』 데이비드 이글먼 지음, 김소희 옮김, 쌤앤파커스, 2011

003

집필의 숨은 의도

김성신_한양대 창의융합교육원 겸임교수

부자의 경제학 빈민의 경제학
유시민 지음, 푸른나무, 2004

반복발달설이라는 오래된 생물학 이론이 있다. '베어의 법칙'이라고도 하는데, 카를 베어라는 독일의 생물학자가 19세기 중반에 제시한 이론이다. 반복발달설을 간략하게 설명하자면, 생물 개체가 발생할 때 그 조상이 지나온 역사가 되풀이한다는 설이다. 쉽게 말해 인간도 정자와 난자 시절에는 단세포생물과 비슷하고, 이후 어류, 파충류, 양서류, 조류, 포유류의 순서와 같은 과정을 거친 후, 즉 인류가 과거에 진화했던 과정을 거쳐 인간으로 탄생한다는 것이다. 이 법칙은 지금으로부터 약 150년 전인 1866년 독일의 헤켈에 의해 생물학 이론으로서 정식화됐다.

여기서 한 가지 흥미로운 점은, 창조론자들이 이 법칙에 대해 자그마치 150년이나 물고 늘어졌다는 것이다. 최근까지도 우리나라 중·고교 교과서에서 이 이론을 삭제해야 한다는 내용의 칼럼이 몇몇 언론사의 지면 등을 통해 지속해서 나오고 있다. 이쯤 되니 어쩌면 진화론자들은 반복발달설이라는 것을 처음 제안할 때부터 창조론자들의 기분을 매우 나쁘게 만들기 위한 모종의 궁리가 있지 않았을까 싶을 정도다. 물론 이것은 과학적으론 전혀 중요한 문제도 아니며 그저 그런 냄새가 난다는 것뿐이다.

『부자의 경제학 빈민의 경제학』은 유시민이 지금으로부터 26년 전인 1992년, 그러니까 그의 나이 33세에 펴낸 책이다. 그는 1988년 13대 총선에서 이해찬 대표가 당선되자 그의 보좌관으로 일하면서 정계에 입문한다. 그러다 보좌관을 그만두고 독일로 유학을 떠났고, 그해에 바로 이 책을 출간했다. 그는 이후 5년 동안 요하네스 구텐베르크 마인츠 대학에서 공부했고, 경제학 석사 학위를 받아 1997년 귀국한다. 『부자의 경제학 빈민의 경제학』은 『아침으로 가는 길』과 『거꾸로 읽는 세계사』 다음으로 나온 그의 세 번째 책이다.

그의 또 다른 책 『WHY NOT?』을 보면, 사뭇 도발적인 책의 제목만큼이나 자신감 넘치는 모습으로 머뭇거림 없이 세상을 비평한다. 한마디로 유시민 스타일이 만들어진 것이다. 그는 이 '스타일'을 바탕으로 일약 스타덤에 오른다. 유시민은 『부자의 경제학 빈민의 경제학』으로 자신에게 필요한 지적 영역이 어디까지인지 가늠했고, 책을 먼저 써서 세상에 던져놓은 후 본격적인 공부를 시작했다. 이는 유시민 특유의 패턴으로 보인다. 자신이 새로운 지적인 여정을 시작한다는 일종의 신호로도 볼 수 있겠다.

이 책의 구성은 매우 단순하다. '보이지 않는 손'으로도 유명한 애덤 스미스의 『국부론』부터 『인구론』의 맬서스, 『자본론』의 마르크스, 『진보와 빈곤』의 헨리 조지, 『유한계급론』의 도스타인 베블렌, 『고용·이자 및 화폐의 일반이론』으로 수정자본주의를 제창한 존 케인즈 등 이 책에서는 경제사 속에서 빼놓을 수 없는 학자와 사상가들이 나열되어 있다. 본문에서는 그들의 경제학 이론이 당시의 어떠한 시대상과 맞물려 있는지 이해하기 쉽게 설명한다. 서문에서 밝히고 있듯이 "경제 이론의 배후에 놓인 철학과 사고방식을 개괄"한 것이다. 어느 학문이든 마찬가지겠지만 새로운 학문의 영역으로 들어가는 가장 효과적인 방식은 해당 학문의 역사를 '개괄'하는 것이다.

유시민은 서문에서 이렇게 쓰고 있다. "이 책은 내가 경험한 지적 시행착오의 산물이다. 나는 대학에서 경제학을 배우던 시절에는 그것을 거의 이해하지 못하였다. 대학에서 가르치는 '공인된 경제학'의 밑바닥에 깔린 인간관과 세계관을 받아들일 수 없었기 때문이다. 나는 학기말 시험을 위한 공부보다는 '강의실 밖의 학문'인 마르크스주의 경제학을 공부하는 데 훨씬 더 많은 시간과 정력을 쏟았다. 일점일획의 공통성도 없어 보이던 두 흐름의 경제학이 각기 다른 측면에서 현실의 한 단면을 반영하고 있다는 것을 깨달은 것은 많은 시간이 흐른 후였다."

유시민이 이렇게 써놓은 서문은 그가 자신의 저술에 대해 표면적으로 '드러낸 의도'다. 하지만 이 책의 가장 흥미로운 점은 저자가 그 외에 따로 '숨겨놓은 의도'가 있다는 점이다. 그것을 결론적으로 말하자면 '우리 대부분이 통념으로서 믿고 따르는 생각들이 모두 진실은 아니며, 대개는 어떤 나쁜 의도를 가진 것일 가능성이 크다. 그 나쁜 의도들을 찾아내려면 역사를 거슬러 올라가 맥락을 살펴보아야 한다'는 것이다.

이런 관점에서 이 책의 집필 의도를 더 짧게 줄이자면 '경제학적 통념에 도전하는 법'이 될 것이다. 이것은 책을 실제로 읽어보면 금방 알 수 있다. 책은 자유방임주의와 공산주의 그리고 그 사이에 위치한 수정자본주의와 신자유주의라는 경제학 이론의 변화 양상을 모조리 펼쳐놓는다. 이렇게만 해놓아도 독자들은 지극히 자연스럽게 경제 체제의 본질을 한눈에 알 수 있다. 오늘날의 자본주의가 전가의 보도처럼 여기는 신자유주의 경제학 역시 사회적 진화의 최종 산물이 아니며, 이전의 경제학처럼 시효를 다하면 언제든 폐기될 수 있다는 점을 강하게 암시하고 있는 것이다. 다시 말해 초등학생이 읽는다고 해도, '지금의 경제 체제는 분명히 문제가 있으며 앞으로 더 개선해 나가야 할 여지가 많다'는 것을 직관적으로 이해할 수 있도록 쓴 책이 바로 『부자의 경제학 빈민의 경제학』이다.

다시 발생반복설 이야기로 돌아가보자. 신자유주의 신봉자들은 창조론자들과 여러모로 닮았다. 일단 신앙적 차원의 최종 결론부터 내려놓고 거기에 과학과 논리를 입히려고 온갖 수단을 동원한다는 점에서 그렇다. 대부분의 신자유주의 신봉자들이 경제학에 관한 학문적 이해보다는 그것이 기득권에게 유리한 이론이라는 굳건한 믿음에서 그와 같은 입장을 취하는 행태와 매우 비슷하다. 헤켈이 『일반형태학』을 펴낸 후 창조론자들이 150년이 지난 지금까지도 분기탱천하고 있듯, 이 책은 출간 이후 지금까지도 한국의 신자유주의 신봉자들에겐 무척 불편한 책으로 여겨진다. 재미있는 것은 아무리 불편해도 그들로서는 대응할 방도가 별로 없다는 점이다. 자신들이 문제를 제기 할수록 책의 존재감만 더 부각시킬 것이 분명하다.

그들이 불편함을 해결할 수 있는 유일한 방법은 압도적으로 뛰어난 새 경제학 이론을 담은 입문서를 집필하는 것뿐이다. 하지만 아직 그런 조짐은 보이지 않는다. 이 책은 출간 26년째인 지금까지도 가장 뛰어난 경제학 입문서 중 하나로 많은 독자들이 계속 찾고 있다. 유시민이 대중적 인지도를 유지하고 있는 동안 그리고 스스로 절판을 하지 않는 한 이 책은 계속 그 위상과 지위를 유지할 것으로 보인다. 이 책은 단 한 권의 책이 얼마나 집요하게 불합리한 기득권을 괴롭히고 불편하게 만들 수 있는지 보여주는 매우 흥미진진한 사례이기도 하다.

함께 읽으면 좋은 책

『역사의 역사』 유시민 지음, 돌베개, 2018
『경제학의 모험』 니알 키시타이니 지음, 김진원 옮김, 부키, 2018
『나쁜 사마리아인들』 장하준 지음, 이순희 옮김, 부키, 2018

004

세상을 읽는 사이다 경제학

박일호_이야기경영연구소 연수사업단장

이준구 교수의 인간의 경제학
이준구 지음, 알에이치코리아, 2017

한로가 지나며 아침저녁으로 날씨가 제법 쌀쌀하다. 2018년도 몇 달 남지 않았다. 어느 해가 그렇지 않았겠느냐만 올해는 경제가 어렵다는 소리를 유난히 많이 뱉고 들었다. 그러다 보니 흔히 '유리 지갑'에 비유되는 근로 소득만 있는 사람이라면 '13월의 월급'이라는 연말정산에 벌써 신경이 곤두서기 마련이다. 특히 2014년의 연말정산 대란을 기억하는 직장인이라면 더욱 그럴 것이다. 세법 개정의 여파로 많은 납세자가 세금을 돌려받기는커녕 추가로 더 내야 하는 상황이 생기면서 납세자들의 불만이 극에 달했다. 사실 많이 낸 후 돌려받든, 적게 낸 후 더 내든 결과적으로 내는 세금은 같다. 세무 당국의 안일한 생각이 초래한 결과인 셈이다. 그러나 대부분의 사람은 전자는 이득으로 생각하고 후자는 손실로 인식한다. 이른바 똑같은 상황이라도 어떤 틀로 상황을 인식하느냐에 따라 사람들의 행태가 달라진다는 것을 잘 보여주는 사례다. 이런 예를 틀짜기 효과라고 부른다. 물론 반대의 경우도 있다.

캐머런 전 영국 총리는 내각 산하기관으로 행동분석팀을 꾸려 예산을 절감하는 다양한 실험을 했다. 그중 하나가 세금 납부를 독려하는 우편에 "대다수 납세자가 기한 내에 성실하게 세금을 내고 있다"라는 문구를 넣은 것이었다. 놀랍게도 이를 통해 체납자 상당수가 세금을 냈다. 또 행태경제학(Behavioral Economics)에서 말하는 '기정편향', 즉 기존에 정해져 있는 것을 따르는 경향을 이용해 기업 연금 프로그램의 가입률을 60%에서 83%까지 끌어올렸다. 현재 영국, 미국을 비롯해 정책적으로 행태경제학을 사용하는 국가는 전 세계 136개국에 달한다.

『이준구 교수의 인간의 경제학』은 인간의 비합리적 경제 행위 뒤에 숨겨진 인간의 행동 심리에 관해 연구하는 행태경제학에 관한 책이다. 행태경제학은 태어난 지 100년도 되지 않을 정도로 역사가 짧다. 초기에는 고작 심리테스트 수준의 비주류 경제학으로만 취급받았다면, 이제는 인간의 복잡한 심리를 이용해 바람직한 정책을 만드는 데 이바지하는 이론으로 인정받고 있다. 행태경제학을 바탕으로 대니얼 카너먼, 로버트 실러 등이 노벨경제학상을 받았으며, 경제학의 개척자로 떠올랐다. 기존 경제학에서는 인간을 합리적이고 이기적인 존재로 가정한다. 그런데 정말 그런가. 당장 가슴에 손을 올리고 냉정하게 생각해보자.

우리의 합리성에는 여기저기 구멍이 숭숭 뚫려 있을 뿐 아니라, 냉철하게 자신의 이익만 추구할 배짱도 없다. 현실에서는 계산기처럼 손익을 따져 그것에 맞게 합리적으로 행동하는 인간(이콘)보다 비합리적인 행동을 일삼는 인간(휴먼)이 훨씬 많다. 주류경제학은 그간 실험실에 갇혀 현실과 동떨어진 인간을 상정하고 실험했다. 주류경제학이 이콘의 학문이라면 행태경제학은 주먹구구식 원칙에 따라 행동하는 휴먼의 이야기라고 할 수 있다. 심리학과 경제학의 경계를 넘나들며 인간의 비합리성이 어떤 이유에서 비롯되는지, 어떤 메커니즘으로 흘러가고 그 결과 어떤 현상이 일어나는지 분석한다. 그래서 경제학이라기보다 심리학에 가깝다는 소리를 듣기도 한다. 그러나 행태경제학은 인간 본연의 모습이 무엇인지 알아내려고 노력하며, 현실을 잘 설명하여 새로운 가능성을 열어주고 있다. 행태경제학에서는 인간이 정말로 이기적이고 합리적인 존재인지 검증해보자고 제의한다. 그리고 이렇게 찾아낸 인간 본연의 모습에 기초해 경제이론을 다시 짜고 경제정책을 새로 수립해야 한다며 경제학을 실험실 밖으로 이끈다. 행태경제학이 현실에서 설득력이 높아질 수밖에 없는 이유가 거기에 있다.

저자는 4대강 사업 비판 등 사회 현안에 대해 거침없는 돌직구를 날려 '쓴소리 경제학자'로 유명한 이준구 서울대 명예교수다. 경제학을 공부한 사람치고 그가 쓴 책을 교과서로 배우지 않은 사람이 거의 없을 정도로 미시경제학의 대가로 꼽힌다. 거기다 한국형 온라인 무료 공개강좌(K-MOOC, 케이무크) 시범 운영 결과에 알 수 있듯이 그의 강의가 2016년 대학 온라인 강의에서 최고 인기 수업으로 나타났다. 저자는 행태경제이론이라는 미지의 대륙으로 인도하는 안내자 역할을 자임하고 있다. 시장 중심의 주류경제학을 이끌어온 그가, 인간의 합리성을 제한적으로 보는 행태경제학에 관한 책을 썼다는 것부터 다소 의외다. 이 책에서 저자는 흔히 사용되는 '행동경제학'이라는 용어 대신 '행태경제학'을 고수하고 있다. 이에 대해 저자는 단순히 사람들이 어떤 행동을 하느냐가 아니라 어떤 방식으로 행동하느냐에 집중해, 그 행동이 어떤 영향을 미치는지까지도 살펴봐야 하기 때문이라고 설명한다.

이 책에서는 매몰 비용, 닻내림 효과, 손실 기피 성향, 부존 효과 등 다양한 행태경제학 이론의 핵심이 간추려져 있는 데다 국내 경제 상황에 맞는 적절한 사례를 들고 있어 이해하기 쉽다. 잘못된 경제 정책의 원인과 결과를 비교하면서 비판하기도 한다. 무엇보다 정치, 경제 이슈를 행태경제학적으로 분석한, 각 장 마지막에 나오는 '생활 속의 행태경제학' 편이 유익하면서도 흥미롭다. 이 책은 2009년에 나온 『36.5℃ 인간의 경제학』의 개정증보판이다. 새로 나온 행태경제학 관련 책과 논문을 참고해 상당히 많은 내용을 추가했다. 경제학이 딱딱하고 재미없는 학문이라는 선입견을 보기 좋게 부숴버리는 것을 목표로 한 듯 경제학책인데도 소설 읽을 때처럼 설레는 마음으로 다음 대목을 기대하게 된다.

마지막으로 책에 나오는 아주 간단한 문제 하나를 풀어보자. "야구 배트 한 개와 공 한 개의 값을 합치면 1달러 10센트다. 배트는 공보다 1달러 더 비싸다. 그렇다면 공 한 개의 값은 얼마인가?" 계산을 해보지 않고 순전히 직관(행태경제학의 거목인 심리학자 카너먼이 '빠른 사고'라고 이름 붙인 시스템 1)으로 답을 구한다면, 순간적으로 머리에 떠오르는 공의 가격은 10센트다. 그러나 조금만 더 생각해보면 직관적인 답이 틀렸다는 것을 바로 알 수 있다.

혹시라도 이 글을 읽는 독자 중에서 오답을 말했다고 자책할 필요는 없다. 하버드, MIT, 프린스턴 같은 미국의 최고 명문대학 학생들의 절반 이상 역시 오답을 말한 것으로 드러났다. 그런데 사실 아주 간단한 계산으로 공의 가격을 알 수 있다. 답이 궁금하면 책의 51쪽을 확인하면 된다.

함께 읽으면 좋은 책

『생각에 관한 생각』 대니얼 카너먼 지음, 이창신 옮김, 김영사, 2018
『넛지』 리처드 H.탈러 외 지음, 안진환 옮김, 리더스북, 2009
『승자의 저주』 리처드 H.탈러 지음, 최정규 외 옮김, 이음, 2007

005

뜨거워봤던 사람만이 쿨할 수 있다

김세나_콘텐츠큐레이터

쿨하게 생존하라
김호 지음, 모멘텀, 2014

"무슨 일 하세요?" "네, 저는 00 회사 다녀요." 처음 본 사람들과 대화를 나누다 보면 자연스레 서로 하는 일에 관해 묻곤 하는데, 가끔 의아할 때가 있다. 본인의 직장이 자기가 하는 일을 대표한다고 생각하는 이들이 많기 때문이다. 직장과 직업을 혼동하는 이들은 직장을 잃는 순간 자기 일이 사라져버렸다 여기고 낙담한다. 그러나 100세 시대, 대단한 능력자도 은퇴하고 난 이후의 삶이 반세기나 펼쳐진다. 게다가 소위 말하는 성공에 다다르는 이들은 극소수이지 않은가.

인생의 위기는 누구에게나 찾아온다. 아무리 잘나가는 사람도 미끄러지고 엎어지고 자기 의지와는 상관없이 쉬어가야 할 때도 온다. 아무것도 준비되지 않은 사람은 위기가 찾아왔을 때 슬럼프에 빠져 잘나가던 때만 되새김질하며 자신의 현 상황을 받아들이지 못한다. 이런 상황을 좀 더 이성적으로 대처할 수 있도록 돕는 책이 바로 『쿨하게 생존하라』이다. 이 책은 현재 자기 분야에서 어느 정도 일한다는 소리 좀 듣고, 더 나아가 자기 커리어를 진단해서 삶을 개선하고자 하는 의지가 있는 사람들을 위한 안내서라고 할 수 있다.

저자 김호는 기업의 위기 상황에 대한 대응책과 대비책을 컨설팅하는 위기관리 전문가로 활동하다가 개인에게도 서바이벌 키트(극한 상황에서 생존하기 위해 꼭 필요한 도구)가 필요함을 깨닫는다. 그리고 말한다. 인생의 위기가 찾아왔을 때 서바이벌 키트만 있다면 쿨하게 생존할 수 있다고. 그가 미리 준비하길 권하는 인생 서바이벌 키트는 '직업' '경험' '관계' '배드 뉴스' '역사' '균형', 이렇게 6개 분야에 걸쳐 있다.

이 서바이벌 키트 전략에 따르면, 직장 다닌다고 직업 생기지 않으니 우리는 지속적으로 무엇이 재미를 그리고 돈을 만들어내는지 고민해야 한다. 자신에게 중요하고, 또 좋아하고, 새롭게 시도해보고 싶은 것은 무엇인지, 더 나아가 이들을 활용하여 어떻게 수익을 낼 수 있는지를 찾아야 한다. '행운(재미와 돈 모두를 만들어내는 영역)' '취미와 보람(재미는 있지만 돈을 잘 만들지 못하는 영역)' '생계(재미는 없지만 돈은 잘 만들어내는 영역)' '불운(재미와 돈 모두를 만들어내지 못하는 영역)'을 구분해서 말이다.

또 그는 '할 수 있다'를 '했다'로 만드는 사람만이 차이를 만들어낼 수 있다고 말한다. 누구나 길은 알지만 소수만이 그 길을 걷는다. 성취와 성공을 좌우하는 핵심 요소는 '알기'가 아니라 '하기'이기 때문이다. '누가 그걸 모르나. 그래서 뭘 어떻게 하라는 거야?'라고 생각하는 사람들은 찬찬히 책을 읽어보자. 이 책이 여타 자기계발서들과 다른 점이 그것이다. 저자는 단순히 조언하는 데 그치지 않고 '할 수 있다'를 '했다'로 바꾸는 방법을 구체적으로 알려준다.

직장을 다니다가 직업을 만들었다고 나름대로 자부하는 나로서 가장 공감되었던 이야기는 행복을 위해서는 친구가, 성공을 위해서는 아는 사람이 필요하다는 말이었다. "어려울 때 친구가 진짜 친구"라는 옛말이 있는데, 그 말은 틀렸다. 사람이 연민을 가지기는 쉬워도 질투를 버리기는 어렵다고 하지 않던가. 내가 정말 잘되었을 때 시기하지 않고 진심으로 축하해주는 사람이 진짜 친구다. 어려울 때는 친구보다 '아는 사람'이 더 필요하다. 마크 그라노베터가 쓴 논문 「약한 연대의 강력한 힘」을 보면 새로운 직장을 구한 사람들에게 일자리 정보를 준 사람은 친구가 아닌 그냥 아는 사람이었다. 자주 보진 않지만, 대단한 우정까지는 아니더라도, 연민을 가지고 나를 응원해주는 '그냥 아는 사람'이 나에게 도움되는 정보를 줄 가능성이 높다고 한다.

이렇게나 중요한 '아는 사람'을 어떻게 만들까. 저자는 이를 "운을 높이는 가장 과학적이고 강력한 방법"이라고 표현했다. "이해관계가 없는 사람들, 즉 약한 연대에 있는 사람들을 평소에 기회가 있을 때마다 돕는 것입니다. (중략) 따뜻한 말 한마디, 고민을 들어주는 시간, 상대방의 장점을 공개적으로 칭찬해주는 것, 내 전문성을 발휘한 조언 한마디, 상대방에 대한 관심…. 이런 것들이 사람에게 감동을 주고 큰 영향력을 행사합니다."

이뿐만 아니라 책에는 인생의 나쁜 뉴스를 관리하는 방법, 미래를 돌아보고 과거를 계획하는 방법, 적당히 몰입하고(Go) 놀고(Play) 멈춰 서서 여유를 가지면서(Stop) 삶의 균형을 맞추는 방법, 제대로 된 인생의 버킷리스트를 세우는 방법 등 그야말로 스스로 자립할 수 있는 전략들이 가득하다. 그러나 그의 말을 자칫 '생존하기 위해 죽기 살기로 노력하라'라는 메시지로 받아들여서는 안 된다.

오늘날 청년들은 '대충 살자'에 열광한다. 무의미한 것에서 의미를 찾는 이들을 일컬어 '무민(無mean)세대'라 부른다. 이들은 "걷기 귀찮아서 미끄러져 내려가는 북극곰처럼" "양말 색깔만 같으면 상관없는(짝짝이로 신는) 김동완처럼" 사는 삶을 지향한다. 누군가는 무민세대를 무언가를 성취하고자 하는 의지도 없고 노력도 하지 않는 한심한 이들로 볼지 모르겠다. 하지만 정말 대충 사는 사람들은 '대충 살아야겠다'라고 다짐하지 않는다. 이들은 단 한 번도 대충 산 적 없는 이들이기에, '대충 살자'라고 감히 외치며 각박한 현실을 최선을 다해 자기만의 기준을 가지고 열심히 살아가고 있다. 재미를 추구하며 인생의 또 다른 의미를 만들어 가는 세대인 것이다.

『쿨하게 생존하라』가 전하는 메시지도 마찬가지다. 저자의 삶에서 가장 중요한 레시피는 균형이다. 균형을 찾는다는 건 그가 즐겨 한다는 "간장 국수를 해 먹고, 밀크 팬에 우유를 데워 커피와 섞어 마시는" 것처럼, 비생산적이지만 작은 기쁨을 주는 일을 하는 것이다. 쿨하게 생존하기 위해서는 이렇듯 일과 삶의 균형을 잘 잡아야 하고, 그러기 위해 삶의 결정적인 오답을 피할 수 있는 '서바이벌 키트' 전략이 필요한 것이다. 그가 말한 '생존'은 살아남기 위함이 아니라 살아가기 위함이므로. 그래서 그는 "희귀한 성공을 추구하며 위기에 빠지기보다는 직장에서 벗어난 이후에도 자신만의 직업과 스스로 일군 행복을 통해 균형 잡힌 삶을 살아가는 생존으로 눈을 돌려야 한다"라고 말하는 것이다. 일과 삶의 균형을 찾기 위해 뜨겁게 사는 사람이야말로 오늘날 쿨하게 생존할 수 있다.

함께 읽으면 좋은 책

『쿨하게 사과하라』 김호 외 지음, 어크로스, 2011
『나는 이제 싫다고 말하기로 했다』 김호 지음, 위즈덤하우스, 2018
『프레임』 최인철 지음, 21세기북스, 2016

006

지금은 시장에 정의가 필요한 때다

김은섭_비즈니스북 서평가

한국 자본주의

장하성 지음, 헤이북스, 2014

"경제는 호황기도 있고 불황기도 있으며, 경기 순환적인 부침은 수없이 경험해왔다. 그럼에도 불구하고 현재의 문제는 경기순환과 관계없이 소득과 부의 불평등은 지속적으로 악화되어 가고 있다는 점이다."

현재 공정거래위원장으로 활동 중인 김상조 교수와 함께 '재벌 저격수'로 불렸던 장하성 교수는 이 책에서 기형적인 경제체제로 곪아 터진 한국의 현실을 외면한 채 미국과 유럽의 관점에서 자본주의와 신자유주의의 모순과 실패로 빗대는 비판은 틀렸다고 말한다. 근본적으로 한국 자본주의 문제는 선진국들과 크게 다르다는 것이다. 저자는 선진국들의 핵심 문제인 소득 불평등, 양극화 심화, 고용 없는 성장은 물론 극도로 불공정한 시장의 경쟁구조, 재벌의 과도한 경제력 집중 등을 바탕으로 지난 30년간 경제 정의에 역행한 것이 바로 대한민국의 신자유주의적 자본주의라고 설명한다.

장하성은 지금 한국의 시장경제는 "자유주의 과잉 및 구자유주의의 결핍이 한국 경제의 핵심 문제"이며, 권력이 시장으로 넘어간 것이 아니라 재벌에게 넘어갔는데도 이를 규제하거나 제어하지 못하는 것이 한국 경제의 또 다른 핵심 문제라고 지적했다. 한국이 시장 경제체제로 전환한 지 20년이 되었지만 시장경제의 기본적인 모습을 갖추기에는 아직 멀었다는 것이 저자의 생각이다.

특히 이 책이 화제가 된 건 책 말미에 프랑스의 경제학자 토마 피케티가 쓴 『21세기 자본』의 내용을 한국에 적용해 대한민국의 경제적 불평등을 적용할 수 있을지 물은 데 있다. 저자는 전혀 답을 줄 수 없다고 단언했다. 이유는 다음과 같다. 『21세기 자본』의 요체는 "자본 수익률이 노동 수익률보다 높기 때문에 불평등이 지속적으로 증가하면 결국 자본주의가 붕괴될 것이다. 그리고 능력 중심주의가 급격히 훼손되고 이를 토대로 한 민주사회가 망가진다"는 것이다. 이에 대해 장하성 교수는 나라마다 자본주의의 역사와 현재 상황이 다르기 때문에 피케티의 분석 결과를 다른 나라에 일반화하는 것은 오류를 범할 수 있다고 말한다. 또, 피케티가 분석 대상으로 삼고 있는 미국과 유럽의 선진국과는 달리 한국을 포함한 모든 신흥 시장 국가에서 "자본수익률(r)〉성장률(g)"이 성립하는 것은 아니라고 설명한다. 또한 200년이 넘는 자본주의 역사 속에서 오랫동안 거대한 자본을 축적했고, 금융자산의 비중이 큰 선진국을 대상으로 한 분석 결과에서 도출한 피케티의 자본세 정책 대안으로 한국의 불평등 구조를 바꾸겠다고 나선다면, 그것은 그야말로 '학문적 사대주의'가 반복될 위험이 있다고 평가했다.

그렇다면 한국 실정에 맞는 장하성 교수의 소득 불평등 구조 완화책은 뭘까? 저자는 적극적인 노동정책과 임금정책이 완화책이 될 수 있다고 말한다. 한국 경제가 지금처럼 소득 불평등이 심화된 이유는 기업 행태의 문제와 임금도 낮고 고용도 불안정한 비정규직 노동자 그리고 자영업 노동자의 비중이 높은 노동 구조에 근본적인 원인이 있다. 그러므로 과도한 사내유보금에 세금을 부과하는 '초과 내부유보세'와 '업무 존속 기간을 기준으로 한 정규직 전환제'와 같은 정책이 우선적으로 시행돼야 한다고 주장한다. 비정규직 해소 방안은 비정규직의 정규직 전환 기준인 2년을 '동일 노동자의 근무 기간'이 아니라 '동일 업무의 존속기간'으로 바꾸는 것을 골자로 한다. 또한 저자는 시장의 작동 방식 때문에 불가피하게 초래된 불평등한 결과가 한국 사회가 지향하는 가치에 반한다면 이를 제어하는 것은 민주주의, 즉 정치의 역할이라고 강조했다.

이처럼 혁명과 같은 큰 움직임이 일어나지 않고서는 불평등이 해소될 것 같지 않은 현실에서 저자는 미래 주역인 청년세대에게 희망을 찾았다. 『한국 자본주의』에 이어 써낸 책 『왜 분노해야 하는가』에서 저자는 청년세대들에게 기성세대가 만든 틀에서 벗어나 불평등에 대해 분노하고, 평등을 요구하고, 행동할 것을 촉구했다. 결국 세상은 저절로 변화하는 것이 아니라 사회 구성원인 우리가 만들어가는 것이므로 미래 세대의 주역인 지금의 청년세대들이 일어나서 정의롭지 못한 현실에 함께 분노하며 지금의 한국을 바꾸어야 한다고 말한다. 한마디로 청년이 던지는 '1인 1표의 투표'로 함께 잘 사는 '정의로운 자본주의'를 만들자는 의미다.

"시장에도 '정의'가 필요한 때가 왔다. 우리가 어떻게 이걸 풀어나가야 할지는 아직 분명하지 않다. 그러나 한 가지 확실한 건 '정의가 사라져버린 시장'에 대한 논의를 시작할 때가 왔다는 것이다." 『정의란 무엇인가』로 한국 사회 지성계에 새로운 담론을 제공하며 '정의'에 대한 화두를 던졌던 마이클 샌델 하버드대 교수 역시 자신의 저서 『돈으로 살 수 없는 것들』에서 장하성 교수와 같은 맥락의 말을 했다.

지난 30년 동안 우리는 시장경제를 의

심 없이 믿어 왔다. 시장경제가 공공의 이익을 성취할 주요 수단이라고 추정했기 때문이다. 하지만 샌델 교수는 지금과 같은 시장에 대한 맹목적 신뢰는 잘못이라고 주장한다. 과연 시장경제가 '공공의 이익'을 성취할 수 있을지 의문을 가져야 할 시점이 바로 지금이라는 것이다.

이쯤에서 미국 역사상 명판결로 손꼽히는 라가디아 판사의 판결을 살펴볼까 한다. 미국 뉴욕시에서 세 명의 손자를 돌보는 가난한 할아버지가 일감이 없어서 끼니를 때우기 어려웠다. 손자들이 배고파 우는 모습을 보다 못한 이 할아버지는 빵집에 들어가 빵을 훔쳤고 곧 체포되어 재판을 받았다. 이 사건을 맡은 판사는 이 노인에게 벌금형을 내렸다. 판사는 노인의 단죄로 그치지 않았다. 자신을 포함한 뉴욕 시민 모두의 책임이라고 선언하면서 자기 자신에게 벌금을 부과했고, 재판정에 앉아 있던 방청객들에게도 벌금을 내게 해 즉석에서 걷어 노인에게 주었다. 노인은 벌금을 물고 남은 돈을 받아 쥐고는 눈물을 흘리며 법정을 떠났다. 과연 무엇이 불쌍하고 힘없는 노인으로 하여금 빵을 훔치게 했는지 지금 생각해야 할 때다.

선진국과는 전혀 다른 구조의 한국 자본주의의 실체를 낱낱이 파헤친 이 책은 탄탄한 이론적 배경과 논리적 진단으로 대한민국 경제의 최대 골칫거리인 소득 불균형과 양극화를 해소하는 '정의로운 경제'에 대한 깊은 통찰을 보여줬다. 획기적인 두 권의 책이 일으킨 큰 반향 덕분일까. 아니면 '행동하는 경제학자'라는 수식어 때문일까. 저자는 현재 문재인 정부의 정책 전반을 다루는 청와대 정책실장을 수행 중이다. 저자가 이 책에서 펼친 '사람 중심의 정의로운 경제'를 현실에서 실천하여 이 책이 기념비적인 대작으로 남기를 기대한다.

함께 읽으면 좋은 책

『왜 분노해야 하는가』 장하성 지음, 헤이북스, 2015
『21세기 자본』 토마 피케티 지음, 장경덕 옮김, 글항아리, 2014
『돈으로 살 수 없는 것들』 마이클 샌델 지음, 안기순 옮김, 와이즈베리, 2012

007 ——— 개미제국의 발견
008 ——— 다윈의 식탁
009 ——— 로봇 시대, 인간의 일
010 ——— 모든 사람을 위한 빅뱅 우주론 강의
011 ——— 물리학 클래식
012 ——— 세 바퀴로 가는 과학 자전거
013 ——— 세상물정의 물리학
014 ——— 인공지능의 시대, 인간을 다시 묻다
015 ——— 인류의 기원
016 ——— 정재승의 과학 콘서트

과학

007

개미에게 배우는 인간의 삶

이정모_서울시립과학관장

개미제국의 발견
최재천, 사이언스북스, 1999

나는 지구다. 내 안에 사는 모든 생명체는 내가 만든 환경에 적응하며 살았다. 이게 원칙이다. 그런데 1만2천 년 전부터 나는 참으로 황당한 일을 당하고 있다. 호모 사피엔스는 자기 멋대로 산다. 내가 만들어 놓은 환경에 적응하기는커녕 환경을 제멋대로 바꾼다. 멀쩡하던 벌판에 불을 지른다. 물줄기를 마음대로 돌려놓는다. 거대한 포유류들을 삽시간에 멸종시키고 내가 애써 일궈놓은 종의 다양성을 어떻게든 줄이기 위해 모진 애를 쓴다. 이것을 저들은 '농사'라는 그럴싸한 단어로 포장한다.

호모사피엔스들은 잘 들어라. 지구에서 가장 먼저 농경 생활을 시작한 생명은 너희가 아니다. 이미 5천만 년 전에 개미들이 시작한 일이다. 벌써 기분 상할 필요는 없다. 호모사피엔스의 농업은 나쁘고 개미의 농업은 좋다고 이야기하려는 게 아니니까 말이다. 개미도 너희 호모사피엔스보다 더 심하면 심했지 덜하지는 않다.

농사는 계급을 낳기 마련이다. 개미들도 농사꾼이 따로 있다. 그리고 전투병, 보초병, 짐꾼으로 철저하게 분업을 한다. 분업이 얼마나 철저한지 번식마저 분업을 통해 해결한다. 자기 스스로 자식을 낳아 키우기를 포기하고 평생토록 여왕을 보좌하는 일개미들의 행동처럼 불가사의한 일도 지구에는 또 없을 것이다. 개미사회의 자본은 축적해 놓은 식량이고, 이들이 궁극적으로 생산하는 제품은 차세대 여왕개미와 수개미들이다.

대표적인 농사꾼은 잎꾼개미다. 지금도 아메리카 대륙의 열대지방 전역에 살고 있다. 이들은 자기 몸보다 더 커다란 이파리를 입에 물고 수백 미터의 행렬을 이룬다. 그들이 이파리를 먹는다면 농사꾼이라고 부를 수는 없을 터. 잎꾼개미들은 이파리로 버섯을 키운다. 지금 지구에서 버섯을 키우는 개미는 200종이 넘는다. 잎꾼개미처럼 나뭇잎으로 버섯을 키우는 종이 있는가 하면 동물의 똥이나 썩은 시체에서 버섯을 키우는 개미도 있다.

개미가 농사를 짓는데 가축이라고 기르지 않겠는가? 개가 첫 번째 가축이기는 한데, 사실 사람이 늑대를 개로 길들였다기보다는 늑대가 자신들을 보살피고 자신들과 놀아줄 상대로 사람을 선택했다고 보는 게 맞다.

개미는 진디를 키운다. 개미는 진디가 식물에서 빨아들인 영양분을 받아먹는다. 마치 풀을 먹고 젖을 만든 소에게서 호모사피엔스들이 우유를 받아먹는 것처럼 말이다. 호모사피엔스가 소고기와 우유를 얻으려면 그들을 포식자로부터 지켜야 하듯이 개미도 무당벌레나 풀잠자리 같은 사나운 곤충에게서 진디를 보호한다. 진디를 키우는 개미는 식량의 75퍼센트를 진디에게서 빨아먹는 단물로 채운다. 그야말로 낙농 전문 개미인 셈이다. 잎꾼개미 군집이 분가를 할 때, 그러니까 새로운 여왕개미를 내보낼 때

씨버섯 한 줌을 입속에 있는 조그만 주머니에 넣어서 신혼 지참금으로 보내는 것처럼, 진디를 키우는 개미들은 진디 떼를 몰고 다닌다.

가축을 키우는 개미들은 가축을 들판에 놓아서 키우기도 하고 우리에 가둬서 키우기도 한다. 어떤 개미는 아예 집 안에 들여다 놓고 키운다. 호모사피엔스가 키우는 가축들이 초식 포유류이듯이 개미들이 가축으로 키우는 곤충들도 몸이 연하고 방어 능력이 없는 초식동물들이다. 늑대가 호모사피엔스를 선택해서 개가 되었듯이, 진디도 개미를 선택했다. 식물의 즙을 빨아 먹은 진디는 물을 배설한다. 이때 일부 당분도 빠져나가서 주변이 끈적끈적해진다. 냄새도 난다. 이 냄새를 맡고 포식자들이 나타나고 곰팡이가 피고 병균이 꼬인다. 진디는 자신들을 위해 청소를 대신해줄 존재가 필요했다. 그것이 바로 개미다.

호모사피엔스가 먹이사슬의 최정점에 서게 된 결정적인 계기는 언어 능력 때문이다. 개미도 대화를 한다. 그들은 음파 같은 물리적인 요소 대신 페로몬이라는 화학적인 방식으로 대화를 한다. 화학 언어는 매우 효율적이다. 페로몬 1밀리그램으로 지구를 세 바퀴나 돌 만큼 긴 냄새 길을 만들 수 있다.

개미는 여러모로 호모사피엔스들에게 자신을 돌아다볼 수 있는 거울과 같은 존재다. 그런데 호모사피엔스들은 어지간히도 개미에 대해 잘 모른다. 그야말로 오리무중이다. 지구에 있는 개미는 최소한 1만2천 종에 달한다. 세계는 넓고 개미는 많다. 하지만 곤충도감에는 몇 종류 나오지도 않으며 특별한 설명도 없다. 기껏해야 개미는 흰개미와는 아무런 관련이 없고 대신 벌과 같은 목(目)에 속한다는 정도만 알려준다.

그런데 1999년부터 한국 사회에서 개미의 위치가 달라졌다. 개미가 지식인의 관심 대상이 되었다. 이유는 간단하다. 『개미제국의 발견』이 나왔기 때문이다. 이 책이 나오자 상황은 극적으로 달라졌다. 이 책의 부제는 '소설보다 재미있는 개미사회 이야기'다. 부제에서 말하는 소설의 작가는 아마도 베르베르일 것이다.

부제는 옳다. 정말이다. 소설보다 재밌는 과학책이다. 이 책은 재밌기만 한 게 아니다. 한국 교양 과학도서를 전혀 다른 차원으로 끌어올렸다. 정확히 '과학책'인 것이다. 과학과 대중의 소통에 관심 있는 과학자들은 그때까지 오로지 '과학의 대중화'만을 이야기했다. 어려운 과학을 단지 쉽게 설명하는 데 무진 애를 썼지만 별다른 성과는 없었다. 이 책은 '대중의 과학화'를 시도한 첫 번째 과학 교양서라고 할 수 있다. 저자 최재천 교수는 단지 과학에 쉽게 접근하는 데 그치지 않고 과학의 본령으로 대중 끌어올리기를 시도했고 성공했다.

지금은 여섯 번째 대멸종기다. 호모사피엔스들은 이것을 인류세라고 부른다. 지난 다섯 번의 대멸종은 지구의 의지대로 이뤄진 일이었다. 하지만 이번 여섯 번째 대멸종은 지구가 아니라 호모사피엔스 자신에게 있다는 것을 인정했다. 참으로 염치 있는 자세다.

인류세는 인간의 생물량이 너무 많아서 생긴 일이다. 75억 명을 모두 모으면 가로, 세로, 높이 2킬로미터의 상자를 가득 채울 수 있다. 그런데 개미도 마찬가지다. 그 정도 있다. 그런데 아무도 지금을 개미세라고 부르지는 않는다. 개미는 최소한 1만2천 종이 있기 때문이다. 개미는 1만2천 개의 생태적 틈새(niche)를 채우면서 생태계의 먹이그물을 촘촘하게 유지하지만 호모사피엔스는 겨우 한 개의 틈새만을 차지하고 있다.

지구가 보기에 호모사피엔스와 개미는 아주 비슷하면서도 다르다. 개미에게 좀 배워라. 그래야 조금이라도 더 지속가능하지 않겠는가!

함께 읽으면 좋은 책

『초유기체』 베르트 횔도블러 외 지음, 임항교 옮김, 사이언스북스, 2017
『까막딱따구리 숲』 김성호 지음, 지성사, 2011
『공생 멸종 진화』 이정모 지음, 나무나무, 2015

008

진화한 진화론은 어떻게 진보하였는가

이권우_도서평론가

다윈의 식탁
장대익 지음, 바다출판사, 2015

늘 논쟁의 대상이 되는 주제가 있다. 진화가 그렇다. 일단 지적 설계론자에게 지속해서 공격을 받는다. 일군의 학자들이 참다가 발끈해 맹렬하게 역공을 편다. 지켜보는 처지에서 신난다. 싸움 구경만큼 재밌는 게 어디 있던가. 더욱이 무력을 동반한 싸움이 아니라 오로지 논리에 기댄 싸움만큼 흥미로운 건 없다. 진화를 인정하는 학자끼리 싸운다. 적전 분열인가? 그런 것 같지는 않다. 진화를 확고하게 받아들이지만, 이런저런 문제로 티격태격한다. 자존심 대결의 흔적도 보인다.

그런데 교양 수준에서 보자면 다윈의 후예들이 벌이는 논쟁을 일목요연하게 이해하기 어렵다는 문제가 있다. 논의 수준이 높고 깊은 데다 쟁점과 토론 결과를 한데 모아 놓은 책이 없기 때문이다. 장대익의 『다윈의 식탁』이 차지하는 위상은 바로 이 지점이다. 진화론에 동의하지만, 진화학자 내부의 논쟁점을 정확히 알지 못하는 교양과학 독자들이 느끼는 지적 갈증을 속 시원히 해결해준다.

이 책은 구상부터가 신선하다. 2002년 5월, 세계적인 진화 생물학자 윌리엄 해밀턴의 장례식이 치러졌다. 명성에 걸맞게 유명한 진화학자들이 장례식에 모여들었다. 킴 스티렐니와 엘리엇 소보가 진화를 둘러싼 그간의 논쟁을 톺아보는 끝판 토론회를 열어보자고 제안했다. 토론 방식은 리처드 도킨스 팀과 스티븐 제이 굴드 팀으로 나누어 닷새 동안은 쟁점별로 토론하고 마지막 날에는 도킨스와 굴드의 공개 강연과 종합 토론으로 마무리짓기로 했다. 그런데 이 토론회가 매일 저녁 5시에 모여 저녁 식사를 함께 한 다음, 7시부터 두 시간 동안 토론을 하는 형식인지라, '다윈의 식탁'이라 명명했다. 토론은 BBC와 〈네이처〉를 통해 전 세계에 중계되었다. 눈치챘겠지만 다 가상으로 꾸민 것이다.

첫날의 주제는 자연 선택의 힘이다. "자연 선택의 힘이 얼마나 강력한지, 적응인 것과 적응이 아닌 것을 어떻게 구분할 수 있는지"와 "인간의 마음과 행동도 자연 선택의 산물, 즉 '적응'이라고 볼 수 있는지"를 다룬다. 이 장은 '과연 강간이 적응의 문제인가'에 대한 논의로 시작해서 초반부터 뜨겁게 진행된다. 지은이는 적응을 윤리적 잣대로 판단하면 안 된다고 하면서도 『강간의 자연사』를 쓴 랜디 손힐과 그를 지지한 스티븐 핑커와 레다 코스미데스의 진영 논리를 비판한다. 굴드 쪽은 20년 전 사회생물학을 비판할 때의 논리를 반복한다는 비판을 받는다.

둘째 날의 주제는 "이타적인 행동은 어떻게 진화할 수 있는가"이다. 이 주제는 자연 선택이 유전자, 개체, 집단 가운데 어느 수준에서 작용하는지를 놓고 벌이는 논쟁이다. 지은이는 다수준 선택론에 힘을 싣는다. 단세포끼리 협력하여 더 큰 다세포를 만드는 과정에서 배신의 문제를 해결했으리라 본다. 통시적 관점에서면 다수준 선택론이 생명의 진화를 이해하는 데 도움이 된다는 말도 덧붙였다.

셋째 날의 주제는 유전자의 정체다. 진화학자 사이의 난맥상을 보여주는데, "유전자를 발생 오케스트라를 이끄는 지휘자로 보는 관점과 오케스트라의 한 단원으로 보는 견해"가 충돌한다. 지은이는 이들의 레토릭을 변형해 요리법으로 자신의 관점을 드러낸다. 요리사는 요리법에 맞춰 음식을 하지만 재료의 선택과 조합 방식에서 차이를 보여 서로 다른 맛을 내는 요리를 선보이기 마련이다. "유전자가 기본적으로 발생 과정을 지시하기는 하지만 주변 환경과 어떻게 상호 작용했느냐에 따라 최종 산물이 결정된다"는 말이다.

넷째 날의 토론은 진화의 속도와 양상에 대해 말한다. 가만히 보면 진화학자 사이에 치열한 공방이 벌어지는 주제는 대체로 다윈이 곤혹스러워했던 주제다. 그 하나는 앞에서 살핀 이타성 문제이고, 두 번째는 진화의 속도였다. 기본적으로는 진화가 점진적으로 일어난다고 보았지만, 불연속적인 화석 기록 때문에 도약적인 진화의 가능성을 열어두었다. 익히 알려져 있듯 이 지점을 잘 파고든 이가 굴드인데, 대니얼 데닛의 비유에 기대면 멀리뛰기에서 도움닫기 할 때의 보폭과 점프할 때의 보폭이 매우 다르듯, 진화가 도약하듯 이루어진다는 단속 평형론을 제기했다. 지은이는 이 주제와 관련해 '이보디보(Evo Devo · 진화발생생물학)'의 출현으로 굴드의 관점이 좀 더 지지받고 있다는 점을 밝혀 놓았다.

다섯째 날의 주제는 생명은 진보하는가이다. 생명의 역사를 두고 도킨스 쪽은 적응과 생성을 강조하고, 굴드 편은 우발성과 소멸을 돋을새김한다. 도킨스는 "최초의 복제자에서 염색체가 생기고, 이어서 원핵세포, 감수분열과 성, 진핵 세포 그리고 다세포 등이 출현했던 생명의 거대 파노라마"를 떠올려 보라며 생명의 진보성을 주장한다. 이에 맞서 굴드는 "진화 역사의 몸통에 해당하는 박테리아를 간과한 채 꼬리 끝에 붙은 한 움큼의 털에 불과한 인간만 보고, 복잡성 증가를 진화의 추세로 삼는 것은 꼬리로 몸통을 흔들려는 잘못된 시도"라고 주장한다. 주목할 부분은 이 논쟁에서 도킨스의 과학주의(과학의 신빙성에 대한 강한 신뢰)적 면모와 굴드의 사회 구성주의(과학이 사회적 이념에 오염될 가능성을 인정)적 풍모가 드러난다는 점이다.

마지막 날은 진화와 종교를 다루었다. 잘 알려져 있듯 도킨스는 종교가 '기생 밈'이라 주장한다. 굴드는 과학은 암석의 연대를 알아내고 종교는 만세 반석을 찾는다며 "과학과 종교가 '중첩되지 않은 앎의 권역들'에 속한다"고 주장한다.

『다윈의 식탁』은 가상 대담 형식으로 구성하여 잘 읽히는 데다 각 패널의 발언은 그들의 주저를 바탕으로 지은이가 잘 풀어놓아 정보량도 많다. 기실 수십 권의 책을 읽어야 이해할 수 있는 진화를 둘러싼 일대 논쟁을 요령껏 이해할 수 있는 미덕이 있다. 그러니 저자의 말대로 진화한 진화론을 알고 싶다면, 이 책을 읽어보면 된다. 개인적으로는 이 책이 과학 정신의 한 면을 잘 담고 있다는 점에서 매력을 느꼈다. 아무리 다윈의 영향 아래 있더라도 그 이론의 빈틈을 드러내 다른 사유의 지평을 열어가려는 치열한 비판 정신 그리고 도킨스와 굴드로 상징되는 두 진영이 토론과 논쟁을 치열하게 벌이며 새로운 진화론을 세워나가고 있다는 사실이 그것이다. 압도적 진리를 인정하고 그것을 신봉하는 것은 과학 정신이 아니다. 끊임없이 합리적 비판 정신으로 앞선 세대의 지적 결과물을 전복해 인식의 새 지평을 여는 것이 과학 정신이다. 이 책을 통해 진화를 둘러싼 논쟁을 지켜보며 진보는 어디서 비롯하는지 알게 되는 기쁨도 누렸다.

함께 읽으면 좋은 책

『종의 기원』 찰스 다윈 지음, 김관선 옮김, 한길사, 2014
『종의 기원』 윤소영 지음, 사계절, 2004
『핀치의 부리』 조너선 와이너 지음, 양병찬 옮김, 동아시아, 2017

009

인공지능 로봇 시대 인간은 행복할까?

강양구_지식 큐레이터

로봇 시대, 인간의 일

구본권 지음, 어크로스, 2015

2016년 3월 구글의 인공지능 알파고가 이세돌 9단을 꺾는 모습을 보면서 우리는 그간 인간의 영역이라고 생각했던 일자리마저도 인공지능을 탑재한 로봇이 가져가지는 않을지 걱정하고 있다. 그런 걱정은 기우가 아니다. 인공지능에 바둑 좀 진 게 대수냐고? 그럼, 이런 예는 어떤가. 먼저 다음 기사를 한 번 읽어보자.

“6월 23일 삼성 12:4 롯데- 롯데는 23일 열린 2015 프로 야구 삼성과의 홈경기에서 4:12로 크게 패하며 홈 팬들을 실망시켰다. 롯데는 이상화를 선발로 등판시켰고 삼성은 차우찬이 나섰다. 삼성은 최형우가 맹활약을 펼쳤다. 최형우는 1회 초 노아웃에 맞이한 타석에서 2점을 뽑아내며 삼성의 8점 차 승리를 이끈 일등 공신이 됐다.”

어떤가? 이것은 2015년 6월 23일 삼성라이온스 대 롯데자이언츠의 프로 야구 경기가 끝나고 나서 로봇이 작성한 기사다. 이 기사는 사람이 손보지 않고서 자동으로 트위터, 페이스북 같은 사회 연결망 서비스(SNS)를 통해서 독자를 만났다. 사실 이 수준이면 사람이 굳이 손볼 필요가 없을 정도의 완성도다.

실제로 2015년 한국언론진흥재단 연구팀이 로봇이 작성한 기사를 놓고서 설문 조사를 한 결과 일반인의 81퍼센트, 기자의 74퍼센트가 작성 주체를 '사람 기자'라고 답했다. 앞으로 '로봇 기자'는 스포츠 경기나 금융 시장 지표뿐만 아니라 더 많은 영역에서 사람 기자랑 경쟁할 것이다.

아직 놀랄 일이 더 남았다. 2015년 여름, IBM은 인공지능 '왓슨'이 미국 뉴욕에 사는 9살짜리 소년 케빈을 정확히 진단하는 모습을 공개했다. 열이 나고 목이 아파 병원 응급실을 찾은 케빈의 체온, 통증 부위, 검사 결과 등을 검토한 왓슨은 두 시간이 채 지나지 않아서 혈관에 갑자기 염증이 생기는 질환인 '가와사키병'에 걸렸다고 진단했다.

그러니까, 그간 전문직이라 여겨졌던 기자나 의사도 인공지능 로봇의 위협으로부터 자유롭지 않다. 서울 소재 대학병원에서 명의 소리를 들으면서 내과 의사로 일하는 지인은 이렇게 고백했다. 마침 그는 기업과 협력해 초보적인 인공지능 진단 프로그램을 개발하는 데 관여하고 있다. "각종 검사 결과를 놓고서 환자의 병명을 진단하고, 또 적절한 약을 처방하는 데 있어서는 조만간 인공지능 로봇이 웬만한 의사보다 나을 거예요. 그럼, 내과 의사는 쓸모가 없어지겠죠."

이런 건 또 어떤가? 아이작 아시모프는 로봇을 내세운 여러 편의 단편 소설과 장편 소설을 남겼다. 특히 로봇을 소재로 다룬 여러 소설을 통해서 유명한 '로봇 공학 3원칙'을 제시했다. "1원칙- 로봇은 인간을 해칠 수 없으며, 인간이 해를 입도록 방관해서는 안 된다. 2원칙- 로봇은 인간의 명령에 복종해야 한다. 단, 1원칙에 위배되는 경우는 예외이다. 3원칙- 로봇은 1, 2원칙에 어긋나지 않는 한에서 자신을 보호해야 한다."

이 로봇 3원칙은 이제 더 이상 소설이나 영화 속의 문제가 아니다. 예를 들어 구글은 2009년부터 앞장서서 자율주행 자동차를 개발하고 있다. 구글 자율주행차는 벌써 수백만 킬로미터 이상 도로 주행을 하면서 그 안전성을 과시해왔다. 전기 자동차를 개발한 테슬라 같은 기업도 자사의 자동차에 자율주행 기능을 장착하고 있다.

과학자나 엔지니어는 2020년 정도면 도로 위에서 자율주행 자동차가 다녀도 문제가 없으리라고 장담한다. 그렇다면, 만약에 자율주행차가 일으킨 사고로 죽거나 다치는 인명 피해가 발생한다면 어떻게 될까? 그 책임은 누구에게 있을까? 아시모프의 로봇 3원칙을 적용한다면, 자율주행차는 절대로 인간이 해를 입도록 해서는 안 된다(1원칙).

질문은 꼬리에 꼬리를 문다. 이런 상황은 어떨까? 인도에서 공놀이를 하던 아이 셋이 갑자기 자율주행차 앞으로 뛰어든다. 이들을 다치지 않게 하려면 자율주행차는 방향을 틀어야 한다. 그러다 보면, 자율주행차가 다른 차선에서 다가오는 자동차와 충돌해서 그 안의 승객이 다칠 수 있다.

이런 상황에서 자율주행차는 어떤 판단을 내릴까? 운전자가 인간이라면, 자신의 본능, 습관, 가치 등에 따라서 결정을 내리고, 그에 따른 책임을 질 것이다. 하지만 자율주행차가 도로를 누비게 된다면, 어떤 선택을 할지 그 기준을 미리 정해놓아야 한다. 그렇다면, 그 기준은 도대체 누가 정해야 할까? 그 결정까지도 인공지능 로봇에게 맡길 수 있을까?

구본권의 『로봇 시대, 인간의 일』은 수많은 사례를 통해서 바로 이렇게 인공지능 로봇과 함께 살아가야 할 우리가 고민해야 할 여러 화두를 던지는 책이다. 특히 이 책은 10대를 비롯한 미래 세대가 꼭 읽어야 할 책이다. 왜냐하면 그들이 기성세대가 될 때는 인공지능 로봇과 공존하는 일이 필수인 시대가 될 테니까.

예를 들어 최악의 상황이라면 지금의

10대는 앞으로 로봇과 경쟁해야 한다. 기자든 의사든 이제 갓 진입한 초심자는 실수투성이다. 그런 실수를 반복하면서 숙련된 기자나 의사로 성장한다. 그런데 만약에 처음부터 실수를 거의 하지 않는 평균 이상의 실력을 발휘하는 경쟁자(로봇)가 옆에 있다면 어떨까?

많은 기업은 시행착오를 통해서 숙련된 전문가로 성장할 사람을 쓰기보다는 당장 이용할 수 있는 평균 이상의 실력을 발휘하는 로봇을 더 선호할 것이다. 그런 세상에서 지금의 10대는 로봇은 결코 쓸 수 없는 통찰력이 깃든 기사를 쓰는 베테랑 기자나 로봇이 미처 포착하지 못한 질환까지 진단할 수 있는 명의가 될 기회를 박탈당할 것이다.

아직 본격적인 로봇 시대는 오지 않았다. 다만, 세계 곳곳에서 서로 다른 모습의 로봇 시대가 준비 중이다. 한쪽에서는 로봇이 사람의 일자리를 빼앗고, 심지어 군대에서 사람을 죽일 수도 있다. 다른 한쪽에서는 로봇이 인간의 창의력을 북돋고, 좀 더 행복한 삶을 유지할 수 있는 동반자가 될 수 있기를 꿈꾼다.

우리가 마음먹기에 따라서 전혀 다른 로봇 시대가 미래에 펼쳐질 수 있다. 『로봇 시대, 인간의 일』은 좀 더 나은 미래를 만드는 고민을 시작할 때, 가장 먼저 펼칠 책이다.

<u>함께 읽으면 좋은 책</u>

『로봇의 부상』 마틴 포드 지음, 이창희 옮김, 세종서적, 2016
『인공지능의 시대, 인간을 다시 묻다』 김재인 지음, 동아시아, 2017
『지능의 탄생』 이대열 지음, 바다출판사, 2017

010

우주 탄생의 비밀 처음 3분에 있다

이명현_과학책방 갈다 대표

모든 사람을 위한 빅뱅 우주론 강의
이석영 지음, 사이언스북스, 2017

어느 시대나 과학적 질문은 늘 궁극적이었고 도전적이었다. 그 근원적인 질문에 대한 답을 찾는 과정에 늘 당대의 최첨단 장비가 동원되었고 역동적이었다. 그런데 과학기술 문명이 발달하면 할수록 과학자 집단의 성취를 일반인들이 공감하고 같이 호흡할 수 있는 여지가 점점 줄어드는 것도 사실이다.

과학자들은 자신의 성취를 보통 전문가 집단 안에서만 공유한다. 과학 분야의 '저널'을 통해서 전문적인 언어로 발표한다. 그러니 점점 더 복잡해지고 정교해지는 과학 탐구 업적을 일반인들이 이해하기 점점 어려워지는 것이다. 이 간극을 메우는 작업이 이른바 '과학 대중화'인데 그 중심에 '교양 과학책'이 자리 잡고 있다.

이 글을 쓰면서 서울 시내 대형 서점 한 곳과 인터넷

서점 한 군데를 들러서 천문우주학 교양서들을 관심 있게 살펴보았다. 현대 천문우주학의 화두가 생생하게 담긴 책들이 넘쳐났으면 하는 바람이 있었다. 하지만 현실은 참담했다. 솔직히 고백하면 몇 권을 제외하고 읽을 만한 책을 발견하기 어려웠다.

우선 현대 천문우주학의 쟁점을 현장감 있게 담은 책이 부족했다. 여전히 지난 세기의 이야기를 버젓이 현대적인 논쟁이라며 늘어놓고 있는 책들이 많았다. 심지어 잘못된 내용이 확대 재생산된 듯 여러 책에서 비슷하게 설명되고 있는 경우도 있었다. 과학이라는 탈을 쓴 종교서적도 있었다.

이런 상황에서 『모든 사람을 위한 빅뱅 우주론 강의』는 단비와 같은 책이다. 국내 천문학자가 직접 쓴 몇 안 되는 교양 천문우주학책이기도 하거니와 그만큼 희소성의 가치가 있다.

"나는 개인적으로 지금 인류가 갈릴레오, 뉴턴, 아인슈타인의 시대 이상의 지식 혁명 시대를 살고 있다고 생각한다. 우주의 기원과 운명이 밝혀지고 있기 때문이다. 우주의 기원과 운명, 이것이야말로 인류 지식의 궁극적 목표가 아닐까?"

"그런 지식의 혁명이 바로 지금 일어나고 있다. 바로 이 순간, 인류 최대의 질문인 우주의 기원과 운명이 밝혀지고 있기 때문이다. 앞으로 50년쯤 지나면 과학 교과서가 말할 것이다. 2010년경에 드디어 인류가 우주의 과거, 현재, 그리고 미래를 알게 되었다고."

작가는 현재 진행 중인 천문우주학적 사건의 중요성을 잘 인지하고 있으며, "나는 이 책을 통해서 무한 우주의 심연 속으로 여러분을 초대하고 싶다"면서 독자들과 천문우주에 관해 소통하고 싶은 의지를 분명히 밝혔다.

책은 지은이를 닮았다. 이 책은 지은이만큼이나 스마트하다. 현대 우주론 이야기를 흐트러짐 없이 차분하고 깔끔하게 서술하고 있다. 한편, 서술이 스마트한 만큼 글이 까칠하고 차가울 수 있는데 책 곳곳에 녹아 있는 작가의 경험담이 이를 상쇄하면서 따뜻하고 인간미도 느껴지는 책이 되었다.

"귀국한 지 얼마 지나지 않아 신촌 거리를 걷다가 우연히 옥외 광고를 보게 되었는데 거기에 'A letter from Abell 1689'라고 씌어 있었다. 그래서 그날 강의에서 학생들에게 '아벨1689는 제가 제일 좋아하는 은하단인데 도대체 이 광고는 무엇인가요?'라고 물었더니 한 학생이 '인기 가수가 부른 노래 제목입니다'라고 대답했다. 얼마나 눈물나게 반갑던지. 21세기 한국 사람들은 과학에 상당히 많은 관심을 가지고 있구나 하고 감탄했다."

또 다른 장면에서도 인간미가 느껴져서 웃음이 터져 나왔다. "어느 날 내가 새로운 분석을 해서 그림 하나를 만들어 옴러 교수에게 보이며 '별다른 관계식을 찾을 수가 없는데요' 했더니 '아냐, 관계식이 있어' 하면서 얼핏 보기에는 무작위 분포처럼 보이는 자료 사이로 굵직한 선을 하나 긋는 것이 아닌가. '앗! 이런 돌팔이가 있다니….' 그런데 훗날, 동일한 천체에 대해 더 나은 관측 자료를 얻고 보니 거짓말처럼 바로 그 관계식이 나타났다. 역시 거장의 눈에는 별게 다 보이나 보다. 안타깝게도 그게 무슨 관계식이었는지는 기억이 나지 않는다. 이야기가 잠시 옆으로 샜다."

이 책의 가독성을 높이는 또 다른 요소는 천문우주학 사건의 역사적 배경에 대하여 풍부하고 친절하게 설명했다는 점이다. 또한 각 장의 끝에 천문우주학 관련 연구소를 소개하고, 그곳에서 일하는 천문학자들에 대한 에피소드를 넣어 이 책의 재미를 더했다. 무엇보다 현대 우주론 이야기를 자신의 것으로 녹인 후 자신의 고유한 목소리로 이야기해서 이 책에 대한 신뢰감을 주었다.

이 책은 빅뱅 우주론을 중심으로 현대 천문우주학이 던지는 쟁점에 대하여 현대 우주론적 해답을 설명하는 식으로 구성됐다. 개인적으로 이 책의 백미는 '빅뱅 핵 합성'이라는 생소하고도 어려운 내용을 정확하고 쉽게 비유하여 짧고 설득력 있게 설명한 대목이다.

"우주의 나이가 1초가 되었을 때 운명

의 순간이 왔다. 우주 역사에서 가장 중요한 사건 중 하나가 벌어진 것이다. 이때 우주의 크기는 오늘날의 100억분의 1이고, 온도는 약 100억 도였다. 이 순간, 우주에 가득찬 광자들의 에너지가 중성자와 양성자의 질량 차이에 해당하는 에너지와 같아졌다. 이 순간부터 광자가 가지는 에너지는 양성자와 반응해서 중성자를 다시 중성자로 되돌려 줄 흑기사가 더 이상 존재하지 않게 된 것이다. 시간이 흐를수록 양성자의 수가 많아져서 우주의 나이가 2~3분 정도 될 때 양성자 대 중성자의 개수 비는 대략 8 대 1이 된다. 이때 우주 역사의 한 막이 오르게 되는데, 최초로 수소와 헬륨 원자핵이 탄생하게 되는 것이다. 우주의 나이 1초부터 3분까지 일어난 이 현상을 빅뱅 핵 합성이라고 부른다."

이 책은 그 자체로서 존재감이 있다. 반갑고 고맙고 매력적인 책이다.

함께 읽으면 좋은 책

『세상은 어떻게 시작되었는가』 크리스 임피 지음, 이강환 옮김, 시공사, 2013

『빅뱅의 메아리』 이강환 지음, 마음산책, 2017

『날마다 천체 물리』 닐 디그래스 타이슨 지음, 홍승수 옮김, 사이언스북스, 2018

한국 과학자가 풀어낸 최고의 과학책

이명현_과학책방 갈다 대표

물리학 클래식
이종필 지음, 사이언스북스, 2012

교양 과학책 중에 어려운 책이 많은데 비교적 잘 팔린다. 농담 반 진담 반으로 어려울수록 잘 팔린다는 말도 있다. 내용이 어려우면 오히려 책에 가치를 더하기도 한다. 좋은 외국 교양 과학책의 내용은 어렵지만, 이 정도는 감내하면서 읽어야 한다는 묘한 지적 허영심이 생기기도 한다. 물론 좋은 번역서가 많지만 책의 서술 방식이나 문화적 배경이 다르기 때문에 사실 우리가 쉽게 공감하면서 읽을 수 있는 잘 번역된 교양 과학책은 찾기 어렵다.

국내 저자가 쓴 책에는 다른 요구가 쏟아진다. 초등학생도 이해할 수 있도록 쉽게 써야 하고 수식을 사용하지 말아야 하며 스토리텔링이 있어야 하고 그러면서도 핵심 개념은 놓치지 말아야 한다. 물론 가독성도 뛰어나야 한다. 하지만 그런 책이 세상천지 어디에 있겠는가? 그러다 보니 부력을 설명하는 과학책에 이에 대한 설명은 없고 '유레카'만 남게 되는 이상한 일이 벌어지는 것이다.

반갑게도 지난 몇 년 동안 완성도가 뛰어나고, 핵심 개념을 잘 설명한 국내 교양 과학책이 한두 권씩 나오기 시작했다. 고무적이고 기쁜 일이다. 『물리학 클래식』이 대표적인 예다. 저자는 이 책을 통해 외국 교양 과학책에서 느낄 수 있는 고전적인 만족감도 채워주면서, 과학 이야기를 우리말로 재구성해 스토리텔링을 이끌어가고 있다.

물론 초등학생도 쉽게 이해할 수 있는 책은 아니다. 교양을 갖춘 현대 교양인이 능히 읽고 도전해볼 만한 난이도의 콘텐츠를 제공하고 있다. 격조와 함께 가독성도 확보한 훌륭한 책이다.

"지난 20세기 100년 동안 물리학자들이 쓴 수많은 논문들 중에서 딱 열 편만 골라내는 것은 무척 어려운 일이다. 아마 여기 선정된 논문들에 대해서 모든 과학자들이 100퍼센트 동의할 수는 없을 것이다. 우선 논문을 선별하기 위해서는 나름대로 기준이 있어야 한다. 이 기준 자체가 사람들마다 다를지도 모른다. 나는 이 책을 준비하면서 대략 다음과 같은 기준으로 열 편의 논문을 정했다. 첫째, 획기적인 발견. 둘째, 인식의 혁명. 셋째, 이론적 완성."

『물리학 클래식』은 저자의 땀이 느껴지는 책이다. 평면적인 서술을 답습하지 않고 원전을 직접 읽고 땀 흘린 노동의 대가로 탄생한 책이라고 할 수 있다. 이 책의 최대 미덕을 꼽으라면 나는 주저 없이 저자가 열 편의 논문을 고르기 위해서 투자한 시간과 땀이 고스란히 책 속에 녹아들어 간 것이라고 말하겠다. 저자가 고심 끝에 고른 20세기 물리학을 대표하는 열 편의 논문은 아인슈타인의 상대성 이론 논문에서부터 말다세나의 최근 논문까지 포괄한다. 그의 말대로 통계 역학 분야가 빠진 것이 아쉽기는 하지만 21세기를 만든 지난 세기의 지적 모험을 살펴보기에는 손색이 없다.

"학술적인 논문들은 비전문가가 직접 읽기에는 아주 어렵다. 아무리 훌륭하고 감동적인 논문이 있다 하더라도 일반인들이 특정 분야를 다시 공부할 수는 없는 노릇이다. 그래서 이 둘을 이어 주는 다리 역할을 할 필요가 있다. 역사적으로 중요한 논문들뿐만 아니라 최신의 과학 성과들도 모두 논문의 형태로 출판되기 때문에 그 다리 역할의 중요성은 더욱 커진다. 이 책이 그런 다리를 짓는 데에 한 덩이 벽돌이라도 될 수 있다면 글쓴이로서 더 이상 바랄 게 없겠다."

『물리학 클래식』의 또 다른 가치는 위에서 지은이가 지적한 것처럼 일반인들이 물리학의 원전에 간접적으로나마 접근할 수 있는 기회를 만들었다는 데 있다. 이 책은 일종의 원전 해제 형식을 띠고 있는데 원전 논문을 중심으로 당시의 물리학적 쟁점을 소개하고 있다. 이를 통해서 가공된 지식으로만 접할 수 있었던 물리학의 핵심을 생생한 증언과 현장 해설을 통해서 만날 수 있게 된 것이다. 내용이 풍부하고 읽기 편안한 교양 과학책을 찾는 독자들에게 반가운 책이다.

저자는 이 책에서 20세기 물리학 논문 열 편을 골라 소개했다. 읽기에 편안하지만 결코 쉬운 책은 아니다. 지난 세기의 대표적인 지적 성취가 단박에 이해될 것이라는 기대 자체가 허망할 수도 있다. 저자는 물리학의 어려운 내용을 은유적으로 뛰어넘지 않고 직접적으로 설명하려고 시도하고 있다. 원전 논문의 구절을 인용하면서 그 의미를 하나하나 차분하게 해설한다. 이해를 돕기 위해서 현재 시점으로 돌아와 그와 관련된 이후의 성과들도 함께 이야기한다. 이런 일관된 스토리텔링 기법을 사용하면서 이 책은 격조와 함께 가독성을 높이는 데 성공했다.

흑체라는 것이 있다. 이 책에 쓰인 구절을 인용해서 설명하면 이렇다. "흑체란 말 그대로 '검은 물체'다. 그러나 물리학에서 말하는 흑체란 표면의 색깔이 검은 물체를 가리키는 것이 아니다. 외부의 빛을 완벽하게 흡수해서 반사되는 빛이 거의 없는 물체를 흑체라고 한다. 커다란 상자에 조그만 구멍을 하나 뚫어 놓으면 훌륭한 흑체가 된다. 그 구멍을 들여다보면 정말 검다."

문득 이 책의 지은이가 흑체 같다는 생각이 들었다. 논문 원전을 섭렵하면서 열 편을 골라내고 그것들을 온전히 흡수하는 흑체. 그런 후 그가 복사를 통해서 뱉어낸 것이 바로 『물리학 클래식』이 아닌가 한다. 온전히 자신의 것으로 소화한 것을 자신의 언어로 당당하게 내어놓았다고나 할까.

이 책은 교양 과학책 쓰기의 새로운 지평을 열었다고 감히 단언한다. 외국 교양 과학책들 중에도 원전 논문을 해설하는 책은 더러 있었지만, 이 책만큼 여러 가지 시대·문화적 요구에 충실하게 답하고 있는 책은 많지 않다. 이 책은 원전 논문의 충실한 해제이자 훌륭하고 완성된 한 편의 현대 물리학 교과서가 될 것이다.

함께 읽으면 좋은 책

『물리의 정석: 고전 역학 편』 레너드 서스킨드 외 지음, 이종필 옮김, 사이언스북스, 2017

『김상욱의 양자 공부』 김상욱 지음, 사이언스북스, 2017

『사이언스 브런치』 이종필 지음, 글항아리, 2017

012

감시자는 누가 감시할 것인가

노승영_번역가

세 바퀴로 가는 과학 자전거
강양구 지음, 뿌리와이파리, 2006 (전2권)

꽤 삐딱하고 까칠하고 집요한 사람이 친구나 동료라면 꽤나 피곤하겠지만 그런 저자가 쓴 책은 읽는 재미가 쏠쏠하다. 『세 바퀴로 가는 과학 자전거』의 강양구가 이런 저자인데, 개인적으로는 친분이 없지만 글만 봐도 성격이 대충 짐작된다. 물론 텍스트로 구성된 '내포저자'가 실제 저자와 일치한다는 보장은 없지만. 과학기술에 대한 불신과 맹신이 서로 으르렁대는 지금, 사회라는 바퀴로 균형을 잡겠다고 나서는 사람이 성격이 삐딱하고 까칠하고 집요하지 않으면 금세 넘어질 것이다.

이 책의 가장 큰 미덕은 세상을 다르게 보는 법을 알려준다는 것이다. 삐딱한 사람만이 발견할 수 있는 틈새. 이를테면 "매머드를 복원하는 데 쓸 돈을 코끼리를 비롯한 수많은 멸종 위기 동물을 보호하는 데 쓴다면 그야말로 현명한 일이 아닐까요?"라는 물음이나 "1960년대 달 탐사 프로그램은 고용, 의료, 교육과 같이 삶의 질을 위해 꼭 필요한 곳에 써야 할 돈을 희생하면서 이루어진 것" 같은 지적에서 보듯 이 책은 우리가 당연하게 여기던 '상식'에 의문을 제기한다.

또한 좋게만 보이는 현상에 또 다른 측면이 있음을 알려주기도 한다. 통일부 장관이 북한에 줄기세포 공동 연구를 제안했다는 소식에 저자는 북한의 낙후한 의료 현실을 지적하며 "언제 질병 치료로 이어질지 모르는 줄기세포의 공동 연구 제안을 받았을 때, 북한의 사정을 헤아려주지 않는 남한 사람이 얼마나 야속했겠"느냐고 말한다. 그가 내놓은 제안은 "과학기술에 관심 있는 북한의 학생이 남한에서 공부할 수 있도록 하"자는 것이다. 작가의 '좋은 게 좋은 거지'라며 얼버무리지 않는 까칠한 태도가 문제의 이면을 보게 한다.

그런가 하면 황우석 박사의 행적을 끝까지 추적하는 것에서 저자의 집요함을 확인할 수 있다. 저자는 줄기세포 논문 조작의 공론화에 앞장섰을 뿐 아니라 재기를 노리는 황 박사의 매머드 복제 시도에 이의를 제기함으로써 연구 윤리가 정착되는 데 큰 역할을 했다.

그밖에도 이 책에는 우리가 미처 몰랐던 과학계의 뒷이야기와 최신 과학 동향이 두루 담겨 있다. 나는 가스냉장고가 있었다는 사실을 이 책을 읽고 처음 알았다. 100여 년 전에 조용하고 간편한 가스냉장고가 쓰이고 있었으나 제너럴일렉트릭을 비롯한 대기업들이 전기 시스템을 확대하여 전기 제품의 수요를 늘리기 위해 가스냉장고를 퇴출시키고 전기 냉장고를 보급했다고 한다. 이 책에서는 "기술적으로 우월하고 편리한 제품이 살아남는 것이 아니며 정치적, 경제적, 사회적 요인이 지대한 영향을 미친다"라는 주제가 끊임없이 변주된다. "전기냉장고와 가스냉장고의 한판 싸움에서 볼 수 있듯이 우리가 일상적으로 접하는 과학기술의 산물들이 꼭 기술적으로 우월하고 편리해서 '살아남은' 것은 아닙니다. 대기업과 중소기업 간 경쟁의 틈바구니 속에서 가스냉장고가 희생됐듯이, 우리가 사용하는 과학기술 인공물의 역사 속에는 복잡한 정치·경제·사회적 요인들이 얽히고설켜 있습니다."

얼마 전 에볼라가 유행하여 전 세계를 공포에 빠뜨렸다. 이 책에서는 세계화와 지구온난화 때문에 전염병이 다시 등장하고 있으며 창궐할 우려가 있다고 경고한다. 에볼라는 잠복기가 긴 질병으로, 변이하면 지구촌 전체를 순식간에 감염시킬 수 있다고 예견하기도 한다. 전염병이 인간의 활동과 밀접한 연관이 있다는 사실이 인상적이다.

"20세기에 인류는 세균, 바이러스, 기생충을 박멸하기 위해 안간힘을 써왔습니다. 의학의 발전으로 인류는 잠시나마 '승리'한 것으로 착각하기도 했습니다. 하지만 21세기가 시작된 지금 전세는 역전된 듯합니다. 특히 나름대로 균형을 이뤘던 열대우림 생태계가 파괴되면서 지금까지 접하지 못했던 많은 세균과 바이러스가 우리 앞에 등장할 징조를 보이고 있습니다. 에볼라는 그 한 예라고 할 수 있지요."

한편 이 책의 2권에서는 전염병이 인류 종말 시나리오 1순위라는 과학자들의 견해를 소개하면서, 실험실에서 인위적으로 만든 변종 바이러스의 연구에 대해서도 우려를 제기한다. 제약회사들이 수익성을 이유로 에볼라 바이러스의 백신이나 치료제 개발을 기피하는 현상도 꼬집는다.

"만약 에볼라 바이러스가 아프리카를 넘어서 미국이나 유럽 같은 부자 나라를 덮친다면 가난한 나라를 괴롭힌 전염병을 홀대한 대가를 혹독히 치르게 되는 셈입니다. 실제로 최근 에볼라 바이러스 공포가 전 세계를 휩쓸면서, 돈만 좇는 제약 기업의 행태를 비판하는 목소리가 높아졌죠."

이 책은 기본적으로는 과학·기술의 이슈를 중심으로 관련된 두어 권의 내용을 요약하고 있다. 일단 책을 정해놓고 내용을 발췌하는 것이 아니라 이슈와 연관된 책을 찾아서 소개한다는 점이 이채롭다. 이렇게 쓰려면 과학과 기술에 대한 배경 지식을 평소에 쌓아둬야 할 뿐 아니라 과학책도 분야를 망라하여 방대하게 읽어둬야 할 테니 아무나 할 수 있는 일은 아닐 듯하다. 한때 과학책 서평을 쓴 적이 있는데, 저자처럼 쓸 수 있었으면 좋았겠다는 생각이 든다. 나는 과학책 번역가를 자처하고 있지만, 이 책을 읽으면서 내게 기본적인 상식이 부족하다는 사실에 절감했다. 그리고 이제라도 이 책을 알게 되어 다행이라고 생각한다. 이 책의 2권의 부제 '세상과 대화하는 과학, 그 희망의 길을 찾아서'처럼 『세 바퀴로 가는 과학 자전거』가 과학과 세상의 소통에 이바지하길 기대한다.

요즘 과학책을 번역하면서 대중 과학책을 읽는 재미를 새삼 느낀다. 무엇보다 과학책을 읽으면서 지식뿐 아니라 깊은 성찰을 얻고 있다. 세상을 바라보는 관점을 형성하는 것은 그동안 종교와 철학의 전유물이었으나 이제는 과학이 그 역할을 넘겨받은 듯하다. 성찰하는 과학과 과학에 대한 성찰이야말로 인류에게 남은 마지막 희망이 아닐까?

"퀴스 쿠스토디에트 입소스 쿠스토데스(Quis custodiet ipsos custodes)." 이 라틴어 문장은 "감시자는 누가 감시할 것인가?"라는 뜻이다. 브레이크 없이 질주하는 과학기술을 시민사회가 감시해야 한다는 이 책의 주제에 꼭 어울리는 제목이리라.

함께 읽으면 좋은 책

『동물원』 토머스 프렌치 지음, 박경선 외 옮김, 에이도스, 2011

『누가 우리의 일상을 지배하는가』 전성원 지음, 인물과사상사, 2012

『인수공통 모든 전염병의 열쇠』 데이비드 콰먼 지음, 강병철 옮김, 꿈꿀자유, 2017

013

세상물정이라는 테이블에 모이자

이정모_서울시립과학관장

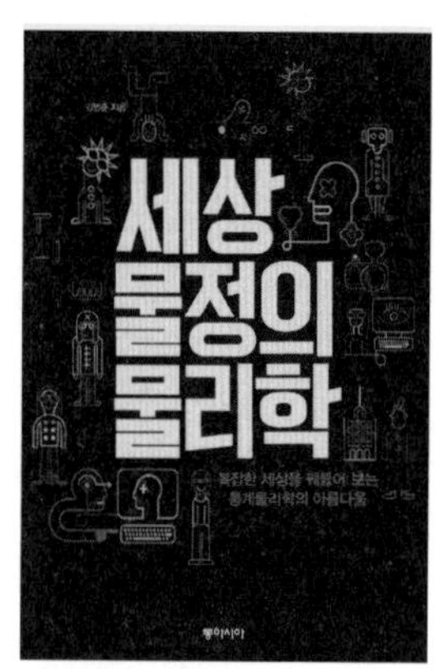

세상물정의 물리학
김범준 지음, 동아시아, 2015

"과학자들은 실험을 하는 사람이다. 과학자들은 천재든지 최소한 엄청 똑똑한 사람이다. 과학자들은 글을 잘 쓰지 못한다. 그리고 과학자들은 세상에는 관심이 없고 작은 세계에 빠져 있는 괴짜들이다."

모두 오해다. 일반화할 수 없다. 실험하지 않는 과학자도 엄청 많다. 과학자들이 다른 분야의 학자보다 특별히 더 똑똑하지도 않다. 똑똑하다기보다는 엉덩이가 무거워서 한 문제에 천착할 뿐이다. 글을 잘 쓰는 과학자도 많고, 과학자들은 의외로 세상 문제에 관심이 많다. 내가 이렇게 말해봐야 납득하기 쉽지 않겠지만.

이 모든 오해를 한 번에 해결한 사람이 있다. 성균관대학교의 통계물리학자 김범준 교수가 바로 그 사람이다. 김범준은 초전도 배열에 대한 이론으로 박사학위를 받았지만(음, 그게 뭔지 모르겠다), 그 후에는 통계물리학 분야인 상전이, 임계현상, 비선형 동역학, 때맞음 등에 대한 연구를(이게 무슨 말인지 몰라도 된다) 한다. 그런데 최근에는 복잡계 물리학의 틀 안에서 사회, 경제, 생명 현상을 설명하는 연구를 하고 있다. 물질의 복잡계 이론을 인간 사회에 적용하는 것이다. 왜? 자신이 살고 있는 세상 문제에 관심이 많고 문제 해결에 대한 과학적인 답을 찾기 위해서다.

세상에 살고 있는 물리학자가 세상에 대한 관심을 두는 것은 어쩌면 당연한 일 같지만 딱히 그렇지도 않았다. 물리학자들은 말한다. "표준적이고 전통적인 물리학에는 '지금 여기'란 없고. 물리학 논문에는 '나'가 없다." 왜? 물리학에는 시간과 공간과 인간을 뛰어넘는 보편성이 있기 때문이다. 이게 어디 물리학만의 이야기겠는가? 모든 과학은 보편성이라는 명분으로 특별한 공간과 시간, 상황에 놓인 인간의 문제에서 눈을 돌리기 일쑤였다.

그런데 물리학자 김범준은 『세상물정의 물리학』에서 통계물리학이라는 틀로 우리 사회에서 벌어지고 있는 허니버터칩의 성공이나 교통 체증과 전염병 확산 같은 다양한 현상을 주목한다. 공공성과 경제 효율의 딜레마를 다루는 제9장 「학교와 병원과 커피점의 사정」을 살펴보자. 김범준은 경남 진주의료원 폐업과 시골 초등학교 통폐합 문제를 물리학적으로 접근하여 설명한다. 학교와 커피점의 분포에는 어떤 차이가 있을까? 이윤을 추구하는 커피전문점과 공익 성격에 맞추어 이동 거리를 생각해야 하는 학교의 분포도를 작성했다. 커피전문점은 인구밀도에 정비례하여 분포한다. 인구밀도가 낮은 곳에서는 커피점 사이의 거리가 멀 수밖에 없다. 이때 커피전문점의 행복한 상황과 그 가게에서 커피를 마시는 사람의 행복한 상황이 다를 수 있다.

커피가 아니라 학교라면 어떠해야 할까? 각 학교에 등교하는 학생의 통학 거리의 합을 각각의 학교에 대해 계산한 뒤 모든 학교가 같은 값을 갖도록 학교를 배치해야 한다. 저자는 이것을 고려하여 인구밀도의 3분의 2승에 비례하게 학교를 세워야 한다고 말한다. 커피점과 학교의 배치가 다른 이유는 시설의 목적이 이윤 추구인지 아니면 공익인지에 달려 있다.

학교를 정부가 운영하지 않고 사기업에 맡긴다면 어떻게 될까? 학생 수가 적은 시골에서는 학교를 유지하지 않을 것이다. 학교 밀도는 인구밀도에 비례하게 될 것이다. 커피점처럼 말이다. 이게 합리적일까? 증가한 통학 거리를 이동하느라 소모될 학생과 아이들을 차로 태워주느라 생기는 부모들의 시간 총합을 생각해봐야 한다. 이 시간은 미래를 이끌어갈 학생의 공부 시간과 생산적인 활동에 투자해야 할 부모의 시간이다. 국가적으로 엄청난 낭비다.

인문학적인 생각을 뒷받침하는 정확한 계산 혹은 통계가 가지는 힘은 인문학도의 상상을 초월한다. 정확하고 객관적인 지표에 반론을 제시하기 어렵다. 물리학자는 과학적인 분석을 통해 시골 학교의 통폐합은 큰 틀에서 보면 경제적으로도 이익이 아니라고 진단한다. 그러면서 KTX와 인천국제공항의 민영화 그리고 진주의 의료원 폐업 같은 사회기반시설과 관련한 논란을 단지 시설 하나하나의 이익 구조라는 면만 보고 결정하지 말라고 조언한다.

어떤 사회적인 갈등이 발생할 때마다 누가 어느 편에 설지 우리는 쉽게 짐작할 수 있다. 4대강 사업에 찬성한 사람은 무상급식에 반대하고 국정 교과서에 찬성한다. 이들이 투표하는 정당은 정해져 있다. 반대의 경우도 마찬가지다. 사회를 진단하는 수단이 없기 때문에 단순한 결정을 하는 것이다. 홍준표 전 경남도지사가 비용을 이유로 진주의료원을 폐쇄하자 진보 진영은 비용 외적인 이유로 반대했다. 그런데 김범준 교수의 진단에 따르면 바로 그 비용 때문에 폐쇄가 부당하다는 결론이 나온다. 정치에 물리학이 필요한 이유를 잘 보여주는 사례다.

통계물리학은 아름답다. 어떻게 해야 프로야구팀의 이동거리 차이를 최소화함으로써 경기 일정을 공평하게 짤 수 있을지, 왜 연휴의 고속도로는 꽉 막히는

지, 윷놀이를 할 때 업는 게 좋은지 아니면 잡는 게 좋은지, 주식투자를 할 때는 왜 장기보유 전략이 옳은지 물리학적으로 보여준다.

진단이 과학적이면 처방이 지혜로운 법이다. 저자는 '빅데이터로 본 민주주의 사회의 허울'이란 부제가 붙은 첫 번째 글에서 뒷담화를 권한다. 일이 제대로 이뤄지려면 때가 맞아야 한다. 그래서인지 '골든타임'을 운운하는 많은 사람은 강력한 지도력을 주장한다. 하지만 연구에 따르면 실제로는 상명하복 구조가 있을 때보다 계층을 넘나드는 의사소통이 활발할 때 더 강한 '때맞음'이 발생한다. 따라서 의사결정이 일방통행식으로 이뤄지고 잘못된 결정이 반복된다면 구성원들은 뒷담화를 해야 한다. 가장과 직장과 국가를 사랑한다면 뒷담화를 풍성하게 해야 한다는 게 그의 주장이다.

책 제목은 노명우의 『세상물정의 사회학』에서 빌려왔다. 여기에 대해 노명우는 사회학자와 물리학자가 우리가 살고 있는 동일한 세상의 '세상물정'을 궁금해하는 한, 각자가 속한 분과 학문의 차이는 놀랍게도 무색해진다고 말한다. 융합은 방법론의 나열이 아니라 해결해야 하는 문제가 놓인 테이블에서 탄생한다. 사회학과 물리학이 '세상물정'이라는 질문을 통해 만났다. '세상물정'의 테이블에 사회학자뿐만 아니라 물리학자도 앉았다. 자, 이제 당신이 앉을 차례다. 다른 벗들을 데리고 와야 한다. 그래야 테이블 세팅이 끝난다. 이제는 진도를 나갈 때다.

함께 읽으면 좋은 책

『세상물정의 사회학』 노명우 지음, 사계절, 2013
『정재승의 과학 콘서트』 정재승 지음, 어크로스, 2011
『저도 과학은 어렵습니다만』 이정모 지음, 바틀비, 2018

014

인공지능 시대에 무엇을 어떻게 공부할까?

감동근_아주대 전자공학과 교수

인공지능의 시대, 인간을 다시 묻다
김재인 지음, 동아시아, 2017

2016년 3월 13일, 나는 서울시 종로구 포시즌스 호텔에 마련된 TV 실황 중계석에 앉아 마음을 졸이고 있었다. 바로 위층에서는 이세돌 9단이 알파고를 힘겹게 상대하고 있었다. 전날까지 3연패를 당한 상황이었다. 1국에서는 이세돌 9단이 알파고의 수준을 테스트해보기 위해서 극초반에 괴초식을 펼쳤는데 알파고가 정확한 파훼법으로 응수하자 일찌감치 불리한 국면에 빠졌다. 이후 알파고가 뻔한 자리에서도 승부가 뒤집힐 정도는 아니지만 계속 조금씩 손해를 본 것이 독으로 작용했다. 2국에서 이세돌 9단은 무난하게 두면서 알파고의 실수만 받아먹어도 이길 수 있다고 생각한 것이다.

과연 이세돌 9단은 딱히 눈에 띄는 실수를 하지 않

았지만, 알파고는 종종 이상한 수를 뒀다. 방송 해설을 하던 프로 기사들은 종반까지도 이세돌 9단이 유리하다고 봤다. 그런데 막상 집을 세어보니 어느덧 알파고가 큰 차이로 이겨 있었다. 1국을 패했을 때보다 충격이 훨씬 컸다. 현대 바둑 이론으로도 계산이 어려운 직관에 의존하던 영역이 사실은 정밀한 계산이 가능하다는 뜻이었다. 3국에서 집 계산 대결로 가면 승산이 없다는 것을 깨달은 이세돌 9단은 초반부터 서둘렀다. 무리한 싸움을 걸었으나 정확히 반격당하고 나니 그것으로 승부가 결정됐다.

드디어 4국, '집 바둑'으로는 안 되고 대마 싸움도 안 되니 이제 남은 방법은 단 한 가지뿐이었다. 먼저 실리를 잔뜩 챙겨 둔 다음에 상대의 진영에 깊숙이 침투해서 타개하는 것으로 승부하는 이른바 '조치훈 류'. 이세돌 9단은 단 세 판 만에 알파고의 약점을 간파해내고 정확히 찔러 들어갔다. 알파고의 학습 데이터에 들어 있지 않을, 즉 실전에 결코 등장한 적이 없었을 것 같은 낯선 장면을 만들어 냈다. 그리고 78수가 떨어졌다. 이 수가 놓인 다음이라도 알파고가 제대로 응수했다면 여전히 어려운 바둑이었지만, 알파고는 '떡수'를 연발했다. 단 한 번의 기회를 살려냈다는 점에서 과연 '신의 한 수'라 불릴 만했다.

마지막 5국에서 이세돌 9단은 한 번 찾아낸 파훼법을 굳이 다시 사용하지 않고, 그저 최선의 바둑을 뒀을 때에도 이길 수 있다는 것을 보여주려고 했다. 중반까지 유리한 국면을 만들었지만 인간이기에 한 순간 마음이 약해지면서 역전당했다. 그럼에도 일체의 변명을 하지 않고 오롯이 자신의 능력 부족으로 돌리는 챔피언의 품격을 보여줬다.

이 '세기의 대결'을 통해 전 국민이 인공지능의 위력에 대해 각성하게 됐다. 이세돌 9단의 패배는 매우 충격적이었다. 그저 강력한 계산 능력에 의존해 무차별 탐색 기법으로 체스를 정복한 딥블루 때와는 차원이 달랐다. 바둑은 경우의 수가 너무 많아 인간의 직관이 반드시 필요하다고 생각했는데, 인공지능이 바로 그 직관을 흉내냄으로써 바둑을 정복한 것이다. 어쩌면 직관이라는 것은 인간 지능의 강점이 아니라, 오히려 모든 것을 계산해 정확히 판단할 수 없기 때문에 어쩔 수 없이 동원해야 했던 인간 지능의 약점이었을지도 모른다.

요즘에는 가정용 컴퓨터에 설치된 프로그램도 프로 기사를 쉽게 이긴다. 이쯤 되니 바둑은 원래 계산 문제에 불과했다는 생각이 든다. 계산 문제를 컴퓨터가 더 잘 푸는 게 당연하지 않은가? 인간이 그동안 컴퓨터와 대등한 승부를 벌여왔다는 것이 오히려 신기하다.

사실 바둑을 이기고 지는 것은 우리가 먹고사는 데 중요하지 않은 문제다. 실생활에서 부딪히는 문제들은 바둑하고는 상당히 다른 것처럼 느껴진다. 우리를 둘러싼 자연환경과 사회의 모든 현상은 근본적으로 계산의 영역에 속하는 사안일까? 이들이 계산 가능한 문제라면 언젠가 인공지능이 인간을 능가하리라는 것은 명백하다. 그렇다면 인간만이 할 수 있는 일 또는 인간이 더 잘할 수 있는 일은 무엇일까? 인공지능과 경쟁하고 협력하며 살아가야 할 시대에 매우 중요한 질문이 아닐 수 없다.

알파고 사건 이후에 대중 강연을 참 많이 했다. 인공지능에 대한 기술적인 질문에는 쉽게 답했지만, 대답하기가 참으로 난감한 질문들도 있었는데 이들은 수첩에 따로 기록해뒀다. "바둑 인공지능이 더욱 발전한다면, 정말 바둑을 이해하면서 둘까?" "인공지능이 감정을 가질 수 있을까?" "인과와 영속성에 대한 인식은 어떻게 변화할까?" "뇌를 통해 마음에 접근할 수 있을까?" "초인공지능이 가능할까?" "인간의 고유성과 창조성은 어디에서 찾을 수 있을까?" "우리 아이들한테는 무엇을 어떻게 가르쳐야 할까?"

대부분의 인공지능 연구자들은 당장 눈앞의 기술적인 문제를 해결하기에 급급한 나머지 이런 형이상학적인 질문에는 무관심하다. 이와 같은 질문을 받을 때마다 지레짐작과 임기응변으로만 때우기가 무안해서, 인공지능을 인문학적으로 다룬 책들을 샅샅이 뒤져본 적이 있다. 그러나 실망의 연속이었다. 인공지능에 대해 추상적이고 막연하게 다루기 일쑤였고, 실제 현장에서 연구 개발되는 인공지능과는 괴리가 컸다. 세계적인 베스트셀러로 손꼽히는 책들도 마찬가지였다. 그렇게 망연자실하던 차에 김재인 박사의 『인공지능의 시대, 인간을 다시 묻다』를 발견했다.

수첩에 기록해둔 질문들에 대한 답이 전부 이 책에 있었다. "현실 속 인공지능을 모른 채 철학적으로 논한다는 건 기만이나 다름없다"는 저자의 당찬 포부가 과연 허세가 아니었다. 철학은 당대의 자연과학과 나란히 가야 한다는 소신으로, 저자는 컴퓨터 과학뿐만 아니라 물리학, 뇌과학, 진화생물학, 심리학 분야의 최신 연구를 섭렵했다. 이렇게 과학적으로 단단하게 다져진 토대 위에서 인공지능에 대한 철학적 담론들을 풀어나가는 솜씨가 일품이었다.

"철학이 삶의 문젯거리들을 대상으로 삼지만, 철학 용어들은 지나치게 현실 언어와 동떨어져 있다"며 철학과 일상적 삶의 괴리를 타파하고자 한 점도 마음에 쏙 들었다. 현학적인 표현 대신에 일상의 언어를 쓰려고 노력했고, 또 서울대의 인기 강의 '컴퓨터와 마음'을 풀어놓은 책답게 구어체로 쓰여 있어 깊이 있는 내용도 술술 읽혔다. 이 책이 영문판으로 번역 출간되면 세계적인 베스트셀러 반열에 오르리라고 확신한다.

'인공지능 시대에 무엇을 어떻게 공부할까?'라는 질문에 대해 전에 없던 명쾌한 해답을 담고 있는 아름다운 책이다.

함께 읽으면 좋은 책

『마스터 알고리즘』 페드로 도밍고스 지음, 강형진 옮김, 비즈니스북스, 2016
『지능의 탄생』 이대열 지음, 바다출판사, 2017
『로봇 시대, 인간의 일』 구본권 지음, 어크로스, 2015

015

인류는 언제부터 서로를 도왔을까

우아영_동아사이언스 기자

인류의 기원
이상희 외 지음, 사이언스북스, 2015

20세기 초 프랑스의 라샤펠오생에서 이상한 네안데르탈인 화석이 발견됐다. 뼈가 심하게 구부러져 있었는데, 처음엔 네안데르탈인의 특징인 줄 알았던 이 모습이 이후 연구 결과 관절염을 앓은 흔적이라는 사실이 밝혀졌다. 원인은 노령. 입도 쑥 들어가 있었는데 이 역시 노환으로 이가 모두 빠진 흔적이었다. 특히 어금니 부분이 흥미로웠다. 죽은 뒤 이가 빠지면 그 자리가 그대로 구멍으로 남는데, 이 화석은 빠진 자리가 메워지고 잇몸뼈가 닳아 반들반들했다. 이가 빠진 다음에도 계속 살았다는 뜻이다.

이도 빠지고 관절염으로 잘 걷지도 못하는 '라샤펠의 늙은이'가 어떻게 빙하기의 눈 덮인 골짜기에서 살아갈 수 있었을까. 인류학자들은 누군가의 도움이 없었다면 이 화석의 주인공이 살아남지 못했을 거라고 생각한다. 네안데르탈인이 서로를 도우며 살았다는 얘기다. 그리고 이보다 훨씬 오래전인 180만 년 전 초기 인류 역시 다치고 늙고 병든 사람을 도우며 살았다는 사실이 화석 연구 결과 드러났다.

이 이야기는 우리를 인간답게 하는, 생판 모르는 남을 위해 목숨을 걸기도 하는 인류의 특이한 행동이 언제부터 시작됐는가라는 질문에 대해 고(古)인류학이 내놓은 답이다. 사실 '인류의 진화'라고 하면 유일하게 보통 구부정한 모습에서 똑바로 직립보행 하는 인류까지 순차적으로 그린 그림을 대표적으로 떠올린다. 한마디로 우리는 고인류학에 대해 무지하다. 화석으로 기껏 생김새나 걷는 모습의 변화만 알 수 있을 거라는 선입견마저 품고 있다. 그런데 놀랍게도, 화석 연구를 통해 '협력의 기원'을 알아낸 것이다.

이 책은 '한국인 1호 고인류학 박사'로 직접 발굴 현장을 누비며 인류의 화석을 연구하는 저자가 과학 전문 기자와 함께 최신 고인류학이 이뤄낸 성과 22가지를 뽑아 친절하게 풀어 쓴 교양서다. 과학 전문지 〈과학동아〉에 인기리에 연재된 '인류의 탄생'(2012년 2월~2013년 12월)을 다듬어 엮었다.

처음 연재를 구상할 때부터 연대기식 구성을 피했다. 대신 일상적인 소재를 주제로 질문을 던지고 그에 대한 해답을 찾아가는 이야기 방식을 택했다. 협력의 기원을 알아냈듯, 원시인은 식인종이었는지(1장), 인류는 언제부터 우유를 마실 수 있게 됐는지(6장), 농사가 과연 인류를 부자로 만들었는지(9장), 70억 인류는 정말 한 가족인지(21장) 등 도무지 화석 연구로는 알 수 없을 것 같은 질문들에 대해 고인류 학계가 고심한 여정을 담았다.

제각각인 것 같지만, 스물두 가지 이야기를 관통하는 하나의 큰 줄기가 있다. 바로 '무엇이 인간을 인간답게 하는가'이다. 인류의 기원을 찾는 여정은 곧 인간을 다른 동물과 구별되게 만드는 특징을 찾는 과정이었다. 고인류학을 잘 모르는 사람도 흔히 직립보행과 큰 두뇌, 도구 사용 능력 정도는 떠올릴 수 있지만, 이 책에서는 보다 참신한 사례들을 소개하며 독자의 호기심을 자극한다.

예컨대 독특한 출산 과정이 있다(4장). 산도를 갓 빠져나온 영장류 새끼의 얼굴은 엄마의 몸 앞쪽(얼굴)을 향하고 있어서 어미가 새끼를 직접 받을 수 있다. 그러나 인간의 출산은 말 그대로 '180도' 다르다. 인간은 살아남기 위해 머리는 커진 반면, 직립보행 하기 위해 골반은 넓어지지 않아 산도가 좁다. 태아는 좁은 산도를 통과하기 위해 몸을 비튼다. 이렇게 나온 아기의 얼굴은 엄마의 뒤쪽을 향해 있다. 이 경우, 엄마는 아기를 손으로 꺼낼 수 없다. 잘못하면 아기의 목이 꺾이기 때문이다. 인간의 출산 현장엔 아기를 받아줄 누군가가 꼭 있어야 한다. '사회적 출산'인 셈이다. "태어나는 순간부터 '사회'에 속한다"는 점을 인류의 특징 리스트에 넣는다면, 약 200만 년 전 큰 머리를 가진 신생아를 낳기 시작한 호모 에렉투스를 진정한 최초의 인간이라고 볼 수 있다.

이 책은 고인류학이 낯선 사람에게도 인류의 기원을 찾는 여정에 쉽게 동참하도록 만든다. 먼저 독특한 구성 방식 덕분에 이야기는 반전에 반전을 거듭한다. 독자를 소위 '들었다 놨다' 한다. 문제에 대한 해답을 찾기 위해 고인류학자는 가설을 세우고 가설이 맞는지를 화석 증거를 통해 검증하는데, 이 과정에서 가설들이 폐기되기 일쑤다. 일단 펼치면 첫 장부터 마지막 장까지 단숨에 내달을 수 있게 하는 비결이다.

저자가 한국인인 국내 과학 서적이라는 사실도 큰 장점이다. 기초과학 분야는 보통 번역서가 주를 이룬다. 독자는 익숙지 않은 소재와 비유를 이해하는 데 에너지를 쓰기 마련이다. 백인 남성 위주로 연구가 이뤄져 온 고인류학 분야는 두말할 것도 없다. 그러나 이 책은 다르다. "원숭이 엉덩이는 빨개"나 "나실 제 괴로움 다 잊으시고" 등 한국인에게 익숙한 것들로 이야기를 끌어나간다. 이 책은 고인류학 본산인 미국에 수출됐는데, 저자가 영문판을 직접 쓰면서 이런 소재들을 어떻게 번역할지 역으로 고심했다.

특별한 점은 또 있다. 출간 4년째, 10쇄를 찍으면서 표지와 본문 속 그림 일부를 남성에서 여성으로 바꿨다. "인간의 진화를 표현한 그림에는 남자만 주로 등장하고 여성은 배제돼 있다"는 저자의 비판을 출판사가 받아들이면서 일러스트를 수정한 것. 진화는 남자만 한 것이 아니라는 사실을 우리는 모두 알고 있지만, 막상 가슴 달린 여성 선사인이 사냥을 하는 그림을 보면 몹시 강렬한 인상을 받게 된다.

마지막 장을 덮은 뒤 드는 감정은 역설적이게도 '겸손함'이다. 인간은 지구상에 탄생해 지금의 모습이 되기까지 수많은 사건을 겪으며 진화했다. 생물의 일종으로서 진화의 거대한 운명을 거스를 수 없다. 하지만 동시에 스스로 만든 문명으로 자신의 진화에 영향을 끼칠 수 있는 특이한 존재이기도 하다. 예컨대 농경이 시작된 1만 년 전부터 곡물을 주로 먹게 되면서 비타민D를 충분히 섭취하지 못하게 됐고, 결국 부족한 비타민D를 합성하기 위해 피부로 햇빛을 받아들이는 방법을 택하게 됐다. 이제 자외선을 통과시켜 비타민D를 만들 수 있는 흰 피부가 검은 피부보다 유리해졌고, 이 사람들의 피부는 하얘졌다. 문화가 진화를 대체한 게 아니라, 반대로 진화를 촉진한 것이다.

그래서 저자는 당부한다. "이 세상에서 가장 힘이 세고 무서운 자리를 차지한 우리는 이제 우리 때문에 대가를 치르고 있는 사라져 가는 세상에 대해 좀 더 큰 책임감을 느꼈으면 좋겠다"고. 고인류학이 준 선물이다.

함께 읽으면 좋은 책

『잃어버린 게놈을 찾아서』 스반테 페보 지음, 김명주 옮김, 부키, 2015
『뼈가 들려준 이야기』 진주현 지음, 푸른숲, 2015
『스킨』 니나 자블론스키 지음, 진선미 옮김, 양문, 2012

016

뇌 과학 콘서트로의 초대

이권우_도서평론가

정재승의 과학 콘서트
정재승 지음, 어크로스, 2011

스타 탄생을 예감케 한 책이 있다. 이미 전작에서 필력을 인정받은, 29살의 젊은 물리학과 대학원생이 최첨단 이론을 주제로 대중과 소통하는 글을 썼다는 점에서 상당한 반향이 있으리라 기대했다. 그리고 그 예감은 현실이 되었다. 과학 교양 도서의 새 지평을 연 이 책은 2001년 나왔다.

물론 일부 우려도 있었다. 과학에 문외한인 사람도 과연 과학책을 읽어낼 수 있을까. 예상한 대로 기우였다. 과학이 또는 물리학이 다루는 영역이 이토록 넓을 수 있다는 사실에 놀랐고, 이를 풀어나가는 지은이의 글솜씨에 다시 한 번 놀랐다는 반응이 쏟아져 나왔다.

이 책이 무엇을 다룰지는 서문에 잘 나와 있다. "이 책은 복잡한 사회 현상의 이면에 감춰진 흥미로운 과학 이야기들을 독자와 함께 나누기 위해 쓰였다. 나는 독자들이 이 책을 읽고 경제, 사회, 문화, 음악, 미술, 교통, 역사 등 다양한 분야에서 전혀 상관없어 보이는 사회 현상들이 서로 밀접하게 연관돼 있으며, 카오스와 프랙털, 지프의 법칙, 1/f 등 몇 개의 개념만으로 그 모든 현상들이 그럴듯하게 설명된다는 사실에 깜짝 놀라길 바란다."

지금이야 일반교양 차원에서도 상식이 되었지만, 어떻게 과학 이론이 사회 현상까지 설명할 수 있느냐는 질문에 대한 답도 서문에 실려 있다. "20세기 후반 일련의 과학자들에 의해 '복잡한 시스템을 다루는 과학적 패러다임', 이른바 '복잡성의 과학' 분야가 발전하면서 물리학자들은 자연에서 발견되는 복잡한 패턴들이 어떻게 형성되었으며, 그 속에 담겨 있는 법칙들이 무엇인지 탐구하기 시작했다. 지난 20년 동안 카오스 이론과 복잡성의 과학은 그동안 과학자들이 손대지 못했던 복잡한 자연 현상 속에서 규칙성을 찾고 그 의미를 이해하는 데 새로운 시각을 제시해왔다. 그리고 사람들이 만들어내는 행동 패턴, 다시 말해 '복잡한 사회 현상'에도 관심을 갖기 시작했다. 아직 세상을 다루기엔 부족한 점이 많지만, 물리학자들은 이제야 비로소 그것을 다룰 '용기'를 갖게 된 것이다."

명민한 젊은 물리학자는 서문에 이미 승부수를 던졌다. 무엇을 다룰 것인지, 왜 그것이 가능한지 밝혀놓았다. 그렇다면 그 주제를 얼마나 잘 다루었는지에 따라 평판이 나누어질 테다. 대중이 쉽게 이해하도록 썼는지, 전문성을 놓치지 않고 다양한 주제를 설명할 수 있는지, 서로 다른 주제를 하나로 꿰뚫는 주제 의식은 선명한지 등이 평가 항목이 될 것이다.

전문가 가운데 정재승을 높이 평가하는 이들이 있다. 눈에 보이는 상찬과 은밀한 뒷말이 난무하는 가운데 합리적 기준으로 정재승의 성취와 가능성을 높이 평가한 이들이다. 그 가운데 대표적인 사람이 구본준 기자이다. 『한국의 글쟁이들』에서 구 기자는 다음처럼 정재승을 평가한다. "정 씨가 독자들을 사로잡은 가장 큰 요인은 역시 책의 내용과 정재승식 글쓰기였다. 정 교수는 물감을 흩뿌리는 현대화가 잭슨 폴록의 그림으로 카오스 이론을 설명하고, 통계학이 저지르기 쉬운 오류를 오제이 심슨 사건으로 보여주는 식이다. 물리학자들이 경제 영역에 뛰어든다는 등 당시 국내에서는 접하기 어려웠던 다양한 이야기들이 과학을 설명하는 소재로 등장했다. 문화와 과학, 경제와 과학을 연결해 과학을 설명하는 책은 그동안 없었기에 독자들은 열광했던 것이다."

이 글에는 내가 이 책의 특징을 설명했던 말이 인용되어 있다. 나는 구 기자에게 정재승의 장점으로 명민함과 기동성을 들었다. 다양한 분야의 신간들은 물론 외국 과학 저널에 나온 논문이나 기사들을 꾸준히 파악해 신속하게 글쓰기 감으로 활용하는 기동성과 이런 정보를 엮어 완결된 글로 써내는 명민함을 두루 갖추었다는 것이다.

천문학자 이명현도 정재승을 상찬한다. 그는 나보다 정재승식 글쓰기를 더 높이 평가했다. "흩어져 있는 다양한 콘텐츠를 모두 삼켜서 소화시킨 뒤 치밀한 네트워크 과정을 거친 후 자신의 목소리를 통해서 전혀 새로운 이야기를 다시 토해냈다"고 말한다. 그리고 내가 미처 보지 못한 정재승의 인문학적 관점에 대해서도 잘 지적했다. "사회 현상에 대한 물리학적 해석에 대한 자신의 견해를 분명하게 밝혀놓고 있다. 이미 인문학적인 성찰이 녹아 있는 것이다"라고 했다.

이 점은 정재승을 평가하며 기실 많이 놓치고 있는 부분이다. 정재승을 잘 아는 한 물리학자는 사석에서 그를 과학자라기보다는 인문학자라고 해야 진면목이 보인다고 말한 바 있다. 이명현이 인용한 다음의 글을 읽어보면 누구나 동의할 성싶다.

"파레토의 법칙은 경제적 불평등이 거부할 수 없는 자연의 법칙이자 인간의 숙명인 양 주장하는 것 같아 씁쓸하다. 시스템의 동역학적 특징을 연구하는 물리학자들은 파레토의 법칙이 경제적 불평등을 정당화하는 논리가 아니라 시스템을 재정립하도록 경각심을 불러일으키는 사이렌 역할을 했다고 믿는다. 이제 그들이 해야 할 일은 파레토의 법칙이 성립하게 된 원인을 규명하고, 어떻게 시스템을 변화시켜야 경제적으로 평등하고 정의로운 분배가 이루어질 수 있을지 연구하는 일이다. 인간의 법칙은 변할 수 있는 법칙이기 때문이다."

이 책은 전문가의 호평과 대중의 사랑을 동시에 받으며 판매에 호조를 보였다. 이후 문화방송의 한 예능 프로의 선정 도서가 되면서 폭발적으로 읽히기도 했다. 2011년 개정 증보판을 내고 새로운 서문과 '10년 늦은 커튼콜'을 수록했다. 10년 세월을 넘어 여전히 사랑받고 있음을 입증하고 있는 셈이다. 『정재승의 과학 콘서트』는 이제 추억의 콘서트다. 그가 펼칠 새로운 뇌 과학의 콘서트를 기대해 보자.

함께 읽으면 좋은 책

『열두 발자국』 정재승 지음, 어크로스, 2018
『1.4킬로그램의 우주, 뇌』 정재승 외 지음, 사이언스북스, 2014
『쿨하게 사과하라』 김호 외 지음, 어크로스, 2011

017 ——— 구운몽

018 ——— 금오신화

019 ——— 삼국유사

020 ——— 심청전

021 ——— 열하일기

022 ——— 유배지에서 보낸 편지

023 ——— 춘향전

024 ——— 한중록

025 ——— 홍길동전

문학 · 고전 · 산문

017

팔색조의 의미를 가진 사랑 소설

송성욱_가톨릭대 국어국문학과 교수

구운몽
김만중 지음, 송성욱 옮김, 민음사, 2003

조선시대 소설 가운데 작가가 밝혀진 작품은 별로 없다. 그것도 한문이 아니라 한글로 창작된 작품이라면 작가를 찾기 더 어렵다. 작가를 발견하지 못하는 것이 아니라 애초에 정체를 밝히지 않고 창작된 작품이 대부분이기 때문이다. 여러 가지 이유가 있겠지만 한글 소설이 창작의 가치가 없다고 인식되었거나 소설의 내용을 대놓고 읽을 수 없어서 밝히지 않았을 수도 있다. 허균 역시 『홍길동전』을 창작할 때 버젓이 이름을 밝히고 창작하지 않았다. 실상은 택당 이식의 문집에 『홍길동전』을 창작한 사람이 허균이라는 기록이 나와서 그가 작가임을 알게 되었다. 그런데 『구운몽』은 『사씨남정기』와 더불어 서포 김만중이 이름을 숨기지 않고 창작한 소설이다. 한글로 소설을 쓰는 것이 사대부들이 할 만한 일이 아니라는 인식이 팽배했던 시대에 그것도 당대 최고의 사대부가 한글로 소설을 썼으니 사건이라면 사건이다.

김만중은 인현왕후와 장희빈을 둘러싼 일련의 정치적 사건 한가운데 있었던 인물이었다. 장희빈 일파의 눈 밖에 나 유배를 가게 되자 홀로 남겨진 노모의 슬픔을 위로하기 위해 유배지에서 이 소설을 창작한 것으로 알려져 있다. 어머니를 위로하기 위해 창작한 소설이니 당연히 한문이 아니라 한글로 지어야 했다. 당시 여성은 한문보다는 한글이, 그것도 소설이라면 더더욱 한글 소설과 친했을 것이다. 또한 김만중은 당시 다른 지식인들과는 달리 소설을 무조건 부정하지 않았다. 그는 역사책 『삼국지』보다 소설책 『삼국지연의』가 주는 감동이 훨씬 크다는 사실을 인정했다. 소설이 가지는 효용적 가치를 충분히 인식한 결과다. 따라서 그는 한글 소설 『구운몽』을 지어 어머니를 위로하는 한편 그가 지닌 사대부로서의 포부를 담아내려 했다.

『구운몽』은 잘 알려져 있듯이 성진이 꿈을 꾸고 깨어나는 과정을 그린 소설이다. 성진은 초월적 세상에서 육관대사를 스승으로 삼아 불도를 닦는 스님이다. 성진이 육관대사의 심부름을 가다가 여덟 명의 선녀를 만나게 되는데, 이 만남 자체가 색욕을 다스리지 못한 죄라 하여 지상 세계로 적강하게 된다. 지상 세계로 적강하는 순간이 바로 성진이 꿈을 꾸기 시작하는 대목이다. 이 과정에서 여덟 명의 선녀 역시 성진과 같은 죄목으로 인간 세상에 환생한다. 소설에서는 초월계가 현실이고 꿈속이 환상이다. 그런데 소설을 읽는 독자의 입장에서는 정반대다. 꿈속이 지상 세계이기 때문에 오히려 현실이 되는 셈이다. 소설의 구조와 독자가 서 있는 현실의 구조가 반대로 설정되었기 때문에 읽는 재미를 더한다.

이 책은 성진의 삶에 초점을 맞추어 읽을 수도 있고, 양소유의 삶에 초점을 맞출 수도 있다. 성진의 삶에 초점을 맞춘다면, 당시 정치적 사건의 소용돌이 속에서 삶의 회한을 가졌던 김만중의 소회를 읽을 수 있으며, 양소유의 삶에 눈길을 돌린다면 사대부 남성으로의 포부를 읽을 수 있을 것이다.

이 작품은 모두 16회로 구분되어 있으며 회장체 소설의 형식을 띤다. 1회는 성진의 입몽(入夢)을 16회는 성진의 각몽(覺夢)을 주로 다루고 있고, 나머지 부분은 양소유의 화려한 삶의 행적을 담고 있다. 최고로 높은 관직에 오르고 아름다운 여덟 명의 부인과 더불어 행복한 삶을 살던 양소유는 어느 날 갑자기 그러한 삶이 무상하다고 느낀다. 깨달음을 얻은 후 성진이 꿈을 깨는 장면으로 이어진다. 성진의 입장에서 보자면 꿈속에서 누린 부귀공명과 여성과의 사랑 등이 모두 덧없는 일장춘몽이었던 셈이다. 성진의 이 깨달음을 두고 불교, 도교 등의 복잡한 이론을 내세운 학설이 다양하지만, 현실적 욕망에 대한 경계를 하고 있는 것만큼은 분명하다. 또한 이러한 깨달음은 정치적 갈등에서 지칠 대로 지친 당시 김만중의 소회와도 충분히 연관이 있을 것이다.

이 책에서는 대부분 양소유의 지상의 삶이 차지하고 있다. 16회 중 무려 14회 분량이다. 그렇기 때문에 독자의 입장에서는 양소유의 삶에 눈길이 더 많이 머물 수밖에 없다. 물론 성진이 꿈에서 깨어나 그 삶을 부정하지만 그렇다고 해서 양소유의 비중이 희석되는 것은 아니다. 『구운몽』에서 양소유는 너무 매력적인 인물로 묘사되어 있다. 결코 그 의미가 송두리째 부정될 인물로 그려지지 않는다.

가난한 선비의 집에서 태어나 최고의 관직에 오르기까지 양소유는 별다른 정치적 갈등을 겪지 않는다. 그가 지닌 역량이 워낙 뛰어나기 때문이다. 천상의 존재가 환생했으니 이것은 당연한 것이다. 양소유의 삶은 모든 것이 여덟 선녀와의 만남과 연관되어 있다. 그가 겪는 임금과의 갈등도 난양공주 이소화와의 혼인을 둘러싼 갈등이고, 전쟁터에서의 위기도 여성 자객 섬요연과의 사랑 혹은 용왕의 딸 백능파와의 사랑으로 극복된다. 어떻게 보면 그야말로 화려한 애정 행각을 벌인다.

양소유의 삶을 통해서 우리는 조선시

대 남성 사대부의 욕망 구조를 읽을 수 있다. 양소유가 2처 6첩을 거느린다는 표면적인 내용도 그렇지만 양소유는 자신이 좋아하거나 자신을 좋아하는 여성을 조금도 망설이지 않고 모두 받아들인다. 당시 사회가 아무리 남성 중심의 가부장제 사회였다고 하지만 이런 양소유의 행위는 제어되지 않은 남성적 욕망 구조를 드러내고 있다. 이는 작품 속의 정경패가 거짓 귀신에게 홀린 양소유를 두고 "색이 굶주린 아귀와 같다"고 말한 대목에서도 잘 드러난다. 물론 김만중은 이 책을 창작하면서 이러한 의미를 의도하지 않았을 것이다. 당시 남성 사대부들에게 당연히 되었던 부분이 소설을 통해 그대로 드러난 것이라고 보는 게 맞다.

『구운몽』은 보는 각도에 따라 참으로 다양한 모습을 지닌 작품이다. 삶의 회한을 느낄 수 있는가 하면 더할 수 없이 화려한 삶의 여정을 맛보게 된다. 그뿐만 아니라 작품의 문체를 따라 읽으면 김만중의 문장 품격을 만날 수도 있다. 두고두고 읽으면서 그때마다 새롭게 다가오는 의미를 음미하게 되는 팔색조 같은 작품이다. 게다가 어머니를 위로하기 위해 지은 소설이라고 하니, 이 소설의 어느 부분이 어머니를 위로할 수 있었을지 생각해보는 것도 좋을 것이다.

함께 읽으면 좋은 책

『사씨남정기』 김만중 지음, 류준경 옮김, 문학동네, 2014

『창선감의록』 작자 미상, 이지영 옮김, 문학동네, 2010

『완역 옥루몽』(전5권) 남영로 지음, 김풍기 옮김, 그린비, 2006

역사에 횡포에 맞선 아름답고 슬픈 판타지

권순긍_세명대 미디어문화학부 교수

금오신화
김시습 지음, 이지하 옮김, 민음사, 2009

세조 정변에 저항하여 '생육신'이라 불리며 평생을 방외인(方外人)의 길을 걸었던 매월당 김시습. 그가 31세 되던 1465년(세조 11) 경주의 금오산(金鰲山·지금의 남산) 용장사(茸長寺) 터에 '매월당'을 짓고 7년 동안 틀어박혀 쓴『금오신화』는 모두 5편으로 구성된 단편소설집이다. 현재 윤춘년이 편찬한 조선판본은 '갑집(甲集)'으로 적혀 있어, '을집(乙集)', '병집(丙集)', '정집(丁集)' 등이 더 있을 것으로 보인다. 그 모델이 됐던『전등신화』처럼 각 5편씩 모두 20편 정도의 규모로 추정된다.

김시습이 책을 다 지은 뒤에 석실에 감추어 두고 말하길 "후세에 반드시 나를 알 자가 있을 것이다"라고 했다 한다. 그래서인지 김시습이 죽은 뒤『금오신화』는 행방을 알 수 없었고, 424년 뒤인 1927년 육당 최남선이 일본에서 출판한 『금오신화』를 발견해 〈계명〉 19호에 소개함으로써 그 진면목이 드러나게 되었다. 그 뒤 1999년 중국 다롄 도서관에서 윤춘년이 편집하고 중종~명종대(1506~1567년) 조선에서 목판으로 찍은 조선판본 『금오신화』가 발견되었다. 운명이 기구한 책이다.

이 책은 「만복사저포기(萬福寺樗蒲記 : 만복사의 저포놀이)」 「이생규장전(李生窺墻傳 : 이생이 담 안의 아가씨를 엿본 이야기)」 「취유부벽정기(醉遊浮碧亭記 : 취해서 부벽정에서 노닌 이야기)」 「남염부주지(南炎浮洲志 : 남쪽 지옥에 간 이야기)」 「용궁부연록(龍宮赴宴錄 : 용궁 잔치에 초대받은 이야기)」의 5편으로 이루어져 있다. 이 작품들은 개성, 평양, 남원, 경주 등 국내의 유서 깊은 장소를 배경으로 하고 있다. 「이생규장전」만 고려 말 배경이며, 대부분 작가가 살았던 조선 초로 설정되었다. 이 책의 배경이 되는 곳으로 보아 김시습이 20대에 10년을 떠돌면서 그의 발길이 많이 머물렀던 곳임이 분명하다. 게다가 주인공들은 김시습이 그렇듯이 하나 같이 뛰어난 재주를 지니고 있음에도 현실에서 인정받거나 쓰이지 못했던 불우한 인물들이다. 더욱이 대부분 비극적으로 삶을 마감한다. 김시습은 왜 이런 '사람들이 들어보지 못했던 이야기'인 전기소설(傳奇小說)을 지었을까?

그는 7년 동안 금오산에 틀어박혀 세조 정변이라는 '세계의 횡포'에 저항하며 글을 썼다. 「만복사저포기」에 나왔던 왜구나 「이생규장전」에서 홍건적의 칼날앞에 여주인공이 처참하게 살해됐듯이 김시습에게 세조 정변도 그러했으리라. 그렇다면 어떻게 할 것인가? 홀로 폭력적이고 거대한 권력을 상대하기에는 역부족이다. 가능한 방법은 현실적으로 여기에 맞서는 것이 아니라 상상의 세계로 들어가 죽은 여주인공을 다시 살려 내어 저항하는 것이다. 그래서 남은 생을 끈질기게 이어가야 한다. 세조 정변으로 현실에서는 패배했지만 소설 속에서는 이를 다시 살려 내 여기에 맞선다. 너희는 우리를 죽였지만 나는 결코 죽지 않으리라고 마음먹는다. 이처럼 김시습에게 소설을 쓰는 일은 세계의 부당한 횡포에 저항하는 유일한 방법이었다.

김시습이 판타지인 전기소설에 주목한 것도 이 때문이다. 전기소설의 전범이 되는 명나라 구우(瞿佑)의 『전등신화』를 보고 자신이 하고 싶은 세조 정변의 부당함을 얘기할 수 있다고 여겨 전기소설의 양식을 가져온 것이다. 그래서 『전등신화』를 읽고 쓴 시 「전등신화 뒤에 쓰다(題剪燈新話後)」에서 "말이 세상 교화에 관계되면 괴이해도 무방하고/ 일이 사람을 감동시키면 허탄해도 기쁘니라"고 했다. 세상을 깨우치고 또한 감동을 줄 수 있다면 그것이 비현실적이고 황당한 판타지라도 좋다는 의미다. 즉 환상의 세계 속으로 들어가 자신이 하고 싶은 얘기를 풀어내겠다는 뜻이다. 전기소설의 특징은 바로 이런 비현실성과 낭만성에 있다. 부당한 현실의 횡포에 저항하는 방식으로 김시습은 전기소설의 양식을 선택했던 것이다.

그래서 김시습은 그 시에서 "나의 평생 뭉친 가슴을 쓸어 없애 주리라"고 했다. 그런가 하면 「금오신화를 지으면서(題金鰲新話)」라는 시에서는 "한가하게 인간들이 못 보던 글 지어내네"라고 하기도 했다. 정감을 드러내는 시와 같은 장르로는 그런 사연을 도저히 담을 수 없기에 새로운 장르인 소설이 필요했다. 우리 문학사에서 최초의 소설인 『금오신화』는 그렇게 해서 탄생되었다.

작품 속에서 갑작스러운 세계의 횡포에 맞서는 방법으로 우선 왜구나 홍건적에게 희생된 여인을 살려 내지만 그다음이 문제였다. 여귀가 되어 돌아온 처녀나 아내를 어찌할 것인가? 하지만 남자 주인공은 그것을 문제 삼지 않는다. 「이생규장전」의 장면을 살펴보자.

"이경(二更)쯤 되어 달빛이 희미한 빛을 토하며 지붕과 들보를 비추었다. 그런데 회랑 끝에서 웬 발소리가 들려왔다. 그 소리는 멀리서부터 들려오더니 차츰 가까워졌다. 발소리가 이생 앞에 이르렀을 때 보니 바로 최 씨였다. 이생은 그녀가 이미 죽은 것을 알고 있었지만 너무나 사랑하는 나머지 한 치의 의심도 없이 물었다. '당신은 어디로 피난하여 목숨을 부지하였소?'"

귀신인 걸 알고 있음에도 오히려 반가워하는 것이다. 죽은 여주인공도 "만약 당신이 아직도 옛 맹세를 잊지 않으셨다면 저는 끝까지 잘해보고 싶어요"라며 "당신도 허락하시는 거지요?"하고 묻자 이생은 "그건 바로 내가 바라던 바요"하고 흔쾌히 받아들인다. 죽음도 뛰어넘는 사랑이라고 할까. 그리고 서로의 사랑을 몇 년 동안 이어간다. 더 놀라운 건 몸은 비록 이승과 저승으로 나뉘었지만 "잠자리의 즐거움은 예전과 같았"으며, "이때부터 인간사에 게을러져서 비록 친척이나 손님들의 길흉사에 하례하고 조문해야 할 일이 있더라도 문을 걸어 잠그고 밖으로 나가지 않았다. 항상 아내와 더불어 시를 지어 주고받으며 금실 좋게 행복한 시간을 보냈다"고 한다. 이생에게는 아내가 '세상의 전부'였기 때문이다.

하지만 그 사랑은 현실의 공간에서 오랫동안 지속할 수가 없었다. 이승과 저승의 길이 다르기에 몇 년의 동거 뒤 남주인공은 단절된 세계의 저편에서 저승으로 향하는 여주인공을 지켜볼 수밖에 없었다. 그리곤 자신도 뒤를 따른다. 아내가 없는 이승에서의 삶은 의미가 없기에.

여귀가 되어 돌아온 아내를 받아들여 같이 산 것도 대단하지만 아내가 이승을 떠나자 그리워하는 마음이 깊어져 병을 얻어 몇 달 뒤 세상을 뜬 것은 더 감동적이다. 죽음조차도 뛰어넘는 대단한 사랑인 것이다. 그런데 「이생규장전」에서는 그것을 '사랑'이라고 하지 않고 '절의(節義)'라고 표현했다. 마지막에서 "이 이야기를 들은 사람들마다 애처로워하고 탄식하여 그들의 절의를 사모하지 않는 이가 없었다(聞者 莫不傷歎而慕其義焉)"라고 썼다. 절의라는 말은 사회적이고 정치적 언어다. 그렇다면 이 사연은 곧 남녀의 사랑 이야기를 정치적 담론으로 확대한 것이라고 생각할 수 있다. 평생 방랑하며 중으로 살았던 김시습은 죽음도 뛰어넘는 남녀의 사랑 이야기로 조선 초에 벌어졌던 세계의 횡포, 곧 세조 정변에 대한 자신의 분명한 입장을 말한 것이다.

그래서 16세기 어숙권이 『패관잡기』에서 지적했듯이 "전등신화를 답습했지만 생각하는 것과 언어 표현이 보다 뛰어나니 어찌 청출어람에 그칠 것인가"라고 할 정도로 독창적이다. 『전등신화』의 대부분 작품은 행복한 결말로 끝나고 비현실적인 설정은 하나의 흥미요소로 작용하지만, 『금오신화』는 거의 비극적이며 그것은 세조 정변이라는 부당한 세계의 횡포로 생의 단절을 거부하려는 강한 의지에서 비롯됐기 때문이다.

세조 정변에 저항하여 7년 동안 김시습이 소설을 써 말하고자 했던 것이 바로 이것이다. 죽음도 갈라놓을 수 없는 사랑의 약속! 그것이 사랑하는 사람이 아닌 군주이거나 자신이 믿고자 했던 당시의 이념이어도 관계없을 것이다. 같은 불자의 길을 걸었던 만해 한용운의 시 「님의 침묵」에서 말한 '님'과 같은 존재가 아니겠는가. 그 님은 어쩌면 죽음으로써 완성되리라. 그러기에 더 아름답고 처절하다. 여주인공의 독백처럼 "절의는 중하고 목숨은 가볍다(義重命輕)"라고 했으니. 아, 선생이여! 천년의 선생이여!

함께 읽으면 좋은 책

『유의 미학, 금오신화』 김수연 지음, 소명출판, 2015
『한국 전기소설의 미학』 박희병 지음, 돌베개, 1997
『김시습 평전』 심경호, 돌베개, 2003

삼국유사는 뺑이 아니다

019

김경집_인문학자

흔히 『삼국유사』 하면 정사인 『삼국사기』와는 달리 온갖 야사들을 모은 이야기책 혹은 수많은 황당한 이야기들의 묶음으로 여기는 경우가 많다. 야사라고 가볍게 여기거나 신화나 설화가 많아 도저히 '과학적 근거'가 없다고 폄하하는 경향이 강하다. 하지만 정작 왜 이 책에는 과학적 증거에 토대한 역사적 사실의 서술이 아니라 '뻥'인 듯 보일 수밖에 없는 신화나 설화를 담았는지 궁금해하지는 않는다. 왜 그랬을까?

신화나 설화는 정식으로 기록된 사실과 무관해 보인다. 그러나 다른 점에서 보자면 단순히 떠도는 민담의 수집이 아니라 일반 대중이 전승하기에, 특히 구전하기에 좋은 방식이다. 특히 글을 모르는 민중에게 구전은 무엇보다 일종의 메타스토리로서의 방식이 탁월

삼국유사
일연 지음, 김원중 옮김, 민음사, 2008

하다. 이 책에는 수많은 이야기가 담겨 있다. 딱딱한 정사와는 달리 마치 '전설 따라 삼천리'처럼 온갖 기이한 이야기들이 펼쳐져 있어 재미있게 읽을 수 있다. 물론 때로는 도대체 이성적으로, 혹은 과학적으로 이해하기 어려운, 그야말로 황당무계한 이야기들도 상당히 많아서 사실감이 떨어지는 것으로 비추기도 쉽다. 하지만 이야기의 구조와 전승의 방식을 추적해보면 뜻밖에 많은 속살을 찾아낼 수 있다.

경문왕에 대한 이야기가 대표적 사례다. 바로 '임금님 귀는 당나귀 귀'라는 그 유명한 이야기의 주인공이다. 『삼국유사』에 실린 여이설화(驢耳說話)에 따르면 신라시대 희강왕의 손자였지만 왕위 계승자가 아니었던 화랑 응렴은 헌안왕의 질문에 현명하게 대답함으로써 사위가 되었고, 나중에 왕위를 계승하여 경문왕이 되었다. 경문왕은 임금 자리에 오른 뒤에 갑자기 그의 귀가 길어져서 나귀의 귀처럼 되었다. 아무도 그 사실을 몰랐으나 오직 왕의 복두장이(예전에 왕이나 벼슬아치가 머리에 쓰던 복두를 만들거나 고치는 일을 하던 사람)만은 알고 있었다. 왕이 자신의 약점을 감추기 위해 언제나 귀를 덮는 모자를 주문했기 때문이다. 아마도 그것은 경문왕이 실제로 당나귀 귀를 가졌다기보다는 왕위 계승의 정통 적자가 아니라는 열등감, 즉 정통성에 대한 불안을 상징한 것이 아니었을까.

당연히 왕은 자신의 귀에 대해 발설하면 복두장이를 죽일 것이라고 경고했고, 그는 평생 그 사실을 감히 발설하지 못하다가 죽을 때에 이르러 도림사라는 절의 대밭 속으로 들어가 대나무를 향하여 "임금님 귀는 나귀 귀처럼 생겼다"라고 소리쳤다. 그 뒤부터는 바람이 불면 대밭에서 이 소리가 났다. 왕은 이것을 싫어하여 대를 베어 버리고 산수유를 심게 했으나 그 소리는 여전했다고 한다. 아무리 억눌러도 진실은 끝내 밝혀지는 법이다.

누구나 감추고 싶은 부분이 있다. 특히 그게 자신의 정통성 문제와 관련된다면 더 예민할 수밖에 없다. 무슨 수를 써서라도 감추거나 왜곡하고 싶어진다. 그가 쥔 막강한 권력은 그런 수단을 제공해줄 수 있고, 권력의 혜택을 받으면서 정통성에 대한 불안감을 공유한 자들은 온갖 방법을 동원해서 똘똘 뭉쳐 방어한다.

이 이야기의 구조는 설화성이 매우 풍부하여 널리 구전되었고, 또한 분포 지역이 국내뿐만 아니라 범세계적이라는 점에서 일찍부터 국내외 학자들의 연구 거리가 되었다. 『삼국유사』에 나타난 경문왕의 당나귀 귀 이야기는 그의 정통성 문제일 수도 있고 혹은 실정과 비리를 의미하는 것일 수도 있다. 신라 사람들이 이러한 경문왕의 허위의식을 당나귀 귀 설화로 표현한 것이다. 경문왕은 진솔하게 소통하고 화합하는 정신이 결여되었다고 할 수 있다. 이야기 구조를 잘 읽어보면 겉보기와는 사뭇 다르다는 걸 발견할 수 있다. 이 책의 진짜 매력은 바로 그 맥락을 짚어내며 읽어가는 것이다. 그걸 찾지 못하고 황당무계한 이야기라고만 여겨서 대수롭지 않게 읽으면 그게 보이지 않는다.

인류의 역사를 크게 보면 소설은 '신-영웅-인간'이 주인공으로 진화하는 방식으로 구성된다. 그 주인공의 위상은 다르지만 추구하거나 실현하는 가치나 담고 있는 의미는 보편적이다. 만약 경문왕이 자신의 귀가 당나귀 귀라는 걸 인정하고 모자를 벗어 보였다면 그걸로 흉보거나 뒷말하는 일도 없었을 것이다. 물론 그 귀가 상징하는 것이 왕의 허물, 즉 정통성의 결여와 탐욕 그리고 비도덕성이지만, 문제는 비극의 중심에서 그걸 자꾸만 감추려 했다는 사실에 있다. 허물을 인정하고 그것을 고치려 했다면 그는 성군이 되었을지도 모른다.

자신의 허물과 부족한 점을 인정하는 것만큼 용기 있는 일도 없다. 물론 그것은 결코 쉬운 일이 아니다. 잘난 것도 아니고 모자란 허물을 인정하는 것은 일단 자신의 초라함을 객관적으로 드러내는 일이기 때문이다. 하지만 멀리 보면 그것을 인정하고 고침으로써 더 나은 기회를 가질 수 있다. 청소년기는 이제 겨우 삶의 본격적인 시작일 뿐이다. 결코 완성된 시기가 아니다. 부족한 점이 많고 허물이 크다. 그걸 깨닫고 고치며 개선하는 사람이 더욱 행복한 삶을 살아갈 수 있다.

이런 점에서 『삼국유사』는 풍부한 이야기의 보물 창고다. 이 책에는 많은 민속, 옛 어휘, 성씨, 지명의 기원, 사상과 신앙 그리고 수많은 일화 등을 금석과 고적에서 찾아내 집대성해 놓았다. 거기에는 우리 고대의 정치, 사회, 문화생활의 원형이 그대로 녹아 있다. 그래서 일찍이 육당 최남선은 "『삼국사기』와 『삼국유사』 중에서 하나를 택해야 할 경우를 가정한다면, 나는 서슴지 않고 후자를 택할 것이다"라고 말했다.

요즘은 그야말로 '스토리텔링'의 시대이다. 해리포터 시리즈만 새로운 스토리텔링의 진수가 아니다. 그보다 훨씬 다양하고 극적인 이야기들이 『삼국유사』에 보석처럼 박혀 있다. 신화나 설화는 그 자체로 이미 뛰어난 은유와 상징이다. 그러므로 그것을 풀어내는 해석과 재구성만으로도 이미 하나의 스토리텔링이 이루어지는 셈이다. 그리고 그것을 변형 발전시키면 훨씬 더 큰 매력을 생산할 수 있다. 원재료가 풍부하고 신선하면 몇 가지 레시피만으로도 훌륭한 음식을 마련할 수 있다. 이 책은 바로 그런 재료이며 동시에 기본적 레시피다.

이 책의 내용을 꼼꼼히 읽고 잘 다듬어 우리가 살고 있는 현실로 풀어내거나 각색하기만 해도 엄청난 이야기들이 쏟아져 나올 것이다. 그런데도 아직도 이 책을 해괴하고 비논리적인 전설이나 설화 모음집일 뿐이라거나 역사적 가치가 없는 야사라고만 여긴다면 어리석고 안타까운 일이다.

함께 읽으면 좋은책

『신화란 무엇인가』 로버트시걸 지음, 이용주 옮김, 아카넷, 2017

『천의 얼굴을 가진 영웅』 조지프 캠벨 지음, 이윤기 옮김, 민음사, 2018

『황금가지』 제임스 조지 프레이저 지음, 이용대 옮김, 한겨레출판, 2003

눈먼 육친에 대한 사랑과 희생 그리고 구원

020

권순긍_세명대 미디어문화학부 교수

『심청전』에서 눈먼 아비를 위해 인당수에 몸을 던지는 심청의 행위가 과연 효인가, 불효인가? 아버지를 위해 몸을 바쳤으니 지극한 효(孝)임에는 틀림없지만, 죽음으로써 부모의 마음을 아프게 했으니 막대한 불효(不孝)이기도 하다. 효가 무엇인지를 설명한 『효경(孝經)』에 의하면 효의 기본은 부모가 물려준 몸을 그대로 보존하는 것이다. 그런데 심청이는 부모가 물려준 몸을 죽음으로 내몰았으니 불효막심한 것이다. 그런데 효의 공식대로 심청의 행위를 '불효'로 규정지으면 뭔가 잘못됐다는 느낌을 떨칠 수 없다. 아니, 심청의 행위가 불효막심하다니! 이 말을 어떻게 이해해야 할까?

공양미 3백 석을 몽은사로 보내기로 약속한 아버지를 위해 심청이 할 수 있는 일이 무엇이겠는가? 눈을

심청전

정출헌 엮음, 배종숙 그림, 휴머니스트, 2013

뜰 수 있다는 말에 앞뒤 헤아려 보지도 않고 부처님 앞에 덜컥 약속한 아버지를 원망할 수도 없는 노릇이다. 이미 엎질러진 물이고, 쏘아 버린 화살이다. 실낱같은 희망으로 공양미 3백 석을 바치고 부처님의 기적을 바랄 수밖에 없는 처지가 되어버렸다.

이런 심청의 행위는 봉건적 윤리 규범인 '효'가 아니라, 기꺼이 자기희생을 감수하는 육친에 대한 깊은 사랑에서 비롯된 것이다. 온 동네를 돌아다니며 젖동냥을 하여 죽을 수밖에 없었던 자신을 키워준 눈먼 아비에 대한 인간적 보답, 육친에 대한 사랑인 것이다. 이 부분을 「심청가」에서는 이렇게 노래한다.

"심청이 거동 봐라. 바람맞은 사람같이 이리 비틀 저리 비틀, 뱃전으로 나가더니 다시 한 번 생각한다. '내가 이리 진퇴함은 부친의 정(情) 부족함이라!' 치마폭 무릅쓰고 두 눈을 딱 감고 뱃전으로 우루루루루루루, 손 한 번 헤치더니 강상으로 몸을 던져, 배 이마에 거꾸러져 물에 가 풍."(한애순 창본)

심청이가 죽기를 주저하다가 '부친의 정'을 생각하고 과감하게 인당수에 몸을 던지는 대목은 「심청가」의 '눈'이라 일컬어진다. 그만큼 슬프고도 처절하기에 모든 사람을 감동시킨다. 그 감동은 죽음 앞에 두려워 떠는 지극히 나약하고 인간적인 심청의 모습과 그럼에도 불구하고 아버지를 위해 자신의 몸을 던지는 고귀한 자기희생에서 비롯된다.

『심청전』이 여느 판소리계 소설과 구별되는 특징을 찾는다면 주인공인 심청에 맞서는 적대자(Anti-Hero)가 없다는 점이다. 다른 작품에서는 춘향/변학도, 흥부/놀부, 토끼/용왕 등 인물들이 대립 구도를 보이는 데 비해 『심청전』은 심청에 맞설 만한 적대자가 없다. 대신 그 자리에 '세계의 횡포'가 존재한다. 눈먼 아비의 자식으로 태어나 이레 만에 모친을 사별하고 저 냉혹한 세계에 내동댕이쳐진 어린 심청은 처절하고 가혹한 운명을 감내할 수밖에 없다.

양반의 후예인 심학규는 운수가 불행하여 이십에 눈이 멀고 가세는 점점 기울어졌다. 게다가 그의 부인 곽 씨는 평생 고생하다 딸 낳은 지 이레 만에 '산후별증'으로 세상을 떠난다. 하지만 이것으로 세상의 모든 고난이 끝난 게 아니다. 눈먼 아비와 어린 딸이 헤쳐나가야 하는 운명은 더 가혹했다. 동네 아낙네들을 찾아 이집 저집 젖동냥을 다녀야 했던 심봉사의 딱한 처지를 생각해보라. 아기를 안고 지팡이로 더듬거려 김매는 데도 가고, 빨래터에도 가고, 우물가에도 찾아가 젖동냥을 하여 심청을 살려 냈던 것이다.

심청은 또 어떤가? 나이 예닐곱부터 눈먼 아비를 먹여 살리기 위해 "어머니는 세상 버리시고 우리 아버지 눈 어두워 앞 못 보시는 줄 뉘 모르겠어요? 십시일반(十匙一飯)이오니 밥 한술 덜 잡수시고 주시면 눈 어두운 저의 아버지 시장을 면하겠습니다." 하며 이집 저집 구걸을 다녔으니 그 신세가 얼마나 처량했으면 심봉사조차도 "모진 목숨 구차히 살아서 자식 고생만 시킨다"고 한탄할 정도였다.

이런 모진 고난을 극복하기 위해 『심청전』은 여느 판소리계 소설과는 달리 많은 환상적 요소를 지니고 있다. 우선 '영웅소설'에서나 보이는 천상계 개입과 '적강 모티프(Lost Paradise Motif)'를 지니고 있다. 심청은 원래 서왕모의 딸로 하늘의 선녀인데 죄를 지어 인간 세계에 유배 와서 그 벌로 모진 고난을 겪는다는 것이다. 실상 그 죄라는 것도 천 년에 한 번 열리는 복숭아를 진상하러 가다가 친구를 만나 노닥거리느라 늦은 것에 불과하니 죄랄 것도 아니다. 이 때문에 심청이 겪는 고난은 충분히 극복될 수 있으리라는 안도감을 준다. 마치 액션 영화에서 주인공인 영웅이 절대 죽지 않으리라는 믿음을 주듯이 말이다.

두 번째는 용궁 환생이다. 인당수에 빠진 심청이가 다시 살아나 황후가 되는 얘기다. 『심청전』은 인당수에 빠지는 대목을 중심으로 모진 고난이 이어지는 전반부와 다시 환생하여 영화롭게 되는 후반부로 나눌 수 있는데 그 영광의 후반부는 용궁 환생으로 서막을 연다. 그리하여 심청은 저 깊은 물 속 죽음의 세계에서 화려한 삶의 세계로 환생하는 것이다. 그리고 모진 고난은 끝나고 광명의 세계만이 그 앞에 펼쳐진다. 깊은 물에 들어감으로써 고통스러웠던 과거를 씻어버리고 깨끗하게 다시 태어난 것이다. '심청(沈淸)'이란 이름 역시 "물에 잠겨 깨끗하게 되었다"는 뜻을 담고 있다. 기독교를 비롯한 많은 종교의식에서 물에 잠겨 죄를 씻어 내고 깨끗한 사람으로 다시 태어나는 것을 흔히 볼 수 있는데, 물은 생명의 근원으로 곧 환생이나 부활과 같은 새로운 삶을 의미하기 때문이다.

세 번째는 맹인들의 개안(開眼)이다. 용궁 환생이 앞으로 펼쳐질 영광된 삶의 서막이라면 맹인들의 개안은 그 절정에 해당된다. 그 장면을 보자.

"황후께서 버선발로 뛰어내려 와서 아버지를 안고, '아버지, 제가 정녕 인당수에 빠져 죽었던 심청이어요.' 심봉사가 깜짝 놀라, '이게, 웬 말이냐?' 하더니, 어찌 반갑던지 뜻밖에 두 눈에서 딱지 떨어지는 소리가 나면서 두 눈이 활딱 밝았다. 그 자리에 가득 모여 있던 맹인들이 심봉사 눈뜨는 소리에 일시에 눈들이 뜨이는데, '희번덕, 짝짝' 까치새끼 밥 먹이는 소리 같더니, 뭇소경이 밝은 세상을 보게 되고, 집 안에 있는 소경, 계집 소경도 눈이 다 밝고, 배 안의 소경, 배 밖의 맹인, 반소경, 청맹과니까지 모조리 다 눈이 밝았으니, 맹인에게는 천지개벽 하였더라."(완판본)

말 그대로 모든 민중의 고통이 한순간 해소되는 광명의 세상, 천지개벽의 세상이 열린 것이다. 더욱이 심봉사 한 개인만 눈을 뜬 게 아니라 모든 맹인이 눈을 떴다는 것은 새로운 광명의 세계를 꿈꾸는 수많은 민중의 염원이 아니고 무엇이겠는가. 심청이 고귀한 희생을 통해 아비인 심봉사뿐만 아니라 모두를 구원한 것이다. 『심청전』은 이처럼 육친에 대한 사랑과 여기서 연유된 고귀한 희생을 통한 구원의 이야기로 매듭지어진다.

함께 읽으면 좋은책

「마야」 송영복 지음, 상지사, 2005
「심청」(전2권) 황석영 지음, 문학동네, 2003
「희생양」 르네 지라르 지음, 김진식 옮김, 민음사, 2007

중국의 장관은 깨진 기와 조각 똥거름에 있노라

021

김종락_대안연구공동체 대표

『열하일기』는 연암 박지원이 중국 북경에 다녀와서 쓴 기행문이다. 연행록(燕行錄)이라고 불린 조선시대 중국 기행문은 많다. 줄잡아 500편이 넘는다. 하지만 『열하일기』는 이 모든 연행록을 뛰어넘는 기념비적인 걸작이다. 특유의 호기심과 비판적인 시각으로 들여다본 미지의 세계와 선진 문물에 대한 정보는 물론이려니와 천하대세에 대한 전망과 세계에 대한 비전까지 날카롭고 풍자적이면서 경쾌한 필치로 담아냈다. 이 과정에서 드러나는 역사, 문학, 음악, 풍속, 종교, 예술, 당대의 과학 기술과 우주론에 이르는 연암의 식견은 넓고 깊다. 책에 묘사되거나 창조된 다양한 인간 유형과 인물 형상의 모습은 웬만한 문학 작품을 뛰어넘는다.

열하일기
박지원 지음, 김혈조 옮김, 돌베개, 2017 (전3권)

연암은 1780년 청나라 건륭 황제의 70회 생일을 축하하는 사절단에 끼어 중국에 다녀왔다. 8촌 형인 사절 단장 박명원을 따라 공적인 소임 없이 다녀온 이 여행에서 연암은 압록강 너머에서 북경에 이르는 중국 동북 지방과 북경 그리고 조선 사람에게는 전인미답이었던 열하 지방을 견문했다. 중국을 여행하고 책을 집필할 당시 연암의 나이는 44세였고, 학문과 문장이 당대를 대표할 만큼 원숙한 경지에 이르러 있었다. 집권층인 노론 명문가에서 태어났음에도 노론의 체제 논리를 따르지 않고 벼슬을 포기했던 그는 농·공·상의 연구를 통한 이용후생(利用厚生)과 경세제민(經世濟民)의 정치철학을 지닌 비판적 지식인이었다. 당시 중국은 동아시아 세계의 중심부였다. 서구 세계가 동아시아로 지배력을 확장해 가는 상황에서 세계를 보고 느끼고 받아들이는 통로 또한 중국일 수밖에 없었다. 변방에서 세계를 보던 연암에게 천하대세를 전망하고 자신의 사상을 정립하기 위해서는 세계의 중심을 직접 호흡하고 체험할 필요가 있었다.

이를 위한 연암의 무기는 붓 한 자루였다. 붓 한 자루 들고 일행에 앞서 달리며 머무르는 곳마다 여기저기 둘러보고 만나는 사람마다 필담을 나누었다. 장복과 창대라는 두 시종을 거느리고 미지의 세계를 향해 나아가는 연암을 산초 판사와 함께 풍차에 달려드는 돈키호테에 비유하는 연구자도 있다. 용감하다는 점에서 연암은 돈키호테를 연상시키기도 하지만 행장과 언행의 모든 면에서 정반대에 가깝다. 돈키호테가 시대를 역행했다면 연암은 시대를 앞서갔고 돈키호테의 창이 녹슬고 무디었다면 연암의 필봉은 유려하면서도 예리했다. 단순한 관광이 아니었던 만큼 그는 선후배의 연행록을 읽고 "그곳의 대학자를 만날 경우 어떻게 상대할 것인가"를 고심하며 여행을 준비했다.

3권으로 나누어 번역된 『열하일기』의 번역본 제1권은 압록강을 건너 책문을 통과하고 요양에 이르는 「도강록(渡江錄)」에서 시작한다. 이어 심양(瀋陽)의 이모저모를 적은 「성경잡지(盛京雜識)」, 말을 타고 가듯 빠르게 쓴 수필인 「일신수필(馹迅隨筆)」, 산해관에서 북경까지의 기행록인 「관내정사(關內程史)」, 북경에서 황제의 피서지인 열하를 향해 가는 이야기를 적은 「막북행정록(漠北行程錄)」으로 이어진다. 저 유명한 「호질(虎叱)」은 「관내정사」에 포함돼 있다. 열하의 숙소인 태학관에 머물던 이야기를 적은 「태학유숙록(太學留宿錄)」에서 시작해 「산장잡기(山莊雜記)」로 끝나는 2권은 열하에서 만난 지식인들과의 이야기와 기행문으로 구성돼 있다. 하룻밤에 강물을 아홉 번 건넌 이야기로 유명한 「일야구도하기(一夜九渡河記)」는 「산장잡기」에 담긴 수필이다. 3권은 장성 밖 중국을 여행하며 들은 신기한 이야기들 모음인 「구외이문(九外異聞)」과 북경의 이곳저곳을 기행한 뒤 적은 「황도기략(黃圖記略)」이 핵심이다.

기행문은 조선 선비가 쓴 책이 맞는가 싶을 정도로 재미있다. 이는 경쾌하고 해학적인 필치와 어느 한 장르에 묶이지 않는 다양한 구성 그리고 200여 년 전 연암이 보고 듣고 겪은 세계에 대한 생생한 정보 덕이다. "생김새가 사뭇 다르고 옷차림이 다른 사방의 외국인들, 칼과 불을 입으로 삼키는 요술쟁이들, 라마교 불교인 황교(黃敎)와 그 승려 반선(班禪), 난쟁이들 등 『열하일기』에 나오는 인물들은 비록 괴상망측하게 생긴 사람들이기는 하지만, (중략) 진기한 새나 짐승, 아름답고 특이한 나무에 대해서도 그 생긴 모습과 특징을 완벽하게 묘사하지 않은 것이 없다."

이 책의 머리말을 대신한 유득공의 서문은 과장이 아니다. 중국 최고 통치자인 황제와 고위관료, 종교 지도자에서 장사치와 서민 대중, 하층민에 이르기까지 등장하는 인물들의 언행과 양태를 묘사해내는 솜씨도 빼어나다. 이를 통해 청나라의 통치 현실과 민심의 향배를 비판적으로 통찰하며 천하의 변화 추이를 드러내는 것이다. 이와 함께 연암은 사상가이자 학자, 지식인으로서의 자신의 모습뿐 아니라 진솔하고 구김살 없는 자연인으로서 자신의 캐릭터 또한 창조해낸다. 책에 쓰인 문체가 연암체라는 이름을 얻고, 이를 금기시하는 정조의 문체반정에도 불구하고 당대와 후대 지식인들에게 유행한 것도 우연이 아니다.

이 책의 저류를 관통하는 것은 청의 선진 문물과 제도를 배우자는 북학(北學) 사상이다. 당시 조선은 명나라를 받들고 청나라를 적대시하는 존명반청(尊明反淸)에서 벗어나지 못하고 있었다. 허황된 북벌을 주장하며 지배층에서 서민에 이르기까지 청나라 사람을 되놈이라며 멸시했다. 그러나 연암은 책문을 넘어서자마자 두드러지는 중국의 풍요와 앞선 문물, 제도 그리고 힘을 직시했다. 난방 장치에서 성곽과 건물에 사용한 벽돌, 수레가 다닐 수 있는 길 등을 유심히 관찰하며 낙후한 조선의 문물과 만성적인 빈곤을 변혁시켜야 한다고 주장했다. 연암의 이용후생 정신은 중국의 장관이 성곽과 궁실, 누각, 환상적인 풍광에 있는 것이 아니라 깨진 기와, 똥거름에 있다고 적은 것에서 극명하게 드러난다. 깨진 기와 조각으로는 튼실하고 아름다운 담을 쌓을 수 있고 똥거름으로는 먹을 것을 풍성하게 생산할 수 있는 까닭이다.

연암은 "조선의 지독한 가난은 따지고 보면 그 원인이 전적으로 선비가 제 역할을 못 한 것에 있다"며 당대의 지배층을 비판했다. 이런 시각은 오늘날에도 유효하다. 집필한 지 100년이 지나도록 금서가 되다시피 한 채 엄혹한 세월의 마모를 이겨낸 『열하일기』는 한국의 고전일 뿐 아니라 세계의 고전 반열에 올라도 손색이 없는 책이다.

함께 읽으면 좋은 책

『나의 아버지 박지원』 박종채 지음, 돌베개, 1998
『산해관 잠긴 문을 한 손으로 밀치도다』 홍대용 지음, 김태준 외 옮김, 돌베개, 2001
『비슷한 것은 가짜다』 정민 지음, 태학사, 2003

갇힌 땅에서 솟아난 사랑

022

김경집_인문학자

"우리는 폐족임을 명심하라!" 이 말이 한때 회자되었다. 이 말은 바로 다산이 아들에게 보낸 편지에서 각별하게 당부했던 그 대목의 문장을 옮겨 쓴 것이다. 두 아들의 편지에 답하면서 "우리는 폐족이니 더욱 노력하라"는 당부로 혹여 흐트러지거나 자포자기하거나 또는 권세의 눈치에 민감할까 염려되어 오금을 박았던 말이었다. 유배지에 있는 아버지는 늘 아들들이 겪을 아픔에 마음이 쓰였다. "폐족이면서 글도 못하고 예절도 갖추지 못한다면 어찌 되겠느냐. 보통 집안의 사람들보다 백 배 열심히 노력해야만 겨우 사람 축에 낄 수 있지 않겠느냐?"는 그의 편지는 질책이 아니라 멀리 떨어져 아들을 보살필 수 없는 아버지의 안타까움과 애틋함이 담긴 애정의 말이다. 『유배지에서 보낸

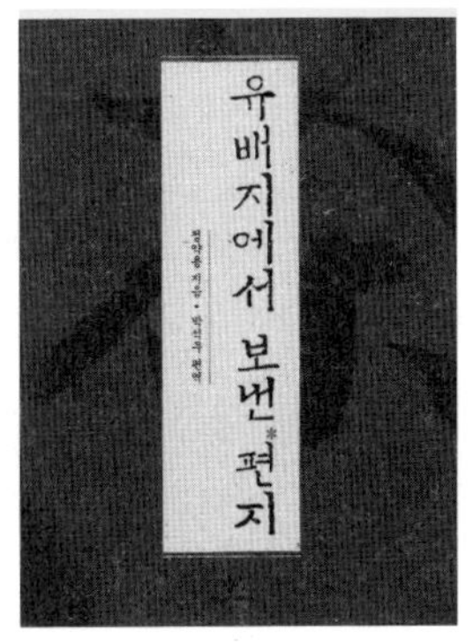

유배지에서 보낸 편지

정약용 지음, 박석무 엮음, 창비, 2009

편지』는 조선 후기의 뛰어난 정치인이자 최고의 학자였던 다산 정약용의 사적인 풍모를 엿보기에 모자람이 없는 책이다. 『목민심서』나 『경세유표』 등의 탁월한 저서에서 날카롭고 깊은 통찰력을 엿볼 수 있는 반면 이 책에는 다산의 또 다른 측면, 특히 가족에 대한 자애롭고 섬세한 사랑이 담뿍 담겼다.

다산 정약용은 조선 후기의 거인이자 개혁가였으며 실학의 실천가였다. 그러나 그의 진면목은 안타까운 유배 생활에서 고스란히 드러난다. 『목민심서』와 『흠흠신서』 등은 지금 읽어도 그 생동감이나 현실감이 그대로 느껴질 만큼 사실적이며 공감과 정의감이 그대로 드러난다. 그의 글에는 인품과 철학사상 그리고 문학사상이 담겼다. 그러나 그의 속살은 편지에서 가장 또렷하게 드러난다. 인간 다산의 면모와 세상과 학문에 대한 관심사가 어떤 것인지 알아보는 데 그의 편지만큼 잘 나타난 것도 드물다.

그는 극한적이며 막막한 유배 생활에서도 좌절하지 않고 삶에 대해 어떤 태도를 지녀야 할지 어떤 책을 읽어야 할지 등에 대해 늘 성찰했다. 또한 어떤 책을 어떻게 써야 할지에 대해서도 고민을 했다. 그 결과물들이 그의 뛰어난 저작들로 나타났다. 그러나 진솔한 다산의 모습은 바로 서간문에서 만날 수 있다. 특히 둘째 형 약전과 오간 편지들을 읽노라면 콧등이 시큰해진다. 일찍이 천재 형제들이라 칭송되었지만 정조가 승하한 뒤 한꺼번에 몰락하는 과정은 안타까울 지경이다. 셋째 형 약종은 참수되고 둘째 형 약전은 흑산도로 유배됐으며 약용도 강진으로 유배됐다. 한순간에 몰락한 가문과 형제들이 겪었을 고통은 능히 짐작할 수 있다.

이 책은 그냥 읽어서는 안 된다. 자신이 다산처럼 먼 곳에 떨어져서 만날 수도 없는 자식들과 형님 그리고 제자들에게 편지를 쓴다고 상상하며 읽어보면 그 애틋함과 허전함 그것을 넘는 살가운 가르침이 머리와 가슴에 깊은 울림을 남길 것이다. 다산은 아들들에게 많은 편지를 썼다. 챙기고 보살피며 가르쳐야 할 아들들을 두고 멀리 유배지에 격리된 아버지의 삶도 고달프지만 부모의 정은 더 살갑고 깊어진 날들이었다. 그래서 자신의 귀양살이 고생이 아무리 커도 아들들이 독서에 정진하고 몸가짐을 올바르게 하고 있다는 소식만 들리면 근심이 없겠다고 당부한다. 혹여 자신의 부재중에 자식들이 엇나가거나 주눅 들지 않기를 신신당부하는 아버지의 애끓는 마음이 고스란히 담겼다. 그러면서도 남의 저서에서 도움이 될 요점을 추려낼 때도 우선 자기 자신의 학문에 주견이 뚜렷해야 판단 기준이 마음에 세워져 취사선택하는 일이 용이하다는 충고는 지금의 후학들에게도 고스란히 적용되는 가르침이다. 학문을 하면서 권위자에 의존하여 정작 자신의 주견은 마련하지 못하는 학자들이 곡학아세를 일삼는 것을 볼 때마다 떠올려지는 대목이다.

이렇듯 섬세하면서도 단호한 편지를 주고받는 부자가 부럽기도 하다. 아들에 대한 당부와 책망조차 깊은 사랑과 안쓰러움에서 비롯되는 것이기에 자식들은 조금도 흐트러짐 없이 자신을 경계하고 학문에 정진했을 것이다. 이런 편지를 주고받을 수 있는 부자 관계가 지금 얼마나 있을까.

다산은 유배지에서 학동들을 거둬 가르쳤다. 다산의 외가가 해남 윤씨 가문이었고 윤두수가 외증조부, 즉 어머니의 할아버지였다. 그래서 강진의 세력가였던 윤씨 가문의 덕을 본 것도 무시할 수 없겠지만 그가 제자를 키운 건 단순히 생계를 위해서가 아니라 후학을 제대로 가르쳐야 나라가 올바로 성장할 수 있다는 신념에 기인했다. 길고 긴 유배 생활을 마감하고 마재에 있는 집으로 돌아갈 때 제자들은 스승의 해배에 기뻐하면서도 작별이 많이 아쉬웠을 것이다. 그래서 틈틈이 제자들에게 편지를 보냈다. 단순한 안부가 아니라 스승을 떠나보낸 이후에도 어떻게 학문할 것인지 세심하게 가르치고 흐트러지지 말라고 당부한다.

"집안을 다스리는 요령으로 새겨둘 두 글자가 있으니, 첫째는 근(勤) 자요, 둘째는 검(儉) 자이다. 하늘은 게으른 것을 싫어하니 반드시 복을 주지 않으며 하늘은 사치스러운 것을 싫어하니 반드시 도움을 내리지 않는 것이다. 유익한 일은 일각도 멈추지 말고 무익한 꾸밈은 일호(一毫)도 도모하지 말라."

과거 공부에 매진하되 출세를 위한 공부에 매달리지 말 것을 당부하는 스승 다산은 제자들의 현실에 안타깝기도 하지만 오히려 배우고 실천하는 실학의 삶을 실현할 수 있다는 점에서 그들을 품고 격려한다. 성호 이익의 삶에 대해 자세하게 서술하는 것은 그런 마음에서 비롯된다. 그렇다고 남 이야기하듯 하는 게 아니다. 그렇다면 그건 다산의 면목이 아니다. 자신의 삶에서 발견하고 경험한 것을 토대로 실천의 덕목을 꼼꼼하게 챙긴다. 다음의 글은 그런 면모를 또렷하게 드러낸다.

"목화는 많이 갈 필요가 없이 오직 하루갈이 정도에서 그치고 별도로 삼과 모시를 심어, 아내에게 봄과 여름에는 명주를 짜고 가을과 겨울에는 베를 짜도록 해주어야 한다. 그리하여 부지런히 하면 명주와 베가 궤에 가득하게 될 것이니 그렇게 되면 일하는 재미를 갖게 되어 게으른 사람도 저절로 부지런해질 것이다."

오늘 우리 사회를 둘러보면 제자들에게 대접이나 받으려는 스승이 넘치고 심지어 유능한 제자를 이용하는 교수도 많다. 물론 제자를 살갑게 챙기고 격려하는 스승도 있지만, 이런 비 양심적인 사례를 접할 때마다 다산의 학문뿐 아니라 제자들에 대한 깊은 사랑을 상기하게 된다.

다산의 편지는 읽을 때마다 감동적이다. 그가 관계를 맺은 모든 이들에게 도타운 마음과 깊은 통찰을 나눈 편지는 그 사람의 면목을 엿볼 수 있을 뿐 아니라 지금의 나의 삶에 대해 성찰하게 한다.

함께 읽으면 좋은 책

『투 더 레터』 사이먼 가필드 지음, 김영선 옮김, 아날로그(글담), 2018
『사랑하였으므로 행복하였네라』 유치환 지음, 시인생각, 2013
『동주에게서 온 편지』 윤동주 지음, 더스토리, 2018

아름답고 매운 봄의 향기

023

권순긍_세명대학교 미디어문화학부 교수

어느 나라나 고금(古今)을 막론하고 가장 사랑받는 작품이 있기 마련이다. 진정한 의미의 고전(古典)이라 할 수 있는데, 흔히 "인구(人口)에 회자(膾炙)된다"고 말한다. 그 고전의 목록에 맨 위를 차지하는 건 무엇일까? 중국에 『삼국지연의(三國志演義)』가 있다면 우리에게는 『춘향전』이 있다. 18~19세기 판소리 「춘향가」가 12마당 중 가장 인기를 끌었을 뿐 아니라, 고전 소설로도 200종이 넘는 이본을 파생시켰다. 게다가 서양의 오페라와 유사한 창극으로도 공연됐으며 1923년 최초의 한국영화로 제작된 후 무려 스무 번 이상 영화로 만들어졌다. 『춘향전』은 어찌해서 이렇게 인기 있는 작품이 됐을까? 이 책은 양반과 기생이라는 신분이 다른 청춘남녀의 사랑과 이별 그리고 수난의

춘향전
송성욱 옮김, 백범영 그림, 민음사, 2004

과정을 거쳐 다시 행복한 재회에 이르기까지 통속적인 멜로드라마의 틀을 그대로 지니고 있을뿐더러 그 이야기가 대중에게 익숙한 '대중서사'를 잘 갖추고 있기 때문일 것이다.

처음 남원부사 아들 이몽룡이 그네 뛰는 춘향이를 보았을 때, 이몽룡은 춘향을 기생의 딸이라 잠깐 즐기는 대상으로밖에 여기지 않았다. 방자에게 춘향이에 관해 물어보니 "다른 무엇이 아니오라 이 골 기생 월매 딸 춘향이란 계집아이로소이다." 하자 "들은 즉 기생의 딸이라니 급히 가 불러 오라"고 한다. 기생은 노류장화(路柳墻花)라 여겨 누구나 꺾을 수 있는 존재였고 이몽룡도 그렇게 생각한 것이다.

하지만 이 초대를 춘향은 매몰차게 거절한다. "네가 지금 시사(時仕, 현직 관기)가 아닌데 왜 오라 가라 하느냐?"고 반문한다. 실상 춘향의 매력은 바로 여기에 있다. 한 여성의 존엄성을 지키고자 하는 태도가 춘향의 본 모습이다. 결국 사또 자제 이몽룡은 "네가 너를 기생으로 앎이 아니라 들으니 네가 글을 잘 한다기로 청하노라"고 궤도를 수정해 '글 벗'으로 초청했고, 아름다운 두 청춘 남녀는 보자마자 첫눈에 반하고 사랑하기에 이른다. 그 사랑은 상대방의 신분을 고려하지 않은 것이다. 그저 상대방이 마음에 드는 지인지감(知人之鑑)의 상대, 말하자면 느낌(feel)이 통하는 상대였기 때문이다. 하지만 두 사람 사이에는 양반과 천민이라는 신분적 장애가 가로 놓여 있고, 그 간극은 당시의 통념상 도저히 넘을 수 없는 벽이었다.

그날 밤 이몽룡은 춘향의 집에 방문해 서로가 부부가 될 것을 약속하고 불망기(不忘記)까지 적어준다. 말하자면 '혼인서약서'인 셈인데 당시의 관습으로 그것이 사회적 구속력을 지녔다고 보기는 어렵다. 다만 양반과 기생이라는 신분을 뛰어넘어 서로에 대한 사랑을 확인하는 절차였다. 적어도 둘 사이에는 신분이 문제가 되지 않았다.

그날 밤 이루어졌던 춘향과 이몽룡의 질탕한 '사랑놀음'을 두고 신소설 작가였던 이해조는 『자유종(自由鐘)』에서 '음탕교과서'라고 규정했지만 진정한 사랑, 영혼의 만남이 있는 그들의 사랑 행위는 그 자체로 아름답다. 사랑 자체가 대상이 되는 것이 아니라 온 존재로 이루어진 사랑이기 때문이다. 실상 우리의 고전에서 남녀의 만남은 흔히 성(性)을 수반하게 되는데, '옛날 사람들은 왜 이렇게 사랑에 적극적이었는가?'라고 의문을 품게 된다. 그것은 남녀의 만남이 원천적으로 금지돼 있었기 때문이다. 규방에 갇힌 규수가 가족 외에 젊은 남성을 만난다는 것은 상상할 수 없는 일이다. 그러니 젊은 남녀의 만남은 운명적인 만남이 되어 주저하고 머뭇거릴 시간이 없이 한 번에 모든 과정이 이루어진다. 정말 미치도록 서로 사랑한다면 어떻게 하겠는가? 『춘향전』의 「사랑가」 중에 한 예를 보자.

"나는 죽어 인경마치 되야 (중략) 인경 첫마디 치는 소리 그저 뎅뎅 칠 때마다 다른 사람 듣기에는 인경소리로만 알아도, 우리 속으로는 춘향뎅 도련님뎅이라 만나 보자꾸나"라고 한다. 이 세상의 모든 것들이 사랑의 자장(磁場)안으로 빨려 들어오는 그런 경지다. 그러기에 『춘향전』의 성(性)은 진정한 사랑, 영혼과 육신이 만나서 펼쳐지는 한없이 아름다운 진경(眞景)인 것이다.

자, 이제 다음 장면으로 넘어가보자. 상호 신뢰와 애정으로 감춰져 있던 신분 갈등이 현실의 고난으로 드러난 것은 이몽룡과 이별하고 변학도가 남원부사로 내려오면서부터다. 아름다운 기생을 사이에 두고 한량들이 서로 차지하려고 다투는 미기담(美妓談) 혹은 탐화담(探花談)은 조선 후기 수를 헤아릴 수 없을 정도로 많이 등장한다. 어느 고을에 원님으로 내려왔던 양반이 그곳의 아름다운 기생과 사랑을 나누었고, 임기가 다하여 서울로 올라갔지만 기특하게도 그 기생은 절개를 지켜 나중에 돈을 주고 기생 신분에서 빼내 첩으로 삼았다는 얘기가 대표적인 예다. 예전에는 기생을 '말하는 꽃' 혹은 '말을 알아듣는 꽃'이란 의미의 해어화(解語花)로 불렀다. 해어화는 남성 사대부들이 기생을 대하는 태도를 단적으로 보여주는 말이다. 아무나 꺾을 수 있는 수동적인 존재가 바로 기생이었다. 사랑하고 그리워하는 여성의 모습은 어디에도 없다. 게다가 정식 부인이 아닌 첩으로 삼았다는 대목도 눈여겨볼 필요가 있다. 물론 당시의 신분제도 속에서 부부가 된다는 것은 불가능하지만 이 책에서 여성의 주체적인 모습은 드러나지 않았다. 『춘향전』이 여느 미기담과 다른 이유가 여기에 있다. 『춘향전』은 제목처럼 여성이 주인공인 '춘향이의 얘기'다.

남원에 내려온 변학도는 만사를 제쳐놓고 '기생점고'부터 하고 춘향이를 찾는다. 어떤 이본에 보면 기생 명부에 없으니 명부에 집어넣고 데려오라고까지 한다. 춘향이를 대하는 이몽룡과 변학도는 이렇게 태도부터 다르다. 동등한 인격체로 대하는 이몽룡과 우격다짐으로 수청을 강요하는 변학도, 바로 이 변별점이 춘향이가 그토록 강하게 수청을 거부한 근거다. 변학도는 춘향을 인격체가 아닌 양반의 '노리개'로 보고 수청을 강요했다.

그러기에 춘향의 수청 거부는 이몽룡을 위해 절개를 지킨다는 의미보다도 바로 이런 무자비한 폭압에 인간의 존엄성을 지키기 위한 몸부림인 것이다. 변학도가 기생이 무슨 정절이 있느냐고 조롱하자 춘향은 다음과 같이 대꾸한다. "충불사이군(忠不事二君)이요 열불경이부절(烈不更二夫節)을 본받고자 하옵는데 수차 분부 이러하니 생불여사(生不如死)이옵고 열불경이부(烈不更二夫)오니 처분대로 하옵소서. (중략) 충효열녀 상하 있소? 자세히 들으시오! 기생으로 말합시다." (84장본 「열녀춘향수절가」)

춘향이가 강변하는 것은 봉건적 덕목인 '열(烈)'인 것 같지만 사실은 다르다. 자유의지에 의해 선택한 남성과 사랑을 위해서 수청을 거부하겠다는 말이다. 이는 이몽룡에 대한 수절이 아닌 자신의 인간적 권리를 주장한 셈이다. 이런 춘향의 항변에 대해 "지나가던 새도 웃겠다"라거나 "기생이 정절이면 우리 마누라는 기절"이라 비아냥거릴 정도로 당시 기생은 인간 대접을 못 받았다. 이 때문에 당시의 실정법에 해당하는 '열'이라는 명분을 통해서 자신의 행위를 정당화시켜야 했다. 당시의 봉건적 덕목을 이용했지만 춘향이 강조한 '열'은 한 인격체의 권리나 인간의 존엄성을 지키기 위한 외피의 역할이었다.

왜 춘향이가 죽을 각오를 하면서까지 변학도의 수청을 거부했을까? 사건의 진행 과정을 보면 춘향이 매를 맞아 거의 죽을 지경에 이르렀고, 거지꼴로 내려온 이몽룡을 보고 살아날 희망도 포기하고 사후 처리까지 부탁한다. 변학도는 이방을 보내 "네가 수청을 들면 관가의 창고 돈이 다 네 돈이 될" 것이라고 회유하기도 하지만 독하게 마음먹고 유혹을 뿌리친다. 춘향은 양반의 노리개가 되어 구차하게 사느니 당당하게 죽음을 선택한 것이다. 춘향이 바라는 것은 사랑하는 남자를 만나 평범한 지어미로 한 가정을 꾸미고 행복하게 살고 싶은 것이다. 그런데 양반의 노리개가 돼야 하는 신분적 질곡 때문에 그것이 불가능하게 되었다. 이 신분적 질곡에 당당히 맞선 여자가 바로 춘향이다. 이 때문에 춘향이는 양반 신분으로 '신분 상승'을 이룬 것이 아니라 천민인 기생도 한 인격체로서 당당하게 살아가야 한다는 '신분 해방'을 실현했다. 그러기에 『춘향전』은 한국판 신데렐라 이야기가 아니라 천민인 기생의 처절한 투쟁사로 읽혀야 한다.

함께 읽으면 좋은 책

『조선풍속사 3』 강명관 지음, 푸른역사, 2010
『연애의 시대』 권보드래 지음, 현실문화, 2003
『사랑의 인문학』 양운덕 지음, 삼인, 2015

024

놀라운 기억력이 돋보이는 궁중 문학의 정수

신병주_건국대 사학과 교수

한중록

혜경궁 홍씨 지음, 정병설 옮김, 문학동네, 2010

『한중록』은 사도세자의 남편이자, 정조의 어머니인 혜경궁 홍씨가 쓴 비망록 형식의 글로, 궁중 문학의 대표작으로 손꼽힌다. 혜경궁은 1735년(영조 11) 풍산 홍씨 홍봉한의 둘째 딸로 태어나 1815년(순조 15) 81세를 일기로 사망했다. 열 살 때 세자빈으로 간택됐으나, 스물여덟 살에 남편을 잃었다. 친정 가문도 정치적인 이유 때문에 큰 탄압을 받았다. 자신의 한 많은 인생 역정을 담은 『한중록』을 완성하기 위해서였을까? 혜경궁은 81세까지 장수하면서 회고록 형식으로 어린 시절 궁궐에 들어와 겪은 일부터 시작하여, 영조, 정조 시대 격동의 정치 현장에 서 있었던 자신의 모습을 담담하게 기록으로 남겼다.

이제까지 이 책은 고전의 대표적 작품으로 인식되

면서, 중·고등학교 교과서를 비롯하여, 각종 교양서적에 소개됐다. 한글 필사본인 원문을 알기 쉽게 번역하고 주석한 책들이 나왔다. 국문학 1세대 학자인 이병기 선생이 1947년 처음 주석본을 출간한 이래, 1961년 김동욱 선생이 모범적인 교감 주석본을 간행했고, 이후에도 다양한『한중록』이 나왔다.

그중 2010년 정병설 교수가 옮긴『한중록』은 미국 버클리 대학에 소장 된『한중록』 등 이전까지 다루지 않거나 부분적으로만 다룬 이본(異本)들을 포괄하여, 더욱 자세한 주석본이 담겨 출간됐다. 정병설 교수는 서문에서 "이 책은 이른바 완전 주석을 목표로 삼고 그것을 토대로 현대어로 쉽게 풀이했다"고 서술하고 있다. 또한 이 책에서는 '한중록 깊이 읽기'를 곳곳에 배치하여 독자들의 이해를 돕고 있다.

본 서평에서 다루는 역주본은 기존의『한중록』에 달린 세 편의 글을 현대의 독자들이 쉽게 알 수 있는 방향으로 배열했다. 1부는 남편 사도세자 이야기, 2부는 자신의 이야기, 3부는 친정 이야기로 구성했다. 혜경궁은 영조와 사도세자 비극의 원인을 크게 영조와 세자의 불화에서 찾았다. 세자는 영조의 기대와 달리 무예나 잡기(雜技)에만 관심을 쏟았고, 급기야 기행을 일삼았다. 두 사람의 갈등은 결국 1762년 세자가 뒤주에 유폐되어 죽임을 당하는 비극으로 이어졌다.

그런데 이 부분에서 혜경궁은 영조가 세자를 처분한 것을 부득이한 일이라 강조하며, 세간에 유포되었던 친정아버지 홍봉한의 개입설을 극구 부인하고 있다. 정조에게도 "나는 네 아버님이 이 지경이 되고, 너는 아들로 이 지경을 만났으니, 다만 운명을 서러워할 뿐이지, 누구를 원망하며 누구를 탓하리오. 우리 모자가 목숨을 보전함도 성은이며, 우러러 의지하여 명을 받듦도 성상(聖上)이니, 너에게 바라는 것은 성상의 뜻을 받들어 힘쓰고 가다듬어 착한 사람이 되는 것이라. 그래야 성은도 갚고 네 아버님께도 효자가 되리니, 이밖에 더 할 일이 없느니라"고 말하며 담담하게 남편의 죽음을 받아들이고, 정조에게 영조에 대한 충성을 다할 것을 강조한다.

주로 혜경궁 자신의 일생에 관한 내용으로 구성된 2부는 혜경궁이 궁궐에 들어가 왕실 어른들의 사랑을 받는 개인사를 다루고 있다. '한가롭게 쓴 기록'이란 뜻의 '한중록(閑中錄)'이란 제목과도 가장 어울리는 부분이다. 혜경궁이 아홉 살인 1743년 세자빈으로 간택 받을 때의 정황, 간택 시 집안의 분위기, 왕실의 혼례 과정 등이 구체적으로 나타나 있다. 특히 이 부분에는 "계해년 9월 28일 첫 번째 간택 날, 왕께서는 못 생기고 재주가 남보다 못한 나를 과하게 칭찬하시며 귀여워하셨다. 정성왕후께서는 나를 가지런히 보셨고, 선희궁께서는 간택을 하는 자리에는 없으셨지만, 먼저 나를 불러 보시고 화평한 기운으로 사랑하셨다. 내 곁에 궁인들이 다투어 앉아 나는 심히 괴로웠다. 선희궁과 화평옹주는 물건을 내려 주셨다"는 기록에서 보듯 혜경궁의 놀라운 기억력이 돋보인다. "신미년(1751) 10월에 경모궁(사도세자)께서 용이 침실에 들어와 여의주를 희롱하는 꿈을 꾸고 잠에서 깬 후 이상한 징조라고 말씀하셨다. 경모궁께서는 그 밤에 즉시 흰 비단 한 폭에 꿈에 보았던 용을 그려 벽상에 붙였다"는 기록으로 보아 사도세자가 정조의 태몽으로 용꿈을 꾸었음을 알 수 있다.

3부는 정조가 승하하고 순조 때인 1802년(순조 2) 7월에 쓴 기록으로, 친정을 위한 변명이 주를 이루고 있다. 제목도 아예 '피눈물의 기록'이란 뜻으로, '읍혈록(泣血錄)'으로 하고 있다. "여염집 부녀라 해도 칠십 노인이 외동아들을 잃었으면 동네 사람이 서로 조문하고 위로하며 슬피 여길 일인데 정조를 여읜 지 몇 달 되지 않아 내 아버지께 혹독한 욕이 끝이 없느니라. 이에 내가 차라리 의를 지켜 죽자 하고 칠순 늙은 몸이 내의원의 문안을 거부하며 죽으려 누웠더니, 이 일이 셋째 동생이 충동한 것이라 하며 동생에게 죄를 씌우느라. 이후 일고여덟 달에 걸쳐 당치도 않는 헛말을 꾸며 동생을 제주도로 유배 보내 가시 울타리에 쳐 가두고 죽이기에 이르니, 이는 결국 내

일로 인하여 동생에게 죄를 옮긴 것이니, 실은 동생을 죽인 게 아니라 나를 죽인 것이다"라고 격하게 쓴 부분에는 순조 대에 친정 가문에 가해진 정치적 압박에 대한 분노를 느낄 수 있다.

『한중록』은 세자빈이자 왕의 생모라는 최고 신분의 여성이 집필한 실명 작품이라는 점에서 무엇보다 큰 의미가 있다. 실록과 같은 정사(正史)의 기록에 공식적으로 언급되는 정치 관련 기록 이외의 궁중 생활상이나 인간의 심리 상태까지 매우 자세하게 묘사되어 있다. 특히 60세 이후에 쓴 저술이라는 사실이 믿기지 않을 정도로 놀라운 기억력과 세밀한 관찰력은 작품의 가치를 한껏 높이고 있다. 또한 궁중 생활의 구체적인 모습, 궁중용어 등이 곳곳에 드러나 있어 궁중 생활사 복원에도 필수적인 자료다.

궁중 문화의 보고(寶庫)와도 같은 저술 『한중록』은 문장이 소설만큼 사실적이면서도 박진감이 넘친다. 등장인물 또한 파란만장한 정치사의 중심에 있던 인물들이라 조선 후기 정치사의 구체적인 흐름도 알 수 있다. 이 책을 읽으면서 궁중 문화의 다양한 모습과 영조, 사도세자, 혜경궁, 정조 등 18세기 정치사를 이끌어간 주역들의 섬세한 모습까지 찾아보기 바란다.

함께 읽으면 좋은 책

『혜경궁 홍씨와 왕실 사람들』 정은임 지음, 채륜, 2010

『조선의 역사를 지켜온 왕실 여성』 신명호 외 지음, 국립고궁박물관 엮음, 글항아리, 2014

『조선의 왕후』 변원림 지음, 일지사, 2006

025

문제적 개인 홍길동 문제적 작가를 만나다

송성욱_가톨릭대 국어국문학과 교수

홍길동전
허균 지음, 김탁환 엮음, 백범영 그림, 민음사, 2009

한국 소설을 통틀어 『홍길동전』보다 유명한 소설은 아마 없을 것이다. 『춘향전』이 쌍벽을 이룰 수 있을지 모르지만 『홍길동전』은 『춘향전』보다 훨씬 앞서 창작되었기 때문에 인기를 누린 세월이 그만큼 더 길다. 『춘향전』의 유명세는 판소리가 한몫했지만 『홍길동전』은 주인공 이름값이 한몫했다.

고전소설 주인공 대부분이 가상의 인물이지만 홍길동은 실존 인물이다. 그것도 이름만 들어도 사람을 떨게 만들었던 조선시대 최고 도둑 중 한 명이다. 영화 『군도』를 본 관객들이라면 알겠지만 조선시대 백성 중에는 관리의 학정을 견디다 못해 산으로 숨어들어 무리를 만들고 도둑 집단 즉 군도를 형성하는 경우가 다수 있었다. 규모나 활동 측면에서 임꺽정, 홍길동, 장길산 등이 이끄는 군도가 크게 이름을 날린 것으로 알려졌다. 그중에서도 홍길동은 의금부가 직접 나서 체포를 할 정도로 위세가 대단한 군도의 우두머리였다. 그런 만큼 조선시대 독자들에게 이 책은 각별하게 인식되었을 것이다.

『홍길동전』은 실존 인물 홍길동을 모델로 했지만, 작가 허균의 개인적 삶이 묘하게 결합되어 있는 허구적 구성의 소설이다. 소설 속 활빈당 이야기는 홍길동의 실제 행적과 간접적 연관이 있고, 적서차별과 같은 이야기는 허균과 삶과 관련이 있을 것이다.

이 책의 구성은 크게 보아 네 가지다. 적서차별을 다룬 부분, 활빈당 활동을 다룬 내용, 나라에서 홍길동을 쫓는 부분, 율도국 건설 등 네 가지 이야기가 순차적으로 전개된다.

길동은 시비(侍婢) 춘섬의 몸에서 태어났기에 집안에서는 적서차별의 갈등을 겪을 수밖에 없는 운명을 타고 났다. 현대 시각에서 볼 때 사실 이 부분은 문제가 심각하다. 길동의 부친과 시비 춘섬과의 결연이 남성에 의한 일방적 희롱의 성격이 농후하기 때문이다. 적서차별이라는 당시의 사회 제도도 문제가 크지만 근본적으로 적서를 발생시킨 과정이 더 큰 문제다. 그러나 소설에서는 적서차별만 문제 삼지, 홍 판서의 춘섬 희롱 사건은 전혀 문제 삼지 않는다. 이 점은 조선시대 가부장제의 한계라고 할 수 있겠다.

적서차별의 갈등을 겪는 홍길동은 부친에게 '호부호형'(아버지를 아버지라 부르고 형을 형이라 부름)을 허락받지만, 길동을 시기하는 무리와 갈등을 극복하지 못하고 가출을 단행한다. 자객의 습격 등 살해의 위협도 있었지만 무엇보다 자신의 이름을 세상에 드러내려는 의도가 가출의 결정적인 동기라고 볼 수 있다. 적서차별의 문제가 '호부호형'의 허락으로는 근본적으로 해결되지 않았음을 보여주는 장면이다.

적서차별이 엄연히 존재하는 사회에서, 가출한 길동이 자신의 이름을 드러낼 수 있는 방법은 그리 많지 않았다. 의기에 찬 홍길동이 만난 사회는 탐관오리,

굶주린 백성, 살 길을 찾아 나온 도적 무리가 존재하는 세상이었다. 이미 집안에서 신분적 불평등을 경험한 길동은, 사정은 다르지만, 사회에서도 불평등을 목도하게 된다. 이로 인해 길동은 활빈당을 조직하여 군도를 결성하고 탐관오리의 재물을 빼앗아 가난한 백성을 돕는다. 조선시대 군도의 전형적인 모습이자 실존인물 홍길동과의 연관성을 짐작하게 하는 부분이다.

홍길동의 소동이 거세지자 나라에서 온 힘을 다해 잡으려 하지만 도술을 자유자재로 부리는 홍길동을 끝내 잡지 못한다. 홍길동은 스스로 임금 앞에 나타나 조선을 떠날 것을 약속한다. 여기에서 눈여겨볼 부분은 길동이 벼슬을 요구하고, 임금과 만나는 장면이다. 소설 장면이 아니라 실재 현실이었다면 도둑 우두머리와 임금의 독대, 일개 도둑이 임금에게 벼슬 요구하는 장면은 상상도 하지 못할 장면이다. 길동은 임금 앞에서 당당하게 자신의 주장을 굽히지 않았고 요구했다. 조선시대나 현대의 독자들 모두 이 장면을 보면서 당당함의 아름다움을 맛보았을 것이다.

임금과 만남 이후 길동은 마침내 조선을 떠나 율도국이라는 나라를 세운다. 이 율도국에서 길동은 왕이 되어 도불습유(道不拾遺), 산무도적(山無道賊) 즉, 길에 떨어진 것을 줍지 않고 산에는 도적이 없는 행복한 국가를 만든다. 자신이 태어난 조선이라는 나라에서 꿈꿀 수 없었던 일을 실현한 것이다. 이 율도국은 어쩌면 소설 속 홍길동이 아니라 실존인물 홍길동과 가난을 참고 살았던 당시 백성의 염원이자 이상향이었을 것이다. 따라서 율도국은, 이보다 한참 뒤에 창작된 연암 박지원의 『허생전』에서 허생이 세운 또 하나의 이상국 무인도와도 대비된다.

『홍길동전』을 수식하는 말은 무수히 많다. 그중에서 허균이 실존인물 홍길동을 소재로 창작한 한국 최초의 국문소설이라는 수식어가 모범 답안일 것이다. 실존인물 홍길동에 대해서는 앞서 언급했으니 마지막으로 작가 허균에 대해서 말을 하지 않을 수 없다. 이 책을 허균이 창작하지 않았다는 주장도 있지만 작가의 개인사가 작품의 내용과 일치하는 부분이 많기 때문에 여전히 그는 작가로 인정받는다.

허균은 조선을 대표하는 시인이자 여성 시인으로 유명한 허난설헌의 동생이다. 그는 선조와 광해군 시절을 모두 보낸 사대부로, 광해군 5년에 '일곱 서자의 난'에 연루되었던 인물이다. 사람의 재주에 귀천이 따로 없다는 「유재론」, 천하에 두려워해야 할 존재는 오직 백성이라는 「호민론」 등의 글을 남기기도 했다. 그렇기 때문에 허균은 당대 비판 지식인 중 한 명으로 인식된다. 『홍길동전』의 전반부가 적서차별로 시작하여 시종일관 사회 비판적인 논지를 유지하는 이유도 여기에서 찾을 수 있다. 어떻게 보면 「유재론」과 「호민론」을 소설로 형상화한 것이 『홍길동전』이라고 할 수도 있겠다.

허균은 자신의 생각을 소설에 담기 위해 허구적 인물을 상정했다. 그런데 하필이면 당시 가장 문제적 인물인 홍길동을 택했다. 그것은 그가 얼마나 파격적인 인물이었는지를 짐작케 한다. 따라서 『홍길동전』은 문제적 개인 홍길동과 문제적 작가 허균의 만남으로 탄생한 소설이라고 할 수 있다.

함께 읽으면 좋은 책

『전우치전』 김남일 지음, 윤보원 그림, 창비, 2006
『장길산』(전12권) 황석영 지음, 창비, 2004
『임꺽정』(전10권) 홍명희 지음, 박재동 그림, 사계절, 2008

026 ——— 송강가사

027 ——— 윤선도 시조집

028 ——— 허난설헌 시집

문학 · 고전 · 운문

026

한 손에 쏙 들어오는 멋과 풍류

이형대_고려대 국문과 교수

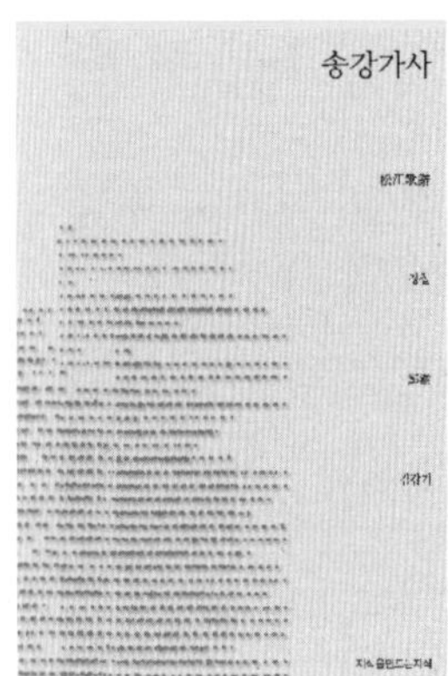

송강가사
정철 지음, 김갑기 옮김, 지만지고전천줄, 2012

김갑기 선생이 옮긴 『송강가사』는 딱 한 손에 쥘 수 있어 들고 다니기에 좋다. 그렇다고 해서 이 책에 실린 정철의 옛노래가 결코 가벼운 것은 아니다. 중·고등학교 시절 정철의 「관동별곡」이나 「사미인곡」과 씨름해본 경험이 있는 독자들이라면 낯선 어휘들과 다양한 고사들로 암기의 압박에 시달렸던 기억이 새삼 떠오를지도 모른다. 그러나 고어와 고사가 익숙해지면 정철의 작품은 새로운 매력을 발산한다. 작품에 담긴 체험의 진중함과 호방한 필치, 낭만적인 상상력과 호탕한 풍류의 세계가 오롯이 드러난다. 그런데 이 경지에서 누릴 수 있는 즐거움을 맛보기 위해서 독자들은 옛글이라는 언어의 장벽을 넘어야 한다. 방법은 눈에 익숙해질 때까지 틈나는 대로 읽어보는 수밖에 없다. 그런 점에서 휴대가 편한 이 책의 장점은 분명하다.

정철의 옛노래를 수록한 문헌은 대부분 그의 사후에 엮은 것이다. 이 문헌들은 필사되거나 목판으로 간행되어 전하는데, 엮은이의 책은 정철의 5대손인 정관하라는 사람이 성주목사를 지내던 영조 23년(1747)에 간행한 성주본 『송강가사』를 저본으로 하고 있다. 성주본 『송강가사』는 상하권으로 나뉘어 있다. 상권에는 정철의 가사 4편과 「장진주사」가, 하권에는 「단가(短歌)」라는 제목 아래 시조 79수가 실려 있다. 사려 깊은 독자들은 이즈음에서 의문이 생길 법하다. 책 제목은 분명 『송강가사』인데, 왜 가사 작품뿐만 아니라, 「장진주사」와 같은 사설시조 그리고 79수의 시조 작품이 실려 있는가? 정답은 가사라는 개념의 의미 범주가 정철의 시대와 지금 이 시대가 현저하게 차이 나기 때문이다. 오늘날 우리들은 가사를 4음보격 4행 이상의 형식으로 이루어진 특정한 역사적 장르를 지칭하는 용어로 쓰고 있지만, 정철의 시대에는 우리말로 이루어진 노래 가사를 가사라고 일컬었다.

그렇다면 이 성주본 『송강가사』와 이를 토대로 엮은 김갑기 선생의 『송강가사』는 별다른 차이가 없을까? 작품의 수록 순서에 큰 차이가 있다. 김갑기 선생의 『송강가사』는 저본의 상권까지는 작품을 그대로 수록했지만 하권인 시조 작품은 8개의 항목을 설정해 주제에 따라 작품을 재배치했다. 아마도 독자들이 쉽게 이해할 수 있도록 배려한 듯하다. 그러나 지나친 배려는 오히려 상대방에게 부담감을 줄 수 있듯이, 엮은이의 이 책은 원전의 흐름을 왜곡한 면모도 보인다. 정철의 시조 중에는 문답형 시조가 여럿 있다. 하나의 예를 들면 술과의 문답 형식으로 이루어진 4수의 작품을 들 수 있다.

첫 번째 작품은 작자가 술에 건네는 말이다. 10년 동안 너를 좇느라 허송세월 했으니 이제는 절교하겠다며 금주의 의지를 밝힌다. 두 번째 작품은 술의 답가다. 당신이 좋아하여 나도 따른 것뿐인데 이제 와서 내 탓만 한다면 사귐을 그만두자는 것이다. 세 번째 작품은 술의 반격에 놀란 작자의 반성과 은근한 애정을 술에게 드러낸 내용이다. 지금껏 험한 일과 궂은일을 너로 인해 다 잊었는데 너 없이는 못 살겠다고 한다. 네 번째 작품은 술의 답변이다. 비록 백 년을 살더라도 덧없는 것이 인생인데 무슨 거창한 일을 하겠노라고 내가 권하는 잔을 덜 먹으려 하느냐고 가볍게 타박하는 내용이다. 선조 임금이 정철의 과음을 염려하여 특별히 은잔 하나를 하사하고는 하루에 한 잔씩만 마시라고 명령하자, 집으로 돌아와 망치로 은잔을 두드려 펴서 최대한 크게 만들어 한 잔씩 마셨던 정철이다. 그러고 보면 이 작품들은 작자의 술에 대한 지독한 사랑을 해학적으로 펼쳐낸 멋진 노래임이 분명하다. 그런데 김갑기 선생은 이 작품들을 각기 '별리' '자성' '풍자' '풍류·기호'의 항목 아래 뿔뿔이 흩어버렸으니, 노래들이 본래의 맥락에서 이탈하여 낯선 이웃들 사이에서 초라하게 서 있는 형국이다. 이쯤 되면 독자에 대한 배려라기보다는 차라리 실수라고 인정해야 할 듯하다.

정철의 작품에서 술의 모티프는 그가 남긴 가사, 사설시조, 시조 작품에서 두루 드러나듯이 그의 삶은 술과 분리하여 생각하기 어렵다. 당쟁기라는 험난한 시대에 벼슬길에서 진퇴를 거듭했던 그에게 술은 일종의 안식처였으리라. 그런 점에서 우리는 술을 소재로 한 그의 작품에서도 가벼운 개인적 기호나 취향의 차원을 넘어서서 굴곡진 삶의 무게와 경험적 인식의 깊이를 느낄 수 있다.

정철의 작품은 윤선도의 노래에 비해 매우 역동적이며 빠른 리듬감을 자아낸다. 어느 연구자의 관찰에 따르면 실제로 정철은 동사를 즐겨 활용하며 단문의 간결한 문체 시학을 구사하고 있기 때문이라고 한다. 여기에 덧붙이면 광대하게 뻗어 나가는 자유로운 상상력과 특유의 감각적 이미지 활용도 그의 노래를 절창이라고 인정하게 하는 요인이 된다. 작품 하나를 예로 들어본다. 역시 문답체 시조인데, 작자의 분신이라고 할 수 있는 학(鶴)과의 대화를 통해 자신의 소망과 포부를 드러낸 작품이다.

먼저 작자는 학에게 묻는다. 본래는 푸른 하늘 구름 밖의 높이 뜬 학이었는데, 어찌하여 인간 세상에 내려와 긴 깃이 다 떨어지도록 날아갈 줄 모르느냐는 것이다. 말하자면 고고한 선비의 기품과 자유로운 정신의 본향을 멀리한 채, 무슨 일로 세속 세계에 추락하여 비루한 나날을 보내고 있느냐는 반성적 질문이다. 정치적 의미로 해석한다면 정계의 높은 지위에서 물러나 낙향한 처지에 대한 질타다. 이에 대한 학의 대답은 이렇다. "댱지치 다 디게야 ᄂᆞᆯ애ᄅᆞᆯ 고텨 드러/ 청천(靑天) 구름 속에 ᄯᅥ 오ᄅᆞᆫ마리/ 싀원코 훤츨ᄒᆞᆫ 세계(世界)를 다시 보고 말와라."

학은 다시 힘차게 비상한다. 긴 깃이 다 떨어지도록 사력을 다해 날갯짓하여 푸른 하늘 구름 속으로 날아오른다. 수직 상승의 역동적 이미지가 시각적으로 펼쳐진다. 온 힘을 다해 비상하는 목적은 무엇인가. 시원하고 훤칠한 세계를 다시 보겠다는 의지의 표상이다. 다시 말하자면 본연의 도덕적 정감의 회복이자, 덕치로 표현되는 이상적 정치질서의 실현에 대한 염원이다.

정철의 인생 역정에서 살펴볼 수 있듯이 그의 사회적 자아는 영광과 수난의 반복이었다. 그럼에도 불구하고 그의 창조적 자아는 항상 형형한 눈빛으로 사물을 투시하고 삶을 성찰하여 주옥같은 작품들을 빚어냈으니, 그 보석들이 이 책에 고스란히 담겨 있다. 일반적으로 고전 작품을 더욱 선명하게 이해하기 위해서는 창작의 배경이 되는 역사적 상황이나 작자의 처지 등 컨텍스트에 대한 공부도 필요한데, 아래의 참고도서를 곁들이면 정철의 노래를 알아가는 데 도움이 되리라 생각한다.

함께 읽으면 좋은 책

『고집불통 송강평전』 박영주 지음, 고요아침, 2003
『송강가사』 정재호 지음, 신구문화사, 2006
『윤선도 시조집』 윤선도 지음, 김용찬 옮김, 지만지, 2016

027

기개氣槪의 노래 자연의 소리

이형대_고려대 국문과 교수

윤선도 시조집
윤선도 지음, 김용찬 옮김, 지식을만드는지식, 2016

고시조를 지은 수많은 작가 중에서 1인자를 꼽으라면 단연 고산 윤선도를 첫손에 꼽는다. 일찍이 18세기의 탁월한 가객이자 시조 작가, 요즘 말로 하면 싱어송라이터였던 김수장은 윤선도의 시조에 대해 "이 분의 노래는 티끌도 없이 맑고 고결하다. 내가 이를 보니 오르기 어려운 만장봉이다"라고 칭송했다. 말하자면 가요계의 평가다. 한국문학 연구의 1세대인 도남 조윤제 선생은 "고산의 시조는 자연의 소리요, 자연미의 율동"이라면서 "고산은 자연시인으로 시조의 절묘를 얻어 시조문학의 진가를 최고로 발휘하였다"고 단언했다. 학계의 평가인 것이다.

그만큼 고산의 시조는 탁월한 문예미를 갖추었다는 뜻이다. 그런데 이 아름다운 노래를 일반 독자들이 쉽게 감상할 수 있도록 정성을 다해 엮은 책이 있으니, 바로 김용찬 선생의 『윤선도 시조집』이다. 이 책의 장점은 참으로 많은데 그 가운데 몇 가지만 꼽으면 다음과 같다.

첫째, 원전을 훼손하지 않고 고스란히 보여주고 있다. 이 책은 1796년(정조 20)에 목판본으로 발간된 『고산유고』(권6하 '가사')에 실린 시조 작품 76수(중복 1수)를 저본으로 했는데, 작품의 수록 순서뿐만 아니라, 발문과 한역시의 위치, 심지어 한 글자씩 한자 다음에 한글을 적어넣은 표기 방식까지 원전을 그대로 따랐다. 말하자면 활자와 조판만 현대식으로 바꾼 것이다.

둘째, 이러한 바탕 위에 작품의 섬세한 현대역과 치밀한 어석 그리고 상세한 해석을 했다. 아울러 발문과 한역시는 모두 번역하여 현대의 독자들이 쉽게 읽어낼 수 있도록 도왔다. 시조의 현대역은 전문가조차 쉽지 않다. 그 이유는 원전의 표기만 현대식으로 바꾸면 원전과 마찬가지로 이해하기 어려운 난삽한 텍스트가 되고, 그렇다고 현대어로 상세하게 풀어놓으면 원전 특유의 리듬과 고아한 멋을 상실해버리기 때문이다. 김용찬 선생은 이를 고려하여 전혀 어색하지 않게 간결한 현대어로 옮기면서도 원작품 특유의 율동감을 그대로 살려냈다. 작품 해석 또한 주목할 만하다. 대개 학자들이 대중서를 출간하면, 대체로는 특유의 학자적인 문체를 구사하여 딱딱하고 어려운 느낌이 드는데, 이 책의 작품 해제는 해석의 깊이를 유지하면서도 평이하여 웬만한 상식을 갖춘 독자라면 누구라도 금방 이해할 수 있게끔 하였다.

셋째, 윤선도의 시조가 실린 『고산유고 별집』(권6하 '가사')에 대한 상세한 해설과 고산의 생애에 대한 개괄이다. 문집에 실린 저자의 작품들은 대체로 창작시기별로 순차적으로 수록되었는데, '가사'의 수록 순서도 대체로 그러하다. 그러나 특이하게도 가장 먼저 지은 「견회요」와 「우후요」가 가장 뒤에 수록되어 있는데, 옮긴이는 이러한 사실을 잘 밝혀 놓았다.

누구나 알고 있다시피 윤선도는 자연

의 아름다움을 시적 형상으로 멋지게 펼쳐낸 시조 작가다. 특히 그는 전대의 작가들과 달리 순연한 감각적 차원에서 아름다운 자연 세계를 포착하고 그 강렬한 인상을 유미적으로 재현하는 데 남다른 솜씨를 발휘했다. 곧 현상 세계에서 발현되는 미적 현상을 세련된 언어로 즉각적으로 표현하기에 즉물적이고 감각적이다. 그래서 자연 세계를 그려낸 윤선도의 시조 작품을 읽노라면 마치 서구 인상주의 화가들의 작품을 대하는 듯하다. 그래서 조윤제 선생도 그의 시조를 "자연의 소리, 자연의 율동미"라고 규정했던 것 같다. 그러나 이러한 관점에서만 윤선도의 시조를 파악한다면 그의 작품이 지닌 절반의 측면만 이해하는 것이다.

윤선도는 올곧은 선비이자 남다른 경세적 실천을 보인 정치가였다. 그는 평생 동안 부패한 중앙 정치 권력에 대해 조금의 타협도 없이 강경한 자세로 맞섰다. 그는 벼슬하기 이전, 즉 대북파들이 정국을 주도하던 시기에도 그 우두머리인 이이첨의 국정 농단과 이를 묵인한 박승종과 유희분의 죄상을 강경하면서도 신랄하게 비판했다가 귀양을 갔다. 당시 정치적 권력이 약한 남인 세력이었던 윤선도는 이를 아랑곳하지 않고 민본과 덕치가 실현되는 유교적 이상국가 구현을 위해 매진했다. 그 결과 20년 가까운 세월을 유배지에서 보내야 했던 것이다. 그러므로 윤선도의 시조에는 순연하고 아름다운 자연만이 아니라 좀 더 나은 사회를 향한 고뇌가 담겨 있다. 예컨대 김용찬 선생이 이 책에서 설명했듯이 「조무요」는 월출산을 가린 안개를 소재로 한 작품으로 언뜻 자연을 노래한 듯하지만, 실제로는 임금의 귀와 눈을 가리는 조정의 신하들을 신랄하게 풍자한 것이다. 작품 한 편을 감상해보자. "몰래 우희 그믈 널고 둠 미틔 누어 쉬쟈/ ᄇᆡ ᄆᆡ여라 ᄇᆡ ᄆᆡ여라/ 모긔를 ᄆᆡᆸ다ᄒᆞ랴 蒼蠅과 엇더ᄒᆞ니/ 至匊悤 至匊悤 於思臥/ 다만ᄒᆞᆫ 근심은 桑大夫 드르려다"(「夏詞 8」)

「어부사시사」의 여름 노래 가운데 한 수다. 이 작품은 어부가 하루의 조업을 마치고 나른한 몸을 뜸 아래 눕혀 휴식을 취하는 데서 시작된다. 이 어부가 평온한 의식을 깬 것은 난데없이 파고드는 모기들이다. 어부의 일상에서 흔히 있는 일이지만, 이를 곧이곧대로 받아들여서는 곤란하다. 이 작품은 알레고리의 수법을 사용한 것이다. 가차 없이 남의 피를 빠는 모기는 수탈자나 모리배에 비견되고, 종작없이 앵앵거리는 쉬파리는 참소꾼에 비유된다. 이렇듯 해충들을 부정적 인물형과 대응시키면서 불평을 늘어놓다가, 화자는 이러한 푸념마저도 용납될 수 없는 사악한 현실 권력에 생각이 미치고 있다. 한나라의 수탈자였던 상대부(桑大夫)같은 무리들, 즉 현실공간의 집권 소인배들이 엿듣는다면 어찌할 것인가 하는 푸념을 늘어놓는 것이다.

이렇듯 윤선도는 자연 속에서도 끊임없이 사회를 걱정했다. 부정적 현실로 몸은 자연에 은거했으나, 그의 사회에 대한 관심은 때로는 현실 정치에 대한 비판으로, 때로는 이상적 질서 회복에 대한 바람으로 표출됐다. 그런 점에서 윤선도의 시조는 자연의 노래이자 기개의 노래인 것이다. 어느 선학은 윤선도가 궁극적으로 지향한 세계는 자연도, 사회도 아니고, 자연과 사회를 포괄한 우주적 자연(天)이라고 규정했다. 참으로 타당한 견해라고 여겨진다. 진정한 자연과의 조화는 사회와의 조화와 동시적으로 이루어져야 한다는 의미다.

김용찬 선생의 이 책은 윤선도의 시조에 나타난 미학적 특성과 세계관의 면모를 적실하게 설명하여, 윤선도의 예술 세계를 쉽고도 온전하게 드러내고 있다. 윤선도의 작품은 아름다운 우리말을 멋지게 구사하고 있지만, 때로는 난삽한 고사를 사용하여 읽다 보면 막힐 때가 있다. 이런 상황에서 옮긴이와 같은 친절한 안내자를 만날 수 있다는 것은 누구보다도 독자들의 큰 행운이라 할 것이다.

함께 읽으면 좋은 책

『윤선도 평전』 고미숙 지음, 한겨레출판, 2013
『고산 윤선도 원림을 읽다』 성종상 지음, 나무도시, 2010
『윤선도』 정운채 지음, 건국대학교 출판부, 1995

028

섬세한 번역으로 살아난 천재 여성의 날카로움과 깊이

방민호_서울대 국어국문학과 교수

허난설헌 시집
허경진 엮음, 평민사, 2015

옛사람 중에는 김소월이나 이상, 박인환처럼 젊어서 세상 떠난 시인들이 많다. 여성 시인들 가운데 한시로 이름 드높았던 허난설헌 역시 불과 27세로 세상을 등진 명인이다. 하늘이 사랑하는 사람은 일찍 세상을 떠난다고 했던가. 총명하고 깊은 감수성 지닌 난설헌이 나고 그 이름이 중국에까지 알려졌지만, 박명하게 두 자식을 잃고, 배 속의 아이까지 세상 빛을 못 보게 된다. 또, 그 자신마저 불길한 예지몽을 따라 유명을 달리하니, 이 모든 것을 하늘의 뜻이라 하지 않을 수 없다.

허난설헌 시집의 번역자인 허경진은 평민사에서 이미 많은 한시를 번역해낸 바 있다. 특히 난설헌처럼 한시로 널리 알려진 매창의 한시집도 아름다운 말을 골라 운치 있게 번역했으니 그중 하나가 다음의 한시다.

擧世好竿我操琴(거세호간아조금)
此日方知行路難(차일방지행로난)
刖足三慙猶未遇(월족삼참유미우)
還將璞玉泣荊山(환장박옥읍형산)

「自恨薄命(자한박명)」이라는 제목을 가진 이 시는 매창이 자신의 운명을 한스럽게 여겨 노래한 내용이다. 첫 시행은 매창 스스로 거문고를 즐겨 타니 피리 소리를 좋아하는 뭇 세상을 만족시킬 수 없었다는 내용이다. 이는 다시 세 번째, 네 번째 행에서 월형, 그러니까 발뒤꿈치를 잘리는 형벌을 세 번이나 당하고도 자신을 알아주는 사람을 만나지 못해 산에 올라 옥덩이를 안고 울고 있다는 고통스러운 고백으로 이어진다. 이 이야기는 「형산의 옥」이라는 중국의 고사에 연유한다. 매창은 이 한시를 통해 진짜 예술을 알아보지 못하는 세상을 살아가야 하는 여성 예술가의 아픈 내면세계를 절절하게 표현했다.

허난설헌은 매창보다 십 년을 앞서 살다간 불행하디 불행한 여성 예술가였다. 그는 세상이 다 아는 시대의 반역아 허균의 누이로 동생과 마찬가지로 삼당 시인의 한 사람이었던 손곡 이달에게 한시를 배웠다. 서자 태생의 이달에게 한시를 배워 계급이나 적서 타파에 관심을 가졌던 허균처럼, 허난설헌의 시 또한 가만히 보면 결코 한가하고 평온한 사대부 여성 지식인의 시라 할 수 없다. 그녀의 시에는 차가운 빛과 뜨거운 열정이 흘러넘친다. 「감우(感遇)」라는 시를 살펴보자.

盈盈窓下蘭(영영창하란)
枝葉何芬芳(지엽하분방)
西風一被拂(서풍일피불)
零落悲秋霜(영락비추상)
秀色縱凋悴(수색종조췌)
淸香終不死(청향종불사)
感物傷我心(감물상아심)
涕淚沾衣袂(체루점의메)
하늘거리는 창가의 난초
가지와 잎 그리도 향기롭더니,
가을바람 잎새에 한번 스치고 가자
슬프게도 찬 서리에 다 시들었네.

빼어난 그 모습 이울어져도
맑은 향기만은 끝내 죽지 않아,
그 모습 보면서 내 마음 아파져
눈물이 흘러 옷소매를 적시네.

이 시는 「감우」, 곧 '느낌'이라는 제목 아래 모은 네 편의 시 가운데 첫 번째 것으로 난초를 노래했다. 이 시에 번역자는 「난초 내 모습」이라는 제목을 붙였으니 원시에 상당히 적극적으로 개입했다고 볼 수 있다. 분명 이는 허난설헌의 당호가 바로 이 난초로부터 이름을 따왔음을 십분 고려한 것으로, 번역자의 섬세하면서도 풍부한 미적 감수성이 투영되었다고 말할 수 있다. 실로 이 시는 허난설헌 자신의 삶을 한 가닥 난초에 의지해 압축해 보인 빼어난 작품이라 할 수 있다. 이 시에서 시인은 이르게 가버린 젊음 속에서 그 한스러움에조차 사그라지지 않는 "맑은 향기"를 간직한 아름다운 여성으로, 그러한 자신의 기품을 의식하고 있는 존재로 나타난다.

아주 오래전, 대학원 시절에 이 시집을 접했다. 그 당시에는 그녀의 시가 얼마나 빼어나며 아름다운지 충분히 감득하지 못했다. 학생 때 『테스』나 『폭풍의 언덕』을 읽고 어떤 심오한 의미를 품고 있는지 알기 어려웠고, 영화 「젊은이의 양지」를 보고 그 주인공의 비애의 깊이를 이해하기 어려웠듯이, 허난설헌의 한시는 애초에 한문으로 쓴 데다가 여성의 섬세하면서도 깊은 심리의 세계를 표현하고 있어, 젊은 청년인 나로서는 충분히 헤아리기 어려웠다.

바로 이런 점에서 좋은 번역의 의미와 가치를 찾을 수 있다. 번역자 허경진은 수십 년 공력을 들여 한시를 우리말로 옮겨온 힘으로 허난설헌의 시를 능히 현재에 살도록 했다. 이 시집만 해도 1986년에 초판을 낸 뒤 1999년에 개정 증보판을 냈으며, 이를 통하여 고증이 필요한 시들을 걸러냈다. 이윽고 허경진은 허균이 죽은 누이를 위해 펴낸 『난설헌집』을 완역하는 데 이른다.

허난설헌의 시 가운데 특히 인상적인 점은 그녀가 자신의 불행한 삶과 그를 초월한 이상세계를 노래하는 데 머물지 않고 가난하고 힘든 하층민을 위해서도 동정과 연민의 시선을 담아 시를 선사한 것이다. 시집도 가지 못한 채 남의 베를 짜는 처녀와 변방에 나가 군역을 치르는 사내를 노래한 시들을 읽으면 난설헌의 인간됨과 그 향기를 다시 살피게 된다. 「가난한 여인의 노래」라 번역된 「빈녀음(貧女吟)」 네 수와 「수자리의 노래」라 옮긴 「새하곡(塞下曲)」 다섯 수, 또 「요새로 들어가는 노래」라 한 「입새곡(入塞曲)」 등이 대표적이다.

이러한 동정과 연민의 시들을 음미하고 나면 그녀가 품었던 남성 세계의 냉소와 환멸이 실감나게 와 닿는다. 그녀는 삶의 고통과 슬픔을 모르는 남성들의 향락과 퇴폐를 냉정하게 꿰뚫어볼 줄 알았고, 이 시들을 옮길 때 번역자의 솜씨는 한층 공교로워졌다. 「색주가의 노래」라 옮긴 「청루곡(青樓曲)」을 살펴보자.

> 夾道青樓十萬家(협도청루십만가)
> 家家門巷七香車(가가문항칠향거)
> 東風吹折相思柳(동풍취절상사류)
> 細馬驕行踏落花(세마교행답낙화)
> 좁은 길에 색주가 십만 호가 잇달아
> 집집마다 골목에 수레가 늘어서 있네
> 봄바람이 불어와 님 그리는 버들 꺽어 버리고
> 말 타고 온 손님은 떨어진 꽃잎 밟고 돌아가네

이 노래와 함께 「젊은이의 노래(少年行)」을 읽으면 그녀가 품고 있던 한의 비수를 직각할 수 있다. 번역자 허경진의 섬세한 말 고름이 허난설헌이라는 요절한 천재 여성의 의식의 날카로움과 깊이를 오늘에 살아 움직이게 한 것이리라.

<u>함께 읽으면 좋은 책</u>

『매창시집』, 허경진 옮김, 평민사, 2007
『손곡 이달 시선』, 허경진 옮김, 평민사, 1992
『교산 허균 시선』, 허균 지음, 허경진 옮김, 평민사, 2013

029 ——— 감옥으로부터의 사색
030 ——— 광장
031 ——— 그 많던 싱아는 누가 다 먹었을까
032 ——— 난장이가 쏘아올린 작은 공
033 ——— 님의 침묵
034 ——— 당신들의 천국
035 ——— 동백꽃
036 ——— 삼대
037 ——— 이상 소설 전집
038 ——— 임꺽정
039 ——— 토지
040 ——— 한국단편문학선
041 ——— 황제를 위하여
042 ——— 흙 속에 저 바람 속에

문학 · 현대 · 산문

029

입장의 동일함 엽서에 새기다

안중찬_출판기획자

감옥으로부터의 사색
신영복 지음, 돌베개, 2018

평생을 교육자로 살아온 신학상 선생은 슬하에 오 남매를 두었다. 다섯 손가락을 깨물어 안 아픈 손가락이 없겠지만 네 번째 손가락이 특별히 더 아픈 세월을 살았다. 대학 교수로 촉망받던 차남이 간첩 누명을 쓰고 구속되었는데, 함께 잡혀간 사람들이 하나둘씩 총살로 죽어나가는 동안 절망에 빠진 노부부를 위로한 것은 오히려 옥중의 아들이었다. 처음엔 의연하게 죽음을 받아들였던 아들은 그 슬픔이 자신만의 것이 아니라 지극정성 옥바라지하는 부모형제와 함께하는 것이라는 깨달음으로 관계의 철학을 시작할 수 있었다.

그는 스물여덟 번째 생일에 서대문구치소로 끌려간 뒤, 남산 수도경비사령부, 남한산성 육군교도소를 거치며 1·2심에서 사형선고를 받았지만 대법원 파기

환송에서 무기징역으로 감형되었다. 안양교도소, 대전교도소, 전주교도소로 이어진 지난한 세월은 청춘을 야금야금 갉아먹었다. 세상 가장 낮은 곳에서 매달 한 장씩 지급되는 엽서에 희망을 담아 가족들에게 띄운 편지는 흙탕물 속에서 피어나는 연꽃처럼 20년 20일이나 지속되었다. 마흔여덟 번째 생일에 특별가석방 소식을 들었을 때, 250장 가까운 엽서는 『감옥으로부터의 사색』이라는 명저로 완성되었다.

"벽에 기대어 앉을 때 저는, 결코 벽에 기대어 앉으시는 일 없으신 아버님을 생각합니다. 간결한 대화, 절제된 감정으로 그 짧은 접견 시간마저 얼마큼씩 남기시는 아버님의 접견은 한마디라도 더 실으려고 마지막까지 매달리는 여느 사람들의 접견과는 대조적으로, 흡사 여백이 넉넉한 한 폭 산수화의 분위기입니다. 한국의 근세를 읽으면서 저는, 가혹한 식민지의 시절을 한 사람의 지식인으로 사셨던 아버님의 고뇌와, 지금은 기억조차 불가능한, 다섯 살의 저에게 항일을 가르치던 아버님의 지우들의 고뇌까지도 함께 읽게 됩니다."

벽에 기대어 앉을 때마다 아들은 "사람은 부모보다 그들의 시대를 닮는다"고 하셨던 선친을 생각했다. 편지마다 "아버님의 하서와 보내주신 책 잘 받았습니다"라고 되풀이 되는 문장으로 자상한 옥바라지를 그려볼 수 있다. 하루에도 몇 차례씩 생활 구석구석에서 어머님을 만난다는 고백 속에서도 불효자의 설움이 배어 나온다. 밥때는 물론이고 빨래를 하거나 걸레질을 할 때도 은은하게 밀려오는 사모곡이 처연하다. 세상에 널리 알려진 저자의 서체가 만들어지는 과정에서 어머니의 글씨가 기여하는 과정도 잔잔한 희망으로 기록되어 있다.

영화 「1987」에서 설경구가 열연했던 민주투사 김정남은 세상이 잊고 살았던 이름 '신영복'을 발견하고 처음 세상에 알린 사람이다. 사상범의 정갈한 옥중 편지에서 집자한 글씨로 제호를 구상했을 뿐만 아니라 영인본 엽서를 과감하게 〈평화신문〉 창간호에 연재했다. 독자들은 예술성과 문학성, 사유의 깊이에 전율했고, 상상 이상의 뜨거운 반응은 범국민적인 구명 운동으로 이어졌다. 덕분에 광복절 특사로 풀려난 신영복은 출소와 동시에 베스트셀러 작가가 되었으며, 제목과 서문을 쓴 김정남은 한국을 대표하는 출판 기획자로 명성을 얻었다.

"없는 사람이 살기는 겨울보다 여름이 낫다고 하지만, 교도소의 우리들은 없이 살기는 더합니다만 차라리 겨울을 택합니다. 왜냐하면 여름 징역의 열 가지 스무 가지 장점을 일시에 무색케 해버리는 결정적인 사실- 여름 징역은 자기의 바로 옆 사람을 증오하게 한다는 사실 때문입니다. 모로 누워 칼잠을 자야 하는 좁은 잠자리는 옆 사람을 단지 37℃의 열 덩어리로만 느끼게 합니다. 이것은 옆 사람의 체온으로 추위를 이겨나가는 겨울철의 원시적 우정과는 극명한 대조를 이루는 형벌 중의 형벌입니다."

대정동 새 교도소로 이사한 직후에 쓴 '여름 징역살이'는 절망적 존재론으로부터 희망적 관계론으로 향하는 역사적인 엽서다. 없이 사는 사람들의 도덕성과 인성을 비난하는 옳지 않은 이성과 행동에 대한 성찰을 담은 명문이다. 계수님에게 보낸 부드러운 엽서라 얼핏 동생 부부를 향한 따뜻한 위로일 수도 있지만, 무심코 살아가는 세상 사람들에게 존재 이유를 깊이 생각하게 하는 사회적 메시지다. 철심에 먹물을 발라 군더더기 없는 문장으로 또박또박 적어낸 원본 엽서의 정갈함 또한 절정의 예술이다.

발신자는 언제나 한글 이름 '신영복'이었고, 수신자 이름은 늘 격식 있고 깍듯한 한자였는데, 계수님에게만큼은 동생의 옆자리를 의미하는 "申榮碩 옆"으로 시절 문화의 친밀감과 유머를 빠뜨리지 않았다. 총각 시숙이 계수님께 연정을 담아 보낸 것 아니냐며 짓궂게 물어오는 사람들이 흔했을 만큼 애틋했다. 엽서 원본에 찍혀 있는 '검열필' 도장을 봤더라면 연좌제로부터 형제를 보호하기 위한 수단이란 것을 금방 이해했을 텐데 말이다. 그래서 저자는 자기검열에서 벗어나 '다시 쓰고 싶은 편지'라는 속편의 기획을 공공연히 희망하곤 했었다.

“머리 좋은 것이 마음 좋은 것만 못하고, 마음 좋은 것이 손 좋은 것만 못하고, 손 좋은 것이 발 좋은 것만 못한 법입니다. 관찰보다는 애정이, 애정보다는 실천적 연대가, 실천적 연대보다는 입장의 동일함이 더욱 중요합니다. 입장의 동일함. 그것은 관계의 최고 형태입니다.”

감옥이 아니었더라면 결코 만날 수 없었을 수많은 재소자들과의 관계는 거대한 장벽이었다. 알몸으로 마주하는 목욕탕 같은 공간이었지만 학벌과 언어, 몸짓과 눈빛이 다른 소위 먹물이란 존재를 진심으로 받아주는 동료는 없었다. 스스로 변화가 필요했다. 배척당하지 않고 함께 하려는 진솔하고 창백한 몸부림은 ‘머리 → 가슴 → 발’이라는 먼 여행을 통해 비로소 왕따를 벗어날 수 있었고, 자기 개조를 완성시킬 수 있었다. 아무리 좋은 생각도, 아무리 좋은 마음도 ‘입장의 동일함’ 없이 진정한 관계를 이룰 수 없다는 실천적 깨달음이었다.

내 인생의 등대는 별이 되었다. 밀양 영취산 남봉 산마루에 고즈넉한 소나무 숲에서 영원한 자유를 찾았다. 그 땅으로부터 시작된 머리로 배운 20년의 학교생활, 감옥에서 가슴으로 배운 20년의 학교생활, 강단에서 발로 뛰며 실천한 20년의 학교생활로 선생의 일생이 저물어 갔다. “감옥이란 감옥 바깥에 있는 사람들로 하여금 자신들은 갇히지 않았다는 착각을 하게 하는 정치적 공간이다”라고 했던 미셸 푸코의 선언처럼 감옥이 곧 학교였고, 학교가 곧 감옥이었던 일생이 저물어 갔다. 필자는 죽고 독자는 끊임없이 탄생한다.

함께 읽으면 좋은 책

『루쉰전』 왕스징 지음, 신영복 외 옮김, 다섯수레, 2007
『찬 겨울 매화 향기에 마음을 씻고』 이구영 지음, 바움, 2004
『감시와 처벌』 미셸 푸코 지음, 오생근 옮김, 나남출판, 2016

030

광장을 찾아 나선 여정 그리고 그 이후

정영훈_경상대 국어국문학과 교수

광장
최인훈 지음, 문학과지성사, 2008

『광장』은 등단한 지 1년밖에 안 된 최인훈을 일약 문단을 대표하는 젊은 작가로 만든 작품이다. 이 책은 4·19혁명이 일어나고 반년 정도 지난 후인 1960년 11월에 발표됐다. 최인훈은 "저 빛나는 4월"이 아니었다면 『광장』은 쓸 수 없었을 것이라고 밝힌 바 있다. 이로써 최인훈이 이 책을 쓸 때 4·19혁명의 영향이 컸다는 것을 알 수 있다. 혁명이 일어나기 전에 쓰인 최인훈의 다른 작품들은 구체적인 현실 문제로부터 약간 거리를 두고 있다. 일례로 혁명이 일어나기 전에 탈고한 중편 「가면고」는 자아를 완성하기 위한 인물의 고투를 환상적인 수법으로 형상화했다. 그에 비해 『광장』을 비롯한 그 이후의 작품들은 동시대의 문제를 보다 직접적으로 문제삼는다. 최인훈은 혁명을 계기로 현실에 성큼 다가섰고, 이로써 『광장』이라는 걸작이 탄생하게 된 것이다.

이 책은 이런 이야기를 들려준다. 주인공 명준은 철학을 전공하는 대학생이다. 그의 아버지는 만주에서 항일운동을 하던 혁명가로 해방과 함께 귀국한 뒤 곧바로 월북했다. 남들과 크게 다르지 않은 삶을 살던 명준은 북한에서 대남 선전활동을 하는 아버지 때문에 경찰서에 끌려가 구타를 당하고, 소개로 만난 여대생 윤애와 연애를 하지만 그마저도 신통치가 않다. 그러던 중 우발적으로 월북을 하게 되었고, 거기서 아버지와 재회한다. 하지만 혁명가였던 아버지가 남쪽 부르주아 가정의 여느 가장과 다름없는 삶을 살고 있고, 혁명적 분위기로 가득차 있을 것으로 생각했던 북한 사회의 모습은 그의 기대에 미치지 못한다. 무용수인 은혜와 사랑에 빠지지만 결국 배신을 당하고, 그즈음 전쟁이 일어나 명준도 참전한다. 그 후 두 사람은 기적적으로 재회하지만 은혜의 죽음으로 관계를 이어가지 못하고, 인민군 포로로 잡힌 명준은 포로송환 과정에서 남과 북 모두를 거부한 채 중립국을 택한다. 명준은 제3국으로 가던 중 바다로 투신한다.

이 책에서 눈여겨볼 것은 남한에서 북한을 거쳐 중립국에 이르는 일련의 과정이다. 명준이 북한을 택한 이유는 남한 사회의 모습이 만족스럽지 않았기 때문이다. 그는 정치와 경제, 문화 제반 영역을 차례로 언급하며 남한 사회에는 각자가 가지고 있는 신념을 자유롭게 교환하고 이를 통해 공동체 전체가 나아갈 수 있는 방향을 모색할 수 있는 광장이 없다고 비판한다. 저마다 자신의 밀실을 가꾸는 데만 골몰하고 광장은 죽어 없어진 곳, 이것이 명준이 파악한 남한 사회의 본질이다. 북한 사회는 정확히 그 맞은편에 자리하고 있다. 명준은 그곳에 가면 광장을 찾을 수 있으리라 믿었다. 이는 월북을 선택한 동기였다. 그러나 그는 곧 북한 사회가 밀실 없는 광장, 당에 의해 모든 것이 결정되고 인민에게는 복창만 허락되며, 각자의 비밀을 가지고 안전하게 거주할 수 있는 내밀한 공간은 허용되지 않는 감옥 같은 곳임을 깨닫게 된다. 포로 송환 과정에서 명준은 중립국을 택한다. 남쪽에는 광장이 없고, 북쪽의 광장은 진정한 의미의 광장이 아니었기에 그는 제3의 공간을 찾아 나선 것이다.

광장을 찾고자 하는 명준의 노력은 사랑을 완성하고자 하는 욕망으로 표현되기도 한다. 광장은 개인이 만나 자유롭게 소통할 수 있는 공간이고, 이 점에서 연인과의 사랑은 광장의 구체적이고 현실적인 예시다. 남한에서 대학생으로 지내는 동안 책에 탐닉하고 자기세계를 가꾸는 데만 골몰했던 명준을 바깥 세계로 끌어낸 것은 윤애였고, 북한에서 그 역할을 한 것은 은혜였다. 그러나 남한과 북한 현실에서 광장을 발견할 수 없었던 것과 비슷한 맥락으로, 명준의 사랑 또한 실패하고 만다.

명준은 윤애가 육체 관계를 거부할 때 상심에 빠지고, 은혜가 자신의 요구를 물리치고 무용수로서의 꿈을 이루기 위해 모스크바 공연에 나섰을 때 절망한다. 이런 명준의 모습은 다분히 자기중심적이고 유아적이다. 명준이 사랑에 실패한 원인은 두 사람이 그를 배신해서가 아니라 그가 아직 미숙했기 때문일 것이다. 현실에서 광장을 경험할 수 없었던 이유가 남과 북 양쪽 체제의 한계 때문이었다면, 사랑의 실패는 명준의 한계라고 보는 것이 적절하다. 객관적 정세의 미숙과 개인의 한계가 두루 작용하여 광장의 실현을 불가능하게 만들고 있는 셈이다.

명준의 중립국행은 이 이중의 실패에 뒤이은 선택이다. 그렇다면 중립국은 개인이 자유롭게 소통할 수 있는 광장이 될 수 있을까. 혹 그곳에서 누군가를 만나 사랑을 이룰 수 있을까. 중립국을 선택했을 때 명준은 내심 기대하는 바가 있었는데, 그것은 과거의 자신과 결별한 채 이제 와 다른 "전혀 새로운 인간"으로 살아가는 것이었다. 이는 광장을 추구해온 이제까지의 행보와는 다소 거리가 있는 것처럼 느껴지지만, 어쨌거나 명준은 이것이 가능하리라고 생각한다. 적어도 두 마리 갈매기가 나타나 과거를 환기시키기 전까지는.

이 책의 초반부는 이 문제를 둘러싸고 벌이는 명준과 두 마리 갈매기 사이의 첨예한 갈등을 잘 보여준다. 이후 서사는 회상을 통해 과거의 사건이 전면화되고, 명준이 두 마리 갈매기와 화해하는 쪽으로 나아가는데, 이는 명준이 자신의 과거를 인정하고, 자신이 저지른 여러 잘못에 대해 용서를 구하고 있다는 것을 뜻한다. 이 대목에서 그는 중립국행을 포기하고 두 마리 갈매기가 상징하는 그녀들과의 재회를 꿈꾸며 "또 하나 미지의 푸른 광장"인 바다로 뛰어든다. 바다는 그가 마침내 다다르게 된 광장이었던 것이다.

작가는 당시 강력한 반공주의를 표방했던 자유당 정권 아래서, 밀실과 광장이 서로 소통하는 공간에 이르기 위해 월북을 감행하고, 거기서도 원하는 것을 얻지 못하자 마침내 중립국을 택하는 이 이야기를 쓰기 어려웠을 것이다. 『광장』은 4·19혁명 직후의 자유로운 분위기와 봇물 터지듯 쏟아져 나온 통일 논의에 상당한 정도로 빚을 지고 있다. 명준이 마지막 선택지로 중립국을 택한 것은 혁명 이후 상당수의 사람들이 통일 방안으로 오스트리아식 영세중립국을 표방했던 것과도 맥을 같이한다. 최인훈은 명준에게 현실 속의 광장을 허락하지 않았는데, 이는 현실주의자로서의 그의 면모를 보여주는 대목이라 할 수 있다. 이제까지 이 책은 분단 체제가 공고히 유지된 상황 속에서 읽혀 왔다. 이 체제가 와해되고 나면 아마 지금까지와는 다른 맥락으로 읽히게 될 것이다. 그때 『광장』은 독자들에게 어떤 작품으로 이해될지 궁금하다.

함께 읽으면 좋은 책

『소설가 구보 씨의 일일』 최인훈 지음, 문학과지성사, 2009
『화두』(전2권) 최인훈 지음, 문학과지성사, 2008
『광장을 읽는 일곱 가지 방법』 김욱동 지음, 문학과지성사, 1996

031

작가의 유년 경험을 담은 전쟁 문학의 최고봉

한기호_한국출판마케팅연구소 소장

그 많던 싱아는 누가 다 먹었을까

박완서 지음, 웅진지식하우스, 2005

산기슭이나 길가 아무 데나 달개비만큼 흔하게 나 있는 풀, 발그스름한 줄기를 꺾어서 겉껍질을 벗겨내고 속살을 먹으면 새콤달콤한 맛이 나서 입에 군침이 돌게 만드는 싱아는 작가에게 유년의 기억을 떠올리게 하는 원천이다. 소설로 그린 작가의 자화상인 『그 많던 싱아는 누가 다 먹었을까』는 작가에게 생기의 젖줄인 개성 박적골에서 이야기가 시작된다. 작가의 유년기인 1930년대부터 6·25를 맞아 온 가족이 풍비박산 나던 1950년까지를 유려한 필치로 그려낸다. 이 시기에 작가는 일제 강점기 말과 해방을 거쳐 6·25전쟁에 이르기까지 한국 현대사의 굴곡을 온몸으로 겪는다.

소설은 굶주린 자식을 위해 기생 옷을 바느질해가면서 아들딸을 억척스럽게 키워 낸 비장하고 맹목적인 모성애의 소유자인 엄마와 그에 버금가는 기질을 가진 작가의 대결 의식을 다룬다. 양반 가문이라는 것에 자부심을 느끼며 교육열이 강한 엄마는 복막염으로 남편을 잃은 것을 무지몽매한 시부모 탓으로 돌리고 자식들이라도 어떻게든 번듯하게 키우겠다는 욕심만큼은 절대 포기하지 않는다. 영리한 여자아이인 화자인 나는 글을 읽고 쓰는 것을 무척 좋아하여 가족의 이야기를 글로 남기고 싶어 한다. 똑똑하고 의지가 강한 오빠는 의용군에 강제로 끌려갔다 온 뒤 만신창이가 된다.

『그 많던 싱아는 누가 다 먹었을까』는 『엄마의 말뚝』 연작을 비롯한 작가의 작품들에서 소설적 탐구의 대상이 되어 온 작가의 가족 관계가 세밀하게 묘사되어 작가의 문학적 모태 또는 원형을 파악할 수 있다. '유년의 기억'을 다룬 이 소설이 인기를 얻자 작가는 1951~1953년 결혼할 때까지 20대의 이야기를 그린 후속편 『그 산이 정말 거기 있었을까』를 내놓았다. 이 작품은 일부 평론가로부터 '전쟁 문학의 최고봉'이라는 평가를 받았다.

작가는 인터뷰집 『박완서의 말』에서 "서울에 오고 중일전쟁, 2차세계대전, 가난, 쌀 배급, 해방, 6·25, 나를 스쳐 간 문화의 부피를 생각할 때 500년은 된 것 같다"고 말했는데 그는 어려서부터 '천부적인 이야기꾼'이 될 경험을 내부에 충분히 축적하고 있었다고 볼 수 있다. 장석주는 『장석주가 새로 쓴 한국 근현대문학사』에서 "박완서는 직접적인 체험이라는 자산이 풍부한 작가다. 그래서 자기가 겪은 세월, 보통 여자로 살아온 체험을 '우려먹은' 소설들을 부지런히 써내 나라 안에서 손꼽는 대작가로 우뚝 선다. 자기 체험을 알뜰하게 '파먹는'다고 누구나 다 좋은 작가가 되는 것은 아니다"라고 했다.

장석주는 같은 글에서 "작가의 실제 체험이 투영된 『엄마의 말뚝』 연작, 『그 많던 싱아는 누가 다 먹었을까』 『그 산이 정말 거기 있었을까』 등은 '허구를 완전하게 배제한' 악몽 같은 시대 체험을 특유의 살아 있는 문체 속에 담아내 문학적 평가와 대중의 지지를 함께 끌어낸다. 그에게 소설은 역사의 수레바퀴에 짓밟힌 개별자가 쏟아낸 울음이다. 박완서 소설은 약자들이 쏟아내는 울음이고, 신음이며, 비명"이라고 격찬했다.

1993년 중앙문화대상을 수상한 『그 많던 싱아는 누가 다 먹었을까』는 20만 부가 팔린 다음 스테디셀러로 자리를 잡아가다가 2002년 2월 「느낌표」 추천 도서가 되어 밀리언셀러의 반열에 올랐다. 박완서가 1989년에 출간한 『그대 아직도 꿈꾸고 있는가』 또한 이미 밀리언셀러에 올랐었다.

한 번 결혼한 적이 있는 이혼녀 차문경과 아내와 사별한 홀아비인 김혁주는 35세로 대학 동창이다. 두 사람이 오다가다 우연히 만난 건 3년 전, 각각 비슷한 시기에 외로운 신세가 되고 난 지 얼마 안 돼서였다. 그 우연의 일치 때문에 그들은 그 만남에 우연 이상의 운명적인 걸 느꼈다. 하지만 두 사람이 합하는 데는 많은 문제가 있었다.

여주인공 문경이 가부장제 질서와 여성 차별의 사회적 통념에 맞서서 자신의 꿈을 이뤄나가는 당당함을 보여준 『그대 아직도 꿈꾸고 있는가』는 개인의 삶을 중시하기 시작한 1990년대 초반에 젊은 여성 독자들에게 큰 인기를 끌었다. 소설 속에서 문경은 자신의 아들에게 거는 유일한 꿈이 "남자로 태어났으면 마땅히 여자를 이용하고 짓밟고 능멸해도 된다는 그 천부적인 권리로부터 자유로운 신종 남자로 키우는 거"라고 당당하게 선언하면서 자신의 가장 찬란한 꿈을 이루기 위해서라도 아이를 자신이 키우겠다고 선언한다.

『그대 아직도 꿈꾸고 있는가』가 베스트셀러에 오른 것은 1990년이었다. 현실 사회주의가 몰락하자마자 맞이한 1990년대는 개인이 자신을 표현하고자 하는 욕망을 분출하기 시작했다. 이 시기에 여성을 지배했던 사랑(결혼)이라는 전통적 가치에서 자기실현을 위해 일이 더 중요하다는 새로운 가치로 옮겨가기 시작했다. 남자가 여자를 억압하는 사회에 대한 고발이라 볼 수 있는 『그대 아직도 꿈꾸고 있는가』는 〈여성신문〉에 연재하는 동안 '페미니즘' 논쟁을 촉발하기도 했다. 이 소설은 2003년에 MBC에서 드라마로 방영하기도 했다. 국내 최초로 북디자이너를 천명한 정병규가 디자인한 이 책의 표지는 당시 유행하던 큰 글씨와 원색을 배격하고 단색에 작은 글씨로 잔잔하게 디자인해 주목을 끌기도 했다.

『그대 아직도 꿈꾸고 있는가』가 베스트셀러가 된 이후 '공격적 페미니즘' 소설이 봇물을 이뤘다. 장석주는 같은 책에서 박완서가 여성 문제를 다룬 소설들을 "남성 지배의 역사가 강요한 죽음의 침묵을 뚫고 솟아오르는 여성의 '울음이자 노래'"라고 평가했다. 1992년에는 양귀자의 『나는 소망한다 내게 금지된 것을』, 공지영의 『무소의 뿔처럼 혼자서 가라』, 이경자의 『혼자 눈뜨는 아침』 등이 대형 베스트셀러가 되었는데 『그대 아직도 꿈꾸고 있는가』는 페미니즘 소설이 봇물을 터지게 만든 소설이라 볼 수 있다.

박완서는 마흔이 되던 해에 〈여성동아〉 장편소설 공모에 『나목』이 당선되면서 뒤늦게 문단에 나왔다. 이후 장편소설로는 『휘청거리는 오후』 『도시의 흉년』 『아주 오래된 농담』 등을, 소설집으로는 『엄마의 말뚝』 『저문 날의 삽화』 『너무도 쓸쓸한 당신』등을 발표했다.

함께 읽으면 좋은 책

『엄마의 말뚝』 박완서 지음, 세계사, 2012
『그대 아직도 꿈꾸고 있는가』 박완서 지음, 세계사, 2012
『그 산이 정말 거기 있었을까』 박완서 지음, 웅진지식하우스, 2005

032

그들에게는 마지막 식사조차 허용되지 않았다

김유진_경향신문 문화부 기자

난장이가 쏘아올린 작은 공
조세희 지음, 이성과힘, 2000

"사람들은 아버지를 난장이라고 불렀다. 사람들은 옳게 보았다. 아버지는 난장이였다. 불행하게도 사람들은 아버지를 보는 것 하나만 옳았다. 그 밖의 것들은 하나도 옳지 않았다."

'난장이'라는 단어를 보자마자, 무릎을 탁 치거나 눈을 질끈 감았을 이들이 제법 있을 것 같다. 누구나 한 번쯤은 읽었거나 들어봤을 그 소설, 『난장이가 쏘아올린 작은 공』의 서두다. 1978년 출간된 조세희 작가의 연작소설 『난장이가 쏘아올린 작은 공』의 표제작인 이 작품은 당시 한국 사회의 모순을 샅샅이 담아내고 있다고 해도 과언이 아니다. 재개발 지구에서 밀려난 철거민의 아픔, 도시 노동자와 빈민의 비참한 생활, 재벌 등 자본가의 폭력적 행태…. 이 모든 게 난장이 가족의 삶의 이야기로 사실적이고도 우화적으로 그려진다.

소설에서 아버지는 "신장은 백십칠 센티미터, 체중은 삼십이 킬로그램"인 난장이로 묘사된다. 아버지가 지나가면 사람들은 "난장이가 간다"고 손가락질을 했다. 하지만 단지 신체적 특성만을 들어 아버지가 난장이였다고 말하는 것은 이치에 맞지 않는다. 그는 가지지 못한 자, 배우지 못한 자 모두를 표상하기 때문이다. "아버지가 평생을 통해 해온 일은 다섯 가지이다. 채권 매매, 칼 갈기, 고층 건물 유리 닦기, 펌프 설치하기, 수도 고치기이다." 아버지와 마찬가지로, '최하층의 천인' 배경을 지닌 어머니의 가족도 대대로 험한 삶을 살았다. "마음 편할 날 없고, 몸으로 치러야 하는 노역은 같았다. 우리의 조상은 세습하여 신역을 바쳤다. 우리의 조상은 상속·매매·기증·공출의 대상이었다."

소설은 '난장이 가족', 즉 아버지의 세 자녀 영수, 영호, 영희의 시선에서 전개된다. 대물림한 가난으로 이들은 지옥보다도 못한 삶을 살아간다. "단 하루도 천국을 생각해보지 않은 날이 없다. 하루하루의 생활이 지겨웠기 때문이다. 우리의 생활은 전쟁과 같았다. 우리는 그 전쟁에서 날마다 지기만 했다." 다른 아이들처럼 '주머니 달린 옷'을 입지 못했던 세 자녀는 일찌감치 학교를 떠나 생업 전선에 뛰어든다.

이들을 둘러싼 사회 구조의 무자비함과 폭력성은 철거 장면에서 단적으로 드러난다. 그들이 어쩌면 처음이자 마지막이 될 "고깃국 끓는 냄새"와 "고기 굽는 냄새"를 풍기며 식사를 하고 있는 사이, 철거반원들이 찾아와 집을 부순다. 그들에게는 마지막 식사조차 허용되지 않았다. 작가는 가족의 식사와 철거반의 행위를 교차해서 보여준다. "우리는 꼼짝도 하지 않고 식사를 했다. 영희가 이 시간에 어디서 어떤 식탁을 대하고 있을지 우리는 알 수 없었다. 우리의 밥상에 우리 선조들 대부터 묶어 흘려보낸 시간들이 올라앉았다. (중략) 대문을 두드리던 사람들이 집을 싸고돌았다. 그들이 우리의 시멘트 담을 쳐부수었다. 먼저 구멍이 뚫리더니 담은 내려앉았다."

접속어 하나 없이 서술된 이 장면은 소설 전체에 흐르는 정서를 만들어낸다. 삶의 기반이 무너져 내리는 위기 앞에서 가족은 너무도 무력하지만 동시에 한없이 의연하다. 끝까지 식사를 하고야 마는 그들의 심정은 어땠을까. "쇠망치를 든 사람들이" 모두 한꺼번에 달려들어 담을, 지붕을, 벽을 내리칠 때 그들의 심장은 어떤 소리를 내고 있었을까. "아버지를 난장이라고 부르는 악당은 죽여버려"라고 분노를 쏟아냈던 자녀들은 이때 가만히 주먹을 불끈 쥐지 않았을까.

소설은 거의 대부분 단문으로 이루어져 있다. 작가는 접속어만큼이나 수식어 사용을 멀리하고, 주관적인 생각을 드러내는 일을 최대한 배제하며 글을 썼다. '스타카토 문체'라고까지 명명된 조세희 표 문장은 이렇게 탄생했다. 짧고 간결한 문장들의 연속이 만들어내는 특유의 리듬은 이 소설이 사회 문제를 정면으로 다루는 '르포 문학'을 넘어서, 문학적으로도 완성된 경지에 이르렀음을 보여준다.

조세희 작가를 말할 때 빼놓을 수 없는 또 한 가지 특징은 뚜렷한 이분법적 세계관이다. 철거 계고장을 받아든 아버지는 "그들 옆엔 법이 있다"고 말한다. 같은 하늘 아래 살고 있다면, 같은 법에 적용을 받아야 마땅하다. 하지만 현실은 그렇지 못했다. 그들은 "남아프리카의 어느 원주민들이 일정한 구역 안에서 보호를 받듯이 이질 집단으로서 보호를" 받았지만, 법의 보호는 받지 못했다.

"세상은 공부를 한 자와 못 한 자로 너무나 엄격하게 나누어져 있었다"는 서술 또한 지나친 단순화법처럼 느껴질지도 모른다. 하지만 형편 때문에 공부에 대한 열망을 버릴 수밖에 없었던 이들에게는 한 치의 오차도 없는 진실이다.

『난장이가 쏘아올린 작은 공』이 출간된 지 올해로 꼭 40년이 됐다. 그러나 이 책은 과연 무엇이 달라졌는지, 우리 사회는 조금이라도 나아졌는지 되묻게 한다. 난장이 가족이 재개발지구로 지정된 낙원구 행복동에서 속절없이 밀려났던 것처럼, 여전히 많은 재개발은, 자본은 배불리고 원주민을 소외시키는 방식으로 이뤄진다. 이는 연작소설의 다른 작품에서도 잘 묘사되어 있다. 하층민의 열악한 삶(「은강 노동 가족의 생계비」), 산업도시와 환경오염(「잘못은 신에게도 있다」) 등은 '지금 여기'의 문제이기도 하다. 아니 어쩌면 "저희들도 난장이랍니다. 서로 몰라서 그렇지, 우리는 한편이에요"(「칼날」)라는 중산층 신애가 던지는 말조차 낯설게 들리는 각박한 사회가 된 것은 아닌가.

작가는 1965년 경향신문 신춘문예로 등단했지만, 10년 동안 아무런 작품도 발표하지 않고 회사에 다녔다. 그러다가 1975년 〈문학사상〉에 「칼날」을 발표한 것을 시작으로 「난장이 연작」을 발표한 후, 다시 오랜 침묵에 빠져 있다.

그럼에도 『난장이가 쏘아올린 작은 공』이 있는 한, 조세희라는 작가가 쓴 글은 꾸준히 읽히고 있다고 봐야 한다. 출간 당시, 엄혹했던 사회 분위기 속에서도 6개월 만에 10만 부가 팔린 이 책은 1996년 100쇄, 2005년 200쇄를 돌파했다. 2007년에는 통산 판매부수 100만 부를 달성했고, 2017년 300쇄를 넘겼다. 정치적 민주화는 이뤘지만 사회경제적 민주화는 오히려 후퇴한 지금의 상황이 이 책을 끊임없이 불러내고 있는 것이 아닌가 한다.

함께 읽으면 좋은 책

『전태일 평전』 조영래 지음, 전태일기념사업회, 2009
『사당동 더하기 25』 조은 지음, 또하나의문화, 2012
『열세살 여공의 삶』 신순애 지음, 한겨레출판, 2014

033

님의 침묵 시대와 님을 향한 사랑의 노래

우찬제_서강대 국문학과 교수

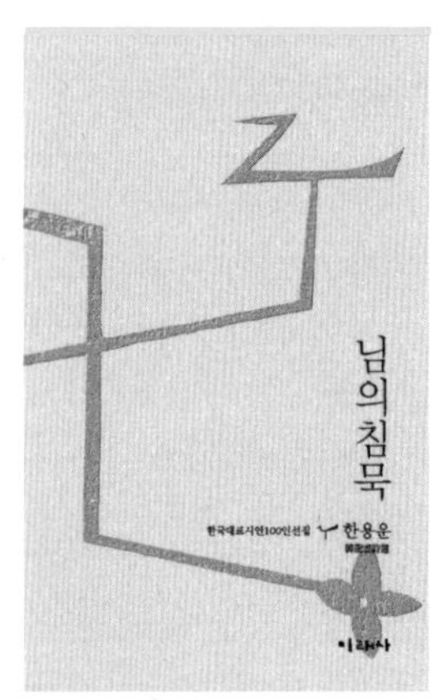

님의 침묵
한용운 지음, 미래사, 2016

1920년대 한국문학은 잃어버린 시대에 대한 상상적 대응의 소산이다. 일제는 1910년 강제로 한국을 합병한 이후 10년 동안 식민지 지배의 기반을 확립했다. 그 결과 1920년대가 되면 정치·경제·사회·문화 모든 면에서 나라 잃은 고통이 구체화됐다. 1920년대 시에서 나라 잃은 설움은 흔히 '고향 상실'과 '님 상실'로 형상화된다. 그 상실감을 각기 다른 측면에서 부각시킨 대표적인 시인이 김소월과 한용운이다.

만해 한용운은 한국 근대시사를 빛낸 서정시인이자 독립운동가요, 불교의 선사였다. 만해의 시는 어려운 시대를 견디는 서정시의 역설적 힘과 지혜를 보여준다. 한국문학의 전통 속에서 불교적 명상과 형이상학적 인식의 자리를 새롭게 찾아준 시인이 바로 한용운이다.

불교사상과 민족, 민주사상 그리고 문학사상이 그의 시적 영혼 안에서 미학적으로 빚어졌다. 그는 식민지라는 잃어버린 시대 혹은 그의 비유대로라면 침묵의 시대에 저항의 노래를 불렀다. 님이 침묵하던 시대를 살면서 님의 부활에 대한 강력한 의지로 님을 위한 사랑의 노래를 불렀던 그는 식민지 시대에 민족의 정신을 지킨 민족시인이다. 시집 「님의 침묵」은 불교를 통해 깨달은 정신의 깊이가 감각적 실체로 탁월하게 변용된 시편으로 짜여 있다. 「님의 침묵」 전문을 살펴보자.

"님은 갔습니다. 아아 사랑하는 나의 님은 갔습니다./ 푸른 산빛을 깨치고 단풍나무숲을 향하여 난 적은 길을 걸어서 차마 떨치고 갔습니다./ 황금의 꽃같이 굳고 빛나던 옛 맹서는 차디찬 티끌이 되어서, 한숨의 미풍에 날아갔습니다./ 날카로운 첫 '키쓰'의 추억은 나의, 운명의 지침을 돌려놓고, 뒷걸음쳐서, 사라졌습니다./ 나는 향기로운 님은 말소리에 귀먹고, 꽃다운 님의 얼굴에 눈멀었습니다./ 사랑도 사람의 일이라, 만날 때에 미리 떠날 것을 염려하고 경계하지 아니한 것은 아니지만, 이별은 뜻밖의 일이 되고 놀란 가슴은 새로운 슬픔에 터집니다./ 그러나 이별을 쓸데없는 눈물의 원천(源泉)을 만들고 마는 것은 스스로 사랑을 깨치는 것인 줄 아는 까닭에, 건잡을 수 없는 슬픔의 힘을 옮겨서 새 희망의 정수박이에 들어부었습니다./ 우리는 만날 때에 떠날 것을 염려하는 것과 같이, 떠날 때에 다시 만날 것을 믿습니다./ 아아 님은 갔지마는 나는 님을 보내지 아니하였습니다./ 제 곡조를 못 이기는 사랑의 노래는 님의 침묵을 휩싸고 돕니다."

한용운의 대표작 「님의 침묵」은 침묵하는 님의 주위를 휩싸고 돌며 부르는 시적 화자 '나'의 '사랑의 노래'이다. 님은 갔다. 사랑하는 '나'의 님은 갔다. 그런데 화자는 "님은 갔지마는 나는 님을 보내지 아니하였"다고 호소한다. "우리는 만날 때에 떠날 것을 염려하는 것과 같이, 떠날 때에 다시 만날 것을 믿"는 지향 의식 때문이다. 이 믿음과 지향 의식이 님의 침묵을 휩싸고 도는 사랑의 노래를 가능케 한다.

시인 한용운이 살았던 일제강점기는 모순의 시대요, 침묵의 시대였다. 곧 님이 침묵하는 시대였다. 그러나 침묵한다고 하여 님이 아주 사라진 것은 아니었다. 그래서 만해는 그 님의 실체를 발견하고, 그를 향한 사랑의 노래를 불렀던 것이다. 즉, 만해는 님이 침묵할 수밖에 없었던 식민지 시대에 불멸의 민족혼을 깨닫고 이를 고양시켜, 가장 넓고 높으며 깊은 인간성을 절실하게 표현한 시인이다. 또 한국 민족의 전통적인 정신을 현대적으로 재구성하여 가장 빛나는 형상을 창조한 시인이다.

침묵으로 가장 뜨겁게 저항한 시인 한용운에게 '님'은 핵심 어휘다. 님의 내포는 심원하다. 조국, 애인, 불교의 진리 등보다 포괄적이고 근본적인 관점에서 생명의 근원적인 가치로 다양하게 해석할 수 있다. 아울러 님은 한용운 시의 창작 원리와 본질을 포함한다. 그러니까 『님의 침묵』은 '내가 사랑하고 그도 또한 나를 사랑하는' 님에 대한 한없는 그리움을 표현한 시집이다.

그런데 그 님은 이별을 통해서 더욱 그리움으로 승화되는 창조적 존재이기도 하다. 그래서 만해는 「이별은 미의 창조」라는 시를 노래한다. 이별이 아름다운 것은 본질적인 의미를 새롭게 창조하고 있기 때문이라고 말한다. "눈물에서 죽었다가 웃음에서 다시 살아나게" 하는 것이 이별이라고 적는다.

이러한 이별의 노래 속에는, 이별을 계기로 더욱 깊어지는 사랑의 역설적 의미가 들어 있다. 이별을 통해 사랑하는 님의 모습과 님의 본질뿐만 아니라, 사랑하고 사랑받는 나 자신에 대한 인식도 훨씬 깊어진다는 의미다. 「당신을 보았습니다」라는 시는 당신 곧 님을 이별한 상태에서 당하는 능욕의 절정에서, 님을 다시 보게 된다는 메시지를 담고 있다. 다시 본 님을 통해 '영원한 사랑'을 확인한 화자는, 새로운 삶과 역사를 시작해야 한다는 강력한 지향 의식을 표출한다. 그러면서 시인은 침묵하는 님을 향해 "오셔요, 당신은 오실 때가 되었어요, 어서 오셔요"라고 강력하게 외친다. 「오셔요」라는 시에서 이렇듯 자신 있게 님을 부르는 나는 이제 님을 맞이할 모든 준비를 다 갖추었다. 님을 침묵케 하는 모든 장애 요소들, 님과 나를 이별케 하는 모든 억압 요소를 해소할 수 있는 지혜를 깊이 쌓아 두었다. 이는 님이 기쁘게 와서 앉을 수 있는 아름다운 꽃밭이 될 수도 있고, 내게 오는 님이 당할지도 모르는 위험이 있다면, 그것을 막아줄 강철 같은 방패가 될 수도 있다. 심지어 님을 오게 하기 위해서라면, 님을 위해 목숨까지 바치겠다는 의지까지 다진다. 죽음을 두려워하지 않고 님을 향한 무한한 사랑을 바치려 한다.

이렇게 한용운의 시는 '님과의 사랑-이별-사랑의 회복' 과정을 변증법적 고양의 단계를 통해 형상화한다. 이는 불교에서 진정한 깨달음의 경지에 이르는 과정과 비슷하다. 요컨대 한용운의 시는 님이 침묵하던 시절에 님을 향해 부른 뜨거운 사랑의 노래다. 또 진정한 깨달음의 한 경지를 보여주는 노래다.

함께 읽으면 좋은 책

『진달래꽃』 김소월 지음, 미래사, 2016
『빼앗긴 들에도 봄은 오는가』 이상화 지음, 미래사, 2003
『향수』 정지용 지음, 미래사, 2016

034

우리들의 천국은 가능한가?

류대성_작가

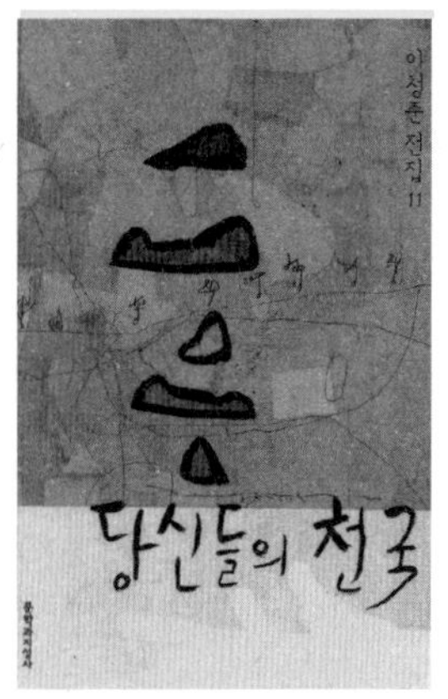

당신들의 천국

이청준 지음, 문학과지성사, 2012

"소설을 읽고 난 후 나는 이청준씨가 왜 제목을 '당신들의 천국'이라고 지었는지 알 수 있었다. '당신들'이라는 것은 '우리들'의 반어적 표현이었다. 오마도는 당신들의 천국이 아니라 우리들의 천국이 되어야 마땅했다. (중략) 이청준씨는 오마도(소록도 사람들의 꿈의 낙토)가 우리들, 즉 나환자의 땅이 못 되고 제3자인 '당신들'의 땅이 되었다고 생각한 것이다. 그 생각은 바로 오마도(소록도) 문제의 핵심이었다."

『허허 나이롱의사 외길도 제 길』에 나오는 말이다. 1939년 남도의 끝자락 장흥에서 태어난 이청준은 2008년에 세상을 떠날 때까지 『병신과 머저리』 『잔인한 도시』 『눈길』 등 수많은 장편과 단편소설을 남겼다. 『벌레 이야기』는 영화 「밀양」으로, 연작 소설 『서편제』

는 영화 「서편제」로, 이미 대중에게도 익숙한 그의 소설은 한국 문학사에서 빼놓을 수 없는 자리를 차지한다. 그중에서도 『당신들의 천국』은 매우 특별한 문학적 성취를 이룬 우리 시대의 고전으로 평가되는 작품이다.

최인훈의 『광장』, 조세희의 『난장이가 쏘아올린 작은 공』에 이어 이청준의 『당신들의 천국』은 2003년에 100쇄를 찍었다. 한국 문학사에서 가장 문제적인 장편소설 세 편 모두 '현실'에 바탕을 둔 소설이라 점에서 이채롭다. 세 편 모두 대다수가 공감할 수 있는 전후 이념 갈등, 산업화 시대 철거민의 애환, 개발독재 시대 소록도 간척사업이라는 현실 문제를 다룬다. 이청준은 소록도의 현실을 소설화하면서 일관된 관점을 유지한다. 그것은 인간 내면에 자리 잡은 이기적 욕망과 당대 사회에 대한 비판적 관점이다. 우리가 사는 세상에는 소설보다 놀랍고 극적인 이야기가 많다. 믿을 수 없이 잔인하고, 상상할 수 없을 만큼 기이한 이야기가 넘친다. 그런데도 우리가 여전히 소설을 읽는 이유는 현실에서 보이지 않는 진실을 찾기 위함이다. 팩트 체크 너머에 숨은 진실을 드러내는 일, 그것이 아마도 이청준의 소설을 읽는 재미일 것이다.

물론 그 문학적 진실은 철저한 현실에 뿌리를 둔 상상력에 기반을 둔다. 이청준은 독자에게 현실의 이면을 들여다보라고 촉구한다. '우리'가 사는 세상의 진실을 외면한다면 '나'의 삶이 행복할 수 없다고 믿는다. 전남 고흥의 오마도 330만 평의 간척지는 지금도 살아 숨 쉬는 땅이다. 작가는 한센인에 대한 차별, 60년대 개발독재의 비극적 진실을 찬찬히 들여다본다. 그러면서 평범한 일상에 매몰된 독자에게 각성을 요구한다. 남도의 한 섬에서 벌어진 사건을 통해 인간의 이기적 태도와 집단적 영웅 심리, 정치와 권력의 이해관계를 적나라하게 보여준다. 소록도 주민이 맨손으로 일군 땅은 육지 주민의 반대와 총선을 앞두고 표를 의식한 군사정부 때문에 '낙토'가 되지 못하고 끝내 욕망의 땅으로 변질된다. 소설 속에는 이런 현실이 모두 반영되지 않았다. 하지만 전임 원장 주정수 동상 건립 문제, 한민의 자살과 그가 남긴 소설은 섬 전체의 기괴한 현실을 적나라하게 드러낸다.

오마도 간척사업은 1962~1963년까지 한센병 환자들의 손으로 진행됐다. 소록도 병원장 조창원은 사회로 복귀하는 나환자들의 자활 정착을 돕기 위해 거대한 국책사업을 벌인다. 독립적인 정착촌을 만들겠다는 집념으로 풍양반도와 봉암반도의 한가운데 바다에 떠 있는 오마도를 육지에 연결하는 엄청난 공사였다. 그들은 변변한 장비 없이 풍양면에서 오동도까지 385미터, 오동도에서 오마도 남쪽까지 338미터 그리고 오마도에서 서쪽으로 도양읍 봉암반도까지 1560미터의 바다를 메웠다. 이렇게 만든 3개 방조제 안쪽 바다가 소록도의 2배인 330만 평의 농토로 조성되었다. 이 거대한 평야에서 5만 석 정도의 양곡을 생산해 음성 나환자 치유자들의 생활 터전을 마련하고, 일반 영세 농가들과 각각 1500여 세대씩 입주시킨다는 계획이었다.

이청준이 조창원 원장을 직접 찾아가 불신과 배반의 땅 소록도 이야기를 소설로 발표한 시기는 1976년이었다. 실존 인물인 조창원 원장은 소설에서 조백헌 원장으로 등장한다. 조 원장과 한센병 환자들이 꿈꿨던 '문둥이들의 천국'은 허망한 신기루에 불과했다. 어쩌면 그 꿈은 영원히 이룰 수 없는 일이 아니었을까? 세상에는 성별, 나이, 종교, 직업, 학력, 출신 지역이 다른 사람들이 모여 산다. 모양과 빛깔이 서로 다른 사람들이 조화를 이룰 때 우리는 감히 '행복'이라는 말을 쓸 수 있는 게 아닐까? 우리 모두에게 차별 없는 세상이야말로 진정한 낙토가 아닐까?

우리가 이 소설에서 주목할 점은 주정수 전임원장, 조백헌 원장, 이상욱 보건과장, 황희백 노인, 한민, 윤해원, 서미연 등 각각의 인물이 그려내는 현실적 인간의 모습이다. 사람은 각자의 위치와 상황이 다르기 때문에 어떤 사건에 대한 입장과 태도가 다르다. 소설에 등장하는 인물의 처지를 이해하고 그들의 관점에서 낯설게 세상을 바라보자. 그리고 '지금-여기'에서 오늘을 사는 우리는 어떤 낙토를 꿈꾸고 있는지 돌아보자.

소설은 섬을 떠나고 7년 후, 윤해원과 서미연의 결혼식에 참석한 조백헌 원장의 축사로 마무리된다. 동행한 이정태 기자에게 건넨 상욱의 편지와 조 원장의 축사에서는 보이지 않는 울타리에 대해 이야기한다. 한센병을 앓았던 윤해원과 건강한 서미연의 결혼은 일종의 상징이다. 그들의 보금자리가 이쪽과 저쪽의 경계를 허무는 일이라는 걸 독자들은 쉽게 눈치챈다. 하지만 문제는 현재진행형인 '당신들'의 천국이다.

구별 짓기는 인류의 오랜 관습이다. 신분제, 계급 사회는 무너졌지만 눈에 보이지 않는 계층은 여전히 존재한다. 사는 곳이 당신이 누구인지를 말해주고, 졸업한 학교가 당신의 지적 능력을 말해주며, 연봉과 직업이 당신의 생활수준을 보여준다. 경쟁은 자연스럽고 승자들의 독식은 계속된다. 차별과 배제는 일상이지만 대부분 말없이 받아들인다. 성공한 자와 실패한 자, 지배자와 피지배자, 부자와 빈자 너머 다양한 방식으로 '당신들'의 천국은 계속된다. '나'는 '너'와 다르다는 논리, '우리'는 '당신들'과 구별해야 한다는 주장은 한순간도 멈추지 않는다. 그렇다면 '너'는 누구이고 '당신들'은 또 어떤 사람들인가?

각자 서 있는 자리마다 타인과 세상이 달리 보인다. 조 원장과 황 장로가 서로를 이해하고 교감할 수 있었던 이유는 서로의 벽을 허물었기 때문이다. 윤해원과 서미연의 사랑은 울타리로 가둘 수 없는 일이었다. 소설 너머에서 현실이 보이고, 현실 너머에서 소설의 상상력이 발휘된다. 현실은 여전히 '당신들의 천국'이지만 다 같이 '우리들의 천국'을 꿈꿀 시간이 필요하다.

함께 읽으면 좋은 책

『이청준 깊이 읽기』 권오룡 지음, 문학과지성사, 1999

『허허 나이롱의사 외길도 제 길』 조창원 지음, 명경, 1998

『병신과 머저리』 이청준 지음, 문학과지성사, 2010

035

철부지의 사랑과 그 이면

정영훈_경상대 국어국문학과 교수

동백꽃
김유정 지음, 유인순 엮음, 문학과 지성사, 2005

김유정의 작품 활동 기간은 짧다. 개벽사의 문예지 〈제일선〉에 「산골나그네」를 발표한 때부터 계산하면 3년여, 조선일보에 「소낙비」가 당선되어 공식적으로 문단에 나온 때부터 계산하면 2년 정도의 시간만 허락되었을 뿐이다. 그럼에도 그는 상당히 많은 양의 작품을 남겼다. 사후에 발간된 작품집 『동백꽃』에 실린 작품만 해도 스물한 편에 이를 정도이니 그만큼 열정적으로 썼고 그 수준 또한 고르다는 것을 짐작할 수 있다. 이들 가운데 상당수는 농촌을 배경으로 하고 있다. 김유정 소설에는 1930년대 식민지 조선 농촌사회의 궁핍한 현실이 잘 드러나 있다. 이런 부류의 소설로는 1920년대 중반 이후 우리 문단의 주류가 된 카프 소설을 들 수 있는데, 이들은 농촌을 식민지 모순이 가장 극명하게 드러나는 공간으로, 지주 또는 그를 대리하는 마름과 소작인 사이의 갈등과 대결을 주로 그리고 있다. 그러나 김유정 소설은 이들과는 상당히 다른 양상을 띤다.

흔히 김유정 소설은 해학적이라는 평가를 받는다. 소설 속 인물들은 극도로 궁핍한 상황 가운데 떠돌이 생활을 하거나 아내를 앞세워 비루한 삶을 이어가지만 화를 내거나 체념하지 않는다. 이들의 우둔하고 악의 없는 행동은 독자들에게 의외의 웃음을 안겨 준다. 사람들은 한때 김유정 소설이 당대 식민지 현실에 전혀 관심이 없다고 비판하기도 했다. 그렇지만 이는 편견이다. 김유정 소설 속 인물들은 농사를 지어 봐야 이것저것 떼이고 나면 남는 것이 없다는 것을 경험하고 이렇게 사나 저렇게 사나 마찬가지이기 때문에 농사짓기를 포기하고(「만무방」), 그렇기 때문에 일확천금을 노리고 금광사업에 뛰어든다(「금 따는 콩밭」). 이들은 때로 우둔해 보이고 때로 무모하고 때로 파렴치해 보이지만, 이를 통해 우리는 이렇게밖에 살 수 없도록 만든 모순적인 시대 현실을 확인하게 된다. 우리는 이 책의 표제작인 「동백꽃」에서도 희미하게나마 이런 시대적인 분위기를 살펴볼 수 있다.

「동백꽃」의 이야기는 단순하다. 며칠 전부터 마름 집 딸인 점순이 자기네 닭을 데리고 와 우리 집 닭을 못살게 군다. 그 며칠 전에 '나'에게 수작을 걸어왔지만 반응을 하지 않았고, 또 하루는 '내'가 일을 하고 있는데 구운 감자를 꺼내 먹으라고 하는 걸 거절했더니, 이렇게 닭싸움을 붙이는 것이다. 우리 집 닭이 맥을 못 추고 늘 당하기만 하자 '나'는 홧김에 고추장을 먹여 싸움을 붙여 보기도 하지만 상대가 되지 않는다. 일 나갔다 돌아온 그 날도 어김없이 싸움이 벌어지고 있었고, '나'는 홧김에 점순네 닭을 패대기쳐 죽이고 만다. 예상치 못했던 상황에 놀라 '나'는 울음을 터뜨리고, 점순은 이르지 않을 테니 염려하지 말라고 다독이면서 동백꽃이 흐드러지게 핀 밭으로 '나'를 넘어뜨린다. '나'는 동백꽃 냄새에 취해 아찔해 하고, 잠시 후 점순의 어머니가 부르는 소리가 들리자 점순과 '나'는 서로 다른 방향을 향해 달아난다.

소설은 닭싸움 현장으로 독자들을 안내한 후 이 싸움이 어떻게 시작되었는지 들려준 다음 그 이후의 과정을 순차적으로 보여주는 방식으로 이야기가 진행된다. 닭싸움은 복합적인 의미를 지니고 있다. 점순 편에서 볼 때 닭싸움은 다분히 의도된 것이다. 이는 적극적인 구애에도 아무 반응이 없는 데 대한 분풀이이기도 하고, 관심을 끌기 위한 술책이기도 하다. 실제로 닭싸움이 진행되어 가는 과정은 점순과 나 사이의 관계가 발전해 가는 과정과 맥이 같다. 흥미로운 것은 '나'의 반응이다. '나'는 점순이가 무슨 뜻에서 그렇게 하는지 알아차리지 못하는 것처럼 행동한다. 사람들은 이를 두고 '내'가 어리숙한 탓이라고 이해하기도 한다. 그런데 소설을 자세히 들여다보면 반드시 그런 것이 아니라는 것을 알게 된다. '나'는 닭들이 싸우는 것을 보고 "두 놈이 또 얼리었다"고 말하는데, 얼린다는 말에는 한데 어울려 싸운다는 뜻 외에 성적인 관계를 맺는다는 의미가 동시에 들어 있다. '나'는 싸움 뒤에 숨은 점순의 의도를 충분히 잘 알고 있다.

'내'가 점순의 꼬드김에 넘어가지 않으려 한 것은 점순과 '나' 사이의 신분 차이 때문이다. 점순은 마름 집 딸이고, '나'는 그 집의 호의로 밭을 붙여먹고 사는 가난한 소작농의 아들이다. 어머니가 경고조로 이야기한 것처럼 둘이 어울리다 사람들 눈에 띄고 그 사실이 입에 오르내리게 되면 필시 우리 집은 밭을 떼이고 말 것이다. '내'가 두려워하는 것은 이것이다. 이런 데 생각이 미친다는 것은 '내'가 어느 정도 철이 들었다는 뜻이다. 점순에게는 사랑 놀음일 수 있는 이 일이 '나'에게는 식구들의 생존 문제가 달려 있는 심각한 일로 여겨지는 것이다. '내' 입장에서 점순의 구애는 일시적인 감정에서 오는 불장난으로 보일 수밖에 없다. 어쩌면 '나'에게는 덩치가 큰 점순네 닭이 우리 집 닭을 쪼는 모습조차 허투루 보이지 않았을 성싶다. 점순의 구애 표시는 마치 그 집 닭이 우리 닭을 못살게 구는 것과 별 차이가 없는 것으로 인식되었을 법도

하다. 신분의 차이는 순수한 감정을 가지고 누군가를 좋아하는 일마저 불가능하게 한다.

이 점에서 '나'의 무지는 가장된 무지라고 할 수 있다. '나'는 짐짓 모른 체하려는 것이지 정말 모르고 있는 것이 아니다. 정말 어리숙한 것은 점순이다. 점순은 좋아하는 감정을 애써 감추지 않고, 말을 할 때도 돌려 말하지 않는다. 상대방의 감정이나 주어진 상황을 고려하여 행동하는 것이 성숙의 척도가 될 수 있다면 점순은 아직 철모르는 아이에 불과하다. 그에 비해 '나'는 조숙하다. '내'가 조숙한 이유는 우리 집이 처해 있는 상황 때문이다. 점순이가 아이에 머물러 있어도 괜찮은 이유는 '나'와의 관계에 대해 책임질 일이 아무것도 없기 때문이다. '나'에게는 그것이 허락되지 않는데, 그 이유는 행동에 대해 책임을 져야 하기 때문이다. 점순네 닭이 죽고 '나'는 울음을 터뜨린다. 이는 이제까지 어른처럼 행동하기 위해 유지해 오던 긴장이 한순간에 풀린 결과이기도 하다.

'나'는 점순에게 떠밀려 넘어진다. 팽팽하게 유지되어 오던 긴장이 풀리자 관계가 급진전할 수 있었던 것이리라. 소설은 점순의 어머니가 점순을 찾는 소리가 들리고 둘이 놀라서 달아나는 장면으로 끝난다. 작가가 여기서 소설을 끝맺고 있으니 그 후 일어날 일에 대해서는 누구라도 이야기하기가 어려울 것이다. 다만 그 이야기를 상상해보고 싶은 독자들이라면 『봄·봄』을 읽어 보는 것도 좋을 것 같다.

함께 읽으면 좋은 책

『유정의 사랑』 전상국 지음, 새움, 2018
『태평천하』 채만식 지음, 이주형 엮음, 문학과지성사, 2005
『김유정과의 만남』 김유정학회 엮음, 소명출판, 2013

036

근대 전환기의 사회와 가정

우찬제_서강대 국문학과 교수

삼대
염상섭 지음, 정호웅 해제, 문학과 지성사, 2004

『삼대』는 1920년대 식민지 현실을 배경으로 조씨 가문의 삼대에 걸친 특징적인 가족사의 이야기와 집 안팎에서 벌어지는 욕망의 갈등을 극적으로 다룬 문제적 장편이다. 이 소설에서는 두 축에서의 갈등이 복합적으로 드러난다. 가정소설 또는 가족사 소설의 관점에서 보면 가정 혹은 가족사 내에서의 욕망의 경쟁이 문제고, 다른 측면에서 보면 조덕기를 중심축으로 하여 벌어지는 가정적 욕망과 사회적 욕망 간의 경쟁이 문제를 일으킨다.

먼저 조덕기의 가정 내부를 살펴보자. '조의관-조상훈-조덕기'로 이어지는 삼대로 구성된 이 가정에는 크게 보아 '가문의 명예욕' '금전욕' '애욕' 등 세 가지 욕망이 얽히고설키면서 집안의 복잡한 분위기를 형성한다. 1대인 조의관에게는 '사당'과 '열쇠'로 상징되는 가문의 명예욕과 금전욕이 주요 욕망이고 애욕은 부수적 욕망이다. 가문이나 돈이나 할 것 없이 열악했던 조의관이었기에 그는 일종의 보상심리로써 이 둘을 우선으로 욕망한다. 조의관에게 주요 욕망인 명예욕과 금전욕은 보완적이다. 그 보완관계는 금전욕의 실현 결과인 돈을 통하여 가문의 명예욕 추구로 나타난다. 그가 아들인 조상훈을 인정하지 않는 것도 기독교도인 아들이 자신의 욕망의 방향과 다른 쪽을 지향하고 있기 때문이다.

2대인 조상훈에게 가문의 명예욕은 부수적이거나 아니면 욕망의 권외로 밀려난다. 대신 가정 외적인 사회적 욕망을 추구하고자 했으나 방종과 타락으로 무분별한 애욕에 매몰되고 만다. 그에게 애욕은 아버지의 주 욕망이었던 가문의 명예욕의 대체 욕망의 성격을 띤다. 결국 애욕과 금전욕을 주요 욕망으로 삼고 있는 조상훈은 가정 대신 개인을 추구하지만, 근대적인 개인성에 이르지는 못하고 분열적인 면모를 보여줄 따름이다. 이렇게 1대와 2대는 주요 욕망의 차이로 경쟁하고 서로 질시하는 관계로 발전한다.

이런 양상은 3대인 조덕기에 이르면 한층 더 복잡해진다. 그는 가정 내에서 금전욕만 주요 욕망으로 택한다. 조부는 자신이 견지했던 가문의 명예욕과 금전욕 모두를 물려주고자 했으나, 전자는 현저히 약화되어 다만 부수 욕망으로 전락한다. 그는 시대적으로 일본이 유교적 가치관과 신분 질서를 무너뜨리고 자본주의를 강요하는 상황에서 돈만 주요한 욕망으로 삼는 현실주의자라고 할 수 있다. 그래서 그의 금전욕은 여타의 욕망들을 제치고 최상위로 부상한다. 이런 사정으로 조덕기는 그에 앞선 1, 2대와의 경쟁에서 최종 승리자가 된다. 이와 관련하여 볼 때 표제인 '삼대'는 중의적으로 해석될 수 있다. 단지 가족사적 측면에서 1, 2, 3대에 걸친 '삼대'의 이야기에서 그치는 것이 아니라, 그중 세 번째 세대('삼대')인 조덕기에 구조적으로 중점을 두었기 때문이다. 실제로 『삼대』는 조덕기로부터 시작하여 조덕기의 이야기로 끝을 맺는다.

'삼대'인 조덕기를 초점화하여 관찰하면, 그의 욕망의 절반은 가정 밖에 있음을 알게 된다. 이는 1대인 조의관의 욕망이 주로 가정 안에 머물러 있었던 것과 대조적이다. 작품에서 조의관의 동선이 주로 가정 안에 맴돌고 있는 것과 달리 조덕기는 가정과 사회 사이에서 왕복 운동을 한다. 친구인 병화를 만나 홍경애의 카페에 가거나, 필순네 집에 가거나, 멀게는 동경까지 가서 유학을 하고 돌아온다. 조덕기는 왕복운동을 하면서 대치되는 욕망과 의식을 체험한다. 그리고 서로 다른 욕망 간의 경쟁을 목도한다. 외출하는 길에서 그는 수평적인 사회를 향한 탈가정적 욕망의 부추김을 받는다. 그것은 병화와 같은 이른바 '주의자'(사회주의자)와의 만남과 대화를 통해 모방하고 촉발된다. 그래서 그는 병화, 장훈, 홍경애 모녀, 필순과 그 부모 등이 연루되어 있는 피혁사건에 관계되기도 한다. 그러나 그는 사회 개혁 또는 혁명을 통한 민족해방을 지향하는 그들을 '냉담히 방관' 하지도 않고, 그렇다고 그들에게 적극적으로 동참하지도 않는다. 다만 '동감'하는 선에 머무를 따름이다. 그는 후일을 기약하는 준비론자이며 자신의 기득권을 포기하지 않으려는 중간층 이기주의자이기도 하다. 이런 사정은 그의 귀갓길에 도드라진다. 귀갓길에서 그는 탈 가정적 욕망을 접어놓고 수직적으로 전개되어 내려온 가정적 욕망으로 그의 의식을 채운다. 무엇보다 현실적으로 자기 집에 있는 돈을 지켜야 하기 때문이다.

이렇듯 덕기의 왕복 운동은 가정적 욕망과 탈가정적 욕망, 개인적 욕망과 사회적 욕망, 수직적 욕망과 수평적 욕망이 교차되는 진자 운동이다. 이 혼란된 과정 속에서 덕기는 새로운 탈출을 예비하거나 전망하지는 못하지만, 현실을 뒤쫓아 따르는 사람처럼 보이기도 한다. 그러나 봉건적인 조부, 반봉건·반근대적인 부친, 사회주의자인 김병화 등 여러 이질적인 타자와의 관계 속에서 근대적 개인으로 성장할 가능성을 보인다. 그것은 예의

야누스적 왕복 운동의 결과이기도 하다. 『만세전』에서 이인화가 '신생의 발견'을 예비하는 과정에서 근대적 개인의 조짐을 보인 인물이었다면, 『삼대』의 조덕기는 이인화보다 훨씬 더 구체적인 근대적 상황을 체험하면서, 이 혼란스러운 근대적 상황을 어떻게 헤쳐나가야 하는지 고민하는 인물이다.

물론 작가 염상섭의 입장에서는, '개인' 중심의 이인화의 문제의식을 넘어서, '개인'과 '가정 및 '사회'를 가로지르며 새로운 중도적인 이념을 모색하고 싶었을 것이다. 그러나 그것은 1931년의 식민지 현실에서는 결코 단순한 문제가 아니었다. 그래서 중간자의 고뇌 및 동감을 그리는 선에서 머뭇거릴 수밖에 없었던 것이다. 그로부터 몇 년 후 채만식의 생각이 달라졌다. 『태평천하』에서 그는 일제에 협력하여 부자가 되고 가문을 번성시키려 하는 윤직원네 집안의 몰락을 그린다. 조의관이나 윤직원처럼 정당하지 못한 방식으로 돈을 번 집안에 대하여 민족주의 윤리에 입각한 단죄를 내린다. 그것은 『삼대』의 머뭇거림에 대한 비판이기도 하면서, 동시에 『삼대』의 고뇌로부터 배운 타산지석의 결과처럼 보인다.

함께 읽으면 좋은 책

「태평천하」 채만식 지음, 이주형 엮음, 문학과지성사, 2005

「만세전」 염상섭 지음, 김경수 엮음, 문학과지성사, 2005

「무화과」 염상섭 지음, 동아출판사(두산), 1995

037

불멸의 청년 영원한 모더니스트

강유정_강남대 한영문화콘텐츠학과 교수

이상 소설 전집
이상 지음, 권영민 엮음, 민음사, 2012

"'박제가 되어 버린 천재'를 아시오? 나는 유쾌하오. 이런 때 연애까지가 유쾌하오."(「날개」), "사람이 비밀이 없다는 것은 재산 없는 것처럼 가난하고 허전한 일이다"(「실화」), "자네는 노옹일세. 무릎이 귀를 넘는 해골일세. 아니, 아니 자네는 자네의 먼 조상일세. 이상(以上)"(「종생기」) 이상의 소설은 멋진 에피그램, 잠언으로 기억된다. 우리는 이상이라는 작가를 통해 이 멋진 문장들을 얻게 되었다. 이 문장들 몇 개만으로도 우리 문학사에 김해경이라는 이름을 지녔던 작가 이상이 있었다는 것을 무척 다행으로 여기게 된다. 이 문장들 속에는 문학이라는 이름 외에 다른 어떤 것으로 담을 수 없는 역설과 모순, 패러독스와 아이러니가 있다. 그러니까, 한국 문학사에서 가장 먼저 패러독스를 문장으로 실천하고 가장 의욕적으로 아이러니를 구현한 작가, 그가 바로 이상이다.

이상은 모두 13편의 소설을 남겼다. 많지 않다 싶지만, 그가 1930년 스물한 살에 소설을 쓰기 시작해 1937년 스물여덟의 나이로 세상을 떠났다는 것을 생각하면 그렇게 적은 숫자가 아니라는 것을 짐작할 수 있다. 흔히들 이상의 소설은 자전적이라고 평가한다. 그만큼 자신의 생애와 밀접한 소설을 썼다는 것이다. 하지만 자전적이라는 평가를 친절하고, 쉬운 이야기로 받아들인다면 오산이다.

오히려 그는 소설이 단순한 자기 기록과 어떻게 다른지를 극명히 보여주는 방안으로 글쓰기를 선택한 듯이 보인다. 분명, 그의 소설에는 스스로를 지칭하는 '이상'이 자주 등장하고, 그와 교분을 나누었던 김유정이나 구본웅, 애인 금홍이 등장하기는 하지만 소설 속 '이상'은 자연인 김해경이 아니다. 김해경과 이상의 자기 분리를 철저하게 실천했다는 점에서 이상의 소설은 현대 소설이 어떻게 우리 문학사에 자리 잡게 되었는지를 단숨에 설명해주는 계기가 된다. 이상이 지닌 모더니스트의 면모가 바로 여기에 있다. 그는 자신의 삶을 치열하게 살아간 청춘이자 그 청춘을 삐딱하게 그려내는 데 성공한 모더니스트이기도 하다.

이상의 소설은 언제나 청춘의 사랑을 받는다. 그의 소설 자체가 청춘의 삐걱거림과 울렁거림을 고스란히 표현하고 있기 때문이다. 누구나 청춘을 지나지만 이상을 아는 청춘과 그렇지 않은 청춘의 간극은 클 수밖에 없다. 아마도 청춘 시절 이상을 알았다면 그는 문학의 한끝을 사랑하지 않을 수 없었을 것이다. 울렁이는 현기증을 문장으로 담아낸 것, 그게 바로 이상의 문장이다.

청춘의 엔트로피가 고스란히 담긴 이상의 소설은 그래서인지 청춘을 가격한다. 그건 문학사적인 이해나 학문적 분석과는 좀 다른, 그냥 공감에 빠져버리는 마력과 닮았다. 이상과 교감한다면 청춘이지만 어느 순간부터 이상을 분석하기 시작한다면 바로 그 순간 우리의 청춘이 끝났다고 보아도 무방하다. 그렇게 이상은 감각과 직관을 가격한다.

특히나 눈길을 끄는 것은 자멸과 자존감 사이의 진동이다. 이상의 소설 곳곳에는 '이상'이라는 인물이 출현하는데, 대부분 스스로를 낮잡아 보는 자괴감의 문체로 서술되어 있다.

"나는 날마다 운명하였다. 나는 자던 잠을 깨이면 내 통절한 생애가 개시되는데 청춘이 여지없이 탕진되는 것은 이불을 푹 뒤집어쓰고 누웠지만 역력히 목도한다."(「종생기」)와 같은 문장이나 "나는 리상이라는 한 우스운 사람을 안다."(「지도의 암실」)과 같은 문장들이 그렇다. 소설 속 이상의 인물 '이상'은 늘 '외로된 사업'에 골몰 중이다. 그러나 사랑하는 여인을 다른 남자와 흔쾌히 공유하는 모습이나 그 여자가 남자와 사랑을 나눴던 장소들을 하나둘씩 고변 받는 희극 속에 드리워진 이상은 안쓰럽고, 가련한 인물이다.

중요한 것은 이렇듯 이상을 안쓰럽고 가련하게 그리는 존재가 바로 소설가 이상이라는 사실이다. 그는, 현대소설에서 주인공이 더 이상 영웅이나 호걸이 아닌 안쓰럽고 가련한 인물, 그러니까 우리와 하등 다를 바 없이 평범하거나 오히려 그 이하의 인물임을 잘 알고 있던 작가였다. 그는 그 인식을 자신을 통해 형상화해 낸 것이다.

이 자기 파괴적 모멸의 밑바탕에는 단단한 자기애와 그것을 둘러싸고 있는 나르시시즘이 있다. 이상 문학 속의 나르시시즘과 자기 파괴적 에너지는 서로 상충하는 힘으로 균형을 이루고 묘한 문학적 역설적 힘을 만들어낸다. 이상의 문학을 즐긴다는 것은 그의 문장을 즐긴다는 것이고 그 문장의 묘미는 바로 이 어긋남과 삐걱거림 속에 있다.

역설과 냉소를 통해 드러나는 것은 바로 아이러니이다. 우리의 삶이 결코 만만치 않다는 깨달음, 단단한 자기애는 결국 깊은 자기 모멸과 동전의 한 짝이라는 사실, 사랑하는 여인을 공유하지만 그것이 비밀이 아닌 이상 자랑인 모순. 이 복잡다단한 감정과 사실 가운데서 이상의 소설은 지금껏 우리 문학 어느 곳에서도 발견하기 어려운 표정을 제공한다. 그것은 하루하루의 삶 속에 거의 박제되듯 살아가는 현대인의 일상, 그 일상 속에 파묻힌 무의식적 공감대를 건드린다. 이상의 소설이 언제 읽어도 새롭고 혁명적인 것은 그가 살아 냈던 하루하루의 시간이 우리의 그것과 전혀 다르지 않다는 현대성에서 비롯된다.

아내와 장지 하나로 방을 나누어 쓰는, 저 유명한 「날개」의 마지막 문장이 여전히, 현재의 잠언이 될 수 있는 까닭도 여기에 있을 것이다. "날개야 다시 돋아라. 날자. 날자. 날자. 한 번만 더 날자꾸나. 한 번만 더 날아 보자꾸나." 수면제 아달린과 은화, 커피와 기차역, 시계의 관계. 이 관계망은 2018년 여기, 지금을 살아가고 있는 우리에게도 여전히 낯선 숙제다. 사라진 날개를 찾아 다시 한 번 비상해보고 싶은 욕망, 이러한 욕망을 갖지 않은 현대인은 없을 것이다. 이상은 그런 점에서 현대문학의 패러다임을 개척하고, 현대소설의 코드를 하나 개발했다. 여전히 이상의 코드는 유효하고 강렬하다.

함께 읽으면 좋은 책

「이상 수필선집」 이상 지음, 지식을만드는지식, 2017
「이상 전집1 : 시」 이상 지음, 권영민 엮음, 태학사, 2013
「이상연구」 김윤식 지음, 문학사상사, 1987

우리 역사소설의 영원한 모범

강영주_상명대 명예교수

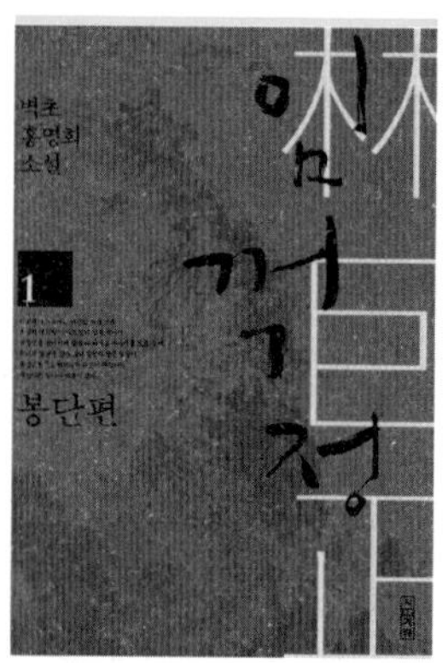

임꺽정
홍명희 지음, 박재동 그림, 사계절, 2008 (전10권)

벽초 홍명희의 『임꺽정』은 백정 출신 도적 임꺽정의 활약을 통해 조선시대 민중의 생활상을 생생하게 그린 대하 역사소설이다. 이 작품은 1928년부터 10여 년에 걸쳐 〈조선일보〉에 연재되어 폭넓은 독자들의 사랑을 받았고, 일제 말에 출판되자 전 문단의 찬사를 받으며 우리 근대문학의 고전이라는 정평을 얻었다. 그런데 해방 후 홍명희가 월북하여 북한에서 고위직을 지낸 까닭에 이 책은 오랫동안 금서로 묶여 있다가, 1980년대에 다시 출판되어 지금까지 독자들의 꾸준한 사랑을 받고 있다.

홍명희는 도쿄 유학 시절의 절친한 벗이던 최남선, 이광수와 함께 '조선의 세 천재'라 불리며 신문학 창시자의 한사람으로 간주하던 인물이다. 그가 남긴 소설은 『임꺽정』 단 한 편뿐이지만, 이 책은 전10권에 달하는 장편 거작인 데다가 한국 근대 문학사상 기념비적인 작품으로 평가된다.

『임꺽정』은 식민지 시기에 발표된 우리 소설 중 가장 규모가 큰 대하소설이다. 이 작품은 「봉단편」 「피장편」 「양반편」 각 1권씩과, 「의형제편」 3권, 그리고 말미가 미완으로 남은 「화적편」 4권을 포함하여 전10권으로 이루어져 있다. 「봉단편」 「피장편」 「양반편」은 임꺽정을 중심으로 한 화적패가 아직 결성되기 이전인 연산군 때부터 명종 초까지의 정치적 혼란상을 폭넓게 묘사하는 한편, 백정 출신 장사 임꺽정의 특이한 가계와 성장 과정을 그리고 있다.

「의형제편」은 '박유복이' '곽오주' '길막봉이' '황천왕동이' '배돌석이' '이봉학이' '서림' '결의'의 8장으로 이루어져 있다. 여기에서는 후일 임꺽정의 휘하에서 화적패의 두령이 되는 주요인물들이 각자 양민으로서의 삶을 포기하고 청석골 화적패에 가담하기까지의 경위를 그리고 있다. 「화적편」은 '청석골' '송악산' '소굴' '피리' '평산쌈' 그리고 미완된 '자모산성'의 6장으로 되어 있으며, 임꺽정을 중심한 청석골 화적패가 본격적으로 결성된 이후의 활동을 그리고 있다. 여기에서는 화적패들이 지방 관원들을 괴롭히거나 토벌하러 나온 관군과 대적하는 이야기가 흥미진진하게 펼쳐진다.

홍명희는 애초부터 『임꺽정』 전체를 몇 개의 편으로 나누되, 각 편이 독립성을 지니는 형태가 되도록 구상했다고 한다. 이러한 작가의 의도에 따라 『임꺽정』의 「봉단편」 「피장편」 「양반편」 「의형제편」 「화적편」은 각기 별개의 장편소설로 읽힐 수 있을 정도로 독립성이 강하다. 게다가 「의형제편」과 「화적편」도 각 장이 한 편의 중편소설이라 해도 좋을 만큼 독립성이 뚜렷하다. 그러므로 대하소설을 읽는 데 부담을 느끼는 독자들은 『임꺽정』 중 가장 뛰어난 부분인 「의형제편」만 읽거나, 「의형제편」 중에서도 신세대들이 좋아하는 '황천왕동이' 장이나 '이봉학이' 장만 읽어도 작품의 독특한 맛을 느끼고 즐길 수 있다.

대부분의 우리나라 역사소설들은 지배층의 인물들을 주인공으로 하여 궁중 비화나 권력투쟁을 다룸으로써 통속적인 흥미를 자아내려고 한다. 이와 달리 이 책은 주인공 임꺽정을 비롯하여 다양한 신분의 하층민들을 등장시켜, 당시의 민중생활을 폭넓게 묘사하고 있다. 또한 의도적으로 임꺽정의 전기 형식을 피하고, 청석골의 여러 두령도 그에 못지않게 큰 비중을 지닌 인물로 그리고 있다. 이와 아울러 주목할 것은 주인공을 결코 영웅으로 미화하지 않은 점이다. 임꺽정은 휘하의 두령들과 마찬가지로 남다른 능력과 함께 인간적인 약점도 지닌 인물로 그려져 있다.

이 책은 세부 묘사가 정밀하고 조선시대의 풍속을 탁월하게 재현한 리얼리즘 소설이다. 다양한 계층의 인간들이 등장하는 데다 그들의 일상적인 생활에 대한 묘사가 매우 풍부하여, 그 자체만으로도 독특한 흥미를 불러일으킨다.

홍명희는 "『임꺽정』만은 사건이나 인물이나 묘사로나 정조(情調)로나 모두 남에게서는 옷 한 벌 빌려 입지 않고 순 조선 거로 만들려고 하였습니다. '조선 정조에 일관된 작품' 이것이 나의 목표였습니다"라고 밝혔다. 이러한 작가의 의도에 따라 『임꺽정』은 이야기투의 문체를 취하여 구수한 옛날이야기의 한 대목을 듣는 듯한 친숙한 느낌을 준다. 곳곳에 전래 설화가 삽입되고 조선시대 풍속들이 다채롭게 묘사되어 있으며, 고유한 우리말과 속담들이 풍부하게 활용되고 있다. 『임꺽정』의 등장인물들은 순박하고 인정이 넘치며 밑바닥 삶의 고난을 해학으로 넘기는 민중적 지혜를 지닌 인물들로 묘사되어, 조선시대 우리 민족의 전통적인 모습을 간직하고 있다.

『임꺽정』은 『수호지』나 『홍길동전』과 같은 의적 소설의 계보에 속한다. 또한 구성방식이 『수호지』와 유사하고, 야담과 야사에서 소재를 취했으며, 이야기투의 문체를 구사하고 있는 점에서 동양문학의 전통을 계승하고 있다. 그러나 다른 한편 『임꺽정』은 등장인물을 각 계층의 전형으로서 형상화하고, 장면 중심의 객관적 묘사에 치중하며, 극도로 치밀한 세부 묘사를 추구한 점에서 한국 근대소설 중 어떤 작품보다도 서구 리얼리즘 소설의 성과를 훌륭하게 소화한 작품이다. 구성 방식에서는 러시아 작가 알렉산드르 쿠프린의 장편소설 『결투』로부터 영향을 받기도 했다.

『임꺽정』은 남북한을 막론하고 우리나라 역사 소설가들에게 널리 영향을 미쳤다. 분단 이후 남한에서 가장 많은 역사소설을 집필한 박종화의 역사소설들과 황석영의 『장길산』, 북한 역사소설의 대표작으로 손꼽히는 박태원의 『갑오농민전쟁』과 최근 남한에서 영화화된 홍석중(홍명희의 친손자)의 『황진이』 등은 특히 『임꺽정』의 영향을 크게 받은 작품들이다.

홍명희는 학자로서도 높이 평가되었을 정도로 조선사와 조선 문화에 대한 해박한 지식을 지니고 있었다. 또한 현대 작가 중에 홍명희처럼 조선조 말에 명문 양반가에서 태어나 종들까지 합해 식구가 수십 명인 대가족 속에서 조선시대의 언어와 풍속을 몸소 체험하며 자란 인물은 없었다. 그러므로 전적으로 학습에 의존하여 역사소설을 써야 하는 오늘날의 작가들에게 『임꺽정』은 영원히 도달할 수 없는 모범이요, 우리 역사소설의 교과서와 같은 작품으로 남을 것이다.

함께 읽으면 좋은 책

『벽초 홍명희 평전』 강영주 지음, 사계절, 2004
『장길산』(전12권) 황석영 지음, 창비, 2004
『황진이』(전2권) 홍석중 지음, 대훈닷컴, 2006

지모신의 상상력과 해한解恨의 교향악

우찬제_서강대 국문학과 교수

토지
박경리 지음, 마로니에북스, 2012 (전20권)

"소설이란 집 짓는 것과는 달라요. 소설이란 삶과 생명의 문제이며, 삶이 지속되는 한 추구해야 할 무엇이지요." 박경리가 한 말이다. 그는 필생의 대작 『토지』와 더불어 우리 문학사에서 단연 장엄한 산맥을 형성한 작가다. 인생 전체를 걸고 소설로, 문학으로 지을 수 있는 가장 찬연한 생명의 금자탑을 완성해냈다. 1969년 9월부터 〈현대문학〉에 연재를 시작한 대하 장편 『토지』는 25년 만인 1994년 8월 15일 전체 5부 20권으로 탈고했다.

소설 『토지』는 실로 거대한 땅이다. 힘차게 솟아오른 큰 산이 있고 유장하게 흐르는 강이 있는가 하면, 표표 탕탕한 격류가 있고 세월의 벼랑에 새겨진 역사의 족적이 있다. 무엇보다 『토지』에는 민족의 삶과 운명,

한이 서려 있고 그것을 넘어서려는 생명의 벼리가 깃들어 있으며 웅숭깊은 휴머니즘이 있다. 또 그것을 섬세하면서도 웅장하게 다루어가는 지모신(地母神)의 상상력이 있고, 만화경적이면서도 교향악적인 수사학이 있다. 이런저런 이유로 하여 소설 『토지』는 우리 민족의 근대사를 바탕으로 역사적·인문적 상상력이 총체적으로 어우러져 빚어진 현대의 살아 있는 서사시라고 할 만하다.

"1897년의 한가위. 까치들이 울타리 안 감나무에 와서 아침 인사도 하기 전에…"로 시작하는 『토지』는 국운이 기울기 시작하던 구한말에서 해방에 이르기까지, 우리 근대사의 운명과 근대인의 영혼에 도전한 역사적인 소설이다. 집필 25년 동안 작가는 50여 년에 걸친 스토리 시간(비운의 근대사)을 옹골차게 감당해내면서 동시에 1970~1980년대의 현실(비운의 당대사)을 다부지게 버텨왔다.

소설 『토지』의 줄거리는 쉽사리 요약되지 않는다. 워낙 양적으로 방대하고, 어느 특정 인물을 중심으로 서술된 소설이 아니라 수많은 인물의 의식과 행적이 종횡으로 겹쳐진 소설이기 때문에 그렇다. 다만 소설 전체의 분위기만이라도 훑어본다는 생각에서 간략한 『토지』의 경계를 둘러보자면 이렇다.

1~3부까지는 주로 최참판댁의 4대에 걸친 가족사의 운명을 중심으로 그와 관련된 여러 인물의 초상들에 관한 이야기가 전개된다. 소설 안에서 최참판댁의 1대인 윤씨 부인은 구한말 세대를 대표한다. 대지주이자 양반으로서 권위를 온전히 지니고 있다. 2대는 최치수와 별당아씨, 김환, 이동진, 용이, 월선, 임이네, 혜관 스님 등과 같은 식민지 초기 세대로서, 봉건적 인습의 굴레와 새로운 현실 사이에서 첨예한 갈등을 겪는다. 3대는 이 소설의 주축을 이루는 최서희와 길상으로 대표되는 세대다. 이상현, 송장환, 임명빈, 임명희, 조용하, 이홍, 정석, 송관수, 김강쇠, 장연학, 봉선이(기화) 등등의 인물들이 등장하여 식민지 시대 지식인과 민중의 삶의 방향에 대한 다양한 모색을 보여준다. 이들의 자식 세대로

서 4대에 해당되는 최환국, 최윤국, 이순철, 송영광, 이양현, 김휘, 상의 등등은 역사적 사건과 개인의 운명, 현실과 이념, 나날의 삶과 근원적인 삶, 빈부의 갈등과 충돌을 겪으며, 심화된 인식의 지평으로 나아가고자 한다.

4부에서부터는 작가의 시선이 더욱 넓어지고 깊어진다. 작가는 어느덧 민족의 대지 곳곳에 두루 자신의 눈빛을 투사하여, 정한과 생명사상, 휴머니즘과 민족주의 등의 문제를 깊이 있게 형상화한다. 제5부에서는 1940~1945년까지를 시간 배경으로 하여 암흑기 민족의 운명과 인간의 개성적 국면들을 묘사한다. 일제가 곧 패망하리라는 희망과 일제의 최후 발악을 견뎌야 하는 절망이 교차되는 가운데, 독립자금 강탈 사건은 실패로 돌아가고, 송관수는 만주에서 돌연히 죽게 된다. 이에 길상은 자신의 회한 어린 과거를 정리하면서, 마지막 원력(願力)을 모아 도솔암에 관음 탱화를 그리고, 그동안 몸담아 오던 동학당 모임을 해체한다. 또한 5부에서 작가는 일본에 대한 면밀한 탐색과 민족주의, 가족주의, 개인주의, 사회주의, 허무주의 등 이념형에 대하여 대화로 풀어내는 한편 문화와 예술에 대한 사념까지 보여주면서 복잡한 실타래를 형성해낸다. 일제가 마지막 발악을 하면서 길상은 예비 검속되고, 윤국은 학병으로 입대한다. 그 마지막 어둠의 터널 끝에서 서희는 해방의 소리를 들으며 '빛'을 본다.

실로 이 소설에는 등장인물이 많고 그만큼 사건도 많다. 겁탈당하고, 불륜 행각으로 도망치고, 총 맞아 죽고, 고문당하고, 의병을 일으키고, 독립운동을 하고, 사랑하고, 아이를 낳고 하는 등등 수많은 행위가 겹겹이 중첩되면서 기기묘묘한 사건들을 연출해낸다. 이런 사건들이 파노라마처럼 얽혀 있는 이 소설의 겉그림은 한마디로 갈등의 그림이며, 정한의 그림자이고, 욕망의 풍경첩이다. 대부분 어두운 암채색 바탕 위에서 일렁이는 역동의 궤적이며 정한과 수난과 초극의 흔적들로 불거져 있다. 이런 겉 그림의 심층에서 작가는 우리 민족의 한(恨)의 속 무늬를 어루만지며 동시에 한을 풀고, 더불어 살아가는 상생(相生)의 지평을 모색한다. 이를 위해 한없는 연민의 정서와 큰 슬픔을 포괄하는 큰 자비의 이념형을 제시한다.

"부처는 대자대비라 하였고 예수는 사랑이라 하였고 공자는 인이라 했느니라. 세 가지 중에는 대자대비가 으뜸이라. 큰 슬픔 없이 사랑도 인도 자비도 있을 수 있겠느냐? 어찌하여 대비라 하였는고. 공이요 무이기 때문이며 모든 중생이 마음으로 육신으로 진실로 빈자이니 쉬어 갈 고개가 대자요 사랑이요 인이라."

박경리의 『토지』는 민족의 땅이요, 역사의 땅이다. 소유의 땅이며 또한 존재의 땅이다. 한의 땅이면서 동시에 그 모든 것을 넘어서는 창조적인 생명의 모태 공간 같은 상징적인 땅이기도 하다. 그러나 무엇보다도 그것은 가장 기름진 인문적 지혜와 충분히 넉넉한 지모신의 상상력이 펼쳐지는 진정성 있는 문학의 땅이다.

작가는 이 소설을 통해 큰 슬픔에 대한 큰 연민과 큰 자비로 생명의 창조적이고 근원적인 벼리를 추구하고자 했다. 소설 집필을 시작한 1960년대 말 이래 1970~1980년대는 군부 독재와 산업화로 말미암아 인간적 가치와 영혼이 왜소화 일로에 있던 시기였다. 말하자면 큰 슬픔의 시간대였다. 이런 시기에 더 큰 슬픔의 시기였던 구한말에서 해방에 이르기까지를 이야기의 시간으로 취하여, 작가는 인간적 가치와 영혼의 왜소화에 대항하는 큰 형식으로 거대한 문학의 땅을 일구었다. 요컨대 이 책은 우리 근대사 100년과 저간의 민족적, 인간적 운명의 사슬과 숨결을 유장하게 탐색하면서 서사시적 세계를 보여준 역작이다. 특히 한국인이 지키고자 했던 인간적 가치와 생명의 미학에 대한 상상적 승화는 문학적 가치뿐만 아니라 정신사적 가치로도 이어질 수 있을 것이다.

함께 읽으면 좋은 책

『시장과 전장』 박경리 지음, 마로니에북스, 2013
『혼불』(전10권) 최명희 지음, 매안, 2009
『꿈엔들 잊힐리야』(전3권) 박완서 지음, 세계사, 2004

040

시작은 언제나 같다

강유정_강남대 한영문화콘텐츠학과 교수

한국단편문학선
김동인 외 지음, 이남호 엮음, 민음사, 1998 (전 2권)

『한국단편문학선』에 실려 있는 소설들은 한 번쯤 들어보았을 법한 작가와 그들의 작품들이다. 김동인, 김유정, 이효석과 같은 이름들, 한국인이라면 누가 모를까. 하지만 작가의 이름과 작품들을 조용히 들여다보면, 이 선집에 실려 있는 작품들 중에는 낯선 작가도 있고 들어보지 못한 작품도 있음을 알게 된다. 말하자면, 한국의 초기 현대 문학 작품들은 우리가 다 아는 것 같지만 엄밀히 말해 잘 모르는 작품들이 더 많다.

그도 그럴 것이 우리는 대개 한국의 초기 현대 단편소설들을 학창 시절 교과서에서 만났다. 하지만 문학 교육의 현실이 늘 그래왔듯이 작품의 전문이 실리는 경우가 드물고, 대개 어떤 부분이 생략된 채 실리는 경우도 많다. 특히 시험을 보기 위해 문학 작품을 읽는 경우가 많으니 전문 읽기보다는 요령껏 핵심을 파악하도록 훈련받고, 그러다 보니 재미를 잃는 경우가 다반사다. 무릇, 취향은 내가 좋아하는 것을 조금은 금지된 상황에서 즐기는 데서 비롯되지 않던가?

그러다 보니 이름은 낯익은 것 같지만 막상 해당 작가의 작품 전체를 볼 기회는 흔치 않다. 훗날 취미 삼아 읽는 소설책이 1920~1930년대 현대소설일 경우는 더욱 드물다. 제대로 읽지 않았지만 그건 학창시절에나 읽는 숙제 같은 암묵적 합의가 생겨버렸기 때문이다. 분명 다 읽지는 않았지만 왠지 읽은 듯한 기시감도 한몫 거든다.

이러한 맥락에서 『한국단편문학선』은 우리가 살면서 한 번쯤 읽어야 하는 한국단편문학들로 채워져 있다. 여기에 실려 있는 단편 소설들은 1920~1960년대에 이르는 시기에 발표된 것들이다. 발표순으로 엮인 책의 목록을 따라가자면 1925년 〈조선문단〉 제4호에 실린 「감자」에서 시작해 1965년 동명의 작품집으로 출간된 선우휘의 「반역」으로 끝난다. 책에 실린 32편의 단편 소설들은 가히 한국 문학의 초기 모형을 엿볼 수 있는 대표작들이라 할 만하다.

대개 최초의 현대 소설을 이광수의 『무정』이라 일컫는데, 이는 이광수라는 작가가 단지 새로운 소설을 썼기 때문이 아니라 새로운 소설이라는 자의식을 가졌기 때문에 주목한 평가다. 새로운 가치관을 가진 새로운 인물, 새로운 사건, 새로운 문체에 대한 고민의 결과가 바로 『무정』인 셈이다. 마찬가지로 김동인의 소설 「감자」 역시 김동인이 자신의 소설이 지향하는 어떤 세계관을 고스란히 드러낸 작품이라고 할 수 있다. 피도 눈물도 없이 돈의 흐름에 따라 움직이는 인물도 그렇지만 지켜보는 관찰자 시점의 서술자나 현대적인 서술어 역시 새롭다. 김동인, 현진건, 이광수 등이 활약했던 1920~1930년대는 가히 격동기라 말하기에 부족함이 없다. 그리고 여기에 실려 있는 소설들은 그 격동기의 삶을 온몸으로 부딪치며 문학적으로 표출하기 위해 전력을 다했던 예술가들의 흔적이라고 말할 수 있다.

『한국단편문학선』에 실려 있는 작가들은 그저 예술가에 멈추지 않고 일종의 실천가였으며 사회적 교사의 역할을 겸했다. 그들의 작품뿐만 아니라 정치적 성향이나 행적이 문제시되는 이유도 여기에 있다. 20세기 초 문학은 그저 한 인간의 예술적 지향만이 아니라 시대적 인간으로서의 고뇌를 함께 보여주며 사회적 산물로 대접받았고 존경받았다. 여기에 실려 있는 소설들은 그런 의미에서 매우 다양한 당대의 작가적 고민을 보여준다. 최서해가 사회적 불평등을 해소하기 위한 중요한 발언대로 소설을 생각했다면 이효석에게 소설은 현실에 억눌려 있는 초자아로부터 이탈해, 자연과 호흡하는 리비도를 누릴 수 있는 유일한 공간이기도 했다. 이태준의 소설에는 이제는 사라진 조선의 마지막 문사의 운치와 회한 그리고 달라진 세계를 힘껏 살아가고자 하는 운동가의 면모가 고스란히 담겨 있다. 20세기 초가 어떤 격동기였는지 소설을 읽는 것만으로도 충분히 가늠할 수 있다.

1권과 2권이 선명히 나뉘는 것은 아니지만 한국전쟁을 기점으로 달라진 세계관을 읽기에 적합하다. 1권의 소설 작품들이 일제 강점기 한국의 현실을 보여준다면 2권에 실린 작품들은 대개 한국전쟁 시기 전과 후를 다루고 있기 때문이다. 한국인에게 있어 두 번의 커다란 트라우마가 있었다면 그것은 아마도 일제의 강점과 한국전쟁이었을 것이다. 2권에 실려 있는 소설들을 보노라면 각자의 자리에서 어떻게 한국전쟁의 상흔을 견뎌내고 이겨냈는지를 잘 살펴볼 수 있다. 특히, 전쟁의 시기로부터 조금 동떨어진 세대라기보다 일제 강점기와 전쟁을 온몸으로 경험했던 세대들의 소설들이라는 점에서 더욱 각별하다.

눈길을 끄는 작품 중 2개가 바로 여성 작가들의 작품인데, 박경리의 「불신시대」와 강신재의 「젊은 느티나무」가 그렇다. 「불신시대」는 전쟁 중 남편을 잃고 갑자기 가장의 자리에 서게 된 한 여성의 생존기라 칭할 만하다. 박경리 작가의 전기적 사실이 떠오르기도 하지만 전쟁의 결과를 온몸으로 안고 살아가야 했던 시절의 기록을 읽노라면, 그 어떤 역사의 기록보다 훨씬 더 생생하고 선명하다.

한편 강신재의 「젊은 느티나무」는 생존과 생계와 같은 문제가 절실했던 시절 "그에게서는 언제나 비누 냄새가 난다"와 문장을 써낸 감각적 도발을 경험할 수 있다. 테니스, 비누 냄새, 므슈와 같은 당대 일반적으로 향유하기 어려운 체험을 서사화함으로써 한국 소설에 존재하지 않았던 새로운 감성의 영역을 일궈 냈기 때문이다. 부모의 재혼으로 가족이 된 젊은 남녀의 사랑 이야기라는 멜로 드라마적 구성이 어떤 점에서 전쟁과 그 폐허로 완전히 흑백이 된 현실에 생생한 색채감각을 선사했을지 짐작 이상이다.

이렇듯 『한국단편문학선』에 실려 있는 소설들은 그저 목록만을 보자면 한 번쯤 보았을 법한 작품들이지만 발표되었던 당시의 상황과 작가들의 면면을 살펴보자면 훨씬 더 생생한 문학의 유산임을 알 수 있다. 언제나 그렇듯 끝은 알기 어렵지만 시작은 분명히 알 수 있다. 여기 『한국단편문학선』에 실린 작품들이 바로 한국 문학의 시작이다. 그 시작을 알기에 적합한 선집이 바로 이 책이다.

함께 읽으면 좋은 책

『창비 20세기 한국소설』(전50권) 김동인 외 지음, 창비, 2005~2006

『문지클래식』(전6권) 김원일 외 지음, 문학과지성사, 2018

041

웃음과 애도

김미정_문학평론가

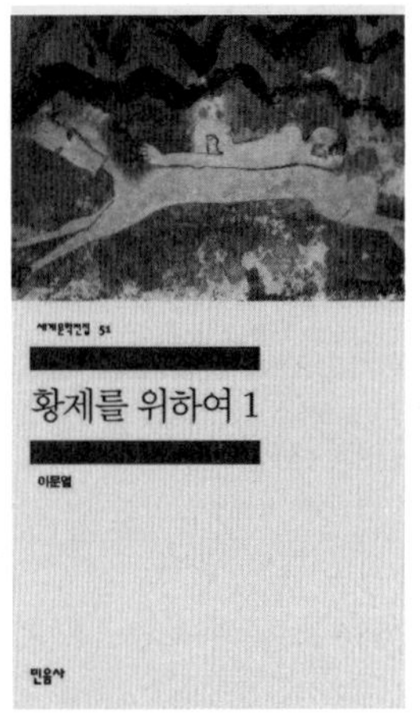

황제를 위하여
이문열 지음, 민음사, 2001 (전 2권)

이문열의 소설은 한국의 한 세대가 읽어온 독서 목록이나 경험과 공명하는 것이 많다. 사람들은 이문열의 『젊은 날의 초상』을 읽으며 헤르만 헤세의 청춘과 성장의 이야기를 떠올리거나, 『영웅시대』의 장중한 변론 장면에서 도스토옙스키를 떠올렸다. 또한 『그대 다시는 고향에 가지 못하리』가 고향 입구의 조그만 바위 풍경에서 시작할 때 『롤랑의 노래』 혹은 토마스 울프를 오버랩하기도 했고, 『추락하는 것은 날개가 있다』가 잉게보르크 바흐만의 동명 작품과 어떤 관련이 있을지 갑론을박하기도 했다. 그렇다면 『황제를 위하여』는 어떤 소설이라고 할 수 있을까.

작가는 1980년 『황제를 위하여』를 연재하기 시작할 때 〈문예중앙〉에 이렇게 말한 적이 있다. "이런 글을 쓰는 것은, 한때 우리에게 익숙했고 거의 일상으로 쓰였을 생각과 말들이 이제 점점 대하기 힘들고 잊혀져가는데 대한 아쉬움 때문이다." 이어 작가는 이렇게도 덧붙였다. "그 모든 것들 과학과 합리주의, 갖가지 종교적 이념 그리고 금세기를 얼룩지게 한 몇몇 정치사상에 이제는 거의 아무도 그 유용성이나 정당함을 의심하려 들지 않는 것까지도 순전히 동양적인 논리로 지워 보려 애썼다."

이렇게 작가의 의도만 읽으면 이 책이 복고적이고 비장하고 심지어 계몽적인 소설일 것만 같다. 하지만 의외로 이 소설은, "칭송의 대상이 본의 아니게 우스꽝스러워지는 것"과 관련된 웃음과 해학의 텍스트이기도 하다. 실제로 많은 사람은 이 소설에서 세르반테스의 『돈키호테』를 읽었다. 그리고 소설이 해외에 번역되었을 때 그쪽의 찬사 역시 『돈키호테』 관련 수사와 함께 회자되었다. 가령, 프랑스 번역 당시 이 소설은 "세르반테스의 유명한 걸작에 대한 현대적 응답" "아시아의 돈키호테" "메시아주의를 향한 한국적 갈망" 같은 말로 소개되었다.

그렇다면 『황제를 위하여』는 무언가 복잡한 소설이다. 스타일과 형식은 먼 옛날 복벽주의의 정서를 지향한다. 그리고 주인공은 실패가 예정되어 있지만, 변화한 시대라는 거대한 바위를 향해 계란을 던진다. 분명 그 무모함은 희극적이다. 그러므로 『황제를 위하여』와 『돈키호테』를 나란히 읽는 것은 자연스럽다.

『황제를 위하여』는 우선 '읽는 재미'로 가득찬 소설이다. 하지만 이 재미는 단순히 인물의 희화화에서 비롯되는 것이 아니다. 상황마다 벌어지는 모순이 우리를 웃게 한다. 이 재미와 웃음의 중개자는 '서술자'다. 서술자는 1인칭의 시선을 갖고 있지만, 우리가 근대 소설에서 흔히 보아온 그 서술자는 아니다. 그는 처음부터 자신이 그저 '구연자'임을 강조했다. 입담 좋고 넉살 좋으며 때로는 의뭉스러운 만담가를 떠올려도 좋다. 이 서술자는 오늘날 용어를 빌려 '믿을 수 없는 화자(unreliable narrator)'라고 할 수도 있다. 하지만 『황제를 위하여』의 서술자는 그 말을 거부할 것이다. 그는 스스로를 고집스럽게 '구연자' '이야기꾼'이라고 주장할 것이다. 그리고 자신을 '믿을 수 없는 화자'라고 부르거나, 소설 속 주인공을 '돈키호테'에 비견하는 것을 못마땅하게 여길 것이다. 작가의 말을 빌리자면, 그런 말과 사고야말로 "동양적 논리"로써 지워야 하는 것이기 때문이다.

하지만 그럼에도 이 서술자는, 이문열이 각별히 여겼던 작가 윌리엄 포크너의 「에밀리에게 장미를」에서의 서술자를 강하게 환기시키기도 한다. 「에밀리에게 장미를」은 몰락한 미국 남부의 가치를 에밀리라는 인물을 통해 형상화하고자 했던 소설이다. 이 소설의 서술자는 그녀를 둘러싸고 수군거리는 '우리(we)'다. 그 '우리'는, 에밀리의 삶과 죽음의 쓸쓸한 증인이며, 몰락하는 가치에 대한 안타까움과 연민과 경외심을 복합적으로 갖고 있다. 『황제를 위하여』의 능청스러운 서술자에게도 바로 이 '우리'의 정서가 스며 있다. 주인공(황제)을 향한 서술자의 애정과 경외심과 연민을 읽을 때 『황제를 위하여』는 『돈키호테』와 「에밀리에게 장미를」 모두와 상통한다. 그렇다면 대체 『황제를 위하여』의 정체는 무엇일까. 이런 복잡성은 어디에서 비롯된 것일까.

잠시 『돈키호테』를 분석한 문예 이론가 G. 루카치가 「소설의 이론」에서 한 말을 떠올려본다. 그에 따르면 세르반테스의 시대는 "절망적인 상태에 빠진 위대한 신비주의가 마지막으로 꽃을 피웠던" 시대이자 "사멸해 가고 있는 종교를 그 내부로부터 재생시키려고 광적인 시도를 하던" 시대였다. 즉, 정색하고 말하자면 돈키호테는, 이전 시대에 의미 있던 가치들이 다른 시대의 가치로 대체되거나 사라지는 것을 경험한 인물이다. 하지만 그는 그것을 그대로 받아들이지 않고, 신기루일지언정 다시 움켜쥐려 한다. 그리하여 몰락하지만 위대했던 중세기사의 가치는, 돌진하는 풍차 앞에서 시대착오적 광인의 믿음으로 전락한다. 모든 것을 알고 있는 독자는 그 무모한 시도가 무엇에 대한 것인지 알아차린다. 독자는 우선 웃는다. 하지만 그 웃음의 끝에는 종내 눈물을 찔끔하게 하는 무언가가 있다.

그렇다면 이 세 편의 소설을 관통하는 바가 그려진다. 『황제를 위하여』는 작가가 '동양적인 것'이라고 했던 근대 이전의 가치들이 더는 유효하지 않거나 다른 것으로 대체되어 가는 시대를 살아간 주인공의 일대기라고 볼 수 있다. 그리고 서술자는 그 모든 상황을 인지하고 조망하고 있다. 작가 이문열은 동/서양의 대립적 의식에서 이 소설을 시작했다고 했다. 하지만 주인공과 서술자의 조합은 그 의도와 무관하게, 그런 대립이 무의미해지는 경험을 우리에게 제공한다. 그만큼 우리의 세계는 이전의 이항대립적 가치들이 잘 통용되지 않는 시대가 되어버린 것인지 모른다. 혹은, 한 시대, 역사, 삶, 가치들이 '명/멸(明/滅)'하는 것이야말로 동서고금을 막론한 세상의 이치이기 때문일 수도 있다.

『황제를 위하여』는 웃음과 해학의 소설이다. 하지만 동시에, 사라진 것 앞에서 묵념하는 애도와 추모의 소설이다. 불가능을 알면서 추구하는 모순적인 상황에서 웃음이 발생한다. 이 웃음은 대상에 대한 경외심이, 바깥의 압도적인 상황 속에서 불가능해지는 것을 목격할 때 발생하는 웃음이다. 상황의 아이러니에 독자도 함께 연루된다. 이것은 연민과 그리움을 담은 웃음이기도 하다.

마지막으로, 이것은 질문이다. 오늘날 우리가 경외심과 연민의 감정으로 그리워하는 대상은 무엇일까. 그 감정의 복잡성은 어떻게, 무엇으로 경험될 수 있을까. 『황제를 위하여』의 서술자 세대가 누렸던 정서적, 지적 경험은 지금 우리 시대에 무엇이 되어 있는 것일까. 이 책의 마지막 페이지까지 읽고 난 독자들과 함께 생각해보고 싶다.

함께 읽으면 좋은 책

『돈키호테』(전2권) 미겔 데 세르반테스 사아베드라 지음, 안영옥 옮김, 열린책들, 2014

「에밀리에게 장미를」 윌리엄 포크너 지음, 한기욱 엮음,(『필경사 바틀비—미국』에 수록), 창비, 2010

『왕을 찾아서』 성석제 지음, 문학동네, 2014

50년 넘게 읽히는 데는 이유가 있다

장동석_뉴필로소퍼 편집장

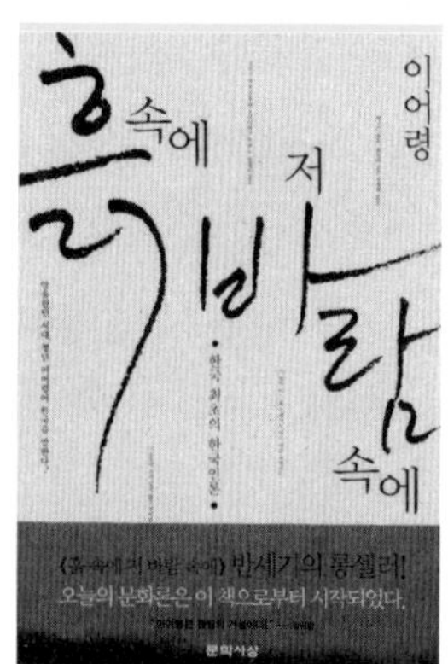

흙 속에 저 바람 속에

이어령 지음, 문학사상사, 2008

책의 수명이 불과 일주일이라는 농담 아닌 농담이 있다. 하루에도 셀 수 없는 책들이 쏟아지는 가운데, 일주일 안에 독자들의 눈길을 받지 못하면 곧바로 사라진다는 슬픈 자조일 것이다. 이런 세상에서 한 권의 책이 50년 넘게 사랑받고 있다면, 그 책을 일러 '고전'이라 부르지 않을 수 없다. 이어령의 『흙 속에 저 바람 속에』가 바로 그런 책이다. 1693년 〈경향신문〉에 연재된 글들을 토대로 출간된 이 책 덕분에, 당시 20대 후반의 이어령은 "젊은이의 기수" "언어의 마술사" "단군 이래의 재인"라는 별칭을 얻게 됐다. 그만큼 한국 사회를 바라보는 통찰이 깊었다는 말이다. 당대의 평만 좋았던 것은 아니다. 이 책은 50년 넘는 세월 동안 한국과 한국인, 그들의 삶의 내밀한 풍경을 담아낸 고전으로 남녀노소 불문하고 여전히 사랑을 받고 있다.

이 책 중에서 가장 많이 회자된 글은 책의 첫머리를 연 '지프차' 이야기가 아닐까 싶다. 지프차에 동승해 시골길을 달리던 이어령에게 노부부의 모습이 포착되었다. 지프차에 놀라 어찌할 바를 모르는 노부부의 "누렇게 들뜬 검버섯의 그 얼굴, 공포와 당혹스런 표정, 마치 가축처럼 둔한 몸짓으로 뒤뚱거리며 쫓겨갔던 그 뒷모습, (중략) 그리고 그 위급한 경황 속에서도 서로 놓지 않으려고 꼭 부여잡은 앙상한 두 손… 고무신짝을 집으려던 그 또 하나의 손… 떨리던 손"에서 그는 "한국인을 보았다"고 고백한다. "천 년을 그렇게 살아온 나의 할아버지와 할머니의 뒷모습을 만난 것이다. 쫓기는 자의 뒷모습을"이라는 말에 담긴 한국인의 자화상은 다소 우울하다. 이런 이유로 비판도 제법 많이 받았다. 지프차 위에서 바라본, 즉 타자의 시선에서만 한국인을 분석한다는 점에서 이어령의 인식을 '오리엔탈리즘의 혐의가 짙다'고 비판하는 사람도 적지 않다.

'윷놀이의 비극성'이라는 글도 제법 흥미롭다. 그는 서양의 주사위와 비교하여 윷은 한국인, 나아가 동양적 특성을 드러내기에 적당하다고 강조한다. 주사위는 그것을 던지는 존재의 운명을 단 한 개로 결정된다. 반면 윷은 4개가 서로 포개 던져지면서 존재의 운명을 결정한다. 주사위로 대표되는 서구에서 개인주의는 필연이다. 반면 우리는 4개, 아니 그 이상의 것들이 포개지면서 운명을 결정한다. 얽히고설킨 관계, 즉 공동체적인 삶의 양식을 오랫동안 고수해왔다는 것이다. 윷가락을 던지는 일에 흥겨워만 했지, 이 단순한 놀이에 이런 정서가 숨어 있는지 아는 사람은 많지 않을 것이다.

하지만 흥에 겨운 윷가락 던지는 소리에 우리 역사의 짙은 그늘이 존재하기도 한다. 윷놀이는 삼국시대부터 고유한 풍습이지만, 이어령이 보기에 윷놀이는 "파당이라는 서로의 연관된 운명의 형세 밑에서 권력과 행운의 득실극이 전개"된, 즉 피비린내 나는 패거리 문화의 반영이다. 앞서 달리는 말을 잡아야만 이기는 놀음, 그것에 때론 환호하고 때론 장탄식을 내뱉는다. 하지만 잡힌 말이 다시 등장해 자신을 잡은 말을 잡고, 이 줄기찬 먹이사슬을 무리 지음의 슬픔과 연결 짓는다. 지긋지긋한 윷판에서 몇 개의 지름길을 찾아 빨리 도망쳐 나가는 것이 승리하는 유일한 방법이다. 그것은 우리 민족이 내쳐 달려온 역사라고 말한다.

한국 사회의 모순을 가장 적나라하게 드러낸 글은 '끈의 사회'다. 옛말에 "끈 떨어진다"라는 말이 있는데, 고립 상태를 의미하기도 하지만, 연줄을 댈 수 없는 상황에 이른, 어쩌면 윷놀이에서도 드러난 당파적 요소가 여기에도 고스란히 반영된다. 문제는 50년이 넘는 세월이 흘렀는데도 한국 사회에서 끈에 대한 욕망이 줄어들지 않았다는 것이다. 물론 혈연, 지연, 학연의 끈은 다소 줄었다. 하지만 온라인에서 구축된 새로운 끈에 대한 천착은 갈수록 심해져, 폴란드 출신 사회학자 지그문트 바우만의 표현처럼 "세상의 대열에서 낙오하지 않기 위해 사람들이 온갖 접속을 시도"한다. 세태는 변했지만, 이어령의 통찰이 유효한 이유다. 하지만 그 끈으로부터 독립하지 못하면 우리에게는 어쩌면 미래가 없을 수도 있다. 이어령도 이 대목을 집어낸다. 얽히고설키다 보면 '갈등'이 생기기 마련이고, 그 안에서 '나'와 '너'를 구분하기도 힘들어진다는 것이다. 이를 지그문트 바우만은 이렇게 표현했다. "결국 외로움으로부터 멀리 도망쳐 나가는 바로 그 길 위에서 당신은 고독을 누릴 수 있는 기회를 놓쳐버린다. 놓친 그 고독은 바로 사람들로 하여금 '생각을 집중하게 해서' 신중하게 하고 반성하게 하며 창조할 수 있게 하고 더 나아가 최종적으로는 인간끼리의 의사소통에 의미와 기반을 마련할 수 있는 숭고한 조건이기도 하다."

2000년대 초반, 출간 40주년을 기념해 나온 개정판에서 작가는 지난 세태의 변화 양상과 자신의 변화된 가치관을 문답 형식으로 풀어냈다. 그 문답에서 이어령은 '정자(亭子) 공간 시점'이라는 표현을 사용한다. 정자 공간 시점이란 이중성, 복합성, 쌍방향성처럼 상호 교환 가능한 겹 시각을 나타내는 시점이다. 한국인에게 정자는 무욕망과 비소유의 공간이자, 사방으로 열려진 곳으로, 세태가 한눈에 보이는 곳이다. 그 정자를 작가는 현대인의 삶을 좌지우지하는 기술과 접목시킨다. 인터넷, 인터랙티브, 인터페이스 등 요즘 각광받는 것들의 'INTER'가 바로 정자 공간 시점과 일맥상통한다는 것이다. 한방향으로만 직진하는 것이 아니라 쌍방향 소통이 가능한 공간이 오래전부터 있었으니 사회와 기술은, 과거와 현재는 단선적인 것이 아니라 언제나 '네트워크' 되어 있다는 것이 그의 주장이다.

이어령은 책 서두에 "우리들의 성장은 밤 속에서 그리고 폭풍 속에서 역리(逆理)의 거센 환경 속에서만 이루어진다는 것을 나는 부정하지 않습니다. 그러니 먼저 아파해야 된다는 것, 그 아픔의 감각이 있어야 한다는 것- 그것이 이 책에서 내가 말하고 싶었던 내용의 전부"라고 이야기한다. 뼈아픈 통찰만이 우리를 성찰 내지 성장시킬 수 있는 원동력이기 때문이다. 때론 한국인의 삶에 대해 지나친 폄하가 있고, 그 원인은 지나차게 타자적 시각 때문이라는 비판이 없지 않지만, 이어령의 한국과 한국인의 삶에 대한 근원적이고 꾸준한 천착은 나름 평가받아야 마땅하다. 그런 점에서 『흙 속에 저 바람 속에』는 이어령이 평생 쌓아 올린 생각의 궤적의 한 토대라고 할 수 있다. 50년 넘는 세월 동안 독자들에게 읽히는 데는 그만한 가치와 분명한 이유가 있다.

함께 읽으면 좋은 책

『축소지향의 일본인』 이어령 지음, 문학사상사, 2008
『한국인의 탄생』 최정운 지음, 미지북스, 2013
『아흔 즈음에』 김열규 지음, 휴머니스트, 2014

043 ———— 김수영 전집 1– 시
044 ———— 꽃 속에 피가 흐른다
045 ———— 누가 하늘을 보았다 하는가
046 ———— 미당 서정주 전집 1– 시
047 ———— 시를 잊은 그대에게
048 ———— 정본 백석 시집
049 ———— 정본 윤동주 전집
050 ———— 정지용 전집 1– 시
051 ———— 진달래꽃
052 ———— 청록집

문학 · 현대 · 운문

영원한 자유를 향한 시적 양심

류대성_작가

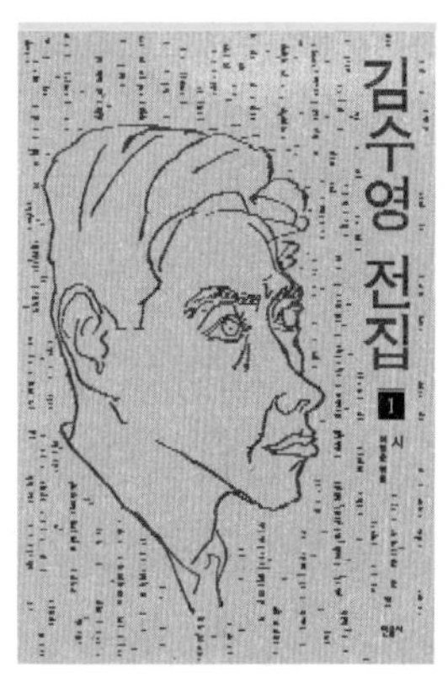

김수영 전집 1– 시

김수영 지음, 이영준 엮음, 민음사, 2018

"김수영은 사랑, 자유, 설움, 정직, 양심, 혁명, 성숙의 시인이다, 김수영은 첨예한 현실 인식과 서정성의 줄다리기 한가운데에서 드물게 성공적으로 위치한 시인이다, 김수영은 이론과 실천이 고통스럽게 통일되어 사상이 몸을 얻은 진정한 근대적 모더니스트이다."

『김수영, 혹은 시적 양심』에 나오는 말이다. 김수영 시인에 대한 세간의 평가에 대체로 동의할 수밖에 없다. 1921년에 태어나 일제 식민지, 8·15 해방, 6·25 전쟁, 4·19 혁명, 5·16 군사정변에 이르기까지 온몸으로 한국 근현대사를 살아낸 시인이 바로 김수영이다. 그는 유럽의 자유와 변혁 운동을 촉발됐던 68혁명이 일어난 겨울, 마흔 여덟의 나이에 불의의 사고로 세상을 떠났다. 김수영의 대표작이 된 마지막 시 「풀」을 남긴 채.

익숙한 그의 시는 우리에게 위로와 격려를 건넨다. 일상의 고통과 좌절을 잠시 잊게 하거나 지치고 힘든 어깨를 토닥여 준다. 하지만 김수영은 독일의 시인 베르톨트 브레히트의 말대로 "서정시를 쓰기 힘든 시대"에 살았다. 김수영은 참혹했던 식민지 시절을 거쳐 전쟁과 혁명의 열기를 온몸으로 겪었다. 그의 언어는 비극적인 현실을 관통하여, 독자들은 그의 언어를 마주할 때마다 가슴이 아프다. 잘 벼린 칼날처럼 날선 정신의 힘을 보여주기도 하고 부패한 현실의 악취를 들추기도 한다. 그에게 시는 공감과 배려가 아니라 질문과 각성의 도구였다.

김수영은 그의 시 「생활」에서 말했듯이 "생활은 고절(孤絶)이며 비애이었다 그처럼 나는 조용히 미쳐간다 조용히 조용히"라고 고백할 만큼 어려운 삶을 살았다. 그가 말한 "모든 것을 제압하는 생활"의 위력은 시 곳곳에 배어 있다. 시인도 잠을 자고 밥을 먹고 사랑을 나눈다. 아내 김현경과의 만남과 이별 그리고 재회 과정을 통해 김수영은 일상적 행복과 불행 그리고 삶의 '희로애락'을 경험한다. 시인이 「어느 날 고궁을 나오면서」에서 "왜 나는 조그만한 일에만 분개하는가"라고 했던 질문은 생활인으로서의 비애이며, 동시대인에게 던지는 자각의 메시지다.

시대와 불화했던 지식인의 고뇌는 일상적 사랑조차 전쟁과 혁명을 통한 각성으로 나아간다. 이상적 자아의 목소리는 일상적 사랑에도 그대로 스민다. 그는 「사랑」에서 이렇게 말한다. "어둠 속에서도 불빛 속에서도 변치 않는 사랑을 배웠다 너로해서 그러나 너의 얼굴은 어둠으로 불빛으로 넘어가는 그 찰나刹那에 꺼졌다 살아났다 너의 얼굴은 그만큼 불안하다" 사랑에 대한 그의 시에서 이성을 향한 열정보다 시대의 불안과 실패한 혁명의 그림자가 엿보인다.

「폭포」에서 '나태와 안정'을 거부하는 단호함을 엿볼 수 있으며, '권위적 구조'와 '부패한 관료'에 대한 혐오가 드러난다. 칼보다 강한 펜으로 쓴 그의 시는 일상에서 느끼는 참담함에 대한 위악과 자조의 표현이다. 시인의 일상적 사랑과 이상적 자아는 끝까지 화해하지 못한 채 가학적이고 반어적인 표정으로 마주한다.

해방 이후 한국문학은 새로운 부흥기를 맞는다. 억눌렸던 일제강점기와 달리 다양한 욕망이 반영되어 시의 토양도 비옥해진다. 1920년대 서구 유럽의 모더니즘이 유입되어 1930년대 김기림, 김광균, 정지용, 이상 등에 의해 꽃을 피웠고, 1950년대 전후 모더니즘은 김경린, 김수영, 박인환이 새로운 기운을 불어넣었으며, 60년대 송욱, 김춘수, 박남수 등으로 이어졌다.

김수영을 이해하기 위해서는 시대의 아픔을 이해해야 한다. 그는 산문 「내가 겪은 포로생활」에서 "세계의 그 어느 사람보다도 비참한 사람이 되리라는 나의 욕망과 철학이 나에게 있었다면 그것을 만족시켜준 것이 이 포로생활이었다"라고 고백한다. 김수영의 고백은 가슴을 아프게 한다. 6·25전쟁에 참전했다가 포로수용소에서 보낸 시기가 선명하게 그려지기 때문이다. 그 모습은 최인훈의 소설 『광장』의 주인공 이명준이 이념의 갈등과 대립을 피해 제3국을 택하는 장면과 겹친다.

그럼에도 불구하고 새로운 시대의 희망은 포기할 수 없었을 것이다. 이념 전쟁과 실패한 혁명 그리고 성공한 쿠데타의 후유증은 여전히 21세기를 지배하지만, 당대를 살았던 김수영의 시는 근대적 표상과 새로운 시 정신으로 충만하다. 그가 「사랑의 변주곡에서」 쓴 "욕망이여 입을 열어라 그 속에서 사랑을 발견하겠다 도시都市의 끝에 사그러져가는 라디오의 재갈거리는 소리가 사랑처럼 들리"는 시대를 상상해보자. 지금과 크게 다르지 않다. 여전히 김수영의 시가 가슴을 울리는 이유는 시대를 뛰어넘는 보편성 때문이다. 「폭포」에서 말하듯 "곧은 절벽을 무서운 기색도 없이" 떨어지는 맑은 폭포의 물줄기처럼 시원하게 독자의 잠든 영혼을 깨운다. 들불처럼 촛불을 밝힌 사람들이 바로 김수영이 「풀」에서 말한 "바람보다 늦게 누워도 바람보다 먼저 일어나고 바람보다 늦게 울어도 바람보다 먼저 웃는" 민중들의 모습이 아닐까?

21세기를 사는 우리는 한순간도 쉼 없이 목소리를 높인다. 네트워크로 울려 퍼지는 수많은 말들, 미세먼지만큼 해로운 가짜뉴스…. 잠시 침묵 속에 나를 맡기면 다른 소리가 들린다. 그 침묵은 외면과 무관심이 아니라 비판과 변화를 촉발하는 성찰의 시간이다. 김수영의 시편들은 일상적 수다 대신 간결하고 묵직한 언어의 힘을 보여준다. 그는 사후 50년이 지난 오늘도 여전히, 그의 시 「시여, 침을 뱉어라」에서 "시를 논한다는 것은 무엇인가. 그것은 산문의 의미이고, 모험의 의미이다. 시는 온몸으로, 바로 온몸으로 밀고 나가는 것이다. 그것은 그림자를 의식하지 않는다. 그림자에조차도 의지하지 않는다. 시의 형식은 내용에 의지하지 않고 그 내용은 형식에 의지하지 않는다"라고 외친다.

김수영의 시적 주제는 자유다. 그 자유는 일상의 한계를 벗어난 상상력이며 불가능한 일에 대한 도전이다. 우리는 매일 아침 눈을 뜨고 잠이 들 때까지 '꿈'을 꾼다. 밤에 꾸는 꿈은 몽상에 불과하지만 낮에 꾸는 꿈은 현실이 된다. 그 꿈이 비록 이루어지지 않더라도 우리는 모두 내일을 향한 걸음을 멈추지 않는다.

『김수영의 전집 1 - 시』를 읽으며 우리는 그가 살던 시대와 현재는 어떻게 다른지, 또 지금은 그때보다 자유로워졌는지 비교할 수밖에 없다. 자유롭고 가볍게 산책하듯 김수영의 시를 읽지 않으면 시퍼렇게 날선 말들에 베일 수도 있다. 산문 「제 정신을 갖고 사는 사람은 없는가」에서 "자기의 죄에 대해서 몸부림은 쳐야 한다. 몸부림은 칠 줄 알아야 한다. 그리고 가장 민감하고 세차고 진지하게 몸부림을 쳐야 하는 것이 지식인이다"라고 힘주어 말했던 김수영을 기억하며 한 편의 시를 통해 각자의 삶을, 이 시대를, 먼 미래를 조망할 수 있었으면 좋겠다.

함께 읽으면 좋은 책

『김수영, 혹은 시적 양심』 이은정 지음, 살림, 2006
『김수영 전집 2 산문』 김수영 지음, 이영준 엮음, 민음사, 2018
『김수영을 위하여』 강신주 지음, 천년의상상, 2012

044

내 시의 기반은 대지다

황규관_시인

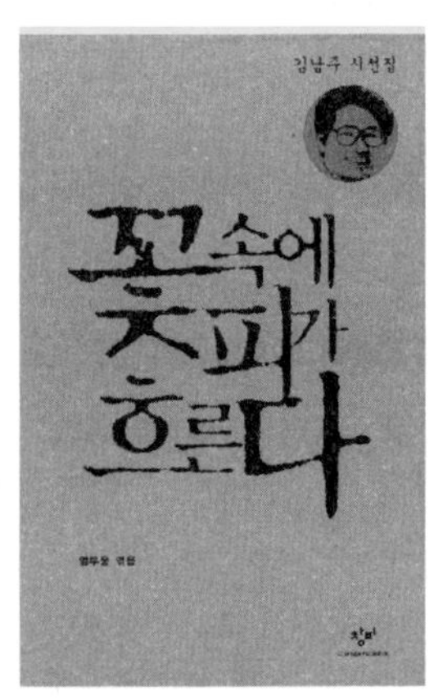

꽃속에 피가 흐른다
김남주 지음, 염무웅 엮음, 창비, 2004

김남주의 시를 읽는다는 것은 오늘날 어떤 의미를 갖는 것일까. 일단 그의 시를 읽는다는 것은 다시 1980년대의 복판으로 성큼 들어가는 일이다. 김남주는 1979년 10월 '남조선민족해방전선' 사건으로 체포되어 15년 형을 선고받았다. 그리고 1988년 12월 형집행정지로 9년 3개월 만에 석방되었다. 김남주의 시는 감옥 생활 중에 절정에 올랐다. 도리어 감옥에서 풀려난 후로는 시에서 힘과 긴장이 느껴지지 않는다. 시인 자신도 그것을 알았는지 "차라리 어둡고 괴로운 시절"(「근황」)에 그나마 자신은 쓸모가 있었다고 한탄하기까지 했다. 김남주가 석방되고 난 이후에 한국 사회가 본질적으로 변한 것은 아니었다. 다만 김남주 개인이 느끼기에 감옥에 들어가기 전과 감옥에서의 시간 그리고 출옥 이후의 시간에 큰 낙차가 있었을 것이다. 그러한 상황이 그를 혼란스럽게 했다고 보는 게 맞을 것 같다.

김남주가 감옥에서 치열하게 싸웠던 '적'은 오늘날 다른 모습으로 우리 앞에 있다. 따라서 김남주의 '칼'과 '피' 그 자체는 더 이상 유효하지 않을 수도 있다. 이 지점에서 김남주의 시를 오독할 수 있는 가능성이 있는데, 이는 김남주의 시 전체가 하나의 정치적 '에티카'라는 사실을 간과하기 때문이다. 그는 과감히 시적 양식을 포기할 만큼 자신의 시가 민중의 무기로 쓰이길 바랐다. 그는 이미 오래전에 자신의 시가 "호사가의 장식품이 되는 것을"(「나는 나의 시가」) 거부했다. 그렇기 때문에 김남주의 시에서, 이를테면 이분법적인 경직성만 읽게 된다면 그의 시를 잘못 읽게 되는 것이다.

문학 제도 내부에서 김남주의 시를 잊고 싶은 이유는 김남주의 시를 비평할 만한 마땅한 도구가 없기 때문이다. 김남주의 시는 분석의 도구 자체를 무력화시킨다. 그의 데뷔작인 「잿더미」를 읽어보면 알 수 있지만 그가 시적 양식을 구축하는 데 무능했던 것은 아니다. 마르크스의 유명한 테제를 빌린다면, 그동안의 시가 세계를 관조하고 해석하는 데 그친 반면, 김남주의 시는 세계를 아예 직접 바꾸려고 했을 뿐이다. 시인의 직선적이고도 선명한 현실 인식은 그렇게 탄생했고 어쩔 수 없이 언어 자체가 '칼'이 되어야 했다. 떠도는 말에 의하면 그가 직접 들었다는 칼은 단지 그의 시에 대한 메타포가 아니라 도리어 그의 시가 칼의 연장이었다.

감옥 생활 중 자신의 정치적 패배를 몇몇 작품에서 반성하는 모습을 보였지만, 그것은 그가 가진 현실에 대한 관념 자체를 수정해서 그런 것은 아니었다. 김남주는 철저하게 리얼리스트이길 바랐다. 또 언제나 '대지'라는 물질성 위에 서고자 했다. 「다시 시에 대하여」에서 이렇게 말하고 있다. "내 시의 기반은 대지다/ 그 위를 찍어내리는 곡괭이와 삽의 노동이고/ 노동의 열매를 지키기 위한 피투성이 싸움이다" 김남주가 바랐던 세계, 즉 노동자와 농민이 주인 되는 세상은 그래서 백면서생의 것이 아니다. 그의 삶 자체가 근대화의 가속화로 해체되고 있던 농촌의 복판에 있었고, 농촌을 떠나서 장시간·저임금 노동자가 되어야 했던 "형제들"과 강하게 결속되어 있었다.

이 책의 발문을 쓴 문학평론가 염무웅은, 김남주에게서 받은 1974년 12월 31일의 편지를 소개하고 있다. "형은 읍내에서 장사하다 망쪼들어 서울로 내뺐습니다. 여동생 둘이 있는데 둘 다 서울로 보따리를 쌌습니다. 큰것은 어떤 녀석과 결혼한다고 돈을 달라는 편지가 오고, 작은 것은 어느 음식점에 있다고, 춥다면서 다시 집에 오고 싶은데 허하여주십사고 편지질입니다." 김남주 자신이 근대화로 해체되는 삶을 살았던 것이다. 집안에서는 그에게 잔뜩 기대를 걸고 "식구마다 논밭 팔아/ 대학까지 갈쳐" 놓았지만 결국 시인은 "들쑥날쑥 경찰이나 불러들이고/ 허구헌날 방구석에 처박혀/ 그 알량한 글이나"(「아우를 위하여」) 쓰는 존재가 되고 말았다.

여기서 김남주는 군사독재 권력이 강제하는 현실에 저항하는 길로 들어서는데, 그의 시 전체는 점점 더 서슬 퍼런 '칼'이 되었다. 김남주의 시에서 강력한 정치적 '에티카'를 느낄 수밖에 없는 이유는, 그가 든 '칼'은 적뿐만 아니라 자신에게도 여지없었기 때문이다. 언뜻 보면 정치적·도덕적 당위만 반복하는 작품들 것 같지만, 김남주는 감옥에서 외국 시와 역사를 공부하면서 느낀 자신만의 사상을 가지고 시를 썼다. 이 사상이 그를 현실과 타협하지 못하게 했다. 그 "사상의 거처"는 "노동의 대지"(「사상의 거처」)였기 때문이다. 김남주의 시는 대지에서 출발했으며 대지로 돌아가려는 몸부림이다. 출옥 후 강화도로 터전을 옮겨 "노동의 대지에 뿌리를"(「노동의 대지에 뿌리를 내리고」) 내리려 했던 것도 그 실천의 연장선상에 있다.

다시 처음의 질문으로 돌아가, 오늘날 김남주의 시를 다시 읽는 것은 어떤 의미를 가질까. 그것은 한 대지적 인간이 대지를 파괴하는 역사와 처절하게 싸운 시적 기록을 살펴본다는 의미일 것이다. 김남주의 시에 담긴 정치적 메시지를 그대로 읽으면 그의 시는 적잖이 노후화된 것으로 읽히겠지만, 잃어버린 대지를 찾으려는 정치적 몸부림으로 읽으면 우리는 그의 시를 새로이 읽을 수 있는 폭넓은 입구를 발견할 수 있을 것이다. 대한민국의 근대화는, 다른 제3세계 나라도 마찬가지지만, 외세와 군사독재권력의 압력으로 진행되었다. 외세와 군사독재 정권이 강제한 자본의 축적은 농촌 공동체의 해체를 비극화했다.

자본의 축적이란 농민에게서 대지를 빼앗는 것에서부터 시작된다. 거기에 외세와 군사독재 권력이 더해지고 민족의 분단이 가시철조망처럼 얹어졌으니 그 속도와 강도를 감내해내기가 더 힘들었을 것이다. 김남주는 수탈이 시작되는 시점에 태어났고 그것이 가속화되던 시간 속에서 시를 썼다. 그만큼 그런 역사적 시간을 산 시인도 드물 것이다. 이것을 충분히 감안하고 읽을 때 우리는 온전히 김남주의 고통이 마냥 옛일이 아님을 깨닫게 된다. 옥중에서 쓴 시가 한동안 정리 없이 출간되었고, 김남주의 정본도 마땅치 않은 상황에서, 염무웅이라는 편집자가 옥중 생활 전부터 시인의 시를 받아서 자신이 주관하는 잡지에 실었다. 시인과 교감을 통해 누구보다 그의 내면에 근접하려고 노력했던 편집자가 펴낸 이 책은, 김남주의 시를 간결하게 그러나 핵심을 향하여 우리를 인도한다.

함께 읽으면 좋은 책

『아침저녁으로 읽기 위하여』 하인리히 하이네 외 지음, 김남주 옮김, 푸른숲, 2018
『김남주 평전』 김삼웅 지음, 꽃자리, 2016
『김남주 산문 전집』 김남주 지음, 맹문재 엮음, 푸른사상, 2015

045

역사의 껍데기는 가라

황규관_시인

누가 하늘을 보았다 하는가
신동엽 지음, 시요일 엮음, 미디어창비, 2017

『누가 하늘을 보았다 하는가』의 편집후기에는 "지난 75년에 우리는 자료상의 완벽을 기하지 못한 채로나마 『전집(全集)』을 꾸며 그의 문학을 일단 정리해보았다. 그러나 어떤 까닭인지 이 『전집』의 공급이 불의에 중단되고, 신동엽이란 이름은 마치 기피의 대상인 듯이 되고 말았다"며 '선집' 형태로나마 꾸릴 수밖에 없던 저간의 사정이 있었음을 암시하고 있다. 선집을 발간해야만 했던 "어떤 까닭"은 박정희 유신정권의 탄압 때문이었다. 1975년 6월에 간행된 『신동엽 전집』은 그해 7월에 긴급조치 9호 위반 혐의로 판매가 금지되고 말았다. 그러면서 동시에 신동엽은 "마치 기피의 대상인 듯이 되고 말았다." 다시 말하면 신동엽의 시는 유신정권에 '불온시'라는 낙인이 찍힌 것이다.

『신동엽 전집』의 판매가 금지된 직접적인 이유는 동학혁명을 노래한 서사시 「금강」 때문이라는 말도 있지만, 기실 신동엽의 시 세계 자체가 박정희 유신독재 정권과 공존할 수 없었기 때문이다. 예를 들어 신동엽의 대표작으로 알려진 「껍데기는 가라」라든가, 이 선집에는 실리지 않은 「4월은 갈아엎는 달」 같은 경우 박정희 정권이 불편해했던 4·19혁명의 정신을 노래하고 있다. 그것을 먼저 용인할 수 없었을 것이다. 문학평론가 염무웅이 『문학과의 동행』에 증언한 바에 따르면 "적어도 5·16 당초에 쿠데타 세력은 1970년대에 박정희가 강행한 유신체계와는 아주 다른 사회를 꿈꾼 것"이었다. 하지만 1960년대 내내 4·19를 부정하고 등장한 5·16은 4·19의 의미와 가치를 깎아내리려는 투쟁을 치르게 되었다. 그 시간을 거친 후 1970년대에 들어서 5·16이 4·19를 확실하게 불온시하는 데 성공했다. 이런 연장선상에서 『신동엽 전집』의 판매 금지는 당연한 수순이었다.

『누가 하늘을 보았다 하는가』 1부에서는 1959~1963년에 창작·발표된 작품들을 배치했고, 2부는 1968년까지의 작품들, 3부는 유작 및 창작 연대가 미표기된 작품을 싣고 있다. 4부에는 서사시 「금강」의 '서장'과 신동엽의 1959년 조선일보 신춘문예 입선작 「이야기하는 쟁기꾼의 대지」가 실려 있다. 그의 데뷔작인 「이야기하는 쟁기꾼의 대지」에서 느낄 수 있듯, 신동엽 시의 출발점은 문명과 역사와 국가에 구획되기 전의 생명의 세계다.

「이야기하는 쟁기꾼의 대지」에서는 그것이 "눈보라 쌓이는 밤"이나 "광막한 원시림"이란 이미지로 제시된다. 그런 생명의 세계에서 삶은 오로지 "흙에서 나와/ 흙에로 돌아가며" "햇빛을 서로 누려 번갈아 태어"난다. 바로 여기가 신동엽이 말하는 "대지"다. 하지만 "대지"는 문명과 국가에 의해 훼손되어 "보다 큰 집단은 보다 큰 체계를 건축하고,/ 보다 큰 세계는 보다 큰 악(惡)을 양조(釀造)"하며 "조직은 형식을 강요하고/ 형식은 위조품을 모집"하는 지경에 다다르고 만 것이다. 「香아」라는 작품에서 신동엽이 "미끈덩한 기생충의 생리와 허식에 인이 배기기 전으로 눈빛 아침처럼 빛나던 우리들의 고향 병들지 않은 젊음으로 찾아가자"라고 말한 것은 대지를 배신한 역사에 대한 반발심 때문이었다.

따라서 신동엽이 마치 상고의 시간을 그리워하듯 "후고구렷적"을 또는 "삼한(三韓)"과 "북부여(北扶餘)"를 호출하는 것은 하나의 상징으로 봐야 한다. 이것은 신동엽 특유의 역사 인식에서 비롯된바, 신동엽에게는 이 땅에 식민지를 불러들여 온 국가 체제와 이 땅에 식민지를 끌고 들어온 제국주의 양자를 강하게 비판하고 있다. 신동엽의 시에서는 조선이라는 근세 국가 이전의 시간에 대한 낭만이 표출되고 있다. 물론 그것은 자신의 역사적 상상력에 구체성을 불어넣기 위해 사용된 일종의 양식이다. 그는 미래에 대한 상상력을 시로 펼칠 때 구체성을 불어넣는 방식을 쓰곤 했다. 「술을 많이 마시고 잔 어젯밤은」이나 「산문시·1」은 생생한 예가 될 것이다. 이러한 시적 특징에 대해 생전에 그를 아낀 김수영은 "쇼비니즘으로 흐르게 되지 않을까 하는" "위구감(危懼感)"을 느끼기도 했지만, 그것보다는 "문명 비평에의 변증법을 완성할 것"이라 기대하기도 했다.

여기까지만 말하면 신동엽의 시가 추상적인 문명 비판 시라는 인상을 줄 위험성이 있다. 하지만 신동엽의 마음을 직접적으로 사로잡고 있었던 것은 "우리들의 고향 병들지 않은 젊음"(「香아」)을 훼손한 역사적 세력에 맞서 싸웠던 투쟁의 시간이었다. 한국전쟁이 일어나자 짧은 기간이지만 인민군 치하에서 민청 선전부장을 지내기도 했지만, 전쟁이 끝난 후 그에게 남은 것은 "산으로" 간 "기다림에 지친 사람들"(「진달래 山川」)에 대한 기억과 전쟁 때문에 "앞서 간 사람들의/ 쓸쓸한 혼(魂)"(「빛나는 눈동자」)이었다. 이들 또한 신동엽에게는 대지를 배신한 문명과 국가의 희생자들이었다. 신동엽이 인식하고 있던 당대의 문명과 국가란 전쟁과 분단과 금융자본, 이를 테면 "새로운 은행국의 물결"(「鐘路五街」)의 형태였다.

이러한 역사의 흐름 속에서 4·19혁명이 터진 것이며, 그는 이 사건에 뜨겁게 호응했다. 신동엽이 4·19혁명을 통해 느낀 것은 상고의 시간에서 발원한 강물과 대지를 배신한 문명과 국가에 대한 "찬란한 반항이었다." 동시에 4·19혁명은 "태백줄기 고을고을마다 봄이 오면 피어나는" 꽃 사태와도 같은 것이었고 "충천하는 자유에의 의지"(「阿斯女」)이기도 했다. 그런 그에게 5·16쿠데타 정권에 의해 획책 된 1964년의 한일회담 같은 사건은 당연히 역사의 "껍데기"에 지나지 않았다. 따라서 신동엽이 남긴 "향그러운 흙가슴만 남고/ 그, 모오든 쇠붙이는 가라"(「껍데기는 가라」)라는 노래나 "그날이 오기까지는, 4월은 갈아엎는 달"(「4월은 갈아엎는 달」)이라는 선언은 두고두고 '4월'을 두려워하던 세력에게 용인할 수 없었던 것이다.

판매 금지된 『신동엽 전집』과 선집인 『누가 하늘을 보았다 하는가』는 1970년대의 '창작과비평사'에서 간행되었다.

이 사실은 문학사의 흐름을 별도로 살펴봐야 그 의미가 분명해지지만, 유신독재 정권의 복판에서 그 심장을 겨눌 시인으로 신동엽이 선택되고 또 곧바로 박정희 유신독재 정권의 탄압을 받았다는 것은 신동엽 시인이 4·19혁명의 가장 선명한 적자라는 뜻이기도 한다.

박정희는 1975년의 신동엽은 막을 수 있었지만 1979년의 신동엽은 막지 못했다. 『누가 하늘을 보았다 하는가』의 초판은 1979년 3월에 출간되었고 박정희는 그해 10월에 죽었다.

함께 읽으면 좋은 책

「신동엽 시전집」 신동엽 지음, 강형철 외 엮음, 창비, 2013
「김수영과 신동엽」 이승규 지음, 소명출판, 2008
「민족시인 신동엽」 강은교 외 지음, 소명출판, 1999

046

민족문화의 장관 겨레어의 보물창고

윤재웅_동국대 국어교육과 교수

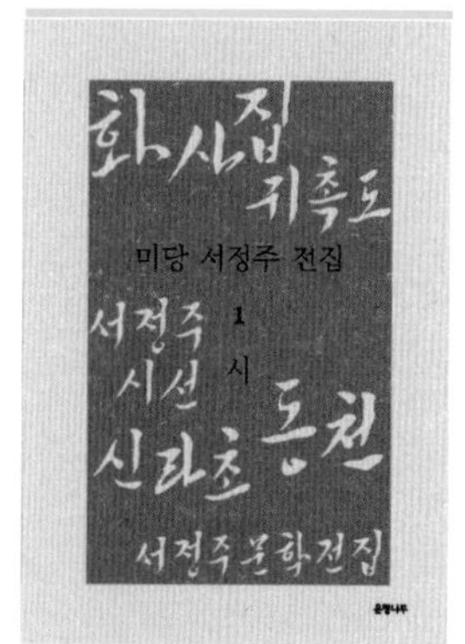

미당 서정주 전집 1 – 시
서정주 지음, 은행나무, 2015

미당 서정주는 15권의 시집을 냈다. 1972년 일지사에서 『서정주 문학전집』이 출간되었는데, 기존 시집에 수록되지 않은 55편이 거기 수록되었다. 이를 포함, 15권 시집 전체에 수록된 작품이 950편이다. 신문 잡지 등에 발표했으나 시집 미수록 작품까지 합하면 1200편이 넘는다.

1000편 시의 성취도 가볍지 않지만, 서정주만큼 대표작이 많은 시인도 우리 문학사에 없다. 소월, 지용, 백석 등이 이름을 겨룰 만하나 그 질적 성취에서 견주기 어렵다. 소월은 낭만적 애상에 출중했으나 젊은 채로 갔고, 지용은 우리 언어의 새로운 모습을 다채롭게 보였으나 생의 현묘한 경지를 펼치지 못했으며, 백석은 민족문학에 치중했지만 세계문학의 보편성에 이르지 못했다.

문학사를 눈여겨 살펴보라. 열정, 모순, 방황, 전통, 현실, 신화, 역사, 종교, 여행, 달관 등이 한데 뒤섞인, 다양하고 풍요로운 목소리를 서정주 외의 다른 시인들에게서는 들을 수 없지 않은가. 모국어의 절묘한 어법과 가락마저도 서정주가 독보건곤(獨步乾坤)이다. 민족문화의 장관(壯觀)이요, 겨레어의 보고(寶庫)라 불러도 손색없다.

서정주를 마음먹고 읽은 독자라면 이 말을 금세 이해한다. 이런저런 선입관 없이, 유행하는 시대 담론에 휘둘리지 않고, 그의 시를 소리 내어 읽어 몸에 감아본 이들은 언어의 심층 속 무형(無形)의 힘에 가슴 떨리는 경험을 한다. "스물세 해 동안 나를 키운 건 팔할이 바람이다"(「자화상」)와 같은 경구. "무어라 강물은 다시 풀리어/ 이 햇빛 이 물결을 내게 주는가"(「풀리는 한강 가에서」)와 같은 절창. "내 마음속 우리 님의 고은 눈썹을/ 즈믄 밤의 꿈으로 맑게 씻어서/ 하늘에다 옮기어 심어 놨더니"(「동천」)와 같은 음악의 경지에 다다른 시혼의 세계는 비슷하게 흉내내기도 어렵다.

요컨대 서정주라는 시적 개성이 펼쳐 보여주는 '겨레말의 숨 쉬는 놀이터'는 직접 뛰놀아봐야만 그 깊고 아득한 아름다움을 체감할 수 있다. 왜 그를 일컬어 '부적 방언의 요술사'라 하는지, "세계의 명산 1628개를 다 포개 놓은 높이보다도 시의 높이와 깊이와 넓이는 한정 없기만 하다"는 자기 고백이 왜 오달하고 심오한지도 겨레어의 보물창고를 찬찬히 살펴봐야만 가능한 것이다.

문학을 사랑하고 사랑하여 낮이나 밤이나 끼고 앉아 쓰다듬어 읽으면서, 자기의 내면에서 솟구치거나 외부에서 찾아오는 감동을 표현하려 무진무진 애쓰는 이를 일컬어 '정통'이라 한다면, 문학을 깊이 읽거나 짓지도 않으면서 문학 외적인 일을 시비 삼아 논쟁거리로 만드는 이를 '속류'라 한다. 문학 마당에는 '정통과 속류'가 있기 마련인데, 정통은 점잖아서 조용하고 속류는 시끌시끌하기 마련이다. 비유컨대 오뉴월 무논에 말없이 쑥쑥

자라는 벼가 사람 몸에 살이 되고 피가 되는 정통이라면, 그 물에 몸 담근 채 공연히 귀만 시끄럽게 만드는 개구리는 속류인 것이다.

보라, 속류는 시비 판단을 발 빠르게 선점하고 정의의 기치를 내세우나 오래 남아 살아가는 보편의 문학과 거리가 멀다. 시류가 지나면 생명이 다하고 만다. 아름다운 미녀가 죽어 백골이 되는 이치와 같다. 적어도 서정주 시는 그런 문학은 아니다. 삶의 모순적인 본질, 현실의 한계와 그 초극, 민족문화의 정체성, 영원한 정신 생명 등을 탐구하기 위해 가슴의 피를 짜내어 쓴다. 한국어 사용자의 민감한 촉수를 의식의 깊은 곳에서부터 건드린다. 죽은 사람의 가슴에 꽃을 문질러서 살려내는 아름다운 이야기는 수천 년간 이어오는 구비전승의 문학이다. 그 심원한 이야기의 역사는 현대의 독자들에게도 낯설지 않다. 민족문화의 원형(原型)을 일구고 있기 때문이다. 그래서 "무슨 꽃으로 문지르는 가슴이기에 나는 이리도 살고 싶은가"와 같은 구절은 듣는 즉시 그 자체로 모국어의 전율이 된다.

미당은 시만 쓴 게 아니다. 자서전을 비롯한 일반 산문도 많이 발표했다. 70년 가까이 문필 생활을 한 까닭에 청년부터 노년까지의 목소리가 다채롭게 펼쳐진다. 시론, 소설, 희곡, 방랑기, 세계의 민화, 전기문, 번역에 이르기까지 장르가 다양하다. 형식의 다양성 못지않게 내용의 풍요로움도 서정주 문학의 미덕이다. 과도한 열정으로 방황하는 10대의 모습부터 원숙한 달관을 보여주는 80대의 면모까지, 그의 문학은 인생의 파노라마가 풍성하다. 그뿐인가. 고조선 역사부터 임종 직전 자기 삶의 모습까지, 고향 마을 이야기부터 세계 전역의 산과 도시의 이야기에 이르기까지, 다루는 글감의 시공간 진폭도 크고 넓다.

다른 시인이 무언가 새로운 걸 해볼라 치면 먼저 밭 갈고 씨 뿌린 시인이 미당이다. 그 예술적 지존의 절대자아 앞에서는 주눅도 들고 질투도 난다. 그런 점에서도 그는 대가인 것이다. 피카소가 죽었을 때, 세계의 많은 화가가 애도와 동시에 만세를 부른 심정을 헤아리면 된다. 오죽하면 뉴욕의 어느 화가는 피카소가 타계한 날 "오늘 우리들 예술의 아버지가 죽었다"고 중얼거렸겠는가. 그런 거다. 밉든 곱든 서정주는 '한국문학의 아버지' 라는 점에서 별 이의가 없는 시인이다.

미당의 문학 세계는 지구의 공간을 두루 섭렵하고, 민족의 5천 년 역사를 꿰뚫는다. 심지어 시간을 초월하는 영원한 '정신 경영'의 세계를 꿈꾸기도 한다. 기독교와 불교의 본질을 비교해서 자신이 문학에 그 젖줄을 댈 줄 알며, 전통사상으로서 풍류도를 찾아 미적 이데올로기로 재생시키기도 한다. 문학의 영토 자체가 광범위하며 그 정신은 높고 넓고 깊다.

이 모든 걸 모은 게 20권으로 엮은 『미당 서정주 전집』이다. 그의 시 950편이 1권부터 5권에 걸쳐 편집되어 있다. 이 다섯 권이 「미당 서정주 전집」의 핵심이자 정수인 '시 전집'이다. 1권은 「화사집」 「귀촉도」 「서정주 시선」 「신라초」 「동천」 「서정주 문학전집」의 수록본이다. 초기와 중기의 대표작들이며 미당 서정시의 경구절창들이 즐비한 '시집의 왕자'다. 어찌 손으로 어루만져 가며 읽어보지 않겠는가. 그대가 정녕 정통을 좋아하고 꿈꾼다면 아무 망설일 필요가 없다. 미당 읽는 밤. 그 밤의 책상이 기다린다.

함께 읽으면 좋은 책

『정본 소월전집』(전2권), 김종욱 엮음, 명상, 2005
『원본 정지용 시집』 정지용 지음, 깊은샘, 2003
『원본 백석 시집』 백석 지음, 이숭원 주해, 깊은샘, 2017

047

시를 잊은 그대에게

김화성_전 동아일보 전문기자

시를 잊은 그대에게
정재찬 지음, 휴머니스트, 2015

2010년 8월5일, 칠레 구리광산이 무너져 광부 33명이 지하 700미터의 임시대피소에 갇혔다. 15평 정도의 좁은 공간. 식량은 물 20리터, 우유 16리터, 참치 통조림 20개 등 10명이 이틀간 먹을 수 있는 분량이 전부였다. 대피소는 섭씨 32도의 고온에다 95퍼센트의 고습 상태. 전문가들은 "광부들의 생존 확률이 2퍼센트에 불과"하다고 말했다. 하지만 이들은 69일 만에 전원이 살아서 돌아왔다. 어떻게 그들은 그 지옥 같은 시간을 견뎌냈을까. 먹는 건 '하루 참치 두 스푼'으로 해결했다지만, 끊임없이 밀려오는 두려움과 절망감은 무엇으로 이겨냈을까. 그들은 말한다. "우리는 파블로 네루다와 가브리엘라 미스트랄의 시를 낭송하며 희망을 잃지 않고 버텼다."

도대체 시란 무엇인가. 그게 무엇이기에 죽음의 문턱에서 사람을 살릴 수 있는가. 그리고 시를 쓴다는 시인이란 어떤 사람인가. 왜 시인은 소설가, 수필가, 화가, 조각가, 성악가, 작곡가, 무용가, 건축가, 사진가, 연주자, 지휘자처럼 '~가'나 '~자'가 아니고 사람 '~人(인)'자가 붙는가. 왜 시인은 진이정 시인이 말한 것처럼 "토씨 하나를 찾아 천지를 떠도는"가. 조병화 시인은 "시는 꿈"이라고 말한다. 그렇다면 시인은 '꿈꾸는 사람'이다. 그리스어에서 시인의 어원이 '홀린 사람' '광인(狂人)'과 동의어라는 사실과 일맥상통한다. 현실주의자들이 볼 때 꿈꾸는 사람은 거의 미친 사람이나 다름없기 때문이다.

그렇다. 시란 '언어의 몽상'이다. 그러니 그걸 표현하려면 언어의 극한까지 가도 한참 모자란다. 정끝별 시인이 말한 "시의 언어는 천 개의 혀를 가지고 있는 것"이다. 똑같은 사물을 봐도 시인의 눈에 따라 제각각 다르다. 시나 인간의 삶이나 정답은 없다. 오로지 '왜' '어떻게'만 있을 뿐이다. 시는 학문 밖에 있다. 삶도 그렇다. 이 세상 모든 숨탄것들은 저마다 제 방식대로 치열하게 살아간다. 그 방식에 대해 옳다 그르다고 말하는 것은 난센스다.

정재찬의 책 『시를 잊은 그대에게』는 시에 대해 결코 '콕 집어' 말하지 않는다. 코끼리 한 마리를 놓고도 코와 다리를 보여주고 귀와 엉덩이 그리고 하다못해 질질 흘리는 침까지 보여준다. 똑같은 사물도 얼마든지 시인에 따라 달라질 수 있다는 것을 끊임없이 되새김질해 준다. 나아가 똑같은 시각의 사물도 그 표현 방식이 하늘과 땅만큼이나 달라질 수 있다는 것을 줄기차게 깨우쳐준다. 이를 위해 같은 소재를 다룬 다른 시인의 시는 물론이고 유행가 가사든 통속 영화든 아니면 팝송이든 도움이 된다고 여겨지는 것들을 모두 동원한다. '시를 잊은 젊은이들(공대생들)'이 솔깃하도록 그들이 관심 갖는 것들을 내세워 이해하기 쉽게 풀어나간다. 그래서 그의 강의를 들었던 공대생들이 '한 편의 공연예술을 보는 듯했다'고

했을 것이다. '진짜 낭만이 무엇인지, 사랑이 무엇인지 가르쳐주어 감사하다'고 고마워했을 것이다. 사실 정재찬 교수는 학생들에게 '여러 시인의 다양한 노래를 들려줬을 뿐'이다. 그런데도 학생들은 가슴 설레며 황홀해 했고, 행복해했다. 메마른 가슴에 촉촉한 감성이 도둑처럼 스며들었다. 가령 '떠나는 것들'에 대한 그의 접근을 보자. 그는 1996년 1월31일 '문화 대통령' 서태지의 갑작스러운 은퇴 선언에서부터 말문을 연다. 그러면서 '아름다운 퇴장'이란 무엇인지 이형기 시인의 「낙화(落花)」라는 시를 꺼내 든다. "가야 할 때가 언제인가를/ 분명히 알고 가는 이의/ 뒷모습은 얼마나 아름다운가." 그다음에는 김훈의 산문을 인용한다. "동백꽃은 떨어져 죽을 때 주접스런 꼴을 보이지 않고, 마치 백제가 무너지듯이, 절정에서 눈물처럼 후드득 떨어져버린다. 매화는 꽃잎 하나하나 바람에 날려 꽃보라가 되어 산화한다. 그것의 죽음은 풍장이다. 배꽃과 복사꽃도 같다. 그런데 목련꽃의 죽음은 가장 남루하고 가장 참혹하다. 천천히 진행되는 말기암 환자처럼 무겁게 떨어진다." 그럴듯하다. 고개가 끄덕여진다. 하지만 정재찬 교수는 돌연 복효근 시인의 「목련후기」라는 노래를 들려준다. "목련꽃 지는 모습 지저분하다고 말하지 말라/ 순백의 눈도 녹으면 질척거리는 것을/ 지는 모습까지 아름답기를 바라는가 // (중략) 사랑했으므로/ 사랑해버렸으므로/ 그대를 향해 뿜었던 분수 같은 열정이/ 피딱지처럼 엉켜서/ 상처로 기억되는 그런 사랑일지라도/ 낫지 않고 싶어라/ 이대로 한 열흘만이라도 더 앓고 싶어라"

그렇다. 시는 즉흥적이다. 자유롭다. 그 누구도 틀에 가둘 수 없다. 단 몇 마디로 사람의 마음을 낚아챈다. 어떤 땐 봄바람처럼 다가와 내 가슴을 적시고, 어느 땐 대못으로 내 영혼을 사정없이 후벼 판다. 시란 '은유의 보물 창고'다. 그것은 오직 마음의 눈으로만 봐야 보인다. 분석하고 해석하는 순간 철커덕 문이 닫힌다. 사물의 본질을 꿰뚫어 보려면 오직 은유라는 창문을 통해 봐야 하는 것이다. 정재찬 교수는 바로 이 책을 통해 '왜 시가 우리 인생의 비평인지, 왜 시가 수수께끼인지' 넌지시 말하고 있다. 시에 무관심했던 젊은이들에게 왜 이 시대의 시를 읽어야 하는지 깨우쳐주고 있다.

달은 대부분 동양 사람들에게 친근감의 대상이다. 그래서 윤제림 시인은 보름달을 "물 쟁반 위의 연꽃처럼/ 환하게 떠오르는 태(胎)"라고 했을 것이다. 나희덕 시인이 상현달을 "그녀가 앉았던 궁둥이 흔적"이나 박형준 시인이 그믐달을 "마른 포도 덩굴/ 뻗어가는 담벼락에/ 고양이 같은 눈/ 너의 실눈"이라고 노래한 것도 마찬가지이다. 하지만 다른 시인의 눈에는 꼭 그렇지만도 않다. 남진우 시인은 "밤하늘에 뚫린 작은 벌레구멍"라고 했고, 함민복 시인은 "달장아찌"라거나 송찬호 시인은 "누가 저기다 밥을 쏟아놓았을까 (중략) 달은 바라만 보아도 추억의 반죽덩어리"라고까지 말하기도 한다. 아예 이형기 시인은 하현달을 보고 "피살자가 누구냐고 묻는가/ 보라 저기 저 고산 만년설에 꽂혀있는/ 한 자루 비수"라고 외친다.

이래서 파블로 네루다의 말처럼 "시인은 죽어도 시는 죽지 않는다." 시는 영원히 살아남아 마침내 막장에 갇힌 광부들까지 살린다. 뻣뻣한 영혼에 감미로운 선율을 선사한다. 시는 재즈다.

<u>함께 읽으면 좋은 책</u>

『처음처럼』 신경림 지음, 다산책방, 2006
『천개의 혀를 가진 시의 언어』 정끝별 지음, 케포이북스, 2008
『한 접시의 시』 나희덕 지음, 창비, 2012

낡거나 어색하게 느껴지지 않는 백석의 시편들

박상률_시인

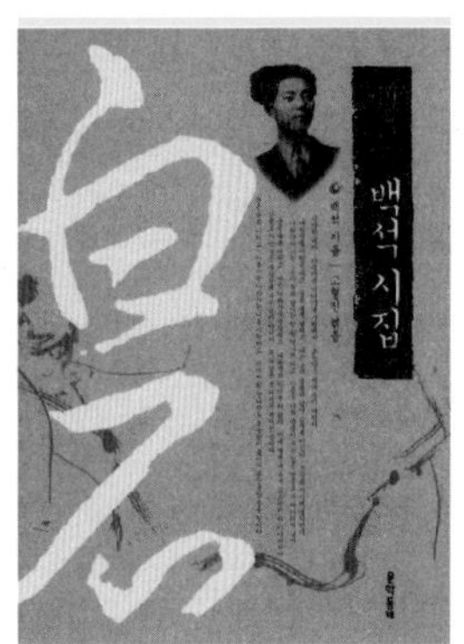

정본 백석 시집

백석 지음, 고형진 엮음, 문학동네, 2007

정본은 正本(정본)이며 定本(정본)이다. 正本은 원본을 이르거나 원본과 똑같은 것을 이른다. 定本은 원본이 여러 이본(異本)으로 알려진 경우 하나를 정해 표준으로 삼는 것을 이른다. 『정본 백석 시집』은 백석 시의 여러 이본을 비교하여 원본을 확정하기도 하고, 원본의 오류, 즉 오자나 탈자 등을 바로 잡기도 했다. 그러기에 定本이며 正本이라고 할 수 있다. 물론 백석 시에 많은 이본이 존재하는 것은 아니다. 단지 발표할 때와 나중에 수록되는 지면에 따라 표기상의 차이나 편집상의 오류가 조금 나타나 있을 뿐이다. 엮은이 고형진은 처음 발표된 시와 나중에 수록된 지면을 비교 검토하여 최대한 오류와 차이를 밝혀내어 독자들의 이해를 도와준다.

일반에 잘 알려진 시 「여우난곬족」의 경우 〈조광〉에 처음 발표할 때는 8연이었는데 시집 『사슴』에 수록할 때는 4연으로 바뀌어 있고, 나중에 『현대조선문학전집』에 수록할 때는 다시 8연으로 바뀌어 있다. 엮은이는 이런 일련의 개작 과정을 보여줌으로써 시인의 내면이 어떻게 바뀌는지를 들여다보게 했다. 특히 그런 개작 과정을 독자가 자세히 볼 수 있도록, 발표 지면마다 달리 수록된 '같은 제목'의 시 전문을 모두 수록했다.

「여우난곬족」의 본문을 들여다보면 낱말과 낱말 사이를 붙이기도 하고 띄어 쓰기도 한 것이 이채롭다. 이는 당시에 막 제정된 맞춤법에 따라 그렇게 한 까닭도 있겠지만 시인의 내면 의식이 미세하나마 변화가 있었을지도 모른다는 것을 의미하기도 한다. 비슷하면서도 다른 문장을 꼼꼼히 대조하며 읽으면서 이런 미세한 차이를 느껴보는 것도 재미있게 『정본 백석 시집』 읽는 방법이다.

이 책의 미덕은 단지 오류를 잡아내는 데 그치지 않고 백석 시가 지니고 있는 특장을 밝히는 데도 의미가 있다는 것이다. 엮은이는 무엇보다도 먼저 백석 시에 많이 들어 있는 평안도 방언의 풀이에 공을 들였다. 방언의 낱말 풀이를 평안도 출신 사람들에게 확인하여 최대한 뜻을 알 수 있게 했다. 나아가 평안도 지방의 구체적인 생활을 반영한 백석 시의 올바른 해석을 위하여 민속, 지리, 언어 등과 관련한 학자들의 도움을 받아 시의 속뜻을 세밀하게 밝혀냈다.

백석 시는 일반인은 물론 시인들이 특히 더 좋아한다. 그러한 까닭은 시를 구성하는 시어가 일상적이고 구체적인 생활과 밀접하게 연결되어 있으면서도 낡거나 어색하지 않기 때문이다. 도리어 신선하게 느껴지고 시인들이 시를 쓸 때마다 염두에 두는 '낯설게 하기'가 자연스레 되어 있다.

이는 일반인이 백석의 시를 좋아하는 이유이기도 하다. 시어가 어렵지 않으면서, 그렇다고 고답적이지도 않고 아주 생경하지도 않으면서 일상의 모습을 그려냈다. 다른 시인들의 시에서는 찾기 어려운 편안함과 익숙함을 느낄 수 있으며 이로써 색다른 위로를 받거나 읽는 재미가 있다.

이 책을 엮은 고형진은 '백석이 시마다 우리말의 구문들을 다채롭게 활용했다'는 걸 구체적인 예를 들어가며 밝힌다. 백석의 시가 일반 독자들은 물론 시인들에게도 영향을 미치고 있는 까닭은 구문을 다채롭게 활용했기 때문이라고 말한다.

엮은이는 "김소월은 우리말의 율격을 세우는 데 힘을 쏟았고, 정지용이 우리말의 감각을 다듬는 데 힘을 쏟았다면, 백석은 우리말의 문장 구조를 잘 파악하여 효과적으로 활용했다"고 본다. 그런 구문 활용이 오늘날 젊은 시인들도 백석의 시를 좋아하게 한다고 말한다. 그러면서 백석이 가장 즐겨 사용한 것은 반복과 나열과 부연으로 어떤 사실이나 정황 등을 줄줄이 이어나가는 '엮음'의 구문이라고 밝힌다. 이러한 엮음의 구문은 흥미와 속도감은 물론 장면 극대화의 효과를 낸다고 진단한다.

나아가 백석은 정제된 운율로 가지런하게 말을 늘어놓던 전통적인 시 형식을 과감하게 뛰어넘었다고 본다. 백석은 많은 시에서 사설체 형식을 도입하여 장황하게 묘사하거나 서술하여 독자로 하여금 '이야기'를 느끼게 한다. 이는 '서사 지향적인 시' 또는 '이야기 시'로 부를 수 있는데, 이는 다른 시인의 산문시나 서사시와는 확연하게 구분되는 독특함이 있다.

백석은 상당히 짧은 시도 여러 편 썼다. 하지만 두 줄짜리 시인 「비」 「노루」, 세 줄짜리 시인 「산비」 「청시」 「하답」 같은 시에도 이야기가 들어 있기는 마찬가지다. 그의 시엔 길든 짧든 시 한 편에 이야기 한 편씩이 들어 있다. 이는 그가 본격적인 시작을 하기 전에 단편소설로 신문 신년현상 공모문예를 통과한 것과 무관하지 않을 듯하다.

백석은 이미지를 다채로운 감각으로 표현했다. 주로 시의 회화성에 치중하던 시적 전통에서 벗어나 그는 냄새와 맛도 굉장히 중요하게 여겼다. 그의 시에 후각 이미지와 미각 이미지가 많이 나오는 걸 보면 알 수 있다.

후각 이미지, 미각 이미지뿐만 아니라 청각 이미지, 촉각 이미지 등 우리가 느낄 수 있는 감각은 거의 나온다. 고형진은 특히 후각과 미각은 구체적인 생활 현장의 체취가 묻어나는 감각으로 본다. 백석의 시에는 음식물이 많이 나온다. 이는 미각에 바탕을 둔, 구체적인 생활에 바탕을 둔 백석 시의 뚜렷한 특징이다. 음식은 필시 풍속과 연결된다. 어쩌면 풍속을 그리다 보니 자연스레 음식 얘기를 하게 되었는지도 모른다. 어쨌든 구체적인 생활을 반영했기에 다 가능한 일이다.

엮은이에 따르면 백석의 시가 현대시 역사에서 가장 크게 이룬 성취는 뭐니 뭐니 해도 모국어인 한국어를 확장한 것이라고 힘주어 말한다. 백석은 토속어, 방언, 고어를 비롯한 아름다운 우리말을 시에 사용함으로써 우리말의 영역을 넓혔다. 이는 많은 연구자가 이구동성으로 인정하는 바이다.

함께 읽으면 좋은 책

『백석의 맛』 소래섭 지음, 프로네시스(웅진), 2009
『백석 평전』 안도현 지음, 다산책방, 2014
『내 사랑 백석』 김자야 지음, 문학동네, 1996

시인이라는 운명

여태천_동덕여대 국어국문학과 교수

정본 윤동주 전집

윤동주 지음, 홍장학 엮음, 문학과 지성사, 2004

윤동주는 살아 있는 동안 동시 몇 편을 발표했을 뿐이다. 정식으로 시를 발표한 적이 없으며 자신의 시집을 출간하지도 못했다. 그러니 엄격히 말해 시인이라고 부르기는 어렵다. 하지만 자신의 작품 가운데 19편의 시를 직접 골라 대학 졸업 기념으로 출판하려고 했을 만큼 누구보다 시인으로서 자신의 운명을 굳게 믿었던 사람이다. 시를 읽으면 시를 쓴 시인의 마음이 투명하게 보이는 경우가 드물게 있는데, 윤동주의 시가 여기에 해당한다. 윤동주의 시는 시인의 내면을 맑고 선명하게 비춰준다. 가까이에 그의 시집이 있다면 어디든 펼쳐 찬찬히 읽어보라. 순수하고 맑은 영혼을 지닌 한 젊은이가 고뇌하고 슬퍼하는 모습을 어렵지 않게 발견할 수 있을 것이다.

윤동주는 1917년 북간도 용정에서 태어났다. 우리나라가 일제강점기라는 혹독한 시기를 겪고 있을 때다. 그가 태어난 명동촌은 그 무렵 항일운동의 거점이었으며, 그는 독실한 기독교 집안에서 자랐다. 이러한 환경과 문화는 유년기 윤동주에게 많은 영향을 주었다. 윤동주는 명동소학교 시절 〈새명동〉이라는 잡지를 직접 만들기도 하고, 서울에서 발행되는 잡지를 구독할 만큼 문학에 대한 열망이 매우 컸다. 이후 평양의 숭실중학교를 다니다 학교가 무기휴교를 당해 고향으로 돌아와 광명중학교를 졸업했다.

윤동주가 다시 고향을 떠나 연희전문학교에 입학한 해는 1938년이다. 졸업 후 1942년 일본 도쿄의 릿쿄 대학 영문과에 입학했으나 사정이 여의치 않아 교토의 도시샤 대학 영문학과로 옮겨 공부하던 중 1943년 항일운동을 했다는 혐의로 일본 경찰에 체포되었다. 그리고 후쿠오카 형무소에 투옥되어 의문의 생체실험으로 1945년 2월 100여 편의 시를 남기고 28세의 젊은 나이에 옥중에서 삶을 마감했다.

1948년 윤동주의 유고 시집 『하늘과 바람과 별과 시』가 정음사에서 출간되어 많은 사람이 그의 시를 볼 수 있게 되었다. 여기에는 그가 연희전문학교 졸업 기념으로 출간하려 했던 시집의 원고들과 친구들이 보관하고 있던 유작을 합친 31편의 작품 그리고 정지용의 서문이 함께 실렸다. 무명의 시인으로 끝날 수 있었던 윤동주의 시를 읽을 수 있게 된 것은 한국문학사의 축복이다.

『정본 윤동주 전집』은 윤동주의 유고 시집인 『하늘과 바람과 별과 시』에 실리지 않은 작품들까지 모두 포함하여 전체 4부로 구성했다. 1~2부는 우리가 잘 알고 있는 그의 시 108편을 시대별로 배치했다. 3부에는 미완성 삭제 작품 11편을, 4부에는 4편의 산문을 각각 수록했다. 여기에 '작가 및 작품 연보'와 '어휘 풀이'를 덧붙여 그의 시를 처음 읽는 이도 어려움이 없게 구성했다. 그뿐만 아니라 작품의 출전과 작품을 제작한 날짜를 명시하여 시가 창작된 시기와 배경 그리고 시의 변화까지 일목요연하게 살펴볼 수 있게 했다.

이 시집은 『윤동주 자필 시고전집- 사진판』을 저본으로 삼아 지금까지 출간된 중요한 윤동주 시집을 면밀하게 비교하고 대조하여 윤동주 시의 원전을 획정했는 점에서 그 의의가 매우 크다. 예컨대 아름다운 화해의 세계를 그리워하는 『별 헤는 밤』의 경우, 우리가 다 알고 있는 마지막 연의 4행이 최초 육필 시고에 없었음을 밝히고 원전에 넣지 않았다. 마지막 연의 4행은 다음과 같다. "그러나 겨울이 지나고 나의 별에도 봄이 오면/ 무덤 우에 파란 잔디가 피어나듯이/ 내 일름자 묻힌 언덕 우에도/ 자랑처럼 풀이 무성할 게외다" 윤동주는 시를 쓰고 작품을 쓴 날짜를 대부분 명기했는데, 육필 시의 초고에는 위의 4행 부분이 "1941년 11월 5일" 날짜 표기 다음에 첨가되어 있다. 이러한 사실이 보여주듯 이 시집은 육필 시의 초고에서 발견되는 퇴고의 흔적과 윤동주가 시를 쓰기 위해 어떤 책을 읽고, 어느 시인의 작품을 읽었는지, 그리하여 어떤 영향을 받았는지 등을 충실히 고려하여 시인의 의도에 최대한 다가서려고 노력했다는 점에서 높이 평가할 만하다.

『별 헤는 밤』에서처럼 윤동주는 시를 통해 아름다운 세계를 꿈꾸었지만 그가 꿈꾸는 아름다운 세계는 현실에서도 시에서도 가혹한 시대와 언제나 겹쳐 있었다. 그는 이러한 상황을 대면하지 않을 수 없었고 그로 인해 항상 갈등했다. 그 갈등은 언제나 자기 성찰로 이어진다. 윤동주의 많은 시편에서 내면적 갈등이 어떻게 깊은 성찰로 이어지는지 분명하게 보여준다.

예컨대 1941년 9월 여름방학을 이용해 고향에 다녀온 체험이 담겨 있는 「또 다른 고향」에서는 현실과 이상 사이에서 고민하고 있는 자아의 결단을 촉구하는 소리가 뚜렷이 드러난다. 「참회록」은 윤동주가 연희전문을 졸업하고 일본 유학을 준비하던 1942년 1월 24일에 쓴 것으로 굴욕감을 무릅쓰고 창씨개명을 하여 유학을 준비했던 일이 그에게 큰 부끄러움이었음을 잘 보여준다. 윤동주가 쓴 마지막 작품으로 알려진 「쉽게 씌어진 시」가 창작된 1942년 6월 3일은 그가 릿쿄 대학을 다니고 있을 무렵이다. 일제가 대동아공영권을 내세우고 내선일체를 강조하며 전쟁 참여를 독려하던 상황에서 시만 쓰는 자신의 부끄러움을 깊이 성찰하고 있다. 윤동주는 이처럼 가혹한 시대를 정직하게 살아내려고 노력했으며, 그로 인한 번민과 갈등을 솔직하고 담백한 언어로 표현했다. 그의 시가 쉽게 읽히고 감동을 주는 이유가 여기에 있다.

윤동주는 인간뿐만 아니라 살아 있는 모든 것의 운명과 우주에 대해 깊이 생각했다. 또한 식민지 지식인으로서 어떻게 살아가야 할지 고민했다. 그의 시에 넓게 드리워져 있는 강인한 의지를 발견할 때면, 저항시인이라는 수식어가 없어도 우리는 큰 감동을 받는다. 그러므로 그가 직접 시집을 내려고 하면서 시집의 맨 앞자리에 세워 자신의 고민을 상징적으로 보여주려고 했던 「서시」는 가벼이 읽을 수 없는 작품이다. 윤동주가 자신에게 주어진 길을 생각하며 쓴 이 시는 '어떻게 살 것인가'라는 근원적인 문제와 닿아 있기 때문이다.

윤동주가 스스로에게 던진 그 질문은 이제 우리 앞에 놓여 있다. 윤동주의 시는 윤동주만의 것이 아니다. 윤동주의 시를 읽는다는 것은 어려운 시대를 살다간 한 젊은이의 순수한 삶을 되살려내는 일이며, 그래서 그의 시를 읽을 때면 우리는 또 한 명의 젊은이가 되어 부끄러움을 느끼게 되는 것이다. 하지만 그의 시집을 다 읽고 나면, 「병원」에서 화자가 가슴을 앓고 있는 여자가 누웠던 자리에 누워 그녀의 건강이 회복되기를 바랐던 것처럼 어느샌가 따뜻한 손이 우리의 손을 잡고 있다는 놀라운 현상을 발견하게 된다.

함께 읽으면 좋은 책

『윤동주 평전』 송우혜 지음, 서정시학, 2014
『초판본 하늘과 바람과 별과 詩』 윤동주 지음, 소와다리, 2016
『윤동주 시 함께 걷기』 최설 지음, 서정시학, 2017

050

향수에 숨어 있는 정지용의 다짐

김응교_숙명여대 기초교양대학 교수

정지용 전집 1 – 시

정지용 지음, 권영민 엮음, 민음사, 2016

정지용 시인에게는 세 가지 아픈 상실이 있었다. 하나는 민족의 상실이고, 둘째는 아이의 상실이고, 셋째는 고향 상실이다. 세 가지 상실을 극복하려는 아름다운 절제의 의지가 『정지용 전집』에 담겨 있다. 정지용은 아름다운 우리말로, 때로는 가톨릭 신앙으로 때로는 자연시로 그 상실의 아픔을 극복하려 했다.

초기시 「향수」를 잘 분석하면 그가 아파했던 상실이 무엇인지 보인다. 이 시를 1927년에 발표했지만, 창작은 1923년에 했다고 작품 말미에 써 있다. 1, 3, 4연은 고향 전경, 2, 5연은 방안 풍경이다. 계절은 추수가 끝나고 겨울로 가는 시기다. 등장인물은 늙으신 아버지, 검은 귀밑머리 날리는 어린 누이, 봄 여름 가을 겨울 늘 맨발로 다니는 아내, 세 사람이다.

"옛이야기 지줄대는 실개천"은 유서 깊은 역사를 마을 공동체에 끌어들이는 문장이다. "얼룩배기 황소"는 우리 전통 칡소일 것이다. "해설피 금빛 게으른 울음을 우는 곳"에서 "해설피"라는 단어에 여러 주장이 있는데, 대체로 느리게 서글피 우는 소리라고 한다.

2연은 아버지와 함께하던 겨울밤을 회고하는 대목이다. 질화로와 짚벼개는 전형적인 농가의 방에 있는 사물이다. 문틈으로 찬바람 소리가 들리고, "엷은" 졸음에 "겨운" "늙으신" 아버지가 짚벼개를 돋아 고이시던 방이 영상처럼 지나간다. 3연은 어릴 때 회상이다. "흙에서 자란 내 마음"은 얼마나 소박한가. 화살놀이 하다가 쏜 화살을 풀섶에서 찾는 아이 모습이 떠오른다. 4연에는 두 여성이 등장한다. "전설 바다에 춤추는 밤물결 같은/ 검은 귀밑머리 날리는 어린 누이와/ 아무렇지도 않고 예쁠 것도 없는/ 사철 발 벗은 아내가/ 따가운 햇살을 등에 지고 이삭 줍던 곳"이 무척 정답다. "사철 발 벗"고 아무 데나 맨발로 걸으며 일하던 아내는 정지용의 나이 많은 아내가 아닐까. 5연에는 다시 단란한 농가의 정경이 펼쳐진다. "서리 까마귀"는 가을 까마귀다. "서리 까마귀 우지짖"는 황량한 밖의 풍경은 "불빛에 돌아 앉어 도란도란거리는" 방 안 모습과 대조된다.

이 시를 대부분 주정적(主情的)이라거나 순수 서정시의 모범이라고 해설한다. 그런 해석에는 그가 시에 숨겼다 꺼내놓는 역사의식을 배제하고 있다. 식민지 시대에 활약했던 작가의 작품을 무조건 역사적으로 해석하는 데 반대하지만, 정지용의 경우는 조심스럽다. 그는 자기 시집 『백록담』에 실린 여행 시까지도 식민지 조선인의 애환에 비추어 설명한다. 정지용이 낸 시집 전체와 산문집을 읽어보면 그의 작품에서 역사를 배제할 수 없다.

「향수」에는 밝은 빛이 없다. "흐릿한" 풍경이며 어딘가 그늘져 있다. "늙으신" 아버지도 "엷은" "겨운"으로 고독하고 쇠잔한 모습이다. "얼룩백이 황소"는 사라져가는 조선의 칡소다. "식은" 질화로이며, "비인" 밭이다. "사철 발 벗은 아내"가

노동을 하고, "서리 까마귀"라는 썰렁한 풍경이라든지, "초라한 지붕"이란 표현들이 단순한 고향 모습을 말하는 것은 아니다. 정지용 시인을 단순히 참신한 언어로 한국 현대시를 발전시켰다는 평은 그의 시업을 축소시키는 평가다.

이 시를 정지용은 〈조선지광〉에 1927년 3월에 발표했으나, 작품 끝에 1923년 3월에 창작했다고 썼다. 도시샤 대학 예과에 입학한 것이 1923년 5월이니, 이 시는 휘문고보를 마치고 도시샤 대학에 유학 가기 바로 전에 쓴 작품이다. 휘문고보에서 어떤 일이 있었는지도 생각해봐야 한다. 1918년 서울 휘문고보에 입학한 뒤 이듬해 1919년 3·1운동 당시 정지용은 교내 시위를 주동하다가 무기정학을 받았다. 이때 역사의식이 있는 이태준, 박팔양과 친구였다는 사실도 중요하다. 중요한 점은 이 시를 썼던 1923년과 발표했던 1927년 사이에 일어났던 사건이다. 그가 유학 가자마자 1923년 9월1일 관동대지진과 조선인 학살사건이 터진다. 지진이 나고 유언비어로 3일 동안 6천여 명의 조선인이 학살된 것이다. 이 사건은 신문에 보도되어 널리 알려졌다.

이런 배경을 생각하면, 일본에서 「향수」를 〈조선지광〉에 보낸 정지용의 마음은 그냥 고향을 그리워하는 수준이 아니었을 것이다. 비슷한 시기에 그는 "나는 나라도 집도 없단다"(「카페 프란스」)라며 나라 잃은 젊은 디아스포라의 설움을 슬쩍 써놓았다. 윤동주가 좋아하던 정지용의 「말.1」에 등장하는 말은 부모와 고향과 떨어져 사는 난민을 은유한 것이다. 정지용 시에는 설움과 슬픔이 비밀처럼 여기저기 숨겨 있다.

「향수」에서 그의 고향 충북 옥천의 풍경은 풍요롭거나 화사하지 않다. 조선의 칡소가 느리게 우는 들녘에 토지사업으로 수탈당한 농민들의 가난한 모습이 실루엣처럼 담겨 있다. 교토에서 귀국한 정지용은 좀 더 직설적으로 상실된 고향을 토로한다. "고향에 고향에 돌아와도/ 그리던 하늘만이 높푸르구나"(「고향」) 정지용이 말하고자 하는 뜻을 안다면, 이제 "그 곳이 차마 꿈엔들 잊힐리야"라는 후

렴은 단순한 추임새로 들리지 않을 것이다. 이 반복은 식민지 조선의 가난한 삶을 잊지 않겠다는 다짐의 리얼리티가 아닐까.

「유리창.1」은 정지용이 딸을 잃은 슬픔을 쓴 1연 10행의 시다. 추운 겨울밤, 시인은 유리창을 마주하고 있다. 1연에서 3연까지는 창 안의 풍경이다. 유리창 앞에 서서 입김을 부니, 유리창에 그려진 입김 자국이 마치 언 날개를 파닥거리는 새처럼 보인다. 파닥거리는 아이는 고통을 참으려는 아들의 마지막 모습이었을 것이다. 4연에서 5연은 창밖의 풍경이다. 슬픔을 지우고 또 지워도 삶은 온통 새까만 밤이다. 그 별을 다시 보고 싶어 유리창을 닦아내 본다. 그 별은 그의 막내이자 첫 딸아이인 '구원'이다. 이제 시 제목이 왜 유리창인지 깨닫는다. 유리창 저편에 죽은 딸이 있다. 유리창 너머에 있는 딸을 상상할 수는 있지만 만질 수는 없다. 죽음과 삶의 사이에 유리창 하나가 있을런지도 모른다. 6연에서 7연은 시인의 내면 풍경이다. "고운 폐혈관이 찢어진" 딸은 실제로 폐렴으로 죽었다. 딸은 나뭇가지에 앉은 산새처럼 잠시 지상에 머물렀었다. 지금까지 냉정하게 자제했던 아버지는 "아아, 늬는 산새처럼 날아갔구나!"라고 찢어질 듯 탄식한다.

정지용은 민족의 상실, 아이의 상실, 고향상실의 아픔을 올곧은 선비의식으로 극복하려 했다. 정지용이 영향을 끼친 시인을 보면 그의 시인됨을 알 수 있다. 그는 1933년 〈가톨릭청년〉 편집고문일 때 이상을 등단시켰다. 정지용은 직접 가르친 적은 없지만, 그는 윤동주에게 시의 아버지였다. 1939년에는 〈문장〉의 시 추천위원으로 박목월, 조지훈, 박두진을 등단시켰다. 끝까지 친일하지 않고 한글을 지켜내려고 애썼던 그는 친일하지 않은 조지훈, 박두진, 박목월을 추천했다.

함께 읽으면 좋은 책

『윤동주 평전』 송우혜 지음, 서정시학, 2014
『초판본 하늘과 바람과 별과 詩』 윤동주 지음, 소와다리, 2016
『윤동주 시 함께 걷기』 최설 지음, 서정시학, 2017

051

민족의 서정을 노래한 시

여태천_동덕여대 국어국문학과 교수

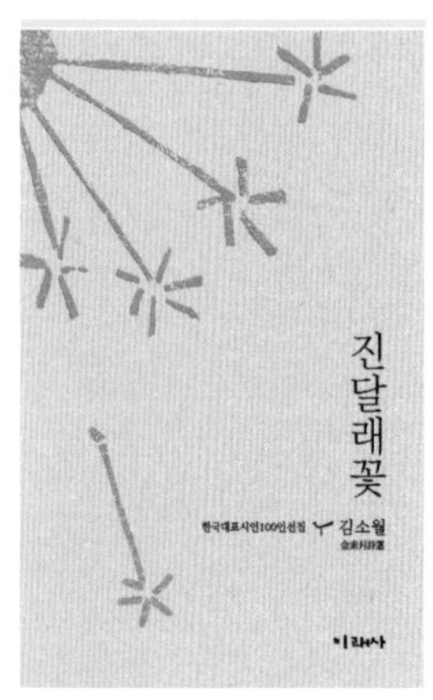

진달래꽃
김소월 지음, 미래사, 2016

어느 자리에서든 한국의 시에 대해 이야기할 때면 결코 빼놓을 수 없는 시인이 김소월이다. 김소월의 이름을 먼저 떠올리는 이유는 그의 시가 한국적인 감수성을 가장 한국적인 운율과 상징 체계로 형상화하고 있기 때문이다.

김소월의 본명은 김정식이다. 그는 1902년 외가가 있는 평북 구성에서 태어나 정주에서 성장했다. 김소월은 1920년 스승인 김억의 도움으로 〈창조〉에 「낭인(浪人)의 봄」「야(夜)의 우적(雨滴)」 등을 발표하면서 작품 활동을 시작했다. 그가 고향을 떠나 생활한 기간은 매우 짧았고, 그 결과 중앙 문단과의 교류는 거의 없었다. 당연히 교유한 문인도 많지 않았다. 오산 고보를 다니다 1922년 배재 고보에 편입하여 1923년 3월에 졸업하고, 일본으로 건너가 히토쓰바시 대학 예과에 입학했으나 9월 간토 지진이 일어나자 다시 고향으로 돌아왔다. 1924년 이후에는 그의 처가가 있는 평북 구성으로 이주해 생활했으며, 1926년에는 동아일보 지국 일을 하기도 했다.

김소월은 1925년 우리 문학사에 길이 남을 시집 『진달래꽃』을 매문사에서 간행한다. 여기에는 「진달래꽃」을 비롯해, 「초혼(招魂)」「산유화」「가는 길」「왕십리」「접동새」「금(金)잔디」「엄마야 누나야」 등 그의 대표적 시 127편이 담겨 있다. 『진달래꽃』은 서구 편향적인 초기 시단의 형성 과정에서 한국적인 정감과 리듬을 보여주었다는 점에서 한국 현대 시의 수준을 한 단계 올려놓은 기념비적인 시집이다. 애틋하고 아름다운 정서를 서정적으로 표현했던 그의 시는 시집 발간 이후 민족주의적인 색채와 현실 인식을 조금씩 드러내기 시작한다. 하지만 시집을 출간한 이후 1년에 한두 편씩 작품을 발표했으나 그의 작품 활동은 그리 활발하지 않았으며, 생활은 극도로 피폐해져 1934년 12월 불우했던 생을 마쳤다.

이 책은 김소월이 생전에 발간한 『진달래꽃』에 실리지 않은 작품들까지 모두 포함해, 그중에서 100편을 뽑아 4부로 구성했다. 여기에는 최초의 발표작 「낭인(浪人)의 봄」과 「야(夜)의 우적(雨滴)」 뿐만 아니라 개인적 이유로 시집에 수록하지 못했지만 주목할 만한 작품들 그리고 시집 발간 이후에 발표된 작품들이 두루 포함되어 있다. 그뿐만 아니라 해설과 연보, 참고 서지까지 있어 간략하게나마 그의 시 세계 전반을 조감할 수 있다.

흔히 김소월의 시가 우리말의 어감을 가장 잘 구현했다고 말한다. 그 말은 익숙한 모국어의 개념 안에서 이해되기 쉽다. 그러나 김소월은 전통적인 시가문학의 영향 아래서 근대 시 장르의 형식을 모색했던 시기에 활동을 했다. 그는 전통적 장르를 수동적으로 계승하거나 새로운 장르에 대한 맹목적 실험에 힘쓰기보다는 자신의 정서와 감각을 표현할 수 있는 언어에 대해 고민했다. 이러한 흔적은 그의 작품을 통해 고스란히 확인된다. 예컨대 「낭인(浪人)의 봄」에서 낭인을 바라보는 화자의 감상적인 목소리가 뚜렷하게 드러나는데, 정확하게 7음절을 지키고 있는 것으로 보아 그 형식적 특성이 한시의 형태와 상당히 유사하다. 「야(夜)의 우적(雨滴)」 역시 우리 말에서 실현가능한 한시의 형식적 특질을 시험하려고 했던 것으로 보인다. 민요조의 리듬으로 이별을 표현하고 있는 「장별리」 같은 작품을 보더라도 김소월이 어떤 자리에서 시를 썼는지를 알 수 있다.

무엇보다 김소월은 뛰어난 모국어 감각을 바탕으로 시적 리듬을 철저하게 의식했던 시인이다. 그는 시어를 선택하고 그것을 직조하는 데 탁월한 능력을 지니고 있었으며, 이미지와 은유에 기대기보다는 리듬을 통해서 주체가 지니는 정서의 상태를 현상적으로 보여주었다. 예컨대 이별의 상황을 설정하고 화자의 진실한 사랑의 감정을 역설적으로 표현하고 있는 「진달래꽃」이나 떠나는 사람의 미묘한 심리를 자연의 상황에 대비하여 형상화한 「가는 길」에서 시적 리듬은 시의 의미론적 요소와 분리 불가능한 결합 관계에 있다. 사랑하는 이가 죽었다는 사실의 되풀이와 그것에 대한 확인을 다루고 있는 「초혼(招魂)」에서 주체는 점점 격화되는 부르짖음과 추상적인 소리의 울림으로 강화된다. 형언할 수 없는 상실감이 리듬의 옷을 입었다. 이와 같은 그의 작품은 언제 읽어도 우리의 마음을 흔들고 귀를 울린다. 이 모든 것이 가능한 이유는, 김소월의 시에서 리듬이 특별한 방식으로 의미와 결합하여 하나의 단일한 의미-형식의 통합체로 조직화되어 있기 때문이다.

김소월은 타협과 굴종을 강요하는 일제강점기의 폭력적인 현실과 정면으로 대결했던 시인은 아니었지만 그의 시는 당대 삶의 세부에 깊이 침투하여 실존적 삶의 실상을 절실하게 보여준다. 우리가 김소월의 시에서 한 개인의 좌절과 슬픔뿐만 아니라 나라 잃은 이의 아픔을 동시에 느끼는 이유가 여기에 있다. 김소월은 자아와 현실 사이의 극복할 수 없는 단절로 인하여 좁혀진 삶의 가장자리에서 한 인간으로서 자기 자신의 영혼을 탐색하려 했다. 상실감으로 흔히 설명되는 김소월의 시는 한 인간의 근원적 조건을 항상 문제삼고 있으며, 까닭에 그의 시에서 시대성과 역사성을 함께 읽을 수 있는 것이다. 예컨대 「옷과 밥과 자유」와 「돈과 밥과 맘과 들」에서는 물질적 결핍에 따른 고단한 삶을 직핍하게 보여주며, 「고락」에서는 때로는 힘겹고 때로는 즐거운 삶에 대한 깊은 성찰이 잘 형상화되어 있다. 현실적 이야기에 가려진 근원적 고향에 대한 내밀한 정감을 「고향」에서 읽을 수 있는 것처럼 김소월의 시는 한 개인의 영혼을 탐색하면서도 시대성과 역사성을 동시에 형상화하고 있다.

김소월의 시는 간결한 언어로 우리 민족의 고유한 정서를 보편적 리듬에 실어 탁월하게 보여준다. 그뿐만 아니라 이별과 그리움, 삶과 죽음, 인간과 자연과 같은 보편적 주제를 다루고 있어 많은 사람이 그의 시를 가까이 두고 즐겨 읽으며 그를 민족 시인이라고 부른다. 그의 시가 우리에게 그토록 감동적으로 다가오는 까닭은 우리 마음속에 있는 민족의 보편적인 정서를 건드리고 있기 때문이다. 김소월의 시에는 그가 살아온 삶의 과정과 온갖 감정의 추이가 압축되어 있다. 그것은 우리 민족의 보편적인 삶과 감정이기도 하다. 그의 시에는 우리 민족의 정서가 분명하고 넓게 드리워져 있다. 김소월의 시를 읽는 누구라도 그의 시에 내재된 슬픔이 지금 여기에도 그 뿌리를 깊이 내리고 있다고 생각하는 것은 우연이 아니다.

함께 읽으면 좋은 책

『김소월 평전』 김학동 지음, 새문사, 2013
『초판본 진달래꽃』 김소월 지음, 소와다리, 2015
『진달래꽃 다시 읽기』 김만수 지음, 강, 2017

052

식민지를 견딘 판타지 청록파

김응교_숙명여대 기초교양대학 교수

청록집
박두진 · 박목월 · 조지훈 지음, 을유문화사, 2006

청록파 3인, 박목월, 조지훈, 박두진이 문단에 얼굴을 내민 시기는 '일제 말 암흑기'였다. 1937년 중일전쟁 이후 식민통치를 강화한 일제는 1940년 2월 창씨개명 정책을 시행했고, 같은 해 8월 동아일보, 조선일보를 폐간했다. 이듬해 4월엔 유이한 문예지 〈문장〉과 〈인문평론〉을 폐간하고 모든 학교에서 조선어 교육을 금지했다.

"부족방언의 실천적 세련을 통해서 또 고전연구와 그 전파를 통해서 우리 정체성 탐구에 주력해 온" 정지용의 〈문장〉을 통해 등단한 세 시인은 친일이나 일본어로 작품을 발표하지 않고, 우리말로 시를 쓰며 소극적 저항을 했다.

해방 직후 을유문화사에 취직한 박두진은 좌우익의

혼란 가운데서 〈문장〉 출신 시인들의 사화집을 기획한다. 박두진은 경주에 살던 박목월과 조지훈에게 요청하여, 세 사람은 시집을 내기로 결정한다. 세 명이 모여 『백록담(白鹿潭)』의 정지용 추천으로 나왔으니 사화집 제목을 '청록(青鹿)'이라 하자고 합의한다.

책 표지에 실린 저자 이름은 박목월, 조지훈, 박두진 순서로 나온다. 나이순이라면 박목월, 박두진, 조지훈이고, 가나다순이라면 박두진, 박목월, 조지훈이어야 한다. 박목월이 가장 앞에 나온 것은 단순히 가장 나이가 많아서가 아니라, 1933년 18세의 나이에 동시로 이미 등단한 선배였기 때문이었을 것이다. 이미 박목월은 온 국민의 기억에 남을 동요로 동시 「송아지」를 발표했었다. 1916년에 태어난 박두진은 1920년에 태어난 조지훈보다 나이가 네 살 많지만, 기획자로서 이름을 제일 뒤에 적지 않았을까? '일종의 겸양적 뒷자리'였을 거라고 유성호 교수는 추측한다. 이제 저자 이름이 나온 순서대로 간단히 소개해본다.

박목월 시인은 장자적 판타지를 보여준다. 동시 시인으로 출발한 그는 1940년 〈문장〉 9월호에 시 「가을 어스름」과 「연륜」으로 문단에 데뷔했다. 박목월을 추천했던 정지용은 박 시인을 "북에는 소월이 있었거니 남에는 박목월이가 날 만하다. 소월이 툭툭 불거지는 삭주귀성조(朔州龜城調)는 지금 읽어도 좋더니 목월이 못지않아 아기자기 섬세한 맛이 좋아. 민요풍에서 시에 발전하기까지 목월의 고심이 더 크다. 소월이 천재적이요, 독창적이었던 것이 신경 감각 묘사까지 미치기에는 너무나 '민요'에 시종하고 말았더니 목월이 요적(謠的) 뎃상 연습에서 시까지의 콤포지션에는 요(謠)가 머뭇거리고 있다. 요적 수사(修辭)를 충분히 정리하고 나면 목월의 시가 바로 한국시이다."(정지용, 〈문장〉)라고 평가했다.

박목월은 『청록집』을 내면서 본격적으로 시를 발표했지만 자신의 본명을 넣은 『박영종 동시집』을 내기도 했다. 그의 시들은 형극의 시대를 사는 시인의 모국애를 담고 있다. 그 슬픔의 시기를 그는 여백과 민요의 미학으로 극복해낸다.

"머언 산 청운사(青雲寺)/ 낡은 기와집// 산은 자하산(紫霞山)/ 봄눈 녹으면// 느릅나무/ 속잎 피어나는 열 두 굽이를// 청노루/ 맑은 눈에// 도는/ 구름" (박목월, 「청노루」)

이 시는 읽고 나면 저 모든 풍경이 빨대처럼 청노루 맑은 눈에 빨려 들어가는 듯하다. 당연히 청노루라는 동물은 없다. 시인이 만들어낸 환상 속의 동물이다. 청운사(青雲寺)는 '푸른 구름의 절'이고, 자하산(紫霞山)은 '보랏빛 무지개 산'이다. 박목월의 시는 이렇게 두어 개 단어로 독자를 신비(神祕)로 인도한다. 마지막 5연에 "도는/구름"도 실제 도는 듯한 시각적 효과를 주고 있다. 박목월은 이후 이 시에 나오는 절이나 장소 이름은 모두 "이것은 내가 명명(命名)한 내 판테지(Fantasy)"였다고 남겼다. "나는 그 무렵에 나대로의 지도(地圖)를 가졌다. 그 어둡고 불안한 세대에서 다만 푸군히 은신하고 싶은 어수룩한 천지"(박목월, 「보랏빛 소묘」)가 그리웠다고 썼다. 어둡고 희망이 없는 '일제 말기'라는 심리적 압박을 피해 차라리 판타지 공간에서나마 가까스로 숨을 쉴 수 있었던 것이다.

조지훈은 그의 시에서 불교적 판타지를 보여준다. 조지훈의 이상 공간은 전통과 고전 그리고 동양적인 것과 깊은 관련을 맺고 있으며 대개 폐쇄된 공간 속에서 근경으로 나타난다. 첫 추천작인 「고풍의상」에는 그의 시 정신이 집중되어 있다. 동양적 전통의 정제된 미학이 바탕을 이루고 있는 이 시에서 시인이 주목한 것은 '자지빛 호장을 받힌 호장저고리'와 '열두 폭 기인 치마'를 입고 있는 '고풍의상'을 한 여인의 자태이다.

불교의 전통 고전 무용을 다룬 「승무」 역시 이 연장선상에 있다. "빈 臺에 黃燭 불이 말없이 녹는 밤에/ 오동잎 잎새마다 달이 지는데// 소매는 길어서 하늘은 넓고/ 돌아설 듯 날아가며 사뿐이 접어 올린 외씨보선이여.// (중략) // 복사꽃 고운 뺨에 아롱질 듯 두 방울이야/ 세사에 시달려도 煩惱는 별빛이라"에서 볼 수 있듯이 시간적으로는 밤에 절이라는 제한된 공간에서 눈앞에 펼쳐지는 승무를 찬찬히 관찰하며 세상의 번뇌를 승화시키는 지점에 도달하고 있는 것이다.

박두진 시인은 기독교적 판타지를 보여준다. 박두진이 1930년대 말기의 절망적 상황에서 쓴 「향현(香峴)」은 식민지 현실을 절망하고 저주하는 대신, 밝은 내일을 갈망한다. 본래 산의 모습은 '침묵이 흠뻑' 지루하게 적셔 있는 수동적인 사물이다. 그러나 그는 산의 실상에 가치의 전환을 일으킨다. 산을 보며 장차 "확확 치밀어 오를 화염"을 기다리는 민족의 이상을 꿈꾸며, 여우·이리·사슴·토끼 등 어울리지 않는 짐승들이 싸우지 않고 즐거이 뛰는 절대평화를 그리고 있다. 「향현」에는 전체적으로 수직 상승 이미지가 가득차 있다.

1939년 〈문장〉에 발표한 「묘지송」에는 당대 현실을 '무덤' '주검' 등으로 비유하고 있다. 「국경의 밤」 등의 시에서 그러했듯이 '무덤'이란 일제하에서 현실을 암유하는 표상이며, '주검'이란 그러한 무덤 속과 같은 현실을 살아가는 비참한 모습에 해당된다. 이는 시 「푸른 하늘 아래」에서 현실이 '처첨한 밤'이나 '황폐한 땅'과 같이 부정적으로 묘사된 것과 무관하지 않다. 그러면서도 「묘지송」에는 비관적인 현실 인식이 그대로 나타나지 않고 밝은 것, 희망적인 것으로 변모되어 있어서 관심을 끈다.

좌우익이 대결하며 행사 시 기념 시가 범람했던 해방정국에 『청록집』은 "당시 시의 사상성과 예술성의 결합을 주장하는 '순수시'의 개념을 대표하는 위치에" 서며 청년문학가협회의 태도를 보여주는 결과물로 주목받는다고 평가되어 왔다. 더불어 억압을 이겨낸 장자적 판타지(박목월), 불교적 판타지(조지훈), 기독교적 판타지(박두진)로도 해석할 수 있겠다.

함께 읽으면 좋은 책

『박목월 시전집』 박목월 지음, 이남호 엮음, 민음사, 2003
『詩 – 조지훈 전집 1』 조지훈 지음, 나남출판, 1997
『박두진의 상상력 연구』 김응교 지음, 박이정, 2004

문화

053

국민 건축 교과서를 집필한 이유

김종락_대안연구공동체 대표

건축이 우리에게 가르쳐주는 것들
김광현 지음, 뜨인돌, 2018

사람은 건축물 안에서 태어나고 죽는다. 온갖 건축물에 둘러싸여 살며 그 안에서 일하고 생각한다. 건축물은 집을 떠나 어딘가를 여행해도 가장 중요한 볼거리거나 목적지다. 이렇듯 사람은 건축과 함께하지만 건축에 관심을 가진 이는 많지 않다. 건축 문화를 향유하는 데 서툴고 건축을 통해 생각할 줄도 모른다. 초등학교에서 고등학교에 이르기까지 정규 교육 과정에서 건축을 가르치지 않는다. 대학에서 만 42년간 건축을 가르친 저자가 은퇴할 즈음 '국민 건축 교과서'를 염두에 두고 이 책을 쓴 것은 이런 사정을 바꾸었으면 하는 바람에서다. 할 수 있다면 조금이라도 더 많은 사람이 건축을 알게 하겠다는 의지다.

이 책은 건축 교과서를 자임한 만큼 건축에 대한 모

든 것을 담으려 했다. 「집은 왜 짓는가」에서 시작해 「건축 이전의 건축」 「사회가 만드는 건축」 「시설, 제도, 공간」 「건축은 작은 도시」 「신체와 장소」 「오늘의 건축을 만드는 힘」 「정보가 건축을 바꾼다」 「시간의 건축과 도시」 「건축은 모든 사람을 가르친다」 등의 제목으로 건축의 숲과 나무를 이야기한다. 물론 책을 관통하는 생각이 있다. 우리 모두가 건축가이고, 사회가 건축을 만든다는 것이다.

책에 따르면 건축은 건축가나 전문가가 알아서 하는 것이 아닌, 우리 모두의 것이다. 건축은 모든 인간의 일상이고 삶의 모습이다. 집을 지은 이는 누구나 건축가이고 이들이 지은 모든 것은 건축이라고 할 수 있다.

쓸모와 튼튼함과 아름다움은 고대 로마 이래 널리 알려진 건축의 3요소다. 이 책은 이를 뭉뚱그려 사람에게 기쁨을 주는 건축, 건축의 진실성으로 요약한다. 저자가 지향하는 기쁨의 건축, 건축의 진실성은 르 코르뷔지에의 대표작인 롱샹 성당과 아프리카 케냐의 이름 없는 고교에 지은 빗물 코트 건축을 바라보는 시점에서 분명하게 드러난다.

롱샹성당은 현대 건축의 문을 연 르 코르뷔지에의 걸작으로 알려져 있다. 외관은 완벽하며, 환상적인 빛이 교차하는 내부는 신비의 장막 속에 들어앉은 느낌을 자아낸다. 건축을 하는 사람이라면 누구나 경탄하는 20세기 건축의 최고봉이자 현대 건축사의 전환점으로 꼽힌다. 그런데 저자는 이 성당 건축을 실패작이라고 말한다. 이 성당이 실패작이라는 확신은 세 번째로 찾은 이곳에서 직접 미사를 드리고 난 뒤에 생겼다.

"사제는 내부가 너무 어두워서 미사 경본을 읽을 수가 없었다. 독서대는 멋지게 내부 높은 곳에 조형되어 있었으나 그 위에서 읽는 소리는 불과 10미터 떨어진 이에게도 잘 들리지 않았다. 성가 소리는 허공에서 엉키며 소음처럼 어수선하게 감겼다." 걸작이라는 평가와 달리 신도들이 직접 미사를 드리는 공간으로서 롱샹 성당은 평범한 성당에도 미치지 못했다. 그곳 신도들이 이 건축물이 아닌, 또 다른 롱샹성당에서 미사를 드리는 이유가 있었다.

이에 비해 케냐 산간의 마히가 호프 고교에 만든 농구 코트의 지붕은 걸작과는 거리가 멀어 보인다. 국제 비영리기구의 제안에 따라 물이 귀한 이곳에, 농구 코트를 덮는 지붕을 만들고, 빗물을 모우기 위한 장치를 마련한 것이 전부다. 지붕을 따라 설치한 홈통을 한 곳으로 모아 물을 모으고 지붕에 설치한 태양광 전기로 자외선 처리해 깨끗한 물을 얻는다는 단순한 구상이다. 지붕과 빗물 저장고는 교사와 지역 주민 그리고 건축가가 함께 만들었다.

겉보기에 지붕일 뿐 별것도 아닌것 같지만, 구조물의 힘은 셌다. 이 구조물 덕분에 학생들은 멀리까지 물을 길으러 갈 필요가 없어졌고 방과후 가족들에게 깨끗한 물을 가져다줄 수 있게 되었다. 햇볕과 비를 막아주는 전천후 농구장이 생기니 학생들의 체력이 좋아졌고 물을 길러 가는 시간이 줄어드니 공부할 수 있는 시간이 늘었다. 지붕이 있는 농구장은 결혼식장으로도, 영화관으로도, 회의장으로도 사용되었다. 이후 이곳에는 여러 시설이 더 생겼고 전국 600개 고교 중 성적이 가장 낮았던 이 학교는 18개월 만에 최고의 성적을 기록하는 학교가 되었다. 기쁨의 건축, 건축의 진실성이 지닌 위엄이다.

저자는 기쁨과 진실성을 키워드로 건축의 다양한 면을 풀어낸다. 물론 우리 건축의 대종을 이루는 아파트에 대해서도 할 말이 많다. 책에 따르면 전국의 아파트가 똑같은 이유가 있다. 아파트 단지의 계획과 설계에서 가족이라는 공동체를 묻지 않고 상품으로만 본 탓이다. '집=부동산'이라는 인식만 있었다. 책은 학교, 치안센터, 주민센터, 경로당, 도서관, 경찰서, 소방서 등 한결같이 비슷비슷하면서 재미없이 지어진 공공 건축물도 그냥 지나치지 않는다. 이런 건축물은 국민이, 국민을 대신한 공무원이 건축주로서의 책임을 외면한 결과다.

좋은 공공 건축물의 사례도 나온다. 2011년 대한민국 공공 건축상을 받은 건축물로 부산 문현동의 푸른솔 경로당이 그것이다. 산동네에 소방도로를 개설한 뒤 남은 구유지에 지은 작은 경로당이 '세상에서 가장 아름다운 경로당'으로 평가받은 이유는 건축가의 재능 때문 만은 아니다. 평소 드나들던 자투리땅을 살리고 싶었던 주민들의 마음이 건축가에게 전해졌고, 이곳을 주민들에게 사랑받는 공간으로 만들고자 했던 건축가의 마음 또한 공무원에게 전해졌다. 공무원들은 그 작은 땅을 좋은 공간으로 만들고 싶어 하는 주민과 건축가의 마음을 살리려 동분서주했다. 그러니까 푸른솔 경로당은 건축가 혼자가 아닌, 주민과 공무원이 함께 지은 건축물인 것이다.

안토니 가우디가 19세기 후반, 약 140년 뒤 완공을 목표로 설계하고 짓기 시작한 사그라다 파밀리아 성당 이야기도 눈길을 끈다. 사람들은 가우디의 천재성을 말하지만 이 성당의 건축에는 그의 천재성 이전에 그의 가치를 알아주고 건축가의 제안을 받아준 사회가 있었다. 가우디의 계획안을 보며 그 건축에 미래를 걸었던 바르셀로나 사람들의 안목이 있었던 것이다.

건물은 건축가 혼자 짓는 것이 아니다. 사회 모두가 심고 자라게 하는, 모든 국민이 힘을 모아 만드는 것이다. 40여 년 동안 건축학도를 가르치다 은퇴하는 건축학 교수가 건축학도뿐만 아니라, 온 국민이 모두 읽을 수 있는 건축 교과서를 집필한 것도 이 때문이다.

함께 읽으면 좋은 책

『건축, 음악처럼 듣고 미술처럼 보다』 서현 지음, 효형출판, 2014

『한 권으로 읽는 임석재의 서양 건축사』 임석재 지음, 북하우스, 2011

『건축 강의』(전10권) 김광현 지음, 안그라픽스, 2018

054

냉정하게 엔터테인먼트를 즐기는 법

차우진_음악평론가

대중문화의 겉과 속
강준만 지음, 인물과사상사, 2013

『대중문화의 겉과 속』은 2013년에 나온 책이다. 언론학자로 알려진 강준만 전북대 신문방송학과 교수가 1999~2006년까지 집필한 동명의 시리즈 3권을 하나로 묶어 개정판으로 출간했다. 이 세 권의 시리즈는 2013년까지 도합 30만 부 넘게 팔린 그의 대표작이기도 하다. 물론 2013년의 상황에 맞춰 업데이트했다. 2013년이라면 싸이의 「강남 스타일」이 뜻밖에 빌보드 차트를 차지하면서 모두 어안이 벙벙하던 때였다. 90년대의 한류가 21세기의 신한류로 업그레이드되면서 한국 드라마뿐 아니라 'K-POP'이라는 용어가 자주 쓰이기도 했다. 그래서 특히 '한국의 대중문화'에 대한 내부의 지적 호기심이 왕성했던 때이기도 했다.

한국의 음악뿐 아니라 방송과 영화 모두 '글로벌'이

화두가 되던 시절, 그 시작점에 나왔다는 사실을 고려하고 읽는다면 이 책은 현재의 현상에 대한 거시적인 관점을 취하기 좋은 책이다. 물론 그 당시 한국 상황에 대한 정밀한 분석보다는 인상적인 비평에 머무는 듯한 것이 흠이라면 흠일 것 같다. 나는 대중문화는 태생부터 좀 복잡하기 때문에 정성적인 면과 정량적인 면을 입체적으로 봐야 한다는 입장인데, 그 점에서 이 책은 조금 아쉽긴 하다. 산업적인 변화, 특히 미디어 환경의 변화보다는 '비빔밥 문화'와 같은 비유로 갈음한다는 인상 때문이다.

그러나 대중문화 전반을 보는 관점을 만드는 데 꽤 큰 도움이 된다. 특히 1장의 「대중문화 이론과 논쟁」은 19세기 말부터 20세기 중반 혹은 21세기 초반인 최근까지 이뤄진 대중문화에 대한 여러 관점을 이야기하듯 풀어 설명한다. 요컨대 대학에서 2학점짜리 교양 선택 강좌를 한 학기 동안 수강해도 좋을 내용을 30페이지 분량으로 소화해낸 것이다.

이와 연관해 특히 인상적인 문장은 서문에 등장한다. "욕심 많은 학자들은 '각주 없는 책', 즉 온전히 자기만의 창의성으로 쓴 책을 내고 싶다는 희망을 밝히곤 하는데, 나는 정반대로 인용과 각주를 늘리려고 애를 썼다. 나의 다른 책들도 그렇지만, 독자에게 생생한 실감을 주는 동시에 특정 주제에 대해 더 알고 싶을 때 도움이 될 자료를 알려주기 위한 뜻으로 그렇게 한 것이다"라고 쓴 대목 그대로 강준만 교수는 페이지 곳곳에 인용한 자료의 출처를 기재한다. 여느 책들이 신문기사를 짜깁기한 것과 달리, 이 책에는 흥미로운 논문이나 저서들도 많이 등장하여 인상적이다.

덕분에 대중문화에 대해 저급하며 체제 순응적이라는 구태의연한 태도보다 여러 층위에서 살피려는 시도가 돋보인다. 강준만 교수는 대중문화에 대한 태도를 보수적 긍정, 보수적 부정, 진보적 긍정, 진보적 부정 등 네 개의 영역으로 나누었는데, 여기에 당위, 실천, 취향이라는 기준을 더하면 무려 열두 가지 유형으로 세분화할 수 있다고 주장한다. 이것은 책의 앞부분에서 프랑크푸르트학파의 대중문화 비판을 한 이유가 아도르노나 호르크하이머 같은 철학자들의 개인적 취향이 반영된 결과일 수도 있다고 이야기하며, 부르디외의 문화적 자본, 구별짓기 등의 개념을 상세히 설명한다.

또한 한국 사회를 분석하는 시각도 인상적이다. 한국의 대중문화 특히 '한류'를 보는 관점은 대체로 내부에서 외부를 향하지만 이 책은 한류라는 현상을 통해 내부를 다시 들여다본다. '엔터테인먼트'를 한국 사회를 구성하는 중요한 요소로 이해하는 것. 바로 이 점에서 강준만 교수의 독특한 관점이 드러낸다. 이를 통해 고도의 인터넷 인프라를 기반으로 모바일 네트워크가 한국인의 삶 자체를 지배하는 듯한 2018년 현재의 모습을 다른 관점으로 보게 만든다. 덕분에 최근 우리 주변의 현상들, 그러니까 콘텐츠와 비즈니스 그리고 미디어 자체에 대한 과도한 관심에 휩쓸리지 않고 약간 거리를 두고 바라볼 수 있게 된다.

한국의 대중문화 열풍(혹은 열광)에 대해서는 사실 2010년 전후로 깊이 있는 논의가 있었다. 김홍중의 『마음의 사회학』, 한병철의 『투명사회』와 『에로스의 종말』 같은 책이 한국 사회의 심연을 거시적으로 들여다보게 했다면, 2015년 이후에 등장한 논의는 좀 더 미시적이고 산업적으로 접근한다는 차이가 있는 것 같다. 굳이 분류하자면, 『대중문화의 겉과 속』은 그 중간에 위치한 개론서에 가까울 것이다. 강준만 교수는 한국이 '대중문화 공화국'이 된 데는 좁은 땅에 자원 없는 나라가 선진국이 되겠다는 결심 그리고 이런 목표가 국가의 종교처럼 자리 잡아 '삶의 전쟁화'를 지속해온 까닭이라고 진단한다. 이런 극심한 경쟁 체제를 버틸 수 있게 도운 것이 바로 대중문화라는 해설인데, 덕분에 우리의 삶이 곧 대중문화가 되었다고 보는 것이다.

이 책은 이러한 관점으로 스타 시스템, 텔레비전, 영화, 소셜 미디어, 유튜브, 가요, 스토리텔링, 쇼핑, 광고, 저널리즘 등 거의 전 분야를 다룬다. 엔터테인먼트의 경제적 가치나 유용함이 아니라 엔터테인먼트가 관계하는 일상을 다룬 셈이다. 게다가 그것이 쉬운 언어로, 친절한 접근으로 이뤄진다. 그래서 마침내 이 책이 가리키는 것은 우리의 내면이다. 엔터테인먼트를 궁금해하거나 그것을 통해 성공 전략을 배우려는 태도를 전제로 하는 것이 아닌, 바로 그런 태도로 우리가 직접 엔터테인먼트가 되어버리는 현상을 꿰뚫는 것이다.

그래서 이 책은 필연적으로 교양서이자 교과서가 된다. 강준만 교수는 이 책에 '교육'의 목적을 담았다. 그는 이제껏 여러 지면과 방송에서 한국 사회의 전근대성을 지적하고 그 한계를 돌파하는 데 정밀한 교육이 필요하다고 이야기해 왔다. 이러한 강준만 교수의 입장을 상기한다면 이 책의 목적은 당연해 보인다. 계몽주의적 입장을 지닌 지식인의 눈에 비친 대중문화는 이해와 해석이 필요한, 그리하여 비판적으로 수용해야 하는 대상이기 때문이다.

나로서는 바로 이 점이 이 책의 미덕이자 한계라고 본다. 그리고 그 점은 이 책이 쓰인 시점과 밀접하다는 생각이다. 2017~2018년의 한국에서는 이제까지 주변적으로 여겨지던 관점과 태도와 갈등들이 그 어느 때보다도 첨예하게 충돌했다. 이 급작스러운, 하지만 오래전부터 예견된 세계관의 격돌은 세대와 젠더, 문화적 감수성과 계급적 정체성, 소비주의 등을 완전히 새롭거나 조금은 낯선 관점으로 보도록 했다. 이런 이유로 『대중문화의 겉과 속』은 다른 책들과 함께 읽으면 그 힘이 제대로 전달되리라 본다. 독서의 미덕 중 가장 아름다운 것은 결국 '자기만의 관점'을 가지는 것이라고 믿기 때문이다.

함께 읽으면 좋은 책

『코리안 쿨』 유니 홍 지음, 정미현 옮김, 원더박스, 2015
『소녀들』 김은하 외 지음, 여성문화이론연구소, 2017
『구경꾼의 탄생』 바네사 R. 슈와르츠 지음, 노명우 외 옮김, 마티, 2006

055

도시를 변화시키는 힘

이원형_건축가 에이플레이스건축 대표

도시는 무엇으로 사는가
유현준 지음, 을유문화사, 2015

햄버거 패티와 정책이 어떻게 만들어지는지 알고 나면 먹고 인정하기 어렵다는 말이 있다. 햄버거야 멀리하면 그만이지만 정책은 우리 생활에 직접 영향을 미치기에 그냥 넘길 수 없다. 그래서 우리는 정책을 이해하려 하고 정치인의 말과 행동에 관심을 기울이며 투표를 독려한다. 경험했듯, 알고 나면 바꿀 수 있기 때문이다.

도시도 마찬가지다. 도시가 어느 날 하늘에서 뚝 떨어진 공간이 아닌 바에야 이곳도 우리가 원하는 장소로 바꿔 나갈 수 있다. 다만 우리는 그동안 도시가 어떻게 만들어지는지 몰랐을 뿐이다. 전문가의 영역이라고 밀쳐둔 것도 있고, 도시의 어느 지점을 어떤 방식으로 개입해야 하는지 방법을 찾지 못한 탓도 있다. 도시를 바꾸려 한다면, 그래서 우리 생활환경을 개선하려 한다면 먼저 도시를 알아야 하지 않을까. 책 부제처럼 '도시를 보는 열다섯 가지 인문적 시선'을 따라 도시를 다르게 보면 이전에는 몰랐던, 하지만 우리 생활에 큰 영향을 주는 도시의 살아 있는 모습을 볼 수 있을 것이다.

저자는 가장 익숙한 도시 공간인 '거리'를 먼저 분석한다. 사람이 많이 찾는 거리와 그렇지 않은 거리의 차이를 정량화하여 '이벤트 밀도' '공간의 속도' 등의 독창적인 분석 틀로 비교하며 설명한다. 길가에 상점이 많으면 사람들은 구경하거나 어느 가게에 들어갈지 고민하면서 자주 선택의 순간(이벤트)을 겪게 되고, 이는 연쇄적으로 보행 속도를 둔화시켜 더 많은 사람이 느리게 걸으며 거리를 즐기게 된다는 설명이다. 그러면서 명동과 가로수길, 홍대 앞 거리 등을 예로 든다. 반면 강남대로 테헤란로는 폭은 넓지만 곧게 뻗은 데다 연접한 상점이 부족하여 사람들이 통과를 목적으로 빠르게 걷기만 한다고 지적한다. 느리게 걸으며 사람들 간 상호작용이 발생하는 거리와 앞을 향해 빠르게 걷기만 하는 거리의 활력도 차이는 확연하다.

거리를 확장하면 광장이 된다. 저자는 광화문 광장의 단조로운 이용 방식도 같은 관점으로 비판한다. 지금의 광화문 광장은 여행객이 잠시 머무르며 사진만 몇 컷 찍을 뿐 일상의 이벤트가 거의 발생하지 않는다고 지적한다. 양옆 도로로 가로막혀 도심 속 섬처럼 광장이 다만 '비워져' 있기만 할 뿐이기 때문이다. "공간은 어떠한 행위자로 채워지느냐에 따라서 그 공간의 느낌과 성격이 달라지"는데, 광화문 광장은 행위자(시민)를 불러들이지 못하기에 국가주의적 성격의 공간을 넘어서지 못한다는 얘기다.

거리든 광장이든 저자는 그 장소를 디자인한 사람이나 집단의 힘이 드러나기보다 사용하는 시민의 이야기가 담기길 바란다. 그동안 우리는 '도시' 역시 공급자가 공급하는 대로 사용해왔다. 공급하는 입장에서는 공급 효율을 우선시했고, 효율을 높이기 위한 권력의 사용과 과

시에 주저함이 없었다. 이제는 잊혔지만 100만 명이 모여서 연설을 들었다는 여의도 광장이 그렇고, 논밭을 밀고 세계 어느 도시보다도 큰 단위 블록으로 필지를 구획해 만든 강남도 그렇다. 저자는 이를 '휴먼스케일'의 부재로 일갈하는데, 시민의 일상이 벌어지고 인간적인 향내가 담기는 공간은 우리 신체로 인지 가능한 규모라고 말한다. 이는 공원을 바라보는 관점에서도 마찬가지다.

서울은 산으로 둘러싸여 있고 한강을 끼고 있어서 녹지율이 높아 보인다. 실제로 지하철을 타고 가서 산을 오르거나 한강 둔치에서 여가를 즐기는 사람도 많다. 그런데도 시민은 일상에서 공원이 부족하다고 느낀다. 저자는 그 이유를 "작은 공원이 도시에 산재해 있지 않아서"라고 답한다. "서울숲 주변에는 대부분 강변북로와 내부순환도로 같은 고속도로가 접해 있어" 걸어서 가기 어렵기에 멀리 느껴진다고 지적하면서, 작지만 잘 가꿔진 공원이 도심 곳곳에 있는 도시와 비교할 때 서울은 1시간 이상을 걸어야 다른 공원에 다다를 수 있다 보니 공원의 열악함이 더 잘 느껴진다는 설명이다. 그러면서 공원을 어쩌다 날 잡고 가야 하는 곳이 아닌 평소 걸어갈 수 있는 장소가 되도록 도시를 휴먼스케일 차원에서 바라봐야 한다고 역설한다.

저자는 '휴먼스케일'의 관점을 토대로 도시를 설계할 때 '공간의 속도' 등 공감각적 척도를 적용하길 제안한다. 그동안 도시 설계는 수용인구 예측을 기반으로 용도 지역을 나누고, 이를 토대로 블록을 구획하며 도로와 거리의 크기를 결정했다. '양'이 도시 설계의 절대적 기반인 것이다. 그러다 보니 공간의 질적인 예측과 전망 없이 다만 균등한 도시만 만들어졌다는 지적을 받는다. 저자는 시민이 도시의 다양한 맥락과 느낌을 인식하고 참여한다면, 도시를 변화시킬 가능성이 열릴 것이라고 제안한다. 더욱이 신도시 계획에 시민이 참여할 수 있다면 우리는 이제 최소한 '무작정 넓은 보행로나 공원은 필요 없어요'라고 말할 수는 있지 않을까. 책을 읽으며 그 해악 또한 알게 될 테니 말이다.

저자는 공공 공간의 질이 도시의 경쟁력을 입증한다는 태도를 유지하며 다양한 사례를 든다. 광장의 공원 등 공공 건축이 자주 언급되는 이유다. 그렇지만 저자의 시선은 결국 주거로 향한다. 우리 건축(도시)이 후진성을 면치 못한다고 진단하며 "아파트가 가장 큰 원인"이라고 지목한다. 아파트는 마당과 골목을 없애고 지었다. 게다가 빨래 널던 베란다마저 창틀로 막으면서 우리가 이웃만 잃은 게 아니라고 말한다. 아파트 외의 '집'에 대한 욕구가 없으니 건축 또한 정체되어 왔다고 털어놓는다. 그 여파로 아파트가 무너뜨린 도시 문제 또한 다각도로 밝힌다. 저자는 건축 설계의 어려움을 수차례 토로하면서 시민의 이해와 동조 없는 건축의 한계를 인지시키고 독자의 참여를 독려하며 책을 마무리한다.

전에 다니던 회사는 집에서 한 시간 반 거리에 있었다. 비 오는 금요일이면 시간이 더 걸렸다. 한여름이면 출근하면서 이미 지쳤고, 퇴근길이 지구 끝까지 가는 것만 같았다. 익숙해질 법도 하건만 몇 년을 다녀도 출퇴근길의 피로감은 해소되지 않았고, 그건 직장과 가정생활의 고단함으로 전이되는 듯했다. 집이든 직장이든 옮기고 싶었지만 선택지가 충분하지 않았다. 서울은 그것이 가능한 도시가 아니었다. 도시를 바꾼다는 건 우리 삶의 질을 개선시킨다는 걸 뜻한다. 도시가 어떻게 만들어지고 '살아가는지' 이제 우리는 그 구조를 들여다볼 때가 된 듯싶다.

<u>함께 읽으면 좋은 책</u>

『미국 대도시의 죽음과 삶』 제인 제이콥스 지음, 유강은 옮김, 그린비, 2010
『우리는 도시에서 행복한가』 찰스 몽고메리 지음, 윤태경 옮김, 미디어윌, 2014
『헤드스페이스: 영혼을 위한 건축』 폴 키드웰 지음, 김성환 옮김, 파우제, 2017

056

재미와 깊이를 고루 갖춘 중부지방의 여행안내서

김효형_도서출판 눌와 대표

여행자를 위한 나의 문화유산답사기 1
유홍준 지음, 창비, 2016

'마이카 시대'와 함께 '답사' 열풍을 몰고 온『나의 문화유산답사기』의 명성과 독자들의 호응에 대해서는 사실 두말할 나위가 없다. 20여 년 동안 국토를 답사해 온 유홍준은 남들이 무심코 지나치곤 하던 폐사지나 유배지, 이름 없는 절 등에서 느낀 경험을 자신만의 독특한 미학을 기초로 해박한 지식과 탁월한 이야기 솜씨로 풀어냈다. 이렇게 숨겨진 문화유산을 애정 어린 눈빛으로 하나씩 조명했던 저자 유홍준의 눈길과 발길이 닿던 우리 땅 구석구석은 비로소 빛나는 답사 처가 되기도 했고 때로는 박물관이 되기도 했다. 그전까지는 국보나 보물로 지정되어 박물관에 보관되던 그 무엇이었거나, 국보나 보물조차 아니라면 그저 돌무더기이거나 돌덩어리였을 것들에 생명력을 불어넣었다고 해도 과언이 아닐 것이다.

1993년에 『나의 문화유산답사기』 1권 '남도답사 일번지'가 출간되자마자 각계 각층의 반응은 뜨거웠다. 미술사학자인 저자는 "전 국토가 박물관이다"이라거나 "아는 만큼 보인다"는 구호로 대중의 인식 지평을 넓히려는 의도를 대놓고 노출했는데, 그런 의도가 제대로 먹혀들었다. 소설가 박완서는 "깨우친 바 기쁨이 하도 커서 말하고 싶은 걸 참을 수가 없다"고 했고, 노동 시인 박노해는 "제 눈을 맑게 열어준 운명 같은 마주침의 책, 펼칠 때마다 선방의 죽비처럼 내 등짝을 때리는 책, 내 마음속 가장 은밀한 자리에 꽂아둔 우리 시대 고전 가운데 하나인 책"이라는 옥중서신을 저자에게 보내왔다.

이렇게 새롭게 하나의 장르를 개척한 '답사기'는 이후에 인문서 시장에 활기를 가져왔을 뿐 아니라 지난 25년 동안 국내 편 10권과 일본 편 4권이 출간됐다. 저자는 책이 출간될 때마다 글쓰기의 패턴을 달리해 스토리텔링이 날로 진화하는 모습을 보여줬다. 1권만으로도 오래전에 밀리언셀러가 된 답사기는 누적 판매 부수가 400만 부를 돌파하는 신기록을 세웠다. 그 발걸음이 지나간 자리마다 문화유산에 대한 독자들의 관심을 끌어모으곤 했던 한 권 한 권의 가치와 의미도 중요하지만 1권의 출간 이래로 25년이 넘는 시간 동안 꾸준히 사랑받는 시리즈도 짐작건대 전 세계적으로 흔치 않은 사례일 것이다. 그의 답사기가 계속 출간되기를 기대하는 독자도 적지 않다.

유홍준의 미덕은 혼자 가지 않고 더불어 가려는 기획력일 것이다. 답사기의 성공 이후 그의 기획력이 가미된 책들도 큰 인기를 끌었다. 회화, 도자, 건축 등 한국미술의 전 영역에서 한국미의 아름다움을 다룬 최순우의 『무량수전 배흘림기둥에 기대서서』와 우리 문화유산을 답사하는 사람들을 위한 시도별 안내서인 『답사여행의 길잡이』 시리즈 등은 유홍준의 기획력이 가미되지 않았다면 탄생할 수 없었던 책이다.

『나의 문화유산답사기』는 오랜 시간 저자 유홍준이 답사를 다니며 새로이 발견한 답사 처와 그 유산을 우선순위로 집필했고, 초창기 '답사기'에서는 오히려 잘 알려지지 않은, 발길이 흔히 닿지 않는 곳을 우선적으로 소개했다. '답사기' 1권이 1994년 당시로써는 덜 유명했던 '남도'를 다루고 있음에서도 알 수 있다. 그러다 보니 오히려 수도권의 문화유산은 상대적으로 애써 미뤄두었다. 가장 최근에 출간된 9권과 10권에서 '이제야' 서울의 문화유산을 다루고 있다.

'답사기' 8권에 실린 '여주 신륵사' 편은 경기도의 대표적인 사찰인 신륵사의 아름다움과 가치를 제대로 조명한 글로, 수도권의 문화유산을 기다렸던 독자들에게 반가운 글이었다. 이 글에서는 신륵사의 역사와 현재의 모습까지 살뜰하게 살피고 있어 경기도민이라면, 아니 우리 국민이라면 누구나 한 번쯤 가봄 직한 남한강변의 고즈넉하고 유려한 풍광을 소개하고 있다. 저자 유홍준이 남한강변의 산수와 함께 '와유(臥遊)'하기를 바란다고 했듯이, 꼭 답사를 가지 않더라도 글과 사진이 어우러져 마치 답사를 한껏 다녀온 듯한 느낌을 주는 글이다.

신륵사는 유홍준이 추천하는 '외국인을 위한 당일 답사 처'로 일품인 곳이며, 2012년 CNN이 선정한 '한국에서 가봐야 할 아름다운 50곳'에도 꼽혔으니 비단 경기도의 문화유산으로서뿐 아니라 한국을 대표하는 명승지로 공인된 곳이라 할 수 있다.

지리적인 특성상 산사도 무수히 많거니와 천년 고찰이 드물지 않은 우리로서야 신륵사의 풍광이 뭐 더 빼어난 게 있을까 싶지만, 외국인들의 눈에는 남한강변 신륵사의 자리앉음새와 가람배치가 좀 유별나게 다가오는 듯하다. 저자 스스로도 "신륵사는 우리나라뿐만 아니라 중국과 일본에서도 보기 드문 강변 사찰이다. 절집이라면 대개 깊은 산중이나 시내에 있는 것이 보통이다. 그러나 남한강변의 높직한 절벽 위에 자리 잡은 신륵사는 유유히 흐르는 남한강을 내려다보며 여봐란듯이 가슴을 젖히고 있다. 강물은 쪽빛으로 흐르고 강 건너 은모래 백사장은 눈부시게 빛난다. 그들이 말하는 신륵사의 아름다움이란 곧 신륵사에서 바라보는 남한강의 아름다움인 것이다"라고 설명했다.

경기도의 도처에 무궁무진한 문화유산이 언제고 유홍준의 발길이 닿기를 고대하고 있겠으나, 여주와 신륵사를 곱게 담아낸 그 '답사기' 한 편의 글로도 이 책은 충분한 가치가 있다고 하겠다. 저자 스스로 "애당초 내가 처음 '답사기'를 저술할 때는 독서를 위한 기행문"이었다고 밝힌 바 있듯이, 그동안 여러 권에 걸쳐 나뉜 지역의 이야기를 묶음으로 구성한 『여행자를 위한 나의 문화유산답사기』는 '답사기' 본래의 글맛과 독서의 재미를 해치지 않으면서도 깊이 있는 국내 여행 안내서로 충실한 모양새를 갖추었다. 나선 김에 가까운 지역을 한꺼번에 여행하고 답사하려는 독자들에게는 반가운 책일 것이다. 여주 신륵사를 시작으로, 이 가을 남한강변을 따라 여행해보기를 권한다. 『여행자를 위한 나의 문화유산답사기 1』을 들고 말이다.

함께 읽으면 좋은 책

『무량수전 배흘림기둥에 기대서서』 최순우 지음, 학고재, 2008

『답사여행의 길잡이』(전15권) 한국문화유산답사회 엮음, 돌베개, 1997~2004

『안목』 유홍준 지음, 눌와, 2017

057

건축을 보는 건축가의 시선

이원형_에이플레이스건축 대표

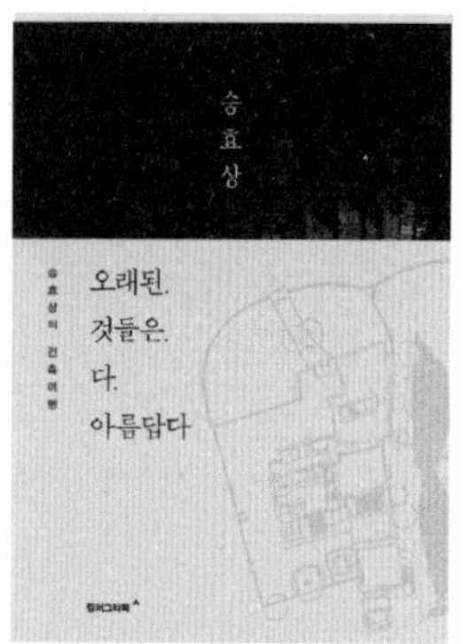

오래된 것들은 다 아름답다
승효상 지음, 컬처그라퍼, 2012

노무현 대통령은 집 근처에 작은 비석 하나만 세워달라는 부탁을 하고서 세상을 떠났다. 그의 청은 한 건축가에게 전해졌고, 그는 너럭바위 하나를 대지에 놓음으로써 낮지만 넓었던 노 전 대통령의 생애를 간명히 기념했다. 비워지고 검박한 공간에서 건축의 본질을 찾고자 분투하던 건축가다운 설계였고, 묘역은 그가 평소 인용하여 말하던 "덜 미학적이지만 더 윤리적인 공간"이라 할 만한 장소가 되었다.

우린 모두 건축 안에 살면서 건축의 태도에 영향을 받는다. 마천루가 지시하는 삶의 양태와 낮고 작은 집에서 살아가는 이들의 가치관은 다르다. 그리고 그걸 설계한 건축가도 다르다. 저자인 건축가 승효상이 봉하마을 묘역을 설계할 때, 그는 어떤 태도와 의미를 우리에게 전하고 싶었을까. 그의 '전하고 싶은 이야기'는 어떻게 형성된 걸까.

저자는 국내외 여러 건축과 장소를 여행하며 벼려낸 자신의 건축관을 스물다섯 장으로 나눠 써 내려간다. 각 장마다 두 곳 이상의 건축을 비교하면서 역사적 맥락을 설명하고, 이를 토대로 건축적 의미, 가치에 대한 그의 관점을 드러내는 데 주력한다. 종교와 역사, 정치와 환경, 문화, 예술 이면에 서서 폭넓게 건축을 조망하는 자신 곁으로 우리를 안내하는 듯하다. 책 제목 『오래된 것들은 다 아름답다』에서 알려주듯 저자는 오래된 것들에서 자기 건축의 지향을 발견했다고 말하면서 그로서는 오래된, 그래서 더 아름다웠을 어린 시절 이야기부터 소개한다.

저자는 부산 구덕산 기슭 여러 가구가 깊은 마당을 함께 쓰는 집에서 자랐다. 아침이면 마당은 북새통을 이뤘고, 정오에는 햇살과 빗줄기를 받아냈으며 저녁에는 밥 냄새와 웃음이 마당을 매웠다. 마당은 비어 있되 살아 있는 비움이었고 삶의 이야기가 가득한 공간이었다고 저자는 말한다.

그러면서 서구 건축이 내세우는 '불확정적 비움'의 사례로 언급되는 일본 교토 료안지 마당의 적요함을 지적한다. "시각적 미학일 뿐 그 속에 윤리는 부재했으며, 그게 비움이라면 확정되고 동결된 것"이고 "심지어 죽은 비움"이라고 직격한다. 즉 저자에게 비움이란 다양한 행위가 복합적으로 펼쳐지는 삶의 무대 그 자체이지 관망과 잉여의 공간은 아니라는 것이다. 그래서일까, 저자는 "좋은 건축과 건강한 도시는 우리 삶의 선함과 진실됨과 아름다움이 끊임없이 일깨워지고 확인될 수 있는 곳"이라고 주장하며 삶의 역동성이 그대로 나타나는 건축과 공간의 가치를 높이 추켜세운다. 길과 마을을 보는 관점 역시 같은 맥락을 유지한다.

2011년 저자는 모로코 제2의 도시 '페즈'를 여행한다. 중앙공원, 중앙광장 하나 없이 백만 명이 사는 이 도시에서 저자는 실핏줄처럼 엮여 있는 길이 모두 나름의 쓰임을 갖고 있다는 사실에 주목한다. 이곳의 길은 때론 노천시장이나 놀이터, 공동체의 집회장으로 변모한다면서 "길은 그들에게 그냥 통행의 수단만이 아니라 그들의 공동체적 삶의 기억을 만들며 서로를 엮는 귀중한 공공영역"임을 깨달았다고 털어놓는다. 더욱이 이 도시의 공간 구조가 "기념비적 랜드마크도 없어 모두가 고만고만한" 건물이 모여 있음을 상기하며 오래도록 많은 사람이 스스로 발전시켜온 도시야말로, 낮고 작은 것들이 모여 조용한 목소리로 서로를 토닥이는 도시야말로 기능적이며 아름답지 않느냐는 반문을 독자에게 던진다. 우리 도시도 페즈처럼 수수하고 검박했으며 생동감 있었기에 저자의 물음은 우리가 사는 곳을 바라보게 한다.

저자는 서울의 달동네를 돌아다니며 가난한 이들이 지혜롭게 마을을 이루며 살아가는 모습에서 "내가 아는 모든 공간의 지혜와 방법"을 보았다고 밝힌다. 이를 토대로 자기 건축의 화두인 '빈자의 미학'을 선언했다고 말하면서, 서울의 달동네가 공간의 질마저 낙후되어 있다기보다, 모로코 페즈나 그리스 산토리니처럼 이웃이 일상으로 마주치며 함께 일을 도모할 수 있는 기능적이고 아름다운 공동체 공간이라고 말한다. 심지어 산토리니를 여행할 때는 그곳의 도시 구조가 달동네와 같음을 알아차리고선 쾌재를 부르기까지 했다고 고백한다. 하지만 저자는 이내 "도시 속의 암 같은 덩이"로 아파트가 들어서는 달동네 재개발을 목격하면서 "이것은 건축도 아니고 우리에게 가해진 심각한 테러 행위이자 범죄"라며 심각한 분노를 글로 쏟아낸다. 비판의 저변에는 "편리라는 말이 행복한 삶과 동의어가 아니며, 더욱이 우리가 살아야 할 지혜로운 삶과는 거리가 멀다"는 관점이 깔려 있다. 우리도 같은 눈으로 도시를 바라본다면 저자와 같은 독설을 하게 될는지도 모른다. 도시를 비평하기에 앞서 저자의 눈을 빌려 우리 건축을 다르게 보는 건 어떨까.

저자는 책 전반에 걸쳐 우리 옛 건축의 특성을 요약하고자 시도한다. 건축의 인문학적 배경과 해설을 공간과 적절히 연결함으로써 물리적 실체 너머의 건축적 의미에 독자가 닿을 수 있도록 돕는다. 담양 소쇄원의 지형을 따르는 동선과 정원의 위치와 연결을 "자연과 적극적으로 공존하려는 자세이며 자연과 나를 서로 이해시키는 지식인의 창조적 태도"로 해설한다거나, 병산서원 만대루에서 느껴지는 압도적 규모에 다음과 같이 감흥을 느낀다. 작가는 이 책에서 "건축은 프레임으로서만 존재하며 자연을 적극적으로 매개하는 수단일 뿐이란 것"이라고 말한다. 이 구절에서는 우리 건축을 보고 공감할 수 있도록 이론적 시야를 틔워주는 작가의 배려가 느껴진다.

책은 침묵과 작은 소요를 오가며 조용히 뒷장으로 넘어간다. 각 장은 서로 연결되어 있지 않지만, 건축가 승효상이라는 하나의 주제가 이 책 전체를 관통한다. 어떤 사람이고, 어떤 건축에 감응하며, 어떤 건축을 지향하는지. 행간을 넓게 쓰며 자신의 건축관을 담아내려 애쓰지만, 결국 건축으로 말하고자 하는 건축가의 자존심이 짙게 느껴진다. 봉하마을 묘역에서 건축가 승효상은 무엇을 말하고 싶었을까. 아니, 죽은 이의 무슨 말을 대신 전해주고 싶었을까. 그리고 그 말은 잘 전해졌을까. 건축이 하는 말은 어쩌면 영원할지도 모르겠다. 저자가 여행하며 보았던 수많은 건축이 그렇듯. 책을 읽고 나면 건축이 하는 말이 들릴지도.

<u>함께 읽으면 좋은 책</u>

『행복의 건축』 알랭 드 보통 지음, 정영목 옮김, 청미래, 2011
『공간 공감』 김종진 지음, 효형출판, 2011
『감응의 건축』 정기용 지음, 현실문화, 2008

옛 그림과 함께 거니는 조선시대의 내면 풍경

이광표_서원대 문화유산학 교수

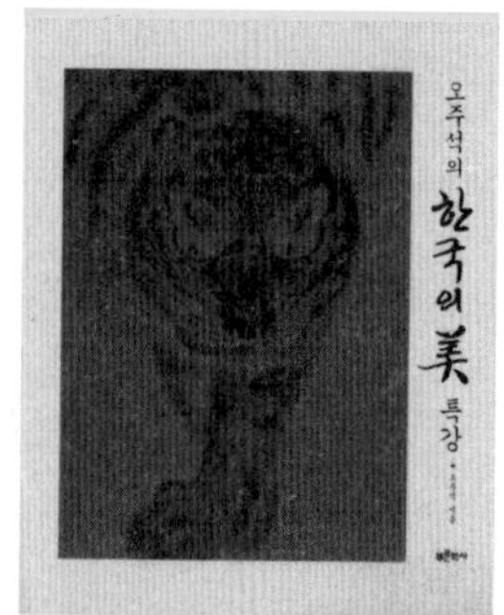

오주석의 한국의 美 특강
오주석 지음, 푸른역사, 2017

먼저, 이 책의 맨 뒤에 실린 부록 가운데 글 한 편을 읽어보자. 18세기 단원 김홍도의 그 유명한 풍속화 「씨름」에 관한 오주석의 글이다. 저자인 미술사학자 오주석을 이해하는 데 매우 효과적인 글이다.

"씨름판이 벌어졌다. 여기저기 철 이른 부채를 든 사람들을 보니 막 힘든 모내기가 끝난 단오절인가 보다. 씨름꾼은 샅바를 상대편 허벅지에 휘감아 팔뚝에만 걸었다. 이건 한양을 중심으로 경기 지방에서만 하던 바씨름이다. (중략) 누가 이길까? 앞쪽 장사의 들배지기가 제대로 먹혔으니 앞사람이 승자다. 뒷사람의 쩔쩔매는 눈매와 깊게 주름 잡힌 양미간, 그리고 들뜬 왼발과 떠오르는 오른발을 보라. 절망적이다. 게다가 오른손까지 점점 빠져나가 바나나처럼 길어 보이니 이제 곧 자빠질 게 틀림없다.

왼쪽인가 오른쪽인가? 기술은 왼편으로 걸었지만 안 넘어가려고 반대편으로 용을 쓰니 상대는 순간 그쪽으로 낚아챈다. 이크, 오른편 아래 두 구경꾼이 깜짝 놀라며 입을 딱 벌렸다. 얼마나 놀랬는지 그림 속 왼손, 오른손까지 뒤바뀌었구나. 순간 상체는 뒤로 밀리고 오른팔은 뒷땅을 짚었다. 판 났다! (중략) 다음 선수는 누구일까? 왼편 위쪽, 부채로 얼굴을 가린 어리숙한 양반은 아닐 성싶다. 갓도 삐뚜름하고 발이 저려 비죽이 내민 폼이 좀 미욱스러워 보인다. 그 뒤 의관이 단정한 노인은 너무 연만하시니 물론 아니고, 옳거니 그 앞의 두 장정이 심상치 않다. 갓을 벗어 나란히 겹쳐 놓고 발막신도 벌써 벗어 놓았다. 눈매가 날카롭고 등줄기가 곧으며 내심 긴장한 듯 무릎을 세워 두 손을 깍지 낀 채 선수들의 장단점을 관찰하고 있다. 그러나 다음 선수 두 사람의 초초함과는 무관하게 엿장수는 혼자서 사람 좋은 웃음을 띠고 먼 산만 바라본다. 엿판에 놓인 엽전 세 냥이 흐뭇해서인가."

첫 문장부터 읽는 이를 사로잡는다. 그림 속 부채 하나에도 이런 의미가 있구나, 하는 생각이 들게 한다. 왜 사람들이 모여 한바탕 씨름판을 벌이는지, 그 시간적 문화적 배경을 명쾌하게 표현했다. 오주석은 두 남자의 샅바잡기를 보고 경기도 씨름임을 알아냈다. 그림을 제대로 읽기 위해 씨름의 역사와 종류까지 공부한 것이다. 짧은 글이지만 한 문장 한 문장 넘어갈 때마다 행간의 깊은 울림 속으로 읽는 이를 몰입시킨다.

특히 오주석의 집요한 관찰력에 무릎을 치지 않을 수 없다. 그동안 단원의 「씨름」을 말하면서 두 주인공 씨름꾼의 승패에 대해 누가 이렇게 표현한 적이 있었던가. "얼마나 놀랬는지 그림 속 왼손, 오른손까지 뒤바뀌었구나"라고 표현할 정도로 저자 오주석은 넉살도 좋다.

이러한 설명은 모두 그림을 꼼꼼히 읽지 않으면 불가능한 일이다. 이 짧은 글 하나만 읽어도 오주석이 김홍도라는 화가에 얼마나 푹 빠졌는지, 김홍도의 그림을 이해하기 위해 그 시대의 문화적 배경을 얼마나 많이 공부했는지 절로 느껴진다. 이것이 오주석 글의 매력이다.

「씨름」에 관한 이 짧은 글을 확장해, 다채롭고 편안하게 조선시대 문화와 미(美)와 정신세계로 확장해 설명한 책이 『오주석의 한국의 美 특강』이다. 「씨름」에 관한 글처럼 이 책에는 시종일관 옛 그림에 대한 오주석의 안목과 애정이 듬뿍 담겨 있다. 대중 강연 내용을 글로 옮긴 것이어서 기본적으로 편안한 데다 저자의 풍부한 관련 지식과 정감 있는 글쓰기가 더해져 읽는 이를 옛 그림의 매력으로 끌고 간다.

책은 「옛 그림 감상의 두 원칙」 「옛 그림에 담긴 선인들의 마음」 「옛 그림으로 살펴본 조선의 역사와 문화」로 구성되어 있다. 오주석을 따라 그림을 감상하다 보면 수백 년 전 당시 사람들의 내면과 고민에 이르게 된다. 그것이 바로 조선의 내면이고 한국의 미이다. 그런데 저자는 이런 점들을 거창한 철학이나 어려운 미학 이론으로 설명하는 것이 아니라 그림 이야기로 편안하게 풀어나간다.

첫 번째 장 「옛 그림 감상의 두 원칙」에서는 옛사람의 눈으로 보고, 옛사람의 마음으로 느끼라고 강조한다. 예를 들면, 세로쓰기를 사용했던 옛사람의 눈에 맞춰 오른쪽에서 왼쪽으로 보고 그림의 대각선 길이의 1~1.5배 거리에서 천천히 감상하라는 식이다. 옛 그림을 낯설어하는 사람들을 위한 배려라고 할 수 있다.

두 번째 장 「옛 그림에 담긴 선인들의 마음」에서는 옛 그림에 담긴 우주관과 인생관을 살펴본다. 특히 음양오행에 기초해 조선시대 사람들의 인생관 우주관을 들여다본다. 주역(周易), 음양오행 하면 왠지 어렵게 느껴질 수 있지만, 저자가 말하는 음양오행 이론의 궁극은 조화라고 할 수 있다. 그래서 저자가 소개하는 「마상청앵도(馬上聽鶯圖)」나 「송하맹호도(松下猛虎圖)」 모두 결국 조화를 추구한 작품이며, 그것이 조선의 마음이라고 말한다.

세 번째 장은 「옛 그림으로 살펴본 조선의 역사와 문화」다. 가장 장쾌한 그림의 하나로 꼽히는 「환어행렬도(還御行列圖)」에서는 백성을 드높였던 정조 시대 성리학의 이념을 찾아내고, 「이재 초상(李縡肖像)」 「이채 초상(李采肖像)」에서는 터럭 한 올까지 정확하게 묘사해 내면을 표현하고자 했던 조선 선비들의 고결한 정신세계를 읽어낸다.

이 책의 압권은 책 뒷부분에 나오는 「일월오봉병(日月五峰屛)」(작자 미상)과 겸재 정선의 「금강전도(金剛全圖)」에 관한 대목이다. 「일월오봉병」은 왕의 용상 뒤에 세워놓는 병풍 그림이다. 누군가는 이 그림을 두고 "왕의 절대권력" 운운하며 부정적인 상징으로 보기도 한다. 하지만 오주석의 설명은 다르다. 그는 특히 그림에 등장하는 붉은 기둥의 소나무를 대지에 굳게 뿌리박고 하늘을 향해 우뚝 솟은 붉은 우주목(宇宙木)으로 해석한다. 그러고 보니 이 그림은 무언가 장엄하고 힘이 넘친다. 오주석은 이 그림을 통해 조선의 문화 속에서 담겨 있는 꿈틀거리는 힘을 역설하고 싶었던 것이다.

정선의 「금강전도」는 조선 후기의 가장 대표적인 진경산수화이다. 그런데 그 모습이 독특하다. 금강산 일만 이천 봉을 하늘에서 한눈에 내려다보면서 전체 금강산을 원형 구도로 잡았다. 그러고는 흙산과 바위산을 좌우로 구분에 S자 모양으로 태극 형상을 만들었다. 참으로 독특한 그림이다. 오주석은 여기서 주역의 원리를 찾아낸다. 그는 흙산과 바위산은 음과 양을 상징한다고 설명한다. 주역을 열심히 공부했던 정선이 금강산을 주역의 원리로 구현한 것이다. 오주석은 음양의 조화를 통해 조선이 영원하길 바랐던 정선의 마음까지 읽어낸다. 오주석의 설명을 듣고 나면 「금강전도」가 왜 대단한 걸작인지 제대로 이해할 수 있다.

이 책을 읽다 보면 흥미로운 점이 하나 있다. 저자가 예로 드는 그림의 상당수가 김홍도 작품이라는 점이다. 오주석은 정선, 신윤복, 강세황 등의 그림도 소개하지만 대부분은 김홍도가 그린 작품을 이야기한다. 오주석은 김홍도를 특히 좋아했다. 김홍도를 두고 "가장 조선적인 화가"라고 했다. 부록으로 수록한 짤막한 그림 설명도 김홍도의 그림 12점에 대한 것이다. 김홍도에 대한 오주석의 애정이 얼마나 두터운지 알 수 있는 대목이다. 김홍도가 왜 인물의 좌우 손을 종종 뒤바꿔 그렸는지 등등에 관한 흥미로운 이야기도 덧붙인다.

오주석은 2005년 세상을 떠났다. 49세였다. 많은 사람이 그를 그리워했으며 그의 유고집이 몇 권 나왔다. 2010년대 들어 오주석의 고향인 수원에선 그를 되돌아보려는 움직임이 일었고, 오주석 저작물 독서모임, '수원 출신 미술사학자 오주석 심포지엄'이 열리기도 했다. 유족은 그의 책과 유품 등을 고향에 기증했고 수원시는 화성행궁 옆 멋진 단독주택을 한 채 매입해 그것들을 전시하고 옛 그림을 공부하는 공간으로 꾸몄다. 2018년 9월 문을 연 오주석의 서재다. 이 책을 읽으면 조선시대 속으로 여행을 떠나고 싶어진다. 수원 화성을 들러보고 화성행궁 옆 오주석의 서재를 찾아가면 더 좋을 것 같다.

함께 읽으면 좋은 책

『오주석의 옛 그림 읽기의 즐거움』(전2권) 오주석 지음, 신구문화사, 2018
『간송 전형필』 이충렬 지음, 김영사, 2010
『조선 회화를 빛낸 그림들』 윤철규 지음, 컬처북스, 2015

법고창신 혹은 성聖과 속俗의 변증

059

진경환_한국전통문화대 교양기초학부 교수

공부는 흔히 엉덩이로 하는 것이라고 하지만, 민속학 관련 공부는 발로 해야 한다. 그렇다고 엉덩이로 시간과 싸우지 않는 것은 아니다. 말이 쉽지, 이 두 가지를 동시에 진행하기는 사실상 거의 불가능에 가깝다. 그런데 이 두 가지를 큰 문제 없이 오히려 조화롭게 진행하는 연구자가 있으니, 그가 바로 주강현이다.

현재 국립해양박물관장의 직책을 맡아 중단된 상태이지만, 그는 최근까지 해양 문명 탐구에 깊이 빠져 있었다. 한 해의 거의 절반은 해외 답사에 할애할 정도였다. 주위에는 '그렇게 해외 답사를 다니면서도 언제 그 많은 책을 쓰느냐'고 놀라는 사람도 많다. 내가 알기로 그것은, 그가 젊어서부터 강도 높게 훈련해온 내공 덕분이다. 지금 우리가 함께 생각해볼 『우리문화의 수수

우리문화의 수수께끼
주강현 지음, 서해문집, 2018

께끼』도 그 온축된 내공의 결과물이다.

1995년 광복 50주년 기념으로 〈한겨레〉에 연재된 다음해에 두 권으로 출간된 이 책은 이후 여러 번 개정 증보판을 내오다가 올해 한 권으로 된 완결판을 내었다. 『우리문화의 수수께끼』는 지금까지 60여만 권이 나간 베스트셀러이자 스테디셀러가 되었다. 민속학을 포함한 인류학, 신화학과 종교학 분야에서 거의 독보적인 지위를 점유하고 있다. 오랜 세월 '우리 문화 교과서'로서 그 역할을 충실히 수행해왔다.

이 책은 우리가 평소에 궁금해하거나 알 듯 모를 듯 지나쳐 왔던 여러 가지 문화 현상에 대해 상세하고 깊게 설명해주고 있다. 이 책이 다루고 있는 내용은 한마디로 규정하기 어려울 정도로 광범위하다. 근대의 분과학문의 관점과 체계를 가뿐히 넘어서고 있다. 모름지기 문화란 어느 특수한 전공 분야에 한정해 논할 성질의 것이 아님을 설득력 있게 보여주고 있다. 우리 민족의 영원한 태 자리인 구들에서부터, 금줄과 왼새끼, 도깨비, 돌하르방, 똥돼지, 매향(埋香), 모정과 누정, 무당과 신내림, 바위그림, 배꼽, 당나무, 굿, 솟대, 숫자3, 쌍욕과 쑥떡, 여신, 서방질, 장맛, 장례, 장승, 풍물, 황두와 두레까지 실로 우리 문화의 전폭을 풍성하게 담아냈다. 총 스물다섯 장의 파노라마가 펼쳐진다.

그런데 그것들은 여느 문화 답사기나 문화 해설서처럼 단지 평면적인 설명에 그치지 않는다. 각 장의 구성에는 독특한 방식이 작동하고 있다. 그것은 한마디로 법고창신(法古刱新), 곧 지나간 유무형의 유산을 단지 과거의 것으로 치부하지 않고 그것을 바탕으로 새로운 물질이나 발상을 만들어낸다는 것이다. 이러한 관점이 대표적으로 드러난 부분은 제12장 「배꼽, 혁명 혹은 구멍」이다. 이 장은 "배꼽에서 자궁을 생각하며" "우리의 탯줄은 어디에 있을까" "세상의 중심, 삶의 중심" "배꼽에서 혁명을 생각하다" "'배꼽 섹스어필'의 시대" "다시 혁명을 들여다보며"라는 꼭지들로 구성되어 있다.

"태아는 탯줄로 생명을 유지한다. 탯

줄은 자궁 속 태반과 이어져 있다. 어둡고 비밀스러운 자궁은 태초의 숨결을 머금고 신화를 창조하는 역할을 부여받는다. 자궁의 숨결을 '태동(胎動)'이라 불렀으며, 그래서 새로운 움직임을 태동이라고 표현한다. (중략) 배꼽은 바로 이 탯줄의 출구이다. 태아를 세상과 이어주는 구멍이다. 또한 배꼽은 생명의 근원지 그 자체다. 어두컴컴한 자궁에서 탯줄을 따라 생명은 숨을 이어왔다."

나는 배꼽에 대해 이토록 아름답고도 철학적으로 설명한 예를 보지 못했다. 배꼽은 그리스어로 '옴파로스'라고 한다. 그리스 신화에 따르면, 제우스가 두 마리의 독수리를 날리는데 그것들은 세상의 중심에서 만난다. 옴파로스는 바로 그곳, 곧 세상의 중심을 나타낸다. 저자의 설명이 훨씬 더 인간적이고 구체적이며 포괄적이다.

논의는 그러한 묘사와 해설로 끝나지 않는다. 저자는 그 배꼽에서 역사의 현장을 소환해낸다. "1892년 임진년 여름, 임진왜란이 일어난 지 꼭 300년 되던 해다. 세상에는 무언가 큰일이 벌어질 것이라는 소문이 자자하여 민심이 흉흉했다. 그 때 선운사 석불의 배꼽 비결(祕訣) 사건이 기름에 불붙"였던 민중의 반란을 불러내는 것이다. 요컨대 저자는 배꼽을 "탯줄의 출구"라는 의미에서 "새로운 세상을 꿈꾸던 이들에게 새로운 세상으로 나아가는 출구"로 확장한다. 그래서 얻어낸 그의 결론은 "중세 사회를 마감하면서 민중의 혁세사상을 펼치고자 한 동학농민전쟁의 불꽃이 바로 생명의 상징인 배꼽에서 당겨졌다"는 것이다. 한마디로 관념과 현실의 변증법, 좀 더 구체적으로 말하면 마르크스가 말한 "추상에서 구체로의 상승"이다. 내가 생각하기에 소위 '전통의 현대적 계승'이라는 것은 바로 이러한 해석과 그에 따른 서술 구도야말로, 곧 옛것과 새것이 만나 새로운 차원으로 고양되는 '법고창신'이라고 생각한다.

저자는 『풍속의 역사』를 쓴 에두아르트 푹스를 자주 인용하지만, 이 책을 읽으면서 미르치아 엘리아데의 『성과 속』을 줄곧 떠올렸다. 엘리아데는 성스러운 것을 속된 것의 반대라고 단언하면서, 그 성스러움은 '나타남'을 통해 그 존재를 증명한다고 했다. 소위 성현(聖顯)을 뜻한다. 그러나 그 성스러움은 홀로 존재하는 것이 아니라 늘 세속적인 것과 긴장을 유지하고 있다. 성과 속의 변증법이 바로 그것이다. 인간의 삶은 근원적으로 성과 속의 이중구조를 가진다. 내가 보기에 엘리아데의 이 관점은 『우리문화의 수수께끼』에 변주되어 자주 등장한다. 물론 '성스러움'에 대한 이해의 방향이나 그 내용은 상이하지만, 둘은 이른바 상동관계에 있는 것 같다. 다음과 같은 서술이 여기에 해당한다.

"도깨비굿과 디딜방아 액막이굿이 위기로부터의 집단 탈출에 여성의 성적 상징물을 활용한 것이라면, 줄다리기굿은 집단의 풍요를 비는 풍농굿에서 남녀의 상관(相關)을 적극 활용한 사례다. 어느 경우에도 집단적인 공범의식이 담겨 있다. 적어도 의례 기간만은 어떠한 노골적인 성적 표현도 공식화된다. 성적 상징물을 내세운 일탈된 의례를 통해 성숙한 사회집단으로 성장한다는 면도 있다. 조선시대 지배층의 의도와는 무관하게 민중은 그야말로 성을 매개로 한 반란의 축제를 곳곳에서 벌였다. 그 축제는 유교적 가치관을 완전히 뒤엎는 것이기도 했다."

지극히 세속적인 행위를 통해 현실에서 강력하게 작동하는 지배 권력을 뒤집어엎고, 하비 콕스의 말대로 "세상을 바꾸어 버릴 성스러운 환상"을 꿈꾸었던 민중의 굿, 곧 "성적 제의와 반란의 굿"이야말로 역사 속 '성현'의 예라는 것이다.

우리 문화 속에 숨겨져 있는 여러 비밀을 흥미로우면서도 깊게 하나하나 밝혀준 이 책은 '법고창신'과 '성과 속의 변증'이라는 사유와 글쓰기의 모범을 보여주었다는 점에서 우리 시대의 고전이 되기에 부족함이 없다.

함께 읽으면 좋은 책

『풍속의 역사』(전4권) 에두아르트 푹스 지음, 이기웅 외 옮김, 까치, 2001
『조선풍속사』(전3권) 강명관 지음, 푸른역사, 2010
『문화의 수수께끼』 마빈 해리스 지음, 박종렬 옮김, 한길사, 2017

박물관은 살아 있다

090

송호정_한국교원대 역사교육과 교수

한국생활사박물관

한국생활사박물관 편찬위원회 지음, 사계절, 2000 (전12권)

우리는 매일 누군가가 만든 물건을 사용하며 생활을 한다. 우리는 얼굴도 모르는 많은 사람과 더불어 살아가며 삶을 이루고 있다. 사람들의 삶의 흔적인 역사 또한 여러 지역이 서로 교류하는 가운데 영향을 주고받으며 각기 나름의 모습을 이루어낸 것이다. 우리가 이러한 다양한 삶의 모습을 통해 생활에 대한 지혜를 얻고자 한다면 과거 사람들의 생활사를 살펴보는 것이 무엇보다도 중요하다. 한국생활사박물관은 이러한 문제의식을 전문 연구자가 아닌 출판사에서 먼저 인식하고 우리 조상들의 생활사를 생생하게 재현했다는 점에서 높게 평가할 수 있다.

그런데 그냥 생활사에 대한 책이라고 하면 될 것을 '박물관'이란 말은 왜 붙였을까? 그것은 생생한 유물이 전시돼 있는 '박물관'을 책 속으로 불러들였기 때문이다. 박물관 속에 박제된 책이 아니라, 책 속으로 자리를 옮긴 박물관이다. 책의 본문에서는 야외전시, 일반전시실, 특별전시실, 가상체험실 등의 목차를 써서 실제 박물관의 전시실을 통해 우리 역사를 생생하게 보여주고 있다. 두꺼운 유리 너머의 박제화 된 역사가 아니라, 보는 이(읽는 이)가 더 직접적으로, 생생하게 역사를 느낄 수 있도록 하는 것이 이 책을 만든 의도이자 이 책의 뛰어난 점이다.

이 책에서는 전국의 박물관과 민속관의 이미지를 총망라했으니, 박물관을 집으로 옮겼다고 평가해도 된다. 아니 어쩌면 박물관에 간 것보다 훨씬 더 생생할 수도 있다. 전국의 박물관 전시실을 가 보면 뭔가 경직된 느낌을 받곤 했는데, 유물에 대한 생생한 설명까지 담아낸 이 시리즈를 박물관 방문 전 참고용으로 일독해 보면 여러모로 도움이 됐다. 아이들 단골 과제인 박물관 관람을 언제든지 집 안에서 할 수 있는 것이다. 누군가의 평처럼 이 책은 온 가족이 집 안에서 24시간 관람할 수 있는 홈 뮤지엄(Home Museum)이라고 불러도 될 정도다. 전국의 박물관을 집 안에 들이는 셈이다.

무엇보다도 『한국생활사박물관』 시리즈를 높게 평가하는 이유는, 그동안 우리가 펴냈던 역사책의 주인공은 왕이나 위인 등 특별한 인물이었는데, 그들 대신 평범한 우리네 삶을 주인공으로 격상시켰다는 점이다. 이것은 박물관의 본래 기능과 역할을 충실히 재현한 것이라 할 수 있다. 인간이 살아온 흔적들이 유물 또는 유적의 형태로 우리 앞에 놓여 있다. 그네들의 기쁨과 분노가 아름다운 그림과 음악 속에, 정복의 야심과 절망이 무너진 성터와 부러진 칼 속에, 일상의 행복과 슬픔이 깨진 찻잔 속에, 아이들의 천진한 웃음이 빛바랜 사진 속에 깃들어 있다. 그동안 대부분의 박물관과 역사책에서 평범한 보통 사람들의 생활상은 관심을 받지 못했다. 그러나 이 책에서는 소외된 기존 주인공들과는 정반대에 있던 인물들을 끌어왔다. 역사책 주인공인 영웅담

없이 평범한 갑남을녀들의 생활을 보여주고 있다.

전문 연구자들조차 생활사 관련해 제대로 된 연구 성과가 없는데 인문 출판사에서 생활사 책을 펴내는 건 완전히 새로운 '창조'의 영역이었다. 새로운 시도, 최초의 발자취에는 늘 많은 노력이 전제된다. 이 책의 맨 첫 장에는 각 전시실의 위치도(Museum Map)가 나온다. 독자는 이 순서에 따라 과거의 시간으로 안내된다. 1권을 예로 들면, 저자가 처음 안내하는 곳은 구석기실, 신석기실 등 각각의 생활관이다. 그곳에 들어서면 해당 시대의 생활상에 대한 친절한 설명과 함께 이를 생생히 복원해낸 그림과 유물들이 펼쳐진다. 읽는 이는 이렇게 눈앞에 직접적으로 보이는 다양한 그림과 사진을 통해 석기 시대 그리고 초기 역사 시대 인간 생활의 다양한 면면들(음식, 가족, 주거, 장례, 농사 등)을 더욱 쉽게 이해할 수 있다. 각각의 생활관을 돌고 난 후 궁금증이 생겼다면 특별 전시실이나 특강실로 들어가도 좋다. 그곳에서는 '모권사회는 있었는가' '단군신화 속의 역사 찾기' 등 그 시대를 더 깊이 이해할 수 있는 주제를 찬찬히 설명해준다. 또 그 옆의 국제실에서는 한반도의 유산을 외국의 예와 비교해 그 시대를 다각적으로 검토하고, 가상체험관에서는 유적 발굴 과정이나 당시 생활을 간접적으로나마 체험할 수 있는 기회를 마련하기도 한다. 고려생활관 1권의 국제실에는 '세계의 도자기'를 주제로 고려청자는 물론이고 중국의 채회자기, 유럽의 법랑채 식기 등 이미지의 총력전을 펼치고 있다. 그렇다고 내용을 가볍게 다룬 건 아니다. 심화학습은 특강실에서 다룬다. 이곳은 비주얼을 빼고 텍스트로 채워 미처 못 다룬 역사를 상세히 설명한다. 단순한 사실부터 다양한 관점까지 두루 읽을거리가 많다. 학생들에겐 논술이나 역사 등 학업 보충교재로 꽤 도움이 되는 내용이다.

이렇게 '박물관'이라는 새로운 형식을 통해 선사시대부터 20세기에 이르는 우리 민족의 생활사를 세밀히 살펴보는 이 책은 역사학·고고학·민속학·인류학 등

각 분야의 전문가들이 편집진으로 두루 참여했다는 점에서도 주목할 만하다. 총 12권의 책에는 8600여 매의 원고, 660여 점의 그림, 1770여 컷의 사진 자료가 담겼다. 12권 남북한생활사에서는 시리즈 중 가장 많은 500여 점의 사진, 그림 자료를 실어 눈을 사로잡는다.

이 시리즈물은 과거 생활을 재현하기 위해 '다큐 일러스트레이션', 일명 '다큐 삽화'라는 장르를 새롭게 개척했다. 철저한 고증을 바탕으로 과거의 생활사를 세밀하게 복원하는 미술계의 새로운 시도라 할 수 있다. 일단 생활사라는 미시사 영역의 축적된 연구 성과도 부족했고, 사료라는 게 대부분 문헌 위주여서 눈에 확 들어오는 삽화와 그래픽을 구성하는 건 거의 창조에 가까운 작업이었다. 게다가 이건 역사의 영역이라 일일이 '고증'이 필요했다. 그래서 그림 하나당 대여섯 차례 고증을 거치는 무한한 노력을 퍼붓는 과정을 겪어야 했다. 시간이 대여섯 배 더 걸릴 수밖에 없었던 것이다. 작업을 하는 동안 400명이 넘는 사람이 6년 이상 퍼부은 노력의 대가는 허투루 날아가지 않았던 것이다.

제작 초기에는 축적된 생활사 연구 자료가 거의 없어서 큰 고생을 했다. 화가들은 기획부터 당시 생활사를 토론하고 배우고 연구해 이를 바탕으로 그림을 그렸다. 그림을 그린 뒤엔 수차례 전문가의 고증을 거쳐 수정을 거듭했다. 전문가 역시 구체적인 당시의 실상을 알지는 못했기에 재현된 그림을 보고 출판 디자인팀과 함께 더 실상에 가까운 모습을 재현하고자 노력했다.

한국생활사박물관 책은 그다지 쉽지 않은 책이다. 그러나 대부분의 내용이 삽화와 실물 자료로 제공되고 있어 아이부터 조부모까지 가족 모두 즐길 수 있다. 할아버지 할머니는 손자 손녀에게 옛이야기를 들려주고, 아버지 어머니는 공부가 아닌 재미있는 이야기로 역사를 즐길 수 있고, 학교 공부에 치인 아이들은 집에서도 박물관에 방문하는 기분을 느낄 수 있다. 아이들에겐 학교 과제를 위한 보충 자료로도 금상첨화라 할 수 있다.

『한국생활사박물관』 총 12권의 박물관에는 한국을 대표하는 문화 원형들이 총망라돼 있다. 그중에 명장면을 꼽으라면 아래와 같다. 반구대 암각화 복원 작업, 백제 금동대향로 파노라마 촬영, 고구려 고분벽화 복원, 잊었던 발해와 가야사의 부활, 근대화의 역동적인 생활상까지 굵직한 흐름과 이정표를 짚어가며 감상하면 즐거운 시간 여행을 떠날 수 있다.

함께 읽으면 좋은 책

「수련」 배철현 지음, 21세기북스, 2018
「나무야 나무야」 신영복 지음, 돌베개, 1996
「쟁점 한국사」(전3권) 배항섭 외 지음, 창비, 2017

061

20세기 가요를 입체적으로 볼 때 생기는 일

차우진_음악평론가

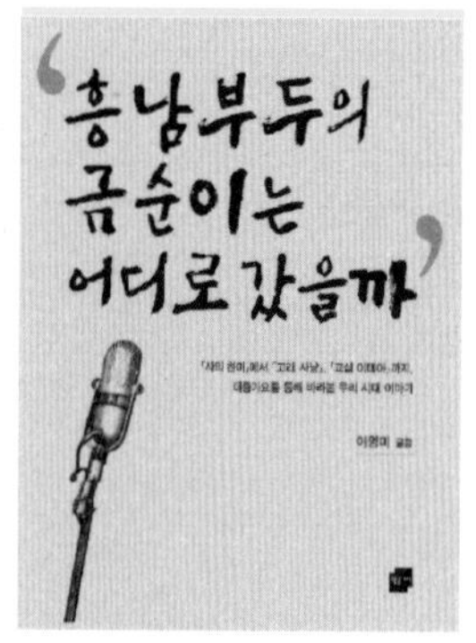

흥남부두의 금순이는 어디로 갔을까
이영미 지음, 황금가지, 2002

『흥남부두의 금순이는 어디로 갔을까』는 2002년에 나온 책이다. 그러니까 지금으로부터 15년도 전에 세상에 나온 책이라는 얘기다. 그래서 의미가 없을까? 아니다. 가요·연극평론가로 활동하는 이영미 교수는 그동안 '대중예술뿐만 아니라 예술의 궁극적인 주인은 창작자가 아니라 수용자'라는 입장을 여러 저작을 통해 드러내곤 했다. 이 책도 그중 하나로, 표면적으로는 가요사를 다루지만 궁극적으로는 '예술이란 무엇인가?'라는 질문을 건드린다.

이 논의는 꽤 입체적으로 작동한다. 소위 사람들이 너무나 자연스럽게 사용하는 '대중예술'과 '본격예술'의 개념에 대해 근본적으로 질문하는 방식을 취한다. 트로트와 클래식, 가요와 팝, 나아가 대중과 취향을 깊이 들여다보면서 말이다. 덕분에 독자는 가요사에서 벌어진 여러 논쟁을 따라가다 문득 의심 없이 사용하던 단어와 개념을 재차 들여다본다. 요컨대 이 책은 대중문화 그 자체를 다룬다기보다는, 그에 대한 대중의 욕망과 편견을 다룬다. 일제시대 「사의 찬미」부터 조성모의 「아시나요」에 이르는 대중가요와 그에 반영된 시대상을 에세이나 짧은 칼럼처럼 재치있게 이리저리 오가는데, 그 내용을 따르다 보면 문득 무릎을 치는 순간이 오는 것이다.

예를 들어 한국 최초 소프라노였던 윤심덕이 부른 「사의 찬미」의 가창법이 사실은 소리를 끌고 꺾어 부르는 민요풍이라는 점을 지적하면서 "서양음악은 12음을 쌓아 화성을 이뤄 소리의 입체성을 만들지만 우리의 시조나 민요는 목소리를 흔들거나 떨고 꺾어서 입체감을 만든다"고 서술하는데, 이를 통해 당시 한국적 관습과 서양적 관습이 충돌하던 양상을 환기한다. 윤심덕을 한국 최초의 소프라노로만 알고 있던 사람들에게 이것은 다소 충격적인 사실이지만, 동시에 "서양음악이 펜으로 여러 개의 선을 그어 입체감을 만드는 방식이라면 우리 전통음악은 붓으로 그린 그림처럼 붓질 한 번으로 풍부한 입체감을 만들어 낸다"고 설명하면서 둘 중 어느 것의 우위를 가리기보다는 양쪽의 면모가 뒤섞이는 현상 그 자체의 중요성을 언급한다.

트로트에 대해서도 마찬가지다. 일본 강점기에는 구세대의 음악인 엔카와 신세대의 음악인 트로트가 경쟁하면서 세대 갈등을 일으켰다. 그러던 것이 해방 이후 트로트가 최하층민이 애호하는 음악으로 재설정되면서 트로트는 촌스러운 음악으로 이해되었다. 덕분에 트로트에는 "저학력의 무식과 가난의 냄새가 났다"고 언급하는데, 여기서 중요한 점은 트로트의 가치평가가 아니라 동시대 대중음악의 지위가 사실상 세대 갈등의 결과라는 사실이다.

이영미 교수는 이렇게 이제까지 주변적인 것으로 치부되던 통속성과 신파성을 기반으로 한국 사회의 취향의 변화, 세대의 갈등, 가치관의 변화를 들여다보는 데 능숙하다. 이런 관점으로 반공 이데올로기에서 자유로울 수 없었던 1950~1960년대 대중가요의 한계라든가, 왜색가요 논란과 대마초 파동을 겪으며 굴절됐던 1970년대 청년 포크문화 그리고 트로트를 도입한 포크음악으로 1980년대까지 살아남은 송창식이나 1980년대 슈퍼스타로 군림했던 조용필의 음악세계 등을 당시 사회상과 연계해 조망한다.

물론 이 책의 내용은, 발간된 시점 때문이기도 하겠지만, 서태지와 아이들이 등장한 1990년대까지만 다루는 것이 아쉽다면 아쉬운 일이다. 1990년대의 아이돌 음악이나 팬덤 문화를 다소 평면적인 관점으로 언급한 것 또한 마찬가지다. 그럼에도 90년대 댄스음악이 열풍이 IMF 외환위기 상황을 기점으로 발라드 음악으로 전환되는 과정을 분석하는 것은 지금으로서도 상당히 신선한 관점이다. 뭐, 모자란 부분은 다른 책으로 보충하면 될 일이다.

"1990년대 내내 우리 대중가요는 쉽게 변해버리는 '쌈박하고 쿨한 사랑'을 노래했는데 외환위기 무렵 김종환의 「사랑을 위하여」가 '쌍팔년도식'의 칙칙하고 집착이 강한 사랑 노래로 성공했다." 라고 쓰면서 "이는 경제위기에 허덕이던 시기, 독특한 사회심리의 소산"이라는 분석은 1980년대부터 2000년대까지 '우리'에서 '나'로, '나'에서 '너'로 변화하는 가요 정서 변화의 맥락을 새삼 되짚어보게 만든다.

이와 비슷한 구성으로 2017년에 출간된 『동백아가씨는 어디로 갔을까』도 함께 읽을 만하다. 가요사에서 가장 유명한 노래의 제목을 통해 한국 현대사를 재구성하려는 시도는 그만큼 '가요'가 일상에 밀착된 예술이기 때문이다. 그럼에도 우리는 은연중에 대중문화의 신파성을 비판하고 이 영역 내에서 고급/저급의 가치 판단을 수행함으로써 자신이 획득한 상징 권력을 강조하려는 태도를 가진다. 하지만 이런 태도는 오히려 대중문화를 제대로 보지 못하게 막을 뿐 아니라, 한 사회 구성원으로서 건강하지 못한 태도이기도 하다. 이때 『홍남부두의 금순이는 어디로 갔을까』는 역설적으로 가요의 세속적 가치를 재발견할 기회를 제공하며 그로부터 자신을 성찰하도록 돕는다.

이 책의 에필로그 제목은 '21세기 괴짜를 기다리며'다. 여기서 이영미 교수는 대중의 심리나 취향에 꼭 맞춰지지 않은, 그러니까 "잘 계산된 기획으로 만들어지지 않은" 음악을 고대한다고 밝힌다. 2018년 현재, 마이크로 미디어 환경에서 '개인화'라는 주제가 주목되는 상황에서 다소 구시대적인 의견으로 보일지도 모르겠다. 그러나 새삼 떠올려보면, 이제껏 시장에서 성공하고 한 시대를 지배하다시피 했던 문화 상품은 마케팅이 아닌 공감의 결과였다. 그 점에서 '괴짜'라는 말은 트렌드에서 벗어난, 자기 자신에게 집중하는 인간상을 가리키는 것으로 이해해도 좋을 것 같다.

대중성이란 사실 꽤 복잡하고 심지어 모순된 영역이다. 시장 논리에 부합하는 듯하면서도 의외의 선택을 하는 것이 바로 대중이다. 그런데 이들을 이해하는 것은 사실 자기 자신, 바로 우리의 내면을 관찰하는 것과 같다. 우리는 대체로 스스로에 대해 무지하다는 것을 상기해볼 때, 이 책은 그저 20세기의 가요 역사를 정리한 전문서가 아니라 미디어와 콘텐츠가 범람하는 21세기에 균형을 잡도록 도와주는 무게추가 될 수도 있다. 다시 말하지만, 대중문화의 주체는 기획사도 대기업도 아닌, 바로 수용자(대중)다. 그래서 음악과 라이프스타일을 들여다보는 일은 재미있을 수밖에 없다. 다른 누구도 아닌, 내 이야기니까.

<u>함께 읽으면 좋은 책</u>

『대중음악의 이해』 김창남 엮음, 한울, 2018
『아이돌 메이커』 박희아 지음, 미디어샘, 2017
『한국 힙합 에볼루션』 김봉현 지음, SUIKO 그림, 월북, 2017

사회

062

왜 병원에만 가면 화가 날까

강양구_지식 큐레이터

개념의료
박재영 지음, 청년의사, 2013

풍문으로 들었었다. 의사 출신 저널리스트 박재영이 2년간 미국 생활을 하면서 한국 의료 현실을 정리하는 책을 준비한다는 소식은. 아툴 가완디의 『나는 고백한다 현대 의학을』부터 에릭 토플의 『청진기가 사라진다』까지, 그의 감수 또는 번역을 거친 책을 즐겨 읽었던 터라 기대가 될 수밖에 없었다.

그렇게 접한 『개념의료』를 펴자마자 한달음에 읽었다. 실타래처럼 복잡하게 얽히고설킨 한국 의료를 쾌도난마로 정리하는 솜씨가 일품이었다. 한국 의료가 안고 있는 여러 문제의 원인을 국민건강보험이 시작된 1977년까지 거슬러 올라가 추적한 대목은 이 책의 백미다. 고령 사회, 과학기술이 바꿀 의료의 미래를 예측한 부분도 과하지 않아서 좋았다.

특히 이 책은 계속해서 한국 의료의 쟁점이 되었던 문제를 놓고서 불편한 진실을 전한다. 2018년 1월 1일부터 흔히 '특진비'라고 불리는 '선택 진료비'가 없어졌다. 2013년에 나온 이 책에서 저자는 선택 진료비를 폐지하거나 혹은 국민건강보험으로 보장해주는 것이 능사인지 물었다.

"선택 진료비를 없애는 경우를 생각해보자. 환자들의 부담이 줄어드는 것은 좋지만, 병원들은 큰 타격을 입게 된다. (중략) 이럴 경우, 병원들은 그 적자를 어디서 메우게 될까? (중략) 결국 유일한 방법은 환자들에게 그만큼의 비용을 더 부담시키는 수밖에 없다. 고가의 검사를 더 많이 시행할 것이고, 상급 병실료와 같은 비급여 항목의 가격도 올릴 것이다. (중략) 선택 진료비를 급여화하는 경우는 어떨까? 환자들의 부담도 줄어들고 병원의 매출은 그대로 유지된다. 하지만 많은 부작용이 예상된다. 우선 국민건강보험 재정으로 선택 진료비를 지불하게 되면, 국민건강보험 혜택이 주어져야 할 다른 어딘가에 쓸 돈이 없어진다. (중략) 지금도 큰 문제로 지적되고 있는 '대형 병원 쏠림' 현상은 더욱 심화될 것이다."

여기까지는 선택 진료비 폐지를 주장했던 이들도 한 번쯤 생각해봤을 법한 부작용이다. 실제로 선택 진료비가 폐지되고 나서 그 원인이 정확히 무엇인지 따져볼 필요가 있지만 대형 병원 쏠림 현상이 오히려 심해졌다. 저자는 한 걸음 더 나간다. 선택 진료비를 없애라는 주장은 과연 합리적이었나?

"갓 의사 면허 혹은 전문의 자격을 획득한 의사와 전문의가 되고 나서 10~20년 동안 경험을 축적한 의사를 똑같이 대우하는 것이 더 합리적일까, 다르게 대우하는 것이 더 합리적일까. (중략) 대형 병원까지 찾아가는 것은 좀 더 전문적이고 수준 높은 진료를 받기 위해서인데, 대형 병원에서 선택 진료가 아니라 일반 진료를 받을 권리를 보장하라는 주장은 어딘지 모르게 모순되는 것 아닐까?"

평소 눈에 보이지 않는 무형의 지식이 낳은 가치를 홀대하는 한국 사회에 문제의식을 느껴온 사람이라면, 이런 저자의 주장은 뜨끔할 수밖에 없다. 대형 병원에 선택 진료비 부담까지 책임지라고 현실적으로 강요할 수 없다면, 결국은 그의 지적대로 적절한 규제를 통해서 애초의 제도를 보완하는 게 최선이 아니었을까.

이렇게 저자는 의료 민영화("영리법인 병원을 허용하면 과연 「식코」와 같은 일이 한국에서 벌어질까?"), 의료의 공공성 강화("공공 의료 기관을 늘리는 것이 과연 공공성 강화의 유일한 해법인가?") 같은 난제를 놓고서 도발적인 질문을 책 곳곳에서 던지고 있다. 모두, 그의 시각에 동의하든 않든 한 번쯤 진지하게 생각해볼 만한 것들이다.

예를 들어, 그는 민간 의료 보험의 필요성을 인정하면서도 국내의 민간 의료 보험 시장 규모가 약 17조 원(2011년 기준)으로 국민건강보험 재정의 절반이 넘는 규모라는 사실을 개탄한다. 시민에게 훨씬 이득인 국민건강보험이 "보험료도 조금 내고 혜택도 조금 돌려받는" 한계 때문에 민간 의료 보험에 비해서 홀대받는 현실을 바꿔야 한다는 것이다.

소득이 아니라 소득 분배의 평등성이야말로 건강을 좌우하는 핵심 요인이라는 건강 불평등에 관한 통찰을 진지하게 숙고하자는 주장이나, 과학기술이 제공한 새로운 의료 기술이 환자의 치료에 도움이 되기는커녕 의료비 급등의 중요한 원인으로 작용할 가능성을 경고한 대목도 경청해야 할 대목이다.

물론 이 책에 불만이 없는 것은 아니다. 읽는 이에 따라서, 특히 2000년 '의료 대란'을 언급한 부분을 읽고서는 의사의 입장이 강하게 투영된 것은 아닌지 불만을 가질 수도 있겠다. 하지만 나는 오히려 결정적인 대목에서 목소리를 흐린 점이 더 유감이었다. 한국 의료의 문제를 늘어놓긴 했는데, 정작 그것을 해결할 주체는 너무나 모호하게 처리한 것이다.

실타래를 풀려면 칼을 빼들 주체가 필요할 텐데, 도대체 누구인가? 의사인가? 아니다. 이 책은 오히려 의사를 개혁의 대상으로 간주한다. 의사 역시 이 책을 읽고서 썩 기분이 좋지는 않을 것 같다. 그렇다면, 시민 사회인가? 앞에서도 언급했듯이, 이 책은 시민운동의 논리를 비판하는 데 적지 않은 지면을 할애한다. 역시, 유쾌하게 읽기는 힘들 것이다.

그렇다면, 정부인가? 이 대목에서 저자는 목소리를 흐린다. 하지만 『개념의료』를 읽으면서, 나는 한국의 의료가 한 차례 도약하기 위해서는 박정희 전 대통령이 마련한 '1977년 체제'를 깨는 것이 불가피하다는 결론을 내렸다. 그리고 한국 사회에 그런 충격요법을 시술할 수 있는 힘을 가진 주체는 여전히 국가뿐이다.

이 책을 덮으면서 이런 상상을 해본다. 박정희 전 대통령이 마련한 '1977년 체제'가 깨지려면, 그래서 그럴듯한 '복지국가'가 되려면 어쩔 수 없이 국민건강보험료를 현재보다 올려야 한다. 우리는 적게는 1만 원에서 많게는 10만 원이 넘는 금액을 다양한 이름의 민간 의료 보험에 제출한다. 여기에 1~2만 원 정도만 국민건강보험료를 올리면 가능한 일이다.

이 책을 함께 읽고 토론하고, 또 더 늦기 전에 실천에 옮겨야 한다. 이 책은 박정희 전 대통령이 만든 '어처구니' 한국 의료를 길들이기 위해서라도 꼭 읽어야 한다. 문제를 해결할 방향을 제시해줄 것이다.

함께 읽으면 좋은 책

『나는 고백한다 현대의학을』 아툴 가완디 지음, 김미화 옮김, 동녘사이언스, 2003
『청진기가 사라진다』 에릭 토폴 지음, 박재영 외 옮김, 청년의사, 2012
『건강할 권리』 김창엽 지음, 후마니타스, 2013

기업은 사회 안에 존재한다

오찬호_사회학 연구자

기업은 누구의 것인가
김상봉 지음, 꾸리에, 2012

「라이프」는 대기업이 대학병원을 인수한 후 벌어지는 이야기를 담은 드라마다. 재벌 2세인 기업 회장은 공공적 가치를 외면하면 안 되는 대학병원을, '영리' 우선주의로 탈바꿈시키는 데 혈안이 되어 있다. 그 임무를 맡은 병원 원장은 적자가 나는 진료 과목을 구조조정하고 병원 안에 각종 건강기능식품 및 보험 등을 판매케 하면서 여러 의사와 마찰을 일으킨다. 기업은 아픈 사람이 건강보험의 도움을 받아 치료받는 기존의 병원 개념을 거부하며, 사람들이 아프지 않아도 병원을 방문하여 헬스 케어라 불리는 서비스를 받길 희망한다. 여러 반대가 있지만 회장은 자신이 있다. 오랫동안 밑그림을 그려왔기 때문이다. "지금껏 쓴 돈이 얼만데. 사람들이 의료를 서비스로 느끼도록 하기 위해 우리가 투자를 얼마나 많이 했어. 또 우리 기업 이름만 들어도 친근한 이미지를 떠올릴 수 있도록 광고는 얼마나 했냐고."

기업은 이익을 목적으로 하는 집단이다. 하지만 '이익'이라는 말의 어감이 항상 긍정적이지는 않다. 너무 과하게 추구하면 속물다운 느낌이 들기 마련이다. 그래서 실제 속성은 크게 다르지 않더라도, 사업가와 장사꾼은 구분된다는 말이 있다. 장사하는 사람을 낮잡아 '장사치'라고 부르듯이, 사람들은 돈을 모으는 데만 혈안이 된 경우를 '비즈니스'라고 하지 않는다. 사회와 상생하지 않는 순간 기업의 투자는 투기로 인식될 뿐이다.

그래서 기업은 의외로 돈을 많이 쓴다. 가난한 학생들을 선발하여 엄청난 규모의 장학금을 지급하고 자신들의 제품을 여기저기에 무료로 제공한다. 내가 사는 동네에는 대기업 본사 건물이 하나가 있는데 입주를 하면서 근처 마을 주민을 위한다면서 유소년 스포츠센터 건설 비용을 지원하기도 했다. 재해가 발생하면 기업들을 팔을 걷고 나선다. 회장부터 신입 사원까지 모두가 장화를 신고 장갑을 끼고 봉사한다. 이 모습은 기업홍보 영상과 사진으로 다시 사람들에게 전해진다. 우리는 생각한다. '기업이 좋은 일을 많이 하는구나.'

좋은 일 하는 것을 누가 뭐라고 하겠는가. 하지만 좋은 이미지만 대중의 뇌리에 각인되고 난 다음이 문제다. 기업은 마치 때를 기다렸다는 듯이 이익이 있는 모든 곳에 발을 내디디며 자신들의 영역을 확장해간다. 당연히 자본의 크기가 다른 영세한 장사꾼들은 고꾸라진다. 상식적으로 대기업이 꼭 '여기에서 이런 것'까지 관심을 가져야 하는지 따져 묻는 비판이 사회에 감돌아야 하지만, 이미 늦었다. 사람들은 친숙한 그 브랜드가 자신 곁에 있을수록 안정감을 느낀다. 동네가 특정 기업의 이름으로 덮이는 것을 발전의 징표라고 믿는다. 동네에 대형 쇼핑몰이 입점하면 무려(!) '살기가 좋아졌다'는 말까지 나온다. 기업의 입장에서 보면 일종의 '투자의 결실'이 완성된 것이다.

시민단체는 저널리즘이 제대로 나타

나는 사회라면 이런 일이 발생하지 않는다고 하지만 기업으로부터 광고비를 받아 언론사가 유지되는 구조에서는 불가능한 일이다. 국내 최고 기업이 광고를 끊어버리면 대한민국 언론사의 절반이 며칠을 버티지 못하고 문을 닫을 것이라는 말이 있을 정도다. 그러니 비판하지 않는 수준이 아니라 기업을 찬양하는 기사가 등장한다. 광고주가 마음의 안정을 느끼도록 충심을 보여주는 언론에서 나오는 신문을, 사람들이 열심히 읽을수록 기업을 좋아할 수밖에 없다. 그러니 사람들은 재벌이 영어로도 '재벌(chaebol)'인 것에 어떤 의미가 담겨 있는지 모른다. 주식회사의 대를 이은 가족이 전권을 행사한다는 건 쉽지 않은데 한국에서 가능한 걸 보면, '그래도 괜찮다'는 인식이 팽배하기 때문이다.

언론은 '오너 경영의 필요성'을 사람들에게 설득시켰다. 기업의 신제품을 늘 찬양했고 기업 총수를 글로벌 리더라고 칭송했다. 이와 비례하여 기업 운영의 과정에서 발생하는 모든 비민주적 요소들은 늘 어쩔 수 없는 희생으로 취급되었다. 반도체 공장에서 젊은 사람들이 갑작스레 암에 걸려 죽어 가는데도 '작업장과 재해의 상관관계'를 의심하는 언론이 몇 군데 없었다. 산재 처리에 시간을 끄는 기업의 비윤리적인 태도를 비판하는 뉴스는 들리지 않는다. 기껏 등장해봤자 '비록 과가 있지만 공도 함께 보는 태도를 지니자'는 논리를 숨지지 않는다. 누군가가 00기업의 문제점을 파고들면 이런 말이 자연스레 등장한다. '00이 망하면 대한민국이 망하는 거야. 00이 좋은 일도 하는데 왜 그래? 너처럼 반기업 정서를 가진 사람들 때문에 기업이 자꾸 다른 나라로 떠나는 거야.'

법의 심판을 받게 될지라도 기업가들은 특혜를 받았다. '경제를 성장시킨 공로를 인정하자' '기업을 키운 헌신을 무시하지 말자' '그래도 기업이 살아야 우리가 사는 것 아니냐'는 식의 이상한 국민 정서 덕택에 '유전무죄, 무전유죄'의 상황이 벌어지는 경우가 많았다. 잘못을 저질러도 무서울 것이 없는 세상에서, 주식회사를 세습시키는 것을 마다할 이유가 있겠는가. 이제는 익숙해져서 사람들도 기업은 원래 이렇게 운영되어도 괜찮은 줄 안다. 내가 대학에서 이를 토론 주제로 삼은 적이 있었는데, "자기 아버지 회사를 아들이 물려받는 게 왜 문제이죠?"라는 질문을 던진 학생이 있을 정도였다. 많은 사람이 자본주의가 그런 거 아니냐고 하는데 이야말로 기업이 원했던 사고방식이다. 사회를 작동시키는 여러 바퀴 중 하나에 불과한 자본주의라는 경제체제를 사회 그 자체로 이해하도록 그들은 많은 돈을 썼다. 이상한 우상을 섬기는 나라에 한 철학자가 묻는다. "기업은 누구의 것인가?"

이 질문은 여러 함의가 포함되어 있다. 기업은 회장가(家)의 소유물이 아니고 주주의 결정으로만 운영되어서는 안 된다는 이야기 그리고 나아가 왜 기업의 경영자를 노동자가 직접 선출할 수 없느냐는 놀라운 메시지가 다른 나라의 사례들과 함께 책에 가득하다. 태초에 자본주의가 있었다고 믿는 사람들이 많은 한국에서는 낯선 질문이겠지만 핵심은 민주주의 '안'에 자본주의가 있어야 한다는 상식을 실천하자는 것이다. 자본 덕택에 행복해져야 하는 것이지 자본 때문에 불행해서는 안 되지 않겠는가. 그러기 위해서는 '경영'이라는 기존의 관점에 균열을 일으키는 시도가 필요하다. '철학, 자본주의를 뒤집다'라는 이 책의 부제처럼, 돈 버는 것과 무관하게 여겼던 학문의 가치를 진작 새겨들었다면 '법'을 무시하는 기업은 존재하지 않았을 것이다.

<u>함께 읽으면 좋은 책</u>

『보이지 않는 주인』 더글러스 러시코프 지음, 오준호 옮김, 웅진지식하우스, 2011
『기업은 어떻게 인간이 되었는가』 톰 하트만 지음, 이시은 옮김, 어마마마, 2014
『삼성을 생각한다』 김용철 지음, 사회평론, 2010

064

우리가 먹는 인간인 한 영원히 끝나지 않을 문제

염경원_〈기획회의〉 편집자

내가 먹는 것이 바로 나
허남혁 지음, 김종엽 그림, 책세상, 2008

신이 인간에게 내린 최초의 시험은 먹는 문제였다. 모든 것이 풍족했던 에덴동산에서 '선악과'만은 먹어선 안 된다는 금기를 깬 아담과 하와는 그 원죄의 대가로 "종신토록 수고하"고 "이마에 땀을 흘려야"만 먹고살 수 있게 된 것이다. 그 후 먹고사는 일은 언제나 인간에게 시험이자 고통이며 떼려야 뗄 수 없는 문제가 되었다. 먹는다는 것은 무엇일까. 프랑스의 미식가 브리야 사바랭은 그의 저서 『미식예찬』에서 "그대가 무엇을 먹는지 말해보라. 그러면 그대가 어떤 사람인지를 말해 주겠다"라고 말했다. 먹는다는 것이 단순히 생존이나 건강의 문제가 아니라 먹는 사람의 인격과 성격, 나아가 정체성까지 규정한다는 의미다. 이는 비단 한 사람에게만 통용되는 말은 아니다. 『내가 먹는 것이 바로

나』의 저자는 "먹거리는 그 자체로 사회이자 자연이며, 문화"라고 말한다.

저자는 학부 시절 우연히 환경문제를 접하고 관련한 공부를 하면서 자연스럽게 농촌과 먹거리 문제를 살펴보게 되었다. 그 후로 그는 근대화 이후 역사적으로 현대 자본주의와 신자유주의 시대에 자연이 어떻게 생산되고 소비되는지, 혹은 자연과 사회가 어떻게 신진대사를 하면서 물, 에너지, 먹거리 같은 자연의 흐름이 유지되어 왔는지와 같은 '정치·생태학적 관점'에서 먹거리와 농업의 문제를 파고들었다. 저자는 이 책을 통해 먹거리가 가진 다양한 맥락의 사회적, 생태적, 윤리적 가치를 보여줌으로써 공동체 안에서 '나'와 먹거리가 어떤 유기적 연결을 맺고 있는지 여실히 보여준다.

광우병과 조류인플루엔자는 왜 생겨났을까? 정말 고기를 먹어도 안전한 걸까? 드림카카오를 즐겨 먹는 우리 모두에게 아동 노예 노동문제의 책임이 있는 걸까? 남의 굶주림으로 나의 통장을 채우는 애그리펀드는 죄악이 아닐까? 먹거리를 대부분 사서 먹는 오늘날, 아토피 문제를 그저 개인의 고통으로 남겨두어도 되는 걸까? 저자는 먹거리에 관한 크고 작은 질문을 던지며 이야기를 시작한다. 그 질문들은 우리로 하여금 쌀과 커피와 초콜릿 등 한국인에게 매우 친근하고 익숙한 먹거리를 낯설고 불편하게 만든다.

1장에서는 우리의 먹거리가 어디에서 왔는지 살펴보며, 우리의 식문화가 전 세계의 농민과 어민, 그곳의 자연에 어떤 영향을 주고 그들과 어떻게 관계 맺고 있는지 보여준다. 한국의 식량 자급률은 채 30퍼센트도 되지 않는다. 쌀을 제외하면 모든 먹거리를 수입에 의존하고 있다. 콩, 옥수수, 밀은 90퍼센트 이상 수입한다. 우리나라는 세계 4위 곡물 수입국이다. 저자는 먼저 우리의 주식인 쌀과 쌀농사가 어떤 상황에 놓여 있는지 설명한다. 한국은 WTO 체제 하에 2005년 쌀 수매 제도가 폐지되었고, 1995년부터 이미 가공용 쌀을 의무적으로 수입해온 데다, 2007년부터는 밥상용 쌀까지 수입하기 시작했다. 저자는 쌀 수입이 식량 안보를 위협할 뿐만 아니라 농촌 쇠락의 원인이 된다는 점을 지적한다.

또한, "미국에서 수입되는 쌀이 우리의 식탁을 장악할수록 우리나라 소비자들은 그동안 쌀을 통해 관계 맺어온 우리나라 농민들 대신에 미국의 대농장 경영 농민들과 그들의 쌀을 유통시키는 다국적 기업들을 먹여 살리게 되고, 따라서 우리나라 농민들은 쌀농사를 포기하고 다른 농사를 짓거나 아니면 농촌을 떠날 수밖에 없게 된다"고 역설한다. 실제로 수많은 농민이 농업으로 생계를 유지할 수 없어 농촌을 떠났으며, 우리 농업의 근간이자 문화의 기반이었던 쌀농사의 퇴조가 현실화되었다. 1970년 230만 헥타르에 이르던 농경지는 2017년 기준 약 165만 헥타르로 줄었다. 매년 전체 농경지의 약 1퍼센트(2만 헥타르)가 줄고 있다. "또한 쌀농사를 통해 유지되던 물 보전, 산소 발생, 홍수 방지 등의 환경 보호 기능도 힘을 잃어가고 있다"는 점을 환기시키며, 경제 논리에 따라 값으로 따질 수 없는 농업의 가치와 기능을 잃어가고 있다고 말한다.

2008년 출간된 책이니만큼, 한미 자유무역협정(FTA)과 미국산 소고기, 광우병에 관한 내용도 정면으로 다룬다. 저자는 인수 공통 전염병은 인간에게도 치명적일 뿐만 아니라, 이는 광우병과 조류 인플루엔자 현대 공장식 축산이 야기한 문제라고 본다. 양 내장을 소의 사료로 사용한 인간의 반자연적인 행위가 이 병의 시발점이며, 최소 비용으로 최대 이익을 내기 위한 현대의 공장형 가축 사육 방식이 광우병의 근본 원인이라는 이야기다. 조류 독감 역시 대량으로 가금류를 사육하는 과정에서 만들어진 비위생적이고 반 자연적인 사육 조건과 무분별한 항생제 투여 등이 가장 큰 원인이라 꼬집는다. 애먼 철새 탓하지 말라고 통렬하게 지적한다. 광우병 파동 이후 10년이 지났다. 대중적 관심이 꺼진 10년 사이에도 전 세계에서 광우병 소와 인간 광우병 의심 환자들이 발생했다는 점은 결코 간과할 수 없다. 저자는 우리가 경각하지 않는다면, DDT와 같은 비극은 언제든 되풀이될 수 있다고 경고한다.

이 책의 미덕은 먹거리에 관한 문제를 쉽고 명료하게 설명할 뿐만 아니라 대안까지 성실하게 고민하고 있다는 점이다. 근대화 시대의 산업화된 먹거리 관계망을 반성하며 등장한 채식주의나 슬로푸드, 지역에서 생산되는 농산물과 가공품을 직거래를 통해 지역 소비자들에게 제공하는 로컬푸드, 제3세계 생산자들에게 정당한 대가를 지불하고 그들의 노동조건과 생계를 보장하는 공정 무역 등은 여전히 유효한 대안이다.

또한 이 책은 개념 정리가 잘 되어 있어 생태, 식량 문제, 대안 먹거리 등에 관심이 있는 독자들이나 청소년들이 입문서로 읽기에도 좋다. 친절하게도 책의 부록 '참고할 만한 자료'에 『빵의 역사』 『육식의 종말』 『로컬푸드』 『왜 세계의 절반은 굶주리는가?』 등의 책과 영화 「슈퍼 사이즈 미」 「미트릭스」 등의 영상 자료를 소개하고 있으니 함께 살펴보기를 권한다.

"중요한 것은 어떤 먹거리가 '좋은 먹거리'이고 '바람직한 먹거리'인가에 대한 사회의 시각이 변하고 있고 또 다양해지고 있다는 것이다. 얼마 전까지만 해도 먹거리 소비에서 중요한 것은 값싼 먹거리를 얼마나 충분하게 먹을 수 있는가 하는 것이었다. (중략) 하지만 이제 사람들은 먹거리를 소비하는 데 훨씬 더 많은 것들을 고려한다. (중략) 더 나아가 이 먹거리가 지구 환경을 해치고 다른 나라의 가난한 사람들을 착취하며 얻어진 것은 아닌가 하는 보다 큰 차원의 고려 사항들도 점점 더 중요해지고 있다."

먹방, 쿡방, 맛집, 미쉐린가이드까지 미식에 대한 열망이 여느 때보다 높다. 미식의 사전적 정의는 '좋은 음식. 또는 그런 음식을 먹음'이다. '좋은 음식'이란 무엇일까. 유기농 음식, 건강에 좋은 음식, 맛있는 음식만이 좋은 음식은 아닐 것이다. 식량 자급률은 OECD 국가 중 최하위 수준이지만, 공급되는 식량의 3분의 1을 버리는 나라, 한국의 민낯이다. 우리에게 좋은 음식이란 농민과 생산자를 착취하지 않고, 자연을 인위적으로 거스르지 않으며, 생태계를 파괴하지 않는, 건강한 먹거리 연결망을 가진 음식일 것이다. 이 책이 출간된 지 10년이 지난 2018년의 대한민국은 과연 그때보다 '좋은' 먹거리 관계망을 만들었는가. 앞으로 10년은 또 얼마만큼 '좋은 음식'으로 채워질 것인가. 오늘 내 밥 한 그릇, 내 밥상에서 시작해보자.

함께 읽으면 좋은 책

『GMO, 우리는 날마다 논란을 먹는다』 존 T. 랭 지음, 황성원 옮김, 풀빛, 2018
『이 세계의 식탁을 차리는 이는 누구인가』 반다나 시바 지음, 우석영 옮김, 책세상, 2017
『먹는 인간』 헨미 요 지음, 박성민 옮김, 메멘토, 2017

불운한 지식인의 이야기

065

김성신_한양대 창의융합교육원 겸임교수

지난 2015년 11월 『나는 지방대 시간강사다』가 출간되었을 때만 해도 김민섭은 이름조차 자신의 책에 내걸지 못했다. 이 책의 초판본에는 저자명이 '309동 1201호'로 적혀 있다. 쉽게 짐작할 수 있겠지만 글을 쓸 당시 그가 살았던 아파트의 동호수다. 조금 엉뚱해 보이지만 생각해보면 이것은 매우 영리한 전략이기도 했다. 그는 대학의 실상을 알리고 사회적 차원의 개선책을 함께 모색해보자는 취지로 이 책을 썼다. 즉 내부 고발이나 폭로 등으로 자신이 속한 대학과 교수 그리고 동료들을 부끄럽고 곤란하게 만들 의도는 없었던 것이다. 만일 숫자만 보고도 주소를 단번에 알아챌 만큼 친한 동료라면 분명 공감하며 같이 아파해줄 것이라고 믿었고, 그래서 일종의 사인을 보낸 것이 아닐까

대리사회

김민섭 지음, 와이즈베리, 2016

싶기도 하다. 한편 독자들을 향해서는 자신만이 겪은 어떤 특별한 일이 아니라 보편성을 가진 이야기로 자신의 이야기를 들어달라는 요구이기도 했을 것이다. 하지만 그의 예측은 조금 빗나갔다.

오랫동안 동고동락했기에 자신을 믿어주고 공감하고 격려해줄 것이라 믿었던 동료 중 몇몇은 그에게 등을 돌렸다. 오늘의 유머 게시판에서 연재 당시 그들은 암호 같은 필명을 굳이 추적해 집으로 찾아와서는 글을 삭제해달라고 요구했다고 한다. 동료들의 등을 봐야 했던 그의 참담한 심정은 짐작하기조차 어렵다. 또 하나 그의 빗나간 예상은 독자의 반응이었다. 처음엔 대학에 속한 시간강사들이나 조용히 호응해주리라 판단했다. 하지만, 그가 연재하는 동안 독자들의 지지는 가히 폭발적이었다. 그가 제기한 문제는 그 자체로서 충격적인 대학의 실상이었고, 게다가 국문학을 전공한 그의 문체는 독자들이 충분히 공감하고 함께 가슴 아파하기에 손색이 없을 만큼 뛰어났다. '오늘의 유머' 게시판을 거쳐 인터넷 매체인 '슬로우 뉴스'와 웹진 '직썰'에 연재하는 동안 그의 글은 누적 조회 수 200만을 넘을 정도로 큰 관심을 얻는다.

그리고 이어진 출판사의 출간 제안. 그는 책을 내기로 결심한다. 책은 대학에서 시간강사로 살아가고 있는 자신이 정말 제대로 살아가고 있는지 돌아보고자 하는 취지와 내용으로 구성하기로 한다. 하지만 책 출간은 당시 김민섭으로선 일생일대의 결단이고 선택이었다. 소셜미디어에서의 반응을 경험함으로써 자신의 책이 일으킬 사회적 파장을 충분히 짐작을 할 수 있었을 테니 말이다.

이 서평을 쓰고 있는 나는 김민섭과 특별한 인연이 있다. 『나는 지방대 시간강사다』가 나오고 나서 당시 내가 진행하던 tbs 「TV책방 북소리」라는 대담 프로그램에 그를 초대했다. 녹화를 끝내고 그에게 다시 만나기를 청했다. 며칠 후 그의 이야기들을 상세히 들을 기회가 있었다. 나는 걱정을 담아 그에게 물었다. "학교에서 괜찮겠어요? 문제가 없나요?" 그가 답했다. "문제는 벌써 생겼습니다. 얼마 전 학교에서 나오기로 결정되었습니다." 나는 계획을 물었다. 그러자 그는 글을 계속 쓰는 삶을 살고 싶은데, 가능할지 아직은 모르겠다. 처와 아이가 있으니 생활비가 필요하고, 그래서 그해 연말까지는 벌이와 글쓰기를 병행해보려고 한다. 하지만 자신이 일정한 금액 이상을 벌지 못하면 당장 내년부터는 취업을 하든 다른 직업을 알아보려고 한다는 대답을 했다. "제가 지금 대리운전을 하고 있습니다. 이것으로 그럭저럭 당장 생활은 됩니다." 그의 대답 말미에 딸려온 말이다. 그 순간 나는 물개박수를 쳤다. 그리고 이렇게 말했다. "그걸 씁시다. 젊은 지식인이 대학을 나와 대리운전을 하며 보고 느낀 이야기들을 기록해 사회비평서로 내면 좋겠네요."

이어서 그런 내용이면 홍세화 선생의 『나는 빠리의 택시 운전사』도 겹쳐 떠오르지 않느냐고도 했다. 1995년에 출간된 『나는 빠리의 택시 운전사』는 '왜곡된 한국의 현대사에 의해 왜곡된 직업과 삶의 공간을 강요당한 불운한 지식인'의 이야기라고 할 수 있다. 그렇다면 김민섭이 새로 쓰게 될 '대리운전' 이야기는, 저 문장 중 '한국의 현대사' 부분을 '한국의 사회상'으로 교체만 하면 되는 것이었다. '왜곡된 한국의 사회상에 의해 왜곡된 직업과 삶의 공간을 강요한당 불운한 지식인 김민섭.' 1995년과 2016년. 그 20년 동안의 세월에도 여전히 고단하고 척박한 한국 지식인들의 삶, 그 기막힌 정황을 가슴 아프게 지켜보며 독자들이 지금의 우리 사회를 성찰할 수 있지 않겠느냐는 이야기도 나누었다. 『대리사회』라는 제목은 김민섭이 대화 중에 제안했다. 그의 어린 아들이 우리 집 마루와 부엌을 폴짝거리며 뛰어다니는 동안 『대리사회』의 골격이 이렇게 만들어졌다.

김민섭은 돌아가 그날로부터 곧장 집필에 돌입했고, '다음스토리펀딩'에 연재를 시작했다. 동시에 나는 출판사를 물색했다. 당시 대한교과서에 재직 중이던 조은희 상무는 『대리사회』 기획에 대한 이야기를 듣자마자 그 자리에서 계약 의사를 밝혔다. 기획제안서 한 장 없이 계약

이 이루어졌다. 김민섭이라는 저자에 대해 이미 관심이 있었다고 했다. 게다가 초판 1만 부를 제작하겠다는 조건까지 있었다. 달랑 책 한 권 낸 저자와의 출판권설정계약으로는 유례를 찾기 힘들 만큼 파격적인 제안이었다.

김민섭은 글을 대단히 빨리 쓴다. 독자들의 지지와 응원에 힘입은 듯 그는 가히 빛의 속도라 할 만큼 빠르게 연재를 이어갔다. 그는 서울과 원주를 오가며 밤에는 여전히 대리운전을 계속했고, 새벽에 잠시 자고는 하루 종일 글을 쓰는 일과를 반복했다. 그렇게 해서 『대리사회』 는 기획하고 연재를 시작한 지 불과 5개월 만인 2016년 11월 와이즈베리에서 출간됐다. 이 책을 통해 김민섭은 본인이 예측했던 것보다 훨씬 더 빨리 유명해졌다. 하지만 지식인으로서 저술가로서 그는 이미 처음부터 작가적 전략을 가지고 있었던 것으로 보인다. 그 증거가 그의 저작들이 '나-사회-시대'의 순으로 분명한 확장성을 가지고 있다는 점이다.

첫 책 『나는 지방대 시간강사다』는 바로 김민섭의 '나'에 해당한다. 그 책에서 김민섭은 스스로의 삶을 성찰하며 여기서 이대로 사는 것이 과연 옳으냐는 질문을 던진다. 이어진 『대리사회』는 그가 설정한 순차적 맥락에서 '사회'에 해당하는데, 김민섭이 한 사람의 지식인으로서 이 세상에 등장하는, 말하자면 '서론'에 해당하는 것이다. 그는 이후 2017년 9월에는 『아무튼, 망원동』을, 2018년 7월에는 『고백, 손짓, 연결』을 출간했다. 이 두 권의 책 역시 '김민섭의 사회'에 해당하는 일련의 저작들로 볼 수 있다. 그가 2018년 안에 출간을 목표로 지금 쓰고 있는 책의 가제는 『훈의 시대』다. 이제 '사회'에서 '시대'로 시야와 지평을 확장하기 시작한 것이다. 이 맥락에서 보자면 김민섭의 다음 행보 역시 '시대'일 것이며, 당분간 그는 '시대'라는 전제에서 본론에 해당하는 이야기들을 줄기차게 펼칠 것이 확실해 보인다.

그는 『대리사회』에서 매우 예리하게 우리 사회의 폐부를 파고든다. 김민섭은 이 책을 통해 자신이 지금 우리의 사회를 비평할 수 있는 자격이 충분하다는 것을 유감없이 보여준다. "대한민국 사회에 은밀하게 자리를 잡은 이른바 대리사회의 괴물은 이제 그 누구도 온전한 자기 자신으로서 행동하고, 발화하고, 사유하지 못하게 만들며, 우리 모두를 누군가의 욕망을 대리 수행하는 대리인간으로 만들어 낸다. 그러면서 동시에 그들에게 주체라는 환상을 덧입힌다." 우리 사회에 대한 그의 진단과 분석은 예리하고 탁월하다. 대리운전기사로서 일과를 마치고 타인의 운전석에서 내린다고 해도 저자는 자신이 더 이상 온전한 '나'로서 존재하지 않게 되었다고 고백한다. 김민섭은 바로 이 지점을 지극히 섬세하게 포착한 후, 자신에게 '순응하는 몸'이 만들어졌다고 표현한다. 이 책은 저자가 거리에서 만났던 다양한 인간군상들의 모습을 통해, 이미 주체성을 잃고 '순응하는 몸'으로 변형되어 버린 '대리사회의 괴물들'이 다른 그 누구도 아닌, 바로 우리 자신임을 깨닫게 만든다.

그의 첫 책 『나는 지방대 시간강사다』를 지금 검색하면 저자명이 김민섭으로 명기되어 있다. 만약 '309동1201호'로 적힌 초판본을 가지고 있다면 중고책방에 내놓지 말고 잘 보관하길 바란다. 김민섭의 행보를 볼 때, 언젠가는 그 책이 정가보다 훨씬 비싸게 거래될 가능성이 크다.

함께 읽으면 좋은 책

『나는 지방대 시간강사다』 김민섭 지음, 은행나무, 2015
『아무튼, 망원동』 김민섭 지음, 제철소, 2017
『고백, 손짓, 연결』 김민섭 지음, 요다, 2018

066

사상의 은사와 의식화의 원흉 사이에서

윤석윤_숭례문학당 강사

대화
리영희 지음, 임헌영 대담, 한길사, 2005

평전이나 자서전은 대개 역사적으로 업적을 남긴 인물들에 대한 삶의 기록이다. 그들의 기록은 개인사를 넘어서 시대와 역사 앞에 귀감이 될 수 있는 저작이다. 평전의 경우는 주인공을 오랫동안 연구해온 연구자나 평전 작가에 의해서 저술된다. 기록과 자료, 주변 인물에 대한 인터뷰, 주인공이 남겨 놓은 글이나 저작물을 활용한다. 자서전은 저자가 직접 쓰거나, 전기 작가의 도움을 받기도 한다. 평전은 자서전에 비해 주인공에 대한 평가가 비교적 객관적인 책이라고 할 수 있다. 자서전은 주인공의 주관적인 시각과 평가로 독자가 거부감을 느낄 수도 있다.

그렇다면 언론인과 대학교수, 사회비평가와 국제문제 전문가로 활동했던 리영희의 『대화』는 어떨까? 자서전이지만 이 책의 출간 배경은 남다르다. 많은 사람과 출판사에서 그가 '살아온 삶의 궤적과 사상의 편력'을 기록으로 남기자고 요청했지만 거절했다. 자신의 시대적 역할은 이미 끝났고 소리 없는 존재로서의 삶을 만족했기 때문이다. 그런 그가 2000년, 70세에 갑자기 뇌출혈로 쓰러졌다. 정신과 몸에 마비가 왔고, 모든 일이 불가능해졌다. 4년 후 다행히 신체와 정신이 일부 회복되면서 마음을 바꾸었다. 사랑과 존경의 마음으로 관심을 가져주는 고마운 사람들에게 보답하라는 뜻으로 해석했다. 손이 마비되어 글 쓰는 게 어려웠지만 입으로 말하는 것은 가능했다. 문학평론가 임헌영이 대담자로 참여했다. 그는 저자와 오랫동안 좋은 인연이었고, 자서전의 내용을 좋은 질문으로 더욱 풍부하게 만들었다.

저자는 어떻게 기자가 되었을까? 배경이 재미있다. 1950년 해양대학을 졸업하고 잠시 중학교 영어교사를 했다. 6·25전쟁이 발발하자 유엔군 통역 장교로 입대하여 7년 동안 전방 전투 지역과 후방 부대에서 근무했다. 소령으로 예편하기 직전 부산 집 화장실에서 우연히 신문에 난 기자 모집 광고를 보았다. 합동통신사 외신부 기자였다. 언론사 최초의 공채 시험으로 273명이 지원하여 5명이 합격했다. 그는 합격자 5명 중 5등이었다. 다른 네 명은 서울대 대학원 정치학과 출신이었다. 그가 합격한 이유는 탁월한 영어 실력 때문이었다. 면접에서 시험관들이 그의 대답을 제대로 못 알아들을 정도로 영어가 유창했다고 한다. 게다가 프랑스어도 할 줄 알았다. 중국어 실력도 있어서 나중에 국제문제 전문가로서의 밑거름이 되었다.

리영희는 한국 언론사에 큰 족적을 남긴 저널리스트다. 격동의 현대사를 직접 체험한 증인으로 독재 권력에 맞서 예리한 필봉을 휘두른 우상 파괴자였다. 기자가 된 후 진실을 밝히는 저널리스트를 천직으로 삼았다. 그가 작성한 특종 기사를 보면 얼마나 철저한 기자였는지 알 수 있다. 1961년 5·16쿠데타를 성공한 국가재건최고회의 의장 박정희가 미국을 방문했을 때 수행 기자로 함께했다. 국무부 관리를 통해 정확한 정보를 얻을 수 있었다. 한미협정의 내용을 파악하여 특종을 했다. 미국 정부가 5·16 세력을 인정해 주는 조건으로 '민정이양'과 '한일협정'을 빨리 진행하라는 내용이었다. 이것 때문에 수행 취재에서 배제당하고 중도 귀국을 하게 된다.

1964년 한일회담에서도 특종을 했다. 일본이 한국에 배상해야 하는데 현금 상환과 개인에 대한 상환을 배제한 것이다. 김종필 중앙정보부장과 오히라 외상과의 비밀 합의 내용이었다. 어찌 이럴 수가 있을까. 일본이 점령 통치했던 베트남, 미얀마, 필리핀은 일본에 재산청구권을 요구해서 모두 배상을 받았는데 말이다.

언론인이자 지식인으로서 그의 수난은 계속 이어진다. 1969년 베트남전쟁과 국군 파병에 대한 비판적 기사 때문에 조선일보에서 강제 퇴직된다. 또, 합동통신사 외신부장으로 일하면서 군부독재·학원탄압 반대 '64인 지식인 선언'에 참여하여 강제 해직됐다. 그 후 1972년 한양대학교 신문방송학과에 조교수가 되어 학자의 길을 걸었지만, 그가 저술한 『전환시대의 논리』 『우상과 이성』 『8억 인과의 대화』의 내용이 빌미가 되어 반공법 위반 혐의로 징역 2년을 선고 받고 복역한다. 이후 1980년에는 '광주소요 배후주동자' 중 한 사람으로 또 구속된다. 30대 중반부터 60대 초반까지 독재 권력에 의해 아홉 번의 연행, 다섯 번의 기소 또는 기소유예, 세 번의 징역을 살았다. 그의 삶은 고난의 연속이었다.

"나의 삶을 이끌어준 근본이념은 '자유(自由)'와 '책임(責任)'이었다. 인간은 누구나, 더욱이 진정한 '지식인'은 본질적으로 '자유인'인 까닭에 자기의 삶을 스스로 선택하고, 그 결정에 대해서 '책임'이 있을 뿐만 아니라 자신이 존재하는 '사회'에 대해서 책임 있다는 믿음이었다. 이 이념에 따라, 나는 언제나 내 앞에 던져진 현실 상황을 묵인하거나 회피하거나 또는 상황과의 관계설정을 기권(棄權)으로 얼버무리는 태도를 '지식인'의 배신(背信)으로 경멸하고 경계했다.

사회에 대한 배신일 뿐 아니라 그에 앞서 자신에 대한 배신이라고 여겨왔다."

리영희는 고난과 시련에 맞서며 지사적인 삶을 살았다. 그는 "지식이 아무리 많아도 '의식'이 없으면 그 지식은 죽은 지식"이라고 말한다. 기자로서 강제 퇴직도 여러 차례, 교수로서 강제 해직 몇 사면·복권과 복직이 되풀이되었다. 그의 삶 속에 한국 현대사의 질곡이 그대로 스며들어 있다. 그는 거짓과 허위로 가득한 어둠의 시대를 진실과 이성의 빛으로 밝게 비추었다. 그는 지식인으로서 사회적 책임을 방기하지 않고 거짓에 도전했다. "자유는 형벌이다"라는 사르트르의 말처럼 자유인으로서 사회적 책임을 마다하지 않았다. 많은 청년·학생·지식인들이 그를 '사상의 은사'라고 불렀지만 독재 권력은 '의식화의 원흉'이라 불렀다. 그의 저서가 민주화운동의 교과서였다.

이 책의 절반은 저자의 개인사이고, 나머지 절반은 그의 사상적 담론을 담고 있다. 국내 상황과 시대정신, 20세기 인류사적 격동의 의미와 가치를 비판적으로 서술하고 있다. 이 책의 제목을 『대화-한 지식인의 삶과 사상』이라고 한 이유다. 저자가 얼마나 열심히 공부했는지 책을 읽으면 알 수 있다. 많은 책들, 외국의 신문과 자료를 읽고, 다른 나라의 비밀 정보들을 검색하여 기사를 쓰고 책을 저술했다. 저자는 글쓰기에 있어서 중국 작가 루쉰을 모델로 삼았다. "글 쓰는 기법, 문장의 아름다움, 속에서 타는 분노를 억누르면서 때로는 정공법으로, 때로는 비유·은유·풍자·해학·익살로 상대방을 공격하는 세련된 문장 작법을 그에게서 많이 배웠지요." 저자는 '기자 리영희, 언론인 리영희, 지식인 리영희'로 굴곡 많은 삶을 살았다. 한국 현대사에 관심이 있는 독자라면 꼭 한 번 읽어봐야 할 책이다.

함께 읽으면 좋은 책

『자유론』 존 스튜어트 밀 지음, 서병훈 옮김, 책세상, 2018

『역사란 무엇인가』 에드워드 H. 카 지음, 김승일 옮김, 범우사, 1996

『괴테와의 대화』(전2권) 요한 페터 에커만 지음, 장희창 옮김, 민음사, 2008

067

사회학을 시작하는 모멸감 입문서

김민영_숭례문학당 이사

모멸감
김찬호 외 지음, 문학과지성사, 2014

『모멸감』을 읽고 "평생 절 괴롭힌 문제가 뭔지 알게 됐어요"라던 H. 그녀는 미루던 학업, 진로, 결혼 문제를 단계별로 진행하기 시작했다. 자괴감에서 벗어나니 무엇이든 직면하고 선택할 용기가 생겼다. 그녀를 회복시킨 페이지는 프롤로그와 1장 「모멸감, 한국인의 일상을 지배하는 감정의 응어리」 2장 「한국 사회와 모멸의 구조」였다. 이 책은 강렬하게 시작하여 독자의 가면을 벗긴다. 저자 김찬호 교수는 '감정'이란 시대에 따라 다양한 양상을 띤다며 이는 "순전히 개인적인 것도 아니고 생물학적으로 결정되는 것"도 아니라고 진단한다. 그것은 "오랜 기간 이어지고 광범위하게 공유되는 삶의 바탕"이다. 저자는 이 감정을 '사회적인 지평에서 분석하고 역사적인 차원'에서 이해하며 다소 낯선 진단을 내린다.

의사 아버지 아래서 늘 '기준 미달'이었던 딸 H는 자신을 비하하는 감정을 타고난 것이라 여겼다. 한 번도 사회적·역사적 맥락에서 자신을 이해한 적이 없었다. 그녀는 이 책을 통해 상담과 신앙으로 극복하지 못한 삶의 문제가 투명해졌으며 극복할 힘을 얻었다. 책에 따르면 모멸감은 "누군가가 나를 직접 모욕하지 않았다 해도 느낄 수 있는 감정"이다. 또는 "어떤 상황 자체가 모멸감을 불러일으킬 수도" 있다. 모멸은 수치심을 일으키는 "최악의 방아쇠"라는 것이 저자의 견해다.

그렇다면 수치심의 질감을 좌우하는 변수는 무엇일까? 토론 논제로도 자주 등장하는 부분이다. 저자는 다섯 가지 변수를 제시한다. 본인의 타고난 성격이나 기질, 부모로부터 받은 애정의 정도, 또래집단과의 관계, 사회문화적 요인, 사람들의 반응이 그것이다. 모멸감으로 고민해온 이라면 이를 두루 살펴보는 경험도 필요하다. 본인의 타고난 성격이나 기질과 부모로부터 받은 애정 정도의 원인에만 집중해온 H에게 이 책은 다른 변수의 가능성을 확장했다. 자기 삶을 객관적으로 보는 힘이 생겼다는 H의 일상은 한결 편안해 보인다.

저자 김찬호의 화두는 2장 '공동체의 붕괴, 집단주의의 지속'에서 개인의 내면으로 침투한다. 모멸감을 증폭시키는 또 다른 요인으로 "타인들의 시선과 평가에 대한 과민감"을 꼽는다. 이는 두 가지 차원으로 다시 나뉜다. 첫째, "타인에게 필요 이상의 관심을 보이면서 참견하고 타인의 영역을 침범"한다. 둘째, "자기에 대한 타인의 평가와 반응에 너무 예민"하다. 책은 이러한 경향의 중심에 있는 차별 의식에도 주목한다.

"자신이 하고 싶은 일을 찾는 것이 아니라 남들에게 그럴듯해 보이는 직업으로 쏠리는 가운데 행복은 점점 껍데기로 형해화된다. 그렇게 남의 이목에 신경을 곤두세우도록 자라나면, 부끄러워할 필요가 없는 일에도 모멸감을 느끼게 된다." H의 모멸감을 증폭시킨 감정 중 하나는 '남의 이목'이었다. 의사인 H의 아버지가 주로 하던 말은 "네 직업을 보면 다른 사람이 뭐라고 하겠냐"였다. 친구들의 자녀들이 그럴듯한 직업을 가진 데 비해 좋아하는 일을 하겠다고 학원가를 택한 H의 선택은 아버지에게 일종의 '모멸감'이었다. 그는 H에게 끊임없이 모멸감을 주입했다. 김찬호의 지적대로 H는 '부끄러워할 필요가 없는 일'까지 모멸감을 느꼈고 자존감까지 잃어버렸다.

2015년 서울시의 한 도서관에서 『모멸감』이 여러 시민에게 읽히는 현장을 목격했다. H의 아버지처럼 학부모로서 각성하듯 읽는 이들도 보았다. 그들은 "이제야 내 자신이 보인다" "함께 읽고 토론해야 할 책"이라고 말했다.

후반 4~5장에 나온 대안을 둘러싼 토론 또한 첨예하게 이뤄졌다. 원인을 읽게 된 것만으로도 치유와 회복을 경험한 H류의 독자도 있지만, 저자만의 대안이 미흡하다는 지적도 등장했다. 후자의 독자들은 "파헤쳐 놓았으니 구체적인 대안을 줘야 하는 것 아니냐"며 질문을 이어갔다. 대안 격으로 구성된 4장 「인간적인 사회를 향하여」와 5장 「생존에서 존엄으로」에서 주제 키워드는 품위·감수성·좋은 삶에 대한 자문·연대와 결속·환대의 시공간이다. 특히 '환대의 시공간'이라는 대안에선 구체적인 예까지 든다.

"지금 우리에게 필요한 것은 안전한 관계다. 나를 있는 그대로 받아들여 주는 사람들, 억지로 나를 증명할 필요가 없는 공간이다. 내가 못난 모습을 드러낸다 해도 수치스럽지 않고, 다른 사람들이 그것을 가지고 뒷담화를 하지 않으리라고 믿을 수 있는 신뢰의 공동체가 절실하다. 그를 위해서는 자신과 타인의 결점에 너그러우면서 서로를 온전한 인격체로 승인하는 마음이 있어야 한다."

이어 저자는 40년간 폭력의 심리적 메커니즘과 정책적인 예방 프로그램을 연구한 길리건 교수의 이야기를 들려준다. 길리건 교수는 결국 "개인이 살아가는 집단이나 공동체의 문화를 바꾸는 것이 핵심"이라는 결론에 이르렀다. 강렬한 저자의 외침에 어느 정도 공감할지 여부는 독자의 몫이다. '환대의 시공간'이야 말로 저자가 부제로 꺼낸 '굴욕과 존엄의 감정 사회학'을 실천하는 장이 될 수 있다며 지지하는 독자도 있겠으나, 모호한 대안으로 보는 시선도 있다. 경쟁이 만연한 사회에서 이런 대안은 이상적인 구호에 그치지 않느냐는 이견이다. 『모멸감』의 토론 엔딩 크레딧과 같은 '환대의 시공간'을 어떻게 경험하고 실천할 것인지는 모두의 과제다.

저자는 다른 사회학자들과 달리 이 책에 소설과 영화와 같은 '스토리'를 예로 들거나, 작곡가 유주환의 「모멸감」 음반을 동봉하며 독자와의 접점을 만들었다. 이러한 점으로 보아 이 책은 사회학 입문서로 제격이다. 관련 분야의 책을 깊이 있게 읽은 이보다, 사회학과 멀었던 독자의 첫 책으로 추천할 만하다. 또한 H처럼 모멸감이란 감정에 더 근본적으로 다가서고 싶다면 자신만의 길을 찾을 수 있을 것이다. 스스로 존엄한 삶을 살기 위해 함께 읽어야 할 책이 있다면 피터 비에리의 『자기결정』을 추천한다. 비에리는 영화화된 「리스본행 야간열차」의 작가로, 소설과 또 다른 원칙과 신념을 읽을 수 있을 것이다.

함께 읽으면 좋은 책

『혐오와 수치심』 마사 너스바움 지음, 조계원 옮김, 민음사, 2015
『자기결정』 피터 비에리 지음, 문항심 옮김, 은행나무, 2015
『해석에 반대한다』 수전 손택 지음, 이민아 옮김, 이후, 2002

068

모두 자신만의 바둑을 두다

임지희_웹툰PD

미생
윤태호 지음, 위즈덤하우스, 2012
(시즌1 · 전9권)

'고양이 손'이었다. 굴지의 대기업 원 인터내셔널 첫 출근 날 장그래의 포지션은 딱 저 정도였다. 해외 바이어와의 미팅에 출석해야 할 오 과장이 도착할 때까지, 바이어가 불쾌하게 자리를 뜨지 않을 어떤 재주라도 부리며 시간을 때우는 일이었다. 아홉 살부터 오직 바둑만 두었다는 사실은 철저히 숨겨져, 후원자의 배려로 인턴으로 입사한 첫날 장그래는 해외 바이어와 마주 앉아 종이에 선을 긋고 동그라미를 그려 바둑을 두었다. 입단에 실패하고 바둑에서 멀어지려 애썼던 지난 몇 년, 난데없이 직면한 위기 상황에서 자연스럽게 바둑을 꺼내 들었다. 다시금 새로운 대국을 시작한 것이다. 원 인터내셔널 vs 장그래 아니, 과거의 장그래 vs 내일의 장그래.

2012년 1월 포털사이트 '다음 만화 속 세상'에서 연재를 시작해 2013년부터 단행본 출간, 2018년 현재 2부 연재가 진행 중인 『미생』은 시작부터 많은 주목을 받았다. 2014년 동명의 드라마가 방영되자 국민적 인기를 누리는 명작으로 자리 잡았다. 흙수저에 스펙 제로인 청년 장그래가 단 하나 쥐고 있는 장기인 바둑을 통해 세상을 보며 대기업에서 어엿한 사회인으로 성장해나가는 이야기다. 『미생』은 잠재력은 있으나 능력치가 짧은 주인공에게 성장할 수 있는 기회가 주어지고, 성장을 돕고 경쟁할 동료가 생기며, 시련에 좌절하기도 하지만 끝내 다시 일어나 최고가 된다는 소년 성장물의 전형적인 단계를 밟아간다. 단지 그 판을 판타지 세계에서 지구를 구하는 이야기 대신 서울의 한 대기업 영업 3팀으로 갈아 끼웠을 뿐이다.

판을 바꾸니 완전히 새로운 이야기가 되었다. 종합상사의 영업팀에서 일하기에 자격이 모자랐던 장그래는 많은 독자가 "판타지 같다"고 말했던 최고의 상사 오 과장과 김 대리의 트레이닝을 받으며 성장한다. 바둑을 하면서 얻은 유산인 매사에 진지하고 상대를 살피며 신중한 성격은 작은 업무라도 완전히 내 것으로 만들어 다음 단계로 전진하기 위한 자양분이다. 치열했던 인턴십 과정과 회사에 남느냐, 떠나느냐를 결정하는 입사 프레젠테이션도 실력 이상으로 잘 치러낸다.

장그래는 인턴에서 '원 인터내셔널 2년 계약직'으로 입사한다. 프레젠테이션에서 빛을 발했던 다른 인턴 동기들은 정규직으로 채용됐다. 대학 시절 치열하게 공부하고 무너지지 않을 스펙으로 무장한 동기들과 장그래가 받아 든 결과의 차이다. 이 부분은 만화지만 현실의 중력을 충분히 느낄 수 있었다. 현실의 무게감은 긴 호흡의 이야기 속 곳곳에 포진해 있다.

윤태호 작가는 이 만화를 위해 대기업 직원과 임원을 정기적으로 만나 알고 싶은 모든 것을 취재했다고 한다. 로비의 문을 통과해 사무실로 들어와 어디에 옷을 걸고 가방은 어디에 두는지부터 일상적으로 쓰는 업무 용어나 협력 업체들과의 커뮤니케이션 방법, 하다못해 직급의 고저 차이까지도. 평범한 직장인에게는 매일 출근해 비슷한 업무를 하며 어떤 날은 성공에 기뻐하다가 다음 날에는 사소한 실수로 혼나기도 하고, 사직서를 가슴에 품고 다니며 울화 섞인 푸념을 늘어놓다가도 성과급 지급 소식에 즐거워하는 것이 일상적인 일이다. 한 번도 직장생활이란 것을 경험하지 못한 작가는 취재를 통해 겪어야만 알 수 있는 세계를 세밀하게 묘사해냈다. 프레젠테이션 에피소드를 위해서 프레젠테이션 전문가를 찾아 인터뷰하고, 임원의 입장과 태도, 결단을 그려져야 할 때는 임원 코스를 밟고 있는 이를 만나 집요하게 질문을 퍼부었다. 실로 방대한 양의 취재와 정보 수집이 이루어졌다. 탄탄한 취재는 작품에 자신감을 더하고 리얼리티를 부여하지만 '하나라도 더 소재로 쓰고 싶은 욕망'을 불러일으킨다. 이는 자칫 잘못하면 '소재와 정보를 충실하게 전하는' 전개로 매몰되기 십상이다.

최초의 기획 단계에서 『미생』은, 바둑의 고수가 사회 초년생 혹은 보통 사람들에게 조언을 하며 일침도 날리는 자기계발 만화의 형태였다고 한다. 그 기획이 3년이란 시간을 보내며 바둑 입단에 실패한 사회 초년생이 처음부터 사회를 하나씩 배워 나가며 자신만의 새로운 바둑을 두는 이야기로 바뀌었다. 여기에 물리적으로 방대한 양의 취재 자료를 잘 끼워 넣어 지금의 『미생』이 탄생할 수 있었다.

협력 업체의 실수에도 무골호인인 박대리가 장그래의 한마디가 계기가 되어 어제까지와 다른 나로 거듭난 것, 현장의 일만을 중시하며 책상머리 앞에서 서류나 만지고 있는 사무직을 짐짓 무시했던 입사 동기 석율의 마인드를 그래의 멋진 프레젠테이션으로 바꾸어 놓은 것, 자신 있게 제출한 기획서가 채택되지 않자 '무엇을 만족시키지 못했는가'를 고민하며 일을 찾아내는 안영이의 치열함에 자극받아, 요르단 사업의 비리를 밝혀내고 다시 그 사업을 팀에서 추진하도록 만들어낸 것, 캐릭터들이 드라마를 자아낼 수 있을 만큼의 양만 정보를 흘려 넣었기에 오히려 "너무 현실적이다" "공감 간다"는 평이 나올 수 있었다.

혹자는 『미생』을 '우파의 회사 성공학' '대기업 시스템 안에서만 유효한 감동'이라고도 말한다. 틀린 말은 아니다. 대기업이라는 거대한 시스템 속에서 '미생'인 장그래가 '완생'으로 나아가려 애쓰는 이야기를 담았으니까. 장그래는 주어진 일을 거부하거나 회사의 규정을 깨고 독단적으로 일을 추진하지 않는다. 아니 못한다. 회사에서 부여한 일을 잘 해내기 위해 야근과 철야를 불사하면서도 집으로 돌아가면 자신을 기다리는 어머니를 애틋하게 대하고, 혼자서 바둑을 둔다. 그토록 멀어지고 싶고 도망치고 싶었던 바둑이지만 바둑으로 세상과 사람을 본다. 익숙한 것들을 소중하게 끌어안고, 매일 아주 조금씩이라도 전진해 시스템 안에 자리 잡아 남들과 같은 일상을 지켜나가려 노력한다.

연재 중인 『미생』 2부는 원 인터내셔널을 떠나 스타트업 '온길인터내셔널'을 차리고 그 속에서 벌어지는 이야기가 진행 중이다. 오 차장이 된 오 과장은 원 인터를 떠나 믿을 수 있는 옛 직장상사와 함께 온길인터내셔널을 세웠고, 2년 계약직 직원이었던 장그래는 온길의 사원이 되었다. 영업 3팀의 든든한 허리였던 김 대리도 고심 끝에 합류한다. 영업 3팀의 의기투합은 숨 막히는 현실에 한 줄기 빛이자 기다렸던 판타지다. 이제 대기업과 같은 명성과 인프라는 기대할 수 없다. 한갓진 세상에 맨몸으로 싸워서 전보다 더 큰 성취를 이뤄야 하며, 주어진 새로운 일상을 지켜내야 한다.

다시금 모두가 자신만의 새로운 바둑을 두기 시작했다. 그곳에 있는 모두는 승리를 꿈꾼다. 우리도 그러하다. 미생에서 완생을 향한 우리 모두의 여정을 『미생』은 함께하고 있다.

함께 읽으면 좋은 책

『아웃라이어』 말콤 글래드웰 지음, 노정태 옮김, 김영사, 2009
『안티 레이디』(전8권) 윤지운 지음, 서울문화사, 2011
『대국』 박치문 지음, 위즈덤하우스, 2015

남에게 대접 받고자 하는 대로 남을 대접하라

이원석_문화연구자

불편해도 괜찮아
김두식 지음, 창비, 2010

저자 김두식 교수는 법학자이자 기독교 신앙인이다. 그가 쓴 이 문제작의 기조(基調)는 그가 마음에 새긴 예수의 정신에 따른 것이다. 인권의 의미를 묻는 아내에게 그는 예수의 말씀으로 답한다. "남에게 대접받고자 하는 대로 남을 대접하라는 거야."

이는 원래 예수께서 당신의 가르침을 집약해놓은 '산상수훈'에서 말씀하신 내용이다. "그러므로 무엇이든지 남에게 대접을 받고자 하는 대로 너희도 남을 대접하라. 이것이 율법이요 선지자니라."(「마태복음」) 율법과 선지자는 구약성경을 뜻한다. 예수는 이 단순한 계율 하나가 구약의 온 가르침을 축약한다고 말씀한다. 참으로 아름답게 들리는 가르침이 아닐 수 없다.

그러나 예수가 말씀하신 남, 즉 다른 사람이 과연 누

구일까 생각해보면, 느낌이 달라진다. "우리가 남이가"라고 할 때, 그 의미는 우리의 동질성을 강조하는 것이다. 이를 위해 우리와 다른 남을 끌어들인다. "우리는 자꾸 '다름'을 이유로 다른 사람을 배제하고 '우리'끼리 모이고자 하는 경향이 있습니다." 예수 당시 유대인들에게 있어서 남이란, 아마도 그들을 압제하는 로마제국의 군사들이나 그들과 종교적 결이 다른 사마리아인들이었을 것이다. 이들은 불쾌하거나 불편한 존재였다. 그러니까 예수는 나와 전혀 다른 자리에 서 있는, 내가 이해하거나 용납하기 어려운 이들에게 취할 태도에 대해 위와 같이 말씀하신 것이다.

김두식 교수가 주목하는 대상도 마찬가지다. 애초에 인권 논의는 나와 동일한 세계를 공유하는 이들을 대하는 태도를 말하는 것이 아니다. 그가 주목하는 점은 청소년과 성소수자, 여성과 장애인 그리고 노동자와 양심적 병역 거부자 등이다. 다시 말해서 약자와 소수자이다. 또한 여기에 검열과 인종차별, 제노사이드의 문제까지 다룬다.

이 모든 대상과 문제를 인권이라는 개념하에 정리하고 있지만, 결국 그 초점은 민주시민의 덕목에 있다. 이에 대해 저자는 다음과 같이 말한다. "내가 보장받기를 원하는 그 권리들을 다른 사람들도 보장받도록 하는 것이 민주시민이 가져야 할 올바른 덕목입니다." 이 책은 인문 교양서다. 인문 교양의 초점은 시민의 교양 형성에 있다. 자신을 지극히 평범한 사람이라고 생각하는 모든 이에게 읽혀야 할 책이다. 인권을 주제로 한 이 책이 바로 그 평범함에 관해 문제를 제기하기 때문이다.

이 책이 담아내는 매력은 부제에 암시되어 있다. 이 책의 부제는 '영화보다 재미있는 인권 이야기'이다. 저자는 영화와 드라마를 소개하는 방식으로 인권을 이야기한다. 이 책은 그가 국가인권위원회의 요청으로 여러 차례 '영화와 인권'이라는 주제로 강의한 후 국가인권위원회의 집요한 집필 요청에 따라 쓰게 되었다. 비록 그가 먼저 주도적으로 집필을 결정한 것은 아니지만, 저자가 영화와 드라마를 소재로 인권을 이야기한 것은 그 매체의 교육적 효용에 주목했기 때문이다.

"영화관에 앉으면 10분도 되지 않아 나와 전혀 다른 인생에 공감하며 눈물 흘리고, 주인공과 똑같은 공포를 느낄 수 있습니다. 그런 과정을 통해 '차별받는' 입장을 이해하면, 그 입장 때문에 생긴 내 마음의 불편을 감수하는 일이 한결 수월해집니다. 대신에 '차별하는' 사람에 대해 이전에는 느끼지 못했던 새로운 불편을 느끼게 됩니다. 영화와 드라마는 인권 감수성을 키우는 데 그만큼 효과적인 수단입니다."

그런 이유로 저자는 강의에 자주 영화를 이용했고, 또한 청소년이 된 딸과 대화하기 위해 드라마 DVD를 보내기도 했다. 청소년 인권을 다루는 첫 장에서 눈길을 끄는 대목이 바로 딸에 대한 이야기다. 그 이야기를 시작하는 절의 중제가 '지랄 총량의 법칙'이다. 제목을 통해 부모와 자식 간의 치열한 전쟁이 전개될 것임을 미루어 짐작할 수 있을 게다. 그렇기에 머리말의 마지막 문단에는 이렇게 적혀 있다. "지난 1년 동안 정신적으로 훌쩍 성장하고, 자기 이야기가 책에 쓰이는 것까지 허락해준 딸에게도 사랑을 전합니다."

그 치열한 "지랄전쟁"은 양동근과 이나영, 공효진과 이동건 등이 주요 배역을 맡은 드라마 「네 멋대로 해라」를 본 후 전환점을 맞이한다. 저자는 미국에서 드라마를 보고 나서 딸에 대한 시각이 바뀌었다고 한다. 그래서 그는 이 드라마의 DVD를 주문해 한국의 집에 보냈다.

"그리고 며칠 후 딸에게 전화를 걸어 '아빠가 이 드라마를 보면서 함께 이야기하고 싶은 게 있었는데…'라고 말을 꺼내자, 딸은 곧바로 이렇게 대답했습니다. '응, 무슨 이야기 하려는 건지 제목 보고 딱 알았어.' 그래서 저도 그냥 '그래, 바로 그거야'라고 말해주었지요."

저자는 이렇게 「네 멋대로 해라」를 통해서 자녀를 대하는 관점이 바뀌었다고 말한다. 그렇게 되자 딸과의 관계가 바뀌고, 이어서 딸도 바뀌었다고 말한다. 결국 영상 매체를 통해 자기 성찰과 관계의 변화가 이루어진 셈이다. 이 인상적인 에피소드를 소개한 이유는 책 전체의 논의를 이해하는 실마리가 되기 때문이다. 이 책에서는 현실의 이야기와 영상물의 이야기가 병렬적으로 전개된다.

저자의 논의는 영화와 드라마가 다루는 이야기와 그 이야기를 둘러싼 바깥의 현실 사이를 왔다갔다한다. 1장에서는 딸 이야기로 시작하며 온 국민의 서열의식을 전제하는 학벌 문제에 대해 말한다. 그렇기에 1장의 청소년 인권에 대한 이야기는 비교적 쉽게 공감할 것이다. 하지만, 그 뒤에 이어지는 성소수자나 장애인, 노동자와 양심적 병역거부자 문제 등으로 넘어가면 부담과 불편을 느끼게 될 것이다. 저자는 영화와 드라마의 이야기를 소개함으로써 청소년이 된 딸을 대하는 자신의 태도가 바뀌었듯이 낯선 타자를 대하는 우리의 태도도 바꿀 수 있도록 이끌어주고자 한다.

다소 모순적이지만 이 책은 '책이 갖지 못하는 영상물의 힘'을 강조하고 있다. 그러니 『불편해도 괜찮아』를 읽으면서 여기에 소개된 무려 81종에 달하는 영화와 드라마를 직접 본다면, 그보다 더 좋을 수가 없을 것 같다. 물론 이 책을 읽어가면서 눈에 들어오는 영화만 챙겨보는 것만으로도 충분하다. 중요한 점은 불편함의 감각을 바로 세우는 것이다. 아무쪼록 이 책을 읽은 후 차별받는 약자들을 이해하게 되고, 그들에 대한 우리의 불편을 한결 쉽게 받아들이며, 나아가 그들을 차별하는 이들에 대해 새로운 불편함을 느끼기를 바란다.

함께 읽으면 좋은 책

『인권 이펙트』 크리스토퍼 히친스 지음, 박홍규 외 옮김, 세종서적, 2012
『세계인권선언』 제랄드 게를레 그림, 목수정 옮김, 문학동네, 2018
『인권』 최현 지음, 책세상, 2008

070

웰컴 투더 리얼월드

임지희_웹툰PD

송곳
최규석 지음, 창비, 2015 (전6권)

"세상은 완벽하지 않다. 그래서 가끔 고장난 신호등이 있을 수 있다. 그러나 이곳에는 모든 신호등이 꺼져 있다. 대체 이 신호등들은 왜 존재하는 것인가."

잠시 현실의 이야기를 하고 싶다. 2009년 쌍용자동차는 법정관리 신청을 했고 법원은 이를 받아들여 곧 회생 절차에 들어갔다. 석 달 만에 내놓은 기업 회생안에 대규모 구조조정이 포함된 건 당연한 일처럼 여겨졌다. 노조는 즉각 총회를 열고 총파업에 돌입했다. 그리고 9년이 지난 2018년 9월, 드디어 해고자 119명을 2019년 상반기까지 전원 복직한다는 내용을 담은 합의안을 발표했다. 9년이 걸렸다.

9년어치의 억울함과 분노와 슬픔과 죽음이 켜켜이 쌓였다. 정권이 두 번 바뀔 동안 해고노동자들은 개인의 삶이 파괴되는 것은 물론이요, 가족과 가까운 친척들의 삶까지 무너져내리는 것을 보았고 믿을 건 법밖에 없다는 말이 얼마나 무용하며 힘 있는 자들의 입맛에 맞도록 재해석되어 왔는지 경험했다. 국가는 그들을 외면했고 때로는 국가가 직접 공권력을 이용하여 해고노동자들을 제압하는 데 쓰기도 했다.

최규석 작가는 이 책에서 노동쟁의의 과정을 2013~2017년 무려 4년의 시간을 들여 천천히 풀어놓았다. 이 책의 배경인 외국계 대형마트 '푸르미'는 쌍용자동차뿐 아니라 여느 사건사고 많았던 실재하는 기업명을 끼워 넣어도 비슷할 우리의 이야기다. 대중에 친근하고 누구나 보편적으로 알고 있는 '대형마트'를 배경으로, 사측의 부당 해고에 대항하는 노동조합 운동의 과정을 그렸다.

'네이버 웹툰'에서 『송곳』은 단연 제목처럼, 뾰족하게 튀어나와 독자들의 마음을 찔러댔다. 배경도 사건도 인물도 너무나도 현실적이라 도무지 모두가 행복하게 잘 살았다거나, 최소한 내일의 희망을 꿈꿀 수 있도록 끝날 것 같지 않았다. 그럼에도 이 만화는 많은 독자의 사랑을 받으며 2014년 오늘의 우리 만화상을 수상했고, 2015년 JTBC에서 동명의 드라마로도 제작·방영되었다.

이수인은 남들보다 불의를 참지 못하는 편이었을지는 모르겠으나, 또한 남들처럼 평범하게 출세해서 행복하게 사는 것을 바라는 사람이다. 촌지를 가져올 때까지 매질을 멈추지 않는 선생에게 못 이겨 결국 촌지를 바치는 어머니를 보며 육군사관학교에 진학한다. 적성과는 상관없이. 생도 시절에는 1992년 제14대 국회의원 총선거를 앞두고 대대장으로부터 특정 인물을 찍으라는 압력을 받자 투표를 거부하고 공개적으로 정당한 선거를 치르자는 건의를 한다. 누구도 나서서 하지 못했던 용기 있는 행동으로 거의 고립된 채 임관한다. 소속된 부대에서도 공익 제보를 하거나 항명하지 못한 채 대위로 제대한 뒤, 푸르미에 입사했다.

육사 장교 출신이라는 브랜드는 푸르미에서 이수인을 '남보다 나은 사람'으로 만들어주었다. 사람들은 출세할 거라고 했다. 이때까지 수인에게 세상의 부조리는 '가끔 있는 고장난 신호등'이었을 것이다. '모든 신호등'이 꺼져 있다는 것을 깨달은 때는 회사에서 자신의 파트 판매직 직원들을 정리해고 하라는 지시를 거부한 뒤다. 회사는 집요했다. 관리직이 정리해고를 거부하자 처음에는 타일렀고, 직장 동료를 시켜 회유하려 했다. 그것도 안 되니 마땅히 그가 해야 할 일을 하지 못하게 만들었다. 쾌적하게 정리되고 가지런히 진열되어 손님을 맞아야 할 자신들의 매장을 난잡하게 만든다. 그리고 결국 그를 버리기로 결심한 회사는 정리해고의 역할을 다른 사람에게 맡기고 본격적으로 '실력행사'에 나선다. 이수인은 노조에 가입하고, 우연히 받은 명함에 적힌 주소(구고신이 소장으로 있는 노동상담소)로 찾아간다.

최규석 작가는 다수의 매체 인터뷰에서 "이수인이 특정 모델이 있는 반면, 구고신은 취재했던 여러 인물의 조합"이라 밝힌 바 있다. 구고신은 자신이 필요하리라 생각되는 현장에 빠르게 나타나 사람들의 이야기를 듣고, 한시적이든 근본적이든 해결책을 제시하고, 떼인 돈을 돌려받게 해주고, 헌법이 규정한 권리를 소리친다. 분쟁의 수라장에서 노동자들과 연대해 어려움을 뚫고 나온 것도 여러 번, 실패하기도 여러 번. 구고신은 철인 혹은 성인의 모습에 가깝게 그려진다. 해고노동자들의 복직이 자신의 복직도 아니면서 열심히 뛰는 모습은 사명감을 갖고 정의를 위해 싸우는 우리 곁의 노동운동가들과 같다.

이수인과 구고신은 '송곳'이었다. "분명 하나쯤 뚫고 나오는, 가장 앞에서 가장 날카로웠다가 가장 먼저 부서져 버리고 마는" 그런 인간. 다음 한 발이 절벽일지도 모른다는 공포 속에서도 제 스스로도 어쩌지 못해서 껍데기 밖으로 기어이 한 걸음 내디디고 마는 그런, 인간. 이들이 싸우는 것이 간단히 말해 '사측' 그 자체이고 정의의 이름으로 심판했다면 독자들은 속이 좀 시원했을지도 모르겠다. 『송곳』은 집요하리만큼 철저하게 지겨운 현실의 이야기를 들이민다. 그들이 지켜내고자 하는 것은 힘없이 밀려나는 보통 사람들이다. 아침부터 밤까지 종일 서서 웃으며 노동한 대가로 백만 원 이백만 원 월급 받아 생활비로 쓰고, 그 돈이 없으면 아이를 유치원에 보내기도 어려운, 가족 구성원 중 누가 큰 병을 얻으면 즉시 경제 수준이 곤두박질치는, 어떤 취급을 받아도 회사에 버티고 있는 것 말고는 선택지가 없는 그런 사람들 말이다.

그런데 연대해서 모두를 지켜내기 위한 지난한 과정에서, 가장 그 행동을 방해하고 분열시키는 사람들도 바로 그 힘없는 보통 사람들이었다. 교묘한 사측의 갈라치기와 생존이 걸린 돈 앞에서 사람들은 대의보다 사익을 선택한다. 아니, 선택을 강요당한다. 노조에 가입해 투쟁을 이어나가는 동지들은 공동의 목표를 위해 싸우면서도 곁눈질로 서로를 감시한다. 언제까지 계속할까, 이만큼 했으면 된 거 아닐까, 행동이 좀 수상한데 내가 모를 때 사측에게 제안이라도 받은 건 아닐까. 함정은 도처에 있다.

투쟁이 길어지며 이수인은 감당하기 어려운 고난에 직면한다. 놀랍게도, 그에게도 가정이 있고 아내가 있으며 갓 태어난 아이도 있다. 가정은 어떻게 되어도 좋냐고 소리치는 장모의 일갈은 그 자신 또한 그가 지키고자 하는 사람들과 다르지 않다는 반증이다.

고장난 신호등을 다시 작동하도록 만드는 그들의 고군분투가 노동자의 승리로 마침표를 찍길 바랐지만, 투쟁 현장을 누볐던 구고신은 쓰러졌고, 이수인은 푸르미의 타점포로 이동한다. 작은 승리를 얻기도 했지만, 무수한 패배도 얻었다. 최종화의 마지막 대사, "노동조합 일상활동입니다"는 그래도 희망적이다. 9년의 세월을 견디고, 무수한 생명이 스러졌지만 포기하지 않고 결국 해고노동자들이 되찾아 온 것도 그들의 '일상'이니까.

함께 읽으면 좋은 책

『대한민국 원주민』 최규석 지음, 창비, 2008
『100℃』 최규석 지음, 창비, 2017
『우리가 몰랐던 노동 이야기』 하종강 지음, 나무야, 2018

071

공부할수록 가난해지는 사회

김민섭_작가

우리는 왜 공부할수록 가난해지는가
천주희 지음, 사이행성, 2016

나는 현대소설 연구자로 10년 가까이 대학에 있었다. 대학원생으로 보낸 시절이 5년이었고, 수료생으로 시간 강의를 하면서 지낸 시절이 3년이 조금 넘었다. 그러는 동안 즐겁게 논문을 쓰고 강의를 했다. 그러나 어느 날, '내가 지금 잘살고 있는 걸까, 나는 지금 무엇으로 여기에 존재하고 있는 걸까' 하는 물음표가 생겼다. 대학원생이라면 누구나 하는 고민이겠지만 그날은 왠지 거기에 답하지 않으면 다음 날부터 제대로 존재할 수 없을 것 같은 심정이었다. 왜냐하면, 막다른 골목에 몰려 있었기 때문이다. 훌륭한 개인들은 스스로 끊임없이 질문을 던지며 자신을 계발시켜 나가겠지만, 나는 평범하고 나약한 개인일 뿐이었다. 결혼을 앞두고 혼인신고를 하지 못 했고, 재직증명서를 발급받을 수 없어 대출에 실패했다. 그런 순간들이 나에게 찾아왔었다.

나는 결혼을 앞두고 아내가 될 사람에게 두 가지 조건을 말했다. 우선 내가 가져다줄 수 있는 한 달 생활비가 80만 원일 텐데 괜찮을지를 물었고, 그는 돈을 못 버는 건 알고 있었으니까 괜찮다고 답했다. 다른 것은 혼인신고에 관한 내용이었는데, 그는 그것은 괜찮지 않다면서 이유를 물었다. 나는 그에게 대학의 시간강사들은 건강보험을 보장받을 수 없는데 혼인신고를 하고 나면 우리는 지역 건강보험에 가입해야 한다고, 그러니까 혼인신고를 하지 않고 아버지의 피부양자로 계속 존재하는 편이 낫다고 답했다. 80만 원의 생활비 중 10만 원이 넘는 돈을 건강보험비로 지출해야 하는 것을 알고 나서, 그는 혼인신고를 하지 않는 데 합의했다. 만약 대학이 나의 건강보험비를 지급한다면 월 3만 원 내외면 충분했을 것이다. 선배들과 밥을 먹다가 "저 혼인신고도 못 하고 결혼할 것 같은데요." 하고 말하자 그들은 "민섭아, 여기 혼인신고 한 사람 없어." 하고 반응했다. 그때 나는 무언가 잘못된 것을 알았다.

비정규직 시간강사든 정규직 교수든, 결혼을 하기 위해서는 독립된 집이 필요하다. 안정된 주거는 결혼에 있어서 사랑이라든가 믿음이라든가 하는 전제 조건이 아닌 필수적인 것이다. 대출을 받기 위해 찾은 은행에서는 재직증명서를 떼어오라고 했다. 교무처에 간 나는 "선생님은 정규직 교수가 아니시잖아요, 재직증명서가 발급이 안 돼요"라는 말을 들었다. 무언가 가져가야 한다고 말하자 대신 경력증명서를 발급해주었고, 은행에서 그 서류를 본 은행원은 "선생님, 제가 여기 10년 넘게 일했지만 이런 서류는 처음 봅니다. 이건 사용할 수 없어요"라고 말하며 웃었다. 그가 정말로 어이가 없다는 표정으로 웃어서, 나는 더욱 참담한 심정이 되고 말았다.

왜 대학에서 강의하고 월급을 받으면서도 나는 결혼과 노동을 서류로 증명할 수가 없을까? 이건 마치 유령과도 삶이 아닌가, 싶은 것이었다. 그 후에도 그런 물음표는 계속 커졌고, 아이가 태어난 이후 생계와 건강보험 보장을 받기 위해 맥도날드에서 물류 아르바이트 일을 하면서 '왜 지식을 만드는 곳이 햄버거를 만드는 곳보다 사람을 위하지 않는 것인가?' 하는 의문이 생겼다. 나는 그에 답하면서 『나는 지방대 시간강사다』라는 책을 썼다. 그리고 대학에서 나왔다.

1년 후, 천주희의 『우리는 왜 공부할수록 가난해지는가』가 출간되었다. 거기에는 나를 닮은 여러 대학원생의 서사가 담겨 있었다. 천주희 작가 본인도 대학원생 연구자였고, 그는 인터뷰를 통한 질적 문화연구 방식을 차용해서 공부하는 자신의 세대를 기록했다. 내가 고백의 서사를 썼다면, 그는 고백의 서사를 모아 보고서를 만들었다. 그래서 그의 책은 다양성과 보편성을 동시에 획득했다는 점에서 내 책과 구분이 됐다.

특히 이 책은 누구나 직면할 수밖에 없는 '청년 부채' 문제에 대해서 심도 있게 다루었다. 대한민국에서 '공부'한다는 것은 '빚'을 진다는 것과 동의어다. 사실 많은 나라에서 고등교육을 받기 위해서는 돈을 지불해야 하고 대개는 부모님에게 손을 벌리거나 학자금 대출을 받기도 한다. 학자금은 오래전부터 자신이 벌어서 충당할 수 있을 만한 금액을 넘어섰다. 그리고 대학원에 진학해 석·박사 과정을 밟는다면 그 빚은 제곱으로 늘어나기 시작한다. 조교 노동으로 충족되지 않는 과도한 등록금, 이전보다 늘어난 숨 쉬는 데 필요한 생계비, 취업했다면 내가 벌었을 기회비용 등을 합하면, 공부하기 위해 포기해야 할 비용은 우리의 예상보다도 더욱 크다. 단순히 '등록금' 문제로만 모든 것을 환원할 수는 없다. 천주희는 '부채 세대'라는 새로운 틀로 이 문제를 바라봐야 한다고 주장한다.

이전에는 평범한 개인에게 '빚'이라는 것은 결혼 후 주거 문제를 해결하기 위해 들어가는 한두 번의 목돈이었지만, 이제는 스무 살 학생들부터가 '학자금 대출'이라는 방식의 빚에 익숙해졌다. 그리고 더 공부해야겠다고 마음먹는 순간부터 그 부채는 점점 더 늘어난다. 그가 온전히 공부에만 집중할 수 있는 환경이 마련되는 것도 아니고, 그 생태계 안에서 끊임없이 노동하고 있어도 그렇게 된다.

어느 공간에서 어떻게 지내고 있다고 고백하기는 어려운 일이다. 더욱이 타인의 고백을 모으는 작업 역시 어렵고 지난한 일이다. 천주희 작가는 그러한 작업을 해냈고, 이 책은 대한민국의 청년 세대를 '부채'라는 새로운 틀로 바라보게 한다는 점에서 큰 의미를 지닌다. 이것은 타인의 이야기이지만 결국 공부하고자 하는 모두의 이야기이고, 특히 공부하고자 하는 현재의 중·고등학생들 역시 필연적으로 겪게 될, 제도 속 개인의 서사다.

고백은 어렵지만 타인의 고백을 듣고 모으는 작업 역시 어렵다. 천주희 작가는 누군가 해야 할 그 일을 대신해주었고 우리는 그를 통해 이 시대의 공부하는 청년들을 만날 수 있다. 직접 만나 본 천주희 작가는 언젠가 나에게 "저는 우리가 연결되어 있다고 믿어요"라고 말했다. 그는 그만큼 조곤조곤하고 따뜻한 사람이다. 계속 거리에서 공부하고 있는 그도 나도 그리고 우리를 닮은 청년들도 더 이상 가난해지지 않을 수 있기를 바란다. 공부라는 노동의 대가를 받을 수 있는 사회가 되었으면 좋겠다. 이 책을 읽는 것이 그 시작일 것이다.

함께 읽으면 좋은 책

『진격의 대학교』 오찬호 지음, 문학동네, 2015
『나는 지방대 시간강사다』 김민섭 지음, 은행나무, 2015
『괴물이 된 대학』 김창인, 시대의창, 2015

072

같지만 다른 청춘들의 이야기

오찬호_사회학 연구자

이것은 왜 청춘이 아니란 말인가
엄기호 지음, 푸른숲, 2010

부실 대학 판정을 몇 번이나 받은 곳에서 오랫동안 강의를 했다. 퇴출 대상 대학 목록에 자기가 다니는 학교 이름이 소개되는 곳에서 구성원들의 패배의식은 절정이었다. 이십 대 초반의 학생들이 감당하기에는 지나친 오명이었으니, 풀이 죽은 채로 시간을 보내는 이들이 많았다. 희망을 품는 건 금기였다. 학생들은 어느 학교에 다니느냐고 질문을 받으면 "그냥 00에 있는 학교에 다녀요"라면서 얼렁뚱땅 말했다. 가르치는 사람의 입장에서, 무기력한 대상과 정해진 시간마다 마주한다는 건 고욕이었다. 동료 강사는 서울로 돌아오는 버스 안에서 늘 이렇게 말했다. "애들이 말이야, 꿈이 없어! 노력을 저리 안 하니 지잡대 다닌다는 소릴 듣는 거지!" 나는 이런 말을 들을 때마다 숨이 막힌다. 그들을 '그렇게' 만든 사람들은 따로 있는데 말이다.

하루는 '부실스럽다는' 대학 캠퍼스 안에 있는 편의점에 갔다. 문 앞에 아르바이트 노동자를 구인한다는 광고 포스터가 붙어 있었는데, 근로 조건 목록에 '최저임금 보장'이라고 적혀 있지 않은가. 눈을 의심했다. 최저임금은 어떤 경우에도 보장받는 것인데, 경쟁력 있는 광고를 하려면 최저임금보다 10원이라도 더 준다고 해야 하는 것이 상식 아닌가. 강의실에 와서 학생들에게 '바보 같은 사례'를 찾았다면서 키득키득 거리며 말해줬다. 그런데 학생들은 나처럼 웃지 않았다. '진짜?' '어디?' 이런 제스처들이 보이기 시작했다. 나는 전달을 잘 못했다고 생각하고 재차 고용주가 무조건 지켜야 하는 법이니 '최저임금 준수'라는 말 자체가 어색한 것 아니냐고 차근차근 설명했다. 그때 강의실에 울렸던 누군가의 목소리가 지금도 생생하다. "선생님, 이 동네에서 최저임금 다 주는 곳 별로 없어요!"

믿지 못했다. '나쁜' 점주들만이 유독 특정 공간에 모여드는 우연이란 있을 수 없지 않은가. 하지만 실마리는 쉽게 풀렸다. 학생들 사이에서는 '아무래도 최저임금 받으려면 00대 근처로 가서 일하는 게 좋다'는 정보가 이미 널리 공유되고 있었다. 00대는 지역을 대표하는 명문 국립대였다. 학생들은 00대 근처에서는 점주가 '똑똑한' 00대 학생들 눈치를 봐서인지 최저임금보다 낮게 주는 경우가 적다고 했다.

정말 그런지 궁금해서 두 대학의 상권을 조사한 적이 있었다. 놀랍게도 부실 대학 근처에서 불법이 일어나는 경우가 2배 이상으로 많았다. '공부 못한다고 알려진' 학생들이 주로 일하는 곳에서는 '최저임금을 받지 못해도' 묵묵히 일하는 학생들이 수두룩했다. '공부 잘한다고 알려진' 대학 근처에서는 누군가가 문제 제기를 하면 미흡하더라도 사과와 개선 조치의 흉내라도 등장했지만 불과 몇 킬로 떨어진 다른 대학에서는 그렇지 않았다. 점주들은 부실 대학 타이틀을 지닌 아르바이트 노동자가 법 준수를 요구하면, 이상한 논리를 당당하게 펼쳤다. "너희들이 권리를 이렇게 따지면 사회생활 못한다는 소리 들어. 학교가 좀 그렇고 그러면 성실하게라도 살아야지."

가게 주인만의 입장이 아니었다. 당연한 권리를 부정당한 이들은, 가족에게, 교수에게 그리고 심지어 같은 처지에 놓인 친구들에게 하소연을 털어놓아 봤자 '왜 네 주제에 그게 당연한 것인 줄 아느냐'는 눈초리와 마주하는 민망한 경험을 해야만 했다. 이상한(?) 대학을 선택한 이상 약간의 불이익은 감수해야 하는 것 아니냐는 메시지를 감추는 주변인들은 없었다.

오래전부터 이런 분위기였을 것이다. 그러니 많은 이들이 이미 체념인지 순응인지는 몰라도, 또 자신의 위치가 가해자인지 피해자인지 몰라도 어떤 식으로든 적응하고 산다. 부당함을 '참을 때' 성실하다는 평가를 받았고, 그들에게 '성실하다'는 것은 살얼음판을 버텨나갈 유일한 장점이었다. 겉으로는 고상하기 짝이 없는 이 성실이라는 프레임은 '철인'처럼 노동을 해야 하는 당위가 되었다. 자신을 '몸으로' 돈을 버는 팔자로 받아들였고 '몸으로' 돈을 버는 것은 약간의 부당함과 마주하는 것임을 인정해야 했다. 어차피 공부해서 될 일은 없으니, 공무원 시험을 준비하는 것이 아니라면 다른 길을 빨리 찾아야 했다. 당연히 일반적인 회사원이 되기 위해 필요한 스펙을 마련하지 못하니 취업에 절대적으로 불리한 상황은 장기화되고 사회에서는 그 결과를 보면서 '객관적으로 능력이 부족하다면서' 차별을 정당화한다. 취업 결과가 좋지 않은 대학은 언제나 평가순위가 낮아 정부 지원에서 소외된다. 기업도 외면한다. 돈이 없으니 발전이 쉽지 않다. 그러니 한번 지방대는 영원히 지방대가 된다. 자 이제 처음부터 무한 반복이니 악순환의 선순환은 완벽하다. 학교 분위기는 말 그대로 개판 아니겠는가.

에고, 말이 길었다. 편견과 혐오가 만들어 놓은 섬에서 많은 이들이 사람 취급을 받지 못했다. 그런데 대한민국에 이런 섬이 참으로 많다. 사람들이 흔히 기억하는 스무 개 남짓의 대학 이름에 소속되지 않는 곳에서 많은 이들이 쥐 죽은 듯이 살아간다. 괴로워도 기뻐도 호들갑 떨지 말아야 한다. 아르바이트 때문에 해외여행 한 번 못 가봤다고 투덜거리면 '주제도 모르고 별걸 다 하려는 자'가 되고, 어떻게 갔다면 '한가하게도 별걸 다하는 자'가 되어버린다. 별수 없어 이들은 오랫동안 침묵했다. 차라리 유령으로 살아가는 게 편했을지도 모른다. 한 사회학자가 지긋이 묻는다. "이것은 왜 청춘이 아니란 말인가."

세상은 잘난 사람들이 고꾸라질 때만 걱정이다. 학력차별을 당연하게 받아들이는 사회에서 차별의 피해자가 우짖는 이야기를 들어주는 이는 애초에 없었다. 하지만 학력에 따라 보상을 '많이' 받는 것이 당연했던 집단에게 위기가 오자 태도가 돌변한다. 명문대를 나와도 비정규직이 될 수 있는 상황이 발생하자 기성세대는 급기야 반성까지 한다. 하지만 '청춘'이라고 호명 받지 못했던 이들이 모인 곳에서는 늘 있었던 일이다. 삶의 존엄성이 보장되는 급여를 받지 못하는 사람들, 그런 대우를 받는 조건이 되어버린 대학을 포기한 사람들이 우리 사회에서는 즐비하다. 『이것은 왜 청춘이 아니란 말인가』는 청춘이라는 아름다운 언어를 일부만이 독점한 시대에 대한 경고다. 경고지만 이야기는 잔잔하다. 저자는 소외받았던 사람들의 이야기들을 수집했고 우리에게 '듣기'만을 원한다. 지금껏 아무도 이들의 이야기를 듣지 않았음을 생각한다면, 이 책은 놀라운 시도를 하고 있는 셈이다.

함께 읽으면 좋은 책

『거대한 사기극』 이원석 지음, 북바이북, 2013
『자기계발의 덫』 미키 맥기 지음, 김상화 옮김, 모요사, 2011
『불평등한 어린 시절』 아네트 라루 지음, 박상은 옮김, 에코리브르, 2012

073

전태일의 인간선언은 완성됐는가

김현미_동아일보 출판국 디지털플러스팀장

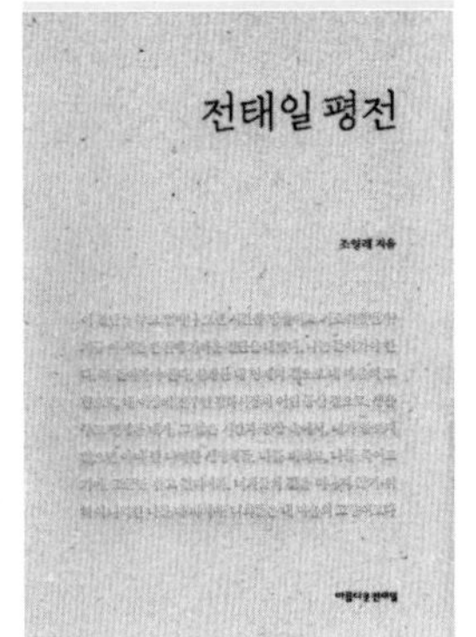

전태일 평전

조영래 지음, 전태일기념사업회, 2009

"빨간꽃 노란꽃 꽃밭 가득 피어도/ 하얀 나비 꽃나비 담장 위에 날아도/ 따스한 봄바람이 불고 또 불어도/ 미싱은 잘도 도네 돌아가네." '노래를 찾는 사람들' 2집 앨범에 수록된 노래 「사계」의 첫 구절이다. 경쾌한 리듬에 실린 처연한 가사가 오히려 현실을 직시하게 만드는 이 노래는 산업화 시대 여공의 애환을 그린 대표적 민중가요로 꼽힌다. "하얀 공장 하얀 불빛 새하얀 얼굴들/ 우리네 청춘이 저물고 저물도록"에 이르면, 햇빛 한 줌 들지 않고 허리 한 번 제대로 펴기도 힘든 천장 낮은 비좁은 작업장에서 아침 8시부터 밤 11시까지 재봉틀을 돌리는 미싱사(재봉사) 언니와 그 옆에서 졸음을 참아가며 실밥을 뜯고 다림질하는 어린 '시다'의 창백한 얼굴이 떠오른다. 그것이 1964년 봄 열

여섯 살 '시다' 전태일이 목도한 평화시장 피복공장의 현실이었다.

1991년에 출간된 『전태일 평전』에 이런 현실을 보여주는 사진 한 장이 실려 있다. 1966년 겨울쯤에 찍은 사진이다. 사진 속에서 작은 석유난로를 둘러싸고 여섯 명의 청년들이 어깨동무를 하며 활짝 웃고 있지만 앉아 있는 그들 머리에서 천장까지 거리는 불과 두 뼘. 여기가 바로 악명 높은 평화시장 다락방 작업장이다. 원래 높이 3미터 정도인 방에 수평으로 칸막이를 쳐서 방 두 개를 만들어 다락방 높이가 1.5미터도 안 됐다. 성인이 허리를 펴고 걸어 다닐 수 없는 공간이다. 게다가 8평짜리 방에 재단판과 열네댓 대의 재봉대, 그 옆에 붙은 시다판까지 작업대만으로도 꽉 차는데 32명의 종업원이 끼어 앉아 일하는 모습을 상상해보라. 밀폐된 닭장 같은 곳에서 하루 14~15시간씩 일하니 감옥이 따로 없었다. 아쉽게도 이 사진은 2009년 『전태일 평전』 신판에는 실리지 않았다.

열악한 작업장 환경과 장시간 중노동보다 더 노동자들을 괴롭힌 것은 저임금이었다. 시다들은 교통비를 제하면 점심값도 안 되는 월급을 받았고, 작업량에 따라 지불되는 도급제이다 보니 일감이 적을 때에는 사장님 눈치를 봐야 했다. 장사가 잘 안되면 닷새나 열흘씩 임금이 체불되거나 아예 못 받는 일이 허다했다. 노동자들은 몸이 망가지건 말건 당장 한 푼을 위해 많이 일하려 했다.

전태일은 시다로 시작해 미싱사, 재단사보조, 재단사로 차근차근 몸값을 높여갔지만 딱한 처지의 어린 시다들을 외면하지 않았다. 점심을 굶는 시다들에게 버스 값을 털어 풀빵을 사주고 자신은 두세 시간을 걸어 집에 도착하는 일이 잦았다. 몸이 아픈 시다를 일찍 집에 보내고 대신 작업장 청소를 하다 주제 넘는 짓을 한다며 사장 눈 밖에 나 해고를 당했다.

어느 날 선량과 성실만으로는 세상을 바꿀 수 없다는 것을 깨닫게 해준 사건이 있었다. 미싱사가 작업 도중 새빨간 핏덩이를 토했다. 폐병 3기였다. 평화시장에서는 흔한 직업병 중 하나였다. 그 여공은 해고당했다. 1969년 겨울 그는 일기장에 이렇게 썼다. "인간을 물질화하는 세대, 인간의 개성과 참 인간적 본능의 충족을 무시당하고 희망의 가지를 잘린 채, 존재하기 위한 대가로 물질적 가치로 전락한 인간상(人間像)을 증오한다."

전태일은 이 잔인한 노동 조건을 바꾸겠다고 결심했다. 그러려면 조직이 필요했고 법을 알아야 했다. 낮이면 틈틈이 재단사 친구들을 찾아다니며 '바보회'를 조직했고, 밤에는 판잣집에서 '근로기준법' 조문을 뒤지며 더 나은 세상을 꿈꿨다. 하지만 알면 알수록 그는 분노했다. "8시간 노동제는 다 무엇이며, 주휴제, 야간작업 금지, 시간외근무수당, 월차휴가, 연차휴가, 생리휴가, 해고수당 따위가 다 무엇인가? 누구를 위한 법이며 무엇을 위해 존재하는 법이란 말인가?" 허울 좋은 법의 위선을 폭로하려면 누군가는 앞장서야 했다.

1970년 11월 13일 전태일이 어떻게 죽었는지 우리는 잘 안다. "근로기준법을 준수하라" "우리는 기계가 아니다! 일요일은 쉬게 하라!" 간절한 외침이 끝나기도 전에 그는 화염 속에 쓰러졌다. 전태일은 자신의 몸뚱이를 근로기준법 화형식의 불쏘시개로 삼았다. 스물둘의 젊음을 불살라 '인간선언'을 한 것이다. 전태일의 죽음을 계기로 한국 사회는 격동하기 시작했다.

그로부터 사흘 뒤 서울대 법과대 학생들이 '민권수호학생연맹준비위원회'를 발족하고 그의 시신을 인수해 학생장으로 장례식 거행을 추진했다. 각 대학별로 추도식, 항의집회가 이어지고 종교계가 가세하면서 투쟁은 더 격렬해졌다. 그동안 현실의 질곡 아래 짓눌려 제 목소리를 내지 못했던 노동자들도 움직이기 시작했다. 무엇보다 우리 사회가 금기어처럼 여기던 '노동자'와 '노동운동'을 입에 올리기 시작한 것이 제일 큰 변화였다.

조영래 변호사가 『전태일 평전』 집필을 시작한 것은 1974년. 전태일의 어머니 이소선 여사가 아들이 남긴 다섯 권의 일기장과 자료를 당시 민청학련 사건으로 수배돼 은신하던 조영래에게 전달하면서부터다. 조영래는 꼬박 3년 동안 1948년생 전태일이 어떻게 성장했고 어떻게 싸웠고 어떻게 죽어갔는지 기록했다. 이로써 1970년 11월 13일 평화시장 앞길에서 일어난 사건은 단순히 한 젊은 노동자의 죽음이 아니라 역사적 사건이 됐다. 하지만 그것이 책으로 만들어지기까지는 또 많은 시간이 걸렸다.

1976년 대학노트에 깨알같이 쓴 원고가 완성됐고 딱 다섯 부만 복사했다. 유신체제 하에서 국내 출판이 불가능하자 원고는 일본으로 건너가 1978년 일본어로 된 책이 먼저 나왔다. 저자는 집필자 조영래와 기획자 장기표의 이름에서 하나씩 따서 '김영기'로 했다. 1982년 청계피복노조 전 간부 민종덕 씨가 돌베개 출판사에 전한 복사본 원고가 1983년 6월 『어느 청년 노동자의 삶과 죽음-전태일 평전』이라는 제목으로 세상에 나왔다. 하지만 저자 이름 대신 '전태일기념관건립위원회(위원장 문익환) 엮음'으로 세상에 내보내야 했다.

이 책이 온전한 제목과 저자를 되찾은 것은 1991년 1월 개정판부터인데, 조영래 변호사는 개정판 발간을 며칠 앞두고 세상을 떠나 책날개에는 '고인'으로 소개됐다. 이 책은 2001년 2차 개정판이 나왔고, 2009년 4월 사단법인 전태일기념사업회에서 신판을 펴냈다. 이처럼 지난했던 책의 출간 과정을 설명하는 이유는 그 자체가 우리 사회의 발전 단계를 보여주기 때문이다. 2018년 오늘. 전태일이 서울 평화시장 앞 길거리에서 자신의 몸을 불태워 인간선언을 한 지 48년, 조영래 변호사가 그 삶을 기록한 지 44년, 한국에 이 책의 초판이 나온 지 35년. 전태일의 인간선언은 완성됐는가. '오늘 전태일은 어디서 불타고 있는가?' 조영래가 44년 전에 던진 물음을 우리는 아직도 안고 살아간다.

함께 읽으면 좋은 책

『청계, 내 청춘』 안재성 지음, 돌베개, 2007
『자본주의와 노사관계』 강수돌 지음, 한울아카데미, 2014
『송곳』(전6권) 최규석 지음, 창비, 2017

교양 시민이 되기 위한 헌법 읽기

신기수_숭례문학당 당주

지금 다시, 헌법
차병직 외 지음, 로고폴리스, 2016

2016년 박근혜 정권 퇴진 구호로 들썩이던 광화문 네거리, 평소 차들만 다니던 도로가 200만 명에 가까운 사람들로 가득찼다. 사람으로 산을 이루고, 바다를 이루는 그야말로 인산인해(人山人海)였다. 그 도로의 한복판에 있는 무대에서 김제동이 펼치는 이야기가 처음에는 너무 생경했다. 하지만 그가 외치는 "대한민국은 민주공화국이다. 모든 주권은 국민으로부터 나온다"는 두 문장은 함께한 사람들의 마음을 뒤흔들어 놓았다. 법조문이 감동적일 수 있다는 것을 모두가 느끼고 있었다.

우리는 "법은 멀고, 주먹은 가깝다"는 말을 듣고 자랐다. 이상과 현실의 괴리처럼 현실의 벽에 직면했을 때 탄식처럼 내뱉는 말이었다. 그런데 이제 보니 그게 아니었다. 법은 얼마든지 우리의 삶 속에 있을 수 있고, 있어야 했다.

"우리 헌법이 130조까지 있는데, 저는 1조부터 39조면 충분하다, 더 나아가서 사실 1조 1항과 2항에 있는 내용이면 충분하다고 생각합니다. 거기서 조금 더 나아가서는 헌법 전문(前文)이면 충분하고, 정말 더 나아가면 '권력이 국민으로부터 나온다.' 그 한 문장이면 충분하다고 생각해요." 광장에 울려 퍼진 그의 말은 많은 사람의 마음을 움직였다. 유튜브에 올라온 영상은 수십만 조회 수를 기록했다. 그 때문이었을까. 헌법 읽기 운동이 펼쳐지는 등 헌법에 특별한 관심을 기울이는 사람들이 많아졌다.

헌법 읽기를 촉발한 책은 아마도 2004년에 나온 김두식 교수의 『헌법의 풍경』이 아니었을까? '잃어버린 헌법을 위한 변론'이라는 부제처럼 우리가 잊고 있던 헌법의 가치를 되새기게 한 책이었다. 뒤이어 나온 『헌법 다시 보기』는 87년에 만들어진 현재의 헌법이 무엇이 문제인지 묻고 있다.

우리 사회 전반에는 '헌법 개정'이란 권력을 유지하기 위한 정치적 도구에 불과하다는 자조적인 인식이 널리 퍼져 있다. 과연 헌법이란 시민과 동떨어진 정치적 이슈일 뿐인가? 『헌법 다시 보기』는 '87년 헌법'이라 불리는 현행 헌법이 지닌 문제에 시민이 개입할 여지는 없는지 이런 문제의식에서 출발했다.

'함께하는 시민행동'은 헌법 개정 논의를 시민의 시각에서 바라보자는 취지 아래 법학자는 물론, 평화 여성 환경 문화 등 지금까지 헌법 논의에서 소외돼 온 분야의 학자와 사회운동가들이 참여한 '헌법 다시 보기 기획위원회'를 만들었다. 수차례의 토론을 거친 끝에 책으로 엮었다. 정치적 개헌이 아니라 공동체의 발전 방향에 대한 공감대를 형성하는 시민사회의 진지한 고민이 녹아 있다고 할 수 있다.

그렇다면 헌법은 무엇일까? 대한민국 헌법은 1987년 6월혁명의 결과로 탄생했다. 혁명 이후에는 혁명의 정신을 담은 결과물이 나오기 마련이다. 일례로 영국의 청교도혁명은 권리청원이라는 인권 선언을 탄생시켰고, 명예혁명의 결과 이루어진 인권선언을 권리장전이라 부른다. 이 권리장전은 영국 헌법의 기초가 되는 중요한 법률 문서 중 하나다. 이 권리장전에는 의회의 승인 없이 법률의 정지나 면제, 금전징수, 상비군(常備軍)의 유지를 할 수 없으며, 의회 안에서의 언론의 자유, 왕위 계승의 순서와 자격 등을 규정했다. 당시 혁명을 촉발시킨 갈등을 매듭짓는 내용을 담고 있다. 우리의 87년 시민혁명에서 가장 중심적인 결과물은 대통령 직선제 개헌이었다.

영국의 권리장전은 미국의 독립선언과 프랑스의 인권선언에도 영향을 끼쳤다. 오늘날 권리장전이라는 말은 일반화되어 각국의 헌법전 속에 규정된 인권을 보장하는 조항을 가리키는 말로 사용되기도 한다.

누구나 어렵지 않게 한글로 된 헌법 조문을 읽을 수 있지만, 행간이 담고 있는 사회적 정의와 가치까지 읽어내려면 아무래도 길잡이가 필요하다. 『지금 다시, 헌법』은 이런 길잡이로 맞춤한 헌법 해설서다. 저자들은 최대한 쉬운 말과 간결한 문체, 다양한 사례를 활용해 각 헌법 조항의 의미와 배경을 설명함으로써 헌법을 쉽게 이해할 수 있도록 했다. 또한 현재 우리 사회에서 논쟁이 되는 지점과 그에 대한 견해를 통해 현재적 관점에서 헌법이 우리에게 얼마나 많은 영향을 미치고 있는지 주요하게 보여준다.

이 책은 차병직, 윤지영 두 변호사와 윤재왕 고려대 법학전문대학원 교수가 함께 썼는데, 2009년에 나온 『안녕 헌법』의 개정판이다. 저자들은 각 조항에 대해 아주 꼼꼼하게 해설을 달면서 어떤 의미이고, 어떤 역사적 배경이 있는지 짚어주고, 어떤 문제가 있는지 개선 방법까지 제안한다.

『당신이 허락한다면 나는 이 말 하고 싶어요』가 연예인 김제동의 '헌법 독후감'에 가깝다면, 『지금 다시, 헌법』은 세 법학자의 '헌법 서평'에 가깝다. 전자가 주관적 느낌을 위주로 써서 격정적이라면, 후자는 객관적 사실을 중심으로 해서

차분하다. 그렇지만 서문의 제목이 '감정과 이성의 헌법'인 데서 보듯 이성에 기반하지만, 감성을 놓치지 않으려 했다.

"현실은 각자로부터 시작하여 우리 모두가 공동으로 만들어내는 풍경"이라고 말한 것에서 보아 헌법과 헌법 현실의 차이는 우리가 해결해야 할 문제다. "행동으로 현실을 창조해 가는 과정에 이성과 감정의 배분을 어느 정도 비율로 할 것인가"는 독자와 시민들의 몫이다. 이 책 초판의 부제가 '대한시민 으뜸교양 헌법 톺아보기'인 것처럼, 어쩌면 교양 시민이라면 반드시 읽어야 하는 게 바로 '헌법'이 아닐까.

한때 헌법은 법학 전공자들이 아니면 잘 공부하지 않는 법률서에 갇힌 선언에 가까웠다. 기껏해야 정치권에서 권력 구조 개편을 둘러싸고 권력 나눠 갖기를 하려는 정치적 흥정의 수단으로 전락하기도 했다. 하지만 이제는 우리의 삶 속에서 헌법의 선언들이 제대로 실현되고 있는지 꼼꼼히 돌아볼 때가 되었다. 우리가 꿈꾸는 헌법의 가치와 이상 그리고 구체적인 구현 방법에 대해 제대로 공부해야 한다. 독일 법학자 루돌프 폰 예링이 그의 저서 『권리를 위한 투쟁』에서 왜 공부를 해야 하는지 답해주고 있다. "권리 위에 잠자는 자는 보호받지 못한다."

함께 읽으면 좋은 책

『헌법의 풍경』 김두식 지음, 교양인, 2011
『헌법의 상상력』 심용환 지음, 사계절, 2017
『당신이 허락한다면 나는 이 말 하고 싶어요』 김제동 지음, 나무의마음, 2018

075

상대적이고도 절대적인 페미니즘

이하영_북칼럼니스트

페미니즘의 도전
정희진, 교양인, 2013

열두 해 전 일이다. 내가 어떤 매체에 청탁받은 원고를 보냈을 때 담당 편집자가 밝힌 소감이 이랬다. "소녀 취향이네요." 나는 이 말을 "기대했던 수준에 미달한다, 역시 여자는 어쩔 수 없군"이라고 번역해서 이해했다. 내가 너무 까칠했나. 어쨌건 '소녀 취향'이라는 표현이 칭찬이 아니라는 것만은 분명했다. '소년 취향'이라고 했다면 덜 불편했으려나, 되짚어 생각해보았지만 이 업계에 '소년 취향'이라는 말은 없다.

나는 지방대를 나와서 서른이 넘어서 일자리를 찾아 서울에 왔다. 그 후 내 이름 앞에는 '청운의 꿈을 품고 지방에서 상경한'이라는 말이 십 년이 넘도록 수식어처럼 붙어 다녔다. 그렇게 소개될 때마다 나는 말 없이 웃었지만, 여러 번 반복되는 동안 그 말이 단순한

'사실'이 아님을 느꼈다. 여성들은 나를 그렇게 설명하지 않았다. 그건 남성의 언어였다. 여자가 감히 '청운의 꿈'을 품은 것도 같잖은데 뒤늦게 지방에서 '뭐 먹을 게 있다고 뛰쳐' 올라온 이유가 뭐냐는 힐난이 그 말속에는 짙게 묻어 있었다. 실제로 그렇게 말한 사람도 있다.

서울이 고향이라고 당당하게 말하는 사람들, '인서울 대학' 출신인 게 너무나 당연한 사람들, 마치 그 외의 사람들이 존재하는 세상은 없다는 듯이 느끼는 사람들, 자신의 주류성에 자부심을 느끼는 그들에게 나는 불편함을 주는 존재였다. '이 사회에서 내가 너보다 더 쳐주는 레떼르(상표)를 갖고 있는데 왜 너 따위가 감히 나와 동류의 일을 하고, 여기 이 자리에 같이 있는 것이지?'라는 무언의 질문 속에 나는 고독하게 서 있었다. 그러고 보면 나는 내가 속해 있다고 믿는 사회에서 대부분 '여성'의 자리를 담당해왔던 것 같다. 최소한 그렇게 느꼈고 때로는 자처했다. 그게 불필요한 혼란과 긴장을 막는다고 생각해서.

언젠가 오래 함께 일한 나의 동료가 누군가에게 나를 평해 말하기를 "참 여성스럽다"고 했다는데, 당시에 나는 그 말이 내포한 의미를 이해하지 못해 고개를 갸우뚱했지만 시간이 지날수록 참으로 뼈아프게 정확한 표현이었다는 생각을 하게 된다. 나는 대한민국에서 주민등록번호 뒷자리의 첫 자리에 '2'를 부여받았으며, 지방대를 나왔고, 경력을 쌓는 내내 비정규직 또는 프리랜서로 일했으며, 현재까지 무주택자다. 뒤늦게 한 결혼도 나의 비주류성을 희석시켜주지는 못했는데 '무자녀'라는 비주류성만 하나 더 추가됐다. 다시 말해 내가 이해한 '여성스러움'이란 것은 이 사회가 암묵적으로 규정하고 있는 '비주류적'인 성질을 내가 대부분 가지고 있음을 받아들이고 고분고분 스스로를 낮추며 살아가는 태도를 말한다.

우리 사회에서 남자 아닌 여자는 모든 면에서 사회가 정한 평균에서 벗어난 특성을 보이면 사회적 비주류성을 표하는 낙인이 자연스럽게 추가된다. 여자는 또래 여성의 평균보다 키가 커도 작아도, 몸무게가 많이 나가도 적게 나가도 하자가 있다는 듯한 시선을 받는다. 목소리가 크거나 힘이 세면 "남편 쥐어먹겠다"는 소리를 듣고, 목소리가 작거나 몸이 약하면 "그렇게 약해빠져서 애나 낳겠냐"는 소리를 듣는다. 남편보다 가방끈이 긴 것은 시댁의 근심거리가 되고 남편보다 경제력이 달리는 것은 독박 가사의 근거가 되며 남편이 있는데 자식을 낳지 않은 것은 목소리를 빼앗긴 인어공주의 처지를 평생 감수하며 살아야 한다는 의미다. 당장 물거품처럼 어디론가 사라져버려도 아무도 나의 거처를 묻지 않을 것이다.

물론 나도 어딘가에서는 여성이 아닌 남성의 자리를 차지했다. 거칠게 호출해 보자면 나보다 나이 어린 동료 앞에서, 대학 문턱을 넘지 못한 어릴 적 친구에게, 나를 낳고 길러내느라 청춘을 바친 어머니에게 그렇다. 이 사람들에게 나라는 사람은 가까이 가기 어렵고 말을 거는 것도 망설여지는 사람이다. 나는 그것을 알고 있다. 내가 저지른 수많은 언어적 비언어적 폭력들을 기억하고 있으며, 기억하는 것보다 무책임하게 잊은 것이 더 많다는 것도 알고 있다. 결국은 힘의 문제라고 나는 생각한다. 사회가 어떤 기호(성, 계층, 나이, 지역, 학력 등)에 보다 비싼 값, 많은 권리, 더 큰 힘을 부여한 까닭에 서로를 존중하고 약한 목소리에 귀를 기울이며 더불어 살아가야 할 사람들을 물리적, 감정적, 인격적으로 뺏고 빼앗기는 불평등한 관계로 만들고 이 관계를 고착시키고자 불필요한 혐오를 만들어왔다. 매우 비극적인 상황으로 더 이상 이런 상황이 지속되고 심화되는 것을 두고 볼 수 없다.

나는 내 안의 의식적, 무의식적인 남성성을 견제하고자 나를 '여성'이라는 코드로 엮어 자기 밑으로 내리누르려 하는 모든 억압에 저항한다. 그것이 지금 여기의 내가 아는 페미니즘이다. 때로 밤잠을 설치고, 가슴속에 응어리를 안고 혼자 끙끙대며, 가까운 사람들에게 비논리적인 불평불만을 무차별적으로 쏟아내는 것 외엔 아무것도 할 수 없던 내가 이 지면을 빌어 이만큼이나마 말할 수 있게 된 것은 바로 이 책 덕분이다. 정희진의 『페미니즘의 도전』.

이 책은 나보다 힘 있는 자를 '여성성'으로 감싸고 나보다 약한 자에게 '남성성'으로 상처 줬던 나를 돌아보게 했고, 그런 나를 용서하게 했다. 이런 나를 이만큼 키워준 사회와 크고 작은 공동체에 감사하는 마음을 회복하게 했다. 나를 키워준 사회와 공동체를 위해 내가 할 수 있는 저항을 지속하겠다는 의지를 일깨워주었다. 나 스스로를 페미니스트라 규정함으로써 겪게 되는 여러 불편함을 기꺼이 감수하게 했다. 페미니스트는 어딘가에 완성되어 고착된 이데아 속의 존재가 아니라 한쪽이 다른 한쪽을 '다름'이라는 불분명한 기준을 두고, 폭력적으로 억압하고 착취하는 힘의 불균형을 해소해야 한다는 데 동의하며, 그 방법을 찾는 길에 함께하고자 하는 의지를 가진 사람을 말한다고, 이 책을 읽은 지금 여기의 나는 생각한다. 상대적 약자와 그의 편에 선 자의 목소리에 예민한 영혼의 피아니즘, 그것이 페미니즘이라고 정희진의 책을 읽은 지금 여기의 나는 생각한다.

함께 읽으면 좋은 책

『멀고도 가까운』 리베카 솔닛 지음, 김현우 옮김, 반비, 2016

『다섯째 아이』 도리스 레싱 지음, 정덕애 옮김, 민음사, 1999

『마틸다』 로알드 달 지음, 퀀틴 블레이크 그림, 김난령 옮김, 시공주니어, 2018

076

피로의 새로운 의미를 찾다

장동석_뉴필로소퍼 편집장

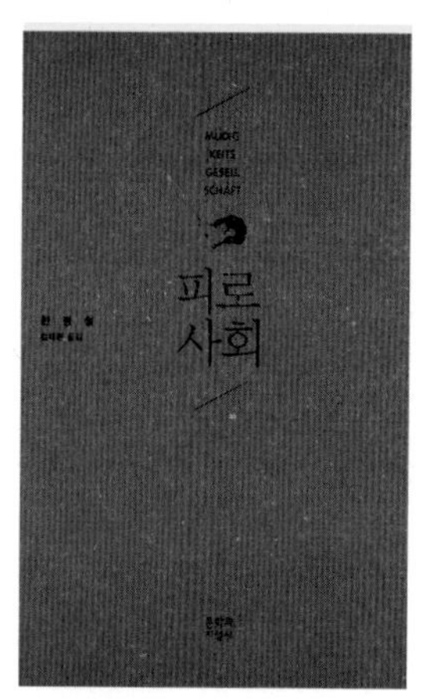

피로사회

한병철 지음, 김태환 옮김, 문학과 지성사, 2012

건강보조제 광고에 빠지지 않는 홍보 문구는 아마도 '피로야 가라!'가 아닐까 싶다. 확대 해석하면 그만큼 많은 사람이 '피로'를 달고 산다는 이야기일 터이다. 월요병을 앓는 직장인들, 경기침체에 한숨짓는 자영업자들 일일이 그 피로의 양상을 나열하기도 어려운 시절이다. 무한경쟁 사회가 도래하면서 현대인의 피로는 누적될 뿐 경감되지 않는다. 버티기 힘든 사람들은 단순 호소를 넘어 극단적 선택을 하기도 한다. 세계 자살률 1위라는 슬픈 지표를 보면, 피로는 한 개인의 문제를 넘어서는 사회 전반의 문제라고 할 수 있다.

철학자 한병철의 『피로사회』는 이 일련의 메커니즘을, 나아가 그것을 슬기롭게 재활용(?)할 수 있는 방안을 일러주는 책이다. 현대인이 피로에 짓눌릴 수밖에 없는 원인은 여러 가지겠지만, 한병철의 주장을 한마디로 정리하면 '성과주의'가 그 주된 원인이다. 한국만 놓고보자. 1990년대 후반 IMF는 한국 사회의 모든 도식을 바꾸어놓았다. 평생직장은 더 이상 찾아볼 수 없는 단어가 되었고, 그 자리를 비집고 무한경쟁이라는 무시무시한 개념이 들어섰다. 무한경쟁 시대의 인간은 스스로의 발전을 추동하는 존재가 아니다. 현대사회의 인간은 발전을 요구당하는 존재들이다. IMF 직후 출간된 책들을 기억하는가. 파워포인트를 남보다 조금 더 잘하면 생존할 수 있는 것처럼, 인간관계의 기술을 하나라도 더 습득하면 생존할 수 있는 것처럼 부추기는 책들이 대부분이었다. 베스트셀러 목록이 그랬다는 건, 발전을 위한 스스로의 의미부여가 아니라, 사회적으로 요구를 당했다는 증거인 셈이다.

결과는 어땠는가. 파워포인트 기술 하나 더 안다고, 인간관계 잘한다고 평생직장이 허락되었던가. 결과는 처절했다. 요즘 젊은 세대는 수많은 스펙이 있음에도 변변한 직장을 구하기 더 어렵다. 물론 이런 사회의 변화가 꼭 부정적인 것만은 아니다. 20세기 중반까지 세계는 '냉전'으로 대변되는 "자아와 타자 사이의 적대성 내지 부정성을 근간으로 하는 사회"였다. 더불어 "해서는 안 된다"는 말이 폭력적으로 작용한 "규율사회"였다. 하지만 20세기 후반에는 "부정성 대신 긍정성이 지배하는 사회"로, 또한 "할 수 있다"는 말이 지상 최대의 가치를 지닌 사회로 변모했다. 이른바 "긍정의 사회"가 도래한 것이다. 한병철은 이 긍정의 사회를 일러 "성과사회"라고 명명한다. 이 사회의 유일한 규율은 "성공"이며, 성공을 위해서 강조된 것이 바로 "긍정의 정신(Yes, we can!)"이라고 말한다. 얼핏 듣기에 20세기 후반의 변화는 모든 것이 가능한, 그야말로 가능성의 시대라고 불러도 손색이 없다.

문제는 '오용' 혹은 '남용'이다. 성공이 유일한 규율이 되면서 긍정성은 과잉으로 귀결된다. 공동체는 이미 사라진 지 오래다. 누구도 내게 삶의 원칙을 강요하지 않는 시대라는 말이다. 그럼에도 우리는 "오직 자신의 능력과 성과를 통해서 주체로서의 존재감을 확인하기 위해", 다시 말하면 남들에게 보여줄 성과를 내고 또 성공하기 위해 자신을 혹사한다. 옛 성현의 말에 '만족할 줄 알면 항상 즐겁다'고 했지만, 인간이 어디 그런가. 스스로 만족하지 못하는 인간은 요즘 말로 '오바'하게 되고, 결국 심신은 피로해질 수밖에 없다. 성과를 통해 주체로서 존재감을 확인하려던 자아는 피로와 함께 좌절감을 경험하게 된다. 현대사회에 우울증이 만연하는 이유다. 한병철의 말이다. "규율사회의 부정성은 광인과 범죄자를 낳는다. 반면 성과사회는 우울증 환자와 낙오자를 만들어낸다."

한병철은 이 악순환을 자본주의 시스템의 진화가 낳은 결과물로 본다. 인간의 욕망이 끝없음을 간파한 자본주의 시스템은 성과보다 더 큰 성과, 그것보다 더욱더 큰 성과를 올리고자 하는 개개인의 욕망을 끝없이 부추기면서 자본주의 전체의 생산성을 극대화한다. 문제는 성공주체인 내가 나를 착취한다는 사실이다. 세상 모든 사람이 자기 성공을 위해 뛰는 시대에, 내가 주체로서 누군가를 좌지우지할 수 없는 세상이다. 그러니 흔한 말로 나를 '쥐어짜야만' 한다. 나를 쥐어짜는데 누가 뭐라 하겠는가. 나에 대한 무한한 자유는 결국 피로를 누적시키고, 좌절케 하며, 우울증을 낳는다. 이를 적나라하게 지적한 한병철의 말은 무섭기까지 하다. "오늘의 주체는 오히려 무한한 자유의 무게에 짓눌려 소진되고 있는 것이다. 피로는 성과주체의 만성질환이다."

한병철은 "당신은 바로 당신 자신의 착취자입니다"라는 현대사회의 문제점만 지적하고 책을 끝맺지 않는다. 세상만사가 처절하게 무너진 바로 그곳에서 다시 딛고 일어서야 하듯, 한병철은 피로-좌절감-우울증으로 무너진 바로 그 자리에서 다시 일어설 수 있다고 말한다. 방법은 의외로 간단하다. 피로의 개념을 새롭게 인식하는 것이다. 아니 새롭게 인식한다기보다 "피로가 가진 또 다른 측면"을 부각시킨다는 표현이 옳을 듯하다.

한병철은 성과사회의 과잉활동과 과잉 자극에 맞서기 위해서는 "사색적 삶" "영감을 주는 무위와 심심함" "휴식" 등등이 필요한데, 피로가 그 출발점이 될 수 있다는 것이다.

피로는 우선 "과잉활동의 욕망을 억제"한다. 과도한 의미부여 아니냐고 타박할 수도 있지만, 저자는 피로의 순간, 즉 좌절감과 우울증의 극단에서 발생을 조금만 전환하면 새로운 인식도 가능하다고 강조한다. 욕망의 억제는 "긍정적 정신으로 충만한 자아의 성과주의적 집착을 완화하는 효과"도 있다. 성과주의적 집착에서 벗어나는 순간 주변이 하나 둘 보일 것이고, 그렇게 발견한 주변에서 "타자와의 관계를 회복"이 일어난다. 그 관계 회복은 새로운 삶을 추동하는 "영감"마저 선사한다.

두말하면 잔소리지만, 쉽지 않은 일이다. 자본주의 시스템은 한 번도 예외 없이, 사람들을 그 시스템의 톱니바퀴로 만드는 일에 실패해본 적이 없다. 그럼에도 한병철의 주장이 나름 유의미한 것은 피로가 우리를 자기 착취로 내몰고 있다는 점, 거기서 현대인은 피해자이자 가해자라는 점을 명확하게 인식하도록 돕는다는 사실이다. 그 인식의 토대 위에서 우리는 무엇이든 벼릴 수 있지 않겠는가. 벼려야 할 덕목이 단 한 가지는 아닐 것이다. 누군가에게는 여전히 경쟁을 위한 실력일 수도 있고, 누군가에게는 주저앉은 자리에서 내처 더 눌러앉는 것일 수도 있다. 결국 우리 모두가 한 인격으로서 자아를 지녔다는 것, 하여 새로운 삶으로 나가는 방법 또한 그 자아의 결실이어야 한다는 점만은 분명하다. 이 책은 그 지점을 예리하게 포착하고 있다.

함께 읽으면 좋은 책

『아름다움의 구원』 한병철 지음, 이재영 옮김, 문학과지성사, 2016

『고독을 잃어버린 시간』 지그문트 바우만 지음, 조은평 외 옮김, 동녘, 2012

『위험사회』 울리히 벡 지음, 홍성태 옮김, 새물결, 2006

077

정체성은 주어지는 게 아니라 만들어간다

조태성_한국일보 기자

한국의 정체성
탁석산 지음, 책세상, 2008 (전2권)

최근 한 일간지에 실린 김영민 서울대 정치학과 교수의 칼럼 「추석이란 무엇인가」가 신문 좀 챙겨보는 사람들 사이에서 화제였다. 추석 때 만난 가족, 친지들이 성적, 취직, 결혼, 출산 등을 둘러싼 질문 공세를 이어갈 때 '성적이란 무엇인가' '취직이란 무엇인가' '결혼이란 무엇인가' 능청스럽게 되물어보라는 주문이었다. 말하자면 형이상학적 반문이 너희를 구원하리라는 얘기였다. 칼럼의 인기 덕에 '~란 무엇인가'라는 질문이 난데없는 유행이 되기도 했다.

거꾸로 되물어보는 행위는 김영민 교수의 설명처럼 "사상 훈련에 좋은" 방법이다. 정체를 되묻는다는 것은, 마땅히 그러한 것으로만 인식했던 것을 되돌아보게 하기 때문이다. 동시에 반문은 김 교수의 어법에서 보듯 약자의 말이기도 하다. '한국이란 무엇인가'라는 질문을 자주 꺼내 든다면, 동시에 이 문제를 꽤 심각하게 거론하고, 이런 종류의 책이 의미 있는 책으로 통한다는 것은 곧 우리가 약자라는 의미다. 간단한 원리다. 전교 1등은 전교 10위권 아이들에게 큰 관심이 없다. 반면, 전교 50위쯤 하는 아이들은 전교 10위권 아이들 그리고 그들과 나의 관계에 지대한 관심이 있다. 서 있는 곳이 곧 시야다.

『한국의 정체성』에 이어 무려 10여 년이 지난 뒤 써낸 속편 『탁석산의 한국의 정체성2』는 이 묘한 심리를 홀랑 까발린다는 점에서 시원한 책이다. 1권은 우리가 생각하는 우리의 정체성이란 무엇인지 파고든다면, 2권은 우리가 아닌 외국이 우리의 정체성을 어떻게 파악하고 있는지를 추적한다.

짐작할 수 있듯 그의 출발선은 여기다. "강대국이면서 문화적 선진국이라면 한국적인 것이 무엇인가에 대해 고민할 필요가 별로 없을 것이다. 모든 문화를 흡수하여 자기 것으로 만들 수 있는 의지와 능력이 있으므로 자기화된 모든 것을 자신의 것이라고 당당히 말할 수 있기 때문이다. 하지만 우리는 약소국이다. 또한 문화적으로 후진국이다. 약소국이면서 문화적으로 후진국인 우리가 어떻게 더 강대하고 문화적으로 우월한 타국과의 교류 내지 타국의 침략으로부터 우리 자신을 지킬 수 있을까."

반문이 약자의 자기방어 수단임을 일러준 김 교수의 말처럼, 탁석산 또한 우리가 "약소국이며 문화적 후진국"이라서 한국의 정체성 문제를 자꾸만 되묻게 된다고 못박고 시작한다. 우린 오랫동안 중국, 잠시 동안 일본, 그리고 지금 현재 미국의 강력한 영향력 아래 있는 변방 국가일 뿐이다. 중국만 졸졸 따라다닌 조선 사대부들을 그렇게나 비웃지만, 지금 우린 미국을 흉내내지 못해 안달이다. 달라진 건 그때에는 중국이 선진국이고 미국은 오랑캐였고, 지금은 미국이 선진국이고 중국이 후진국이라는 점뿐이다. 그렇기에 '오래된 우리 자랑스러운 전통'이라 외치는 것은 대부분 열등감에서 나왔을 가능성이 크다.

탁석산이 보기에 정체성이란 알 수 없는 것이다. 있는 것 같은데 손에 잡히지 않는다. 다소 성기더라도 어떤 울타리를 세워보자면 시원(始原)은 정체성의 기준이 될 수 없으며 현재성, 대중성, 주체성을 갖춰야 한다고 설명할 수 있을 뿐이다. 간단하게 말해 지금 현재 여기서 우리가 한국적이라고 생각하는 것이 곧 한국적인 것이다.

2018년의 시공간에서 이런 논의가 아주 새롭지는 않다. 1999년 임지현의 도발적인 책 『민족주의는 반역이다』를 시작으로 에릭 홉스봄의 『만들어진 전통』 등 탈민족주의 논의가 상당히 많이 소개된 상황에선 더 그렇다. 하지만 21세기 초입에 제기된 탁석산의 박력 넘치는 주장은 자못 놀라웠다. 솔직히 여전히 유효한 얘기이기도 하다. 한국만의 고유한 그 무엇이 온 세계만방에 떨칠 것이라는, 열등감에서 발원된 이야기들이 여전히 많은 사람을 사로잡고 있기 때문이다.

1·2권에 걸쳐 도발적 주장은 즐비하다. 그토록 자랑스러워하는 세계 최초 금속활자 발명은 곧 반문에 부딪힌다. 금속활자 발명이 중요한 건 지식의 대중화를 통해 사회의 변화를 이끌어냈기 때문이다. 그러나 우리의 금속활자는 그런 역할을 한 적이 없다. 더구나 금속활자를 잊어버린 뒤 우리는 일본의 활자를 오랫동안 써왔다. 우리의 금속활자 기술 자체가 대량 인쇄에 부적합하다는 것은 공공연한 사실이다. 고려청자의 비취색에 대해서는 동아시아를 홀린 놀라운 기술, 예술적 성취라고 알고 있다. 그런데 중국 기록을 보면 별달리 후한 평가를 내린 대목을 찾기 힘들다. 명나라에 그리 사대했건만 잘못 기록된 이성계 할아버지의 이름을 고치는 데만 200년이 걸렸다. 고고학 자료들을 통해 우리나라에 지대한 영향을 끼친 공자 또한 우리가 아는 공자와 많이 다를 수 있다는 점을 내보인다. 공자의 트레이드마크 인과 예는 원래 공자 이전부터 널리 쓰인 개념이다.

역시 가장 독자들을 도발할 이야기는 일본이다. 더 정확하게 말하자면 일본에 대한 '이율배반적 태도'다. 우리는 중국의 선진문물을 받아들인 것은 우리 식으로 소화해낸 자주적인 것이라 생각하지만, 일본이 한국에서 받아들인 것을 그저 한국 것을 감지덕지 받아간 것에 지나지 않는다고 주장한다. 고로 우리는 중국에 감사할 필요가 없지만, 일본은 우리에게 감사해야 한다고 주장한다. 그러나 근대 서구문명은 일본이 걸러서 우리에게 전해줬다. 일본은 왜곡해서 전해줬기 때문에 일본에 감사해할 필요가 없다고 주장한다. 그러면서도 일본 문화를 무척 좋아하는 것도 다름 아닌 한국이다.

탁석산은 철학자이기에 이런 얘기들의 진위를 따져 묻진 않는다. 현상적으로 드러난 이런 이야기들을 두고 어떻게 생각하느냐고 따져보는 쪽에 선다. 솔직히 오늘날 우리는 이런 질문들을 각 분야에서 더 많이 찾아낼 수 있다. 각 분야 전문가들이 알게 모르게 하는 이야기들이기도 하다. 이런 얘기가 익숙지 않은 것은, 이런 이야기가 큰 인기가 없어서다. 자긍심이 부족한, 열등감이 있는 이들이 좋아하는 것은 냉정한 사실이 아니라 판타지다.

사실 정체성이란 답이 없는 문제이기도 하다. 근대 한국의 정체성에 대한 가장 널리 알려진 기록은 아마 이어령 선생의 작품 『흙 속에 저 바람 속에』일 것이다. 한국에 대해 별로 좋은 얘긴 없다. 그런데 2002년에 출간 된 40주년 판에서 긍정적 평가가 늘어난다. 김호기 연세대학교 교수의 지적처럼 '당파성'을 상징하던 윷놀이는 '신바람'으로 바뀐다. 아니, 진짜 바뀐 건 1960년대 한국과 2000년대 한국일 것이다. 서 있는 곳이 달라지니 윷놀이에 대한 평가도 뒤바뀐다. 고로 한국의 정체성이란, 지금 여기 우리가 서 있는 곳이자 바라보는 곳이다. 정체성은 이미 주어진 모습이 아니라 우리가 만들어나가야 하는 모습일지 모르겠다.

함께 읽으면 좋은 책

『성스러운 암소 신화』 D. N. 자 지음, 이광수 옮김, 푸른역사, 2004
『배흘림기둥의 고백』 서현 지음, 효형출판, 2012
『국문학과 민족 그리고 근대』 강명관 지음, 소명출판, 2007

078 ——— 강냉이

079 ——— 꽃할머니

080 ——— 만년샤쓰

081 ——— 몽실언니

082 ——— 백두산 이야기

083 ——— 완득이

아동

078

암울한 상황에도 아이는 강낭을 꿈꾼다

김혜진_그림책독립연구자

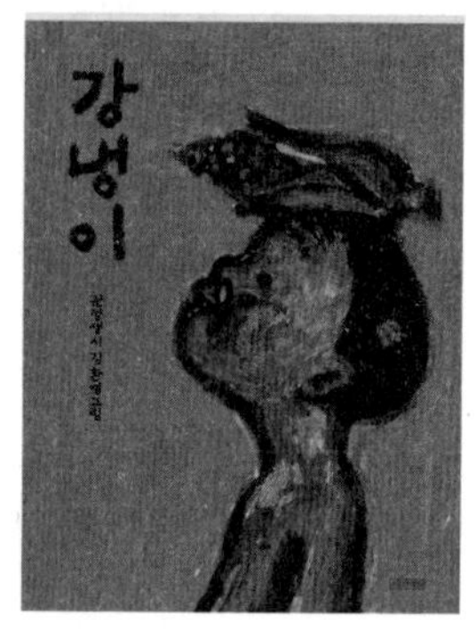

강냉이
권정생 지음, 김환영 그림, 사계절, 2018

아이가 길모퉁이 토담 밑에 강낭(강냉이, 옥수수)을 심고 있다. 아이는 혼자가 아니다. 어매(엄마)와 생야(형)가 함께 심는다. 후두둑 뿌리며 내던지지 않는다. 생야가 파놓은 구덩이에 작은 손으로 한 알 두 알 정성껏 넣으면 그 위를 어매가 흙으로 덮어준다. 하루 이틀 사흘 나흘 오줌 주고 거름 주고 정성을 다해 돌본다. 그 과정이 내내 평화롭다. 하지만 하룻밤 새 암울한 시절로 접어든다.

평화는 오래가지 못했고, 가족은 갑자기 짐을 싸 들고 피난길로 나서게 되었다. 전쟁 통이었고 다들 어떻게 해야 할지 혼란스럽지만, 아이는 아끼고 보살펴온 강낭이가 더 걱정이다. 흙에 뿌리내린 강낭을 데리고 함께 피난 갈 수도 없는 노릇. 저 혼자 점 찍어둔 강낭을 모퉁이에 놓아두고 눈물을 훔치며 떠난다.

피난길에 든 사람들은 낮이나 밤이나 두고 온 고향 생각에 먼 하늘을 바라본다. 그 틈에서 아이는 평화롭다. 엄마 무릎을 베고 누워 잠을 청할 수 있기 때문이다. 전쟁 통 난리 통이지만 엄마 품만큼 안온하고 평화로운 곳이 있으랴. 아이는 누운 채로 눈을 감으나 뜨나 모퉁이에 두고 온 강낭이 생각뿐이다. 그 평화로운 품에서 이내 잠든 아이의 꿈은 다시 강낭이를 만나는 것이다. 이제 곧 싹을 틔울 강낭, 잎이 나고 쑥쑥 자라 얼마만 지나면 알이 영글 강낭의 운명은 어떻게 되는 걸까? 아이의 운명도 마찬가지다.

한중일 평화그림책 연작이 벌써 10권째다. 『강냉이』가 그 열 번째 책이다. 세 개국의 12명의 작가가 만드는 평화의 메시지가 첫 책 『꽃할머니』를 시작으로 열 번째 결실을 맺은 것이다. 권정생 선생의 시에 김환영 작가가 그림을 그렸다. 시는 13살 초등학생 권정생이 쓴 것인데, 13살만큼의 생각을 담백하게 담고 있다. 권정생 선생이 한국전쟁을 맞았던 때가 13살이다. 어른들이야 전쟁 때문에 잃어서 아픈 것들이 좀 더 많을 테지만 아이들은 달랐을 것이다. 그저 평화롭게 살던 그 시간과 공간에 대한 그리움만이 애절할 터였다. 학교생활이 한창 재미나던 시절, 전쟁은 그렇게 선생의 유년도 강낭도 앗아가 버린 것이다. 다만 그가 기억하는 전쟁의 풍경과 정서가 글로 남았다. 크게 아프지도 슬프지도 않게 아이 마음 그대로가 강낭에 빗대어 쓰였다. 13살의 솔직하고 꾸밈없는 글은 그래서 더 전쟁의 아픔을 깊이 공감하게 만든다. 언제 읽어도 여전히 질박하되 영리하며, 덤덤한 듯 예리하고, 평범한 이야기 속에 풍자와 해학을 놓치지 않는 글이다.

권정생 선생은 1937년 일본 도쿄에서 태어나 광복 직후 우리나라로 돌아왔다. 1969년에 『강아지똥』, 1973년 『무명 저고리와 엄마』가 각각 기독교아동문학상을 받았고, 조선일보 신춘문예에 당선되었다. 평생을 시골 교회 종지기로 살다 세상을 떠날 때까지 선생은 숱한 책들을 펴냈다. 선생의 관심은 언제나 작고 보잘것없는 것들에 대한 사랑이었다. 질곡의 역사를 살아온 사람들을 껴안은 선생의 글은 여전히 많은 사랑을 받고 있다. 긴 설명이 필요 없는 권정생 선생은 한국 대표 작가다. 거기에 노련한 화가 김환영의 그림이 더해졌다.

김환영은 "멋진 그림이 아니라 진실한 그림이 늘 문제다. 이를 위해 나는 수없이 패배해야만 했다"라고 말한다. 그만큼 붓끝이 단단한 화가는 또 없을 것이다. 그는 책마다 각기 다른 이야기에 걸맞은 다양한 채색 기법들을 다양한 종이에 접목해 작업해왔다. 『강냉이』 역시 마찬가지다. 거친 붓의 결을 고스란히 드러내며 물기 없이 뻑뻑한 채색을 들여다보자면 먹먹한 목마름이 가슴을 치듯 전해져 온다. 그것은 잠깐 감상에 빠지게 했다가 이내 그 시절 흙에 땅에 기대 살던 시간과 공간을 생각해보게 한다. 큼큼하고도 고소한 흙냄새, 달큰하니 쫀득한 강냉이 맛 그대로다. 표지와 본문의 글씨는 화가가 직접 손으로 썼다.

형제가 이마를 맞대고 앉아 강낭을 떨구는 장면 위로, 둘을 감싸 안 듯 웃는 얼굴의 어매가 몸을 기울여 들여다본다. 이 장면은 따뜻하고 안전하다. 강낭이 자라기를 지켜보는 아이는 매일 개구리를 잡고 굴렁쇠 굴리며 즐겁게 논다. 이 장면은 마치 리듬을 타듯 강약 조절이 되어 있어 읽는 재미를 더한다. 또, 피란민들이 전쟁 중에 화염과 포탄이 터지는 먼 산을 바라보는 장면은 마치 숨을 죽이고 순간이 멈춘 듯 표현했다. 즐거우면 즐거운 대로 불안하면 불안한 대로 그 감정이 오롯이 전해진다.

이야기를 전개하는 과정에서 감정을 상승시키기 위해서는 반복하듯 짝을 이루는 장면을 배치하는 것이 좋다. 하지만 짝이라고 해서 똑같은 장면을 쓰는 것은 아니다. 제자리걸음처럼 반복하는 장면의 연결은 자칫 지루해질 수 있다. 이 책에서는 비슷한 장면에 조금씩 변화를 주어 장면과 장면 사이를 배치했다. 반복하되 조금씩 다르게 표현하여, 이야기를 나아가게 하고 서사를 엮어가는 것이다. 잘 설계된 그림책에는 반드시 그런 짝을 발견하게 된다. 이 책에서는 아이의 꿈속 장면이 바로 그것이다.

"인지쯤 샘지(수염) 나고"의 장면과 "알이 밸낀데…"의 장면은 짝을 이루되 극단적으로 상반된 상황을 그린다. 같은 옥수수밭을, 처음에는 별빛이 가득한 밤하늘 아래 초록으로 자라난 옥수수밭으로 보여준다. 책장을 넘기면 불에 타 검은 재가 되어버린 옥수수밭이 나온다. 아이의 꿈속과 현실은 확연히 다르다는 것을 표현한 것이다. 더불어 독자의 감정도 상승한다. 주목해야 할 부분은 이처럼 짝을 이루는 장면 뒤로 이어지는 마지막 네 페이지다. 글 없이 그림만으로 과감히 마무리했다. 독자의 공간을 남겨둔 것이다. 그렇듯 암울한 상황에도 아이는 알이 꽉 밴 강낭을 꿈꾼다. 한동안 무구한 얼굴로 별빛 가득한 밤하늘을 바라보며 서 있는 아이 모습을 바라보았다.

2015년 초판과 2018 개정판이 있는데, 표지와 판형부터 전체적으로 조금 달라졌다. 개정판에서는 본문 글씨를 좀 더 크게 넣거나 배치를 바꿨다. 그러다 보니 판형도 커졌다. 책의 인상이 되는 표지 색도 바뀌었다. 표지 분위기를 바꾸니 속표지도 따라 바뀐다. 본문 글 배치 역시 앞뒤로 가고 오며 어떤 글은 더하기도 해서 적절한 자리를 다시 찾았다. 이모저모 초판의 아쉬웠던 여러 가지를 고루 손질하여 새 얼굴로 내놓았다. 두 권을 비교하며 보는 것도 재미있을 것이다.

함께 읽으면 좋은 책

『오소리네 집 꽃밭』 권정생 지음, 정승각 그림, 길벗어린이, 1997
『빼떼기』 권정생 지음, 김환영 그림, 창비, 2017
『깜장꽃』 김환영 지음, 창비, 2010

079

꽃 보고 좋아하듯이 그렇게 서로 좋아하며

한미화_출판칼럼니스트

꽃할머니
권윤덕 지음, 사계절, 2010

권윤덕에게 그림책이란 세상을 보여주는 창이다. 나아가 아이들에게 사람다운 세상을 꿈꾸게 하고픈 간절한 소망이다. 권윤덕이 지금껏 작가로 펴낸 책들은 이 맥락 아래 있다.

권윤덕은 대학에서 식품과학을 전공했는데, 이과 전공자인 작가가 그림책을 만나게 된 것은 졸업 후 몸담았던 지역 문화 운동의 영향 아래 있다. 학생운동에 이어 1990년대 초 안양에서 지역 미술 운동을 하며 우리 것을 알자는 취지로 탱화와 민화를 배웠다. 이 경험이 작가를 그림책의 세계로 이끌었다.

권윤덕의 첫 그림책은 『만희네 집』이다. 지역 운동을 접고 시댁에 들어간 당시의 경험이 그림책으로 태어났다. 만희의 하루를 따라가며 할아버지 집에 있는 오래된 물건들을 보여주는 그림책은 집 안 구석구석을 구체적으로 보여준다. 문살무늬 창이며 둥근 소반 등은 지나간 우리의 삶과 시간 그 자체였다. 이후 작가는 제주도 꼬리따기 노래가 바탕이 된 『시리동동 거미동동』을 펴냈다. 제주 우도의 해녀 마을을 배경으로 엄마를 찾아 나선 소녀의 이야기를 그려낸 그림책이지만 정작 작가가 말하고 싶어 한 것은 제주 여성의 삶과 노동이었다. 그림책이라는 거울로 지나간 삶의 흔적과 고달픈 삶과 사회 문제를 비추어낸 작가는 한 발 한 발 나아가 마침내 위안부 이야기를 다룬 『꽃할머니』에 이른다.

『만희네 집』에서부터 『꽃할머니』까지 권윤덕의 그림을 구성하는 미학들이 있다. 민화의 영향 아래 있는 화려한 색감이나 꽃 그림 같은 것들은 권윤덕의 그림책을 대표한다. 또 『일과 도구』 『엄마, 난 이 옷이 좋아요』 등의 그림책에서 보듯 도감을 연상시키는 세밀한 정보성도 권윤덕 그림책을 보는 재미다. 마지막으로 빼놓을 수 없는 것이 작가가 지닌 사회의식이다. 이 모든 것들이 담긴 그림책이 『꽃할머니』다.

『꽃할머니』는 1940년 열세 살 어린 나이에 일본군 위안부로 끌려갔던 심달연 할머니의 증언을 바탕으로 만들어진 그림책이다. 이른 봄 죽이라도 쑤어 먹을 요량으로 언니와 나물을 캐러 갔던 할머니는 일본 군인들에게 끌려간다. 어디로 가는지도 모른 채 배를 타고 도착한 곳은 대만에 주둔한 일본군 막사. 어린 소녀는 이렇게 일본군 위안부가 되었다. 싫다고 반항하면 군홧발로 차고 총칼로 위협하고 때렸다. 소녀의 몸은 엉망진창이 되었고 마음도 죽어갔다.

소녀가 부여잡은 건 모란꽃 보러 가자던 엄마의 목소리와 꽃 댕기를 묶어 준다던 언니의 목소리뿐이었다. 전쟁이 끝나고 나서야 한국으로 돌아온 할머니는 아무것도 기억하지 못했다. 기적처럼 동생을 만나 극진한 간호를 받던 할머니는 동생이 세상을 떠난 후에야 정신이 돌아왔다. 근대화라는 절대 가치 외에 다른 것들은 모두 금기시되던 시절, 할머니는 위안부였다는 사실을 꼭꼭 감추고 50여 년을 살았다. 그러다 세상으로 나와 친구들을 만났다. 마지막 장면에서 꽃을 좋아하는 할머니가 활짝 웃는다. 그리고 이런 당부를 한다. "사람들이 꽃 보고 좋아하듯이 그렇게 서로 좋아하며 살았으면 좋겠다."

이 작품은 그림책으로서는 최초로 위안부 이야기를 정면으로 다룬 책이다. 한국·중국·일본 세 나라 그림책 작가들이 공동으로 기획하고 함께 만든 '한·중·일 평화그림책' 시리즈의 첫 권으로 태어났다. 기획의 시작은 일본 작가들로부터 나왔다. 2005년 다시마 세이조, 하마다 게이코 등 일본 작가 4명이 일본의 침략을 반성하고 사죄가 없었다는 것을 부끄러워하며 평화그림책을 제안해왔다. '한·중·일 평화그림책'은 세 나라에서 동시 출판하는 것으로 기획되었지만 심달연 할머니의 건강을 우려하여 2010년 한국에서 먼저 출간했다.

그러나 아베 정권이 들어선 후 일본의 우경화는 거세졌다. 심지어 위안부 문제에 대한 책임을 부정하고, 조선인 위안부 강제 연행은 사실이 아니라는 주장까지 펼쳤다. 『꽃할머니』를 출간하기로 했던 도신샤 출판사는 일본 우익의 표적이 될 수 있다며 출간에 우려를 표했다. 결국 도신샤는 2013년 『꽃할머니』의 일본 출간을 아예 포기했다.

시간이 흘러 2018년 4월 27일 일본 고로컬러사가 『꽃할머니』를 출간했다. 또한 『꽃할머니』의 출간 과정을 담은 다큐멘터리 영화 「그리고 싶은 것」의 DVD도 함께 일본에서 출시되었다.

심달연 할머니는 2010년 12월 세상을 떠나셨다. 마지막 시간을 할머니는 정서 치료로 시작한 꽃누루미(압화)에 정성을 쏟았다. 꽃을 사랑하던 할머니의 꽃누루미 작업은 권윤덕의 『꽃할머니』를 관통하는 주요한 정서와도 일치한다.

권윤덕은 스무 살 무렵 알게 된 '일본군 위안부' 문제가 늘 마음의 빚이었다고 고백한다. 그 마음 한가운데는 일본에 대한 참을 수 없는 증오가 똬리를 틀고 있었다. 이 책을 처음 그리겠다고 마음먹고 완성한 초벌 스케치에는 숨길 수 없는 분노와 복수와 증오의 감정이 적나라하게 드러나 있었다.

그로부터 4년여 동안 작가는 가제본만 열두 차례 만들며 수정에 수정을 거듭했다. 그러는 사이 폭력을 자행한 일본제국군에 대한 날것의 감정은 절제되었고 승화되기에 이른다. 작가는 폭력과 아픔의 자리에 어김없이 꽃들을 그려 넣었다. 성폭력을 자행하는 일본군의 얼굴 대신 그 자리에는 꽃잎이 난분분하다. 잔혹한 폭력 앞에 도리 없이 짓밟힌 할머니의 피눈물 역시 꽃으로 형상화되었다.

그림책의 첫 장면에서 할머니의 머릿속을 가득 채우던 피로 물든 혼란스러운 기억들은 마지막 장면에서 꽃으로 피어난다. 할머니의 머릿속에는 엄마가 보러 가자던 모란꽃과 언니와 함께 보았던 제비꽃 등 할머니가 좋아하던 꽃들이 피었다. 가해자에게 받은 고통의 기억을 꽃으로 상징되는 평화로 돌려준 할머니는 열세 살 고운 소녀로 돌아가 있다. 마치 그림책을 보고 자랄 아이들에게 전쟁과 폭력의 잔혹함을 기억하되 '꽃 보고 좋아하듯이 그렇게 서로 좋아하며' 사는 세상을 꿈꾸라고 말하는 듯하다.

권윤덕 작가는 2016년에는 제주 4·3 사건을 배경으로 한 『나무 도장』을 펴냈다. 그림책을 통해 더 나은 세상을 꿈꾸는 일은 여전히 진행 중이다.

함께 읽으면 좋은 책

『나무 도장』 권윤덕 지음, 평화를품은책, 2016
『비무장지대에 봄이 오면』 이억배 지음, 사계절, 2010
『오늘은 5월 18일』 서진선 지음, 보림, 2013

080

절망을 딛고 희망으로 나가는 우리의 창남이

김혜진_그림책독립연구자

만년샤쓰
방정환 지음, 김세현 그림, 길벗어린이, 1999

요즘 같으면 상상하기 힘든 일이지만 학교에서 집까지 거리가 이십 리. 그 먼 길을 걸어서 통학하는 아이가 있다. 해진 양복바지와 기워 붙인 옷만 봐도 넉넉한 형편이 아니란 걸 짐작할 수 있다. 그렇게 구차한 형편임에도 언제나 얼굴은 근심 없이 해맑다. 더 좋은 옷을 입고 새 가방을 든 아이를 부러워하지도 않는다. 혹 주변에 걱정 많은 아이가 있다면 나서서 우스운 말로 분위기를 바꾸고 문제가 생길 땐 적당한 해결책도 내놓는다. 동급생이건 상급반이건 토론을 시작하면 그 아이를 이길 자가 없다. 끝까지 살아남는다. 창남이는 그런 아이다.

『만년샤쓰』는 소파 방정환 선생이 쓴 소년 소설이다. 샤쓰(셔츠), 세간(살림) 등 단어들과 대화체들이 예스러운 듯 어색할 수 있는 근대의 말투다. 그런데 그것이 이야기 속에 녹아드니 어쩐지 정겹다. 할머니 할아버지를 떠올리게도 한다. 지금 아이들이라면 드라마나 영화 혹은 생존하신다면 증조부모에게서나 들을 수 있으려나 싶다. 소리 내어 읽어보면 그 맛이 더 살아난다. 창남이가 만년 샤쓰를 입은 사연이 슬프고 아리더라도 막상 읽는 재미는 남다르다. 일찍이 색동회를 조직하고 전국적인 낭독회를 열어 이런저런 이야기를 들려주던 일이나 직접 각본을 쓴 공연을 무대에 올리던 분이니 글맛도 제대로일 터였다. 이야기를 좀 더 읽어보자.

친구들로서는 창남이의 사정을 겉모습만으로 익히 짐작할 정도지 구체적인 상황을 알 리 없다. 매번 예상치 못한 모습으로 나타나 이런저런 핑계를 대는 통에 재미난 친구로 기억할 뿐이다. 하루는 너무 늦게 교실에 나타난 창남에게 그 이유를 물으니 입이 벌어진 구두를 스스로 수선하며 오는 통에 시간이 너무 늦어졌단다. 그러고도 태평히 공부하고 부지런히 체조도 한다. 그러다 추운 날 웃옷을 벗고 샤쓰만 입은 채 운동하라는 체조 선생님 호령에 창남의 만년샤쓰가 정체를 드러내게 된다. 웃옷을 벗은 창남이는 맨몸이었다.

처음엔 웃통을 벗은 채 만년샤쓰를 입고 체조를 하겠다는 창남의 말을 선생님과 친구들은 이해하지 못했다. 막상 벗은 몸 자체가 만년샤쓰라는 말을 들은 좌중은 고요해졌고, 진심으로 창남이의 현실을 알 수 있게 된 것이다. 이어 화재로 집을 잃은 데다 눈먼 어머니에 대한 묘사가 그려지면서 창남이의 절박한 현실은 끝을 보인다. 창남이와 창남이 어머니는 자신도 입을 옷이 없는 처지에서 함께 화재를 당한 이웃에게 자기 옷을 벗어주었다고 한다. 그러니 또 창남이는 옷이 얇아져 추위에 떠는 어머니께 자기가 입었던 셔츠와 양말을 벗어드리고 학교에 온 것이다. 앞을 못 보는 어머니라 가능한 일이었다는 이야기를 들은 선생님과 친구들은 말을 잃고 눈물을 흘릴 뿐이었다.

혹여 자신의 맨몸을 만년샤쓰라 말하

며 그 추운 겨울에도 아무렇지 않은 듯 옷을 벗은 창남의 태도를 용기와 재치라 말하는 것은 위험하다. 아직 다 자라지 않은 아이의 마음은 나름 꽤 오랜 시간을 아프고 처절하게 견뎌왔을 것이다. 그렇게 다져진 상처는 두꺼운 더께로 남아 너무 일찍 성숙한 얼굴로 세상을 대하게 되었을 수도 있다. 불쌍하게 볼 일도 아니다. 스스로 이미 넘어섰을 현실을 연민의 눈물로 용기 있다 칭찬해봤자 큰 감흥도 없다. 힐난하거나 손가락질 받지만 않으면 될 일이다.

김세현의 한국화 기법 그림은 방정환 선생의 글을 편안히 따라가고 있다. 그 시절의 학교, 교실, 동네 풍경이 그대로 재현되어 있다. 작은 컷의 학교 종, 호루라기, 교모와 교복 등 소품의 등장도 재미있다. 글로 읽고 상상하던 창남의 얼굴이 표지 전면에 등장한다. 글 중간중간 쓸쓸하고 고단한 창남이의 정서가 스며든 컷이 배치되어 있다. 홀로 철봉 연습을 하는 창남이의 고된 시간 아래 붉은 저녁노을이 펼쳐지는 장면은 인상적이다. 힘겨운 창남의 현실을 보여주는 것 같다. 구두를 싸매는 창남의 손과 구두 밖으로 나온 발가락을 담은 장면에선 코끝이 아리다. 서늘한 색감에 한겨울 시린 공기가 독자의 손끝 발끝으로 전해지는 듯하다. 그래도 익살스레 웃는 창남의 얼굴은 변함이 없다.

만년샤쓰 이후 창남의 표정은 내내 굳어 있다. 선생님 앞에 고개 숙인 채 서 있는 뒷모습은 더 이상 웃음 어린 얼굴을 보여주지 않으려는 듯한 연출이다. 여덟 살 이후 눈이 멀어 앞을 보지 못한 채 살아왔다는 이야기를 마친 창남은 그제야 울음을 터뜨린다. 이제껏 울지 않던 창남이었기에 클로즈업된 짚신 위로 떨군 눈물은 더 아프다.

이 이야기의 배경은 오래전 일로 보인다. 1920년을 전후로 활동했던 방정환 선생의 글이니 말할 필요도 없다. 백 년이 흐른 지금, 현재의 어린이들에게도 이 글이 유효한지에 대해선 장담하기 힘들다. 다만 창남이 가진 호쾌함, 재치, 너그러운 심성에 공감할 수 있기를 바랄 뿐이다. 창남이 처한 상상하기 힘든 극빈의 처지는 당시로써는 적절한 설정일 수도 있다. 돌봐줄 아버지는 없고 어머니는 앞을 못 보니 창남에게 부모는 어떤 보호막도 되어주지 못한다. 그런 집안에서 태어나 살다 보니 그것 자체로 자연스러운 일일 수 있으나, 아이가 홀로 헤쳐나가야 할 일은 안팎으로 험난하기만 하다.

당시 상황으로 보면 방정환 선생은 부재하고 무기력한 부모 세대에게서 벗어나 굳건하게 앞으로 나아갈 소년들을 기르는 일에 무척 목말라 했을 터였다. 그래서 일제의 강압에 모든 것을 잃다시피 한 나라의 어린이로 창남이를 비유했을 것이다. 또한 창남이 가진 의연함과 건강한 태도를 나라 잃은 아이들이 잊지 않고 굳건히 독립을 위해 나아가도록 독려하고자 하는 마음을 이야기에 담았다. 조선의 어린이들이 강제로 수탈당한 세월을 딛고 열심히 학교 공부를 하여 깨어 있기를 바랐다. 그리하여 장차 나라를 되찾는 일을 맡게 될 어린이들에게 당부하고자 절망을 딛고 희망으로 한 발 내딛는 인물상을 그리고 싶었을 것이다.

백 년이 지난 지금, 더 영악해지고 자기중심적이며 관용도 포용도 없어진 듯 보이는 현재의 학교 현실 속 아이들은 어떨지 모르겠다. 창남이의 성격과 의지를 칭찬하고 창남이와 같은 처지의 비슷한 상황의 친구들을 측은히 생각하자는 의미로 읽지 않기를 바란다. 교실 안에서 어떤 태도와 입장이 모두를 위해 옳은 것인지 생각할 수 있다면 더할 나위 없이 좋겠다.

함께 읽으면 좋은 책

『칠칠단의 비밀』 방정환 지음, 김병하 그림, 사계절, 2016
『짜장 짬뽕 탕수육』 김영주 지음, 고경숙 그림, 재미마주, 1999
『엄마 마중』 이태준 지음, 김동성 그림, 보림, 2013

081

전쟁의 고난도 뛰어넘는 인간애

조월례_아동도서 평론가

몽실언니
권정생 지음, 이철수 그림, 창비, 2013

1984년 발간된 『몽실언니』는 올해로 출간 34년을 맞는다. 출간된 지도 모르게 소리 없이 사라지는 책들이 부지기수인데, 이 책은 수십 년 동안 수많은 독자의 열렬한 지지를 받으며 고전 어린이문학으로 굳건하게 자리 잡았다. 몽실이는 마치 포화 속에 핀 꽃처럼, 한국 역사의 가장 비극적 사건으로 꼽히는 6·25전쟁을 관통하면서 인간에 대한 마음의 온기를 잃지 않은 미덕이 빛나는 책이다.

일찍이 톨스토이는 『사람은 무엇으로 사는가』에서 사람이 살아가는 힘은 차가운 거리에서 떨고 있는 거지에게 낡은 외투를 벗어줄 수 있는 사랑, 엄마를 잃고 태어난 갓난아이를 돌보는 이웃 여인의 사랑이라고 했다. 우리들의 권정생 선생님도 생전에 입버릇처럼 몽실언니를 혹독한 전쟁과 가난으로부터 구원할 수 있었던 힘은 사람을 향한 인정, 착함, 사랑, 인간다움이라고 말했다.

이 책을 다시 읽으며 '몽실언니는 선생님 자신이었구나'라는 새로운 발견을 하게 되었다. 선생님은 몽실언니처럼 일본에서 살다가 해방 후 우리나라에 돌아와 가족들이 뿔뿔이 흩어지고 병든 몸으로 혼자 떠돌며 사람이 겪을 수 있는 온갖 고생을 다 했다. 그럼에도 불구하고 70년 생애를 살아갈 수 있었던 것은 곳곳에서 자신에게 인정을 베풀었던 사람들이 있었기 때문이라고 말한 적이 있다.

몽실언니도 일곱 살 즈음에 부모를 따라 해방 후 일본에서 우리나라로 들어온다. 그리고 얼마 후 6·25전쟁을 겪는다. 우리가 책이나 영화에서 겪는 전쟁은 인간의 역사를 비극으로 몰고 간다. 전쟁은 사람을 사람으로 보지 않는다. 오로지 적과 아군만 있을 뿐이다. 상대를 죽여야 내가 살 수 있는 절체절명의 순간들을 지나야 하니 누군가를 향해 인정을 나눌 겨를이 없다.

부모가 죽어가는 자식을 보고도 돌아설 수밖에 없게 만드는 것이 전쟁이다. 이처럼 비인간적일 수밖에 없는 전쟁의 한가운데를 지나오면서도 몽실언니는 누구도 원망하지 않고 자존심을 지키면서, 어떤 이념에도 흔들리지 않고 꿋꿋하게 고난의 강을 건너온 우리의 딸이다.

몽실언니는 가난을 견디지 못해 개가한 친어머니를 따라갔다가 새아버지에게 떠밀려 다리가 부러져 평생 절뚝거리게 된다. 친아버지는 징집을 당해 나가고 새어머니 북촌댁은 난남이를 낳고 세상을 떠난다. 어린 몽실언니는 난남이에게 동냥젖을 얻어 먹이고 나물을 뜯어다 죽을 끓여 먹고 그것도 없으면 굶다가 깡통을 들고 밥을 얻어먹기도 한다. 전쟁통에 너나없이 입에 풀칠하기조차 어려운 상황에서도 몽실을 향한 이웃들의 따듯한 마음들은 식지 않았다. 몽실이를 위해 동냥젖을 얻기 위해 앞장서며 안타까워했던 장골할머니, 난남이를 위해 젖을 물려준 종구 엄마, 몽실이가 들고 간 빈 깡통에 밥을 채워준 사람들, 난남이를 위해 미숫가루를 내어준 인민군 언니, 아버지 장 씨가 부산 자선병원에서 차례를 기다리는 동안 주변 사람들은 식지 않은 인정을 보여준다. 권정생 선생님은 몽실언니를 비롯한 수많은 사람이 그 혹독한 전쟁과 가난에서 구원될 수 있었던 힘이 바로 이것, 톨스토이가 말한 사랑이라고 이야기한 것이다. 이는 이 책이 지닌 절대적 미덕이다.

전쟁과 모진 가난을 헤치고 나올 수 있었던 두 번째 힘은 세상을 바라보는 따듯한 마음과 어떤 상황에서도 흔들리지 않는 분명한 자기 생각이었다. 6·25전쟁 이후 우리나라 국시는 반공이었다. 우리의 반쪽인 북한은 타도해야 할 대상일 뿐이었다. 몽실이가 살던 마을에는 전쟁 상황에 따라 인민군과 국군이 번갈아 몰려왔다가 몰려가곤 했다. 하지만 마을 사람들은 공비 빨갱이가 뭔지 인민군이 뭔지 모른다. 그런데 까치바윗골 앵두나무집 할아버지가 공비가 된 아들에게 떡을 해주고 닭을 잡아 주었다고 해서 잡혀간 다음 돌아오지 못했다. 몽실은 까치바윗골 할아버지가 어떻게 되었는지 걱정스러워 아버지 정 씨에게 물었다.

아버지 정 씨는 "앵두나무집 할아버지가 자식이지만 빨갱이한테 떡을 해주고 닭을 잡아준 것은 백 번 천 번 잘못한 거"라고 말한다. 하지만 몽실의 생각은 달랐다. "그렇지 않아요, 빨갱이라도 아버지와 아들은 원수가 될 수 없어요. 나도 우리 아버지가 빨갱이가 되어 집을 나갔다면 역시 떡 해드리고 닭을 잡아 드릴 거여요."

아무리 이념이 지배하는 세상이어도 몽실언니는 어떤 이념보다도 앞서서 사람으로 만나야 한다는 것을 힘주어 말할 만큼 자기 생각이 분명한 아이였다. 실제로 몽실이 겪은 인민군은 그렇게 나쁜 사람들이 아니었다. 마을은 국군이 들어오면 태극기를, 인민군이 들어오면 붉은 인민군 기를 달아야 했다. 그런데 몽실이가 인민군이 마을에 들어와 있는데 실수로 그만 태극기를 걸었을 때, 허겁지겁 달려와 태극기를 내리고 인민군 기를 달아준 사람은 인민군 청년이었다. 어린 난남이에게 미숫가루를 개어 입에 넣어준 사람도 인민군 언니였다.

몽실언니는 우리나라가 이념으로 혹독한 전쟁을 치르고 남북이 총부리를 겨눈 채 원수가 되어 살고 있어도, 인민군도 국군도 누구든 사람으로 만나면 나쁜 사람은 없다는 자기 생각이 분명하다. 몽실언니는 누군가가 낳아버리고 간 흑인 어린아이를 향하여 침을 뱉고 모두가 손가락질할 때도 누구나 배고프면 화냥년이 될 수 있다고 소리치고는 흑인 아이를 거둔다. 나쁜 일에는 반드시 그럴만한 이유가 있으리라 생각한다. 몽실언니는 학교에서 교육을 받지 못했지만 몸으로 겪고 들으면서 인생에 대해서도 깊이 생각하고 반듯한 생각을 키워간다. 몽실언니는 탁류처럼 밀려오는 온갖 고난을 온몸으로 받아들이면서 결코 누구도 원망하지 않고, 욕심을 부리지도 않는다. 구걸할지언정 자존심을 지키면서 모든 순간을 묵묵히 견뎌낸다.

전쟁의 가장 큰 비극은 눈으로 보이는 것뿐만 아니라 사람들 마음도 갈갈이 찢어 그로 인하여 온갖 상처에 매몰되게 한다는 점이다. 하지만 이념을 뛰어넘는 몽실언니의 인간애는 우리가 전쟁도, 분단의 장벽도 뛰어넘을 수 있는 희망을 품게 한다.

『몽실언니』는 전쟁의 폐허 속에서도 꺾이지 않는 꽃 같은 살가운 언어로 창조한 우리 아동문학의 고전이다. 권정생 선생님이 한반도에서 비핵화를 위한 논의를 시작하고, 남북 정상이 백두산에서 두 손을 맞잡는 모습을 보지 못한 것이 못내 아쉽기만 하다.

함께 읽으면 좋은 책

『점득이네』 권정생 지음, 이철수 그림, 창비, 2012
『초가집이 있던 마을』 권정생 지음, 홍성담 그림, 분도출판사, 2007
『꽃섬 고양이』 김중미 지음, 이윤엽 그림, 창비, 2018

백두산아 다시 깨어나라

한미화_출판칼럼니스트

백두산 이야기
류재수 지음, 류재수 그림, 보림, 2009

류재수의 『백두산 이야기』는 늘 한국 그림책의 시작과 함께 이야기된다. 이 책이 한국 현대 그림책의 시작일 뿐 아니라 류재수 역시 작가로서는 처음으로 그림책 일러스트레이터라는 자의식을 지녔기 때문이다.

그러나 1988년 출간된 이 책은 어린이책 출판사가 아니라 철학자 김용옥이 만든 출판사 통나무에서 출간되었다(2009년 개정판부터는 보림에서 펴내고 있다). 여기에는 사연이 있다. 류재수는 1984년 유네스코 아시아 문화센터 주관 '일러스트레이션트레이닝 코스'를 수료하고, 첫 그림책인 『턱 빠진 탈』(1985년 절판)로 1987년 노마 국제 일러스트레이션 공모전에서 은상을 수상했다. 이후 숙명여고 미술 교사로 재직하던 작가는 그림책을 통해 우리 신화를 창조하려는 노력을 기울였다.

하지만 당시 어린이책 시장에서 『백두산 이야기』는 파격 그 자체였다. 어린이책이라면 울긋불긋 화려한 원색을 사용해야 한다고 여겼던 세태에서 류재수는 황토색을 주제 색으로 정하고 색감을 절제했다. 게다가 한 권의 그림책을 완성하기까지 4년여의 시간이 걸렸다. 지금도 보기 드문 6도 인쇄로 제작된 그림책이 어린이책 출판사가 아니라 성인물 출판사에서 나올 수밖에 없었던 이유다.

1990년 『백두산 이야기』는 일본 후쿠인칸 쇼텐에서 『산이 된 거인』이란 이름으로 번역 출판된다. 일본 그림책을 주도하던 후쿠인칸 쇼텐의 마츠이 다다시는 『백두산 이야기』를 높이 평가하며 "그림책이 지닌 위대함을 꼭 일본의 어른과 어린이들에게 보여주고 싶다"고 평하기도 했다. 과연 『백두산 이야기』는 일본의 대학에서 교재로 사용되었고, 1993년부터 1994년까지 『백두산 이야기』를 무대극으로 만든 「산이 된 거인」이 일본에서 순회 공연되기도 했다. 2005년에는 프랑크푸르트 국제도서전에서 한국이 주빈국으로 초청되며 '한국의 그림책 100선'에 선정되었다.

그림책을 펼치면 세상이 시작되는 아득한 옛날로 독자를 데려간다. 하늘과 땅이 처음으로 나누어지고 해와 달이 둘씩 생겨 세상이 비로소 밝아졌던 시절이다. 그러나 해와 달이 두 개나 있다 보니 낮에는 너무 뜨겁고 밤에는 너무 추웠다. 너른 만주 벌판에 자리 잡은 조선의 백성들은 하늘에 해와 달을 하나씩 없애 달라고 빌었다.

천지왕은 이를 해결하고자 흑두거인을 보내지만 섣불리 덤비다 실패하고 만다. 이에 천지왕의 부름을 받은 백두거인은 해와 달을 하나씩 화살로 쏘아 바다에 떨어뜨려 조선 백성의 소망을 이뤄준다. 또한 천지왕은 아들인 한웅 왕자를 조선에 내려 보내 고운 여자와 짝을 지어 조선의 임금이 되도록 했고, 조선 백성은 평화로운 나라를 이루었다. 그러나 백두거인을 시기하던 흑두거인은 조선을 침략하여 조선 백성을 유린한다. 공포에 질린 조선 백성은 하늘에 빌었고 천지왕이 다시 백두거인을 조선에 내려보낸다. 백두거인은 포악한 흑두거인과 백일이 넘게 싸웠고 마침내 흑두 거인을 물리쳤다.

긴 싸움이 끝난 후 백두거인은 깊은 잠에 빠져들며 조선 백성에게 이렇게 말한다. "나는 영원히 너희 곁에서 너희를 지킬 것이다. 언젠가 커다란 재앙이 올 때 나는 다시 깨어날 것이다." 세월이 흘러 백두거인은 거대한 산으로 변했고 사람들은 이 산을 백두산이라 불렀다.

시간이 흘러 조선에 큰 흉년이 들자 사람들은 백두산을 향해 북을 치고 노래를 하며 기우제를 지냈다. 며칠이 지나자 백두산 꼭대기에서 시뻘건 불길이 솟아올랐고, 세찬 비가 몰려왔다. 비가 그친 후 백두산 꼭대기에는 거대한 물웅덩이인 천지가 생겨났다. 천지에서 넘친 물은 강이 되어 사방으로 흘러 가뭄 걱정도 사라졌다. 이날 이후로 조선 백성의 가슴에는 백두산의 기운이 깃들었고 언젠가 나라에 재앙이 닥칠 때 백두산이 다시 깨어나리라 굳게 믿게 되었다.

이 책이 출간된 지 30여 년이 흘렀지만 지금 보아도 놀라운 그림책이다. 그림책이 담은 시공간의 규모는 물론이고 남북 분단의 현실에 맞선 웅대한 주제의식도 시대를 훌쩍 앞서간다. 그림책은 어린이들이나 보는 거라는 편협한 시각을 지닌 그때의 혹은 지금의 시선으로 살펴보아도 좀처럼 다루기 어려운 담대한 이야기가 아닐 수 없다.

그때나 지금이나 백두산은 대한민국 사람들이 중국을 통하지 않고는 쉽게 갈 수 없는 한반도 최고의 영산이다. 작가는 예로부터 전해 내려오는 창조 신화를 새롭게 재창조하여 세상이 만들어진 이야기며, 우리 민족이 만주에 자리 잡은 과정이며, 백두산과 천지가 생겨난 연유를 들려준다. 창조의 이야기를 따라가다 보면 느끼게 된다. 백두산의 기운이 깃든 조선 백성은 하나이며, 백두산이 다시 깨어나는 날 한민족은 다시 하나가 되리라는 걸 말이다. 우리 곁에서 영원히 지켜줄 백두거인이 있는 한 조선 백성은 결코 외세에 굴하지 않고 민족 자주의 정신을 잊지 않을 것임을 말이다.

남과 북의 관계가 오늘과 같지 않던 1980년대, 류재수는 남한이라는 물리적 공간과 정치적 제약을 넘어 한반도와 한민족의 하나 됨을 뜨겁게 소망한 것이다. 자본주의 물신만 남고 신화가 사라진 시대, 작가는 『백두산 이야기』를 통해 한민족에게 새로운 신화의 필요성을 역설하고 싶었는지도 모른다. 이 점에서 이 작품은 여전히 현재성을 지닌다.

장대한 창조 신화는 거대한 에너지를 뿜어내는 그림과 완벽하게 조응한다. 한민족의 탄생과 시원을 표현하기 위해 류재수는 그림을 공간 안에 가두지 않고 웅대한 규모로 폭발하듯 그려냈다. 어린이 책에서는 좀처럼 만날 수 없는 과감한 구도는 독자에게 천지 탄생의 무한 공간을 상상하도록 유도한다. 또 포스터물감을 사용해 질감이 그대로 느껴지도록 거칠고 힘 있는 붓 터치를 보여주어 그림이 그야말로 꿈틀거린다. 흑두거인과 백두거인의 긴 싸움, 하늘을 향한 기우제 장면 등 몇 장면을 빼고는 최대한 색을 절제하고 황토색을 주제 색으로 삼아 민족의 공간을 형상화해 냈다.

『백두산 이야기』는 그림책에서 시각언어로 어떻게 주제의식을 표현할 것인지를 알리는 교과서와도 같은 책이다. 한국 그림책의 시작이자, 류재수라는 걸출한 작가의 탄생을 알린 책이자, 그림책이 독자적인 예술 장르임을 알리는 신호탄이 되었다.

함께 읽으면 좋은 책

『솔이의 추석 이야기』 이억배 지음, 길벗어린이, 1995
『까막나라에서 온 삽사리』 정승각 지음, 초방책방, 1994
『아씨방 일곱 동무』 이영경 지음, 비룡소, 1998

083

우리는 웃는데 완득이는 웃지 않는다

김혜원_학교도서관저널 신간선정위원

완득이
김려령 지음, 창비, 2008

이 책은 흔히 '웃기고 재미있는, 완득이의 성장소설'로 정리된다. 2008년 출간 당시 청소년 소설의 분위기를 보자면 획기적이라 할 만큼 가벼운 '구어체'로 쓰인 소설이다. 아이들이 당장 쓸법한 비어와 속어들이 요소요소 박혀 있다. 흔히 '웃기고 재미있는' 책은 수명이 짧다고 한다. 그런데 이 책은 여전히 생명력을 가지고 독자를 기다린다. 성장소설로서의 장치가 잘 작동하기 때문이라 생각한다. 독자들은 이 책을 읽고 난 후 뿌듯함과 개운함을 느낄 것이다. 하지만 완득이는 웃지 않는다. 그는 화내고 욕하고 생각하고 성장한다. 독자들도 때로는 그런 완득이와 함께 웃지 않기도 한다. 독자들은 웃음과 웃지 않음 사이에 서 있고, 이 책의 생명력은 여기서 발생한다.

이 책이 처음 나왔을 때 서평 말미에 이렇게 썼었다. "이 책을 절대 공공장소에서 읽지 마시라, 웃음을 참느라 눈물 흘리게 될 것이니. 이 책을 절대 지하철에서 읽지 마시라, 정신 놓고 읽다가 내려야 할 곳을 지나치게 될 것이니." 이건 내 경험담이다. 지하철에서 이 책을 읽다가 터져 나오는 웃음을 참느라 온갖 이상한 소리를 내는 나를 발견했다. 옆자리에 앉은 사람은 이상한 시선으로 쳐다보고 있었고, 이미 나는 목적지를 놓쳐버린 뒤였다. 10년 만에 다시 읽었다. 이미 다 알고 있는 책인데도 재미있다. 새로운 독자들에게도 10년 전 써 놓은 경고는 여전히 유효할 것 같다.

웃기고 재미있다는 것은 이 책의 가장 큰 장점이다. 세상은 완득이를 다 읽은 사람과 안 읽은 사람으로 나뉜다. 읽다가 중간에 멈춰 선 사람은 없다는 말이다. 즉, 이 책은 읽기 시작하면 어떤 방법으로든 끝까지 읽게 된다. 이미 읽은 부분은 재미있고, 읽고 있는 부분은 웃기고, 앞으로 읽을 부분이 궁금하기 때문이다.

이 책의 이야기는 주인공 완득이의 길고 긴 기도문으로 시작한다. 기도란 자고로 엄숙해야 하지만, 아니다. 담임을 죽여 달라는 기도다. 그때 불쑥 완득이를 부르는 말, '자매님!' 외국인 노동자 신도의 목소리다. 완득이가 죽여 달라 기도하던 담임은 학교에서 자기 반 아이들에게 공부하지 말라고 협박 중이다. 시작하는 모든 상황이 엇박자다. 그러나 아랑곳하지 않고 이야기는 계속된다. 이 책이 주는 웃음은 이 엇박자에 바탕을 둔다. 기대하는 상황이 아주 달라지면 화가 나지만, 살짝 어긋나면 웃음이 난다.

담임인 동주의 등장은 완득이 입장에서 매우 느닷없고 불편하다. 학교에서도 집에서도 예측불허다. 온 반 아이들이 다 듣도록 완득이가 수급자임을 밝히고, 수급품인 햇반을 가져가라 하고는 집에 와서는 그 햇반 하나 내놓으란다. 게다가 흑미밥 백미밥도 따진다. 담임의 집은 완득이네 옆집이다. 여기서 공간 배치가 절묘한 게, 옆집이기는 하지만 둘 다 옥탑방이다. 맘먹고 달려가 때리고 싶어도 내려갔다 올라갔다 너무 긴 거리다. 소리 지르고 던지는 게 빠르다. 완득이가 기도하는 교회에도 나타난다. 학교에서 야자 시간에 땡땡이칠 때면 어김없이 그 자리에 있다. 어찌하다 보니 아버지와도 인사가 있었다. 완득이로서는 미칠 노릇이지만 독자들은 이 둘의 싸움이 재미있다. 선생님 같지 않은 선생님과 학생 같지 않은 학생이지만, 서로 그 마지막 선은 넘지 않기 때문에 안심하고 웃는다. 아주 달라짐이 아니라 살짝 어긋난 위치에 둘이 서 있다.

완득이의 결핍은 본인 자신이기보다는 그와 함께 하는 어른들의 모습에 있다. 완득이를 둘러싼 어른들은 모두 절대적 결핍이 있다. 아버지는 난쟁이다. 초등학교 4학년 때 이미 키로 아버지를 넘어버렸다. 함께하는 삼촌은 미켈란젤로의 그림처럼 완벽한 몸을 가졌지만, 지적 장애자이다. 둘은 카바레에서 춤을 춘다. 원래 춤은 아버지가 잘 추지만, 사람들은 훤칠한 삼촌의 춤을 좋아한다. 그가 말을 하지 않으면 말이다. 어머니는 베트남 사람인데 15년 전에 사라져 원래 없는 사람인 줄 알았다. 이러한 어긋남은 웃음의 코드가 아니다. 화가 날 지경이다. 그가 살아남는 방법은 싸움에서 이기는 것이다. 먼저 싸움을 시작하지는 않는다. 하지만 시작된 싸움은 어떤 방법으로든 꼭 이겨야 한다. 그래서 완득이는 웃지 않는다. 독자도 웃지 않는다.

이런 완득이에게 균열이 일어난다. 담임은 그의 싸움을 킥복싱으로 살짝 비틀었다. 싸움과 킥복싱은 완득이에게 같은 듯 다른 세상이다. 몸을 쓴다는 면에서 둘은 닮았지만, 싸움은 이기기 위해서 무엇이든 한다면, 킥복싱은 잘 지기 위해서 무엇이든 한다. 이기고 싶은 마음을 누르고 정당한 방법을 찾아 이기는 것, 그것을 찾지 못한다면 잘 지기 위한 방법을 찾아야 한다. 그래야 자신을 지킬 수 있다. 끊임없이 움직여 몸을 만들어야 한다. 달라진 완득은 이렇게 고백한다. “전에는 나만 멈춘 것 같았는데 지금은 나만 움직인다.”

또 하나의 균열은 어머니다. 갑자기 나

타나 아들에게 존댓말을 쓰는 어머니. 베트남 사람이지만 이제는 결핍 없는 완전한 어른으로 완득이를 보듬는다. 그리고 또 하나, 여자친구. 그들은 화내고 욕하지 않아도 함께할 수 있는 세상이 있음을 느끼게 해준다. 균열은 인간을 성장시킨다. 뭔가 변화의 상황에 완득이는 몹시 괴롭다. 그래서 완득이는 웃지 않는다. 하지만 독자는 그 변화의 과정을 지켜보는 것이 재미있다.

김려령의 문체는 경쾌하다. 목소리와 혼잣말이 섞인 대사들은 읽어내기가 바쁠 만큼 속도감 있다. 비어와 속어가 섞여 있지만 이질감이 느껴지지도 않는다. 읽다 보면 이 책 전체가 요즘 유행하는 랩 같다는 생각이 든다. 싸움과 스포츠의 경계, 주민과 이주민의 경계, 장애와 비장애인의 경계, 수급자에게서 수급받는 일등을 이야기하는 소설 구조들이 그렇다. 이음동의어와 동음이의어와 소리의 각운을 자유자재로 구사하는 랩 가사와 닮아 있다. 속도감 있는 문장은 더욱 그렇다. "카바레…, 아버지가 맞는 모습을 봤고, 그러면서도 웃는 모습을 본 곳이다. 웃는데 웃는 모습이 싫었고, 웃으면서도 울까 봐 괜한 걱정을 했었다." 이런 문장 말이다.

완득이는 여전히 웃지 않는다. 하지만 이제 완득이는 스스로 삶에 대한 목표와 할 일이 생겼다. 그런 그가 세상에 외치는 말, "못 찾겠다, 꾀꼬리!" 이 책은 마지막까지 웃긴다.

함께 읽으면 좋은 책

『합체』 박지리 지음, 사계절, 2010
『어쩌다 중학생 같은 걸 하고 있을까』 쿠로노 신이치 지음, 장은선 옮김, 뜨인돌, 2012
『혹등고래 모모의 여행』 류커샹 지음, 하은지 옮김, 더숲, 2018

084 ——— 동양철학 에세이
085 ——— 뜻으로 본 한국역사
086 ——— 박시백의 조선왕조실록
087 ——— 백범일지
088 ——— 병자호란
089 ——— 사진과 그림으로 보는 한국 현대사
090 ——— 세계철학사
091 ——— 역사와 해석
092 ——— 우리 글 바로 쓰기
093 ——— 정조의 화성행차
094 ——— 조선의 힘
095 ——— 책벌레들 조선을 만들다
096 ——— 철학과 굴뚝청소부
097 ——— 한국 철학사
098 ——— 혜초의 왕오천축국전

인문

동양철학이 무엇인가에 답하다

김시천_상지대 교양대학 교수

동양철학 에세이
김교빈 외 지음, 이부록 그림, 동녘, 2014 (전2권)

동양철학이란 무엇일까? 지금에 와서는 누구나 '동양의 철학 전통'이라 답할 수 있는 이 물음이 언제나 당연한 것은 아니었다. 20세기 초 미국으로 유학했던 수많은 동아시아의 유학생들에게 "당신들에게도 철학이 있는가?"라는 물음은 비일비재했던 도발적인 물음이었다. 펑유란이 저술한 세계적인 명저 『중국철학사』는 어쩌면 그에 대한 답변의 성격이 강했다. 이 책은 한편으로 서양의 독자를 대상으로 쓰인 책이었지만, 다른 한편 동양의 전통 학문을 하는 사람들이 동양철학에 입문하는 가장 일반적인 필독서였다.

『중국철학사』는 중국의 지리적 문화적 특성을 통해 중국철학의 독특한 성격을 잘 드러낸 책이다. 따라서 19세기 말 서구의 "지혜에 대한 사랑"을 의미하던 철학은 중국인의 정신을 특징짓는 그 무엇으로 자리 잡게 된다. 이 책은 서양철학 역사가 소크라테스에서 출발하는 것처럼, 고대 중국 철학은 공자에서 비롯했다고 말하며, 유가와 도가 등 다채로운 철학적 유파로 발전해 나아가는 과정을 나름대로 잘 정리해 놓았다는 점에서 선구적 업적을 이루었다. 그럼에도 그가 했던 작업은 '중국철학'이었지 '동양철학'은 아니었다.

20세기 내내 독자적인 동아시아의 철학사나 한국의 철학사를 정립하지 못했던 한국은 1980년대를 거치며 새로운 전환기를 맞이한다. 그 이전에 한국에서 '동양철학'을 공부한다는 것은 크게 보면 조선유학을 전공하는 것과 동양철학을 전공하는 것을 의미했다. 그리고 이때 동양철학의 입문서는 주로 펑유란의 『중국철학사』였다. 따라서 동양철학과 중국철학은 언제나 경계가 불분명하고 모호한 '철학'으로 남아 있었다. 그런데 1980년대 중반 도올 김용옥이 『동양학 어떻게 할 것인가』라는 책을 통해, 동양을 '동아시아'라는 중국와 일본, 베트남 그리고 한반도를 포함하는 지리적 개념임을 명확히 밝히면서 '동양철학'의 지리·문화·역사적 근거가 분명해졌다.

그럼에도 서양의 엄격한 개념을 중시했던 한국의 분위기에서 '동양철학'은 독자적인 의미를 인정받지 못하고 있었다. 오히려 동양의 철학 전통은 신비주의적이고 종교적인 성격이 농후한 전통으로, 철학으로 대우하기에는 미흡한 사유로 치부됐다. 그런 상황에서 1993년 처음 출간된 『동양철학 에세이』는, 동양철학에서 도를 깨우치는 데 필요한 것은 지혜가 아니라 수양을 통한 덕이라 믿었으며, 춘추전국 시대에 탄생한 동양철학의 주축이 되는 사유들은 중국문화의 틀을 형성하는 데 지대한 영향을 미쳤다고 선언한다. 이 책은 오히려 서양철학과의 다른 점을 통해 동양철학의 근거를 마련한다.

고대 중국의 춘추전국 시대에 일군의 사상가들이 등장하여 세상의 무질서와 대결하며 스스로의 생각을 말하기 시작했다. 그 시대는 대략 그리스의 소크라테스, 히브리의 예수, 인도의 석가가 등장하던 기축 시대와 같았다. 이른바 세계 4대 성인으로 꼽히는 공자와 더불어 등장한 여러 학파의 동양철학은 그 후 2500여 년 넘도록 동양의 여러 나라에게 엄청난 영향을 끼친다. 이들을 이른바 '제자백가'라 부른다.

『동양철학 에세이』가 다루는 철학은 바로 제자백가의 시대이다. 이 책은 존재의 궁극을 찾고자 했던 서양철학의 정신과 달리 "어떻게 살 것이며, 무엇을 할 것인가"라는 질문에 대한 답을 찾고자 다양한 '도'(道)를 추구했던 동양철학에 대해 이야기한다.

공자의 장에서는 "사람은 무엇으로 사는가", 노자를 다룰 때에는 "인생의 보배를 간직하라" 그리고 한비자를 소개할 때에는 "인간을 조직하고 인간을 활용하다"와 같이 각각의 사상가가 주로 문제삼았던 관심을 핵심적으로 드러내면서, 이른바 서양의 '철학'을 이루는 인식론, 존재론, 윤리학 등의 문제를 그 하부에 포용하며 서술한다. 즉 동양철학이 서양철학과 다른 점은 동양철학이 '철학'에 못 미침을 의미하는 것이 아니라, 동양철학 자체가 주된 특징이자 가치로 전환되는 것이다.

물론 공자의 인과 예, 정명(正名)처럼 각각의 철학자의 사상을 표현하는 핵심적인 개념들은 기존의 연구 성과를 바탕으로 구체적이고 쉬운 문장을 통해 그리고 원문에 입각하여 소개된다. 이 책의 특징은 사상이 탄생하게 된 사회·역사적 배경과 중심인물의 생애 그리고 그 사상의 핵심 주장과 당시에 그 사상이 가졌던 의미를 설명할뿐더러 오늘의 시각에서 각각의 사상이 갖는 의미와 한계와 모순을 친절하게 짚어준다는 것이다.

이러한 독특한 서술 양식은 기존에 동양철학에 대해 가졌던 편견과 오해를 떨쳐내기에 충분하다. 예컨대 "동양철학은 뭔지 모르겠지만 신비롭고 심오하다"는 양극단의 평가를 지양하여 '지금 여기'의 삶에서 충분히 참고할 가치가 있는 사유와 전통으로 동양철학이 자리매김하는 데 커다란 역할을 했다.

이 책은 총 12개의 꼭지로 유가에 속하는 공자와 맹자, 순자, 도가에 속하는 노자와 장자를 소개하는 것은 물론, 2000여 년간 소외되어 왔다가 20세기 초반 이래 크게 주목을 끌기 시작한 묵자를 비롯하여 허행과 같은 농가(農家)나 명가(名家)와 같은 학파와 사상 또한 중요하게 다룬다.

더 나아가 『주역』을 다룬 꼭지에서는 "점쟁이와 철학자"라는 대비적인 용어를 통해 동양철학이 미신이거나 점치는 도구로서만 기능했던 것이 아니라, 그 안에 당시의 우주론과 세계관, 더 나아가 일정한 과학성을 함축하고 있다는 것을 보여준다. 이로써 미신 혹은 신비주의로 치부되었던 동양철학이 나름의 논리와 실천을 통해 중국과 동아시아의 과학적이고 합리적인 문명의 토대로 기능해 왔음을 증명한다. 한편 『동양철학 에세이』는 1980년대 이후, 냉전시대 이래 서로 소통이 없었던 사회주의 중국의 학문적 성과를 나름대로 흡수하여 균형 잡힌 시각에서 동양철학을 재조명했다는 점에서 가치가 있다.

1993년 출간 이래 거의 30년에 가까운 기간 동안 수많은 독자에게 사랑받으며 여전히 널리 읽히는 생명력은, 이 책이 지닌 가치와 의미를 여실하게 보여준다. 그런 의미에서 이 책은 '동양철학'을 대중적으로 소개한 책이라기보다 오히려 20세기 후반에서 21세기에 이르는 시기, 한국에서 철학한다는 것의 의미와 방향이 어떤 것인지 제시하는 우리 시대의 살아있는 '고전'으로 평가해도 손색이 없을 듯하다.

함께 읽으면 좋은 책

『동양철학에세이 2』 김교빈 지음, 이부록 그림, 동녘, 2014

『동양철학의 유혹』 신정근 지음, 이학사, 2002

『동양철학 스케치』(전2권) 김선희 지음, 풀빛, 2009

우리 민족의 얼을 바로 세워주는 큰 스승의 웅혼한 외침

이원석_문화연구자

뜻으로 본 한국역사
함석헌 지음, 한길사, 2003

한국에 큰 스승이 없다고들 말한다. 어떤 뜻인지는 충분히 이해가 되지만, 결코 정확한 평가는 아니다. 선생(先生)은 우리에게 살아갈 모범을 보여주고 나아갈 목표를 알려주는 이다. 제자는 그저 선생의 삶과 가르침을 따라가야 할 뿐이다. 또한 큰 스승이라고 하면, 한 국가의 역사를 궁구(窮究)하고, 나아갈 방향을 조명해주어 민족의 혼을 새롭게 규정하는 이를 가리키기도 한다. 성직자이자 교육자인 그룬트비가 덴마크의 정신적 기초를 바로 세웠듯이 말이다. 그런 의미에서 우리가 기억해야 할 큰 스승은 바로 함석헌 선생이다.

한국의 근대사 속에서 함석헌의 이름이 가지고 있는 무게는 결코 가볍지 않다. 그러나 시간이 흐를수록 그를 기억하는 세대가 점차 사라질 수밖에 없을 게다.

하지만 지금에라도 그를 기억해야 할 필요가 있다. 다른 수많은 업적을 제하더라도 그의 초기 저작인 『뜻으로 본 한국역사』 한 권만이라도 읽어보기를 권한다.

이 책은 〈성서조선〉 1934년 1월호부터 1935년 12월호에 실었던 원고 "성서적 입장에서 본 조선역사"를 근간으로 1950년에 출판한 단행본이다. 〈성서조선〉은 무교회주의자 김교신이 주도적으로 펴낸 잡지다. 1927년에 창간되어 엄혹한 일제시대에 적은 수에게나마 정신적 자양분이 되었다. 하지만 결국 1942년에 158호를 발행하고, 권두언이 독립정신을 조장한다는 이유로 폐간되었다.

〈성서조선〉에 실린 원고는 1933년 12월 31일부터 1934년 1월 4일까지 한 주에 걸쳐서 조선 역사에 대해 강연한 내용을 바탕으로 정리되었다. 이 강연을 원고로 풀어낸 과정을 함석헌은 다음과 같이 진술했다.

"〈성서조선〉 동기(冬期) 집회에서 한 주일 동안에 한 말을 두 해에 걸쳐 매달 나오는 〈성서조선〉 잡지에 실을 때에는 학교 시간에 교수를 하는 이외에는 이것이 나의 주된 일이었다. 지도교수가 있는 대학도 아니지 도서관도 참고서도 없는 시골인 오산이지, 자료라고는 중등학교 교과서와 보통 돌아다니는 몇 권의 참고서를 가지고 나는 내 머리와 가슴과 씨름을 하지 않으면 안 되었다. 파리한 염소 모양으로 나는 씹는 것이 일이었다. 지푸라기 같은, 다 뜯어먹고 남은 생선 뼈다귀 같은, 일본 사람이 쓴 꼬부려댄 모욕적인, 또 우리나라 사람이 쓴, 과장된 사실의 나열을 나는 씹고 또 씹어 거기서 새끼를 먹일 수 있는 젖을 내보자니 쉬운 일이 아니었다."

언제 읽어도 가슴을 울리는 대목이다. 이런 애국의 마음으로 쓴 글이 발단이 되어 그는 옥살이를 하게 되었다. 〈성서조선〉은 당연히 압수당했다. 그러다 해방 후에 우리 언어와 우리 역사에 대한 관심이 증폭되면서 마침내 책으로 묶이게 된 것이다. 하지만 곧이어 일어난 6·25전쟁으로 이 책은 다시금 불쏘시개로 전락하고 말았다. 그럼에도 이 책은 독립 후 우리 민족의 심리적 공백을 파고들었다. 많은 이가 찾았기에 결국 1961년에 다시 펴내기에 이렀다. 이때 주목할 점은 드디어 우리가 아는 제목으로 바꾸었다는 것이다. 서울형무소에서 수감생활을 하고, 해방과 6·25전쟁을 겪으면서 그의 시야가 놀랍게 확장되었던 탓이다. 그는 원고에 다음과 같이 말했다. "전체에 걸쳐 크게 수정을 하여 모든 교파주의적인 것, 독단적인 것을 없애 버리고 책 이름도 『뜻으로 본 한국역사』라고 고쳤다."

더욱 주목할 부분은 이렇듯 확장된 시야에도 불구하고 책의 근본적인 역사철학이 달라지지 않았다는 점이다. 1965년에 삼중당 판으로 새로 낼 때 그가 부친 서문은 그런 의미에서 흥미롭다. 당시 6·22한일기본조약에 대하여 온 국민이 들고일어났었다. 그런 상황에 그도 휘말리게 되었고, 그런 이유로 새로 써 주기로 한 원고는 계속 미루어질 수밖에 없었다.

"쓰면 불과 몇 페이지면 될 줄 뻔히 아는 것이지만 쓸 수가 없었다. 나도 까닭을 모른다. 그렇다, 고난의 까닭을 알 사람이 없다. 여러 날 후에야 가슴속에 들려오는 소리가 있었다. '고난의 역사는 고난의 말로 써라.' 나는 이제야 비로소 역사적 현재의 쓴 맛을 알았다."

1961년 역사철학을 구체화하여 논하였으나, 함석헌은 이미 처음부터 우리의 역사를 고난의 역사로 규정했다. 아마도 '괴로웠던 사나이, 행복한 예수 그리스도'(윤동주, 「십자가」)를 믿고 따르는 기독교인이었기에 더욱 그러할 것이다. "생각하면 우리는 고생하기 위하여 이 세상에 나온 사람 같다. 4천 년이 넘는 역사에 우리는 이제껏 태평성대라는 것을 모른다." 그는 애초에 인류 역사 자체가 고난라고 말한다. 그가 진정으로 주목하는 것은 고난의 의미이다. 그는 고난에는 뜻이 있다고 힘주어 말한다. 고난은 죄를 씻고, 삶을 깊고 위대하게 만든다는 것이다.

이러한 고난의 역사는 곧 우리 민족에 있어서 커다란 사명을 의미한다. 그는 인간은 고난의 짐을 지라고 부름을 받았다고 말한다. 이 의미는 단단한 껍질 안에 숨어 있는 진리의 열매를 드러내라는 사명을 받았다는 의미다. 고난에 무릎 꿇지 말고 분연히 일어나 정의와 사랑의 진리를 드러내라는 뜻이다.

"이것(우리가 인류의 장래를 결정하는 것)은 세계의 하수구요, 공창(公娼)인 우리만이 할 수 있는 일이다. 하지 않으면 안 되는 일이다. (중략) 그러므로 한국·인도·유대·흑인 이들이 그 덮어 누르는 불의의 고난에서 이기고 나와서, 제 노릇을 하면 인류는 구원을 얻는 것이요, 그렇지 못하면 이 세계는 (불의의 결과로 닥칠) 운명이 결정된 것이다."

이런 고성(高聲)은 앞서 말한 바와 같이 "한 국가의 역사를 궁구하고, 나아갈 방향을 조명해주어 민족의 혼을 새롭게 규정하는" 큰 스승의 큰 안목을 보여준다. 처음에는 강고한 기독교적 안목이 담긴 조선사 서적으로 출발했으나, 30여 년 후에는 세계 시민의 넓은 시야가 배어 있는 역사철학서로 쇄신되었다. 에드워드 H. 카가 『역사란 무엇인가』에서 내놓은 유명한 정의 "역사란 현재와 과거의 끊임없는 대화다"에 비추어 보면, 그의 웅변이 좀 더 가깝게 다가올 것이다.

물론 『뜻으로 본 한국역사』는 역사서로서나 역사철학서로 아쉬운 대목이 없지 않다. 역사서로서의 아쉬움은 그가 전문적인 사학자가 아닌데다, 자료가 충분하지 않았던 데 기인한다. 역사철학서로서 보여주는 웅혼한 시야에 대해서도 조금은 비판적으로 살펴볼 여지가 있다. 우리 민족의 정체성을 단선적으로 규정할 수 있는지에 대해서 의문을 품어야 할뿐더러 우리 역사나 우리 민족에 대한 이해 모두 급변하는 상황에 맞춰 변화되어야 할 것이다. 하지만 그럼에도 불구하고 『뜻으로 본 한국역사』는 우리가 앞으로 나아가기 위해서 반드시 딛고 가야 할 디딤돌이다. 모든 국민의 손에 들려주어야 할, 진정한 우리의 고전이다.

함께 읽으면 좋은 책

『함석헌 평전』 김성수 지음, 삼인, 2011
『역사란 무엇인가』 에드워드 H. 카 지음, 김택현 옮김, 까치, 2015
『한국의 정체성』(전2권) 탁석산 지음, 책세상, 2008

만화로 읽는 조선사의 생생한 감동들

신병주_건국대 사학과 교수

박시백의 조선왕조실록
박시백 지음, 휴머니스트, 2015
(전20권)

조선 세종 때인 1434년 설순 등은 왕명을 받아 중국과 우리나라 역대의 충신, 효자, 열녀의 행적을 정리한 『삼강행실도』를 편찬했다. 『삼강행실도』가 이전의 책과 다른 것이 있다면 그림을 앞에 두고 행적을 뒤에 적은 것이다. 한자를 모르는 백성이나, 설령 한자를 안다고 해도 내용의 핵심을 빨리 파악하게 하기 위해 '그림'이라는 도구를 적극 활용한 것이니, 조선시대 국가에서 편찬한 공식 '만화책'이라 해도 좋을 것 같다. 이처럼 만화는 동서고금을 막론하고 쉽게 그 내용을 전달해 주는 강점이 있다.

우리의 자랑스러운 문화재이자, 1997년 유네스코가 세계기록유산으로 지정한 『조선왕조실록』은 조선시대 역사의 모든 것을 담고 있는 조선시대 판 타임캡

술이다. 박시백 화백은 그 내용에 감동을 받고, 모든 열정을 담아 『조선왕조실록』을 만화로 그리는 작업에 매진을 했다. 2001년 『태조실록』부터 시작된 10년 이상의 성과물들은 2013년 20권 『망국』을 집필하면서 완성되었다. 완간 2년 후인 2015년 개정판을 냈는데, 개정판에서는 표지와 본문 디자인에 변화를 주어 가독성을 높였다. 여러 번의 교정과 수정 작업에도 일부 남아 있던 오자들을 바로잡았으며, 고증 작업을 강화하여 오류가 발견된 부분은 새롭게 그렸다. 임진왜란 당시 이순신 해전과 관련한 내용, 행주산성의 형태 등 독자들의 세밀한 지적도 반영했다. 각 권의 말미에 수록된 연표 '조선과 세계'를 통해 조선의 주요 사건과 세계사의 주요 사건을 한눈에 비교할 수 있게 했고, 『조선왕조실록』 영문 소개와 각 권의 영문 요약문을 실었다.

『조선왕조실록』은 조선시대 사관(史官)들이 당대 왕의 일거수일투족을 놓치지 않고 담아낸, 조선왕조의 유일한 정본 기록으로, 조선의 역사를 이해하는 최고의 원형 자료이다. 그러나 번역본만 보더라도 평균 300페이지의 책 400권에 달하는 방대한 분량으로 구성되어 있어 연구자를 제외한 일반 독자들은 쉽게 접근하기가 힘들었다. 이러한 상황에서 박시백 화백이 『조선왕조실록』의 핵심 내용을 20권의 만화로 재탄생시킨 작업은 큰 의미가 있다. 출간 이후 『박시백의 조선왕조실록』은 대중의 폭발적인 호응을 얻었고, '대하 역사 만화'의 대표 브랜드로 자리 잡았다.

역사를 다룬 만화는 이 책 이전에도 많이 나왔다. 어린이나 일반 대중을 대상으로 하여 출간된 역사 만화책이 상당수 있었으며 그중에서 조선시대를 다룬 책 역시 적지 않다. 그러나 주로 특정 인물과 시기를 한정하여 그린 일반적인 역사 만화와는 다르게 『박시백의 조선왕조실록』은 건국부터 왕조의 멸망까지 조선 전체를 다루고 있다. 또 그 내용의 원천도 기존에 나온 역사서와 달리 실록 사료를 기본으로 삼아 다른 역사 만화와 차이를 보인다. 『박시백의 조선왕조실록』이 완간되어 많은 독자는 정사(正史) 『조선왕조실록』의 방대한 기록을 쉽고 편안하게 접할 수 있게 된 것이다.

대개 만화하면 재미를 우선으로 하고 역사적 사실은 뒷전이라는 선입견을 갖기 쉽지만 이 책은 좀 다르다. 『조선왕조실록』의 내용을 바탕에 두고 만화로 구성했고, 역사학자들의 연구 성과도 적극 반영했다. 오히려 역사학자들보다 공부를 많이 한 흔적이 곳곳에서 보인다. 앞부분에는 등장인물을 그림으로 소개하고 있는데, 실록을 읽고 인물을 그린 만큼 역사 속 인물의 특징과 매우 닮았다. 연산군이 종기로 고생하고 얼굴에 부스럼이 많았다는 기록에 착안하여, 연산군의 얼굴에 반창고를 붙여 놓은 것이나, 조광조가 매우 미남이었다는 기록을 바탕으로 인물을 훤하게 그려 놓은 것도 재미있다. 필요한 경우 해설 부분에 박시백 화백 자신의 모습을 군데군데 그려놓은 점도 흥미롭다. 각 책 끝부분에 첨부된 실록 연표와 '도움을 받은 책들'은 책의 신뢰성을 높여준다. 역사적 객관성을 최대한 견지했기 때문에 역사를 전공한 나로서는 일반인이나 청소년, 역사에 깊은 관심을 가진 어린이 누구에게 이 책을 적극 권하고 싶다. 만화로 구성하여 누구나 쉽게 조선시대 역사를 이해할 수 있기 때문이다.

이 책에서는 최근 학계의 연구 성과도 다수 반영하고 있다. 『명종실록』에서는 퇴계 이황과 더불어 영남학파의 양대 산맥으로 평가를 받고 있는 남명 조식에 대해서 많은 내용을 할애하고 있으며, 영조시대 하면 가장 관심 있게 떠오르는 대목은 바로 사도세자의 비극적인 죽음인데, 『영조실록』에서는 사도세자의 죽음을 영조의 이례적인 장수(長壽)라는 관점에서 살펴보고 있다. 대개 사도세자의 정신병이나 영조와 사도세자의 정치적 갈등이 죽음을 불러왔다고 소개하지만, 이 책에서는 근본 원인을 영조의 세손 정조에 대한 믿음으로 보고 있다. 저자는 이에 대해 "세자가 제거되어서 세손이 승계한 것이 아니라 세손의 승계를 위해 세자가 제거된 것이다"라고 말한다. 저자의 통찰력이 돋보이는 부분이다. 『순조실록』에서

정순왕후의 수렴청정 시기를 다룬 부분에서는 정순왕후의 언교와 그녀의 정치 행적을 면밀히 파악하여 정순왕후에 대한 인식을 재정립하고 있다.

『박시백의 조선왕조실록』은 언뜻 상반될 수도 있는 '재미'와 '역사 공부'라는 두 마리 토끼를 확실히 잡았다. 그것도 실록이라는 정사를 바탕으로, 역사학자 못지않은 내공의 박시백 화백이 집필했다는 점에서 신뢰성을 더한다. 각 권은 독립적으로 구성되어 따로 보아도 좋고, 연속적으로 보면서 역사의 흐름을 이해할 수도 있다. 최근 「미스터 선샤인」 「사도」 「남한산성」 「대립군」 「밀정」과 같이 조선시대를 배경으로 한 영화나 드라마가 다양하게 선을 보였는데, 이 책을 펼쳐 놓고, 영화나 드라마 속 진실과 허구를 찾아보는 것 또한 쏠쏠한 재미가 있을 것이다. 1권 『태조실록』부터 20권 『망국』까지 조선의 역사를 만화로 표현한 책, 『박시백의 조선왕조실록』. 풍부한 콘텐츠와 더불어 역사에 대한 혜안은 이 책이 지니는 가장 큰 미덕이다. 많은 독자가 이 책을 읽으면서, 조선시대 역사의 흐름을 쉽고 정확하게 접해볼 것을 권한다.

함께 읽으면 좋은 책

『왕으로 산다는 것』 신병주 지음, 매일경제신문사, 2017
『조선왕조실톡』(전7권) 무적핑크 지음, 이마, 2015
『한권으로 읽는 조선왕조실록』 박영규 지음, 웅진지식하우스, 2017

087

20세기의 난중일기

한승동_저널리스트

백범일지

김구 지음, 도진순 주해, 돌베개, 2002

군국 일본 강점기에 중국 망명 대한민국 임시정부의 처음부터 끝까지 그 중심에 있었던 백범 김구의 회고록 『백범일지』는 우선 그가 어떤 사람인지를 아는 데 필수적인 자료다. 그리고 그가 꾸려간 임시정부와 그 핵심 인물들 그리고 그들 주변과 항일운동을 중심으로 한 당대의 한반도 및 중국 사정(현실)을 이해하는 데도 긴요한 1차 사료다. 여전히 '분단시대'가 이어지고 있는 상황 탓인지, 제국주의 식민수탈에 대한 저항의 규모나 밀도에서 타민족에 비해 결코 뒤지지 않았음에도 그와 관련한 변변한 읽을거리조차 없는 현실에서 이 책은 분명 높은 가치를 지닌다.

『백범일지』는 민족 수난기에 반격의 중심에 섰던 인물이 직접 써서 남긴 드문 기록이라는 점에서 이순신의 『난중일기』와도 비견될 만하다. 김구가 충무공에 남다른 관심을 두고 있었고, 그 두 사람이 맞서 싸웠던 대상이 침략자 일본이라는 점에서도 두 책은 친연성이 있다.

상·하권이 한 권의 책으로 묶인 이 책의 상권은 탄생과 성장기부터 동학운동 가담, 일본인 격살과 투옥, 탈옥, 교육운동, 재투옥을 거쳐 3·1운동 뒤 망명, 상하이 망명정부 참여 이후 10년까지의 기간에 대한 회고를 담았다. 상권이 저자의 파란만장했던 개인사에 초점을 맞추고 있다면, 하권은 임시정부 시절 활동 쪽에 초점을 맞춘다. 하권 말미에는 일제 패망과 환국 뒤 이 책이 처음 국내에서 출간된 1947년까지의 활동에 대한 회고와 당시 그의 정국에 대한 생각과 정치철학, 인생관을 담은 글 「나의 소원」이 추가돼 있다. 이를 일지 원본뿐만 아니라 등사본과 필사본, 여러 형태의 출간본들까지 비교 검토해 오류를 바로잡고 깐깐한 주석을 붙이고 쉽게 풀어 쓴 도진순 주해본은 텍스트로서의 가치와 신뢰성을 한층 더 높였다.

김구는 1876년이라는 출생 년도부터 매우 시사적이다. 그해에 제국 일본은 조선 침략을 본격화하기 위한 불평등조약 '한일수호조규' 체결을 강요했고, 그 사전 작업으로 1875년에 군함 운요호를 앞세워 강화도를 무력으로 유린했다. 해주 지역에 자리 잡은 몰락 잔반의 퇴락한 가문에서 '상놈'으로 자란 그가 문맹을 면하고 집안을 일으키겠다고 결심한 것은 갓도 못 쓰게 하는 주변 양반들의 차별과 멸시에 대한 반감 때문이었다. 그 문자 해독 열망이 동학과 연결되었고, 그것은 다시 '아기 접주'가 돼 동학혁명에 가담하게 되고, 1895년 을미사변·단발령을 거치면서 '왜구'에 대한 증오로 일본인을 죽이고 투옥당해 서양 소식과 신학문, 기독교를 접하고, 탈옥 뒤 교육운동에 헌신하는 사건들의 연쇄로 이어진다. 그 와중에 그의 견문은 크게 넓어지고 세계관도 확장됐다. 3·1운동의 적자라 할 임시정부가 출발부터 왕정복고가 아니라 민주공화국을 지향한 것은 1917

년 러시아 혁명, 1차대전 뒤의 탈식민적 민족자결 요구라는 세계사적 조류의 영향도 있었겠지만, 임시정부 멤버들 특유의 출신 배경과 체험 덕이 컷을 것이다. 백범 개인으로 보자면, 그 계급적 배경과 기독교가 성했던 당대 서북지방 풍토 등이 그의 삶의 방향을 애초에 공화제로 돌려놓았을 것이다.

백범은 1896년 21세에 치하포에서 일본인을 살해한 뒤 사형수로 인천 감옥에 수감돼 상당히 요란스러운 감방생활을 하다가 약 2년 뒤 탈옥한다. 죽인 왜인의 신분을 김구는 일본 육군 중위라고 썼으나 일본 외무성 자료는 그를 상인으로 기록했다. 이를 김구의 사실 왜곡 내지 과대포장의 사례로 삼는 주장도 있는 듯하나, 굳이 그렇게 볼 필요가 있을까. 최근 연구들에 따르면 일본의 식민침략 초기에 조선에 정착한 일본인 상인들은 일본 관·군과 때로는 협력하고 때로는 반목하면서 관·군 못지않게 조선 침략과 통치에 적극적이었다. 그리고 그 사건은 '명성황후 시해'와 단발령으로 최고조에 달했던 그때 조선 사람들의 반일감정과 의병 봉기 등 당시의 격앙된 사회 분위기 속에서 일어났다. 사형수였던 김구가 형 집행 직전 고종의 집행 보류 지시로 목숨을 건진 것도 그런 상황이었기에 가능했다. 이 사건은 독립신문에 날 정도로 유명했다.

탈옥 뒤 서남 지역을 잠행하며 지인들을 만나고 다니던 그는 공주 마곡사에서 승려가 됐다가 다시 고향 해주, 장연, 안악 지역에서 본격적인 신식교육 운동가, 교사로 활동한다. 1903년 무렵부터 시작된 그의 교육운동은 1911년 기독교 계통의 항일 비밀결사단체 신민회 탄압 때 투옥당해 15년 형을 받을 때까지 계속된다. 약 5년간의 감방살이 뒤 석방돼 다시 교육 활동을 하던 그는 3·1운동 직후 상하이로 망명해 임시정부 경무국장이 된다.

그때까지 그는 크게 도드라지진 않았으나 지역 활동가로 착실히 입지를 다지면서 삶의 좌표를 재설정했다. 거기까지에 이르는 과정이 『백범일지』에서 상권으로 정리돼 있는데, 분량도 책 전체의 3분의 2를 차지할 만큼 많다. 김구라는 인물의 개인사뿐만 아니라 당대 조선과 중국의 사정, 일제 조선침탈의 구체적 양상을 살피는 데 흥미롭고 중요한 정보들을 제공한다. 회고록으로서는 이 상권 쪽이 제격이라 할 수 있다.

책을 구상하고 쓰기 시작한 지 1년여 만인 1929년에 탈고한 상권은, 당시 홀어머니와 함께 고향에 돌려보낸 두 어린 아들에게 남기려 했던 일종의 유서다. 그는 1919년 임정 초창기에 경무국장이 되고 3년 뒤 임시의정원 의원 그리고 내무총장, 1925년에는 최고위직인 국무령까지 되며 고속 승진을 했다. 이는 그가 유능하고 심지가 굳은 덕이기도 했겠지만 초기 수백 명이었던 임정 일꾼들이 수십 명 수준으로 쪼그라들 정도로 사람도 돈도 다 빠져나간 침체와 위기의 결과이기도 했다. 그런 상황에서 그는 기사회생의, 어쩌면 마지막이 될지도 모를 특단의 대책을 구상했다. 임정과 자신의 생사를 건 그 모험(이봉창·윤봉길 의거)을 감행하기로 작심하면서 그는 자신이 걸어온 삶 전체를 돌아보고 자식들과 세상에 알려 줘야겠다고 생각한 주요 궤적들을 정리했다. 이게 1929년 상하이 임정 청사에서 탈고한 상권이다. 하권은 2년여 뒤 그 구상을 실행에 옮겨 기사회생한 이후 1941년까지의 궤적을 충칭의 새 입정 청사에서 임정 활동 중심으로 정리했다.

하권의 백미는 1932년 1월의 이봉창 의거와 그해 4월의 윤봉길 의거다. 도쿄 사쿠라다몬 앞에서 마차를 타고 가던 히로히토 천황을 향해 수류탄을 던진 이봉창 의거는 천황을 죽이지 못했다는 점에선 실패였지만, 사그라지던 임정의 건재를 세계에 알리고 동포들의 관심과 지원을 다시 불러일으켰다는 점에선 큰 성공이었다. 그로부터 3개월 뒤 중국 홍구 공원에서 천황 탄생일 기념식을 하던 일본군 상하이 파견군 사령관 시라카와 요시노리 대장과 상하이 일본민단장을 죽이고 여러 명의 요인에게 중경상을 입힌 윤봉길 의거는 임정으로서는 그야말로 대성공이었다. 그 두 의거 뒤 일본이 꾸며

낸 '만보산 사건' 등으로 갈라져 반목하던 중국과 조선의 민심이 다시 합쳐졌고 중국, 특히 장제스의 국민당은 임정의 존재를 인정하고 적극적으로 지원했다. 해외동포들 지원도 크게 늘었다. 그 거사와 이후의 변화 과정을 그것을 기획하고 주도한 당사자의 기술, 즉 1차 사료를 통해 확인하는 의미와 감흥이 색다를 수 있다. 그야말로 기사회생한 임정의, 자싱(嘉興)-창사(長沙)-광저우(廣州)-류저우(柳州)-구이양(貴陽)-치장(綦江)-충칭(重慶)으로 이어진 그 이후의 행보도 피땀과 눈물로 점철된 고난의 연속이었지만, 그래도 그때는 희망이 더 컸다.

김구의 공산당 등 사회주의 계열 항일투쟁세력에 대한 불신이나 평가절하는 아쉬운 일이지만, 거기에는 장제스 국민당의 적극적인 지원이 영향을 끼치지 않았을까. 환국할 때 장제스 쪽의 대대적 환송 행사 못지않게 중국공산당도 본부에서 저우언라이, 둥비우 등의 참석하에 송별연을 베풀었지만, 김구는 환국 뒤에도 장제스와의 관계를 매우 중시했다. 일제 패망 뒤 중국 국-공내전에서 장제스의 국민당이 이겼다면 김구의 운명도, 미점령군의 선택도 달라졌을지 모른다. 이런 얘기는 『백범일지』엔 나오진 않으나, 그런 상상까지 해보게 된다.

함께 읽으면 좋은 책

『아리랑』 님 웨일즈 외 지음, 송영인 옮김, 동녘, 2005

『백범 김구 평전』 김삼웅 지음, 시대의창, 2014

『여운형 평전 1』 강덕상 지음, 김광열 옮김, 역사비평사, 2007

그러나 역사는 변주된다

088

김형민_SBS CNBC PD

어느 나라든 마찬가지겠으나 우리 역사에서도 경쟁하는 강대국 사이에서 그야말로 생존을 위해 눈치를 보거나 중립의 지혜를 발휘하며 등거리 외교를 펼쳐야 했던 예는 적지 않다. 중국의 남북조시대 화북을 통일한 북위와 남쪽의 왕조 송의 구애와 견제를 동시에 받던 장수왕대의 고구려가 그렇고, 송과 거란 그리고 역시 남송과 금 사이에 끼었던 고려가 그러하며 후금과 명의 틈바구니에 숨 막혔던 조선 또한 그렇다.

병자호란

한명기 지음, 푸른역사, 2013 (전2권)

고구려 장수왕은 남북조의 분열을 교묘하게 이용하며 실리를 찾았다. 화북의 강자로 떠오른 북위에 칭신하는 한편 남쪽의 송나라와도 관계를 유지했다. 유목민족인 선비족이 세운 북위의 기병대에 주눅들어 있던 송나라에 말 800필을 보내는 전략적 '수출'을 감행하기도 했고 북위의 북방에 있던 유목민족 유연까지 끌어들여 북위를 '느슨하게' 압박하기도 한다. 북위는 고구려의 국세를 인정하고 평화를 유지하는 데 주력할 수밖에 없었다. 장수왕이 죽었을 때 북위 효문제는 흰 관을 쓰고 베옷을 입고 조의를 표할 정도였다. 고구려의 '등거리 외교'는 그렇게 힘과 지혜를 바탕으로 성공했다.

요나라를 세운 거란족은 중원의 송을 상대할 때 고려를 무척 껄끄러워 했다. 자기네 사신을 귀양 보내고 선물한 낙타를 굶겨 죽인 고려가 호락호락 고개를 숙이지 않자 결국 침공을 감행한다. 그러나 거란은 고민이 많았다. 주적은 고려가 아니라 송이었던 것이다. 이때 나온 것이 서희의 담판이다. 서희가 그를 막아선다. 서희는 적장 소손녕과의 담판에서 장기전을 꺼리던 거란의 아픈 곳을 찔러 외교적 승리를 얻어낸다. 거란과 통교하겠다는 것을 명분으로 고려와 거란 사이에 있는 여진족을 몰아낸 뒤 강동6주를 설치한 것은 이후 서희가 세운 최대의 공이었다. 중원을 차지하려는 거란은 여진족 세력권이던 압록강 유역으로 고려를 자기네 편으로 만든다면 이익이라고 봤고, 고려는 그 틈을 놓치지 않고 이 지역을 차지하고 요새화한다. 강동6주는 이후 거란의 침공을 막아낸 든든한 밑바탕이 된다.

이렇듯 막강하지 않더라도 무시당하지 않을 정도의 힘과 강대국 사이에서 실리를 챙기는 지혜는 한반도에 세워진 왕조의 숙명 같은 것이었다. 이 숙명을 거부할 때 대개 강토는 위기에 처하게 된다. 그 위기가 우리 역사상 최악으로 발현된 사건이 바로 병자호란이었다. 『병자호란』은 동서고금의 역사와 성현의 말씀을 줄줄 꿰었던 조선의 '선비'들이 그리고 그들의 '조정'이 얼마나 치명적으로 무능했는지, 어떤 경로로 나라와 백성을 호랑이 아가리로 몰고 갔는지에 대해 생생하게 설명하고 있다. 지혜가 없으면 힘이라도 있어야 했고 힘이 없으면 지혜라도 발휘해야 하는데 그 둘을 골고루 저버리고 앉아서 최악의 국면을 맞이한 불민한 지배층의 이야기 그리고 그들 덕에 날

벼락을 맞아야 했던 불운한 백성들의 이야기를 말이다.

물론 당대를 사는 사람들의 판단 착오는 흔한 일이다. 후금이 불길같이 일어난다고 해서 명나라가 망하리라는 예상을 쉽게 할 수 없었고, 명나라의 황제가 몽골 오이라트부의 포로가 된 토목보의 변 같은 일이 있었어도 명나라는 끄덕도 없었던바, 후금(청)이 흥성하여 중국 대륙을 차지할 것을 예상하지 못했다 하여 비난할 일은 아니다. 그러나 문제는 판단에 따른 행동을 전혀 하지 않았다는 데 있다.

자신을 왕위에 올린 2등공신 이괄을 서북면에 보내 방비를 강화한 것은 좋았는데 내부 권력 다툼과 역모 논의로 반란을 자초하여 국경 수비 병력의 태반을 내전으로 증발시켰다. 외적보다 더 무서워진 내부 반란을 막기 위해 조정은 군사 훈련마저 차단시키고 군 지휘관들에 대한 기찰(譏察)을 강화했고 결국 전쟁을 맞은 한 장수는 이렇게 부르짖으며 죽어간다. "내가 지휘관이 되어 한 번도 습진(習陣)을 해보지 못하고 죽는 것이 애통하다." 자신이 통솔한 군대 훈련도 자유롭지 못한 무장의 절규다.

정묘호란을 겪고도 자신의 약점과 저쪽의 강점을 처절하게 깨닫기는커녕 그야말로 대책이 없이 청 태종 홍타이치의 황제 즉위에 발끈해서 전국에 선전(宣戰) 교서를 내린다. "오랑캐의 욕구는 날로 커져 이제 우리 군신이 차마 들을 수 없는 말로 협박하고 있다. 이에 강약과 존망을 돌아보지 않고 그들과의 관계를 끊으려 하니 모든 사서(士庶)들이 힘을 합쳐 난국을 헤쳐 나가자." 그러나 이건 명나라 사람도 말리는 일이었다. "이럴 능력이 됩니까?" 절망적이다. 이 선전 교서를 평안감사에게 전하러 달려가던 전령이 청나라 사신에게 발각돼 평안감사도 알기 전에 청나라가 먼저 알아버린 건 절망의 하이라이트다.

이런 식으로 '맞아들인' 병자호란에서 조선 조정의 어리석음은 세계사적으로 유례가 없을 것 같다. 조선이 아무리 붓으로 행세하는 나라였다고는 하나 고관대작부터 시골 선비까지 어찌나 말로는 싸움을 잘하고 입으로는 천하의 명장들인지, 동서고금의 고사를 통해 정의는 항상 승리했고 대의를 세우는 것이 승리의 지름길이었으며 금수들과 화의하자는 것도 짐승들이니, 목을 쳐야 한다는 결기는 인조가 청 태종 앞에서 세 번 절하고 아홉 번 머리를 땅에 찧을 때까지도 식지 않았다.

『병자호란』은 이 참상의 세월을 너무도 냉정하게, 그만큼 생생하게 그려 보이고 있다. 작가는 병자호란은 역사 속의 일만이 아니라고 얘기하고 있다. 읽다 보면 정말로 병자호란은 수백 년 전의 옛날 이야기가 아니라는 것을 금세 알게 된다. 현실을 읽지 못하고 명분에 사로잡혀 자신의 위기를 망각하고 기회를 상실하는 군상들, 철기 병들의 창날이 코앞에 닥쳐도 우리는 정의로우니 이길 수 있다는 헛소리로 일관한 정부, 한 번 전쟁을 겪고도 또 다른 전쟁을 되레 재촉했던 어리석음은 오늘날에도 결코 웃어넘길 일이 아니니까 말이다. 오늘날 우리에게는 장수왕과 서희의 유전자가 우성으로 남아 있을까. 아니면 인조와 신하들의 유전자가 주류로 우리들의 혈관에 흐르고 있을까. 결국 선택은 우리의 몫이다. 『병자호란』은 그 본질의 변화를 줄 수 있을 만한 책이다.

함께 읽으면 좋은 책

『아버지를 찾아서』 김창희 지음, 한울, 2018
『여자전』 김서령 지음, 푸른역사, 2017
『테무진 투 더 칸』 홍대선 지음, 생각비행, 2017

친일파와 미국의 개입 현대사 이해의 관건

089

한승동_저널리스트

영화 「1987」을 본 사람이 『사진과 그림으로 보는 한국 현대사』를 읽어본다면 그 재미와 감동이 몇 배 더 커질지도 모른다. 사람에 따라 다르긴 하겠으나, 이 책을 읽고 그 영화를 본다면 압축적으로 전개되는 영화의 장면이 더 선명하고 의미심장하게 연결되면서 매우 새롭게 다가올 것이다.

사진과 그림으로 보는 한국 현대사
서중석 지음, 웅진지식하우스, 2013

영화 「1987」은 경찰의 고문 수사 과정에서 그해 1월 사망한 박종철과 7월 시위 도중 경찰이 쏜 최루탄에 직격당해 숨진 이한열, 이 두 대학생의 죽음을 모티브로 사건의 진상을 규명하려는 이들과 그것을 막으려는 이들 간의 숨 막히는 각축과 에피소드에 초점을 맞춘다. 영화는 특수한 개별 사건들과 그 주변이 만들어내는 시공 그리고 그 시공 속을 누비는 인물들의 움직임을 뒤쫓음으로써 그보다 훨씬 큰 광폭의 한국 사회 민주화운동의 실체를 박진감 있게 감동적으로 그려냈다.

『사진과 그림으로 보는 한국 현대사』는 영화 속의 희생자들, 검사와 기자·해직 기자들, 시민운동가, 교도관, 천주교 사제들, 학생들 그리고 경찰 치안본부장과 치안감, 대공분실 요원들, 그들 뒤의 최고 권력자가 왜, 무엇 때문에, 무엇을 위해 그렇게 치열하게 고민하며 싸우고 또 죽어갔는지 그 배경을 설명한다.

1987년의 그 사건은 돌출적이었지만 배경과 맥락이 없는 것은 아니다. 그 사건들은 거기에 이르는 긴 역사적 배경이 있고 영화의 등장인물보다 훨씬 더 많고 다양한 사람과 정치·경제·사회·문화적 사건들이 복잡 미묘한 인과 관계로 뒤얽혀 있다. 이 책은 바로 그 사건들이 일어난 세상살이 전체, 총체적인 인과 관계에 대한 탐색이라고도 할 수 있다. 이 인과 관계의 망에 대한 지식이 풍부할수록 개별 사건에 대한 우리의 인식은 더 깊고 넓어진다. 이 책을 읽고 나서 「1987」을 보면 그래서 감동의 폭과 깊이가 분명 다를 것이다. 이 얘기는 「변호인」이나 「택시 운전사」 「박하사탕」 「암살」 「공동경비구역 JSA」 「실미도」 「괴물」 「지구를 지켜라」에도 그대로 적용된다.

그러나 그렇다고 해서 책이 담고 있는 배경 설명이 그저 그런 개별 사건들을 더 많이 모아 열거해 놓은, 양적으로 더 풍성해진 사건들의 종합판은 결코 아니다. 단순한 사실이나 사건의 더 많은 집적이 더 깊고 넓은 세계의 이해를 보장하지는 않는다. 많은 경우 현실은 그 정반대일 수 있다. 사실의 양적 비대는 오히려 질적 빈약 내지 혼돈과 혼동으로 귀결되는 경우가 많다. 무엇보다 먼저 사실은 정확해야 한다. 하지만 객관적 사실일지라도 많은 사실을 안다는 것만으로 명료하게 세계를 이해하게 되는 것은 아니다. 두서없는 많은 사실의 열거는 때로 올바른 이해를 방해하기 위한 방편으로 악용되기도 한다.

『사진과 그림으로 보는 한국 현대사』는 그런 점에서 큰 장점을 갖고 있다. 이 책은 엄격한 사료 검증과 서술의 이념적 중립성을 견지하며 저자 나름의 뚜렷한 사관에 따라 일관되게 기술돼 있다. 헤아릴 수 없이 많은 사건 속에 의미 있고 필요한 것들을 솎아내서 자신만의 독특한 시선으로 해석하고 의미를 부여하는 것이다. 그것이 바로 역사가의 임무다. 그것은 독자적인 사관 없이는 불가능하다. 물론 모든 작가나 역사가는 자신만의 시각을 갖고 있다. 문제는 우리가 세상을 제대로 해석하고 이해하는 데 도움을 주는 시각은 어떤 것인지, 그 판단은 독자들이 각자 할 수밖에 없다는 것이다. 독자마다 선택이 다를 수 있지만, 작가나 역사가의 시각이 세상을 제대로 해석하고, 정확하고 날카로우며, 깊고, 유용하며, 일관된 것일수록 더 좋다.

이 책의 저자는 그런 점에서 확고한 믿음을 주는 역사가다. 그가 어떤 사관, 어떤 문제의식을 지닌 역사가인지는 서문에 압축적으로 드러나 있다.

"현대사에 관심을 기울이는 사람을 찾아보기는 쉽지 않다. 그렇게 된 데에는 현대사가 극우반공체제에 의해 일방적으로 주입되었다는 점, 그리고 너무 좌나 우 편향의 이데올로기에 의해 도식적으로 재단되고 그것을 뒷받침하는 구체적인 사실이 결여되어 있다는 점도 작용하였다. 또 일부 현대사 관련 서적이 권위주의 통치에 치중해 서술하다 보니 현대사를 어둡고 무기력한 것으로 보이게 만든다는 점도 영향을 미쳤다."

보건대 저자는 현대사에 대한 한국인들의 무관심 자체를 중대한 문제로 인식하고 있으며, 주류 사서들의 이념적 편향, 부정확한 사료 검증을 비판하고 있다. 그리고 정치권력의 부침 위주의 '정치사' 일변도 기술도 문제라고 본다. 그 결과 현대사가 어둡고 무기력하게 보이며 그 때문에 더욱 현대사를 기피한다고 탄식한다. 이는 현대사가 지금 이 세상을 살아가는 사람들에게 더 나은 삶을 개척해 나가기 위한 실천적 도구로 활용돼야 한다는 저자의 역사관을 반영하고 있다.

사실 역사서뿐만 아니라 인간의 모든 저작물에서는 그 저작물을 생산하는 저자의 생각과 현실 인식, 세계관, 문제의식, 현실을 더 낫게 바꾸려는 욕구와 지향을 발견하게 된다. 역사가가 사료를 선택하고 해석하는 과정 자체가 역사가의 현실 인식과 세계관, 문제의식에 좌우된다. 즉 역사는 역사가가 살고 있는 현재적 관점과 문제의식 속에 끊임없이 재해석되는 것이다. 그런 점에서 "모든 역사는 현대사"일 수밖에 없다는 이탈리아 역사학자 베네데토 크로체의 경구는 언제나 옳다.

일제 패전(해방) 이후부터 이명박 정권기까지, 이 책이 다루고 있는 한국 현대사를 관통하는 기본 줄기를 이해하는 데 가장 핵심적인 요소는 친일파와 미국의 개입 문제를 어떻게 바라보느냐는 것이다. 이른바 해방 공간의 좌우 대립, 신탁이냐 반탁이냐, 분단 고착, 이승만과 자유당 독재, 여운형·김구·송진우·장덕수 암살과 조봉암·인혁당 사법살인, 박정희 쿠데타, 군사독재와 남북대결, 산업화와 민주화 등 이 책을 관통하는 현대사의 핵심 사건과 인물들의 부침이 모두 그 문제와 밀접하게 얽혀 있다.

일제 패망 뒤 우리나라는 당연히 일제에 빌붙어 동족을 도탄으로 몰아가는 데 협력한 부역자들(친일파)을 어떤 형태로든 평가·정리하고(그것이 반드시 피비린내 진동하는 유혈 청산 과정을 거쳤어야 한다는 얘기는 결코 아니다), 새 나라는 새로운 인적·물적 토대 위에 건설됐어야 했다. 그러나 일제 패전 직후 움츠렸던 친일파들은, 점령군으로 온 미군, 거기에 편승한 이승만과 우파 한민당 그리고 그들이 내세운 반공주의를 기사회생의 신분세탁 기회로 활용해 분단체제 위에 선 국가를 다시 장악했다. 한국 현대사는 거기서부터 빗나가기 시작했다. 이후 분단과 전쟁, 군사독재와 저항, 촛불혁명에 이르는 현대사의 모든 과정이 친일파-미국이 만들고 보호한 독점적 권력의 경계면을 따라 전개됐다. 그것은 여전히 현재진행형이기도 하다. 달리 말하면, 친일파와 미국의 개입(간섭)을 청산하고 극복하는 것은 우리가 아직도 완수하지 못한 역사적 과제다. 이른바 '건국절'이나

'뉴라이트' '역사 수정주의' '일본군 성노예(과거사)' 등과 관련한 우리 사회 논란들도 그 경계면을 기준으로 재배열해서 보면 논점이 선명해진다.

이 책은 그런 관점으로 한국 현대사를 이해하는 데 매우 분명하고 유용한 사실과 해석을 제공한다. 제목에서 강조했듯이 사진과 그림들을 대거 활용하고, 주요 사건과 인물 해설을 칼럼식 액자로 보완하여, 재미있고 읽기도 쉽다. 사진과 그림을 많이 썼으니 본 내용엔 소홀하지 않았을까라는 생각은 기우다. 한국 현대사 박사 학위 1호 연구자의 현대사 개설서는 본 내용도 매우 충실하다.

함께 읽으면 좋은 책

『한국전쟁의 기원』 브루스 커밍스 지음, 김자동 옮김, 일월서각, 1986

『난장이가 쏘아올린 작은 공』 조세희 지음, 이성과힘, 2000

『동아시아의 전쟁과 평화』(전2권) 이삼성 지음, 한길사, 2009

090

오늘, 세계철학사를 읽어야 하는 이유

임종수_한국예술종합학교 초빙교수

세계철학사
이정우 지음, 길, 2018 (전2권)

철학사를 뒤적일수록 늘 뭔가 헛헛했다. 그 헛헛함의 정체는 무엇이었을까. 톺아보면 철학사가 서양을 중심으로 서술되었고, 관념 위주로 전개되다 보니 철학의 탄생과 구체적 배경, 역사에 대한 서술이 부족했기 때문이었다. 게다가 한국철학은 '세계' 안에 들어가지 않고, 변방처럼 다루어지거나 아예 이야기조차 되지 않았다. 이는 철학사가 서양이 만들어놓은 틀 안에서 자유롭지 못한 데서 원인을 찾아야 하지 않을까. 다른 나라의 철학자나 철학사 저자를 말하기 전에, 대부분의 국내 철학자들이 서양철학 전공자인 것도 원인 중 하나일 것이다. 동양철학 전공자가 늘었다 해도 사정은 나아진 것 같지 않다. 서양철학과 동양철학의 만남을 말하지만 각자 전공 영역을 넘어 '세계'라는 맥락에서 철학을 이야기하고 철학사를 쓰려고 용기를 내는 철학자를 만나기 어렵다.

이러한 허전함을 채워준 책이 내게는 이정우 교수의 『세계철학사』였다. 워낙에 방대한 분량의 책이라 책의 구체적인 내용을 이야기하기보다, 저자의 문제의식과 세계철학사를 바라보는 관점을 중심으로 책을 소개하고 싶다.

당연한 말이지만 우리가 몸담아 살아가는 세계는 그냥 주어진 세계가 아니다. 저자에 따르면 우리는 "자본과 권력으로 얼룩진 세계" 속에 살아간다. 이를 타개하기 위하여 저자는 "거시적인 비전을 만들 필요가 있다"고 한다. 이로써 저자가 단순히 철학사로서의 철학사, 역사적 기술을 위해 책을 쓰지 않았음을 알 수 있다. 이 책에는 오늘 우리가 처한 '현대'의 문제를 정확히 응시하고 진단하며 더 나은 세계를 모색하려는 저자의 목적이 담겨 있을지도 모른다.

이 책의 장점 중 가장 먼저 이야기하고 싶은 것은 서술 면의 두 가지 특징이다. 하나는 내용이 단조롭지 않고 폭넓은 역사적 토대 위에 역동적으로 서술되었다는 점이다. 역사적 배경을 통해 바로 철학사상의 탄생을 알 수 있는 것은 아니다. 그러나 철학 역시 역사 속에서 태어났고 철학자 역시 역사 속 현실을 살면서 당대의 문제를 고민한 사람들이 아닌가. 그러다 보니 늘 철학사를 접하면서 아쉬웠던 것은 역사적 맥락에 대한 설명이 부족하다는 점이었다. 이 책은 그러한 답답함을 일소해주기에 충분할 만큼 역사적 맥락을 자상하게 설명해놓았다.

다른 하나는 풍부하고 친절한 각주로 본문의 이해를 돕고 있다는 점이다. 각주가 단순히 보조 역할을 한 것이 아니라 본문을 깊게 이해하도록 도와준다. 철학에 관심이 있거나 인류의 사유가 어떻게 철학 개념으로 집약되었는지 살펴보려는 독자에게 더없이 유익한 자료가 아닐 수 없다. 전공자는 물론이고 처음 철학사를 접하는 독자에게 귀중한 안내 역할을 해줄 것이다.

책의 1권은 지중해의 철학, 2권은 아시아 세계의 철학을 담고 있다. 그렇다면 저자는 이 두 철학의 구도에서 그리스 철학과 고대 동북아 철학의 출발점을 어떻게 설명할까. 저자에 따르면 "그리스 철학의 출발점과 고대 동북아 철학의 출발점은 크게 달랐다." 어떻게 다른가. 저자는 그리스 철학이 허무주의를 극복하기 위해 출발했고, 퓌지스를 탐구하고, 이론적인, 과학적인 철학, 형이상학적인 철학이었다고 한다. 반면 동북아의 철학적 사유는 '난세'를 극복하고, '치세'로 가려는 정치적 관심사에서 출발했다고 한다. 따라서 "그리스의 철학이 자연철학·형이상학에서 시작했다면, 동북아에서의 철학은 정치철학에서 출발했다"고 본다.

저자는 두 철학의 차이가 이후 철학적 방향에도 지속적으로 영향을 미쳤다고 지적한다. 그리스 철학과 동북아 철학의 출발점에 대한 차이로 보아 둘의 철학적 태도 역시 상당히 다르다는 점을 알 수 있다. "지중해 세계의 철학과 아시아 세계의 철학을 비교해볼 때 가장 두드러진 차이점들 중 하나는 경험적 세계에 대한 상이한 태도에 있다. 대체적으로 말해, 지중해 세계의 철학이 현상 세계의 실재성을 부정하는 데서 출발한 데 비해 아시아 세계의 철학 특히 동북아 세계의 철학은 현상 세계의 실재성을 긍정하는 태도를 취하면서 출발했다."

저자는 두 권의 방대한 분량에 고대부터 현대까지 철학의 흐름을 섬세하게 보여주었다. 최초 철학자들의 사유 실험을 보여주는 고대, '~교'의 모양을 갖게 된 중세, "새롭게 등장한 근대성이 전-지구적 보편성의 지평을 획득해간" 근대, 그리고 근대성을 비판하며 나온 탈근대적 실험의 장인 현대라는 도식을 바탕으로 유라시아의 동과 서에 펼쳐진 철학의 흐름을 비교철학적으로 담아낸다.

그러나 저자는 이러한 작업이 단순히 지적 희열로 그치지 않기를 희망한다. 저자가 진단한 대로 현재 우리의 삶을 지배하는 '서양' 근대성의 극단화된 형태들을 극복할 대안을 모색해야 하기 때문이다. 저자는 근대성의 극복을 위해 다양한 시도를 해야 한다고 인식하면서도, 그러기 위해서는 전통적 사유들을 다시금 음미하여 근대성을 기억해야 한다고 말한다. 따라서 순수학문과 제국주의의 이름으로 강제된 근대성을 극복하려면 근대성의 그늘 아래 외면된 전통 사유에 대한 '새로운 반추'가 필요하다. 이럴 때, 고대와 중세 철학을 가로지르기는 '탈-근대를 향한 길'로 갈 수 있는 것이다.

책의 두께에 부담으로 느끼는 독자라면 우선 1권 1장 「철학의 탄생」만이라도 먼저 읽어보길 권하고 싶다. 이 장은 그리스의 지리적 구조와 전쟁과 정치가 어떻게 민주주의와 철학을 낳았는지 생생하게 전해준다. 철학의 탄생을 명료하게 이해하고 싶은 독자라면 이 장을 읽은 후 당시 사회상이 머릿속에 그려질 것이고, 탄탄한 배경 지식을 얻을 수 있을 것이다. 첫 장을 읽은 독자라면 자연히 다른 장을 읽을 힘이 생길 테다. 이 책은 처음부터 끝까지 읽어야 좋지만, 특히 기존 철학사에서 소홀히 서술되었던 이슬람 철학이 담긴 1권 '지중해 세계의 철학'의 이슬람 세계의 철학, 2권 '아시아 세계의 철학'에 실린 동북아 철학 형성사, 힌두교와 불교, 동북아의 유불도 삼교사상, 조선에서 성리학의 논쟁에 대한 장들은 일독을 꼭 권하고 싶다.

『세계철학사』는 현재진행형이다. 저자는 "무한히 복잡하고 다채로운 역사의 흐름을 간단한 도식으로 밀어 넣어 정리하고픈 유혹을 경계" 하면서 분석 대상이 되는 철학 원전을 일일이 직접 읽고 검토하여 서술한다. 그러기에 시간이 소요될 것이나 그만큼 3권이 기다려진다. 이 마지막 권이 완결된다면 처음으로 한국어로 쓰인 『세계철학사』를 갖게 된다. 그때를 생각하니 벌써부터 마음이 설렌다. 오늘의 '나'와 '우리'를 알고자 하는 모든 이들이 『세계철학사』의 독자가 되었으면 좋겠다.

함께 읽으면 좋은 책

『진보의 새로운 조건들』 이정우 지음, 인간사랑, 2012
『철학고전강의』 강유원 지음, 라티오, 2016
『한국철학사』 전호근, 메멘토, 2018

091

고전으로서의 성서
민중의 책 성서

최형묵_한국민중신학회 회장

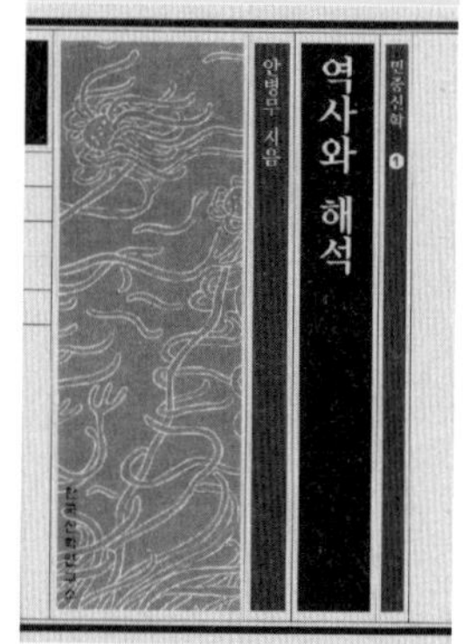

역사와 해석
안병무 지음, 한국신학연구소, 1998

세계 신학계에서 한국 신학 하면 곧 민중신학으로 통한다. 한국에 기독교가 전래된 이래 형성된 고유한 신학 사상에 대한 세간의 평가다. 그 민중신학에 대해, 독일의 신학자 위르겐 몰트만은 "종교개혁 이래 성서에 대한 새로운 해석을 통해 형성된 최초의 신학"이라고 평가한 적이 있다. 수년 전 한국 방문 강연회에서 한 청중의 질문에 대한 응답이었다.

성서 해석의 역사에서 종교개혁이 중대한 하나의 전환점이 되었다는 것은 널리 알려져 있는 사실이다. 종교개혁은 성서를 교회 권력자들의 손에서 민중의 손에 건네줌으로써 권력에 의해 독점되었던 성서를 해방시키는 계기가 되었다. 여기에 구텐베르크의 인쇄술 발달이 큰 몫을 했음은 물론이다. 이를 계기로 성서를 성서 자체에 따라 재해석할 수 있는 길이 열렸다. 그것은 곧 현존하는 질서를 절대시하고 지배 체제에 대한 순응을 강요한 권력의 시선에 따른 성서 해석을 거부하고, 성서 자체에 의거하여 성서를 새롭게 해석할 수 있게 되었다는 것을 뜻했다. 이로부터 풍요로운 성서 해석이 가능하게 되었고, 종교개혁 이래 꽃 피운 신학들은 그 풍요로운 해석을 기반으로 했다.

몰트만의 견해는, 민중신학의 등장이 그에 필적할 만한 또 하나의 사건이 되었다는 놀라운 평가이다. 안병무의 『역사와 해석』은 바로 그 민중신학적 성서 해석의 진수를 보여주고 있는 대표작 가운데 하나다. 과연 어떤 점이 종교개혁이 가져다준 성서 해석의 변화에 필적할 만큼 독창성을 띠는 것일까? 저자 안병무의 말을 직접 인용해보자. "민중을 만난 후 성서만큼 민중적인 고전이 없다는 것을 깊이 인식하게 됐다." 단도직입적으로 말해 성서를 민중 사건의 증언, 곧 민중해방의 사건에 대한 증언으로 보고 있다는 데 그 독창성이 있다. 이것은 성서라는 책을 대하는 분명한 하나의 시선을 함축하고 있으며, 동시에 그 시선이 포착하게 된 성서의 일관된 맥이 무엇인지 밝혀주고 있다.

이 책이 그 최종 판본에 이르기까지의 과정에는 쉽게 간과할 수 없는 내력이 있다. 이 책은 1970~1980년대 한국 현대사의 한복판에서 제기된 문제의식을 고스란히 반영하고 있다. 그저 책상물림에 지나지 않은 한 성서학자의 간단한 저작이 아니라 민중의 삶의 현장에서 제기된 문제들을 안고 분투했던 실천적 신학자의 삶과 사상이 응축된 열매라 해도 과언이 아니다. "물음이 답을 결정한다." 저자 안병무의 지론이었다. 이 책은 당대 민중의 현실에서 제기되는 물음을 안고 성서의 세계를 파고들어 간 저자의 공력과 통찰이 돋보이는 저작이다.

이 책은 원래 1972년 『역사와 증언』이라는 이름을 달고 문고판으로 출간되었다. 그 출간 시기는 1970년 전태일 분신 사건과 1972년 10월 유신체제의 등장으로 한국현대사에서 예사롭지 않은 시절이었다. 이 책은 바로 그 시대에 성서를 통해 어떤 답을 구하고자 했던 젊은이들에게 성서의 세계를 안내하고자 하는 의도로 저술되었다. 그 시대적 요구에 잘 맞았던 탓일까. 처음 그 책은 19판을 거듭했고, 그에 책임감을 느낀 저자가 개정판을 내놓게 된 것이 1981년이었으며, 그때 이 책은 오늘 전해지는 『역사와 해석』으로 이름을 바꾸게 되었다. 그리고 그 책이 다시 12판을 거듭한 후에 1992년 증보판으로 그 최종적 판본이 완성되었다. 판본을 거듭하여 최종 증보판에 이르기까지 성서에 대한 저자의 문제의식은 심화되었고, 그 변화된 인식은 이 책에 여실히 반영되었다.

사실 처음 이 책이 나온 때는 전태일 사건 직후 민중신학적 인식이 막 움트는 시기였지만, 저자에게서 민중신학적 인식은 아직 선명하게 드러나지 않은 상태였다. 그때 성서를 대하는 기본 시각으로 제시한 것이 "고전으로서의 성서"였다. 물론 이 시각은 저자의 민중신학적 사유가 깊어진 이후 1992년 증보판에서도 그대로 유지되고 있지만, 저자 자신이 밝히고 있다시피 판을 거듭하는 가운데 민중신학적 시각으로 일관되게 성서를 꿰려는 의도가 더욱 분명해졌고, 그에 따라 일부 내용이 추가 보완되었다. 그래서 도달한 결론이 성서는 "민중적인 고전"이라는 것이었다.

애초 "고전으로서의 성서"를 강조했을 때 뜻하는 바가 무엇이었을까? 그것은 특정한 종교의 경전으로서의 성서가 아니라 인류 역사의 공통된 다른 고전들과 마찬가지로 성서를 대할 수 있어야 한다는 것이었다. 요샛말로 "인문학적 접근"이라고 하면 쉽게 이해될 수 있지 않을까. 그 열린 시선으로 성서를 바라보았던 저자는 마침내 1970~1980년대 한국 현대사 한복판에서 등장한 민중에 대한 분명한 체험을 하면서 성서가 바로 그 민중들의 이야기라는 것을 확신하게 되었다. 민중을 발견하고 다시 마주하게 된 성서에서 저자는 이제 피 튀기는 삶의 현장에서 분투한 민중들의 이야기를 발견한다. 민중의 고통과 좌절, 그러나 그 가운데서도 결코 저버릴 수 없는 구원의 희망을 증언하는 책이 곧 성서라는 결론에 이르렀고, 그 증언을 당대의 시선에서 온전히 해석하고자 하는 의도를 책에 담아내고 있다.

일반적 통념으로 보자면, 성서란 특정한 민족의 이야기이거나 특정한 종교의 경전에 지나지 않은 것이 아닌가. 특정한 민족의 이야기라면 바로 그 민족에게나 어떤 교훈을 지닐지언정 그 밖의 사람들에게는 별 의미가 있을 수 없다. 특정한 종교의 경전이라 할 때도 마찬가지다. 또한 특정한 종교의 경전이라 할 때 그 내용은 대개 그 종교의 특수한 계율들로 가득차 있을 것으로 기대된다. 이 책은 그 통념이 얼마나 허구적인지를 보여주고 있다. "민중적 고전으로서의 성서"라는 저자의 입장은 그 특수한 경계를 넘어선 성서의 세계를 오늘의 독자들에게 펼쳐 보여주고 있다.

성서가 한 민족의 역사와 삶을 바탕으로 하고 있다는 것은 틀림없지만, 그 이야기들은 그 특정한 민족에 한정된 것이 아니다. 인간사회라면 공통적으로 나타날 수 있는 다양한 삶의 정황과 그 안에서 분투한 사람들의 좌절과 희망을 보여주고 있다. 성서가 전하는 계율들은 그 삶의 정황 가운데 특수한 맥락에 위치한 일부를 차지하고 있을 뿐 결코 전부는 아니다. 굳이 문학적 양식으로 말하더라도 성서는 가능한 모든 문학적 양식이 망라되어 있을 만큼 다양하다. 성서는 그 다양한 표현 양식을 통해 구원을 향한 인간의 갈망을 가장 극적으로 드러내주고 있는 서사다.

"성서 서사의 위력은 인간의 해방, 압제에 대한 끊임없는 저항, 사회적 평등의 추구 등 시공을 초월한 여러 가지 주제를 설득력이 강하고 명확하게 표현한 데서 우러나온다. 성서는 모든 인간사회가 생존하는 데 필요한 공동의 기원, 체험, 운명의식에 대한 뿌리 깊은 의식을 웅변적으로 표현하고 있다."(『성경: 고고학인가 전설인가』)

『역사와 해석』은 한국 민중의 현실에서 성서가 갖는 그 의의를 분명하게 보여주고 있다. 안타깝게도 오늘 한국사회에서 성서는 심각한 의혹의 대상이 되고 있다. 물질을 숭배하고 자기를 숭배하는 우상화의 논리와 사회적 소수자를 배척하는 차별의 논리가 성서에 근거하여 정당화되고 있기 때문이다. 성서를 통해 그러한 논리들이 과연 정당화될 수 있을까? 그 마땅한 의문에 대한 답을 구하고자 하는 이들에게 『역사와 해석』은 훌륭한 길잡이가 될 것이다.

함께 읽으면 좋은 책

『히브리 민중사』 문익환 지음, 정한책방, 2018
『민중신학의 탐구』 서남동 지음, 죽재서남동기념사업회 엮음, 동연, 2018
『민중신학 이야기』 안병무 지음, 한국신학연구소, 1991

구쁘다를 아십니까

092

김세나_콘텐츠큐레이터

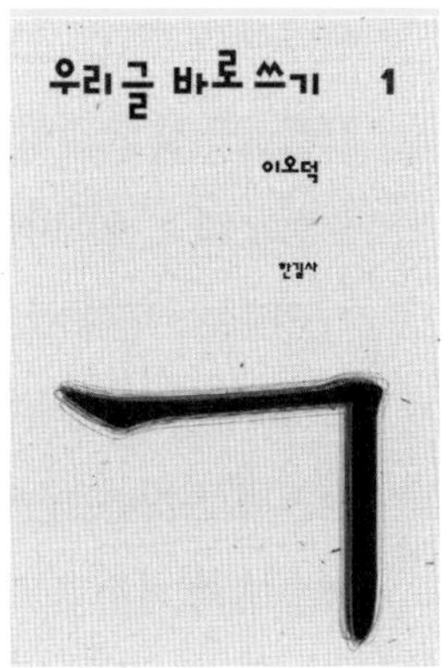

우리 글 바로 쓰기
이오덕 지음, 한길사, 2009 (전5권)

얼마 전 「대한외국인」이라는 TV 프로그램에 외국인과 한국인이 나와 퀴즈 대결을 펼쳤다. 마지막 10단계에서는 '구쁘다'의 뜻을 묻는 질문이 나왔는데, 생소한 단어 등장에 출연진들 모두가 당황했다. 게다가 한국인이 아닌 외국인이 정답을 맞혀 모두 놀라워했다. '구쁘다'는 '고프다'와 비슷한 말로, '배 속이 허전하여 자꾸 먹고 싶다' 또는 '먹고 싶어 입맛이 당기다'는 뜻을 가진 순우리말이다. 방송 이후 '구쁘다'가 포털 실시간 검색어 상위권에 오른 걸 보면, 이 단어의 뜻을 잘 몰랐던 이들이 많았던 듯하다. 각종 줄임말이 유행하는 요즘 '구쁘다'도 "구혜선처럼 예쁘다" 같은 줄임말인 줄 알았는데 정말 아름다운 우리말이라며, 네티즌들의 반응이 뜨거웠다.

오늘날 우리말에 관심을 가지고 제대로 쓰는 이가 얼마나 될까. 일찍이 교육운동가이자 아동문학가인 이오덕 선생은 우리 말과 글을 바로 쓰는 일은 밖에서 들어온 불순한 말을 먼저 글 속에서 가려내어 깨끗이 하는 일부터 해야 한다고 했다. 그는 일체의 외래어 사용을 반대했고, 한글의 순수성을 훼손하는 것은 번역투의 어법이나 일본식 언어, 지식인층이 쓰는 어렵고 생경한 한문 투의 문장이라고 지적했다. 그러면서 쓸데없이 복잡한 문장에도 강한 거부감을 보였다.

이오덕 선생의 저서 『우리 글 바로 쓰기』에서는 우리 말과 글을 제대로 바르게 쓸 수 있는 방법을 알려준다. 그에 따르면 잡스러운 말을 세 가지로 나눌 수 있는데, 첫째는 중국글자말, 둘째는 일본말, 셋째는 서양말이다. 우리 민족은 오랜 시간 한자를 써온 데다가 일제 치하에 일본말도 함께 써온 터라 '-적' '-에서의' '-의' 등 일본 한자말과 일본어투가 많다.

예를 들어 우리말에서는 토씨 '의'를 잘 쓰지 않고 흔히 생략한다. '우리 집' '아빠 구두' '엄마 가방' 같은 말을 '우리의 집' '아빠의 구두' '엄마의 가방' 식으로 잘 말하지 않는 것이다. 하지만 일본어에서는 'の'와 같은 관형격 조사가 문장에 반드시 필요한 경우가 많다. 이를 따라 쓰다 보니 꼭 쓰지 않아도 될 '의'가 우리 문장에서 자주 등장하게 된 것이다. 이오덕 선생은 "지금 우리말에서는 다른 어떤 바깥말의 오염보다도 토씨 '의'를 함부로 쓰는 문제가 가장 심각하다"라고 했다. 책에는 우리말에서 토씨 '의'가 왜 잘 쓰이지 않는지부터 '의'를 될 수 있는 대로 없애야 알기 쉬운 글이 된다는 걸 여러 예를 통해 보여준다.

또한 레크레이션(놀이), 일러스트레이션(삽화), 오리엔테이션(예비교육), 이미지(심상), 스케줄(일정) 등을 안 써도 좋은 서양말이라며, 모두 알맞은 우리말로 바꿔 써야 한다고 일갈한다. 이런 식으로 우리말을 우리말답지 않게 만들고 있는 사례들을 조목조목 짚어가며 주장을 뒷받침해간다. 정신을 바짝 차리지 않으면 넋이 빠진 겨레가 될 지경에 이르렀다고 탄식하면서 말이다.

이오덕 선생이 이토록 밖에서 들어온 말들에 대해 걱정하는 이유는 무엇일까. 이런 말들은 말과 글을 공연히 어렵게 만들고, 우리말의 아름다움을 깨뜨린다. 우리 생각과 삶에 꼭 붙은 표현이 아니라서 자꾸 쓰다 보면 남의 나라 사람들의 감정이나 생각의 체계, 생활태도를 따라가게 된다. 말과 글이 따로 떨어져 우리 삶과 느낌을 자유롭게 표현할 수 없으니, 말과 글이 민중을 등지게 되고, 사람들의 생각이나 행동도 비민주로 되기 쉽기 때문이라고 한다. 1988년 제3회 단재상을 받으면서 한 연설에서 말과 글에 대한 그의 생각을 오롯이 알 수 있다.

"말이 근본이다. 글은 말에서 생겨난다. 그런데 지식인들의 글은 말에서 너무 멀리 떠나 있다. 글이 살아 있는 말이 아니고, 삶에서 우러난 겨레의 말법으로 쓰는 글이 아니고, 글에서만 쓰는 말, 밖에서 들어온 말, 남들이 쓰는 말을 따라서 쓰는 글이 되었다. 우리가 본래 가지고 있던 것은 무식하고, 생각이 얕다고 생각한다. 말을 떠난 글이 이제는 횡포를 부려 순수한 우리말을 쫓아내고 주인 노릇을 하면서 겨레의 마음과 생각을 지배하려 하고 있다. 즉 말이 으뜸이던 역사가, 글이 으뜸이 되어 말이 글의 지배를 받는 잘못된 역사가 되었다. 이제라도 어머니가 가르쳐준 말, 조국이 가르쳐준 말, 내 말을 도로 찾아 배워야겠다."

『우리 글 바로 쓰기』가 의미 있는 이유는 단순히 외래어의 잘못을 지적하는 데 그치지 않고, 어떻게 바로잡아야 하는지까지 알려주기 때문이다. 그래서 이 책이 글 쓰는 사람들의 필독서로 손꼽히는가 보다. 물론 한편으로는 이오덕 선생의 주장을 세계화와 인터넷의 발달 등 사회 변화는 무시하고 언어의 역사성을 거스르는 행위로 보는 사람들도 있다. 한 예로 '먹거리'라는 단어를 들 수 있다.

실제로 2011년 이전만 해도 '먹거리'는 표준어가 아니었다. '-거리'는 '내용이 될 만한 재료'라는 뜻의 의존명사로 때로는 접사처럼 붙어 또 다른 낱말을 만들어낸다. '국거리(국+거리)' '군것질거리(군것질+거리)'에서 볼 수 있듯 명사 뒤에서는 바로 이어서 붙고, '읽을거리(읽-+-을+거리)' '볼거리(보-+-ㄹ+거리)'처럼 동사나 형용사 뒤에서는 어미 '-을'과 함께 연결되어 쓰인다. 우리말에서 어미 없이 동사나 형용사로 명사를 꾸밀 수 없기 때문이다. 즉 '먹거리'는 '읽을거리' '볼거리'를 '읽거리(×)' '보거리(×)'라고 부르는 것과 마찬가지이므로, '먹을거리'라고 부르는 게 맞다.

이오덕 선생도 '먹거리'를 잘못된 조어라고 비판했었다. 그러나 2011년 '먹거리'는 표준어가 되었다. 어법에는 맞지 않지만 많이 쓰이기 때문에 표준어로 인정한 것이다. 이렇듯 모든 언어는 고정불변하는 것이 아니라 시대나 환경에 따라 생성·변화·소멸한다. 그래서 우리말을 철저하게 지키고자 한 국어 순결주의자 이오덕 선생의 주장이 다소 과하게 느껴질 수 있다. 이에 대한 내 생각은 올바른 우리말을 구사하기 위해서 『우리 글 바로 쓰기』를 꼭 읽어보라고 권면했던 유시민의 말로 대신하려 한다. 판단은 여러분의 몫이다.

"어떤 사람들은 자기 글이 병든 줄도 모르고 오히려 이오덕 선생의 주장이 지나치거나 극단적이라고 말한다. 그대로 다 지키려고 하면 손발이 묶인 것 같아서 글을 쓰기 어렵다고도 한다. 옳지는 않지만 일리 있는 지적이다. 『우리 글 바로 쓰기』는 너무나 철저하다. 그대로 다 따르기는 어렵다. 또 그렇게 하는 것이 늘 정답이라고 할 수도 없다. 저마다 할 수 있는 만큼 받아들이면 된다. 하지만 내가 겪은 바로는, 많이 받아들일수록 못난 글을 피할 가능성이 높아진다. 이것만큼은 분명하다. (중략) 나는 이오덕 선생이 글 공부에 관해서는 당대의 명의(名醫)였으며, 『우리 글 바로 쓰기』는 효과가 뛰어난 백신이라고 생각한다."(『유시민의 글쓰기 특강』)

함께 읽으면 좋은 책

『선생님, 요즘은 어떠하십니까』 이오덕 외 지음, 양철북, 2015
『내 생애 첫 우리말』 윤구병 지음, 천년의상상, 2016
『좋은 문장을 쓰기 위한 우리말 풀이사전』 박남일 지음, 서해문집, 2004

정조 르네상스의 실체

093

김태익_조선일보 100년사 책임편찬위원

직장에서 가까운 탓에 청계천 길을 자주 걷는 편이다. 광교에서 동대문 오간수문 쪽을 향해 가다 보면 삼일빌딩 근처에서 발걸음이 늦어진다. '정조대왕 능행 반차도'라는 안내판이 붙어 있고, 벽을 따라 조선 22대 임금 정조의 장대한 행렬 그림이 100미터 넘게 펼쳐진다. 수많은 등장인물이 살아 있는 듯 생생하고 복식은 화려하다. 이 벽화가 유네스코 세계 기록유산에 오른 조선시대 의궤(儀軌)의 한 장면이라는 말을 떠올리면 눈이 한 번 더 간다. 그러나 아쉽게도 거기까지다.

정조의 화성행차

한영우 지음, 효형출판, 2007

안내문에는 "1795년 정조가 아버지인 사도세자 회갑을 기념하기 위해 어머니 혜경궁 홍씨를 모시고 수원의 아버지 무덤을 다녀와 그 과정을 상세하게 기록한 의궤의 그림"이라고 적혀 있다. 하지만 이런 설명으로는 이 벽화에 담긴 의미의 100분의 1도 알 수 없다. 200년도 더 된 옛날에 1779명의 수행원과 779필이나 되는 말을 동원하는 어마어마한 행렬이 왜 필요했는지, '자궁(慈宮)' '어보마(御寶馬)' '인기(認旗)' '금군(禁軍)' '총융사(摠戎使)' '정가교(正駕轎)' 등 그림에 나오는 호칭과 용어가 뜻하는 게 무엇인지 헤아릴 길 없다. 심지어 행렬 가운데 국왕 정조가 어디에 있는지 찾다가 포기하는 산책객들도 많다.

대체로 학문이란 게 이렇고, 특히 한국학이라는 게 이렇다. 우리는 전통과 역사, 문화유산의 귀중함을 자주 얘기하지만 그것들은 일반 대중이 이해하기에 너무 먼 곳에 있는 경우가 많다. 역사와 대중을 잇는 매개인 학문이 제 역할을 소홀히 했기 때문이다.

하지만 한영우 교수의 『정조의 화성행차』를 읽고 청계천 벽화를 보게 된다면 상황은 달라진다. 이 책은 정조의 화성 행차 직후 조선왕조가 발간한 『원행을묘정리의궤』를 토대로 행차의 전 과정과 배경, 그 의미 등을 알기 쉽게 풀어쓴 책이다. 역사학자인 한 교수는 서울대 규장각 관장을 지내며 규장각에 소장돼 있는 수천 권의 조선시대 의궤를 접하고 그 자료적 가치를 주목했다. 의궤는 국가의 중요 행사가 있을 때마다 행사의 전말을 글과 그림으로 낱낱이 기록한 조선시대의 독특한 제도다. 그러나 워낙 분량이 방대한 데다 모두 한문으로 돼 있어 대중에게는 그림의 떡일 뿐이었다. 한 교수가 『원행을묘정리의궤』를 중심으로 의궤의 실상을 세상에 알리고, 정조 화성 행차의 역사적 의미를 조명하려 낸 책이 바로 『정조의 화성행차』다.

한 교수에 따르면 정조 치세 24년은 조선왕조의 절정기이자 5000년 한국 문화의 정점이기도 했다. 1776년 미국이 독립선언을 했던 같은 해, 왕위에 오른 정조는 부국강병과 조선의 근대화를 지향한 위대한 개혁군주였다. 그러나 그에겐 아버지 사도세자가 당쟁의 와중에 뒤주에서 비참한 죽음을 당한 아픈 가족사가 있었다. 정조는 화성의 아버지 묘소를 해마다 참배했다. 그의 행차는 효심의 표현만은 아니었다. 그것은 국왕인 정조가 백성의 소리를 직접 듣는 기회이기도 했고, 왕실의 권위를 높여 개혁 에너지를 결집시키려는 거대한 정치 드라마이기도 했다. 정조가 회갑 맞은 홀어머니 혜경궁 홍씨를 모시고 화성에 가 아버지 묘소를 참배하고 어머니 회갑 잔치를 베푼 '8일간의 행차'는 이 드라마의 하이라이트였다.

한 교수가 정조의 위대함을 말하는 가장 강력한 근거는 그 시대의 철저한 기록 정신에서 찾아볼 수 있다. 그는 『원행을묘정리의궤』에 나타난 기록 정신을 한마디로 "무섭다"며 "나는 이렇게 상세하고 철저한 국정보고서를 본 일이 없다"고 표현했다.

정조의 화성행차는 1년 준비 기간에 10만 냥의 예산, 공식 수행원 1779명, 말 779필이 동원된 조선시대를 통틀어 가장 웅장한 행사였다. 『원행을묘정리의궤』는 이 행차를 전율이 일 정도로 정밀하게 묘사하고 있다. 행사에 참여한 사람의 명단을 신분 고하를 막론하고 모두 기록하고 들어간 비용을 일일이 무슨 물품이 몇 개요, 그 단가가 몇 냥 몇 전이라고 기록했다. 미천한 신분 노동자의 이름과 주소, 복무일수, 실제 한 일, 품삯까지 낱낱이 적어 넣었다.

예컨대 정조가 타고 갈 가마(길이 5척 6촌, 너비 3척 5촌) 제작에는 2785냥이 들었고, 29개 분야 장인 120명이 참여했다. 가마를 끌고 가는 말에게 먹인 여물의 종류와 수량, 여물을 끓이는 데 들어간 땔감과 먹이를 담은 그릇의 종류와 수량까지 적었다. 정조가 시흥행궁에서 첫 밤을 자고 받은 아침 수라상에는 밥과 국 등 여덟 그릇이 나왔는데 젓갈 그릇에는 전복젓 석화젓 조개젓 게젓 등이 담겨 있었다. 정조와 혜경궁 홍씨가 먹은 국수는 메밀가루, 녹말, 꿩, 쇠고기, 계란, 간장, 후춧가루 등을 넣어 만든 것이었다. 정조는 화성에서 이 지역 60세 이상 노인들을 위해 양로잔치를 베풀었는데, 여기 참석한 노인 389명의 연령별 분포를 '99세 3명, 97세 1명' 식으로 밝혀 놓았다. 혜경궁 홍씨 회갑 잔치에서 춤을 춘 3명의 기생은 19세부터 60세까지 다양했다. 그들의 이름이 무엇이고 어디서 차출됐는지까지 나온다. 『원행을묘정리의궤』의 백미가 바로 청계천에 걸린 반차도다. 그림에 나오는 1779명이 가상 인물이 아니라 하나하나 이름을 가진 구체적 실존 인물들이었다는 사실은 말할 것도 없다.

기록이란 무엇인가. 투명성과 책임성을 보증하는 수단이다. 기록을 철저히 남겼다는 것은 정조시대의 정치가 그만큼 정당하고 자신 있다는 뜻이다. 한 교수는 『원행을묘정리의궤』를 통해 현대인과 위정자들에게 그걸 깨우치고 싶었던 것이다.

지금은 누구나 정조를 얘기한다. 그를 주인공으로 하는 드라마도 나왔다. 수원과 사도세자릉은 정조의 화성 행차와 관련된 스토리텔링에 힘입어 관광 명소로 자리 잡았다. 그러나 1998년 『정조의 화성 행차 그 8일』이라는 이름으로 이 책의 초판이 나왔을 때만 해도 그렇지 않았던 것으로 기억한다. 이 책은 '정조 르네상스'를 가장 실증적이며, 가장 효과적으로, 가장 알기 쉽게 대중에게 알린 책 가운데 하나다. 역사와 대중을 만나게 하려는 학자적 사명감과 한 교수의 학문적 깊이, 두 가지가 어우러진 수작이다. '길거리 인문학'이란 말이 유행이다. 그러나 진짜 인문학의 대중화는 길거리에서 생기는 게 아니다. 연구실에서의 고민과 열정에서 나오는 것이다.

함께 읽으면 좋은 책

『성군의 길』(전2권) 한영우 지음, 지식산업사, 2017
『조선왕조 의궤』 한영우 지음, 일지사, 2005
『영원한 제국』 이인화 지음, 세계사, 2006

094

불편한 조선시대를 다시 보게 하다

김영수_한국사마천학회 이사장

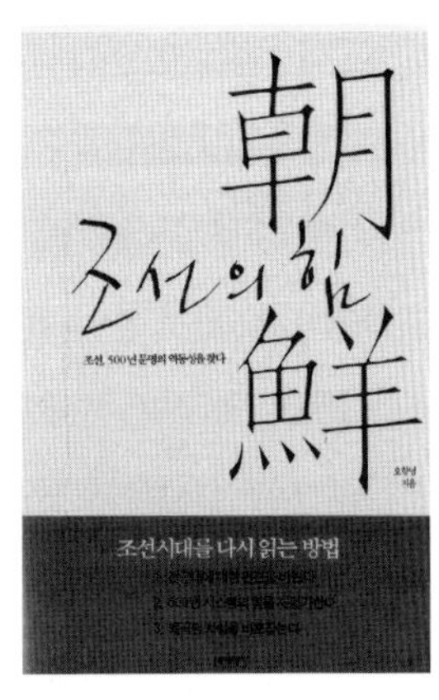

조선의 힘

오항녕 지음, 역사비평사, 2010

기원전 108년 한의 침공으로 고조선이 멸망했다. 고등학교 국사 교과서에는 당시 상황을 이렇게 기록하고 있다. "고조선은 1차의 접전(패수)에서 대승을 거두었고, 이후 약 1년에 걸쳐 한의 군대에 맞서 완강하게 대항하였다. 그러나 장기간의 전쟁으로 지배층의 내분이 일어나 왕검성이 함락되어 멸망하였다(기원전 108). 고조선이 멸망하자 한은 고조선의 일부 지역에 군현을 설치하여 지배하고자 하였으나, 토착민의 강력한 반발에 부딪혔다. 그리하여 그 세력은 점차 약화되었고, 결국 고구려의 공격을 받아 소멸되었다."

고조선 멸망을 기록하고 있는 기본 사료는 사마천의 『사기』 권115 「조선열전」이다. 「조선열전」의 마지막 대목은 "그리하여 마침내 조선을 평정하고 4군을 두었다"이다. 일제 식민 사학자들은 이 대목에 주목하여 『한서』에 나오는 이른바 '한사군', 즉 낙방, 진번, 현도, 임둔의 위치를 비정하는 데 총력을 기울였다. 그 결과 한사군의 위치는 대체로 한반도 이내로 비정됐고, 한국사의 출발은 타국의 식민지로 시작됐다는 식민사관 내지 반도사관의 틀이 만들어졌다. 이후 한국 고대사를 둘러싼 논쟁은 대부분 고조선의 강역을 비롯하여 한사군의 위치에 집중됐다. 일제가 의도적으로 만든 '강역 프레임'에 걸려 한국 역사학계는 100년 가까이 내부 투쟁에서 벗어나지 못한 것이다. 마치 고조선이 내분으로 멸망했듯이.

그런데 신기하게도 식민 사학자들이나 그들의 사관과 연구 방법을 계승한 친일 사학자들 누구도 『사기』 「조선열전」의 중요성을 지적하지 않고 있다. 「조선열전」은 고조선과 관련한 그 어떤 기록보다 중요함에도 불구하고 말이다.

첫째, 「조선열전」은 1차 사료다. 고조선이 멸망한 기원전 108년, 「조선열전」을 남긴 사마천의 나이는 38세였다. 말하자면 당대사 기록이다. 둘째, 「조선열전」은 고조선과 관련한 가장 오래된 역사 기록이다. 『사기』 이전 일부 기록에 조선에 대한 언급이 없는 것은 아니지만 체계를 갖춘 역사서에 별도의 기록으로 남겨진 것은 「조선열전」이 유일하다. 셋째, 한국 고대사의 뜨거운 감자인 한사군과 관련하여 「조선열전」은 어디에서도 사군의 명칭을 남기지 않았다. 사군의 명칭은 『사기』보다 늦은 『한서』와 그 이후의 역사서에 나타난다. 일제 식민 사학자들은 1차 사료 「조선열전」을 건너뛰어 『사기』보다 늦게 나온 『한서』 이후의 기록들을 가지고 한사군의 위치를 비정하는 데 열을 올렸던 것이다.

요컨대 식민 사학자들은 조선의 지배를 정당화하기 위해 한국 고대사의 강역을 반도 이내로 축소하는 강역 프레임을 완벽하게 공들여 짜냈고, 우리 학계는 이 프레임에 걸려 지난 100년 가까이 내부 투쟁에 열을 올려 왔던 셈이다.

식민 사학자들이 짜놓은 프레임은 한국 고대사에만 국한되지 않는다. 특히 당시와 가장 가까운 시대인 조선사에 대해서도 프레임을 짜서 조선사를 왜곡, 날조하기까지 했다. 그리고 해방 이후 친일파를 청산하지 못한 결과 한국 역사 구석구석에 식민사관의 망령이 어슬렁거리고 있다. 재야가 되었던 역사학계 전체가 이 프레임을 돌파하지 않는 한 식민사관의 망령에서 헤어나지 못할 것이다.

오항녕의 『조선의 힘』은 식민사관이 짜 놓은 프레임을 돌파할 수 있는 저력이 있는 책이다. 드라마나 영화로 가장 많이 만들어졌고 또 만들어지고 있는 조선시대의 역사를 읽을 때마다 느꼈던 뭔지 모를 불편함을 비교적 시원하게 걷어냈다. 이 책은 여덟 개의 장으로 구성되어 있고, 각 장이 모두 비교적 쉽고 명쾌하게 읽힌다.

1장은 조선 문치주의의 핵심인 경연을 다루고 있다. 권력(권력자인 왕)에 대한 통제를 제도화하는 방법으로서 경연에 주목하고 있다. 말하자면 왕이라는 리더와 리더십을 둘러싼 자질 함양을 위한 집단 스터디를 부각시키고 있다. 2장은 사관들이 남긴 왕조실록을 다루고 있는데, 실록을 하나의 시스템으로 인식하여 조선의 인프라로 표현하고 있는 점이 눈길을 끈다. 3장은 과거와 현재의 문화적 차이를 이해하는 데 유용한 개념인 예치와 법치, 헌법과 경, 헌법과 강상 등의 주제를 다루고 있다. 4장은 조선시대 국가 정책으로서 가장 중요한 항목이었던 대동법의 시행을 다루면서 국정 시스템의 운영에 대한 의미 있는 통찰력을 제기한다.

5장은 조선의 문명을 이끌어간 사상으로써 성리학을 다루면서 성리학이 사상일 뿐만 아니라 일상생활 전반에 침투한 일상성의 사상이란 점을 부각했다. 성리학에 대한 기존의 관점을 바로 잡을 수 있는 대목이 적지 않다. 6장은 학계의 예민한 논쟁거리인 광해군에 대한 논의다. 그동안 학계와 재야는 광해군, 특히 그의 중립외교를 띄우기 위해 동원된 사실과 논리의 왜곡을 혹세무민으로 비판하는 한편 이 혹세무민의 뿌리가 식민사학에 있다는 점을 밝혔다. 이 문제는 앞으로 상당한 논쟁을 끌어낼 것으로 보인다. 7장은 언론과 대중적 인기를 끌고 있는 재야 사학자들의 글에 대한 비판이다. 당쟁과 이기론을 둘러싸고 일부 역사학자의 날조와 조작, 단장취의와 같은 문제를 신랄하게 비판하고 있다. 이 장에서 저자가 지적하고 있는 재야사학계 일부의 내 편과 네 편을 가르는 이분법적이고 대립적 사고와 연구방법, 역사학의 포퓰리즘 문제는 그대로 식민사학의 프레임과 일치하고 있다는 점에서 중요한 지적이 아닐 수 없다. 마지막 8장은 단종과 사육신의 복권 문제를 다루면서 이 문제를 '역사 바로 세우기'에 비유한 점이 참신하다. 역사의 평가란 것이 얼마나 무겁고 무서운 가를 느낄 수 있는 대목이기도 하다.

조선시대의 역사는 여러모로 불편하다. 모두에게 익숙한 남존여비니 노비제도니 당쟁이니 하는 용어들이 일쑤 조선시대의 역사를 읽을 때마다 머리를 스치기 때문이다. 특히 조선이 외세에 시달리다가 일제에 의해 멸망했기 때문에 이런 불편함은 더 가중된다. 그래서 조선사의 자율성을 강조하기도 하고, 당쟁이라는 용어를 붕당정치로 바꿔보기도 했지만 대중들 사이에서 조선에 대한 인식은 크게 달라진 것처럼 보이지는 않는다. 여기에 대중을 자극하고 도발하는 데 유용한, 하지만 대단히 천박한 이분법적 사고와 방법론에 입각한 대중 역사서가 횡행하면서 조선사에 대한 심도 있는 이해와 상식적인 판단은 거의 불가능한 것처럼 보이기도 했다.

조선시대는 지금 우리에게서 가장 가까운 과거다. 많은 부분이 연결되어 있고 영향을 미치고 있다. 따라서 이 시대에 대한 정확한 이해와 바른 인식은 한국사 전체에 대한 바른 이해와 인식을 위한 첩경이 될 수 있다. 이런 점에서 이 책은 아주 좋은 다리 역할을 할 것이다. 저자의 다음 저작들이 기대되는 이유이기도 하다.

함께 읽으면 좋은 책

『병자호란』(전2권) 한명기 지음, 푸른역사, 2013
『왕을 참하라』(전2권) 백지원 지음, 진명출판사, 2009
『조선왕 독살사건』(전2권) 이덕일 지음, 다산초당, 2018

책이라는 키워드로 조선을 이해하다

095

한기호_한국출판마케팅연구소 소장

책벌레들 조선을 만들다
강명관 지음, 푸른역사, 2007

한문학자 강명관 부산대 교수는『책벌레들 조선을 만들다』에서 책벌레 22명을 통해 조선 사회를 재조명했다. 이 책은 책이라는 매우 좁은 시선(키워드)으로 바라보지만 정치사, 사상사, 문학사, 사회사 등 거의 모든 학문 분야를 통합한다. 우리는 어느 순간부터 손 안의 컴퓨터인 스마트기기 하나로 전문 검색을 하고 전체를 조망한 다음 자신만의 스토리를 만들어내고 있다. 이 책이 바로 그렇다.

조선시대에『사서오경』은 과거시험의 출제 기반이 되는 책이었다. 이 책들은 사대부의 생존 수단 그 자체였다. 이 책들을 읽고도 과거에 합격하지 못한 사람은 족보에 오르지 못했다. 낙제한 사람들은 인간 취급을 받지 못했기에 책은 권위의 상징이 될 수밖에 없었다.

따라서 당시 지식인에게 책은 생존 수단이자 권위였으며 '유일한 지식의 저장고'였다. 그러니 '책'으로 조선시대를 살펴보는 것은 그 시대를 온전히 이해하는 방법일 수 있다.

이 책의 등장인물은 크게 두 부류로 나뉜다. 하나는 정도전과 태종, 세종, 조광조, 이황, 이이처럼 성리학이라는 '유일사상'의 틀에서 한 발짝도 벗어나지 못한 사람들이다. 그들은 책의 생산과 보급 그리고 독서문화 창출에 많은 기여를 했지만 궁극적으로는 양반·남성의 지배를 합리화하는 역할에서 벗어나지 못했다. 책을 좋아한 호학(好學)의 군주이자 '개혁군주'로 알려진 정조마저 가장 보수적인 정통 주자학에 따라 세상이 완벽하게 작동하기를 원했기에 새로운 사유를 결코 허용하지 않은 '책과 사상의 탄압자'로 규정된다. 저자는 이들을 냉소적으로 바라본다.

다른 한 부류는 18세기 이후 중국에서 유입된 최신 서적들을 탐독하며 새로운 사유를 할 줄 알았던 사람들이다. 1763년 홍대용이 베이징을 찾은 이후 조선의 수많은 지식인은 '새로운 사유'가 담긴 책을 그곳에서 '수입'해 오기까지 했다. 이러한 움직임은 하나의 트렌드였다. 이 책은 바로 그 시기 인물들에 방점이 찍혀 있다. 대량의 독서로 박학(博學)을 추구했던 지식인들은 때로 실학과 같은 '이단적 사유'를 드러냈다. 당연히 저자는 이들에게 따뜻한 눈길을 보낸다.

이 책에서 가장 돋보이는 부분은 정조를 바라보는 저자의 시각이다. 정조는 중국 지식시장의 동향을 꿰고 있었고, 읽지 않은 책이 없을 정도로 다독가였다. 하지만 그는 베이징에서 수입한 책이 조선의 지식인을 오염시키고 주자학을 해체한다고 판단해 베이징 서적의 수입을 금지한다. 한편 지식인들의 저작을 검열해 사상의 자유를 억압한 문체반정을 지시함으로써 18세기 후반의 새로운 사유를 질식시켜 스스로 '개혁 군주'의 길을 포기하고 '절대군주'의 길로 들어선다. 그래서 강 교수는 허균이 형장의 이슬로 사라지지 않고, 성리학에 철저하게 각을 세운

이탁오의 『속분서(續焚書)』를 읽고 사유를 발전시킬 수 있었다면 조선의 미래는 달라졌을 것이라고 탄식한다. 개명천지인 21세기 한국 사회 또한 여전히 '이단이 나올 가능성을 뭉개버리는 사회'라는 개탄과 함께.

저자는 이 책에서 "『조선왕조실록』을 비롯한 온갖 사료와 선인들의 방대한 문집, 저 비할 데 없이 거창한 『사고전서(四庫全書)』까지 연구실에 앉아 컴퓨터로 읽고 검색할 수 있는 세상"이 되었다며 시대의 변화를 정리했다. 이처럼 앞선 사유를 할 수 있었던 그는 2009년에 펴낸 『열녀의 탄생』에서 데이터베이스의 힘이 얼마나 큰지 보여주었다.

조선시대 남성·양반은 자신들의 권력적 의도에 부합하는 '여성'을 만들기 위해 특정한 지식을 구성하고, 그것을 여성의 머릿속에 '설치'하려고 『소학』 『삼강행실도』 『내훈』 등의 텍스트를 활용해 왔다. 『열녀의 탄생』은 그 과정을 추적한 책이다. 저자는 의부(義婦), 열부(烈婦), 열녀(烈女) 등의 단어가 『조선왕조실록』에서 어떻게 생성되고 소멸되었는지 일일이 제시하고 있다. 이런 세밀한 사례들은 디지털 데이터로 검색하지 않고서는 쉽게 확인할 수 없다. 이렇게 그는 앞으로도 디지털 데이터의 힘으로 더 많은 것을 증명해 보일 것이다.

중국의 방대한 역사책을 모아놓은 『사고전서』는 『조선왕조실록』의 1000배 규모다. 이렇게 모아진 방대한 디지털 자료가 검색이 가능한 상태로 보관돼 있다. 지식인이라면 그 데이터에서 하나의 키워드로 자료를 검색해 빠르게 한 권의 책을 쓸 수도 있다. '데이터베이스적 생산 환경'이 조성된 셈이다.

IMF 외환위기에 이어 카드대란이 터진 2003년부터 한국의 인문시장에서는 상상력의 중요성이 강조되기 시작했다. 이때 고미숙의 『열하일기, 웃음과 역설의 유쾌한 시공간』, 정민의 『미쳐야 미친다』, 이덕일의 『정약용과 그의 형제들』 등의 인문적 실용서가 득세했다. 이 흐름을 강 교수의 『조선의 뒷골목 풍경』이 선도했다. 이 책들은 임팩트가 강한 테마

(키워드)를 갖고 이야기를 전개한다. 『열하일기, 웃음과 역설의 유쾌한 시공간』처럼 책이거나, 『정약용과 그의 형제들』처럼 인물이거나, 『홀로 벼슬하며 그대를 생각하노라』처럼 16세기를 상징하는 미암 일기일 수도 있다.

이처럼 사람·사물·사건 등 시대를 관통하는 팩트를 찾아 풍부한 사례를 제시하면서 흡인력 있는 이야기를 만들어내는 인문서들이 이후 대세였다. 이 책들은 역사의 비주류들이 주인공으로 등장하고 발상의 전환이라는 확실한 주제를 담았으며, 실사구시 혹은 이용후생의 철학을 품었고, 문명의 전환기인 18세기를 다뤘다는 공통점이 있었다. 아날로그 문명에서 디지털 문명으로 옮겨가는 과정에서 혼란을 겪던 단경기(端境期)였기에 독자들의 욕망에도 제대로 맞아떨어졌다.

우리는 '커다란 이야기'가 힘을 잃은 포스트모던의 시대를 걷고 있다. 대중의 관심은 갈수록 잘게 쪼개져 이야기를 만들어내기가 쉽지 않다. 아니, 어쩌면 더 쉽게 만들 수 있을 지도 모른다. 인류가 생산한 수많은 지식이 데이터베이스화된 소비적 환경에서 이야기는 어떠한 형태로 살아남을 것인가. 당장 우리 눈앞에 '날 잡아 봐라' 하고 깃발을 펄럭이며 유혹하는 것은 역사적 상상력인 팩트와 허구적 상상력인 픽션을 결합한 팩션이다. 지금 영화, 드라마, 책 등에서 팩션이 아닌 것은 명함을 내놓기가 어렵다. 인문서라고 예외는 아니다. 앞에서 제시한 책들은 발랄하고 경쾌하며, 때로는 삐딱하기까지 하다. 독자는 글에서 저자의 거친 호흡마저 느낄 수 있다. 이런 점이 굴곡 많은 근현대사를 가진 우리 민족의 입맛에 맞았다. 바로 그런 흐름을 잘 수용했기에 많은 인기를 끌 수 있었다. 그 흐름을 대표하는 사람이 바로 강명관이라는 학자였다.

<u>함께 읽으면 좋은 책</u>

『조선의 뒷골목 풍경』 강명관 지음, 푸른역사, 2003
『열녀의 탄생』 강명관 지음, 돌베개, 2009
『조선풍속사』(전3권) 강명관 지음, 푸른역사, 2010

096

『철학과 굴뚝청소부』—나를 만든 것은 무엇인가

임종수_한국예술종합학교 초빙교수

1990년대 대학에서 철학을 전공한 나는 철학에 대한 어떤 엄숙주의가 있었다. 그래서 이 책을 보고 '철학에 왜 굴뚝청소부란 제목을 달아놓았을까, 그냥 철학을 가볍고 쉽게 설명하려는 여느 책들과 크게 다르지 않겠지'라고 생각했다. 2000년대 초 청소년들에게 철학을 이야기하는 자리에서 이 책을 다시 만났다. 그러니까 나는 동년배들보다 비교적 좀 늦게 이 책을 '만난' 셈이다. 법정 스님 표현을 따르면 그제야 '마주침이 아니라 만남'이 이루어졌다고 할까.

철학과 굴뚝청소부
이진경 지음, 그린비, 2005

1994년 초판, 2001년 개정판, 2005년 개정2판. 2015년 개정3판. 이처럼 『철학과 굴뚝청소부』는 개정과 증보로 변형되어 왔다. 이렇게 오래도록 읽힌 힘은 무엇일까. 어떤 책이 오래 읽히는 데는 까닭이 있을 것이다. 또한 판을 거듭하고 증보하는 데도 이유가 있을 것이다. 우선 이 책은 일종의 근현대철학 입문서로 읽혀온 듯하다. 이 책에는 우리 시대와 가장 가까운 철학적 사유가 등장한다. 이 점이 가장 큰 매력이다. 하지만 이 책은 손쉬운 입문서가 아니다. 철학의 전통적 주제인 진리 물음이 어떻게 철학사에서 파열되고 해체되었는지를 보여줄 뿐만 아니라 주체의 문제를 묻기 때문이다. 진리를 묻는다는 것은 주체가 있어 가능한 것이니까 말이다. 그런데 주체란 무엇인가. 진리란 무엇인가. 이러한 물음이 오늘 우리 시대에 무슨 의미가 있는 걸까.

당장 책에서 이런 물음에 답을 찾고 싶은 독자라면 잠시 그 물음의 진원지를 거슬러 올라갈 볼 필요가 있다. 이 책을 처음 접하는 독자들은 이 책이 1994년에 초판이 나왔다는 사실을 염두에 두어야 할 것 같다. 이 책이 나오기 전 현실사회주의가 역사 저편으로 사라졌고, 포스트모던의 분위기가 형성되면서 현실과 사상계는 새로운 판을 짜야 했다. 꽉 붙잡고 있던 기둥이 사라지는 현상을 경험한 사람들은 자신들이 비판했던 곳에 가서 삶의 터전을 잡기도 하고, 이른바 '전향'을 한 사람도 있었으며 일상인으로 안온한 삶을 사는 것으로 그러한 흔들림과 해체를 겪어간 이들도 적지 않았다. 그래서 이 책은 이러한 사상적인 공백과 공허를 체험하던 이들에게 단순히 철학사로 다가오진 않았다. 내가 몸담은 세계의 가치들, 주체, 진리 이런 이념들이 과연 무엇이고, 서양이 지배한 근대를 넘어서 탈근대적으로 사고한다는 것은 무엇인지 되돌아보게 했다.

그런데 근대를 비판하기 위해서라도 근대의 실체를 제대로 알아야 하지 않을까. 절대적 이념, 주체나 진리가 사라진 시대가 되었지만, 근대에 대한 이해 없이 근대를 넘어서서 사유하고 살아갈 수 있을까. 그렇게 된다면 또다시 사상의 공황으로 치달을 수가 있다. 이런 맥락에서 저자의 문제의식이 담긴 말을 인용하면 이렇다. "근대란 무엇인지, 탈근대란 무엇인지, 근대를 벗어난다고 함은 무엇을 뜻하는지, 만약 근대를 벗어나려는 시도가 타당하다면 그 '벗어남'을 위해 무엇이 필요한지, 탈근대적으로 사고하기 위해서는 무엇이 요구되는지를 검토하는 것이 좋을 것 같다는 것이 제 생각입니다." 이러한 문제의식 자체를 다시 명료하게 보여주는 건 책 뒤표지에 나온 내용이다.

"두 사람의 굴뚝청소부가 청소를 마치고 내려왔다. 한 사람은 얼굴이 더러웠고, 한 사람은 얼굴이 깨끗했다. 이 중 과연 누가 세수를 하게 될까? 얼굴이 깨끗한 사람이다. 상대방의 얼굴을 보고서, 자기도 더러우리라고 생각할 것이기 때문이다."

인식하는 주체와 인식되는 대상이 갈라지면 인식된 것이 사실과 일치하는지 어떻게 알 수 있을까? 이럴 때 진리란 가능할까? 근대철학은 진리를 묻는다. 하여 저자는 데카르트를 출발로 삼는다. 다시 말하면 의심하는 나는 의심하지 않는다는 주체에 대한 믿음이 있었다. 그러나 데카르트 이후는 점점 다른 면모를 보인다. 전통 신학에 대한 회의와 과학기술, 자본주의, 무의식의 발견은 인간에 대한 이해를 바꾸어놓았다.

저자는 이러한 근대철학의 안과 밖의 경계를 데카르트 이후 근대 너머의 근대 철학자 스피노자, 근대철학의 동요와 위기를 드러내는 유명론과 경험주의(로크, 흄), 근대철학의 재건과 발전을 보여주는 독일의 고전철학(칸트, 피히테, 헤겔), 근대철학의 해체를 알리는 근대(마르크스, 프로이트, 니체)와 탈근대 사이를 오가는 언어학과 철학의 혁명(훔볼트, 소쉬르, 비트겐슈타인), 근대 너머의 철학을 시도하는 구조주의와 포스트구조주의(레비스트로스, 라캉, 알튀세르, 푸코, 들뢰즈와 가타리) 순서로 설명한다. 그러나 저자는 이러한 근현대 철학의 내용을 사실적으로 기술하거나 나열하지 않는다. 저자에 따르면 "철학사를 연구한다는 것은 철학의 역사 안에 그어진 경계선들을 찾아내고, 그 경계선마다 새겨진 의미를 읽어내는 것"이기 때문이다.

그 의미를 읽어내려 한 이 책은 철학의

경계를 살피며 근현대 철학에 대한 지식을 얻을 수 있도록 구성되어 있다. 하지만 이 책이 철학의 대중화라는 이름 아래 철학의 수준을 낮추어 서술된 것은 결코 아니다. 오히려 철학을 몰랐던 이들에게 철학을 알리는 대중 철학화의 전범과 같은 역할을 했다. 무엇보다도 철학적 사고란 비판적으로 현상을 있는 그대로 받아들이는 것이 아니라 근거를 따져 묻는 작업이라면, 이 책은 오늘 우리 시대가 어떻게 이런 모양으로 형성되었는지 알 수 있도록 따져 물어놓았다. 나는 여기에 이 책의 가치가 있다고 생각한다.

이 책은 내가 지금 어디에서 사는지, 어디에 놓여 있는지, 나는 누구인지. 서구가 만들어놓은 근대에 대한 물음과 탈근대 사이에서 우리는 어떤 삶의 양식을 도모할 것인지 궁금한 이들에게 큰 도움을 줄 것이다. 마지막으로 덧붙이고 싶은 말은, 이 책은 각 장의 이해를 위해 도판과 사진을 적절하게 배치해 사유의 흐름을 도와준다는 점이다. 시각 자료를 들여다보고 있으면 사유를 하도록 자극한다. 단순한 보조자료 정도가 아니라 깊이 사유하게 하는 도판과 사진은 우리를 철학하도록 이끈다.

함께 읽으면 좋은 책

『다시 쓰는 서양 근대철학사』 한국철학사상연구회 지음, 오월의봄, 2012

『처음 읽는 프랑스 현대철학』 철학아카데미 엮음, 동녘, 2013

『근대적 시 · 공간의 탄생』 이진경 지음, 그린비, 2010

097

한국인의 삶의 문법의 역사를 추적하다

김시천_상지대 교양대학 교수

한국 철학사

전호근 지음, 메멘토, 2018

철학이란 무엇일까? 이제는 빛이 바랜 낡은 물음처럼 여겨지지만, 그럼에도 이 문제는 언제나 우리의 삶과 마주할 때 다시금 제기된다. '철학'은 19세기 이래 "지혜에 대한 사랑"으로 소개됐고, "진리에 대한 탐구"로 여겨지기도 했다. 그리고 동아시아의 학자들은 철학을 "인간의 삶에 대한 성찰"이라는 의미로 수용했다. 이런 맥락에서 한 걸음 더 나아가 한국철학의 역사를 "한국인의 의식 저변에 깔려 있는 삶의 문법"으로 읽어 낸 책이 있다. 바로 『한국 철학사』가 그 책이다.

전체 5부 31장으로 구성된 이 책은 신라의 원효에서 시작하여 20세기 끝자락의 무위당 장일순에 이르기까지 1300여 년에 걸친 시대를 다룬다. 그 기나긴 역사의 여정에서 저자는 심산유곡에서 울려 나오는 해탈의 염불 소리에 잠시 걸음을 멈추기도 하고, 유학자들이 정사하며 논쟁했던 도성의 한복판을 지나기도 하고, 새로운 지식을 찾아 머나먼 북경까지 다녀온 학자들의 여정을 따르기도 한다.

저자에게 한국철학이란 "우리는 누구인가?" "우리는 어디에서 왔는가?"에 대해 인간의 이성에 호소하며 그 답을 찾고자 했던 선인들의 생각의 결이다. 그러한 생각의 결들은 성덕대왕신종 같은 유물들에 새겨지고, 나아가 한반도를 살아온 수많은 사람의 삶에 일종의 문법처럼 흔적이 남았다. 그래서 불교, 도교, 유교라는 구분은 한국인의 삶의 문법에서, 흐름은 다르지만 우리의 삶의 결을 구성해온 그 무엇으로 엮인다.

한국사의 역사 서술이 단군에서 시작된다면, 한국 철학사의 첫 새벽은 원효에서 시작된다. 중국으로 유학을 가고자 했으나, 유학을 가던 중에 해골 속의 물을 달게 마셨다가 아침에 일어나 해골의 물을 마신 걸 알고 구토하고 나서 깨달음을 얻었다는 원효의 이야기는 결국 이러한 삶의 문법을 잘 대변한다. 중국에 있든 한국에 있든, 세속에 있든 산속에 있든 중요한 것은 제대로 생각하는 데 있음을 아는 것, 바로 그것은 원효가 한국 불교뿐만 아니라 한국철학의 첫 새벽이 된 까닭이다. 따라서 한국 철학사가 가야 할 여정은 그 "한국인의 삶의 문법"을 일궈낸 사유를 추적해가는 일이다.

저자는 삼국시대 원효부터 20세기 장일순에 이르는 한국적 사유의 특징을 "양극단을 통합하고 상대를 포용하는 관점"에서 파악한다. 한국철학의 첫 새벽을 원효에서 찾았던 까닭은, 신화적 사유와 구분되면서 이성에 호소하는 철학이자 당시 불교 사상계의 이론적 대립을 극복할 대안으로 원효가 '화쟁론'을 제시했기 때문이다. '화쟁'은 온갖 쟁(諍)을 화(和)한다는 논리로 사회적 삶이 분열되고 갈등이 격화될 때마다 등장하는 중요한 한국적 삶의 문법이자 원효 사상의 핵심이다. 이러한 시각은 한국 현대철학까지 이어져, 서양철학을 '수용'의 관점에서 보지 않고 한국인의 삶을 위한 '융합'이라는 관점에서 바라본다. 유영모, 함석헌, 장일순이 현대 철학자로 등장하는 이유가 여기에 있다.

지난 100여 년간 한국철학의 역사를 그려내고자 한 책은 여러 권이 있다. 그러나 대개의 저술들은 일반적으로 다양한 전공을 한 학자들이 각자의 맥락에서 해당 주제나 인물들을 소개하고 논평하는 형식으로 구성되었다. 그런 면에서 이 책은 최초로 한국의 지성사를 고대에서 현대까지 일관된 시각에서 읽어내고자 한 역작이라 할 수 있다.

이 책에서 주목할 점은 한국철학의 독자성과 고유성을 증명하려고 하지 않는다는 점이다. 오히려 저자는 "수천 년 동안 장구한 사유를 이어 온 동아시아 전통 지식인들의 오래된 고민이 반영된 결과임을 밝히고자" 했다. 유학이 고대 중국의 춘추전국 시대 공자가 창시한 것이라거나, 도교가 노자의 『도덕경(道德經)』에서 유래하여 삼국 시대에 한반도에 수용되었다는 것은 중요하지 않다.

저자가 이 책을 쓰면서 "만난 철학자들의 한마디 한마디가 나를 채워주고 내 영혼의 일부가 되었다"라고 하듯이, 지난 역사 과정에서 우리들의 삶을 채워주고 우리 영혼의 일부가 되어 삶의 문법이 된 사유와 고뇌의 흔적을 찾아 나가는 여정이 바로 이 책이 따라가는 길이다. 그가 승려인지 유학자인지, 문인인지 철학자인지는 중요하지 않다. 그래서 이 책은 일종의 지성사와 철학사의 경계, 문학사와 종교사의 벽을 넘나들며 자유롭게 그 궤적을 따를 뿐이다.

저자는 『고려사(高麗史)』『삼국유사(三國遺事)』와 같은 역사 문헌에서부터 『동국이상국집(東國李相國集)』『다산시문집(茶山詩文集)』『동경대전(東經大全)』에 이르기까지 문학과 철학의 경계를 넘나드는 수많은 문헌을 원용하며 한국 철학사의 사유의 흔적을 재구성한다. 때로는 원효와 의상(義湘)처럼 철학자들을 대조하기도 하고, 때로는 태극(太極) 논쟁, 사칠(四七) 논쟁 등 철학사의 중요한 논쟁들 다룬다. 그 외에도 교종과 선종, 성리학과 양명학, 서학과 동학 등 대립되는 철학적 사조와 개념을 이해하기 쉽게 설명한다.

기나긴 역사와 수많은 인물을 다루면서도, 저자는 핵심적인 주제를 논의할 때 고립적인 방식으로 서술하지 않는다. 어떤 경우에는 동양과 서양의 철학을 비교하면서 한국적 사유의 특징을 포착하여 그 차별성을 드러내준다. 예컨대 주자학과 칸트 윤리학의 유사점을 통해 주자학을 현대적인 감각으로 이해할 수 있도록 서술하는 식이다. 이런 서술은 한국의 철학적 사유가 주변 세계와 교류하면서 발전하고, 스스로의 역사와 삶의 영역에서 사유를 개척해 왔음을 동시에 보여주려는 노력으로 보인다.

흔히 철학의 역사는 "부친 살해의 역사"에 비견되곤 한다. 아리스토텔레스는 플라톤을, 헤겔은 칸트를 비판하면서 스스로의 철학을 정립했다는 의미다. 그러나 우리는 이 책을 통해 철학의 역사를 다른 시각에서 살필 수 있음을 목도한다. 철학이 지혜의 추구이고 진리를 향한 노력의 산물이라면, 그 지혜와 진리는 언제나 우리가 발 디디고 서 있는 삶의 자리에 있어야 한다. 이 책에 현대철학이 강단에 섰던 박종홍과 월북한 신남철, 태백산으로 들어간 박치우가 나란히 현대철학자의 자리를 차지하고 있는 것은 "우리가 함께 있고, 우리 삶이 그래왔음"을 있는 그대로 보여주며, 우리 삶의 문법이 다양했음을 보여주려는 또 하나의 시각이기도 하다. 그런 의미에서 이 책은 삶의 문법을 통해 분단과 이념을 넘어서는 또 다른 '화쟁'을 보여주는 시도이자 그 정신이다. 많은 독자에게 공감되고 널리 읽히는 이유가 바로 거기에 있지 않을까!

함께 읽으면 좋은 책

『한국철학스케치』(전2권) 한국철학사상연구회 지음, 풀빛, 2007
『한국철학에세이』 김교빈 지음, 이부록 그림, 동녘, 2008
『한국현대철학사론』 이규성 지음, 이화여자대학교 출판문화원, 2012

가야만 해야 할 고난의 길

098

김영수_한국사마천학회 이사장

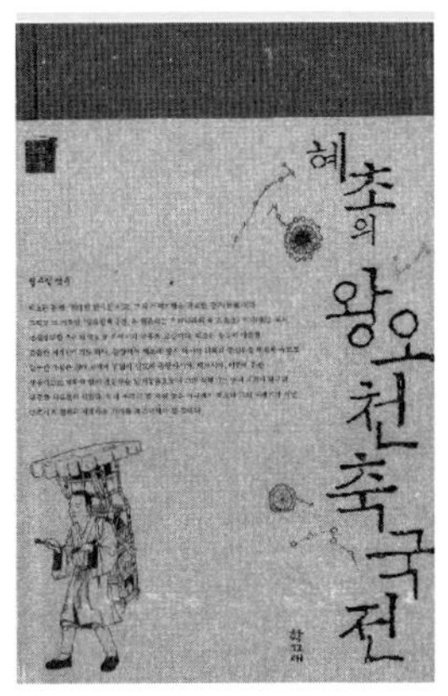

혜초의 왕오천축국전

혜초 지음, 정수일 옮김, 학고재, 2004

671년 당나라의 한 승려가 바닷길을 통해 천신만고 끝에 천축(인도)에 도착했다. 그는 여기서 20년을 머물다가 장안으로 돌아왔다. 장안으로 돌아온 그는 60여 명의 당나라 구법승들이 머나먼 인도로 구법을 떠나서 사막이나 험산 그리고 바람과 파도와 싸우면서 인도에 건너간 고행 내력과 인도에서 경전을 공부한 예불순례 등의 발자취를 기록으로 남겼다. 이것이 바로 의정 스님의 『대당서역구법고승전』이다. 의정 스님은 이 기록에 인도에서 만난 신라의 현태, 현격, 혜업, 이름을 알 수 없는 승려 둘을 언급함으로써 상당히 많은 신라 승려가 인도로 구법을 떠난 사실이 확인되었다.

기원전 1세기 한나라 무제 무렵 비단길(실크로드)이 개척된 후 당나라 때까지 불법을 구하기 위해 인도를 찾은 구법자들은 약 200명에 이르는 것으로 추정된다. 당시 교통 상황으로 볼 때 인도행은 대체로 3년에서 5년이 걸리는 참으로 고난의 행로였다. 도중에 병과 굶주림 그리고 도적 등을 만나 사망하는 경우가 대부분이었다는 기록이 있을 정도다. 또 돌아오지 못하고 인도에서 열반한 순례자도 많았다. 다시 천신만고의 여정을 거쳐 돌아오기까지 15년에서 20년이 걸렸다.

불법을 구하기 위한 이 험난한 여정은 수백 년 동안 계속되었고, 이로써 동서를 잇는 땅과 바다의 길이 온전히 열렸다. 이 길을 통해 동서양의 문화와 정신이 오갔고, 동서양의 무역로가 함께 개척되었다. 세계사에 큰 획을 긋는 동서 교류의 길이 이런 순수한 선구자들에 의해 열린 것이다.

의정이 인도에서 신라 승려들을 만난 후, 약 50년 뒤인 723년 또 한 사람의 신라 승려가 광주(지금의 광저우)를 출발하여 바닷길을 통해 인도로 구법행을 떠났다. 그는 약 4년 동안 인도와 서역의 여러 지방을 돌고 727년 육로를 거쳐 장안으로 돌아왔다. 이후 그는 장안 천복사와 대흥선사 등지에서 밀교 경전을 강의하고 연구하여 큰 업적을 남긴 다음 780년 오대산 건원보리사에서 약 80세를 일기로 입적했다. 그리고 그의 존재는 1000년 넘게 잊혔다.

이 신라 승려가 세상을 떠나고 1200여 년 뒤인 1908년 프랑스의 동양학자 펠리오는 돈황 천불동 장경동에서 사경류, 회화, 직물류 등 다량의 문화재를 약탈해갔다. 그런데 그가 빼내간 사경류 중 약 6000자의 필사본 하나가 전 세계의 주목을 받았다. 이름하여『왕오천축국전』이 바로 그것이었다. 이와 함께 신라 승려 한 사람도 1200년 만에 부활했다. 바로 혜초 스님이다.

『왕오천축국전』은 혜초 스님이 4년에 걸쳐 인도와 서역을 다니면서 직접 목격하거나 전해 들은 이야기를 기록한 것으로 세계 4대 여행기로 꼽힌다. 세계 4대 여행기로는 여러 주장이 있으나 대체로 마르코 폴로의『동방견문록』, 이븐 바투타의 『이븐 바투타의 여행기』, 오도록의 『동유기』 그리고 혜초의 『왕오천축국전』을 꼽는다. 『서유기』 삼장법사의 모델이 된 당나라 승려 현장의 『대당서역기』를 꼽는 경우도 많다. 인도와 서역을 다녀와 기록으로 남긴 기행기로는, 현재까지는 이 책이 유일하다. 이 여행기는 "총체적으로 쇠퇴일로를 걷고 있긴 했으나 일시적 부흥을 모색하던 8세기 전반기에 오천축과 중앙아시아 일대를 두루 순방"하여 "불교사의 한 장을 이루는 당시의 이러한 역사상이 직접적 간접적으로 투영"된 귀중한 사료가 아닐 수 없다.

혜초는 한국인으로는 최초로 대식(아랍)에 다녀온 사람으로 『왕오천축국전』에 나타난 대식 관련 기사는 특별한 문명사적 의미를 지닌다. 혜초는 아랍을 처음으로 '대식'이란 이름으로 불렀고, 하나의 문명권 내에서 최초로 대식 현지에서의 견문을 여행기로 남기는 업적을 남겼다. 특히 서역 각지의 나라 이름과 지명을 한자와 함께 그 지방의 원어를 기록하는 최초의 선례를 남겨 나라와 지명 연구에 참으로 귀중한 자료를 남기기도 했다.

『왕오천축국전』은 온전한 기록이 아니라 축약본이고 떨어져 나간 부분도 있어 연구에 많은 어려움이 따른다. 그럼에도 불구하고 그 역사와 사료적 가치 때문에 지난 100년 동안 적지 않은 연구가 축적되었다. 사실 이 책은 일반인들이 읽고 이해하기는 매우 어렵다. 그래서 친절한 안내서가 절실했다. 이런 점에서 동서교류사에 남다른 연구와 저역서를 남긴 정수일 선생의 『혜초의 왕오천축국전』 역주서는 『왕오천축국전』의 진가를 제대로 알고 이해하는 훌륭한 길잡이가 될 것이다.

『혜초의 왕오천축국전』은 평생 동서문명교류사를 연구하고 현장을 탐방해 온 역자의 내공이 여실히 드러나는 발군의 역주서이다. 『왕오천축국전』의 발견 경위와 그 가치를 상세히 전해주는 해제와 본문을 이해하는 데 없어서는 안 될 방대한 역주는 원서의 부족함을 보충하는 차원을 넘어 혜초의 원서가 갖는 가치를 더욱 높여준다. 정수일 선생은 『왕오천국국전』이 갖는 문명사적 의미를 이렇게 요약하고 있다.

첫째, 문명교류사에서 개척자적 선구자적 역할을 수행했다. 둘째, 『왕오천축국전』은 높은 사료적 가치를 지닌 진서로 현존하는 우리나라 최고의 서지로서 명실상부 국보급 진서다. 셋째, 실제 여행기로서 문학적 가치를 지니고 있다는 데 있다. 이 책에는 고향을 그리는 시를 포함하여 다섯 수의 시가 실려 있다. 이밖에 이 책은 중세 세계사, 특히 8세기 불교 상황을 이해하고 연구하는 데 귀중한 사료 원이며, 한국과 아랍-이슬람 세계의 관계사에서 개척자 역할을 해낼 것으로 기대된다.

근대 서양 국가들이 식민지 개척 이후 세계사는 서양 중심으로 기술되어 왔다. 그러나 근대 이전까지만 해도 세계사는 줄곧 동양이 주도했다. 동서 교류의 주체도 늘 동양이었고, 교류의 가장 중요한 매개체가 다름 아닌 비단길이었다. 수많은 선구자와 개척자들이 이 길을 통해 문물을 전하고 가져왔다. 인도라는 세계 정신사의 메카에서 중국과 한국에 불교가 전파된 뒤로는 이 길의 중요성은 더욱 커졌다. 말하자면 성지 순례길이 활짝 열린 것이다. 『왕오천축국전』은 이 순례의 여정에 화룡점정과 같은 역할을 하고 있다.

21세기 한반도는 새로운 역사를 열어가고 있다. 남북의 길이 열리면 남-북, 통일한국-중국, 통일한국-시베리아, 중국-중앙아시아, 중앙아시아-아랍, 아랍-유럽, 시베리아-유럽을 잇는 철도를 통한 철의 실크로드가 눈앞에 펼쳐질 것이다. 여기에 해상 실크로드를 통해 개척된 바닷길도 새롭게 열릴 수도 있다. 이에 맞추어 신남방정책도 나왔다. 한국의 미래가 여러 면에서 새로운 전기를 맞이할 것으로 보인다. 이런 희망을 가슴에 품고 『혜초의 왕오천축국전』을 펼쳐보면 어떨까?

함께 읽으면 좋은 책

『대당서역기』 현장법사 지음, 권덕녀 옮김, 서해문집, 2006

『대당서역구법고승전』 김규현 역음, 글로벌콘텐츠, 2013

『동방견문록』 마르코 폴로 지음, 김호동 옮김, 사계절, 2000

서평을 써준 사람들

※가나다 순서로 정리했습니다.

감동근_아주대 전자공학과 교수 kamdong@gmail.com

97년 KAIST 물리학과 재학 중 카스파로프와 딥블루의 대결을 보고 전자공학에 투신했다. KAIST 전자공학과에서 박사학위를 받고, 2007년부터 미국 IBM 연구소에서 퀴즈 인공지능 왓슨 개발에 참여했다. 2011년부터는 아주대에 근무하고 있다. 바둑 기력은 아마 5단으로서 알파고와 이세돌 9단의 대결을 해설했다.

강양구_지식 큐레이터 imtyio@gmail.com

지식 큐레이터. 연세대학교 생물학과를 졸업하고 2003~2017년까지 프레시안에서 과학·보건의료·환경 담당 기자로 일했다. 현재 코리아메디케어 콘텐츠본부장(부사장)으로 재직 중이다. 황우석 박사의 논문 조작 의혹을 최초 보도했고, 제8회 국제앰네스티 언론상을 수상했다. 지은 책으로 『세 바퀴로 가는 과학 자전거 1, 2』 『과학수다 1, 2』(공저) 『과학은 그 책을 고전이라 한다』(공저) 등이 있다.

강영주_상명대 명예교수 samusajae@naver.com

상명대학교 명예교수. 서울대학교 국문과를 졸업하고 「한국근대역사소설연구」로 서울대학교에서 박사학위를 받았다. 독일 베를린 자유대학에 유학하여 비교문학을 공부했다. 1982년부터 상명대학교 국어교육과 교수로 재직했다. 저서로 『한국역사소설의 재인식』 『벽초 홍명희 연구』 『통일시대의 고전 『임꺽정』 연구』 등이 있으며, 편저(공편)로 『벽초 홍명희와 『임꺽정』의 연구자료』가 있다. 임화문학예술상(학술 부문)을 받았다.

강유정_강남대 한영문화콘텐츠학과 교수 noxkang@hanmail.net

문학평론가·영화평론가·강남대학교 한영문화콘텐츠학과 교수. 2005년 조선, 경향, 동아일보 신춘문예에 동시 당선되며 생애 최고의 주목을 받았다. 고려대학교에서 학·석·박사를 마쳤고, 연구교수로도 지냈다. 민음사에서 〈세계의 문학〉 편집위원으로 일했고, EBS 「시네마천국」, KBS 「박은영, 강유정의 무비부비」를 꽤 오래 진행했다. 현재는 경향신문에 기명칼럼인 〈강유정의 영화로 세상읽기〉를 연재 중이다.

권순긍_세명대 미디어문화학부 교수 kskeung55@hanmail.net

1990년 성균관대학교에서 활자본 고소설을 연구해 박사학위를 받았다. 1993년부터 현재까지 세명대학교 미디어문화학부 한국어문학과 교수로 학생들을 가르치며 연구하고 있다. 2008년 헝가리 부다페스트 엘테 대학교에 한국학과를 창설하고 헝가리 학생들에게 한국문학과 한국문화를 가르친 바 있다. 저서로는 『활자본 고소설의 편폭과 지향』 『고전소설의 풍자와 미학』 『고전소설의 교육과 매체』 『고전, 그 새로운 이야기』 등이 있다.

김경집_인문학자 paulkim59@hanmail.net

인문학자. 전 가톨릭대학교 인간학교육원 교수다. 25년 배우고 25년 대학에서 가르치고 다음 25년은 마음껏 읽고 쓰며 문화운동을 하면서 살고자 한다. 다양한 방식으로 대중과 호흡하며 문화공동체운동의 소맷자락 귀퉁이를 짜고 있다. 『책탐』으로 2010년 한국출판평론상을 받았고, 『엄마인문학』은 '한 도시 한 책'에 순천, 포항, 정읍에서 동시에 선정되었다. 『앞으로 10년 대한민국 골든타임』은 '2018년 전라남도 올해의 책'으로 뽑혔다. 그 외에 『김경집의 통찰력 강의』 『생각을 걷다』 『생각의 융합』 『인문학은 밥이다』 등 30여 권의 책을 썼다.

김미정_문학평론가 null8@hanmail.net

2004년 문학동네에서 평론 부문 신인상을 수상하며 비평 활동을 시작했다. 현재 「문학3」 기획위원으로 일하며, 대학에서 학생들과 배움을 주고받고 있다. 저서로는 『군도의 역사사회학』 외 여러 권의 번역서가 있고, 『문학을 부수는 문학』 외 여러 권의 공저가 있다. 근현대 한국의 교양, 문학의 계보학에 관심을 갖고 있다.

김민섭_작가 3091201lin@gmail.com

대학에서 현대소설을 연구했고 『나는 지방대 시간강사다』를 쓰고 대학에서 나와서, 지금은 글을 쓰고 이런저런 일을 하며 살아간다. 이 사회를 거대한 타인의 운전석으로 규정한 『대리사회』를 썼고, 동네의 서사 『아무튼, 망원동』, 웹툰 평론집 『고백, 손짓, 연결』 등을 썼다. 요다 출판사의 기획자로서 김동식 작가의 『회색인간』 등 출간에도 관여했다.

김민영_숭례문학당 이사 bookworm@rws.kr

학습 공동체 숭례문학당에서 강의와 저술을 한다. 한 달에 열 개 이상의 학습 모임에 참여하며, 책, 영화, 글, 운동을 하며 산다. 교육청, 대학, 한겨레글터에서 글쓰기 강의를 한다. 지은 책으로는 『첫 문장의 두려움을 없애라』 『서평 글쓰기 특강』 『이젠, 함께 읽기다』 『필사 문장력 특강』(공저) 등이 있다.

김성신_한양대 창의융합교육원 겸임교수 0183768027@naver.com

대학에서 영어영문학을 전공하고 출판사에 입사했다. 저작권회사를 창업하기도 했다. 현재 KBS 1라디오 「생방송일요일아침입니다」의 책 소개 코너에 16년째 고정 출연 중이다. tbs의 서평 프로그램 「TV 책방 북소리-해결책 코너」의 진행 외에도 10여 개의 방송에 고정 출연하고 있으며, 스포츠경향과 조선일보, 〈기획회의〉등에 칼럼과 서평을 쓰고 있다. 현재 한양대학교 창의융합교육원 겸임교수다. 지은 책으로는 『북톡카톡』 등이 있다.

김세나_콘텐츠큐레이터 booksseny@naver.com

출판프리랜서들을 위한 플랫폼 '퍼블리랜서' 대표. 2013년부터 2016년까지 한국출판마케팅연구소에서 출판전문지 〈기획회의〉 편집자로 일했다. 2016년에는 '온 국민 우리말 바로 쓰기' 프로젝트의 일환으로 「지금은 맞고 그땐 틀리다」 방송을 진행했으며, 2017년에는 지역서점 '세렌북피티'를 설립하고 운영했다.

김시천_상지대 교양대학 교수 sckim2018@sangji.ac.kr

상지대학교 교양대학 교수. 2014년부터 고전과 인문학의 다양한 주제를 다루는 인문학 전문 팟캐스트 「학자들의 수다」를 제작, 진행하고 있다. 지은 책으로 『철학에서 이야기로』 『노자의 칼 장자의 방패』 『무하유지향에서 들려오는 메아리』 『논어 학자들의 수다, 사람을 읽다』 등이 있다.

김영수_한국사마천학회 이사장 allchina21@naver.com

사마천과 『사기』를 30년 넘게 공부하면서 중국 역사와 역사 현장을 통해 중국 알기에 매진해오고 있다. 현재 현장과 접목한 『사기』를 완역하는 작업을 마무리하는 중이다. 중국 역사를 조직과 경영에 접목하여 리더십, 인재론, 인문경영 등을 주제로 기업, 교육기관, 공공기관에서 강의하고 있다. 저서로는 『사마천 인간의 길을 묻다』 『난세에 답하다』 『인간의 길』 『대륙의 거성』 등이 있다.

김유진_경향신문 문화부 기자 yjkim@khan.kr

경향신문 문화부에서 출판 분야를 취재하고 있다. 매주 쏟아지는 신간 중에서 읽고 싶거나 읽어야 하는 책, 읽기를 권하고 싶은 책들을 찾아 소개한다. 때로는 책보다 작가, 학자, 편집자 등 책을 만든 사람들과의 대화에서 더 많이 배우는 것 같다. '크로스북리뷰'라는 동영상 콘텐츠도 만든다. 학부에서 정치학과 사회학을, 대학원에서는 정책학을 공부했다.

김은섭_비즈니스북 서평가 richboy@richboy.co.kr

온라인에서 리치보이라는 필명으로 비즈니스북를 리뷰하며 독자들에게 좋은 책을 소개하고 있다. 2010 대한민국 블로그 어워드 TOP 100을 수상했고, 쓴 책으로는 『질문을 던져라 책이 답한다』 『책 앞에서 머뭇거리는 당신에게』 『공감의 한줄 : 세상을 바꾸는 어록의 힘』 『지난 10년 놓쳐서는 안 될 아까운 책』 『아까운 책 : 지난 한 해 우리가 놓친 숨은 명저 50권』 등을 썼다.

김응교_숙명여대 기초교양대학 교수 eungsil@hanmail.net

숙명여자대학교 기초교양대학 교수. 시집 『씨앗/통조림』 『부러진 나무에 귀를 대면』과 평론집 『처럼-시로 만나는 윤동주』 『곁으로-문학의 공간』 『그늘-문학과 숨은 신』 『일본적 마음』 『한국시와 사회적 상상력』 『박두진의 상상력 연구』 『시인 신동엽』 『이찬과 한국근대문학』 『韓國現代詩の魅惑』 등을 냈다.

김종락_대안연구공동체 대표 jrkkk@nate.com

문화일보에서 20년 가까이 기자로 재직하며 북 리뷰 및 학술, 종교 담당, 북 리뷰 팀장, 문화부장 등으로 일했다. 2011년 인문학 공동체인 대안연구공동체를 개설해 강의와 세미나, 출판 기획, 잡부 등의 일을 하고 있다. 『스코트 니어링 평전』을 번역했고 여럿이 쓰는 몇 권의 책에 글을 보탰다.

김태익_조선일보 100년사 책임편찬위원 tikim@chosun.com

1983년 조선일보에 입사, 줄곧 문화부 기자로 출판·학술·미술·문화재 등을 담당했으며 문화부장, 편집부국장, 논설위원을 지냈다. 지금은 조선일보 100년사 책임편찬위원으로 있다. 대통령 도서관정보정책위원회 위원, 국립중앙도서관 자문위원, 문화예술위원회 위원 등을 역임했다. 저서로 『우리말의 예절』 『아듀 20 세기』 『바람의 고향, 초원의 말발굽』(이상 공저) 등이 있다.

김현미_동아일보 출판국 디지털플러스팀장 khmzip@gmail.com

1989년 동아일보 출판국 기자로 입사해 주로 교육과 문화 분야 취재를 담당했으며 신동아, 주간동아, 여성동아, 출판 편집장을 모두 지냈다. 특히 동아일보 내 단행본 기획자로 재직 시 미디어와 책의 결합에 주목해 원 소스 멀티 유즈의

밀리언셀러 및 스테디셀러를 탄생시켰다. 현재 동아일보 출판국 부국장으로 잡지 콘텐츠의 디지털 전략을 담당하고 있다. 한국출판마케팅연구소 편집위원, 한국간행물윤리위원회 심의위원 등을 지냈다.

김형민_SBS CNBC PD sanha88@empas.com

1995년 SBS 프로덕션에 입사한 후 교양 PD로 일하며 「리얼코리아」「긴급출동 SOS 24」「SBS 생활경제」 등을 연출했다. 현재 SBS CNBC 편성팀장으로 일하며 역사에 관한 글쓰기를 하고 있다. 『그들이 살았던 오늘』『한국사를 지켜라』『양심을 지킨 사람들』『접속 1990』『딸에게 들려주는 역사 이야기』 등을 썼다.

김혜원_학교도서관저널 신간선정위원 chibomom@hanmail.net

1996년부터 어린이도서연구회에서 어린이책을 공부했다. 2010년부터 〈학교도서관저널〉 어린이문학 분과 분과장을 맡았다. 2018년부터 〈기획회의〉에서 어린이 청소년책 신간 동향을 이야기한다. 오래도록 어린이 청소년 책을 읽으며 즐거웠던 기억 때문에 지금 출판되는 모든 어린이 청소년 문학에 눈길을 주려한다. 내가 살던 시대의 어린이 청소년 문학에 대한 독자이며 기록자이며 감시자이길 원한다.

김혜진_그림책독립연구자 fairyjin@naver.com

2011년부터 현재까지 월간 학교도서관저널 신간추천위원으로 그림책 신간 서평을 쓰고 있다. 2012년부터 2016년까지는 동아일보 어린이 신간 서평을 격주로 썼다. 한때 일러스트레이터로 일했으며 그림책으로 할 수 있는 독후 활동에 관심이 많다.

김화성_전 동아일보 전문기자 marsstella@naver.com

전 동아일보 스포츠, 여행, 음식전문기자. 사람들은 '여러 문제 연구소장'이라고 부른다. 글이면 글, 술이면 술, 운동이면 운동, 두루두루 두루미다. 그는 지금까지 15권이 넘는 책을 썼다. 『CEO 히딩크』처럼 일본과 네덜란드에서 번역 출판된 베스트셀러도 있고, 초판에 머문 책도 있다. 2015년 2월말 33년의 기자생활을 마치고, 올봄엔 『전라도 천년』이란 책을 내놓았다. 요즘엔 대학과 기업연수원 등에서 강연 활동 중이다.

김효형_도서출판 눌와 대표 nulwa@naver.com

인하대학교 미술교육과 졸업. 한국 문화유산 답사회 운영위원이며, 인문예술서를 전문으로 출판하는 도서출판 '눌와' 대표이다.

노승영_번역가 noh@socoop.net

서울대학교 영어영문학과를 졸업하고, 서울대학교 대학원 인지과학 협동과정을 수료했다. 컴퓨터 회사에서 번역 프로그램을 만들었으며 환경단체에서 일했다. '내가 깨끗해질수록 세상이 더러워진다'라고 생각한다. 옮긴 책으로 『세상에서 가장 재미있는 미국사』『천재의 발상지를 찾아서』『바나나 제국의 몰락』『트랜스휴머니즘』『나무의 노래』『노르웨이의 나무』『정치의 도덕적 기초』『그림자 노동』『테러리스트의 아들』『새의 감각』 등이 있다.

류대성_작가 cognize@naver.com

한겨레, 중앙일보에 서평, 사설비교 칼럼을 연재했고, 고교독서평설 등 여러 매체에 고전, 서평 관련 글을 써 왔다. 오랫동안 국어 교사로 일했고 전국도서관, 교육청, 학교에서 독서, 글쓰기, 고전 관련 강의를 계속하며 책과 단단히 얽힌 삶을 살고 있다. 『책숲에서 길을 찾다』 『청소년을 위한 북 내비게이션』 등을 썼고, 『고전은 나의 힘』 『마중물 독서』 시리즈 등을 기획했고 편자로 참여했다.

박상률_시인 moosan@hanmail.net
진도에서 1958년에 태어나 자랐으며, 1990년 한길문학으로 작품 활동을 시작했다. 시집 『진도아리랑』 『하늘산 땅골 이야기』 『배고픈 웃음』 『꽃동냥치』 『국가 공인 미남』 등을 썼다.

박일호_이야기경영연구소 연수사업단장 ik15@naver.com
경제학을 전공하고 경제단체에서 21년 동안 교육연수 관련 일을 했다. 출판서평전문잡지 〈기획회의〉에 경제경영전문 서평을 6년 동안 연재하는 등 서평가로 활동하며 경제경영 서평집 『경제는 살아있는 인문학이다』 등 2권의 책을 냈다. 현재는 문화콘텐츠 창출과 스토리텔링 사업을 하는 인문경영플랫폼 기업인 (주)이야기경영연구소에서 연수사업단장으로 일하며 대학, 도서관, 50+캠퍼스 등에서 '서평 글쓰기'와 '스토리텔링경영'을 주제로 강의를 하고 있다.

방민호_서울대 국어국문학과 교수 rady@snu.ac.kr
서울대학교 국어국문학과 및 동대학원 박사과정 졸업하고 현재 서울대학교 국어국문학과 교수로 재직 중이다. 1994 『창작과 비평』 제1회 신인 평론상 수상하며 비평에 등단했고, 2001 월간 문학잡지 〈현대시〉 신인추천 작품상 수상하면서 시 창작 활동을 시작했다. 2012년 봄 계간 문학잡지 〈문학의 오늘〉에 단편소설 「짜장면이 맞다」를 발표하며 소설 창작 활동을 시작했다. 연구서로는 『이상 문학의 방법론적 독해』 『일제말기 한국문학이 담론과 텍스트』 등, 문학 평론집으로는 『서울문학기행』 『행인의 독법』 등, 시집으로는 『숨은 벽』 등, 장편소설 및 소설집으로는 『대전 스토리, 겨울』 『무라카미 하루키에게 답함』 등이 있다.

송성욱_가톨릭대 국어국문학과 교수 cukssu@catholic.ac.kr
서울대학교 국어국문학과를 졸업하고 같은 대학교에서 석사 및 박사 학위를 받았다. 한국고전소설을 전공했으며, 저서로 『한국 대하소설의 미학』 『조선 시대 대하소설의 서사문법과 작가의식』 등이 있다. 역서로 『구운몽』 『춘향전』 『사씨남정기』 등이 있으며, 논문으로 「고전소설의 이원적 구조와 TV드라마」 「〈별에서 온 그대〉와 〈도깨비〉와의 비교를 중심으로」가 있다.

송호정_한국교원대 역사교육과 교수 hjsong@knue.ac.kr
서울대 대학원에서 한국 고대문화의 원류에 깊은 관심을 가지고 우리 민족과 한국 고대국가의 형성 과정을 연구해 「고조선 국가 형성과정 연구」로 박사학위를 받았다. 한신대박물관 연구원과 서울대 강사를 거쳐 2000년부터 한국교원대학교 역사교육과 교수로 재직 중이다. 대표 연구 성과로는 『한국 고대사 속의 고조선사』 『단군, 만들어진 신화』 『아틀라스 한국사』 『처음 읽는 부여사』 등이 있다.

신기수_숭례문학당 당주 book@rws.kr
2008년부터 숭례문 앞에서 독서와 토론, 글쓰기를 중심으로 한 독서공동체를 운영하고 있다. 독서는 혼자만의 경험에서 그치는 것이 아니라 다른 사람과 함께 나눌 때 그 가치가 커짐을 실증해냈다. 그 결과물로 『이젠, 함께 읽기다』(공저) 『이젠, 함께 쓰기다』 『이젠, 함께 걷기다』 『책으로 다시 살다』 『글쓰기로 나를 찾다』 『생각정리 공부법』 『은퇴자의 공부법』을 기획했다.

신병주_건국대 사학과 교수 shinby7@konkuk.ac.kr

서울대학교 인문대학 국사학과 및 대학원을 졸업했다. 규장각 학예연구사를 거쳐 현재 건국대학교 문과대학 사학과 교수로 재직 중이다. 한국문화재 재단 이사, 문화재청 궁능 활용 심의위원이다. 조선시대 역사와 문화를 전공하고 있으며, 역사의 대중화를 위한 노력을 하고 있다. KBS 1 TV에서 「역사저널 그날」과 KBS 1 라디오 「글로벌 한국사 그날 세계는」을 진행했으며, 현재는 KBS 1 라디오 「신병주 교수의 역사여행」을 진행하고 있다. 주요 저서로는 『조선산책』 『책으로 보는 조선의 역사』 『왕으로 산다는 것』 『고전소설 속 역사여행』 등이 있다.

안중찬_출판기획자 ahn0312@gmail.com

장거리 출퇴근의 고단함을 전철과 버스 안에서 책 읽기로 극복하는 낙관적이고 사교적인 생활인이다. 대국민 공모를 통해 현재 집권여당의 당명인 '더불어민주당'+'the민주'를 제안하여 최우수상을 받았다. 『한국인을 위한 코렐드로우』 『포토샵파워』 『기계 제어 프로그래밍』 등 IT 분야 11권의 저서가 있다. 한 권의 책에서 텍스트, 필자, 독자 자신을 읽어내는 서삼독의 실천가로, 전자신문에 '안중찬의 書三讀(서삼독)'이라는 칼럼을 연재하고 있다.

여태천_동덕여대 국어국문학과 교수 skyyt@dongduk.ac.kr

동덕여대 국어국문학과 교수. 2000년 『문학사상』 신인상에 시로 등단했다. 저서로는 시집 『저렇게 오렌지는 익어가고』 『스윙』 『국외자들』과 비평서 『경계의 언어와 시적 실험』 『김수영의 시와 언어』 『미적 근대와 언어의 형식』 등이 있다. 제27회 김수영문학상을 수상했다.

염경원_〈기획회의〉 편집자 dua3459@naver.com

한국출판마케팅연구소에서 발행하는 격주간 출판전문지 〈기획회의〉를 만들고 있다. 친구들이 디지털기기에 인터넷 소설을 넣어서 읽을 때 종이책에 푹 빠져 사춘기를 보냈다. 전자책의 등장으로 종이책 종말론이 떠돌자 막연히 책을 만드는 사람이 되어야겠다고 결심했다. 책의 미래를 늘 궁금해하며 선배들이 보여준 책의 길을 따라 걷고 있는 새내기 편집자다.

오찬호_사회학 연구자 och7896@hanmail.net

사회학으로 박사학위를 받았으며 여러 대학에서 강의했다. 차별을 당연시 여기는 자본주의 사회를 살아가는 사람들의 민낯을 비판하는 글을 쓴다. 『우리는 차별에 찬성합니다』 『진격의 대학교』 『하나도 괜찮지 않습니다』 『결혼과 육아의 사회학』 등 여러 책을 집필했다.

우아영_동아사이언스 기자 wooyoo@donga.com

뉴턴 역학에 빠져 기계 공학을, 그중에서도 연료 전지를 공부했다. 동아사이언스에서 5년간 과학 전문 월간지 〈과학동아〉를 만들었다. 발화 원인을 과학으로 밝히는 소방관들의 노고를 담은 기사로 2017년 1월 한국 과학 기자 협회 '이

달의 과학기자상'을 받았다.

우찬제_서강대 국문학과 교수 wujoo@sogang.ac.kr

서강대학교 경제학과를 졸업하고 같은 학교 국문학과 대학원에서 석사와 박사학위를 받았다. 1987년 중앙일보 신춘문예를 통해 등단했다. 현재 서강대학교 국문학과 교수로 재직 중이다. 팔봉비평문학상, 김환태평론문학상, 소천이헌구비평문학상 등을 수상했다. 저서로 『욕망의 시학』 『상처와 상징』 『불안의 수사학』 『나무의 수사학』 『애도의 심연』과 공역서 『서사학강의』, 편저 『오정희 깊이 읽기』, 공편저 『한국문학선집: 소설2』 『4.19와 모더니티』 등이 있다.

윤석윤_숭례문학당 강사 yoobok721@naver.com

대학과 대학원에서 교육학과 경영학을 전공하고 여러 회사에서 다양한 경험을 했다. 50대 중반에 독서공동체 숭례문학당에서 독서와 토론, 글쓰기를 공부하면서 '화려한 노후' 준비를 마쳤다. 현재 문화센터와 도서관, 학교와 대학, 교육청에서 시민과 학생, 사서와 교사들에게 독서법과 독서토론, 글쓰기 강의를 하고 있다. 그동안 몇 권의 책을 공저했다. 『이젠, 함께 읽기다』 『책으로 다시 살다』 『당신은 가고 나는 여기』 『은퇴자의 공부법』 『아빠, 행복해?』 등이다.

윤재웅_동국대 국어교육과 교수 shouuu@hanmail.net

동국대학교에서 국어국문학을 전공했다. 대학 재학 시에 미당에게 문학 강의를 많이 들었다. 박사 논문을 「서정주 시 연구」로 쓰고, 동국대학교 국어교육과 교수로 재직하면서 교육과 연구에 힘쓰고 있다. 서정주 사후 유품 정리 책임을 맡았고, 고창의 미당 시문학관 전시 업무를 담당했다. 『미당 서정주 전집』 편집위원, 사단법인 미당기념사업회 사무총장 등을 맡아서 서정주 문학의 정리와 보급에 노력하고 있다.

이광표_서원대 문화유산학 교수 kpleedonga@hanmail.net

1993년 동아일보 기자로 입사해 2018년까지 우리 문화유산의 아름다움과 가치를 소개하는 글을 주로 썼다. 지금은 서원대 교양대학 교수다. 서울대 고고미술사학과, 홍익대 대학원 미술사학과 석사과정, 고려대 대학원 문화유산학과 박사과정을 졸업했다. 저서로 『그림에 나를 담다-한국의 자화상 읽기』 『명품의 탄생-한국의 컬렉션 한국의 컬렉터』 『한국의 국보』 등이 있다.

이권우_도서평론가 lkw1015@hanmail.net

1963년 충남 서산에서 태어나 자라다 초등학교 들어가면서 고향을 떠났다. 책만 죽어라 읽어 보려고 경희대 국문과에 들어갔다. 4학년 때도 대학도서관에서 책만 읽다 졸업하고 갈 데 없어 잠시 실업자 생활을 했다. 주로 책과 관련한 일을 하며 입에 풀칠하다 서평전문잡지 〈출판저널〉 편집장을 끝으로 직장생활을 정리했다. 지금은 스스로 도서평론가라 칭하며 살고 있다. 그동안 『책읽기부터 시작하는 글쓰기 수업』 『책읽기의 달인, 호모 부커스』 등을 펴냈다.

이명현_과학책방 갈다 대표 easy2537@gmail.com

삼청동 과학책방 갈다 대표. 천문학자이자 과학 저술가. 연세대학교 천문기상학과를 거쳐 네덜란드 흐로닝엔대학교에서 전파천문학으로 박사 학위를 받았다. 강연, 신문 잡지 기고, 책을 통해서 끊임없이 별 이야기를 하고 있다. 『이명현의 과학 책방』『이명현의 별 헤는 밤』을 출간했다. 삼청동에 과학 전문 서점 갈다를 열고 새로운 실험을 진행 중이다.

이원석_문화연구자 verbs@hanmail.net

책으로 널리 세상을 밝힐 수 있다는 믿음으로 글을 쓰는 작가다. 첫 단행본인 『거대한 사기극』으로 2013년 한국출판평론상 우수상을 받았다. 이후로 『인문학으로 자기계발서 읽기』『공부란 무엇인가』『인문학 페티시즘』『공부하는 그리스도인』『서평 쓰는 법』 등을 출간했다.

이원형_에이플레이스건축 대표 wony@a-place.co.kr

대학에서 건축설계를 전공하고 지금은 작은 설계사무실 대표로 일하고 있다. 공공건축과 주택을 주로 설계하며 좋은 건축을 하려고 분투 중이다. 독서공동체 숭례문학당에서 건축교양모임 '건축은 놀이다', 공동체주택독서모임 '도시마을 공동체'를 진행하고 있다. 네이버 오늘의 책 선정단에서 건축도시 책 서평단으로도 활동했다. '문제는 건축(도시)이야!'라고 생각하는 건축가다.

이정모_서울시립과학관장 penguin1004@me.com

연세대학교 대학원에서 생화학을 공부하고 독일 본 대학교에서 유기화학을 연구했지만 박사는 아니다. 안양대학교 교양학부 교수와 서대문자연사박물관 관장을 거쳐 현재는 서울시립과학관장으로 일하면서 대중의 과학화를 위한 저술과 강연활동을 하고 있다. 『저도 과학은 어렵습니다만』『달력과 권력』『공생 멸종 진화』『해리포터 사이언스』『유전자에 특허를 내겠다고?』 등을 썼으며 『인간이력서』『매드 사이언스북』 등을 우리말로 옮겼다.

이하영_북칼럼니스트 ha0282@naver.com

방송작가, 북칼럼니스트로 활동하며 영화, 음악, 책에 관한 글을 쓴다. 출판전문지 〈기획회의〉에 '북 인 시네마', '예술가의 서재', '시네마레터'를 연재했고, 각각 『조제는 언제나 그 책을 읽었다』『예술가의 서재』『영화를 보다 네 생각이 났어』라는 책으로 출판되었다. 현재 ㈜에듀니티에서 편집주간으로 있다.

이형대_고려대 국문과 교수 leehd@korea.ac.kr

고려대학교에서 학위를 마치고, 현재 고려대학교 국어국문학과에서 한국고전시가를 가르치고 있다. 스승·선후배 학자 및 대학원생들과 함께 한국고시조와 근대시조, 잡가, 신민요, 창가 등의 자료를 수집·정리하여 대규모 데이터베이스를 구축하는 작업을 진행했다. 2012년에는 중·고등학생들이 우리의 옛 노래인 향가를 쉽게 이해할 수 있도록 『신라인의 마음 신라인의 노래』를 지었다. 현재 한국시가학회와 한민족문화학회 회장을 맡고 있으며, 국내외의 교육자 및 일반 시민을 대상으로 한국고전시가의 멋과 아름다움을 공감하기 위한 다양한 활동을 하고 있다.

임종수_한국예술종합학교 초빙교수 xuan72@hanmail.net

대학에서 동아시아철학으로 박사학위를 받은 후 연구원 생활을 거쳐 지금은 대학과 여러 인문학 공동체, 문화센터에서 동서양고전과 인문학을 강의하고 있다. 마을 독서모임에도 관심이 많고, 인문학 주제와 관련된 책들과 함께 청소년을 위한 철학소설과 인문서를 집필 중이다.

임지희_웹툰PD nosurpriseplz@gmail.com

만화와 음악과 소설과 각종 서브컬쳐에 둘러싸여 살다가 이러다 만화를 그리고 소설을 쓸 수 있게 될 줄 알았지만, 창작물 없이는 존재할 수 없는 기자 생활을 2007년에 시작했다. 대중문화잡지 〈브뤼트〉 등을 거쳐 현재 누구보다 빠르게 많은 만화를 보는 웹툰 PD 생활 중이다. 저서로 『좀비 사전』(공저)가 있다.

장동석_뉴필로소퍼 편집장 9744944@hanmail.net

출판평론가로 활동하며 〈출판저널〉편집장, 〈기획회의〉편집주간을 지냈고, 지금은 계간 철학잡지 〈뉴필로소퍼〉편집장을 맡고 있다. 저서로 『살아 있는 도서관』 『금서의 재탄생』 『다른 생각의 탄생』이 있다.

정영훈_경상대 국어국문학과 교수 jiinseoha@gmail.com

서울대학교 국어국문학과와 동 대학원을 졸업했다. 2004년 중앙신인문학상 평론 부문을 수상하며 등단했다. 계간 〈세계의 문학〉 편집위원을 역임했고, 현재 경상대학교 국어국문학과 교수로 재직 중이다. 저서로 『최인훈 소설의 주체성과 글쓰기』 『윤리의 표정』 『한평생의 지식』(공편)이 있고, 논문으로 「최인훈 소설의 여성 인식」 「최인훈 소설에서의 반복의 의미」 「1970년대 구보 잇기의 문학사적 맥락」 등이 있다.

조월례_아동도서 평론가 weulye@naver.com

1980년 초 사단법인 어린이도서연구회를 설립해서 활동하면서 어린이 책 관련 활동을 시작했다. 그간 어린이 책 관련 강의와 여러 매체에 어린이 책 글쓰기 문체부 도서선정위원, 월간 〈학교도서관저널〉 책선정위원장, 학교도서관 문화운동네트워크 공동대표를 거쳐 2006년부터 경민대학교 독서문화콘텐츠과 교수로 재직했다. 현재 경기도 작은도서관 독서문화프로그램 지원 사업단 책임연구원 등으로 활동하고 있다.

조태성_한국일보 기자 amorfati@hankookilbo.com

어릴 적부터 책을 좋아했다는 말 같지도 않은 핑계로 2016년부터 한국일보 문화부에서 출판팀장을 하고 있다. 팀장이지만 팀원은 없다. 페이퍼의 종말이 운위되는 디지털 시대의 한 단면이다. 조회수에 대한 압박과 영상물의 우위라는 디지털 쓰나미 앞에서 펜 한 자루를 쥔 채 그저 내일도 숨 쉴 수 있길 바랄 뿐이다.

진경환_한국전통문화대 교양기초학부 교수 khjin@nuch.ac.kr

2000년부터 현재까지 (국립)한국전통문화대학교 교양기초학부에서 교수로 일하고 있다. 전통문화연구소장을 맡아 '전통 제대로 알기'라는 장기 기획의 일환으로 다양한 주제의 심포지엄을 개최하였고, 그 결과물로 『전통, 근대가 만든 또 하나의 권력』 『한국문화와 오리엔탈리즘』 『은뢰(恩賴): 조선신궁에서 바라본 식민지 조선의 풍경』 등을 출간했다. 근래에는 '조선 후기의 풍속'에 관심을 두면서 『조선의 잡지: 18~19세기 서울 양반의 생활상』을 펴낸 바 있다.

차우진_음악평론가 nar75@naver.com

음악평론가. 미디어 환경과 문화 수용자들의 라이프스타일 변화에 특히 주목하고 있다. 『청춘의 사운드』 『대중음악의 이해』 『아이돌: H.O.T.부터 소녀시대까지…』 『한국의 인디 레이블』 등의 책을 썼고, 유료 콘텐츠 플랫폼 '퍼블리'에서 「음악 산업, 판이 달라진다」 리포트를 발행했다. 동시대적 관점에서 '생각하고, 쓰고, 연결하는 것'을 지향하며 페이스북 '커넥티드 랩' 그룹에서 다양한 콘텐츠 비즈니스 사례를 정리하고 있다.

최형묵_한국민중신학회 회장 chm1893@chol.com

연세대 졸업, 한신대 대학원에서 기독교윤리학으로 박사학위를 받았다. 현재 천안살림교회 목사, 한신대 외래교수, 한국민중신학회 회장, 제3시대그리스도교연구소 운영위원 등을 맡고 있으며, 저서로 『뒤집어보는 성서 인물』 『무례한 자들의 크리스마스』(공저) 『반전의 희망, 욥』 『한국 기독교의 두 갈래 길』 『한국 근대화에 대한 기독교윤리적 평가』, 역서로 『무함마드를 따라서- 21세기에 이슬람 다시 보기』 등이 있다.

한기호_한국출판마케팅연구소 소장 khhan21@hanmail.net

한국출판마케팅연구소 소장이자 출판평론가다. 1982년 출판계에 편집자로 입문해 1983년 창작과비평사(현 창비)로 옮긴 뒤 만 15년 동안 영업자로 일했다. 1998년 삶의 방향을 바꿔 한국출판마케팅연구소를 설립했다. 격주간 출판전문지 〈기획회의〉를 창간해 올해로 19년째 발간해오고 있다. 2010년 한국 최초의 민간 도서관 잡지인 월간 〈학교도서관저널〉을 창간해 학생들을 대상으로 책 읽기 운동을 벌이고 있다. 『열정시대』 『베스트셀러 30년』 『마흔 이후, 인생길』 『나는 어머니와 산다』 『인공지능 시대의 삶』 『하이콘텍스트 시대의 책과 인간』 등 20여 권의 지은 책과 다수의 공저가 있다.

한미화_출판칼럼니스트 bangku87@naver.com

출판칼럼니스트다. 책을 읽고, 책과 출판에 관해 글을 쓴다. 한겨레에 〈한미화의 어린이책 스테디셀러〉를 연재하고 있다. 지은 책으로는 『책 읽기는 게임이야』 『지도탐험대』 『아이를 읽는다는 것』 『그림책, 한국의 작가들』(공저) 『이토록 어여쁜 그림책』(공저) 등이 있다.

한승동_저널리스트 sudohan2000@gmail.com

1988년 창간 때부터 30년 간 한겨레에서 기자로 일한 뒤 2017년 정년퇴임해, 지금은 출판과 번역 일을 하면서 여러 매체에 부정기적으로 글을 기고하고 있다. 한겨레 기자 시절 쓴 글들을 엮어 『대한민국 걷어차기』 『지금 동아시아를 읽는다』를 펴냈으며, 10여 권의 번역서를 냈다. 번역서로는 『멜트 다운』 『속담 인류학』 『나의 서양음악 순례』 『다시 일본을 생각한다』 『인간폭력의 기원』 『짧게 쓴 프랑스혁명사』 『들어라 와다쓰미의 소리를』 등이 있다.

황규관_시인 grleaf@hanmail.net

전태일문학상을 받고 작품 활동을 시작했다. 시집으로 『패배는 나의 힘』 『태풍을 기다리는 시간』 『정오가 온다』 등이 있으며, 산문집으로 『강을 버린 세계에서 살아가기』 『리얼리스트 김수영』이 있다.